Lucia St. Clair Robson
Westwärts ohne Furcht

SERIE PIPER

Zu diesem Buch

Eine Schönheit mit leuchtend rotem Haar, die dank ihrer stattlichen Größe alle überragte und in der Prärie schon von weitem auffiel: Sarah Borginnis Bowman, genannt »Great Western«, war eine aufsehenerregende Erscheinung. Im frühen 19. Jahrhundert folgte Sarah ihrem Mann in den Westen und blieb nach seinem plötzlichen Tod bei den Truppen. Sie arbeitete sich von der Wäscherin und Köchin im Militär nach oben und kämpfte aktiv im Mexikanischen Krieg. Bei der Belagerung von Fort Brown war Sarah ebenso couragiert wie in der Schlacht von Buena Vista, so daß sie schließlich sogar zum ersten weiblichen Colonel des amerikanischen Heers ernannt wurde. Ein spannender Roman, basierend auf der authentischen Lebensgeschichte einer Frau, die es schafft, in einer Welt, die kaum männlicher sein könnte, unerschrocken ihren Weg zu machen.

Lucia St. Clair Robson, in Baltimore geboren, lebte nach dem Lehrerexamen unter anderem in Venezuela, Japan und Arizona. Durch ihre Arbeit als Bibliothekarin wurde sie auf Cynthia Ann Parker aufmerksam, deren Schicksal sie in ihrem ersten Roman »Die mit dem Wind reitet« erzählt. Auch ihre anderen Bücher basieren auf gründlichen historischen Recherchen. Auf deutsch liegen außerdem vor: »Die mit dem Wind reitet«, »In der Ferne ein Feuer«, »Mutiges Herz, wildes Land« und »Tiana».
Weiteres zur Autorin: www.luciastclairrobson.com

Lucia St. Clair Robson
Westwärts ohne Furcht

Roman

Aus dem Amerikanischen von
Gaby Wurster

Piper München Zürich

… n liegen in der Serie Piper außerdem vor:
… mit dem Wind reitet (2839)
Tiana (3439)

Ungekürzte Taschenbuchausgabe
August 2002

Titel der amerikanischen Originalausgabe:
»Fearless. A Novel of Sarah Bowman«, Ballantine Books, New York 1998

erschienen im Verlagsprogramm Kabel
Umschlag: ZERO, München
Umschlagabbildung: Artworks / Peter Fiore
Foto Umschlagrückseite: Keith Rhett Murphy
Satz: Dr. Ulrich Mihr GmbH, Tübingen
Druck und Bindung: Clausen & Bosse, Leck
Printed in Germany ISBN 3-492-26038-1

www.piper.de

Hüte dich vor den vornehmen Töchtern aus den Pensionaten,
Und laß dich nicht von ihrer Schönheit verleiten.
Das Mädchen ist besser als die andern geraten,
Das gelernt hat, für sein Brot zu arbeiten.

IRISCHES VOLKSLIED

Dieses Buch ist den beiden wichtigsten
Männern in meinem Leben gewidmet:
Robert McCombs Robson (9. Juni 1916–26. Januar 1997),
der mich das Schreiben lehrte,
und
Brian Charles Daley (22. Dezember 1947–11. Februar 1996),
der aus jedem Tag ein Fest
und aus jedem Essen ein Festmahl machte.

Prolog

Merkwürdige Dinge hatte der Mexikaner schon auf seiner Wanderung über den harten Lehmboden der Ebene erlebt, die er mit seinem Hund, seinen staubüberzogenen Schafen und in Gesellschaft listiger Kojoten und kreisender Falken durchstreifte. In Nächten, die von Blitzen zerrissen wurden, hatte er in den dornigen Ästen der Mesquitbäume hellgrün leuchtende, pulsierende Kugeln gesehen. Er war hohen Windhosen ausgewichen, die übers Land wirbelten und die jede eine klagende Seele gefangenhielten. Nun hockte er hinter einem dürren Mesquitbaum und wartete auf die flirrende Gestalt, die von Norden her nahte und eine Staubfahne hinter sich herzog. Sogar auf diese Entfernung konnte er erkennen, daß der Mann für einen Mexikaner zu groß war, und für einen Komantschen war er zu beladen.

»*Tejano*«, murmelte der Schafhirte, schlug das Kreuz und wartete ab, welches Unheil die Texaner nun wieder über ihn bringen würden.

So viele plündernde *tejanos* waren auf ihrem Weg zum Golf von Mexiko an ihm vorbeigezogen, daß er für den Dieb nur noch einen kleinen Rest seiner Herde übrig hatte. Vielleicht würde der Fremde ihn auch töten. Doch sein Tod wie auch sein Leben lagen in den allmächtigen, wenngleich launischen Händen Gottes. Gott konnte die Texaner nämlich nur aus einer Laune heraus erschaffen haben, obwohl manche mexikanischen Landsleute des Hirten behaupteten, die *tejanos* seien ein Werk des Teufels.

Die Erscheinung kam näher. Der Schäfer sah, daß es sich um

ein Pferd, einen Menschen und einen Maulesel handelte, der mit einem kleinen Haufen Gepäckstücke beladen war. Er trottete mal auf die eine, dann wieder auf die andere Seite und ruckte an seinem Strick, um an die süßen Halme des Gramagrases zu gelangen. Das war typisch Maulesel – ganz gleich, ob er nun einem Texaner oder einem Mexikaner gehörte. Das Gesicht des Reiters aber sah irgendwie sonderbar aus. Der Hirte kniff die Augen zusammen und spähte in den spätsommerlichen Dunst.

»*Dios mio!*« Und er bekreuzigte sich wieder.

Die Frau saß zwar auf dem Pferd, doch der Hirte konnte erkennen, daß sie größer war als die meisten texanischen Männer. Sie saß rittlings in einem alten mexikanischen Sattel, den weiten Rock bis zu den Schenkeln geschürzt, und entblößte Beine, die in den Augen des Mexikaners einen ganzen Fluß überspannen konnten. Ihre Hüften wiegten sich im Takt des leichten Trabs, den die große, rotbraune Stute vorgab. Die dünne Baumwollbluse war schweißgetränkt und ließ keinen Zweifel daran, wie großzügig Gott bei der Erschaffung dieser Frau gewesen war. Auf ihrer feuerroten Mähne trug sie einen verbeulten Filzhut, widerspenstige Strähnen stachen aus der fehlenden Hutkrone hervor wie dunkle Flammen aus einem Kamin.

Der Hirte hatte noch nie eine *colorada,* eine Rothaarige, gesehen. Daher hatte er auch keine Ahnung, ob sie schön war oder nicht, aber er ging einmal davon aus, daß sie es war. Auf jeden Fall war sie üppig. Manchmal war Gott wirklich zu gütig.

Sie stopfte die Socke, an der sie gestrickt hatte, in eine Tasche am Sattelkranz und zog die Zügel. Wäre sie abgestiegen und hätte sich vor den Mexikaner gestellt, so wäre er ihr nur bis zum Brustbein, höchstens aber bis zum Kinn gegangen. Sie wischte sich mit der Bandana übers Gesicht und verteilte den roten Staub gleichmäßig über ihre Wangen.

»*Hola!*« Ihr Lächeln entblößte weiße, gerade Zähne.

»Buenos días, Señora.« Er zog den Hut und drückte ihn an die Brust. Die Schönheit im Gesicht einer Weißen konnte er vielleicht nicht erkennen, aber er wußte, wann er es mit einem freundlichen Menschen zu tun hatte. Ihr großer, lächelnder Mund, die vollen Lippen und die leuchtendgrünen Augen strahlten pure Güte aus.

Der Hirte verkniff sich einen Blick auf ihre Beine, doch die nackten Oberschenkel, die auf seiner Augenhöhe die Flanken des Pferdes umspannten, waren wunderschön. Ein Mann könnte zwischen ihnen bestimmt wohlige Geborgenheit finden. Und große Befriedigung, dachte er.

Er wollte auch lieber nicht in diese glitzernden grünen Seen von Augen schauen, die ihn und bestimmt auch das Leben an sich belustigt betrachteten. Ihr Gesicht konnte er ohnehin nicht gut sehen wegen dieser Brüste, die hervorragend zu den Schenkeln paßten. Der Schäfer bemühte sich, weder auf die Brüste zu starren noch auf den dreieckigen Schatten an der Stelle, wo ihre Beine sich unter dem Rock trafen. Dagegen betrachtete er versonnen seinen Hund und wartete, daß die Frau weiterziehen würde.

»Haben General Taylors Männer hier irgendwo in der Nähe ihr Lager aufgeschlagen?« fragte sie, obwohl weit und breit nichts als Kakteen, Kreosotbüsche und kleine Büschel Gramagras zu sehen waren.

»No hablo inglés, Señora«, sagte er freundlich.

»Soldaten. *Soldados.«* Ihre Stimme war überraschend melodisch und hatte eine leicht heisere Note, die in ihm heimliche Begierden weckte.

»Soldados. Ay, soldados.« Durch das Dickicht seines schwarzen Schnurrbarts und seiner schwarzen Augenbrauen stahl sich ein wehmütiges Lächeln. Er deutete mit dem Kinn auf das südliche Viertel des Horizonts. *»Bastante soldados.«*

»Wie weit?«

Er zuckte die Achseln, der harte, barsche Klang der englischen Sprache verwirrte ihn.

Die Frau betrachtete das Lager des Hirten im Gebüsch, die verkohlten Überreste des Feuers, den flachen Stein, auf dem er wohl Tortillas gebacken hätte, wäre sein Proviantbeutel nicht leer gewesen. Sie langte in ein Säckchen, das neben einer großen Eisenpfanne an einem Haken am Sattelkranz hing.

»Wie es scheint, haben Sie nur noch Mäusedreck in ihrer Speisekammer, Señor.« Sie beugte sich hinunter und gab ihm ein Stück getrocknetes Rindfleisch von der Größe und Zähigkeit einer Schuhsohle und ein Päckchen, das in Maisblätter gewickelt und mit Stroh zusammengebunden war.

»*Muchas gracias.*« Er lächelte sie an, die tabakfleckigen Zähne schimmerten golden in seinem braunen Gesicht.

Er hakte den Bocksbeutel mit Wasser vom Baum und reichte ihn ihr. Sie hielt die Öffnung ein Stückchen von ihrem Mund entfernt, drückte den Ziegenschlauch und ließ das Wasser in ihren Mund spritzen, ohne auch nur einen einzigen Tropfen zu verschütten. Hier draußen das Wasser eines Fremden zu vergeuden, wäre mehr als unhöflich gewesen.

»*Gracias, Señor.*« Sie nickte und drückte ihrer Stute die Fersen in die Flanken. Die Zügelleine spannte sich, der Kopf des Mulis wurde mit einem Ruck von einem Büschel Hundszahngras weggerissen und nach vorn gezogen. Das Tier protestierte lautstark.

Singend ritt die Frau davon. Der Hirte wickelte das Päckchen aus Maisblättern aus und aß das dicke Stück Maisbrot, das zum Vorschein gekommen war. Den restlichen Vormittag kaute er auf dem Dörrfleisch und beobachtete, wie die Frau am ausgewaschenen azurblauen Horizont immer kleiner wurde. Hin und wieder verschwand sie hinter einer kleinen Erhebung oder hinter einem Mesquithain, als hätte der harte Erdboden sie einfach verschluckt, doch sie tauchte dahinter immer wieder auf, bis sie am Nachmittag schließlich ganz aus seinem Blickfeld verschwand.

I

Dienst am Manne

Was zunächst ausgesehen hatte wie Treibgut am Horizont, stellte sich bei genauerem Hinsehen als eine Ansammlung von Häusern heraus, der sich Sarah mit ihrem kleinen Treck langsam näherte. Ein paar Dutzend windschiefe Hütten säumten eine schmale, ungeteerte Straße, die meisten Katen hatten sich schon lange vor dem unablässigen Wind aus dem Golf von Mexiko verneigt. An den Traufen der durchhängenden Dächer stachen Büschel von Strandbinsen hervor. Die Bauherren hatten die krummen Stämme der Mesquitbäume in den Boden gerammt und Weidenruten als Wände dazwischengespannt. Die großen Löcher im Flechtwerk gaben den Blick auf das kärgliche Innere der Häuser frei.

In der Mitte des Dorfs stand eine kleine, aus Adobeziegeln errichtete Kirche, die von einer dicken, ebenfalls aus Lehmziegeln gefertigten Mauer umgeben war. Das Ganze sah aus wie eine Festung, und das war es wohl auch – die Kirche bot Schutz für Leib und Seele. In regelmäßigen Abständen plünderten die Krieger der Komantschen die mexikanischen Dörfer im Süden von Texas. Als Sarah durch diese Siedlungen geritten war, hatte sie die Angst gespürt, die dort herrschte; sie hatte sich auf sie gelegt wie der Wüstenstaub.

Immer noch leise singend ritt sie auf ihrer großen Stute zwischen Schweinen, Hühnern und bellenden Hunden die Straße entlang. Gedämpftes Klingeln von der Ladung des Mulis begleitete ihren Gesang. Ein Blechkrug war verrutscht und schlug nun gegen den Boden des eisernen Waschzubers.

Kinder, dunkeläugig wie Tauben, drückten sich in die Hauseingänge oder lugten hinter den Mesquitästen hervor, die als Zäune dienten. Sarah lächelte sie an und hob leicht die Hand vom Sattelknauf, als wäre dieser Gruß ein verabredetes Zeichen zwischen ihr und den Kindern. Frauen saßen in den Höfen, mahlten Mais mit ihren *metates* aus Stein, drückten Tortillas platt und verfolgten Sarah aus den Augenwinkeln.

Am größten Garten hielt sie neben ein paar alten Obstbäumen an. Bohnen rankten sich um Maisstauden, dichte Bündel pelziger Blätter und fester gelber Kürbisse hingen an den Zäunen. Zwischen dem Mais stand eine junge Frau, nur ihr Kopf und ihre Schulten waren zu sehen, und auch sie blickte Sarah verstohlen von der Seite an.

Sarah kontrollierte die Leinen, die ihre Habseligkeiten auf dem Rücken des Mulis hielten, und zog sie fest. Das Tier hatte sie selbst beladen, und sie schien darin auch einige Erfahrung zu haben. Sie ging um den Maulesel herum, rüttelte an Feldbett, Waschschüssel und Bündeln und prüfte die Festigkeit der Knoten. Dann ging sie zum Zaun und nahm vier stattliche Tontöpfe mit Gurten aus geflochtenem Stroh und runden Böden in Augenschein, die aneinanderlehnten, als wären sie von der Hitze völlig ausgelaugt.

»Tauschen Sie diese Töpfe da, Miss?«

Die junge Frau, die soeben mit den Spitzen ihrer schlanken Finger über die Hülsen eines Maiskolbens strich, den sie pflücken wollte, hielt inne und drehte sich zu Sarah um. Sie hatte ein schönes Gesicht, ihre Haut glänzte dunkel wie eine polierte Nuß. Ihre Augen hatten Form und Farbe von Wassermelonenkernen und lagen ein wenig schräg unter geschwungenen schwarzen Augenbrauen. Sie hatte die kräftige, leicht gebogene Nase ihrer indianischen Vorfahren und pflaumenrote, volle Lippen, die sich deutlich von der übrigen Haut abzeichneten. Sarah fühlte sich an Eva im Garten Eden erinnert – genauso sah der Garten aus, den Sarah sich immer vorstellte, wenn vom Paradies die Rede war. Der Blick, den die junge Frau Sarah zuwarf, ließ erahnen, daß ihre Seele sehr viel älter war als ihr Körper, ja daß sie den Garten Eden gar selbst gekannt hatte und immer noch beklagte, daß er auf ewig für die Menschheit verloren war.

Sarah deutete auf die Töpfe und zog als Tauschmittel eine Bandana mit Blumenmuster aus ihrer Reisetasche. Die Frau hielt zehn Finger hoch.

»Zehn!« Sarah tat empört. Sie nahm das Tuch an zwei Enden und schüttelte es, damit es sich entfaltete und seine Größe offenbarte – es war so groß wie eine Schürze. »Selbstgemacht, Señora.«

Die zehn Finger ragten immer noch entschlossen in die Luft. Sarah hatte es offenbar nicht mit einer einfachen Bauersfrau zu tun.

»Drei.« Sarah holte noch zwei Bandanas hervor.

Die Frau beugte vier Finger und reduzierte so ihre Forderung auf sechs Tücher. Sarah fügte ihrem Angebot noch zwei hinzu. Die Frau nickte und trug die Töpfe durchs Gartentor, während Sarah in ihrer Tasche nach den Bandanas wühlte. Das fünfte Tuch mußte sie vom Ring am Sattelkranz lösen und seinen Inhalt herausnehmen, um den Tausch vollziehen zu können.

Die junge Frau half Sarah beim Verzurren der Töpfe auf der Ladung des Maulesels und polsterte sie mit einem Streifen Kaliko und einem Paar langer Flanellunterhosen. Dann ging sie zu der Stute und streichelte den geschmeidigen Hals unter der weißen Mähne. Das Pferd tänzelte leicht und schüttelte den Kopf.

»Alazana«, sagte die Frau.

»Alice Ann?«

»Alazana.« Sie strich über das helle, rötliche Fell an der Flanke der Stute. *»Alazana.«*

»Ach, Sie meinen wohl die Farbe. Fuchs.« Sarah tätschelte ihrem Pferd die Flanke. »Alice Ann.«

»Sí, alazana.« Die Frau lächelte, ein scheues und sinnliches, naives und verschlagenes Lächeln zugleich. Sie pflückte ein paar Chilischoten und legte sie auf ein Maisblatt. Die Ränder schlug sie ein, gab Sarah das Päckchen und sah ihr in die Augen.

»Para suerte, Señora.«

»Gracias.« Sarah nickte ihr zu und lachte die kichernden und rempelnden Kinder mit ihren strahlenden, grünen Augen an. »Los, komm, Alice Ann!« Sie schlug mit den Zügeln und ritt weiter.

An der Straße lungerten ein paar Männer herum und gafften sie unter ihren Sombreros hervor an. Im Krieg, der sich gerade gegen Mexiko zusammenbraute, würden diese Menschen der Feind sein. Sarah betrachtete sie von der Seite. Sie waren klein und dünn wie verwitterte Zedern, hatten eine dunkle Haut, tiefliegende Augen und die gebogene Nase der Maya-Nachfahren. Dichte schwarze Schnurrbärte verdeckten die Münder. Die *calzoneras,* Reithosen aus Leder, flatterten unterhalb der Knie. Selbst bei dieser Hitze trugen die meisten Männer Baumwollponchos, darunter verbargen sie ihre Hände – und zweifellos auch ihre Messer. In ihren obsidianschwarzen Augen lag viel Arglist und keine Barmherzigkeit.

Sarah kannte die Mexikaner nicht besonders gut, doch sie war an der Grenze von Tennessee aufgewachsen und kannte Bauern und Viehtreiber. Diese Männer hier waren keine Bauern. Und sie waren auch keine Viehtreiber, selbst wenn im Umkreis von vielen Meilen unzählige Pferde und Mulis grasten. Sarah vermutete, daß sie Schmuggler und Hehler waren, die gestohlenes Vieh von ihren Landsleuten gegen amerikanischen Tabak, Whiskey und hiesiges ungebleichtes Baumwolltuch tauschten. Sarah hatte gehört, daß solcherart Geschäfte an Kinneys Handelsstation blühten, wo der Nueces River in den Golf von Mexiko mündete. Von dort aus wurden die mexikanischen Waren ohne die lästige Kontrolle durch Beamte und die Zahlung von Zollgebühren verschifft.

Die Stute trabte durchs Dorf, und Sarah saß wie eine Königin im Sattel. Eine Hand hatte sie am Kolben ihrer alten Donnerbüchse, die in ihrem Rockbund steckte und an einer Schnur um ihren Hals befestigt war. Diese Männer waren bestimmt abgefeimt, doch nicht annähernd so hinterhältig wie die Leute auf Kinneys Ranch, wo sich der gleiche Abschaum herumtrieb, der auch immer der Armee hinterherschwänzelte, egal, wohin diese zog.

Doch das bißchen Verschlagenheit konnte Sarah die gute Laune nicht verderben. Bald wäre sie wieder bei General Zachary Taylors Jungs. Bei dieser erfreulichen Aussicht bekam sie Herzklopfen. Mit Zivilisten konnte sie nicht soviel anfangen, doch Soldaten aller Gattungen, die mochte sie, vor allem die Dragoner der Zweiten Schwadron, einer Einheit berittener Jäger, die für den Kampf gegen die Seminolen, einen kriegerischen Indianerstamm, aufgestellt worden war. Und von denen mochte sie am liebsten einen: Sergeant Jack Borginnis, ihren Mann.

Jack war groß, stark und furchtlos. Er hatte breite Schultern, lange, kräftige Beine, und in seinen großen braunen Augen lag ein schelmisches Funkeln. Vor allem besaß er eine Eigenschaft, über die nur wenige Männer verfügten: Er fühlte sich wohl bei einer Frau, die ihm gerade in die Augen blicken konnte. Beim Gedanken an Jack hüpfte Sarahs Herz vor Freude.

Es wäre ihr weitaus lieber gewesen, wenn das Dampfschiff *Dayton* New Orleans nicht ohne sie verlassen hätte. An Bord hatte sich die schwere Artillerie samt Jack mit seinem gebrochenen Bein befunden. Wenn sie sich noch einmal hätte entscheiden können, hätte sie anders gehandelt. Doch die junge Wäscherin hatte niemanden, der ihr hätte helfen können, das Kind zur Welt zu bringen, also war Sarah in der sicheren Annahme bei ihr geblieben, daß sie das Schiff noch erreichen würde, bevor es ablegte. Doch das Kind lag mit dem Steiß nach unten, und die Mutter hatte geschrien und stundenlang gepreßt, bis sie anfing zu bluten. So viel Blut…

Sarah war seit sieben Jahren Wäscherin beim Militär. Sie hatte die schwersten Schlachten des Florida-Kriegs miterlebt, die nach 1838 zwischen der amerikanischen Armee und den Seminolen unter der Führung ihres Häuptlings Osceola tobten, sie war wahrhaftig an Blut gewöhnt. Doch beim Anblick des totgeborenen Kindes und der Mutter, aus der langsam das Leben wich, hatte sie weinen müssen. Sie hatte einen Priester für die letzte Ölung holen lassen und ihm Geld für die Beerdigung gegeben.

Dann war sie durch die drückende Hitze des Augusttags zum Kai gerannt, doch die Anlegestellte der *Dayton* war verwaist. Die Dragoner waren schon eine Woche zuvor über Land aufgebrochen, und so hatte sie beschlossen, ihnen auf eigene Faust zu folgen. Sie hatte die Postkutsche über die alte spanische Straße nach Nacogdoches genommen, und von dort aus war sie mit einem Händlertreck weitergewandert. In San Antonio hatte sie ihr letztes Geld für die Stute, das Muli, Feldbett, Zuber und andere notwendige Dinge ausgegeben. Sie war sechshundert Meilen geritten, so schnell sie konnte, doch für die ganze Strecke hatte sie trotzdem mehr als einen Monat gebraucht. Nun war sie hier. Jack und die anderen müßten längst angekommen sein. Bestimmt hatte er schon das Zelt aufgestellt und wartete nun voller Sorge auf sie. Sarah malte sich aus, wie sie und Jack in der Nacht die Zeltstangen zum Wanken bringen würden, und mußte unweigerlich grinsen.

Da sah sie auch schon die Planwagen und die Reiter. Sie zog den Rocksaum bis zum Rand ihrer Stiefel hinunter und ritt ihnen entgegen. Die Soldaten hatten die Wagen bis oben hin mit Mesquitästen vollgeladen, die Männer waren müde und zerkratzt, die weißen Arbeitsanzüge aus Segeltuch waren dreckig und von Dornen zerrissen. Sarah lächelte – das bedeutete viel Wäsche und Flickarbeit für sie.

An die offenen Münder und die großen Augen der Soldaten

war Sarah schon gewöhnt, und sie beachtete ihre Blicke gar nicht mehr. Die Männer erschraken bei ihrer Körpergröße und starrten sprachlos auf ihre großen Brüste. Das männliche Interesse am Busen einer Frau ließ offenbar niemals nach.

»Seid ihr Taylors Jungs?« Sarahs heisere Stimme klang wie eine Mischung aus Irish Whiskey, Tennessee Bourbon und dem Fusel, den sie in Missouri brannten. Selbst ein Dialektforscher hätte nicht sagen können, woher sie kam.

»Ja, Ma'am.« Der Corporal faßte sich als erster wieder – deshalb bekleidete er wohl auch diesen Rang.

»Wissen Sie, wann die *Dayton* angekommen ist?« fragte sie.

»Sie ist noch nicht da, Ma'am. Sie mußte wegen Reparaturarbeiten nach New Orleans umkehren. Aber Old Zach sagt, sie müsse nun jeden Tag ankommen.«

Sarahs Magen verkrampfte sich vor Enttäuschung und Besorgnis. Sie hatte es ja gewußt! In New Orleans hatte das alte, lecke Wrack alles andere als vertrauenerweckend ausgesehen.

Nun ja. Jack Borginnis hatte sich schon durch Schlangengruben und die Kugelhagel der Seminolen gekämpft, er hatte Alligatoren, Panther und mehr von den schrecklichsten Krankheiten überlebt, als Sarah für möglich gehalten hätte. Er war unverwüstlich. Ihre Liebe schütze sein Leben, pflegte er zu sagen, und so war es auch immer gewesen.

»Wo kann eine Frau auf Kinneys Ranch Quartier beziehen?«

Der Corporal wurde rot. Um es zu kaschieren, wischte er sich mit seinem Halstuch übers Gesicht. »Hier gibt es nicht so viele Frauen, Ma'am, aber Sie könnten es bei Delfinius Burch versuchen.«

»Danke.«

In der untergehenden Sonne ritt sie an den Rand der Steilklippen am südlichen Ende von Texas. Pferd und Muli grasten, während sie über den geschwungenen weißen Strand von Corpus Christi blickte; das Wasser im Golf glitzerte wie Quecksilber. Ihr rechtes Bein schwang locker an der Flanke des Pferds, das linke Bein hatte sie um den Sattelknauf geschlungen. So saß Zachary Taylor immer im Sattel, und nun begriff sie, warum – es linderte die Schmerzen wochenlanger Ritte. Mit dem Rock fächelte sie Luft an ihre Oberschenkel und hielt ihr Gesicht in den Wind, der vom Golf heraufwehte.

Hinter der Sandbank lagen eine Schaluppe und ein Kutter vor Anker, eine Flottille aus Ruderbooten und Lastkähnen brachte Waren und Truppen an Land. Einige Soldaten tollten in der Brandung, als sie an Land wateten und sich endlich abkühlen konnten, andere schwärmten über den Sandstrand wie Ameisen aus einem umgestürzten Hügel. Sie ordneten die Berge von Gepäck, die über den Strand verstreut lagen, und trugen sie ab. Sarah konnte sich nie satt daran sehen und beobachtete lächelnd, wie Taylors Männer in dem ganzen Chaos um Ordnung rangen, was sie wundersamer Weise auch immer schafften. Sie salutierte und ritt zu Kinneys Ranch.

Die ursprüngliche Einwohnerzahl von Colonel Kinneys Handelsstation war inzwischen um das Zehnfache auf fast tausend Bewohner angewachsen. Der Palisadenzaun war kaum noch zu sehen hinter den vielen Zelten, Schuppen und schnell zusammengezimmerten Hütten, die sich als Saloons ausgaben. Wer nicht hämmerte, spielte Karten. Sarah lenkte ihre Stute in die Dunstglocke aus Dung und Sägespänen.

»Wen haben wir denn hier auf diesem Fuchs!« Der Mann kam säbelbeinig und mit hinterlistigem Blick auf Sarah zu. »Füllt ganz schön die Röcke aus, was?« Die Männer ließen alles stehen und liegen und glotzten Sarah an. »Ich glaube, ich bin Ihr erster Kunde, Ma'am.«

»Ich bin nicht in *diesem* Geschäft tätig.«

»Na, dann bin ich ja auf alle Fälle Ihr erster Kunde.« Sein Lachen klang wie eine trockene Achswelle, die sich durch tiefen Sand pflügte.

Sarah betrachtete ihn interessiert. Genau der Richtige! Der behaarte Rohling war fast so groß wie sie. Er trug einen Hut, der aussah wie ein Blechtopf, eine verfilzte Wolljacke und indianische Ledergamaschen, sogenannte Leggings. Er stand gern im Mittelpunkt und versammelte auch schon ein Publikum um sich. Ja, der wäre genau der Richtige.

Er griff in dem Augenblick nach den Zügeln, in dem Sarah die Eisenpfanne vom Haken nahm. Sie wog knapp zwanzig Pfund, aber das war weniger als die nassen Wolluniformen, die sie immer auswringen mußte. Mit einer Hand holte sie aus und ließ die Pfanne auf seinen Kopf krachen. Der Topfhut machte sich selbständig, und der Mann plumpste auf den Boden wie ein Sack Nägel, der vom Himmel gefallen war. Das dürfte den anderen eine Lehre gewesen sein, dachte Sarah.

Sie balancierte die Bratpfanne auf ihren Knien. »Weiß einer von euch Kavalieren, wo Mister Burch sein Lager aufgeschlagen hat?«

»Er hat einen Saloon drüben hinter der Hufschmiede; ›Annexation‹ heißt er.« Ein schlaksiger Mann deutete die Straße hinunter.

Sarah hakte die Pfanne wieder an den Sattelkranz und lenkte die Stute, die scheuend durch den Tumult tänzelte, durch das Gedränge aus Planwagen, Pferden und Männern. Als sie bei Burchs Saloon ankam, war es schon fast dunkel. Lampen schienen durch die Wände aus einheimischem Baumwolltuch, das auf Holzrahmen genagelt war. Das Ganze sah aus wie ein Schattentheater.

Gefolgt von ihrem Muli, ritt Sarah durch ein Paar von der Decke hängende Ochsenhäute, die eine Tür darstellen sollten. Niemand schenkte ihr große Beachtung. An der Wand schliefen Männer auf dem dreckigen Boden, auf einer kleinen Bühne vorne im Raum sang eine wachtelförmige Frau zu einer müden Fiedel. Ihre kraftvolle Wiedergabe von »You Never Miss Your Sainted Mother Till She's Dead and Gone to Heaven« lieferte sich eine kleine Schlacht mit dem Schwirren und Sirren der Karten, die gemischt und ausgeteilt wurden. Ein kleiner, rundlicher Mann stand hinter einer Theke aus ungehobelten Brettern, die auf Fässern lagen. Auf die Ellbogen gestützt, überwachte er die Kartenspieler, die auf kleinen Fässern um die Tische herumsaßen.

»Mister Burch?«

Er blickte auf und streckte sich hastig.

»Hier dürfen keine Esel rein, Miss.«

»Die Esel da draußen machen mir mehr Sorgen.« Sarah stieg ab und balancierte auf Spitze und Ferse durch die Pfützen aus Tabaksaft. »Ich habe gehört, Sie vermieten Zimmer an Frauen.«

»Die Tiere müssen raus.« Nicht mal die Aussicht auf Profit lenkte Burch von seinem Anliegen ab. »Ein Stück die Straße runter ist ein Mietstall.«

»Mein Muli trägt alles, was ich für mein Geschäft brauche, Mister Burch. Wenn ich da kein Auge drauf habe, bin ich bald so nacktgepickt wie ein Maiskolben im Hühnerhof.« Sie lächelte. Inzwischen wußte sie, daß ihr strahlendes Lächeln in Verbindung mit ihrer Größe die Männer wenn nicht einlullte, so doch wenigstens verwirrte.

»Zeigen Sie mir das Zimmer, dann sind Sie uns drei los.«

Sarah lag auf der Plane, die auf den hölzernen Klapprahmen ihres Feldbetts genagelt war. Die Füße des Gestells standen in Wasserschalen, damit sie keinen Besuch von Sechsbeinern bekam; das hatte sie im Florida-Krieg gelernt. Dort hatte sie die stinkende Maisblattmatratze mitsamt ihren Zecken, Flöhen, Läusen und Wanzen aus dem Zimmer befördert und unter das Schild geschoben, das in krakeligen Buchstaben »Dienste am Manne« verhieß.

Das Gepäck füllte den winzigen Raum aus, der durch ein dünnes Baumwolltuch vom nächsten getrennt war. Sarah vermutete, daß es sich um ein Lazarettzelt handelte, das ein geschäftstüchtiger Quartiermeister an Burch verscherbelt hatte. Burch hatte es in ein Dutzend kleine Zellen eingeteilt, je sechs gingen zu beiden Seiten eines schmalen Korridors ab. Das laute, rhythmische Rascheln der Maisblattmatratze ihrer Nachbarin verriet, welchem Gewerbe Burchs weibliche Logiergäste nachgingen.

Erschöpft und staubüberzogen lag Sarah in voller Montur da und starrte den Mond an, der durchs Zeltdach schien. Sie stellte fest, daß sie noch nie so weit von der Blockhütte ihrer Eltern in Grinder's Stand, Tennessee, fortgewesen war, und das war noch lange nicht das Ende ihres Wegs. Sie fragte sich, wie es wohl ihren Eltern, ihren drei jüngeren Brüdern und den beiden Schwestern ging. Fünf Jahre lang hatte sie nun nichts mehr von ihnen gehört und ihnen auch nicht geschrieben. Selbst wenn sie einen Brief geschickt hätte, hätten sie ihn nicht lesen können, denn dort oben in den Bergen konnte niemand lesen.

Sie lauschte dem Geschrei, dem Gelächter, den Flüchen und den Geräuschen der Nacht, die in jeder Siedlung wie dieser zu Hause waren. Ein Mann mit einem Binsenlicht streckte den Kopf durch den Vorhang, der als Tür diente. Sarah griff einen Stein von dem Haufen, den sie zusammengetragen hatte, und holte aus. Der Stein traf den Mann an der Stirn, fluchend wich er zurück.

Sie schloß die Augen, faltete die Hände unterm Kinn und betete denselben Psalm wie jeden Abend, den Psalm, den ihr Vater mit ihr gebetet hatte, solange sie denken konnte:

Wohin könnte ich fliehen vor deinem Geist,
Wohin mich vor deinem Angesicht flüchten?
Steige ich hinauf in den Himmel, so bist du dort,
Bette ich mich in der Unterwelt, bist du zugegen.
Nehme ich die Flügel des Morgenrots
Und lasse mich nieder am äußersten Meer,
Auch dort wird deine Hand mich ergreifen
Und deine Rechte mich fassen.

Dann bekreuzigte sie sich.

Sie glitt schon in den Schlaf, als sie von fern den Zapfenstreich aus dem Militärlager hörte. Er drang so schwach an ihr Ohr, so brüchig wie eine alte Erinnerung, daß sie es sich vielleicht auch nur eingebildet oder geträumt hatte. Die Melodie erinnerte Sarah an Beerdigungen, an die Leichen der Soldaten, die an jenem schrecklichen Weihnachtstag vor vier Jahren nach der Schlacht am Lake Okeechobee in ihre nassen Gräber gesenkt wurden. Bei diesem Gedanken mußte sie weinen.

Das Horn klang so süß, so vertraut. Die Armee war nahe. Sarah war daheim.

2

Vollständig zerfetzt

Die Luft über der Bucht von Corpus Christi dröhnte vom Muhen der Rinder, dem Wiehern der Pferde, dem Geschrei der Mulis und dem Rufen und Hämmern der Männer. Die Zimmerleute der Armee nagelten Vorratslager, Schmiedehütten und Stellmacherschuppen zusammen, wo Planwagen und Geschützlafetten repariert werden konnten. Hunderte von Fuhrwerken und Artilleriefahrzeugen füllten den eingefriedeten Platz.

Hinter dem Gepäck, das am weißen Sandstrand gestapelt war, erstreckten sich über eine Meile entlang der gebogenen Küstenlinie die fünf präzisen Rechtecksflächen für die Mannschaftszelte der Division. Die Landvermesser schlugen immer noch Pflöcke ein und zogen ihre Linien, während sich hinter ihnen das Chaos lichtete. Schreiend und gestikulierend stellten die Soldaten in pfeilgeraden Reihen Hunderte von Zelten auf, die aus dem Sand ragten wie Drachenzähne.

Zwischen den Zelten und den Steilklippen lag ein breiter

Garten, am hinteren Ende sah sie die Korrale für die Pferde und Mulis. Als sie an ihnen vorbeiritt, hörte sie einen Schwall New Yorker Flüche mit breitestem irischem Akzent, und sie sah sich nach der Quelle um.

Der Soldat war klein und schlank, seine Augen waren von einem rauchigen, dunklen Blau, und seine Haut, die ursprünglich hell gewesen war, war inzwischen von der Sonne gebräunt. Ein neuer Schlapphut bedeckte die obere Hälfte seines schmalen Gesichts, die untere Hälfte war hinter einem zerzausten schwarzen Schnurrbart verborgen. Nur die Dragoner durften sich Schnurrbärte wachsen lassen, und das stellten sie stolz zur Schau.

Sarah hielt an. Sie legte ihr Bein ums Sattelhorn und sah James Murphy beim Dungschaufeln zu. Er war zwar schlecht gelaunt, aber Sarahs Anblick schien ihn zu erfreuen. Er warf ihr einen Blick von der Seite zu und winkte.

»Na, Murphy, wohl für Räumarbeiten eingeteilt!«

»Ja.« Niedergeschlagen sah er auf den stinkenden Haufen und kratzte sich das dunkle Stoppelkinn. »Hier ein Haufen, dort ein Haufen...« Das schien er gar nicht lustig zu finden. »Über Gäule weiß ich mehr als diese verfluchten Schnösel von der Militärakademie in West Point, aber sie mißbrauchen mich als einen gottverdammten Mistschaufler!«

Sarah war an Murphys Launen gewöhnt. Wenn er nüchtern war, war er nicht gerade umgänglich.

Mit dem Ärmel seines einst weißen Arbeitsanzugs wischte er den Schweiß ab, der sein gerötetes Gesicht überzog und ihm in den Kragen lief. Er drehte sich zu Sarah um und betrachtete sie grinsend von Kopf bis Fuß. Sie konnte gut verstehen, warum er mit seinem Lächeln Frauen aller Hautfarben und Körperformen von Florida bis New Orleans in seinen Bann gezogen hatte. Nun wären die Frauen von Texas und Mexiko dran – oder vielmehr *er* wäre dran.

»Du bist wirklich eine Augenweide, Western«, sagte er.

»Immer noch der gleiche Schmeichler!« Aber sie freute sich,

ihren Spitznamen wieder zu hören. Sechs Wochen lang hatte sie niemand »The Great Western« genannt. Diesen Namen hatten ihr die Dragoner nach dem größten amerikanischen Dampfer verpaßt. Die *Great Western,* ein schnittiges, kräftiges Schiff, hatte als erstes den Atlantik überquert. Das ganze Land redete von nichts anderem.

»Bevor wir hier wieder abziehen, mischen wir die Mexikaner noch ein bißchen auf.« Murphy stützte sich zufrieden auf seine Schaufel, bewunderte Sarah, als wäre sie ein Kunstwerk, und hätte am liebsten den Vormittag verplaudert.

»In San Antonio sagt man, die Mexikaner hätten Old Zachs kleine Armee angegriffen und weggeputzt«, sagte Sarah.

»Ach, die Gerüchte eilen doch immer der Wahrheit voraus, selbst auf einem Schlammpfad.« Murphy hatte seine Corporals-Streifen auf dem Marsch hierher irgendwo verloren. Wahrscheinlich hatte er wieder bis zum Umfallen gesoffen, eine Keilerei gehabt oder die Frau eines Offiziers verführt. Oder er hatte wieder mal einen seiner ungenehmigten Urlaube genommen.

Sarah sah die Löcher an den Knien seines dreckigen Arbeitsanzugs. »Ihr seht ja aus!«

»Deine hauswirtschaftliche Geschicklichkeit hat uns gefehlt, Western.«

»Anspruchsvoll warst du ja noch nie, James.« Sie schüttelte den Kopf – James Murphy würde sich wohl nie ändern. »Bring mir drei Dutzend Futtersäcke, und ich wasche und flicke eure Uniformen.«

»Hast du im Seifenviertel Quartier bezogen?«

»Noch nicht. Ich geh dann mal rüber und laß mich in die Verpflegungsliste eintragen.« Sie nickte zu den Zelten hinüber, die im Wind flatterten und die die Männer mit großer Mühe mit Stangen, Seilen und mit wüsten Verwünschungen zu bändigen versuchten. »Dort drüben ist doch die Zweite Schwadron, oder?«

»Ja.«

»Sind inzwischen alle angekommen?«

»Ja. Sind vor zwei Wochen hier angeritten.« Er grinste. »Die Kranken, darunter auch ein gewisser Sergeant Borginnis, kommen später. Aber das weißt du ja sicher schon. Ich dachte eigentlich, du bist bei ihm.«

»Ich hab das Schiff verpaßt.« Sarah legte die Finger an die schlaffe Krempe ihres Huts und deutete einen Salut an. Dann drückte sie ihrer Stute die Hacken in die Flanken und trabte an den Korralen und dem Garten vorbei.

Die jungen Bohnen, Karotten und Rettiche sprossen trotz der Hitze grün und munter. Sarah erkannte in dem Werk Lieutenant Lincolns strenge Hand – es war der ordentliche Garten eines Neuengländers, und er sah völlig anders aus als die Gärten, die Sarah aus Tennessee kannte. Die Leute aus dem Norden hätschelten ihre Pflanzen, damit sie wuchsen, die Leute aus dem Süden mußten mit allen Mitteln verhindern, daß Stangenbohnen und Kürbisranken wucherten und die Kinder in der Wiege erstickten.

Sarah ritt zwischen den Mannschaftszelten und dem Krachen der Holzhämmer hindurch, die auf Pflöcke schlugen. Die Pfiffe und Rufe ignorierte sie, nur den Männern, die sie kannte, nickte sie zu. Sie sah eine Menge neuer Gesichter. Die Ausbildung der Dragoner würde unterhaltsam sein, bis die Rekruten gelernt hätten, sich im Sattel zu halten.

»He, Western, wie viele Komantschen hast du auf dem Weg hierher skalpiert?« Der Mann stand inmitten eines Haufens gespaltener Holzklötze und stützte sich auf seine Axt.

»Hab keinen einzigen von diesen roten *bandidos* getroffen, Fletcher.« Sie sah an ihm vorbei und wurde Zeugin eines Zweikampfs zwischen einem Soldaten und einem Zelt, dessen Firststange er aus Seilen und Zelttuch zu entwirren versuchte. »Hast du dich trotz aller gegenteiligen Schwüre wieder anwerben lassen, Martin?«

»Ja, ich wollte den Elefanten sehen.«

Sarah kicherte. Der Elefant des berühmten New Yorker Unterhaltungskünstlers Phineas Taylor Barnum, der durch die von ihm vorgeführten Kuriosa zu Weltruhm gelangte, war der letzte Schrei in den Vereinigten Staaten. Die Leute reisten Hunderte von Meilen, nur um dieses Tier zu sehen, das als Inbegriff alles Neuen und Sonderbaren galt.

Sie ritt weiter, und als sie an der Reihe der größeren Offizierszelte vorbeikam, hörte sie Colonel David Twiggs schon lange, bevor sie ihn sah.

»Dieser gottverdammte Mistkerl!«

Das letzte Zelt flatterte und zerrte an den Spannleinen, als würde ein Wirbelwind darin toben. In sicherer Entfernung hatten sich die Männer schweigend und wachsam darum versammelt. Knallende Schläge und das schrille Ritschen reißenden Stoffs begleiteten Twiggs Flüche.

Sarah zog eine Augenbraue hoch. »Da drin ist wohl der Tiger los, was?«

Die Männer lachten. Sie schlug mit den Zügeln und lenkte die Stute in den äußeren Vorhof von Twiggs Dunstkreis des Zorns. Ein Mann mit den Schultern eines Arbeitsochsen kam aus dem Zelt und schlug noch einmal mit dem Säbel auf die Zeltplane ein, so daß sie riß und in Fetzen von der Firststange hing. Lieutenant George Lincoln stand daneben und wartete, bis sich der Sturm gelegt hatte.

»Jesup, dieser Judas, hat uns Zelte aus einheimischem Kattun geschickt, der so durchsichtig und brüchig ist wie Gaze!« brüllte Twiggs. »Seit er in Washington City sitzt und dort seinen Arsch breit drückt, hat er die Bedingungen im Feld vergessen. Mehr kann man von dieser Nulpe ja auch nicht erwarten!« Dann drehte er sich zu Lincoln um: »Lieutenant, fordern Sie Zelte aus Segeltuch an!«

»Zu Befehl, Sir.«

»Guten Morgen, Colonel! Lieutenant Lincoln!« Sarah nickte grüßend.

»Guten Morgen, Mrs. Borginnis.« Lincoln lüftete seinen Tschako und verbeugte sich steif.

Seine weiße Sommeruniform flimmerte in der Sonne. Die vorschriftsmäßige Feldmütze, die auf den meisten Köpfen wie ein fetter, blauer Muffin hockte, sah an ihm richtig schneidig aus. Lincoln war groß und hager, hatte dicke Ellbogen und noch dickere Knie, die den Eindruck vermittelten, er könnte seine Glieder in alle Richtungen biegen. Aber er wirkte auch wie ein Mann, der einer Lady galant die Hand küssen konnte.

»Western!« grölte Twiggs. Der ungestalte Haufen, der sich bei ihm Kopf nannte, saß unvermittelt auf seinen massigen, breiten Schultern. Sein rundes Gesicht mit den vorquellenden wasserblauen Augen war rot wie eine Chilischote und kontrastierte hart mit seinem Bart und seinem widerspenstigen weißen Haarschopf. »Ich dachte, Sie sind bei Ihrem Mann auf der *Dayton.*«

»Der heilige Petrus konnte vielleicht auf dem Wasser wandeln, Colonel, aber ich nicht.«

Twiggs warf den Kopf zurück und lachte so laut und herzlich, wie er auch zornig werden konnte. »Ha, Western, Ihr Witz und Ihre Schönheit haben uns wirklich gefehlt!« Dann zog er die Stirn kraus. »Die Regierung hat die *Dayton* für hundertdreißig Dollar am Tag gechartert. Aber der Kahn ist so leck, daß es sich nicht mal mehr lohnt, ihn zu versenken. Das ist bestimmt auch wieder so eine von Jesups idiotischen Machenschaften!« Twiggs wandte sich wieder Lincoln zu. »Lieutenant, setzen Sie Mrs. Borginnis auf die Liste. – Zweite Schwadron, wie immer, Western?«

»Klar!«

Twiggs nahm die Mütze vom Kopf und wischte sich die Stirn. »Sie bekommen eine Tagesration, wie üblich – aber wahrscheinlich verhungern wir sowieso alle, nachdem Thomas Jesup auch für die Verpflegung zuständig ist.« Er stocherte mit dem Säbel in den Überresten seines Zelts herum. »Wenn wir nicht vorher unter diesen vermaledeiten Lumpen erstikken!«

»Ist das derselbe Thomas Jesup, der Osceola, den Führer der

Seminolen, unter der Parlamentärflagge gefangengenommen hat?«

»Genau der! Es reicht ihm offenbar nicht, nur Schande über die Armee zu bringen, er muß sie auch noch in den Ruin treiben!«

»Wohnen Sie bei den Wäscherinnen, oder beziehen Sie Quartier auf Colonel Kinneys Ranch?« fragte Lincoln.

»Wenn mein Mann kommt, werden wir ins Seifenviertel ziehen.« Sarah blickte auf die felsige Bucht und auf Kinneys Ranch, die aus der Ferne ganz harmlos aussah. »Dort haben sich wohl alle Diebe, Kehlenschlitzer und Meuchelmörder aus ganz Texas versammelt.«

»Alle Diebe, Kehlenschlitzer und Meuchelmörder aus Texas und aus den ganzen Vereinigten Staaten!« bellte Twiggs. »Die einheimische Spezies ist allerdings zäher.«

»Drei weitere Männer sind heute morgen nicht zum Appell angetreten, Sir.« Lincoln hielt es offenbar für besser, Twiggs gleich die schlechte Nachricht zu überbringen, anstatt ihn später aufs neue reizen zu müssen.

»Himmel, Arsch und Zwirn!« Twiggs nickte Sarah zu – eine flüchtige Entschuldigung für seine Wortwahl. »Was ist das hier eigentlich für ein Scheißladen? Ist die amerikanische Armee eigentlich nur noch die Köchin und ein sicherer Überlandtransport für alle, die nach Westen wollen?«

Das schrille Zischen einer Dampfpfeife lenkte sie vom Thema Deserteure ab.

Lieutenant Lincoln legte die Hand auf das kurze Schild seines Tschakos, um seine Augen besser zu beschatten, und starrte auf die gleißenden Sonnenstrahlen auf dem Wasser. »Wie es scheint, sind Sie kaum einen Tag schneller gewesen als Ihr Mann, Mrs. Borginnis.«

Twiggs stapfte davon, um zur Belustigung der Soldaten ein paar andere Offiziere zur Hölle fahren zu lassen. Sarah stieg ab, band ihre Stute an die Zeltstange und ging mit Lincoln zum Wasser.

Während das Schiff immer größer wurde, stellte sie sich vor, wie Jack sich im Dunkeln anfühlte, wie sein muskulöser, von Narben übersäter Körper vor Schweiß seidig glänzte und sich an sie schmiegte. Sie lächelte vor Vorfreude auf ihren Mann.

»Die blasen viel zuviel Dampf raus«, bemerkte Lincoln.

Sarah sah die Funken und die dicken Dampfwolken, die aus den Schornsteinen der *Dayton* aufstiegen und vom Wind davongetragen wurden. Schweiß tränkte ihre Bluse und rann in Bächen zwischen ihren Brüsten hindurch, doch in ihrem Herzen saß ein kalter, harter Stein der Angst.

Das Feuer auf dem Kesseldeck brach ganz leise aus. Die Männer wurden in die Luft geschleudert und wirbelten gen Himmel. Einen Moment lang dachte Sarah, es handelte sich um eine optische Täuschung oder um eine Luftspiegelung in der Hitze. Doch dann schlug die Wahrheit wie eine Welle an den Strand.

»Gütiger Gott!« Sarah watete ins Wasser, als könnte sie das Schiff zu Fuß erreichen und Jack Borginnis in Sicherheit bringen.

Die Explosion im ersten Kessel zog eine Explosion im zweiten Kessel nach sich. Die großen Eisenzylinder flogen in hohem Bogen durch die Luft und schlugen donnernd auf die Wasseroberfläche. Dampf stieg über den blubbernden Wellen auf. Sarah hörte das Zischen und die Schreie. Brennende Trümmer und Stücke weißglühenden Eisens regneten auf die Männer herab, die sich an die Wrackteile klammerten.

Gelähmt vor Grauen, stand Sarah im Wasser, die warmen Wellen des Golfs von Mexiko schlugen an ihre Waden. Sie gab sich einen Ruck, schüttelte sich wie ein nasser Hund und watete zu den Soldaten, die das erste Ruderboot über den Sand in die niedrige Brandung zogen. Daß sie immer wieder Jacks Namen rief, bemerkte sie nicht.

Sarah kniete neben dem toten Mann und suchte in dem verkohlten und zerfetzten Fleisch, das einmal ein Gesicht gewesen war, nach Zügen ihres Mannes. Der große Körper und die Hände mit den knotigen Gelenken erinnerten an Jack. Sie hob das zerrissene Hemd an und betrachtete den Oberkörper, doch es fehlte die runzlige Narbe genau über dem Herzen, wo sich ein Seminolen-Pfeil in Jacks Brust gebohrt hatte. Die Pfeilspitze hatte er stets als Talisman bei sich getragen.

Sie stand auf und schlug einen Lappen vor Mund und Nase, um nicht den Gestank verbrannten Fleisches einatmen zu müssen. Überall summten Fliegen. Im Lazarettzelt war es so heiß wie in einem Backofen, doch Sarah hörte nur die Schreie, das Stöhnen und die Bitten um Wasser. Bei dem Geheul krampfte sich ihr Herz zusammen, aber das war ihr allemal lieber, als daß die Männer schwiegen. Wenn ein Mann still wurde, war er tot – doch der Tod war für viele hier eine Gnade.

In der einbrechenden Dämmerung ging sie vorsichtig zwischen den verbrannten, verstümmelten Männern hindurch, um nicht auf einen ausgestreckten Arm oder ein Bein zu treten. Neben jedem Mann blieb sie stehen und gab ihm Wasser aus dem Eimer. Sie blickte in jedes Gesicht, viele waren so entstellt, daß sie nicht wiederzuerkennen waren, doch Jack war nicht dabei.

Sarah war zu schnell aufgestanden. Sie taumelte und schloß fest die Augen, um die Sternchen zu vertreiben, die auf ihren Lidern tanzten. Sie sah sich noch einmal im Lazarett um. Sanitäter hatten die Lampen an den Zeltstangen angezündet. Licht und Schatten tanzten auf dem schmutzigen Boden des Zelts, und es sah aus, als würde es dort von schwarzen Schlangen nur so wimmeln.

Ein alter Mann in Jeans, einem schmuddeligen blauen Uniformrock aus Leinen und einem zerschlissenen Sombrero auf dem Kopf sprach mit einem der Ärzte. Der Rock sah aus wie eine Decke, die man über einen Zaunpfahl geworfen hatte; die Taschen beulten sich von all den Gegenständen, die er darin verstaut hatte. Mit steifbeinigem Watscheln kam er auf

Sarah zu und schob einen kleinen, dicken Schmerbauch vor sich her.

Zachary Taylor hob seine Stimme, um die Schreie und das Stöhnen zu übertönen. »Das hier übersteigt jede Vorstellungskraft, was, Western?«

»Ja, General«, bestätigte Sarah, so ruhig es ging. Als Frau eines Soldaten wußte sie, daß der Tod, neben der Muskete und den Stiefeln, zu den ständigen Begleitern ihres Mannes gehört hatte. Sie wollte Jacks Andenken nicht besudeln, indem sie in aller Öffentlichkeit weinte, nun, da die immer drohende Gefahr Wirklichkeit geworden war.

»Ich habe gedacht, etwas Schlimmeres als am Okeechobee gibt es nicht, aber das schlägt wirklich dem Faß den Boden aus.« Taylor nahm den Hut ab, sein dichter, feuchter grauer Haarschopf ringelte sich über seine Stirn und um seine Ohren. »Haben Sie Ihren Mann unter diesen armen Schweinen hier gefunden?«

»Nein, Sir. Ich hoffe immer noch, die Soldaten finden ihn im Wasser oder ...« Sie hielt inne, denn sie wußte, wie klein die Chance war, daß Jack noch lebend geborgen wurde.

»Das Schiff wurde vollständig zerfetzt. Sergeant Borginnis ist nicht unter den Toten, die wir identifizieren konnten. So manch einer wird wohl überhaupt nicht mehr geborgen werden.«

»Wo sind die Toten?« Sarah war wie gelähmt von dem Schock, der ihr Bewußtsein vor dem Unfaßbaren schützte.

»Im Zeuglager. Wir müssen sie umgehend begraben. Bei dieser Hitze ...« Taylor mußte seinen Satz nicht zu Ende sprechen.

»Ich gehe rüber, wenn ich hier fertig bin.«

»So einen beschissenen Tod sterben zu müssen – und alles nur wegen der Schlamperei von anderen!« Taylor schüttelte betrübt den Kopf. »Mein herzlichstes Beileid, Ma'am.«

»Danke, Sir.«

Die Falten und Runzeln in Taylors wettergegerbtem Gesicht

zeichneten eine Karte seiner Sorgen und auch der Siege, die er errungen hatte. Sarah kannte sein Gesicht nur zu gut, denn sie war dabeigewesen, als einige dieser Sorgen und Siege sich in seine Haut gegraben hatten. Dieser Vorfall würde die Spuren der Sorgen vermehren.

Auch sie würde nun Falten bekommen, Zeichen von Verlust und Trauer. Und Schuld. Wie hatte sie ihn allein gehen lassen können! Wie hatten sie die letzten sechs Wochen ihres gemeinsamen Lebens getrennt verbringen können? Wie hatte sie ihn allein sterben lassen können? Vielleicht wäre das alles gar nicht passiert, wenn sie mit ihm gefahren wäre. Oder sie wäre mit ihm verunglückt. Und das war einem Leben ohne Jack bei weitem vorzuziehen.

In der Ferne blies das Horn zum abendlichen Fahnenappell. Die Männer würden sich in Paradeuniform versammeln, sie würden ihre toten Kameraden beerdigen und danach wieder ihrer Pflicht folgen.

Sarah ging zum Strand und stellte sich in die seichten Wellen. Sie starrte in das verglimmende Abendrot. Der Himmel sah aus, als würde sich noch immer ein brennendes Schiff hinter dem Horizont befinden. Nun, da sie allein war, ließ sie ihren Tränen freien Lauf, heiß und salzig brannten sie auf ihren Wangen.

Sie hatte immer Angst gehabt, der Tod könnte Jack von ihrer Seite reißen, bevor er sie selbst holen würde. In den letzten acht Jahren hatte sie versucht, nicht daran zu denken. Nun fragte sie sich, wie sie ohne Jack weiterleben sollte.

Sie legte eine Hand an die Hutkrempe und salutierte. »Ruhe in Frieden, Jack Borginnis.«

3

Wie man mit bloßen Händen eine Klapperschlange aus dem Loch zieht

Nach dem Appell verließ Lieutenant George Lincoln das wohlgeordnete Lager entlang der Küste und machte sich auf den Weg, »seinen Kummer zu ertränken«, wie Sarah es immer nannte. Auf seinem weißen Wallach ritt er zum Seifenviertel, dem Lager der Wäscherinnen in einem Pappelhain am Ufer eines Flüßchens, das in den Nueces River mündete.

Planwagen, Zelte und Schuppen standen kreuz und quer in der Landschaft, als hätte ein Wirbelwind sie dort hingeweht. Frauen schrien Kinder an, die sich wiederum gegenseitig anschrien, Köter, die nie jemand abgerichtet hatte, bellten jeden an. Über den abendlichen Lagerfeuern kräuselte sich der Rauch und verwehte zu blaugrauem Dunst, der sich in den Bäumen verfing. Wäsche hing über Büschen und an niedrigen Ästen zum Trocknen.

Die Frauen waren gerade vom Fluß zurückgekommen, wo sie die frisch gewaschene Wäsche ausgespült hatten; ihre nassen Kleider klebten ihnen noch am Leib. Die meisten waren gerade mal Mitte Zwanzig. Unter ihren wirren Haarsträhnen hervor sahen sie Lincoln so keck an, daß er ganz aus der Fassung geriet, während er auf seinem großen Wallach durch die Pfützen aus Seifenwasser spritzte. Das Lager des Armeegefolges machte George Lincoln immer ganz melancholisch, besonders in der Dämmerung. Die Frauen riefen ihre Kinder, ganze Schwärme von Jungs und Mädchen kamen angetollt, teilten sich und verzogen sich in die jeweiligen provisorischen Hütten, die sie ihr Heim nannten. Auch die Ehemänner, meist Sergeants, kehrten heim, setzten sich ans Kochfeuer, ohne ihre blauen Röcke aufzuknöpfen, reinigten ihre Gewehre, wichsten ihre Patronentaschen und spielten mit ihren Kindern.

Am traurigsten machten Lincoln immer die Kinder. Als er von zu Hause weggegangen war, hatte sein eigenes Kind gerade angefangen, sich unter der Schürze der jungen Mutter abzuzeichnen. In ihrer letzten gemeinsamen Nacht hatte er die ganze Zeit die Hände auf ihren Bauch gelegt und sich an dem wachsenden Leben darin gefreut.

Lieutenant Lincoln war mittlerweile zweiunddreißig Jahre alt. Er hatte eine stark gebogene Nase und einen graumelierten Schnurrbart, der über seine Oberlippe hing. Die kurze blaue Jacke war maßgeschneidert für seine schmale Taille, seine weiße Hose schimmerte makellos, was nahezu an ein Wunder grenzte. In der Innentasche seiner Jacke steckte ein Buch, John Stephens *Reiseberichte aus Yucatan.* Er zog den Tschako über seine buschigen schwarzen Augenbrauen und beschattete seine wasserblauen Augen.

In gleichmäßigem Schritt lenkte er sein Pferd durch die Unmengen sonnengebräunter, strohblonder Gören. Ein Dreikäsehoch sprang geduckt unter dem Pferd hindurch und tauchte auf der anderen Seite wieder auf. Lincoln beugte sich hinunter und packte ihn an der Schnur, die verhindern sollte, daß die Hose aus Sackleinen über seine Spatzenknöchel rutschte. Der Junge strampelte, kickte Sand gegen die Steigbügel und beschmutzte Lincolns polierten Stiefel.

Lincoln hob ihn vom Boden. »He, du Held, gehörst du zur Zweiten Schwadron?«

»Ja, Sir.« Der Junge, der immer noch an der Schnur hing, salutierte.

»Wenn du mir sagst, wo ich Mrs. Borginnis finde, hast du dir einen Cent verdient, kleiner Kavallerist.« Lincoln ließ ihn wieder runter.

»Da kommt sie, Sir.«

Sarah winkte Lincoln mit dem Ochsenziemer zu und ging ihm mit dem Muli am Zügel entgegen. Der Maulesel war ein klapperdürres Exemplar seiner Rasse, und seine Ohren fungierten gewissermaßen als Signalflaggen, die durch Drehungen und Wendungen seine Gedanken wiedergaben. Das Tier sah aus wie eine Kreuzung zwischen einem verrückten Quacksalber, einem verschlagenen Wunderheiler und einem christlichen Märtyrer. Auf seinem Rücken stapelte sich die Wäsche.

Im Jahr 1838 hatte die Armee Männer für den Florida-Feldzug gesucht, und Lincoln hatte in Camp Jefferson, Missouri, Jack Borginnis rekrutiert und Sarah als Wäscherin gleich mit angeworben. Zusammen hatten sie das Elend in den Sümpfen ertragen. George Lincoln kannte Sarah nun seit sieben Jahren, doch ihre Statur und ihre ungewöhnliche Schönheit, die aus der Harmonie dieser widerspenstigen dunkelroten Haarmähne, den leuchtendgrünen Augen und dem energischen Kinn erwuchs, ließen ihn jedesmal aufs neue zusammenzucken. Einmal hatte er sie gefragt, ob es sie störte, daß die Männer ihr soviel Aufmerksamkeit entgegenbrachten, doch sie hatte nur gelacht: »Gott wollte mir eben diesen Leib geben, ich habe mich nicht besonders darum verdient gemacht, und deshalb habe ich auch keinen Grund, hochnäsig zu sein.«

Sarahs Kommen riß ihn aus seiner Erinnerung. »Na, so ganz in Gedanken, Lieutenant? Wie wär's, wenn ich die Glut anfache und Ihnen einen Kaffee brühe?«

»Kaffee wäre jetzt genau das richtige.« Lincoln hatte einen nasalen Massachusetts-Akzent, der Sarah an verwässerte Suppe erinnert hatte, als sie ihn zum erstenmal gehört hatte.

»Die Neuengländer geizen mit der Sprache, als wären sie zu faul, für die einzelnen Silben ein wenig Energie aufzuwenden«, hatte sie gesagt, sich vornübergebeugt, als wollte sie ihm ein Geheimnis anvertrauen, und ihn mit ihren grünen Augen angezwinkert. »Die Leute aus dem Süden hingegen dehnen die Silben zu voller Länge, und bei den kurzen Wörtern füllen sie die Zwischenräume aus. Wenn wir reden, hört sich das an, als hätten wir ein gebackenes Opossum, gefüllt mit Maisbrot und Pekannüssen, im Mund. So ein Opossum hat zwar nicht viel Fleisch auf den Rippen, aber wir machen das Beste draus.«

Sarah kraulte dem Wallach liebevoll die Ohren. »Na, Gator, du bist ja geschmeidig wie eine Talgkerze. Der Lieutenant behandelt dich offensichtlich gut.«

Das Pferd wieherte und stupste sie mit dem Maul an der Schulter. Der Maulesel senkte den Kopf wie eine Kobra, die zum Angriff ansetzt; er zog die Lippen über seine gelben Zähne, und seine glasigen Augen funkelten böse und wild. Doch bevor Lincoln sie warnen konnte, zog Sarah dem Muli schon eins mit dem Ochsenziemer über, der hart auf seiner Nase landete. Beleidigt zog er sich zurück, soweit es der Strick zuließ.

»Eifersüchtig. Wie die Männer, was? Er ist eben noch einer vom alten Schlag.« Sarah sah ihr Muli an. »Aber in einem Gewitter dürfen Sie sich nie neben ihn stellen, seine Augen ziehen den Blitz an.« Sie sagte das so ernst, daß Lincoln nicht sicher war, ob sie ihn auf den Arm nahm – da war er sich übrigens nie sicher.

Er wußte, daß Sarah ihren Mann geliebt hatte. Jeder mit einem Fingerhut voll Gefühl hatte sehen können, daß die beiden zusammengehört hatten. Er blickte sie verstohlen an und suchte vergeblich das Glitzern von Tränen auf ihren Wangen.

Sie winkte Lincoln zu ihrem Lager, das aussah wie ein mit Wäsche behangener Busch. Die Mesquitstämme an der Seite und die Quersparren des Dachs hatte sie mit Zweigen und Gestrüpp verkleidet und als Schutz vor Sand und Wind, die in jede Ritze krochen, Säcke darüber gehängt. Eine Bö bauschte den Sack in der Tür, und Lincoln erhaschte einen Blick auf ein Stück Segeltuch, das auf dem Boden lag und auf dem sich bis zum Dach Sarahs Habe stapelte. Außerdem konnte er die Ecke eines Feldbetts erkennen, dessen Fuß in einem Wassertopf stand.

Über den steinernen Kreis der Feuerstelle hatte sie einen Dreifuß gestellt und einen Tisch aus Stöcken zwischen zwei Pappeln verzurrt. Auf einem Stück Land von etwa zehn mal fünfzehn Fuß hatte sie schon beinahe einen zwei Fuß tiefen Graben ausgehoben, der offenbar das Fundament für ein Haus aus Mesquitpfählen darstellte.

Mit der Krempe ihres Huts schlug sie den Staub von einem umgedrehten Holzeimer, der Lincoln als Sitzgelegenheit dienen sollte, goß Wasser aus einem Tonkrug, der in Gurten aus Sackleinen und Stroh von einem Mesquitbaum hing, in einen verbeulten Blechbecher und reichte ihn Lincoln. Das Wasser war erstaunlich kalt.

Während das Kaffeewasser im Kessel kochte, warf Sarah die Wäsche auf die Büsche und auf das Dach ihrer Hütte. Der Geruch nach nasser Wolle erinnerte Lincoln an die langen, feuchten Märsche durch den Regen.

»Ihre Hemden und Hosen sind noch nicht trocken, Lieutenant. Jake und ich bringen sie morgen früh rüber.« Sie deutete mit dem Kinn auf ihr Muli, das Lincoln haßerfüllt von seinem Pflock aus anstarrte. Ein kleines Stück Schlange hing ihm aus dem Maul, das immer kürzer wurde, während Jake andächtig kaute. Bei diesem Anblick wieherte die Stute ängstlich und tänzelte auf die andere Seite des Pflocks, bis sich die Leine spannte.

»Ist das eine Klapperschlange?« fragte Lincoln.

Sarah sah zu ihrem Muli hinüber. »Ja. Er läßt sie sich offenbar auf der Zunge zergehen.«

»Darf ich Jake mal ausleihen? Ich habe nämlich zwei von diesen Teufeln in meinem Bett gefunden.«

»Ist mir doch ein Vergnügen – und Jake freut sich auch. Hier im Seifenviertel hat er inzwischen alle Klapperschlangen ausgerottet.« Sie nahm eine Schlangenklapper aus ihrer Tasche und schüttelte sie. Das trockene Rasseln ließ Lincoln die Haare zu Berge stehen. In den Sümpfen und Pinienhainen von Florida hatte ihn dieser Klang das Fürchten gelehrt. Doch Jake stellte erwartungsvoll die Ohren auf. Die Stute wieherte, schüttelte den Kopf und schlug mit dem Schweif.

»Ich bin aufgewacht und hab das da samt dem ganzen Rest

der Klapperschlange auf meiner Brust gefunden«, sagte Sarah. »Ich mußte ganz still liegen, bis Seine Schlänglichkeit geruhten, sich aus dem Staub zu machen. Zwölf Glieder hatte der Prachtkerl, die Klapper behalt ich als Talisman.«

Zögernd schnitt Lincoln einen der Gründe seines Besuchs an. »Ich wollte Ihnen mein Beileid aussprechen, Mrs. Borginnis.« Ihm war klar, daß Sarah von Anfang an gewußt hatte, warum er gekommen war. Zu kondolieren war eine Pflicht, die er schon immer verabscheut hatte. »Ich hatte die letzten Tage wenig Zeit … Die ganzen Beerdigungen, die Identifizierung der Toten, Berichte, Briefe an die Angehörigen …«

»Der Tod verlangt Ihnen viel Papier und Tinte ab.«

»Ja, das kann man wohl sagen!« Lincoln wußte, daß Sarah einen Scherz machen wollte, um ihm seine Aufgabe zu erleichtern, und dafür war er ihr dankbar. »Sergeant Borginnis war ein hervorragender Soldat.«

»Danke, Lieutenant.«

In diesem Moment kam ein Mädchen von ungefähr sieben, acht Jahren und füllte das Schweigen aus, das sich über die beiden gesenkt hatte. Auf dem Arm trug sie ein sehr viel kleineres Kind, und ein drittes watschelte hinter ihr her wie eine kleine Gans. Das Haar der drei Kinder hatte die Farbe und Struktur von Maisgrannen, durch die ein heftiger Staubsturm gefegt war. Die beiden Kleinen waren nackt, das Mädchen trug ein Unterhemd aus Kaliko, das zu einem fahlen Grau verblichen war.

Das Mädchen setzte die beiden Kleinen, die gebannt auf den Kessel starrten, auf einen Baumstamm, sie selbst half Sarah beim Schälen von Maiskolben. Dabei drehte sie leicht den Kopf und schielte Lincoln von der Seite an. Hinter dem hellen Fransenvorhang ihrer Wimpern verengten sich ihre Augen zu Schlitzen aus Saphir. Sie hatte die mißtrauische Miene und die Körperhaltung eines Geschöpfs, über dem schon öfter die Fallen der Erwachsenen zugeschnappt waren, und die Kleine machte nicht den Eindruck, als hätte sie die Absicht, sich noch einmal fangen zu lassen. Ihre Zähne waren zu lang, und wenn sie den Mund schloß, wölbten sich ihre Lippen. Normalerweise aber stand ihr Mund ein wenig offen, was der unteren Gesichtshälfte ein leicht verwundertes Aussehen verlieh, das überhaupt nicht zu ihrem argwöhnischen Blick paßte.

»Das ist Nancy Skinner – und ihre Schwestern Caroline und Fanny.« Sarah warf Lincoln über die Köpfe der Kinder hinweg einen Blick zu, den er gleich verstand. Sarah wollte damit ausdrücken, daß die Mutter höchstwahrscheinlich gerade einen Soldaten bediente und die Kinder hinausgeschickt hatte, bis sie fertig war.

Sarah setzte sich nicht, sondern arbeitete emsig weiter. Sie brachte den Tieren Mais, sie schlug einhändig Feuerspäne, sie versank bis zu den Ellbogen im Mehl, während sie Teig knetete und ihn auf einem Brett plattdrückte. Sie hackte Rindfleisch, Karotten und Kartoffeln so blitzschnell klein, daß ihre Hand vor Lincolns Augen verschwamm, und warf das Gehackte in den Kessel. Dann schob sie den Teig in den holländischen Kanonenofen, füllte Kohlen nach und schaufelte Glut in die gewölbte Klappe.

Während Sarah flink eine Aufgabe nach der anderen erledigte, bewunderte Lincoln ihre Anmut und Schnelligkeit, die die Arbeit fast mühelos erscheinen ließen. In Boston war er einmal bei einem Ballettabend gewesen – Sarahs Bewegungen erinnerten ihn an den Tanz, und ihm fiel wieder einmal auf, daß sie sich in dieser Welt bewegte wie ein Fisch im Wasser.

»General Taylor will eine Arbeitsbrigade schicken, die Häuser für die Wäscherinnen bauen soll.« Er wedelte mit seinem Tschako in Richtung Sarahs Graben. »Aber ich sehe schon, Sie verschwenden Ihre Zeit nicht mit dem Warten auf Helfer.«

»Die Generäle hatten es so eilig hierherzukommen, daß wir bestimmt ziemlich lange auf Hilfe warten müssen.«

»Mexiko wird seinen Anspruch auf Texas nicht aufgeben. Wir werden uns das Land zweifellos früher oder später wieder zurückholen müssen.«

»Und dann gibt es ein Fest im Palast von Montezuma.« Sarah grinste. »Die Texaner bekommen eine Chance, sich wegen der Schlacht am Alamo an General Santa Anna zu rächen. Dieser mexikanische Schurke hat mehr Menschenleben auf dem Gewissen als der alte Sam Jones, Gott verdamm ihn!«

Lincoln mußte lachen bei der Erwähnung des abgefeimten Seminolen-Häuptlings, der die Armee wieder und wieder ausgetrickst hatte. Soweit man wußte, wärmte der Indianer noch immer seine alten, verschrumpelten Knie am Lagerfeuer in den Sümpfen im Süden von Florida.

Als Lincoln den Hut abgenommen hatte, waren seine Lokken hervorgequollen, die schon von grauen Strähnen durchzogen waren. Dafür gab er Sam Jones, Osceola und den anderen Seminolen die Schuld. Er hockte auf dem umgedrehten Eimer, stützte die Ellbogen auf die Knie, drehte seinen Tschako in der Hand und überlegte, wie er am besten das zweite Thema ansprechen könnte, das ihn zu Sarah geführt hatte.

»Bestimmt haben Sie schon gehört, daß Klagen über den Koch laut geworden sind.«

»Ja, er soll angeblich den ganzen Backhopfen fürs Bierbrauen genommen haben.«

»Und was für ein Bier – das reinste Teufelszeug!« Lincoln hielt kurz inne. »Sechs von uns Offizieren wollen nun gemeinsame Sache machen, und wir haben uns gedacht, daß Sie genau die richtige Köchin für uns wären. Jeder bezahlt fünf Dollar monatlich, davon können Sie einkaufen.«

»Das könnte gehen.«

»Ich werde morgen das Arbeitskommando für die Bauarbeiten schicken, die Brigade stellt auch die Materialien. Nächste Woche haben Sie alle ein Dach über dem Kopf.« Die Aussicht, demnächst von einer Frau bekocht zu werden, gab ihm wieder Auftrieb. »Hier kann man ausgezeichnet jagen und angeln. Wir bringen Fisch und Wachteln und Wild, dann können Sie sich die Ausgaben für Rind- und Schweinefleisch sparen und in Ihre eigene Tasche stecken. Sie können doch Wild zubereiten, oder?«

»Ich bring Ihnen alles auf den Teller, was gehen, kriechen, fliegen, schwimmen und in der Erde wühlen kann, einschließlich Klapperschlangen, Schildkröten und Alligatoren.«

»Gut. Abgemacht?«

»Abgemacht.« Auf dem Weg zum Kessel, wo sie den Eintopf umrühren wollte, beugte sie sich vor und streckte Lincoln eine mehlbestäubte Hand hin. Lincoln schüttelte sie und war beeindruckt von der Kraft, die in den schlanken Fingern steckte.

Die Kochfeuer brannten in der Dunkelheit. Irgendwo im Lager schrie ein Säugling. Lincoln hätte am liebsten selbst geweint, so sehr sehnte er sich nach seiner Frau und dem Kind, das während seiner Abwesenheit geboren worden war.

Gern wäre er länger bei Sarah geblieben und hätte sich in dieser Zweisamkeit Kaffee und Eintopf schmecken lassen, den lauen Abendwind und den weichen Tonfall einer weiblichen Stimme genossen, auch wenn er wußte, daß er und Sarah höchstwahrscheinlich wieder in Erinnerungen an den Krieg gegen die Seminolen schwelgen würden – das gleiche Gesprächsthema wie unter den Offizieren. Doch es gehörte sich nicht, bei einer frisch verwitweten Frau herumzusitzen, selbst wenn er das Unmögliche versuchen und sie in ihrer Trauer trösten wollte.

Also schwang er sich in den Sattel. Sarah und die drei Kinder winkten ihm unter dem sternengesprenkelten Himmelszelt nach – wie eine Familie aus dem Bilderbuch.

»Lieutenant!« rief Sarah ihm leise nach.

Er zog Gator an den Zügeln. »Ja?«

»Danke.«

Er salutierte und kanterte davon.

Sarah ritt auf dem Muli den Pfad am Kamm der Klippen entlang. Hinter ihr und zwischen zwei Weidenkörben, die an den Flanken des Mulis festgebunden waren, hockte Nancy Skinner. Als Sarah vor einer Woche durch das mexikanische Dorf geritten war, hatte es düster und abweisend ausgesehen, doch nun, verglichen mit dem ganzen Chaos auf der Ranch, wirkte es ruhig, vertraut und heimelig, und Sarah fielen Dinge auf, die sie das erste Mal gar nicht bemerkt hatte.

Obstbäume spendeten den Häusern Schatten, in manch einem Hof stand ein bienenstockförmiger Lehmofen. Mit Hilfe von Bewässerungsgräben wurde das Wasser aus dem schlammigen Fluß in die Gärten geleitet. Hühner scharrten im Staub. Zwischen Bohnenranken, Paprikasträuchern und hohen Maisstauden entdeckte sie wie beim erstenmal die junge Frau. Vor dem Zaun hielt Sarah an und brachte ein paar Brocken Spanisch hervor:

»*Buenos dios.*«

Die Frau lächelte belustigt, ihre kleinen, aber regelmäßigen weißen Zähne blitzten auf.

»Was Sie da gerade gesagt haben, heißt ›guter Gott‹«, flüsterte Nancy in Sarahs Ohr.

»Dann halte ich mich lieber an meinen ursprünglichen Plan, und du übersetzt«, sagte Sarah leise.

Sie stieg ab und band das Muli an einen Zaunpfahl. Auch Nancy sprang ab und schüttelte den Staub von ihrem Rock.

Sarah hielt sich an das unausgesprochene Gesetz, anderer Leute Gartentore nicht zu passieren, bevor man sich nicht vorgestellt hatte. »Sag ihr meinen Namen und sag ihr, daß ich mich freue, ihre Bekanntschaft zu machen.«

Das Mädchen stellte Sarah vor. Nancy war zwar nur ein paar Wochen länger in Texas als Sarah, doch sie spielte immer mit den Kindern einer mexikanischen Wäscherin.

»Sie heißt Cruz«, berichtete Nancy. »Sie sagt, sie sei Ihnen und Gott zu Diensten.«

Sarah stieß das Tor auf, Nancy folgte ihr und schloß es wieder.

Die Frau sah hübsch und heiter aus zwischen all den grünen Blättern. Ihre Haut war von einem vollendeten Hellbraun – die eine Hälfte der Menschheit war dunkler als sie, die andere heller. Sie konnte nicht älter als achtzehn Jahre alt sein.

»Nancy, sag ihr, daß sie ein hübsches Kleid trägt.«

»La Señora dice que su falda es linda«, übersetzte sie.

»Gracias«, lächelte Cruz.

Den Rock hatte sie aus vier von den fünf Tüchern genäht, die sie gegen die Tontöpfe getauscht hatte. Jedes Viertel hatte eine andere Farbe und ein anderes Muster. Darüber trug sie ein langes weißes Baumwollhemd, das sie mit einem roten Gürtelband gerafft hatte.

Nancy dolmetschte Sarahs Feilschen um Gemüse und Eier. Junge und alte Gesichter schoben sich über den Zaun und beobachteten die Szene, andere spähten durch die Ritzen zwischen den Holzpfählen. Sarah half Cruz beim Pflücken der Bohnen, Kürbisse und Chilis, Nancy kroch in den mit Gestrüpp bedeckten Hennenstall und nahm den beleidigten Glucken ihre Eier weg. Gemeinsam trugen sie die Weidenkörbe und Säcke zu dem alten Tisch unter den Bäumen hinterm Haus, sortierten vor den Augen von Cruz' Nachbarn ihre Erträge und packten alles zusammen.

Cruz legte noch einige Handvoll Früchte von dem Baum über ihnen dazu, die in Größe und Form Wachteleiern glichen. Ihre goldene Haut war so flaumig wie eine junge Maus. *»Un regalito para suerte.«*

»Ein Geschenk. Es soll Glück bringen.« Nancy schneuzte sich, rieb sich den angetrockneten Hühnerkot von den Händen und wischte sie an ihrem Rock ab. »Die Früchte heißen *chabanaco* – das sind wohl Aprikosen.«

»Gracias, Señorita.«

Dann fuhren alle auf, als ein Schrei aus dem Haus drang. *»Carajo! Maldito sea!«*

Nancy fuhr pflichtbewußt mit ihrer Dolmetschertätigkeit fort: »Er flucht.«

Frauen und Kinder versprengten sich in alle Richtungen, in Cruz' Augen flackerten Angst und Entsetzen auf. Sie stopfte den letzten Maiskolben in einen Sack und schulterte ihn, Sarah nahm einen Korb unter jeden Arm, und Cruz schubste sie vor sich her durch den Garten.

Sie sahen, wie ein Mann mit einem Stück Feuerholz auf Jake einprügelte. Das Muli hatte den Knoten am Zaunpfahl aufgeknabbert und graste nun an der Hausecke das Dachstroh ab, soweit sein Maul reichte. Jake reckte noch einmal den Hals und schnappte ein Maulvoll, bevor er sich außer Reichweite des Knüppels begab. Da stand er nun abseits und kaute genüßlich, als würde ihn das alles gar nichts angehen.

Der Mann tobte und wartete nur darauf, auf den Besitzer des Maulesels loszugehen. Er trug den üblichen Baumwollponcho und *calzoneras* über einer weiten weißen Hose. Seine Augen waren trüb vor Müdigkeit oder Alkohol, und die Lider hingen herab – ein Anblick, der Sarah an Jakes geliebte Klapperschlangen erinnerte. Die Falten einer Strohmatte hatten sich in seine Wange gedrückt, die mit tiefen Pockennarben übersät war, und auf einer Seite war sein krauses schwarzes Haar platt an den Kopf gedrückt. Sein Gesicht sah aus, als hätte ihn ein Töpfer mit Tonklumpen beworfen. Sarah erwartete fast, den Daumenabdruck des Künstlers auf der Nase des Mannes zu sehen. Selbst im Zorn waren seine dunklen, matten Augen noch leblos. Eine lange Narbe grub sich über Nase und Wange bis zum Ohr.

Er sah Sarah an – dazu mußte er allerdings den Kopf heben – und spie ihr auf spanisch einen Schwall Flüche und Beleidigungen entgegen. Allerdings war er nicht so dumm, einen überlegenen Gegner anzugreifen, und ging statt dessen auf Cruz los. Er schwang den Prügel, sie hob den Arm, um den Schlag abzuwehren. Sarah trat dazwischen und packte den Stock mit einer Hand, schweigend rangen die beiden um den Knüppel.

»Nancy, entschuldige dich bitte bei dem geschätzten Gentleman und sag ihm, daß ich am nächsten Zahltag für seinen Schaden aufkomme.« Sie sah dem Mann in die Augen, bis er den

Blick abwandte. Beide hielten noch immer mit angespannten Armen und Fingern das Stück Holz umklammert, doch der Schweiß perlte schon über die Stirn des Mannes. »Und sag ihm, daß mir seine Frau helfen muß, die Einkäufe nach Hause zu tragen, nachdem er mein Muli verjagt hat.«

»Wie soll ich denn das alles sagen, Mrs. Borginnis? Das kann ich nicht.« Nancy hatte sich hinter Sarahs Röcke geflüchtet.

Also warf Sarah ihm nur einen warnenden Blick zu, drehte ihm den Stock aus der Hand und schleuderte ihn in hohem Bogen aufs Dach.

Sie spannte den Hahn ihrer Pistole und bat Nancy und Cruz, die Körbe und Säcke zu nehmen, dann brachen sie auf. Zur Sicherheit warf Sarah ab und an einen Blick zurück, denn sie hatte den Mann nicht nur zum Wahnsinn getrieben, sie hatte ihn auch gedemütigt – sie hatte mit bloßen Händen eine Klapperschlange aus dem Loch gezogen.

Doch zumindest war Cruz vorläufig in Sicherheit. Vielleicht gehörte er ja zu der Sorte, deren Wut schnell entfachte, aber genauso schnell wieder verrauchte, auch wenn es danach aussah, als würde er meist bei schwacher Glut schwelen. Sarah wußte, daß Jake den ganzen Weg zurück zum Lager außer Reichweite bleiben und sich immer wieder klammheimlich und mit Unschuldsmiene nach ihr umdrehen würde. Und genau das tat er auch.

4

Ein richtiges Halunkennest

Jack Borginnis führte Sarah mit der Hand an ihrer Taille im Walzertakt durch den Raum. Sie waren auf Armeslänge voneinander entfernt und doch durch die Sinnlichkeit der Bewegung miteinander verbunden, sie tanzten wie ein einziger Körper, betört vom Rhythmus, der sie von der Menge in dem überfüllten Raum schied. Schon waren sie aus den Gesetzen der Schwerkraft und den Regeln des Anstandes herausgetanzt. Die Musik wurde immer lauter, der Raum drehte sich, und Sarah hätte ewig so weitertanzen können – doch dann zerriß ein Horn die Melodie der Geige.

Jede Kompanie hatte mindestens einen Hornisten, und jeder blies den Morgenstreich mit unterschiedlicher Virtuosität und zu unterschiedlicher Zeit unten am Strand. Sarah lag mit geschlossenen Augen da und versuchte, ihren Traum mit der Matratze aus Maishülsen und der Blasmusik in Einklang zu bringen. Sie streckte die Hand nach Jack aus, doch sie fühlte nur die zerknitterte Baumwolldecke. Ihr Herz wurde hart vor Angst – irgend etwas stimmte nicht. Und dann fiel ihr ein, daß die Dinge tatsächlich nicht so waren, wie sie sein sollten. Jack war tot, und man hatte nicht einmal seine sterblichen Überreste geborgen, damit Sarah sie beerdigen konnte. Die Trauer schnürte ihr die Kehle zu, und sie stöhnte auf. Die Angst, die ihr Herz umklammerte, verwandelte sich in einen solch stechenden Schmerz, daß sie die Hand auf die Brust preßte, um ihn zu lindern. Doch jeden Tag erwachte sie mit derselben Pein.

Zur Ablenkung versuchte sie, an etwas anderes zu denken. Heute war Zahltag, der erste für sie, seit sie vor drei Monaten hier angekommen war, und für viele Soldaten der erste in sechs

Monaten. Die Vögel zankten zwitschernd in den Pappeln. Der Morgen war angebrochen, während sie sich noch zum Walzer gedreht hatte. Wenn sie sich nicht beeilte, würden die Glücksspieler und die Whiskeyverkäufer den Soldaten ihr Geld abluchsen, bevor Sarah ihre Schulden eintreiben konnte.

Sie stieß den Fensterladen auf, der aus dem Holz der Frachtkisten gezimmert war, lehnte sich hinaus und rief nach Nancy Skinner. Als sie die Truhe öffnete, glitt die Schicht aus Sand, der durch die Ritzen in der Wand eingedrungen war, auf den Boden. Auch von dem Korsett, das sie aus der Truhe nahm, blies sie den Sand; es bestand aus gestärktem Musselin, Fischbeinstäbchen und so vielen Baumwollkordeln, Laschen und Blechösen, daß sie damit eine Jolle hätte takeln können.

Die Offiziersgattinnen würden gemeinsam am Ende der Schlange auf ihre Männer warten. Wie päpstliche Segnungen würden sie Sarah und den anderen Wäscherinnen honigsüße Grüße und ein herablassendes Lächeln schenken. Die Spitzen ihrer Hauben reichten zwar kaum an Sarahs Kinn, doch sie würden trotzdem versuchen, auf sie herabzusehen – aber dann sollten sie wenigstens eine wunderschöne Frau vor sich haben!

Sie zog das Korsett über den Kopf und strich den wadenlangen Leinenunterrock darunter glatt. Gerade entwirrte sie die Kordeln, als Nancy zur Tür hereinkam, ihre kleine Schwester hing gleichmütig und glotzäugig auf ihrer Hüfte.

»Guten Morgen, Mrs. Borginnis.«

»Ich habe jetzt keine Zeit zum Plaudern, Kind.« Sarah rückte das Korsett zurecht, bis die Ösen hinten waren. »Schnür mich bitte in diese Rüstung ein.« Sie hielt sich an einem Balken fest, von dem die Decke aus Segeltuch heruntergefallen war.

Nancy setzte die Kleine auf den Boden und zog die Kordeln im Zickzack von unten nach oben durch die Ösen. Sarah sah, daß sie mißtrauisch das Dach beäugte.

»Das hält schon. Ich hab den Jungs gesagt, sie sollen die Hütte so bauen, daß sie den texanischen Nordwind und eine Korsettschnürung aushält.«

Nancy wickelte die Enden der Kordeln um ihre Hand, rammte Sarah die nackte Sohle in den Rücken und zog und zog, während Sarah den Atem anhalten mußte. Im Kampf mit dem Korsett rutschte ihre Hand vom Balken, und ein Staubschauer, ein paar Käfer und ein Skorpion fielen aus dem Stroh des Daches. Doch das Ergebnis rechtfertigte den Aufwand, dachte Sarah, obwohl sie keinen Spiegel hatte, um ihren Eindruck zu bestätigen. Die Männer drehten sich sowieso immer nach ihr um, heute aber würden sie mitten in ihrem Schritt innehalten und ihr nachgaffen. Doch Sarah wollte einzig und allein die Offiziersfrauen ärgern, indem sie aussah wie eine große Dame.

Sie schlang die Kordeln der wattierten Tournüre um ihre schmale Taille und schob sie nach hinten, so daß sie sich in einem Halbkreis von Hüfte zu Hüfte bog. Dann nahm sie ihre Leinenbluse von einem Aststumpf an einem der senkrechten Pfähle, die die Wandpfosten ihres Hauses bildeten. Sie knöpfte sie bis zur Drosselgrube zu und zog ihren besten Rock an. Auch ihr einziges Paar Strümpfe und der Strumpfhalter kamen heute zum Einsatz, und selbst die guten Schuhe mit Absatz nahm sie aus der Truhe. Für robustes Schuhwerk war dies nicht der richtige Tag.

An einem anderen Aststumpf hingen Pistole, Patronengürtel und Pulverbeutel. Das Schießeisen war ein Standardmodell von 1836, das an alle Soldaten ausgegeben worden war. Der Lauf ging in einem eleganten Bogen in den Kolben über, das Schloß war blaugrün marmoriert und einsatzgehärtet, der Lauf selbst aus poliertem Stahl. Sarah schlang ihre Finger um den Schaft aus Walnußholz. Auch Jack hatte diesen Schaft in der Hand gehabt; sie versuchte, seine Gegenwart zu spüren und eine Verbindung zu seiner Seele aufzunehmen.

Anschließend hängte sie die Pistole wieder an ihren Platz, obwohl es so sicher war wie das Amen in der Kirche, daß es am Zahltag zu Rangeleien kam. Es würde sie wundern, wenn bis Sonnenuntergang noch niemand das Zeitliche gesegnet hätte.

Aber sie konnte schließlich nicht gleichzeitig elegant und bewaffnet sein.

Sarah löste den Zopf, den sie im Bett getragen hatte, und ihre Haare legten sich wie eine Zimtwolke um ihr Gesicht. Wie mit einem Rechen fuhr sie mit den Fingern durch ihren Schopf, steckte die Haare hoch und ließ die Locken über die Holzkämmchen quellen.

Dann ging sie zum Krug, wusch sich Gesicht und Arme und putzte ihre Zähne mit einem abgekauten Weidenzweig. Der Wasserwagen war zwar erst am Vortag gekommen, doch das Wasser schmeckte jetzt schon brackig, und sie müßte noch mehr Essig auftreiben, um es wieder genießbar zu machen. Sie schluckte einen Rest kalten Kaffee hinunter, der bitter und voller Sand war, und nahm ein altbackenes Stück Maisbrot aus einem abgedeckten Blechtopf. Da sah sie den hungrigen Ausdruck in den Augen des Mädchens.

»Nimm den Rest vom Brot, Nancy, und teil es mit Fanny und Caroline.«

Mit der Sonnenhaube unterm Arm eilte sie hinaus in den schönen, sonnigen Novembermorgen, der von einer salzigen Brise vom Golf her erfrischt wurde. Über ihr schlug ein Papierdrachen salutierend mit den Flügeln.

Draußen versorgte sie Muli und Pferd mit Heu, zog Nancy und ihrer Schwester die Schuhe an und schob den Riegel vor die Tür. Da sah sie Cruz kommen. Sie trug Strohsandalen, einen Rock aus ungebleichtem Musselin und ein weißes Baumwollhemd, das von dem roten Gürtelband gehalten wurde; um den Kopf hatte sie eine Mantille geschlungen. Von Nancy hatte Sarah erfahren, daß Cruz' übellauniger Gatte Antonio Águila hieß.

»Buenos días, Señora Borginnis.«

»Buenos días, Señora Águila.«

Sie hielt Sarah eine Kalebasse hin, in der Eier in einem Strohbett lagen.

»Danke. Das ist aber nett!« Als Sarah die Eier entgegennahm, sah sie den dunkelroten Ring unter Cruz' Auge. Ihre Lippe war aufgeplatzt und geschwollen, auf ihrer Wange prangte ein Bluterguß. Cruz senkte den Kopf und zog das Tuch in die Stirn.

»O mein Gott!« murmelte Sarah. »Und dabei hab ich heute gar keine Zeit für so was!« Doch sie schob schon den Türriegel zurück und eilte ins Haus.

Sie gab eine Handvoll Tabak auf ein viereckiges Stück Sackleinen, faltete die Ecken und drehte das Ganze zusammen. Das verknotete Päckchen gab sie Cruz, die sich bedankte und sich wieder auf den Weg machte. Doch Sarah hielt sie fest.

»Nancy, sag der Señora, daß ich eine Küchenhilfe brauche. Sie kann schon heute anfangen.«

Nancy übermittelte Sarahs Anfrage und übersetzte Cruz' Antwort: »Sie sagt, sie muß ihrem Mann gleich den Tabak bringen. *Pronto.*«

»Sag ihr, ich schicke den Tabak mit einem Jungen.«

»Ihr Mann wird das nicht erlauben«, berichtete Nancy.

»Ich werde später mit ihm sprechen.«

Sarah hätte am liebsten vor Ungeduld aufgeschrien. Sie wußte, daß sie den Soldaten der Zweiten Schwadron den Sold abringen müßte, bevor Pharo-Spieler, Monte-Zocker, Hütchenspieler, Whiskeyverkäufer und andere Halunken das Geld bekämen – von den Prostituierten bei Delfinius Burch gar nicht zu reden.

»Nancy!« Bertha Skinners Stimme schrillte durch den morgendlichen Rummel im Seifenviertel. Nancy trollte sich schleunigst mit ihrer Schwester auf der Hüfte davon.

Sarah überlegte, was nun zu tun wäre. Nachdem sie ihren Sold bekommen hätte, könnte sie Cruz ins Dorf zurückbegleiten, ihrem Gatten den Schaden am Dach bezahlen, den Jake einige Monate zuvor angerichtet hatte, und ihn nebenbei mit einem extrabösen Blick bedenken. Doch was sollte sie in der Zwischenzeit bloß mit dieser armen Frau anfangen? Der ausgefranste Saum von Cruz' Rock entblößte ihre schlanken Fesseln und viel zuviel von ihren wohlgeformten Waden. Der Ausschnitt ihres weiten Hemds gab die Wölbung ihrer Brüste frei, und wenn sie sich vorbeugte, hätte ein Mann, der neben ihr stand, freie Sicht auf den Rest der Pracht. Zweifellos ein betörender Anblick.

Cruz würde zu jeder Zeit die Soldaten aufreizen, aber am Zahltag würde sie einen wahren Aufruhr verursachen. Seufzend zog Sarah die junge Frau ins Haus.

Mit wildem Blick galoppierte die Stute an der Reihe der Zelte entlang. Sarah saß im Damensitz im Sattel, Cruz hockte vor ihr und klammerte sich an die Mähne. Sarah hatte Cruz in ihren zweiten Unterrock gewickelt und ihr vom Hals bis zu den Hüften ein Tuch umgeschlungen, so daß sie aussah wie eine Araberin.

Im Lager herrschte Unruhe. Dreitausend Soldaten drängten sich vor dem Tisch des Zahlmeisters, und mindestens tausend Gauner von Kinneys Ranch waren auf dem Weg dorthin. Entlang des felsigen Küstenabschnitts wimmelte es nur so von Männern. Ein richtiges Halunkennest, dachte Sarah. Und da waren auch noch die »Zugvögel«, Männer, die unter der Bedingung, daß sie die Stadt verließen, irgendwo aus einem Gefängnis entlassen worden waren.

»Ay, Dios!« kreischte Cruz, als Sarah ruckartig an den Zügeln zog und das Pferd nach links lenkte, mitten hinein in eine Traube verdrießlich dreinblickender Zivilisten in abgetragenen Fräcken und Steghosen.

Fluchend und fäusteschwingend sprangen sie zur Seite. Sarah grinste. Aasgeier, Wanderprediger und auch die Glücksspieler bevorzugten schwarze Kleidung, als könnte diese ihrem sündigen Treiben einen Anschein von Heiligkeit verleihen.

Die Schlange der unruhigen Soldaten erstreckte sich an der Backstube vorbei und um das Verpflegungszelt herum bis zum Strand. Alle reckten die Hälse, um einen Blick auf die Lederbeutel zu erhaschen, die auf einem Brett, das auf zwei Fässern lag, gestapelt waren und den Schablonenaufdruck »U. S.« trugen.

Nun näherten sich die Dragoner der Zweiten Schwadron dem Tisch. Als Sarah die Zügel zog und die Stute in einer Wolke aufstiebenden Sandes und Muschelschalen zum Stehen kam, zog Lieutenant Lincoln gerade seinen weißen Handschuh aus, um den Erhalt seines Solds zu quittieren. Cruz rutschte vom Pferd, Sarah band ihre Stute an den Pflock zu den anderen Pferden und führte die Mexikanerin an der Versammlung der Offiziersgattinnen vorbei, die sich unter ihren Sonnenschirmen zusammendrängten. Nicht einmal zwei Dutzend Frauen hatten ihre Männer in einen drohenden Krieg begleitet, der, wie die Zeitungen voraussagten, für die kleine Division der US-Streitkräfte in einem Blutbad enden würde.

»Guten Tag, meine Damen.« Sarah nickte den Frauen zu und erntete zurückhaltendes Raunen. Augenbrauen hoben sich bei Cruz' Anblick. Die Mexikanerin war die Verachtung der Weißen gewöhnt, doch sie wurde feuerrot, als sie merkte, daß einige der Frauen sie für eine Prostituierte hielten und Sarah für ihre Kupplerin. Am liebsten hätte sich Sarah vor diesen Weibern aufgebaut und sie von Angesicht zu Angesicht zurechtgewiesen, doch dazu hätte sie in die Niederungen ihrer Moralvorstellungen hinabsteigen müssen.

Statt dessen brachte sie Cruz zu den Wäscherinnen, die am anderen Ende des Zahlmeistertischs warteten. Hinter ihnen tummelten sich Krämer, Schneider, Barbiere, Spieler, ein paar aufgetakelte Frauen und alle möglichen Leute, denen ein Soldat Geld schulden konnte. Unter Lauben und Zeltplanen hatten Marketender ihre Stände aufgebaut. Die Preise waren unverschämt hoch, doch der Handel blühte. Ein Gefreiter bekam nur sieben Dollar im Monat, und so entbrannte ein harter Wettstreit darum, ihm diesen Betrag wieder abzuknöpfen. Old Zach hatte den Verkauf von Whiskey untersagt, doch Sarah wußte, daß die Händler die Fässer mit »Forty Rod« – vierzig Ruten – unter Decken versteckt hielten, einem Schnaps, der einen Mann über genau diese Entfernung auf die Knie zwang.

»Werde ich Sie am nächsten Zahltag hier wiedersehen, Mrs. Borginnis – nun, da Sie für uns nicht nur das Abendessen, sondern auch das Frühstück zubereiten?« Lincoln gab ihr den Silberdollar und ein bißchen Kleingeld, das er ihr für die Wäsche schuldete.

»Ich mache auch die Wäsche für einige andere Herren.« Daß sie die Arbeit zu den Frauen in Cruz' Dorf ausgelagert hatte, erwähnte sie nicht.

»Das wird die Jungs sicher freuen.« Er schenkte ihr sein schiefes Lächeln, bevor er weiterging. »Wie schon das Sprichwort sagt: ›Kleider machen Leute‹.«

Der Gefreite James Murphy stand gerade am Tisch, als ein zwielichtiges Subjekt ihn mit dem Ellbogen zur Seite stieß. Der Eindringling stank wie das warme Gekröse einer Schlange, sein Bart sah aus wie ein Dornengestrüpp. Die speckige Fransenjacke aus Hirschleder, die *calzoneras* und der Sombrero wiesen ihn als einen von Jack Hays Texas Rangers aus. Wie die meisten dieser Typen hielt er nicht sonderlich viel davon, sich hinten anzustellen.

»He! Was glaubst du eigentlich, wer du bist?« Murphy stellte sich vor ihn.

»Aus dem Weg, du mickriger irischer Zwergköter!« Er hatte einen britischen Oberklassenakzent, der aus seinem Munde allerdings eher befremdlich klang.

Mit einem Satz war Murphy auf ihm, und die beiden wälzten sich raufend im Sand, während der Rest der Kompanie pfiff und johlte. Murphy hatte schon die Zähne ins Ohr seines Opfers geschlagen, da trat Lieutenant Lincoln zwischen das Knäuel aus Fäusten und Ellbogen, packte Murphy am Kragen, zog ihn hoch und stieß ihn zur Seite.

»Das reicht, Jones!« Lincoln funkelte den Engländer an, der brummend seinen Hut aufhob und sich aus dem Staub machte.

Zu Murphy sagte er: »Diese Schlägerei in der Öffentlichkeit bringt Ihnen mal wieder ein paar Tage Arrest ein, Gefreiter Murphy. Sie wissen ja, wo Sie sich zu melden haben.«

»Zu Befehl, Sir!« Murphy schlug den Sand von der Jacke, zog sie glatt und klopfte mit der Mütze den Staub von der Hose.

Anläßlich des Zahltags und zu Ehren der weiblichen Gesellschaft des Ortes dieser Auseinandersetzung – heute bekannt als Corpus Christi –, hatte sich James Murphy herausgeputzt, und er sah keineswegs so aus, als hätte er auch nur eines jener Laster, denen ein Mann frönen konnte. Saubere schwarze Locken rahmten sein Gesicht, fielen ihm in die Stirn und über die Brauen, die wie zwei umgedrehte Vs auf dem vorstehenden Stirnbein über seinen rauchblauen Augen lagen. Ohne die üblichen Bartstoppeln war das Grübchen in seinem Kinn zu sehen, und auf seinen sonnengebräunten Wangen prangten rosa Flecke.

Die Uniform saß wie angegossen an seinem schlanken Körper, was bei größeren Männern fast unmöglich war, denn die Armeeschneider geizten mit dem Stoff, und jeder Soldat versuchte, eine größere Nummer zu ergattern, damit er die Uniform ändern lassen konnte. Bei den meisten Männern schauten Handgelenke und Knöchel aus Ärmeln und Hosenbeinen, doch nicht so bei James Murphy.

»Du schuldest mir einen Dollar, James«, sagte Sarah.

Murphy blickte mit leicht geöffnetem Mund an ihr vorbei. Sie drehte sich um, um zu sehen, was seine Aufmerksamkeit so fesselte, und stellte fest, daß Cruz Murphys Blick erwiderte.

»Ach, du lieber Himmel!« Sarah nahm Murphy die Silbermünzen ab, angelte sich ihren Dollar, drückte ihm den Rest wieder in die Hand und schloß seine Finger um das Häufchen. Dann gab sie ihm einen Schubs, daß er vorwärtsstolperte. »Los, zieh Leine!« Und sie drehte sich zu Cruz um, die ihm mit den Augen folgte. »Mit James Murphy lassen Sie sich besser nicht ein, Mrs. Águila. Der macht Kleinholz aus Ihren Gefühlen, bevor sie noch den Mund aufmachen können.« Doch kaum hatte sie es gesagt, wußte sie, daß ihr Rat sinnlos war, selbst wenn Cruz die Worte verstanden hätte.

5

Nicht vom Brot allein

Die Sonne hing über dem Horizont im Westen, als Sarah durch die Reihen des Lagers ritt. Es wurde gesungen, gegrölt und gelacht, überall herrschte Festtagsstimmung, der Zahltag zeigte schon Wirkung. Durch die offenen Klappen in eben jenen fadenscheinigen Zelten, über die sich Twiggs so aufgeregt hatte, sah sie die Männer inmitten ihrer Waffen, Truhen, Decken, Kleider und Seesäcke sitzen. Einige spielten Karten oder schmökerten in Büchern, die so abgegriffen waren, daß man die Buchstaben kaum noch lesen konnte, andere schrieben Briefe auf zu Tischen umfunktionierten Faßdeckeln. Im Lager gab es Männer jeglicher Statur und jeglichen Charakters, und in jenem Moment mochte Sarah jeden einzelnen von ihnen. Als sie an ihnen vorbeiritt und sie beobachtete, wußte sie, daß sie nirgendwo sonst auf dieser Welt so glücklich wäre.

Sarah hatte ein Stück Kirschkuchen dabei, den sie frisch im Kanonenofen gebacken hatte – eine vorgeschobene Entschuldigung dafür, daß sie einige Zeit mit General Taylor verbringen wollte, auch wenn Old Zach solche Rechtfertigungen gar nicht verlangte. Sie fand ihn dort, wo sie ihn erwartet hatte – auf einem Klappstuhl vor seinem Zelt, umringt von Soldaten aller Dienstgrade und Truppeneinheiten; sie standen, lehnten an Heuballen oder Maissäcken. Mit dem Sombrero auf seinem zerzausten weißen Haar, dem Flanellhemd, dem ausgebleichten blauen Leinenkittel und den Jeans sah er so aus wie immer: wie ein alter Farmer, der sich am Ende eines harten Tages hinter seinem Pflug ausruhte.

Zwei Männer saßen auf der Kante von weiteren Klappstühlen neben Taylor und rauchten eine Pfeife mit ihm. Sie trugen Mokassins, Lendenschurze und Leggings aus Hirschleder. Die Zipfel ihrer zerknitterten bunten Baumwollhemden hingen unter fadenscheinigen, schweißfleckigen Militärröcken hervor, Reiherfedern steckten schlapp in den Falten ihres Kopfschmucks. Der eine hatte ein runzliges Gesicht von der Farbe schwarzen, starken Kaffees und zimtbraune Augen, so unnahbar und fern wie der afrikanische Kontinent, die Heimat seiner Vorfahren. Der andere war Indianer; er war groß, und seine Muskeln waren so straff wie Spannleinen im Sturm. Sein Kinn stand gebieterisch vor, und in den schwarzen Augen lag stete Überheblichkeit. Er trug eine Kette aus Zähnen, die offenbar einmal einem Alligator gehört hatten, und an seinen Ohren baumelten silberne Halbmonde.

»Wenn das nicht der Teufel im Federkleid ist!« murmelte Sarah.

»Western!« Taylor winkte sie zu sich. »Sehen Sie mal, wer da gekommen ist! Wie Odysseus nach seiner Odyssee. Sie erinnern sich doch an Wildkatze«, er nickte erst dem Indianer, dann dem Schwarzen zu, »und an John Horse?«

»O ja, Sir.« Sarah erinnerte sich nur zu gut.

Zum Beispiel an das Lachen von Wildkatze, das über das von Schlangen wimmelnde Wasser und durch das Schilf am Lake Okeechobee geschwappt war. In ihrem Bauch rumorte etwas, das nicht direkt Angst war, aber es waren Erinnerungen an das Grauen, die Wut, die Trauer und vor allem an die Erniedrigung, die die amerikanische Armee hatte erfahren müssen.

Sie erinnerte sich auch, wie sie in den stinkenden schwarzen Sümpfen nach den Männern gesucht hatte. Wie sie die Verwundeten durch das hohe Riedgras geschleift hatte, dessen Halme an der Seite scharfe Sägezähnchen hatten. Wie sie in dem Gestank der Verwesung, bei dem ihr fast die Luft weggeblieben war, zusammen mit den Soldaten die Toten auf schnell zusammengenagelte Bahren geladen hatte, und sie erinnerte sich nicht zuletzt daran, wie die ausgezehrten Pferde unter dem Gewicht der Toten und Verwundeten zusammengebrochen waren.

Taylor lächelte seine beiden alten Feinde freundlich an, als würde es sich um seine Lieblingsneffen handeln, die nun einmal ein wenig mißraten waren. »Wildkatze erklärt mir gerade, welche Kriegslisten er in der Schlacht am Okeechobee angewandt hat.«

Zweifellos! dachte Sarah. Takt und Bescheidenheit waren nicht gerade Wildkatzes herausragende Eigenschaften.

»Erinnern Sie sich an die kleine Rothaut, die wir vor der Schlacht gefangengenommen haben?«

»Ja, Sir.«

»Wildkatze sagt, Alligator hätte ihn extra für uns zurückgelassen, damit wir ihn verhören konnten. Er hatte Angst, wir würden seine Stellung nicht finden, wenn wir auf uns alleine gestellt wären.« Alligators niedrige Meinung über seine, Taylors, Fähigkeiten, kriegswichtige Informationen zu sammeln, schien ihn zu amüsieren. »Und was für eine tolle Stellung! In achtunddreißig Jahren Kampf habe ich keinen so schwierigen Angriff erlebt!«

Wildkatze stand jählings auf, der Besuch war beendet. Auch John Horse erhob sich und wartete in leichtem Abstand hinter seinem Freund. Taylor rappelte sich ächzend auf, seine Knie- und Knöchelgelenke knackten. Wildkatze schüttelte dem General heftig die Hand und plapperte die ganze Zeit wie ein Wasserfall auf indianisch, John Horse dolmetschte. Dieser Mann irritierte Sarah, genau wie vor fünf Jahren, als sie ihn zum erstenmal bei den Friedensverhandlungen zwischen der Armee und den Seminolen in St. Augustine gesehen hatte. Die

Schwarzen, die Sarah bisher kennengelernt hatte, waren alle Sklaven gewesen, doch John Horse war eindeutig kein Sklave.

»Wildkatzes Herz ist erfreut, daß es Ihnen gutgeht, General Taylor«, übersetzte John Horse. »Er sagt, Sie seien ein großer Häuptling mit großer Medizin. Unter dem Totempfahl spricht man immer noch von Ihrem Heldenmut und Ihrer Listigkeit. Apee-aka sendet Ihnen übrigens Grüße.«

»Apee-aka? Sam Jones! Gott verdamm ihn!« Taylor kicherte. »Ist er etwa in Texas?«

»Nein.« Beim Gedanken an Apee-aka stahl sich selbst über John Horses unbewegtes Gesicht ein Lächeln. »Er jagt und fischt noch immer in den Wassern des Paha-okee, jenes Ortes, den Sie Everglades nennen.«

»Ein kleiner Nachmittagsplausch mit dem alten Wiesel würde mir wirklich gefallen.« Taylor nickte Wildkatze zu. »Sagen Sie ihm, daß wir seine und Ihre Dienste, John, als Späher gut gebrauchen könnten.«

Wildkatze grinste. »Komantsche sehr gut Feind! Mexikaner ...«, er zuckte die Achseln, »nicht gut.« Er nahm sein Gewehr und salutierte zackig, dann stiegen er und John Horse auf ihre Ponys, traten ihnen in die Flanken und galoppierten über die Spannleinen der Zelte hinweg, daß die Seile rissen und der Sand nur so aufspritzte.

Taylor sah ihnen nach. »Stellen Sie sich vor, Western, die sind extra von San Antonio hierhergeritten, um mir ihre Aufwartung zu machen. Ich habe richtiggehend nostalgische Anwandlungen im Herzen bekommen, als ich die beiden gesehen habe.«

»Anwandlungen habe ich auch bekommen, als ich die beiden gesehen habe, Sir, allerdings in einem Körperteil, wo man alles findet, nur keine Nostalgie.«

Sie gab ihm das Blech mit dem Kirschkuchen. Taylor ließ sich auf den Stuhl fallen und naschte eine Fingerspitze voll von dem süßen Saft, bevor er den Kuchen seinem Koch gab. Dann nahm er sich wieder den Säbel zum Polieren vor.

»Wildkatze ist ein kleiner Angeber, aber Alligator…«, er schüttelte den Kopf, »Alligator ist ein Taktiker; darin ist er besser als jeder andere Indianer und auch besser als die meisten Weißen, die ich kenne.«

Das wußte Sarah auch. Jeder wußte das. Lieutenant Lincoln hatte sein Pferd »Gator« getauft – zu Ehren von Halpatter Tustenuggee, dem Alachua-Krieger »Alligator«.

»Und wie hat es die beiden nach Texas verschlagen?« fragte Sarah.

»Die Regierung hat sie ausgewiesen. Man hat Wildkatze gefangengenommen, als er unter der Parlamentärflagge seine Frau und seine Tochter besuchen wollte. Jesup hat die Frau und die Kinder als Gefangene gehalten, als Geiseln. So was!« Er schüttelte den Kopf über soviel Schmach.

»Jesup hat dafür bezahlt, Sir. Ich kenne niemanden, der viel von ihm hält.«

»Da könnten Sie recht haben!«

Sarah legte zum Abschied zwei Finger an ihre Haube und überließ Taylor und die Offiziere der geistigen Übung, die Schlacht vom Okeechobee noch einmal durchzukämpfen. Sie ging durch die Nacht, die gesprenkelt war von den Lagerfeuern der Soldaten, die sich frisch erstandene Leckerbissen brieten. Sie überlegte, ob sie zum Quartiermeister gehen und ihm wegen einer Extraration Mehl und Bohnen um den Bart gehen sollte, was, wie sie wußte, keine leichte Aufgabe war. Er hatte schon 1814 im Kampf gegen die Creek, 1832 im Krieg gegen den Sauk-Häuptling Schwarzer Falke und auch im jüngsten Feldzug gegen die Seminolen-Stämme gedient. Inzwischen war er mindestens fünfzig Jahre alt, knochentrocken wie eine verdorrte Eiche und abgefeimt wie eine Waldratte.

Selbst wenn der Quartiermeister seinen großzügigen Tag gehabt hätte, hätte die Armee keine Freigebigkeit erlaubt. Dieselbe Behörde in Washington, die hundertdreißig Dollar am Tag bewilligt hatte, um dieses Wrack von einem Dampfschiff zu chartern, das Jack Borginnis und ein Dutzend andere Soldaten in die Luft gejagt hatte, verlangte für jeden leeren Verpflegungssack eine schriftliche Abrechnung bis auf den letzten Cent.

Im Verpflegungszelt fand sie nur einen schlechtgelaunten Corporal und zwei genauso mürrische Gefreite vor. Sie saßen im Schneidersitz auf dem Boden zwischen Fässern voller Weißmehl, Maismehl, Reis, Bohnen und Zucker, die sie bewachten, und spielten auf einer Decke mit einer Hingabe Karten, als würde das Schicksal ganzer Nationen von Sieg oder Niederlage abhängen.

»Der Sergeant ist da drüben.« Der Corporal wedelte in Richtung Backstube.

Dort fand Sarah den Quartiermeister, der bis zu den Oberarmen in einer Teigmasse von der Größe eines Spaniels steckte und sie mit nackten, mehlbestäubten Armen zu bändigen versuchte. Bereits fertige Klumpen lagen in Sackleinen eingeschlagen auf einem massiven Holztisch, der groß genug war für einen Reigen »Virginia Reel«-Tänzer. Wo die Bäcker waren, mußte Sarah nicht fragen. Bäcker wollten unbedingt und immer beweisen, daß der Mensch nicht vom Brot allein lebt, und tauschten die Backzutaten gerne in flüssiges Brot um. Heute hatten sie wohl gute Umsätze gemacht und zechten nun irgendwo.

Das Licht der Lampe schimmerte auf dem kahlen Schädel des Sergeants. Seine Pflichten im Bereich der Nahrungsbeschaffung beinhalteten auch längere Ausflüge auf der Suche nach Rindern, und er schor sich den Kopf, damit, wie er sagte, den Komantschen die Lust verging, mit dem Skalpmesser auf ihn loszugehen. Er sah von seinem Teig auf und nickte. Seit Sarah ihn zum letztenmal gesehen hatte, war er nicht gerade viel gesprächiger geworden. Daß er sie kaum beachtete, irritierte sie; sie war an alles mögliche gewöhnt, doch keineswegs daran, übersehen zu werden.

»Guten Abend, Sergeant Kelly.« Sie hockte sich auf die Tischkante und sah ihm bei der Arbeit zu. Schon beim Florida-Feldzug war er Koch gewesen und wußte sich in einer Küche zu bewegen.

Sarah freute sich am Anblick seiner Armmuskeln, die sich spannten und beugten und dick hervorstanden wie Ankertaue. Seine vernarbten Hände gruben sich tief in den weichen Teig, er knetete und drückte, glättete und faltete ihn. Mit den Fingerspitzen nahm er Mehl aus einer großen Holzschüssel, stäubte die Masse damit ein und wiederholte dann den ganzen Vorgang. Beim Anblick eines so kräftigen Mannes, der eine so delikate Arbeit verrichtete, erwachte in Sarah ein Knetbedürfnis ganz anderer Art.

Was soll ich nur tun, Jack? dachte sie schockiert.

Die Antwort kannte sie. Sie hatten nur einmal darüber gesprochen, kurz vor der Schlacht am Okeechobee, als die Späher, die das Terrain sondiert hatten, zurückgekommen waren. Alle waren sich darüber im klaren gewesen, daß bei diesem Marsch eine Menge Männer ihr Leben lassen müßten. »Sarah, mein Mädchen«, hatte er gesagt, »wenn meine Zeit um ist, mußt du ohne mich weitermarschieren. Du bist eine tolle Frau, und du darfst dich nicht von der Front zurückziehen, das wäre eine Beleidigung für den Gott, der dich erschaffen hat.« Sarah hatte ihm einen Finger auf den Mund gelegt und ihn zum Schweigen gebracht. »Du wirst nie sterben, Jack Borginnis.« Und sie hatte ihn geküßt, um ihm die Aussicht auf sein ewiges Leben noch zu versüßen.

Nun dachte sie an den Schmerz, der ihr jeden Morgen beim Aufwachen in die Brust fuhr, und an die tiefe Trauer, die sie den ganzen Tag über immer wieder überkam. Sie hatte oft solche Sehnsucht nach der Berührung eines Mannes, daß sie sich manchmal kaum noch beherrschen konnte. Sie wußte, Jack hatte Sergeant Kelly gemocht, ja mehr noch, er hatte ihn bewundert.

Sie rückte näher an Kelly heran. »Seit Florida haben Sie nicht mehr gebacken, nicht wahr, Will?«

Er gab ein Geräusch von sich, als würde er sich räuspern,

doch Sarah wußte, daß es sich um eine Art Antwort handelte, die von einem verstohlenen Seitenblick begleitet wurde. Dieser Blick sprach Bände und verriet ihr, daß er sie keineswegs übersehen hatte.

Er hatte die Augen eines Teufels, sie funkelten wie das Feuer der Hölle. Warum hatte sie das nicht schon früher bemerkt?

»In dieser Hitze geht der Teig im Handumdrehen auf.«

Sarah konnte ihre Augen nicht von seinen Fingern nehmen, die so kräftig, so geschmeidig und so erfahren waren.

Sie rutschte immer weiter die Tischkante entlang, bis sie neben ihm saß. Als sie sich plötzlich vorbeugte und einen Klecks Mehl aus seinem Mundwinkel leckte, war sie selbst mindestens so überrascht wie der Sergeant. Dann nahm sie seine Hände und legte sie auf ihren Busen. Mit einem leisen Stöhnen liebkoste und knetete er ihre Brüste, während sie sein Gesicht zu sich zog und an seiner Unterlippe knabberte.

Die beiden fielen auf den Tisch und auf den Teig. Er legte sich auf sie, sie schlang die Beine um seine Taille. Seine Hand bewegte sich an ihrem Schenkel entlang und schob den Rock nach oben. Als seine Finger ihr Ziel erreicht hatten, hieß sie ihn seufzend willkommen. In ihrer Erregung warfen sie die Mehlschüssel um, doch sie merkten gar nicht, wie sich das Mehl auf sie legte wie Pulverschnee.

6

Wenn der Teufel ein Tenor wäre

Im Fuhrpark tollten die Kinder der Wäscherinnen auf den Wagen herum und stritten um die Sitzplätze, von denen aus sie die Ausbildungsmanöver der Artillerie mitverfolgen konnten. Diese chaotische Vorstellung übertraf bei weitem die Darbietungen von Hart & Wells' Wanderbühne in Corpus Christi, obwohl die jungen Offiziere die Schauspieltruppe beschuldigten, sowohl Tragödie als auch Komödie Nacht für Nacht den Garaus zu machen. Mindestens zwanzig Sechsergespanne vor Lafetten mit Bronzekanonen hatten sich in einer holprigen Reihe auf der Ebene aufgestellt.

Nancy Skinner schlich zu einem Geschützwagen, der verlassen am Rand des Feldes stand und wegen eines fehlenden Rades aussah wie eine kniende Büßerin. Sie kletterte über die Speichen des noch vorhandenen Rads auf die Rohrauflage, wo sie den besten Blick auf Captain Ringgold hatte.

Sam Ringgold saß aufrecht wie ein Gewehrkolben auf seinem großen Vollblut namens Davey Branch und überwachte die durchfallgeplagten Reihen der neuen Truppen. Das Wasser war schuld daran, daß die Soldaten einzeln, zu zweit oder in ganzen Gruppen immer wieder aus dem Glied treten und sich mitten im freien Feld für jeden sichtbar erleichtern mußten.

»He, Gefreiter!« Ringgold deutete mit dem Peitschenstock auf einen der wenigen gesund aussehenden Männer. »Legen Sie die Sporen an, nehmen Sie eine Peitsche und sitzen Sie auf. Sie werden den Karren ziehen.«

»Ich kann nicht reiten, Sir.«

»Das werden Sie schnell lernen.«

Mit schicksalsergebenem Blick, der verriet, daß er zweifellos nicht nur mit Verrenkungen und Knochenbrüchen, sondern gar mit dem Schlimmsten rechnete, kraxelte der Soldat auf den Rücken des Pferdes, das hinten links an die letzte Lafette der Reihe gespannt war. Cruz' Gatte und seine Komplizen hatten die Pferde erst kürzlich gebracht, und die Tiere sahen nicht weniger verwirrt aus als die Gespannführer und Artilleristen, die hoch oben auf ihren Protzen saßen, den zweirädrigen Stützwagen der Geschützlafetten.

Beim Klang des Horns tänzelten ein paar Pferde, einige schlugen so heftig aus, daß sie sogar über die Zugstränge sprangen. Die anderen trabten sofort an, und die Lafetten holperten mit klirrenden Geschirrketten und unter den lauten Flüchen der Männer los, flankiert von Sam Ringgold, der auf Davey Branch nebenhergaloppierte. Das ganze Bataillon stürmte kreuz und quer übers Feld, keiner hatte mehr die geringste Kontrolle über das Geschehen. Die Kinder hielten die Hand vor die Augen und lugten durch die Schlitze zwischen ihren Fingern.

Die Gespannführer in den hinteren Reihen ließen die Zügel los und klammerten sich an die Mähnen ihrer Pferde, die sich ins Geschirr legten und wild durch die Gegend preschten; einige rasten auch geradewegs auf die Soldaten zu, die mit heruntergelassenen Hosen ihr Geschäft verrichteten. Die Kinder kreischten vor Vergnügen, als die Männer mit nackten Hintern flüchten mußten, über ihre Hosen stolperten und in die Kakteen fielen.

Ganze Gespanne stießen zusammen und gingen in einem Gewühl aus Beinen, Hufen und Ketten zu Boden. Die Gespannführer sprangen aus den Sätteln, die Kanoniere rappelten sich auf, schirrten die Pferde ab, zerrten sie wieder auf die Beine, spannten sie an und sprangen auf ihre Protzen. Mit knallenden Peitschen und unter nie gehörten Flüchen hetzten die Gespannführer dem Bataillon hinterher, das mittlerweile schon eine halbe Meile Vorsprung hatte.

Ein großer Schecke brach aus dem Getümmel aus und preschte auf donnernden Hufen am Arsenal vorbei zu den

Offizierslatrinen, als müßte der Reiter, der an der Mähne des Pferdes hing, dringend Gebrauch von dieser Einrichtung machen. James Murphy hörte ihn kommen und spähte hinter der langgestreckten Latrinenbaracke hervor, während seine drei Freunde, allesamt Iren, weiterhin auf die Karten in ihrer Hand starrten.

»Will der etwa das Scheißhaus der hohen Herren benutzen?« fragte der, der Riley genannt wurde.

»Glaub ich nicht.«

»Na, hoffentlich nicht! Schütze Arsch darf doch nicht die Bretter besudeln, über die schon ein Offizier geschissen hat!«

Das Pferd machte plötzlich einen Schwenk, und der Reiter flog in hohem Bogen in die Kloake, die aus den Latrinen gesikkert war. Schnell stand er wieder auf, nahm seinen neuen Hut, der nun ziemlich alt aussah, und hinkte fluchend davon.

Wie die Mexikaner rollte Murphy Tabak in ein Stück Maisblatt und zündete seine Zigarette mit einer salpetergetränkten Kanonenlunte an, die in einem Topf vor sich hin schwelte. Er nahm einen großen Schluck aus dem Krug und gab ihn an seinen Zeltgenossen weiter, einen sommersprossigen, rotblonden Gnom namens Seamus Hooligan. Ein Panscher hatte in dem sich immer weiter ausdehnenden Camp von Corpus Christi eine Marktlücke entdeckt und diesen Schnaps vor weniger als einer Woche zusammengebraut. Das Gesöff, das klar und spritzig war wie ein Frühlingsregen, brannte sich in Murphys Gedärme.

Es war sein erster Drink seit dem Zahltag. Als er aus dem Arrest entlassen worden war, den er wegen der Rauferei hatte absitzen müssen, war die Frau verschwunden gewesen, in die er sich verliebt hatte. Great Western weigerte sich, ihm zu sagen, wo sie wohnte, ja sie verriet ihm nicht mal den Namen seiner Angebeteten. So hatte er sich mit einer Gallone dieser Eselspisse getröstet. Am Abend hatte er sich nackt auf den Schuppen der Schmiede gestellt und gebrüllt, er werde nach Mexiko fliegen und eigenhändig ein paar tausend von diesen dreckigen kleinen Achsenschmierern den Garaus machen. Der diensthabende Offizier belohnte seinen Patriotismus mit Latrinendienst. Zwei Wochen lang mußte Murphy Sand in die Aborte schaufeln, die Sitze schrubben und jeweils eine Handvoll Schießpulver in den Gruben verbrennen, um so die Schaben, Ratten und Schlangen zu versengen, die sich an der Brühe gütlich taten.

Der Sergeant Major wies ihm so oft Latrinendienst zu, daß Murphy für gewöhnlich seine Kartensitzungen dort abhielt. Er war nicht nur ein Meister des Monte, er war auch aus einem weiteren Grund im Vorteil – er kannte all die kleinen Markierungen auf dem Kartenspiel, das Seamus für das seine hielt. Murphy hatte die Karten vor Monaten am Lagerfeuer liegenlassen, wo sie jemand gefunden und natürlich mitgenommen hatte. Murphy hatte den Weg des Spiels durchs Lager verfolgt, hatte sich zu den Runden gesellt und jedesmal die Bank gesprengt. Nun war Seamus in den Besitz des Spiels gekommen; daß sein ursprünglicher Besitzer mit ihm das Zelt teilte, wußte er allerdings nicht.

Murphy hatte seine Decke im hohen Gras auf einer Düne oberhalb der Kotbrühe ausgebreitet, die durch den Sand quoll. Der Diensthabende kontrollierte normalerweise die Rückseite des Schuppens nicht, und auch die Offiziere tauchten dort nur selten auf.

»Sie haben Shawnessy geschnappt.« Murphy nahm die Karten auf und schlug ein Kreuz, um zu zeigen, welches Ende der Deserteur genommen hatte. »Im Bett mit der einarmigen Hure von Burch.«

»Wenn ich abhaue, dann bestimmt nicht wegen einer Hure«, sagte Seamus.

»Und weswegen würdest du desertieren, Seamus-Darling, wo sie uns hier doch so gut behandeln?« Der achtundzwanzigjährige Sean O'Raghailligh, alias John Riley, war groß und breitschultrig, er hatte ein rotes, gutmütiges Gesicht und lebhafte Augen.

»Land.« Seamus wedelte mit dem Arm Richtung Nordwesten, wo sich die niedrigen grünen Grasbüschel zum Horizont hin verloren.

Die anderen grunzten zustimmend. Sie alle sehnten sich nach Land, denn sie hatten gesehen, was auf der anderen Seite des Nueces River lag: Tausende von Büffeln, Hirschen und Mustangs grasten dort auf den Ebenen, ganze Haine feinster Nutzholzbäume sprossen wie Inseln aus dem Meer aus Gras, als hätte ein Gärtner sie im Park eines Herrensitzes angelegt. Die Texaner behaupteten, daß die Kürbisranken mit einer Geschwindigkeit von einem Zoll pro Minute wuchsen – und wenn man ein Maßband hatte, brauchte man keine Uhr mehr.

»Sie haben versprochen, uns Land zu geben, wenn der Krieg vorbei ist«, sagte Murphy.

»Ha! Und in den Flüssen fließt nur Whiskey, und die Schweine rennen hinter uns her und fragen uns, ob wir lieber Schinken wollen oder Speck.« Riley trug die Uniform der Artilleristen, eine himmelblaue Hose mit einer breiten roten Kammgarnpaspel an der Seite. Eigentlich hätte er mit Sam Ringgolds Bataillon beim Manöver sein sollen, doch seine Daumen waren immer noch so rot und geschwollen, daß er die Zügel nicht in die Hand nehmen konnte. Weil er nicht zakkig genug salutiert hatte, hatte ihn sein Vorgesetzter daran baumeln lassen.

»Hier ist es doch auch nicht anders als in der alten Heimat«, brummte Seamus. »Wir Iren müssen doch immer nur den Herren die Scheiße wegputzen.«

»Aber hier sind wir Dragoner.« Murphy war auf seinem eigenen Pferd ausgebildet worden, einem temperamentvollen, gedrungenen Rappen, den er Duke getauft hatte. Und mit Duke würde er bei der Armee Karriere machen, dachte er.

»Auch die Offiziere der Dragoner brauchen Burschen, deshalb haben sie uns Iren angeworben – als Dienstboten«, widersprach Riley.

Einer von vier Soldaten bei den Streitkräften der Vereinigten

Staaten kam aus Irland, jeder zweite, der zum Appell erschien, war im Ausland geboren. Daß die meisten davon zur Infanterie eingeteilt und kaum befördert wurden, schwärte wie eine Eiterbeule in der Armee.

Als Murphy Sarahs Muli sah, vollgepackt mit Mesquitästen und geführt von einer Frau, wurde er plötzlich munter wie ein junger Hund. Die Frau trug eine Mantille, aber Murphy erkannte sie auch so. Die Liebe und die Eselspisse von Kinneys Ranch stiegen ihm zu Kopf und fuhren ihm in die Lenden, daß ihn schwindelte.

Er stand auf und streckte sich. »Ich mach dann mal die Scheißhäuser fertig, Jungs, dann können wir spielen bis in die Puppen.«

Er nahm die glimmende Lunte und rollte ein Pulverfaß vor die Latrine. Hinter dem Schuppen hörte er Seamus singen: »Wer kennt nicht Captain Schniedelwutz, 'ne Buddle in der Hand, 'ne Braut im Arm, und er haut auf 'n Putz ...«

Anstatt eine kleine Menge Schießpulver in jede Grube zu geben, schüttete Murphy den Inhalt des ganzen Fasses in den Eingang. Er blies die Lunte an, bis sie glühte, warf sie in den Schuppen und ging schnell in Deckung.

Die Explosion riß das Dach von der Latrine und schleuderte die Männer auf der Düne ein Stück durch die Luft. Die Flammen schossen aus der Tür, und schon kamen von überall her Soldaten angerannt.

Während alle mit dem Feuer beschäftigt waren, flitzte Murphy zwischen den Lagerschuppen hindurch, hüpfte geduckt durch die Korrale und schlich sich von hinten an Cruz und das Muli heran. Aber plötzlich kamen ihm Zweifel – das kannte er gar nicht an sich. Völlig verwirrt blieb er stehen.

Er nahm den Hut ab und versuchte, sich das widerspenstige Haar an den Kopf zu klatschen, stopfte die heraushängenden Hemdzipfel in die Hose und strich den Kittel seines weißen Arbeitsanzugs glatt. Plötzlich hatte er Angst, er könnte nach Abort stinken. Er schnüffelte an den Ärmeln und untersuchte seinen Anzug nach Kot, der ihm möglicherweise bei seinem Angriff auf die Latrine auf die Kleider gespritzt war. Dann holte er tief Luft und eilte hinter Cruz her. Doch auf einmal stellte er fest, daß er überhaupt nicht wußte, was er zu ihr sagen sollte.

Dabei war er doch noch nie auf den Mund gefallen! Auf dem Weg nach Corpus Christi hatte er die mexikanischen Mädchen problemlos umworben, ohne auch nur ein Wort ihrer Sprache zu sprechen. Nun verließen ihn nicht nur die Worte, sondern auch noch sein Einfallsreichtum. Sein Gesicht wurde heiß und rot. Er preßte den Hut an die Brust und drückte die Krempe in der Hand herum. Er kam sich vor wie ein Schuljunge, der ein Gedicht aufsagen mußte.

Als er sich räusperte, drehte sich Cruz erschrocken um, und er blickte in die samtigsten, freundlichsten und schönsten Augen mit den längsten und schwärzesten Wimpern, die er je gesehen hatte. Er dachte, vor Verlangen vergehen zu müssen. Doch Murphy sah auch den sorgengeplagten Blick, der ihm befahl zu verschwinden und der ihn gleichzeitig anflehte zu bleiben. Wie gelähmt stand er da.

Ihr Mund verzog sich in der Andeutung eines Lächelns, das allerdings nicht ihre Augen erreichte. »*Dios le dé un buen día, su merced.*«

Murphy erkannte den geläufigen Gruß, der das Brennen in seiner Seele linderte wie das Lied eines Engels: Möge Gott Euch einen guten Tag schenken, Euer Ehren.

»Auch Ihnen ’nen guten Tag, Miss«, stieß er hervor – und hätte sich für diese Flegelhaftigkeit am liebsten gleich geohrfeigt.

Sie wollte schon an ihm vorbeigehen, und in seiner Verzweiflung zermarterte er sich das Hirn nach einer seiner altbewährten Maschen. »Ich bin Murphy«, sagte er und tippte sich mit dem Finger an die Brust. »James Murphy. Dürfte ich Ihren Namen erfahren?«

»Cruz.« Und Cruz legte eine schlanke braune Hand auf das

Holzkreuz über ihrer Brust. Murphy wäre nun gerne diese Hand gewesen. Oder dieses Kruzifix. Nur für einen Moment. Er wünschte sich nichts sehnlicher, als seine Hand auf diese Stelle zu legen und ihren erregten Herzschlag zu spüren.

»Darf ich Sie begleiten, Miss Cruz?«

Sie wich kopfschüttelnd zurück und zog die Zügel des Mulis zwischen sich und den Mann.

»Ich tu Ihnen doch nichts, Miss!« Er streckte beschwichtigend die Hand aus, doch in Cruz' Blick flackerte die Angst auf.

»No.«

Unmißverständlich. Zwei Buchstaben wie ein Windhauch. Ein leichter Zungenschlag an die Schneidezähne. Doch die Zurückweisung traf Murphy wie ein Hammerschlag.

»Warum denn nicht?«

»No.« Cruz drehte sich um und eilte davon, das Muli zog sie hinter sich her.

»Warum nicht?« rief er ihr nach.

»Peligroso. Muy peligroso.«

Er stand da wie angewurzelt, bis sie hinter den Zelten und dem Windschutz aus Dornengestrüpp verschwunden war.

Peligroso. Das war eines der wenigen spanischen Wörter, die er kannte. Es bedeutete »gefährlich«.

Die Wolken hingen am Himmel wie nasse, graue Wäsche. Der Donner grollte in der Ferne über der Bucht, und die Windböen spielten mit Sarahs Röcken, als sie zwischen den Zelten und Schuppen hindurcheilte, die das Reich des Quartiermeisters Will Kelly bildeten. Ihr Mund verzog sich zu einem Lächeln. Sergeant Kelly war zäh wie spanisches Rindfleisch, und er war nicht gerade besonders redselig. In der Liebe aber hatte er Durchhaltevermögen, und er konnte es treiben, bis ihr die Zehen kribbelten, und genau das hatte er gerade getan.

Außerdem war er bereit gewesen, ein Faß Mehl und ein Dutzend Dosen Pfirsiche gegen die überschüssigen Rindfleischrationen der Offiziere einzutauschen. Die Männer jagten so viel Wild, daß Rindfleisch im Überfluß vorhanden war und im Tauschhandel nicht besonders gut eingesetzt werden konnte. Sarah hatte den Überschuß früher in Corpus Christi verkauft, doch Dosenpfirsiche konnte nur der Quartiermeister besorgen.

Sarah ging gerade am Schuppen des Stellmachers vorbei, da stellte sich ihr Murphy in den Weg. Sein Blick war noch wilder als gewöhnlich, und Sarah hatte ein wachsames Auge auf ihn.

»Du mußt mir helfen, Western.«

»Laß sie ihn Ruhe, James!«

»Ich liebe sie.«

»Du liebst doch jede Frau, die dir über den Weg läuft.«

»Ich schwör dir, daß ich ihr nichts tue. Vorher würde ich mir selbst das Herz aus dem Leib reißen und es den Krähen zum Fraß vorwerfen.« Und schon sah er sich nach den schwarzen Vögeln um, um seine Worte zu unterstreichen.

»Du machst alles kaputt, was du nur in die Hand nimmst, Murphy. Daß du es nicht aus Bösartigkeit tust, weiß ich; du bist eben so, dafür kannst du nichts.«

Er fiel auf die Knie und rang flehentlich die Hände. »Um Himmels willen, Western, leg für mich ein Wort bei ihr ein! Ich sterbe vor Sehnsucht.«

»Komm, steh auf!« Sie zog ihn hoch, als wäre er nur ein zusammengeklapptes Gestell mit Hose. »Solange sie hier niemanden wegen Sehnsucht aufknüpfen, wirst du's noch mal überleben, denn eins ist sicher: Du wirst einmal am Strang enden.«

Sie ging weiter, er folgte ihr.

»Ich habe immer gedacht, ich wüßte, was Liebe ist, Western, aber ich habe mich geirrt. Die richtige Liebe schlägt aus wie ein Muli, und sie schüttelt dich, als wärst du in ein Erdbeben geraten.«

»Ich schüttel dich, bis dir die Zähne ausfallen, wenn du dich auch nur in ihre Nähe wagst!« Und ohne einen Blick zurückzuwerfen, schritt sie von dannen.

Als Sarah zu der Gestrüpplaube kam, wo sich ihre Küche befand, lud Cruz gerade die letzten Äste ab. Sollte Murphys Werben der Mexikanerin Sorge bereitet haben, so ließ sie sich jedenfalls nichts anmerken. In aller Ruhe stapelte sie das Holz an der mit Steinen eingefaßten und mit einem Dreifuß versehenen Feuerstelle neben der Laube.

Cruz' Gatte und seine Mannen waren angeblich auf einer Handelstour, aber Sarah wußte, daß es sich dabei schlicht und ergreifend um Pferdediebstahl handelte. Cruz meinte, er wäre mindestens zwei Monate weg, und währenddessen arbeitete sie für Sarah.

Cruz schöpfte Wasser aus dem Faß und goß es über den Berg von Maismehl, aus dem sie Tortillateig knetete. Die Klumpen drückte sie zu kleinen runden Kuchen aus und setzte sie auf ein Stück gußeisernes Kesselblech, das sie über die Glut aus Mesquitholz stellte. Das Blech war ein Wrackteil der explodierten *Dayton;* jedesmal, wenn Sarah es sah, fühlte sie einen Stich im Herzen.

Daß Nancy Skinner Cruz bei der Zubereitung des Abendessens half, überraschte Sarah nicht, nachdem nun auch Sam Ringgold an ihrer Offiziersmesse teilnahm und sich das Mädchen für gewöhnlich überall dort herumtrieb, wo Ringgold auch war.

Sarah bekochte inzwischen ein Dutzend Lieutenants und Captains. Jene, die schon von Anfang an dabeigewesen waren, hatten es sich auf Feldstühlen unter der Klappe von Lincolns Zelt bequem gemacht, das ganz in der Nähe der Küche stand, die neuen Mitglieder saßen auf der Bank unter dem Baum und achteten darauf, Sarah und Cruz auf ihrem Weg von der Feuerstelle zu den Arbeitstischen aus aufgestapelten Packkisten nicht in die Quere zu kommen. Auch Bravo Jones, der Texas Ranger, gehörte dazu. Die Teerflecken auf seinem dreckigen Hemd verrieten, daß er zuvor Fahrer gewesen war.

Jones war Engländer und – nebenbei bemerkt – von aristokratischer Geburt, doch er war Texaner aus der Not heraus.

Niemand fragte ihn, welches Kavaliersdelikt ihn gezwungen hatte, den Ozean zu überqueren und seine Hosenaufschläge im Schlamm des Sabine River, der Grenze zwischen Louisiana und Texas, zu beschmutzen. Gerüchten zufolge soll er zu Hause seine Frau in einer Situation vorgefunden haben, die ihn zu einem Nichts erniedrigt hatte. Und vermutlich stammten die Flecken auf seinem Hemd nicht nur von dem zähen, schwarzen Pech, mit dem er die Achsen seiner Wagen geschmiert hatte.

Mit seinem großen Mund und den kleinen, scharfen Zähnen konnte er bestimmt einem Huhn den Kopf abbeißen. Sein fettiges Haar, das glänzte wie der Rückenpanzer eines Mistkäfers, war zurückgekämmt und gab seine abstehenden Ohren frei. Seine Augen hatten die Farbe und die Lebhaftigkeit von Asche. Inmitten der schneidigen jungen Absolventen der Militärakademie von West Point sah er ziemlich deplaziert aus.

Normalerweise unterhielten sich diese über Spinoza, übten sich in spanischer Konversation oder diskutierten die Theorie des Etappenkriegs und die Auswirkungen des Geländes auf die Taktik, wobei die Dragoner die Artilleristen immer wieder daran erinnerten, daß General Taylor von ihnen als den »Drohnen« sprach. Die Artilleristen setzten dem gewöhnlich entgegen, daß die Dragoner auf ihren Pferden hingen wie Wäscheklammern. Auf jeden Fall gab es immer eine Diskussion, die mindestens so erhitzt war wie Cruz' Feuerstelle. Doch heute erzählte Jones von einem bewaffneten Trupp Texaner, der vor drei Jahren nach Mexiko vorgedrungen war. Von den dreihundertfünfzig Männern, die feindliches Gebiet erobern wollten, war kein einziger jemals zurückgekommen.

Alle lauschten gebannt. Jones war schon dort gewesen, wohin sie jetzt gehen sollten. Er hatte Kugeln, Lanzen, Macheten, Krankheiten, Hunger, Durst, das Leben in der schlimmsten Wüste des Kontinents, General Santa Annas tödliches Spiel und sogar ein Exekutionskommando überlebt und konnte nun damit angeben. Es gibt Männer, dachte Sarah, die sind so halsstarrig, daß sie einem nicht einmal den Gefallen tun abzukratzen!

»Was Sie erlebt haben«, sagte Lincoln, »beweist nur, daß es Schwachsinn ist, zwölfhundert Männer in den Krieg gegen eine Nation von acht Millionen Menschen zu schicken.«

Sarah fischte die Büffelbratenstücke aus dem Kessel, legte sie in eine Schale und gab sie Cruz. Dann stellte sie den Eintopf mit Bohnen, Zwiebeln und Wildbret über die Glut. Das Donnergrollen wurde nun lauter. Sarah traf Cruz' Blick und sah hinauf zu den geschwollenen grauen Bäuchen an der Unterseite der Wolken. Cruz nickte.

Sie schnitt den Braten klein und gab ein paar Handvoll gehackte Chilischoten dazu, bis Sarah kopfschüttelnd Cruz' zierliche Faust in ihre große Hand nahm und die Mexikanerin ein paar davon wieder herausnahm. Doch Sarah schüttelte wieder den Kopf, und Cruz legte noch mehr Paprika auf die Seite, dabei blickte sie zum Himmel, als wollte sie Gott fragen, wie er nur Männer mit solch empfindlichen Gaumen erschaffen konnte. Schließlich drückte sie Maismehlteig auf feuchte Maisblätter, gab eine kleine Portion Fleisch mit Chili darauf, schlug die Blätter ein und wickelte das Ganze zu kleinen Päckchen, die sie mit Strohhalmen zusammenband und zum Dämpfen in den Kanonenofen schob.

»Danke, Western!« sagte Sam Ringgold. »Mrs. Águila ist immer sehr großzügig mit den Paprikaschoten.«

»Soviel dazu!« George Lincoln hob sein Brandyglas. »Diese kleinen Teufel haben mich lichterloh in Brand gesetzt!«

»Vielleicht hast du ja heute morgen die Latrine in die Luft gejagt.« Ringgold dämpfte seine Stimme, wie um den Ohren der Damen dieses unappetitliche Thema zu ersparen, doch er sprach immer noch laut genug, um Sarah weiterhin in das Gespräch einzubeziehen. Er wußte, daß sie sich bei jedem Thema behaupten konnte, ob appetitlich oder nicht.

Als Cruz von der Feuerstelle zurückkam, streckte Bravo Jones den Arm aus und versperrte ihr den Weg. »Ich zeig

Ihnen mal meine Paprika, Señorita, das ist garantiert eine scharfe Schote!«

Mühelos und zielsicher schlug ihm Sarah mit der gußeisernen Kelle auf die Fingerknöchel. Er jaulte auf wie ein getretener Hund.

Sie wackelte nicht drohend mit der Kelle herum, sie hielt sie ihm einfach vor die Nase, während er an seinen Knöcheln saugte, um den Schmerz zu lindern.

»Von meinen Angestellten wird keine angerührt!« Sie sprach leise und ruhig, doch selbst einer wie Jones wußte, daß gedämpfte Wut gefährlicher war, als wenn sie sich Luft verschaffen konnte. »Und sie werden auch nicht unverschämt angepöbelt!«

Er wollte schon den Mund aufmachen, da blickte er in die Runde und merkte, daß das Gespräch verstummt war. Die Männer beobachteten ihn amüsiert. Jones schloß den Mund wieder und drehte sich aus dem Wind, um seine Pfeife anzuzünden.

Ringgold wandte sich an einen Lieutenant, der mit halbgeschlossenen, schweren Lidern auf der Bank saß und mit seinem Kater kämpfte, den ihm exzessiver Brandygenuß am Abend zuvor verursacht hatte. Zwar teilte er seinen Katzenjammer mit einigen anderen Offizieren, doch das war nur ein schwacher Trost.

»Ulysses!« sagte Ringgold absichtlich lauter als nötig. Ulysses Grant zuckte und kniff die Augen zusammen, als könnte er so den Schmerz in seinem Kopf lindern. »Als Desdemona warst du klasse am Donnerstag. Zum Glück für uns alle ist Longstreet für diese Rolle zu beleibt. Du hast richtig Bein gezeigt. Vielleicht solltest du den Beruf wechseln und Schauspieler werden.«

Grant seufzte – offenbar hätte ihn eine Antwort zu große Anstrengung gekostet – und heftete seinen Blick wieder auf die Gewitterwolken, die von der Bucht her übers Lager zogen.

»Der weiße Sandstrand, die eisengrauen Wolkentürme über

der Bucht, der Blitz, der den Horizont zerreißt – das alles erinnert mich an Florida.« Lincoln hielt sein Gesicht in den Wind.

»Dort haben die Gewitterwolken wie der Amboß Gottes ausgesehen. Und was hat Er dort für Funken geschlagen!« sagte Sarah.

»Mit Geschossen, die einem Beine gemacht haben!« fügte Lincoln hinzu. »Als hätte man mitten in einer Kanone gesteckt.«

»Ha, das Wetter wird hier bestimmt noch lustiger«, sagte Jones. Für die Stürme im Wasserglas, wie sie in Florida vorkamen, hatte er nur ein mitleidiges Lächeln übrig. »Schätze, der Sturm kommt von Norden. Der texanische Nordwind läßt den Whiskey zu Klumpen gefrieren, daß ihr ihn in der Tasche rumtragen und ein Stück abbeißen könnt, wenn ihr Durst habt.«

Und wie um ihm recht zu geben, wurde es so dunkel wie kurz vor Einbruch der Nacht. Der Donner krachte nun ganz in der Nähe. Als er grollend wieder abzog, sang Murphy ein gälisches Lied mit dem Titel »Du bist der schönste Schlag meines Herzens.« Sarah kannte das Lied; die Iren sangen es oft nachts am Lagerfeuer. Dann spukte die wehmütige Melodie durch die Nacht, und das Murmeln der Brandung spielte die Baßpfeife des Dudelsacks.

Murphy stand aufrecht da, drückte seine Mütze an die Brust und sang. Blitze erhellten den Horizont hinter ihm. Singen konnte der Bursche wirklich; das mußte man ihm lassen.

»Beachten Sie ihn am besten gar nicht, Mrs. Águila!« Doch Sarah sah schon die Tränen in Cruz' Augen glitzern. »Wenn der Teufel ein Tenor wäre, würde er James Murphy heißen«, murmelte sie.

»Was schreit denn dieser irische Mooresel da?« brummte Jones.

Der Donner krachte wie eine Gewehrsalve über ihnen, daß es in Sarahs Kopf nur so rauschte und ihr die Ohren klingelten. Der Wind fegte auf sie zu und ließ die Zeltplanen flattern;

Spannleinen rissen, einige Zelte fielen zusammen. Ein Zelt wurde sogar von seinen Pflöcken gerissen und flog davon, bevor seine Bewohner nach den Leinen greifen konnten. Zweige wurden vom Gestrüppdach und vom Windschutz gefegt.

Zwei Wachsoldaten kämpften gegen den Wind an und rannten zu Murphy. Sie nahmen seine Arme in die Zange, als wollten sie sich an ihm verankern. Murphy sang weiter, während sich schon die ersten dicken Regentropfen über ihm ergossen wie ein Hut voller Kieselsteine.

»Warum wird er inhaftiert, Männer?« fragte Lincoln.

»Er hat die Latrine niedergebrannt, Sir.« Die Wachen legten die Finger an die Krempe ihrer Kappen und salutierten. Wären die Feldmützen nicht unter dem Kinn der Männer festgeschnallt gewesen, wären sie davongeflogen.

»Im Arresthaus kann er wenigstens bis Weihnachten nichts anstellen.« Sarah seufzte erleichtert. Cruz war ihr eine große Hilfe, und sie hatte keine Lust, daß sich die Dinge durch die Liebe komplizierten.

»Brandstiftung! Das ist doch das einzige, was diese Iren können«, brummte Jones.

»Ihr englischer Baron Macauley ist da aber anderer Meinung«, widersprach Lincoln. »Er hält Irland für eine unerschöpfliche Wiege hervorragender Soldaten.«

»Ja, ja, eine Wiege für Schurken und Aufwiegler!«

Murphy hörte nicht auf zu singen, als die Wachen ihn fortzerrten. Er blickte noch einmal über seine Schulter und sah so verzweifelt aus, daß Sarah fast Mitleid mit ihm bekommen hätte.

Der nächste Donner schien die Wolken zu zerreißen; sie entleerten sich in Sturzbächen von Regen, der fast waagrecht in die Küchenlaube fegte. Hagelkörner so groß wie Hühnereier zerfetzten das Gestrüppdach.

Cruz schluchzte. Sarah legte einen Arm um sie und spürte, wie sie zitterte. »Keine Angst, wir machen das schon!«

Doch Cruz schüttelte den Kopf. Sie hob eine flach ausgestreckte Hand zum stürmischen Himmel, die andere legte sie an ihre Brust. *»La culpa es mía.«*

»Sie meinen, Sie seien schuld?« Sarah war sich nicht sicher, ob sie den Sturm oder Murphys Festnahme meinte, doch sie wußte nicht, wie sie Cruz fragen sollte.

»Sí. La culpa es mía.«

7

Ein Klumpen Whiskey

Sergeant Will Kelly feierte mit Sarah das Weihnachtsfest am wärmsten Platz im Lager, nämlich in ihrem Bett. Sie streichelte seinen dunklen Strubbelkopf, der aussah wie eine Kardätsche und sich auch so anfühlte.

»Frohe Weihnachten, altes Mädchen.« Er hob ihre Bluse an und grub seinen Kopf in die weißen Polster ihrer Brüste. Dann dehnte er den Bund ihrer langen roten Wollunterhose und trötete die Melodie des Morgenstreichs in ihren Bauchnabel. Die heißen Vibrationen seines Atems, sein kratziger Schädel und seine Bartstoppeln kitzelten so, daß sie schallend lachen mußte.

Sie wand sich und versuchte, ihn von sich zu schieben, und dabei knarzte das Bettgestell aus Pinienholz. Bei der Rangelei verfingen sich die beiden in dem Bündel aus Decken, fielen aus dem Bett und landeten auf der dicken Strohschicht, die die Plane und die Getreidesäcke auf dem kalten Boden bedeckte.

Sie rollten so nah zum Kanonenofen, daß der Sergeant nur einen Arm aus dem Bündel befreien mußte, um ein paar Scheite nachzulegen. Immer noch lachend und mit den Decken kämpfend, hüpften die beiden wieder aufs Bett. Sie warfen Wills blauen Uniformrock, den Mantel und den Großteil von Sarahs Kleidern auf die Decken und zogen sich den ganzen Haufen über den Kopf. So lagen sie eng umschlungen in dem dämpfigen Mief unter dem schweren Berg und drückten sich aneinander, damit die Kälte, die unter die Decken kroch, nicht zwischen sie dringen konnte.

Sarah strich über die glänzende Bresche, die das lockige graue Haar auf der Brust des Sergeant teilte – eine von vielen Narben, die bewiesen, was Will Kelly für sein Land riskiert hatte. Eine Unterhaltung war schwierig, selbst wenn Kelly gesprächig gewesen wäre, denn draußen krachten und knackten die Äste der Pappeln, und der Wind pfiff wie eine Dampfsirene. Sarah und der Sergeant hatten das Dach mit Steinen beschwert und mit Seilen am Boden verzurrt, sie hatten Sand, Zweige und Muschelschalen bis zu den Fenstersimsen aufgehäuft, doch die Hütte wackelte trotzdem. Die Säcke, die an die Wände genagelt waren, bauschten sich in den Böen, die durch die Ritzen in der Lehmabdichtung bliesen.

Während Sarah in dem Kokon aus geteilter Körperwärme lag, dachte sie mit Sorge an die Soldaten, die sich in ihren windigen Zelten am Strand zusammenkauern mußten. Die Planen waren so dünn, daß sogar der Tau hindurchdrang. Inzwischen waren die meisten Zelte wohl sowieso auf dem Weg zur Halbinsel Yucatán und flatterten wie Sturmvögel über den Golf. Am liebsten hätte sie alle Männer der Zweiten Schwadron in den Arm genommen, sie gewärmt und ihnen den Heiligen Abend versüßt.

Ein Wunder, daß Sarah in dem Sturm, der draußen tobte, und den Salven von Wills Schnarchen überhaupt das Klopfen an der Tür hörte. Sie zog sich die Stiefel über die rote Wollhose, schlang sich eine Decke um die Schultern und schlurfte zur Tür.

Obwohl sie sie nur einen Spaltbreit öffnete, schwappte der Wind herein wie ein Wasserfall aus Eis. Nancy Skinner schlüpfte an ihr vorbei und stellte sich so nah an den Ofen, daß die abgetragene Uniformjacke, die ihr als Mantel diente, fast Feuer gefangen hätte.

»Mama hat Wehen«, sagte sie.

Seufzend zog sich Sarah ein wollenes Armeeunterhemd über den Unterrock, nahm den Wollrock von dem Haufen, der den Sergeant bedeckte, zog ihn über den Kopf, band die Kordel um ihre Taille und zog Kellys Uniformrock sowie den alten Mantel ihres verstorbenen Gatten über.

»Paß auf, daß du nicht in Flammen aufgehst, Kind.« Sie schlang eine Decke um die mageren Schultern des Mädchens, zog den Mantel fest um sich und ging hinaus in die Nacht. Sie rutschte auf dem gefrorenen Boden und kämpfte sich gebückt durch die eisigen Nadeln, die ihr der Wind schräg ins Gesicht wehte.

Nancys Schwestern saßen bibbernd auf der Matratze aus Maishülsen, das jüngste Kind wimmerte verzweifelt. Bertha Skinner saß auf dem schmutzigen Boden und lehnte sich an die Truhe, in der die wenigen Habseligkeiten der Familie verstaut waren. Sie trug alle Kleider am Leib, die sie besaß, ihre Beine waren gespreizt, ihre Hände krampften sich um ihren prallen Bauch. Sie war völlig betrunken, aber das hatte Sarah sowieso nicht anders erwartet. Bekümmert starrten ihre rotgeränderten Augen auf das inwendige Chaos. Leere braune Flaschen waren dieses Jahr die einzige Weihnachtsdekoration. Schnee drang durch die Ritzen zwischen den Wandpfählen und ließ die kleine Schneewehe anwachsen, die sich auf die abgelaufenen Sohlen von Mrs. Skinners Schuhen zubewegte.

Sarah zog Bertha hoch, schob die wankende Frau zum Bett, legte sie auf den Rücken und zog die beiden dünnen Decken über sie. Dann nahm sie die beiden Kleinen, drückte sie an ihre Brust und schlang den Mantel um sie, so gut es ging.

»Ich bin gleich wieder da, Mrs. Skinner.«

Sie tappte durch das dunkle Lager zu ihrer Hütte und ließ die beiden Mädchen bei Nancy. Als sie wieder zu Bertha zurückgehen wollte, hörte sie, wie sich Jake über seine Unterkunft unter den kahlen Pappelästen beklagte. Köpfe und Rükken der Tiere waren ganz verschneit.

Die Stute wieherte, sie stieß Sarah mit der Nase an und suchte nach den Kaktusfeigen, mit denen Sarah sie normalerweise fütterte. Als Sarah die Tür ihrer Hütte aufmachte und die Tiere einließ, sagte sie warnend: »Ich erwarte keine Dankbarkeit von euch, aber wenn ihr irgendwas in meinem Haus annagt, fliegt ihr raus, und dann soll euch der Teufel holen!«

Als sie mit Bertha Skinner im Arm zurückkehrte, sah sie, daß die Tiere die Hälfte des Raums einnahmen, aber ihre Körperwärme war ein Segen. Nancy hatte die restlichen Tortillas und den Wildeintopf an ihre Schwestern verfüttert, der Sergeant saß auf dem einzigen Stuhl und starrte auf die Ofenklappe, als wollte er die Flammen dahinter hypnotisieren. Mit einem kriegerischen Trupp der Seminolen wäre er auf jeden Fall besser zu Rande gekommen als mit einer Handvoll kleiner Mädchen, was die beiden Kleinen auch sofort spürten. Sie stützten sich jeweils auf eines seiner Knie und starrten ihn an, ohne mit den Augen zu zwinkern.

Sarah schob mit dem Fuß das Stroh zu einem großen Haufen zusammen und legte Bertha darauf. Nancy kannte die Prozedur schon. Sie nahm den Eisenhaken, der neben dem Wasserfaß hing, schlug das Eis auf, füllte den Kessel und hängte ihn über den Ofen.

Der Sergeant sah ganz aufgescheucht aus. »Wird sie jetzt …«

»Ja, sie wird.« Sarah zog den Uniformrock aus und gab ihn zusammen mit der Mütze zurück.

Er warf den Mantel über und war schon aus der Tür, bevor er ihn noch zugeknöpft hatte.

Bertha war viel zu betrunken, um bei der Geburt eine große Hilfe zu sein, aber wenigstens spürte sie keinen Schmerz.

Vor den Augen der kleinen Mädchen und der beiden Tiere verhalf Sarah einer weiteren Skinner-Tochter auf die Welt und schlug ihr mit einem Klaps auf den Hintern das Leben in den

Leib. Dann band sie die Nabelschnur ab und schnitt sie durch, wusch den Säugling mit warmem Wasser, wickelte ihn in ein Tuch und legte ihn Bertha in die Arme, die von den Vorgängen wieder einigermaßen nüchtern geworden war.

Nancy warf das blutige Stroh in den Ofen, während Sarah Whiskey und heißes Wasser in einem Krug mischte, dann schlüpften sie alle zu Bertha und dem Kind ins Bett und ließen den Krug herumgehen, um sich zu wärmen.

»In der ersten Weihnacht war es bestimmt genauso kalt im Stall.« Sarah sah zu, wie Bertha ihr Neugeborenes an die Brust legte.

»Erzähl uns die Weihnachtsgeschichte«, bat Nancy.

Und Sarah erzählte.

Als sie geendet hatte, merkte sie, daß der Sturm nachgelassen hatte. Bertha sang auf deutsch: »Stille Nacht, heilige Nacht«. Sarah und Nancy fielen auf englisch ein: »Silent night, holy night …«

Und als Sarah in dem Haufen von Kindern lag, die rochen wie ein Nest voller Welpen, erinnerte sie sich an vergangene Weihnachtsabende und dachte, daß es schlimmer hätte kommen können.

In drei schmuddelige Decken gehüllt, verließ James Murphy am Weihnachtsnachmittag das Wachhaus. Er trug noch dieselben Kleider wie drei Wochen zuvor, als er verhaftet worden war. Eine Wolkenschicht von der Farbe matten Bleis verdunkelte den Himmel. Ein rauher Wind nahm die Äste mit, die die Soldaten als Windschutz aufgehäuft hatten, und Murphy mußte dem vorbeifliegenden Dornengestrüpp nach rechts und links ausweichen. Aus der Ferne hörte er die klagenden Schläge einer Trommel, die jemanden auf seinem letzten Weg begleiteten.

Durch die Wände der Blockhütte, die das Wachhaus darstellte, hatte er den Totenmarsch oft gehört. Dazu hatte der Donner gegrollt, Blitze hatten den Himmel zerrissen, und der Regen war durch die Löcher im Dach hereingeprasselt. In den Zelten stand kniehoch das Wasser, und der Strand hatte sich in einen Sumpf verwandelt, der nun vereist war. Ein paar besonders hungrige Männer sammelten Suppenschildkröten, die in der vergangenen Woche zu Unmengen an Land gespült worden und festgefroren waren, doch die meisten Soldaten waren ihrer längst überdrüssig und konnten sie nicht mehr sehen.

Es fing an zu schneien. Die Zelte, die James Murphy im Vorbeigehen zählte, verschwammen im Weiß. Er zitterte wie ein nasser Hund unter seinem Kapuzenmantel und stieg mit klappernden Zähnen über das Gewirr aus Sturmleinen und Spannseilen, die von den Pflöcken zu den Ecken der Zelte gespannt waren oder sich am First kreuzten. Vor dem vierzehnten Zelt in der Reihe duckte er sich und schlüpfte hinein.

Seamus war zwar sein einziger Zeltgenosse, doch es wunderte ihn nicht, die Habseligkeiten von vier Nachbarn auf Stapeln verteilt zu sehen, nachdem deren Zelt weggefegt worden und an seiner Stelle nur ein festgetrampeltes, schmutziges Quadrat übriggeblieben war.

In der Feuergrube im gefrorenen Boden waren die Kohlen verglommen. Das Feuerholz fürs Kochen mußte von immer weiter her geholt werden und reichte kaum noch fürs Heizen der Zelte. Drinnen wie draußen kondensierte Murphys Atem zu einer weißen Wolke.

»Jamie-Schatz, willkommen daheim!« Seamus lag auf dem Feldbett und lugte unter der dicken Schicht aus Decken, Segeltuchfetzen, Lumpen und Kuhhäuten hervor. Unter seinen Sommersprossen war er kreidebleich, wenn man das wegen des roten Bartes, der sein Gesicht bedeckte, überhaupt beurteilen konnte. Seine Stimme, die normalerweise laut und dröhnend war, drang kaum noch durchs Zelt. Sein Atem fiel in Eiskristallen auf die Wolldecken.

»Dir muß es ja so beschissen gehen wie einem ausgepeitschten Hund, daß du dir den Weihnachtskuchen und den Punsch bei den Offizieren entgehen läßt.« Mit dem Kolben seiner Pistole schlug er auf ein kleines Faß, das Wasser war bis zum Grund gefroren. »Oder drückst du dich etwa vor dem Stalldienst?«

»Ich hab die Scheißerei, als ob jemand sämtliche Schleusen geöffnet hätte.« Seamus deutete mit dem Kinn auf den Ledereimer neben dem Bett, dessen Inhalt glücklicherweise ebenfalls gefroren war. »In meinem Bauch rumoren tausend Dreschflegel.«

James stöberte in seiner Truhe nach dem einzigen Flanellhemd, das er besaß, der Flanellhose und einem zerbrochenen Spiegel. Mit düsterer Miene begutachtete er sein schmutziges, bärtiges Gesicht. »Du taust unter deinen Decken nicht zufällig eine Eisscholle auf? Ich muß mich waschen und rasieren.«

»Nein, ich hab nur einen Klumpen Whiskey in der Tasche.«

Der Scherz über den texanischen Nordwind, der selbst den Schnaps gefrieren ließ, war inzwischen nicht mehr lustig.

»Dann wasch ich mich eben mit Whiskey.«

Seamus wandte sich entsetzt ab. »Bist du wahnsinnig?«

»Die Hunde der Liebe jaulen schon, Seamus. Mein Herz muß einen Hindernislauf bestreiten.« James schälte sich aus der Uniform, die nach der Zeit im Arresthaus vor Dreck strotzte, und zog sein Flanellhemd über die Wollunterwäsche.

Seamus warf ihm einen mitleidigen Blick zu. »Lieber laß ich mich von meinen Gedärmen ans Bett fesseln, als mich vom Verlangen nach einer Frau erniedrigen. Wo auch immer eine Frau Hand anlegt, ist das Elend schon vorprogrammiert.«

»Ich kann mich erinnern, daß du auch schon ein paarmal Hand an eine Frau gelegt hast.« James grinste. »Ich werde sie finden, Seamus, und dann wird sie mir gehören. Ich werde ihr einen Kuß auf den Mund drücken, daß sie nur so dahinschmilzt.«

»Gott sei mit dir!« Seamus kannte Águilas Ruf, und er wußte, daß auch James von ihm gehört hatte. »Jedenfalls gebe ich keinem Mann von meinem kostbaren Whiskey, damit er sich für sein eigenes Schlachtfest striegeln und schniegeln kann.«

Murphy rieb sich mit dem Finger über die Zähne und spuckte in den Sand. »Dann wasch ich mich eben im Pferdetrog, da tauen sie das Eis immer auf.« Er wollte den Mantel anziehen, sah aber plötzlich, wie schäbig er war.

»Das ist für dich gekommen.« Seamus zog ein zerknittertes Papier unter seinen Decken hervor. »Das Siegel ist gefroren und abgefallen«, sagte er entschuldigend.

James faltete den Brief auseinander, der offensichtlich schon durch viele Hände gegangen war. Die wenigen Zeilen hatte sein Vater vor drei Monaten in Irland abgeschickt. Er las sie zweimal.

»Du weißt, was drinsteht?« fragte er.

»Ja. Dein Vater hat geschrieben, daß der Nebel gekommen sei und die Kartoffelernte vernichtet habe.« Seamus zitterte und zog sich die Decken übers Kinn. »Im ganzen Land herrscht offenbar Hungersnot; dein Vater will, daß du ihm deinen Sold schickst.«

Als James die letzte Zeile noch einmal las, konnte er beinahe die Gesichter seiner acht jüngeren Geschwister auf dem Papier sehen. *Laß uns nicht des Hungers sterben.*

Seamus versuchte ihn aufzuheitern. »Duke ging es gut, als ich ihn heute morgen gefüttert habe. Rileys Falbe war jedoch steifgefroren wie eine Hobelbank; den kann er wahrscheinlich erst im Frühjahr abbalgen.«

James brummte. Die Sorge um sein Pferd trieb ihn zur Eile an. Er stellte den Spiegel auf eine umgedrehte Kiste und bückte sich. Aus einem kleinen Flakon schüttelte er die letzten Tropfen Zimtöl, rieb sie sich ins Haar, spuckte auf den Kamm und fuhr durch die wirren Strähnen. Seinen Schnurrbart zu kämmen, war weniger schwierig. Dann setzte er ganz vorsichtig den breitkrempigen Hut auf, um sein Haar nicht wieder zu zerzausen.

Die Decken, die ihn davor bewahrt hatten, in dem ungeheizten Wachhaus zu erfrieren, legte er über Seamus.

»Das werd ich dir nie vergessen, Kumpel«, bedankte sich Seamus.

»Frohe Weihnachten, Seamus.« James legte kurz den Finger an die Krempe und eilte hinaus.

Die Ebene breitete sich so weit und schier endlos in alle Himmelsrichtungen aus, daß James sogar in der Dunkelheit des Sturms das komische Gefühl hatte, die Nacht wäre zu klein, um sie zu bedecken. Doch die Finsternis brach so schnell und so plötzlich herein, als hätte jemand einen schwarzen Kessel über die Erde gestülpt. Erst sah er noch die Umrisse von ein paar Bäumen am Horizont, in der nächsten Minute sah er nicht einmal den schlanken schwarzen Nacken und die Ohren seines Wallachs. Der Wind brauste ihm entgegen, als wollte er ihn zurückschieben. Klümpchen aus Eis und Schnee klebten in seinem Gesicht und an seinen Händen.

Als er sich Cruz' Dorf näherte, sah er zwei Dutzend brennende Feuer. Ihm schnürte es vor Angst fast die Kehle zu. Vielleicht hatten die Soldaten in ihrem Punschrausch ihre Drohungen wahr gemacht und die Mexikaner ausgeräuchert. Vielleicht waren auch die Komantschen hindurchgefegt wie die apokalyptischen Reiter. James Murphy ließ Duke kantern und drückte sich zum Schutz vor dem Wind an seinen Hals.

Auf der Hauptstraße zügelte er das Pferd. Er sah, daß es sich nur um kleine Feuer vor den Häusern oder in flachen Tonschalen auf den Dächern handelte, die ihn wie aneinandergereihte Signalfeuer willkommen hießen. Zischend fielen die Schneeflocken in die Flammen. Auch durch die Ritzen der geschlossenen Fensterläden drang weiches Licht, doch draußen war kein Mensch zu sehen, der Schnee lag unberührt auf der Straße.

Murphy ritt zum Ziehbrunnen auf dem Platz und sah sich in dem stillen Dorf um. Nun, wo er hier war, fiel ihm ein, daß er keine Ahnung hatte, wie er Cruz finden sollte. Er konnte doch nicht an jeder Tür klopfen und nach ihr fragen. Er überlegte, ob er einfach ihren Namen rufen und Águila angreifen sollte, sobald dieser auftauchte.

Doch statt dessen ritt er mit Duke zu der kleinen Kirche aus Adobeziegeln, deren erdfarbene Ummauerung mit schwarzen Schatten überzogen war. Der Schneesturm blies um die abgerundeten Ecken und ließ die Flocken aufspritzen. James stieg ab, führte sein Pferd zur Kirche und band es am Geländer draußen fest.

Die einzige Lichtquelle waren ein paar Kerzen auf dem Altar, sie beschienen die geschnitzten Eichenbalken und die breiten Bürstenstriche auf dem dicken Wandputz. In der Tür bekreuzigte sich Murphy. Als sich seine Augen an die Dunkelheit gewöhnt hatten, konnte er die Heiligenstatuen in ihren länglichen schwarzen Nischen sehen. Dieser Anblick war ihm so vertraut wie seine Familie in Irland.

Bei dem Geruch von heißem Wachs, von Staub und Weihrauch sehnte er sich nach dem Trost und der Sicherheit, die der alte Glaube spendete. Der Altar stand ruhig und solide da – eine Verbindung zu Gott, von dem er sich entfremdet fühlte, seit er seine Heimat verlassen hatte.

Eine Gestalt kniete allein auf dem Lehmboden neben dem Altar. Ein schwarzes Tuch verbarg ihr Gesicht und fiel ihr bis zur Hüfte, doch er wußte, daß es Cruz war. Er ging zu ihr und flüsterte die Worte, die er im Arresthaus einstudiert hatte, während die Betrunkenen um ihn herum getobt, geheult und ihre Dämonen angefleht und manche Männer sich in dunklen Ecken gegenseitig sexuelle Erleichterung verschafft hatten, wenn auch nicht immer mit freiwilligen Partnern.

»Señorita Cruz, mi cielo. Te adoro.«

Sie sprang auf, als hätte jemand kochendheißes Wasser über sie geschüttet. »Warum kommst du hierher?« In den letzten Monaten hatte sie von Sarah etwas Englisch gelernt, und sie sprach den langgezogenen Südstaatendialekt aus Tennessee mit einem mexikanischen Akzent.

»Weil ich dich bitten will, mit mir zu leben.«

Sie nahm seinen Arm und führte ihn durch die kleine Tür hinter dem Altar hinaus. Dann holten sie das Pferd und gingen an den Häusern mit den geschlossenen Läden vorbei zu Cruz' Haus. Innen verriegelte sie die Tür, auch wenn der Riegel nicht so stabil aussah, als könnte er einen möglichen Eindringling von seinem Vorhaben abbringen.

Sie kniete sich hin, blies die Glut im Lehmofen an und gab ein paar abgeschälte Äste ins Feuer. Die Flammen rußten im kalten Luftzug, doch sie spendeten genügend Licht, daß James fast den ganzen Innenraum des Hauses sehen konnte. Der gestampfte Lehmboden war sauber gefegt, auf gekreuzten Stökken und Querbalken lagen zwei Bretter, die als Tisch dienten. Das restliche Mobiliar bestand aus einer kleinen Bank und einigen Tontöpfen, auf dem Boden lagen ein paar durchgescheuerte Baumwolldecken mit Streifenmuster. Es sah kaum aus wie das Heim eines Diebes von Antonio Águilas Ruf.

Um sich zu beruhigen, umfaßte er den Griff seiner Pistole. Kurz stieg die völlig unbegründete Angst in ihm auf, daß die Frau, die er liebte, ihn hierhergeführt hatte, damit Águila ihn tötete. Er starrte auf die Schatten, die auf den Wänden tanzten und in den Ecken und zwischen den Balken aus abgeschälten Baumstämmen lauerten.

»Wo ist dein Mann?«

Cruz nickte nach Süden hin. »Er holt Mulis für die Armee der *yanquis.*«

Sie verschränkte die Arme über der Brust und vergrub ihre Hände zum Wärmen unter der Mantille.

Sie sahen sich in die Augen, die Kälte war vergessen. Cruz ging zu James, als würde die Kraft seines Begehrens sie ziehen oder ihr eigenes Verlangen sie vorwärtstreiben.

Mit geschlossenen Augen leierte sie herunter, was Sarah schon so oft gesagt hatte, daß sie es auswendig kannte: »Waystern sagt, du seist ein Musterbeispiel für den menschlichen Wahnsinn.«

»Du darfst nur die Hälfte von dem glauben, was Great Western sagt!« Er legte die Arme um sie, drückte sie an sich und sog den Geruch aus Holzrauch und Kerzenwachs ein, der an ihrem Haar haftete.

Dann nahm er ihr Gesicht in beide Hände und küßte sie. Er bat sie stehenzubleiben, wo sie war, eilte hinaus und holte die Satteldecke herein, die er neben den Ofen legte. Den Mantel nahm er als Decke. Er hätte es nicht ertragen können, die Dekken anzurühren, die sie mit einem anderen Mann geteilt hatte. Der Gedanken an diesen Rohling, der sie hier in diesem Raum genommen hatte, brachte James' Blut so in Wallung, daß ihm die Ohren rauschten.

Cruz schlang ihren Arm um seinen Hals, zog ihn zu sich herunter und deckte ihn und sich mit ihrem Tuch zu. James küßte ihren Hals, mit den Lippen spürte er die Schwingungen in ihrer Kehle, als sie leise stöhnte. Er ließ sich ganz in Cruz' Wärme, ihre Zärtlichkeit, den rauchigen Duft und die seidigen Strähnen ihres Haares fallen und vergaß alle anderen Frauen, die er je gekannt hatte. Er vergaß Cruz' Gatten, und er vergaß auch die Kälte.

Sogar die Zeit vergaß er. Stunden später ließ ihn die Kirchenglocke auffahren.

»Medianoche«, sagte Cruz.

»Mitternacht?«

»Sí.« Sie drehte sich seufzend um und kuschelte sich an seine Brust. »Wir müssen jetzt *La Virgen* Dank sagen und das Jesuskind willkommen heißen.« Doch sie hatte keine Lust, sich aus seiner Umarmung zu lösen, und blieb liegen. *»Duermete, niño lindo«*, sang sie leise. Es war ein altes Lied. Ihr Atem bauschte die Haare in James' Ausschnitt.

Schlaf, mein süßes Kind, in den Armen der Liebe,
die Sorgen sind alle schon längst vertrieben.
A la ru, a la me, a la ru, a la me.

James hatte sich auf den Ellbogen gestützt und sah sie an, eine Gesichtshälfte lag im Schatten, die andere glühte wie braune Seide im Feuerschein. »Wirst du also deinen Mann verlassen und mit mir kommen?«

Sie strich langsam mit der Fingerspitze über seine breiten Kieferknochen und sein rundes Kinn. »Er ist nicht mein Mann.«

»Warum lebst du dann bei ihm?«

»Weil er gesagt hat, er geht in mein Dorf im Süden und ...«, sie suchte nach Worten, »und er sagt, er tut meiner kleinen Schwester etwas zuleide, wenn ich nicht bei ihm bleibe.«

»Dann holen wir deine Schwester eben.«

»Nein, das geht nicht.« Tränen sammelten sich in Cruz' dunklen Augen. »Sie hatte Pocken. Ein Mulitreiber hat mir heute gesagt, daß man sie vor drei Tagen begraben hat. Heute abend will ich für ihre Seele beten.«

Zusammen mit den anderen Dorfbewohnern gingen sie über den schmucklosen Platz. James wäre am liebsten heimlich mit Cruz weggeschlichen, aber er wußte, daß sie recht daran tat, ihn nicht zu verstecken. Auch James kam aus einem kleinen und noch viel ärmeren Dorf. Man dachte immer, an einem solchen Ort könnte man Heimlichkeiten haben, aber das war fast nie der Fall. Die Leute wußten schon vom Fall eines Sünders, bevor er noch aufgeschlagen war.

Während er mit der schweigenden Gemeinde zur Kirche ging, dachte er an die fensterlose Erdbehausung, die seine Familie in einen windgepeitschten Hügel gegraben und mit Lehm ausgekleidet hatte. Er dachte daran, wie sein Vater und seine Mutter versuchten, neun Kinder von den Kartoffeln zu ernähren, die auf ihrem kleinen Acker wuchsen. Und nun war die Kartoffelernte vernichtet.

»Warum zündet ihr die an?« Er deutete auf die kleinen Feuer, die vor den Häusern brannten.

»Das sind *luminarias,* sie erleuchten den Weg für die drei Könige, damit sie das Jesuskind finden.« Cruz sprach es

»Chai-sus« aus, was sehr viel schöner klang als das barsche »Jesus« oder »Jesses«, das von den Soldaten so oft zum Fluchen mißbraucht wurde.

Fackeln und Kerzen erleuchteten die Kirche für die Messe. Die Leute sangen leise auf spanisch, es klang weich und melodisch. James liefen Tränen über die Wangen.

8

Halb Pfau, halb Teufel

Die Sonne ging in einem Meer aus goldenen und purpurnen Wolken unter. Es war ein eindrucksvolles Schauspiel, aber Cruz hatte es schon so oft gesehen, daß sie es gar nicht mehr wahrnahm. Mit gekreuzten Beinen und dem Rücken zum Wind, der schon Ende Februar frühlingshaft warm wehte, saß sie am Rand ihrer Baumwolldecke, die sie unter einer Pappel ausgebreitet hatte. Eine Zigarette mit Maisblatthülse klebte leicht an ihrer vollen Unterlippe, der Rauch schwebte an ihren Wangen und Wimpern vorbei und verfing sich in den dunklen, schweren Strähnen ihres Haars.

»Würfeln!« Dieser Vorschlag empörte Cruz. Sie blickte den Mann, der ihn gemacht hatte, über den Stapel Silberdollars hinweg an und sagte James' Lieblingssprüchlein auf: »›Einmal hab ich dir's gesagt, zweimal hab ich dir's geschworen, die würfelnden Sünder werden in der Hölle schmoren!‹«

Fünf, sechs Männer saßen um die Decke herum, zehn weitere hockten oder standen hinter ihnen. Sie waren an dem Spiel fast so interessiert wie daran, einen Blick auf die sanfte Wölbung von Cruz' Brust zu erhaschen, wenn sie sich über die Karten beugte und der Ausschnitt ihres Hemds aufklappte.

Die Spielkarten glitten beim Mischen so schnell durch ihre Hände, daß sie den Männern vor den Augen verschwammen. Die Karten sirrten, als würde ein langer Fingernagel über die Elfenbeinglieder des Fächers einer eleganten Dame streichen, ein leiser, zugleich aber auch durchdringender, verführerischer Klang. Das Geräusch faszinierte Cruz immer wieder und drang ihr bis ins Mark. Wenn Cruz ein Spiel Monte-Karten in der Hand hielt, war ihr, als würde sie ihr Schicksal in der Hand halten und als hätte sie nicht nur Macht über ihr eigenes Los, sondern auch über das der Männer. Sie schummelte nur ungern, doch wenn sie wollte, konnte sie eine Karte aus der Mitte oder von der Unterseite des Stapels vertauschen, denn die Augen der Soldaten waren nicht flink genug, selbst wenn sie auf Cruz' Hände geachtet hätten, was aber nur die wenigsten taten.

Sie hob ab, hielt den Stapel umgedreht in der Hand, zog die beiden untersten Karten hervor und legte sie mit dem Bild nach oben auf die Decke. Dann hob sie die beiden obersten Karten ab und legte sie aufgedeckt daneben. Als die Männer ihre Einsätze gemacht hatten, drehte sie den Stapel um und deckte dabei die unterste Karte auf, das »Tor«. In diesem Fall war das eine Dame, und keine der aufgedeckten Karten konnte sie stechen. Cruz zuckte die Achseln, beugte sich vor und strich mit ihren schlanken Händen die Einsätze der Männer ein, die dieser Anblick für den Verlust mehr als entschädigte.

Cruz spürte einen Schwall warmen Atem an ihrem Ohr. Duke wieherte so laut, daß es sie in der Nase und im Hals kitzelte. Sie schob sein samtenes Maul weg, doch er schnüffelte weiterhin in ihrem Haar, als suchte er nach schmackhaften Disteln. Sein schwarzes Fell glänzte wunderschön, weil James ihn dreimal am Tag striegelte, und der Rappe schien äußerst zufrieden mit sich zu sein.

Duke hatte die Angewohnheit, leise hinter Cruz herzuschleichen, sie am Ärmel zu packen oder seinen Kopf zu senken und sie am Knöchel zu lecken. Sie wußte, daß James ihn geschickt hatte. Die Dämmerung brach schon herein, und James hatte inzwischen offenbar seinen Dienst beendet, der darin bestand, den Rekruten beizubringen, den widerspenstigen mexikanischen Mauleseln Sattel- und Zaumzeug anzulegen. Cruz' Herz hüpfte beim Gedanken an Murphy.

»Cruz!« In ihrer Vorstellung hörte sie seine Stimme so deutlich, als würde er neben ihr stehen. Sie hörte ihn oft, wenn seine Gedanken sie über die Entfernung erreichten, die sie trennte. Nun wartete er im Zelt auf sie, das sie zusammen im Seifenviertel bezogen hatten.

»Ich muß gehen, we-herte Herren.« Sie sprach mit der Melodie der spanischen Sprache und mit einem Reichtum an Silben, die sie großzügig auch dort verteilte, wo sie gar nicht hingehörten. James behauptete, sie würde die englische Sprache nicht sprechen, sondern liebkosend zum Leben erwecken. Oft stellte er ihr Fragen, nur um den Klang ihrer Antworten zu hören.

Begleitet vom einstimmigen Seufzen der Männer, verstaute sie das ramponierte Spiel von fünfundvierzig Karten in einem Lederetui und steckte es vorne in ihre Bluse. Vor sich hatte sie mehr Wechsel, Silbermünzen, Messingknöpfe und Tabakpäckchen aufgetürmt als alle ihre Opfer zusammen. Sie legte ihre Gewinne auf ein Tuch und knotete es zu einem Bündel zusammen.

Dann sagte sie mit einem süßen Lächeln: »Morgen spiele ich wieder – falls ihr zurückgewinnen wollt, was ihr heute an mich verloren habt«, stand auf und strich ihren Rock glatt.

»Sie sind vielleicht hier, Señorita – wir nicht!« Der Mann, der das sagte, war gerade atemlos angelaufen gekommen. »Bambus! Der Fandango ist vorbei.« Wie alle Soldaten verhunzte auch er die spanische Sprache, aber Cruz verstand inzwischen, was sie meinten. Mit »Fandango« war ein Ball oder ein Tanz gemeint, und aus *vamos*, »gehen wir«, war das allgemeingebräuchliche »Bambus« geworden.

Die Männer drehten sich um und starrten ihn an.

»Morgen bereitet sich die Zweite Schwadron der Dragoner und das Dritte Artilleriebataillon auf den Marsch zum Rio Grande vor.«

»Ach, das ist doch nur wieder ein Gerücht«, brummte ein Soldat.

Die Bewohner von Corpus Christi verbreiteten eine Menge Gerüchte, um zu verhindern, daß die Armee aufbrach. Drei Wochen zuvor hatte man gemunkelt, daß zweitausend Mexikaner zum Angriff geblasen hätten und vorrückten, ein paar Tage später war ihre Zahl schon auf zwanzigtausend angewachsen. Kurz darauf sprach man davon, daß die mexikanische Armee mit sechzig- bis hunderttausend Mann Texas zurückerobern wollte.

Während die Soldaten die neuesten Nachrichten besprachen, bekam Duke einen Zipfel der Decke zu fassen und kaute darauf herum, der Gewinn der Männer purzelte in den Sand. Fluchend stürzten sie vor und brachten ihre Habe in Sicherheit.

»Medio pavo, medio diablo.« Cruz zuckte unschuldig die Achseln. »Das Pferd ist halb Pfau, halb Teufel.«

Sie nahm ihm die Decke weg und legte sie auf seinen Rücken. Als sie zusammen weggingen, knuffte er sie spielerisch zwischen den Schulterblättern und stupste sie vorwärts, doch ihre Stirn lag in tiefen Sorgenfalten. Wenn Antonio Águila von seinem Beutezug zurückkäme, würde er nach ihr suchen. Sie wäre froh, wenn sie viele, viele Meilen zwischen sich und das Dorf von Águila und seinen Kehlenschlitzern legen könnte.

Andererseits war sie hier im Lager der amerikanischen Armee sicher. Auf dem Marsch würden sie sich versprengen und wären leichte Beute für Águila und seine Gesellen, die auf solcherart Überfall spezialisiert waren. Egal, wohin sie ging, er würde sie auf jeden Fall finden. Das war sicher.

Die Sonne war noch nicht aufgegangen, doch schattenhafte Gestalten bewegten sich schon durch das fahle Licht im Seifenviertel. Heulende Kinder und bellende Hunde wetteiferten mit krähenden Hähnen. Unter der Pappel schälte Sarah das grobe Leinenhemd von Seamus' Rücken. Er zuckte, als der Stoff mit dem angetrockneten Blut von seiner Haut gerissen wurde. Die Wunden der Peitschenhiebe schmerzten so sehr, daß er Sarah nicht einmal anzüglich angrinste oder ihr entsprechende Anträge machte, wie er das in seiner naßforschen Art für gewöhnlich tat.

»Warum gehst du nicht rüber zum Sanitätszelt?« Sarah trug Salbe auf die verschorften Wunden auf, die seinen Rücken von der Schulter bis zur Hüfte bedeckten.

»Von diesen Hunden laß ich mich nicht anrühren!«

»Ich würde sagen, das haben sie schon. Was hast du denn diesmal ausgefressen, daß es dir dieses Streifenmuster eingebracht hat?«

»Ich habe überhaupt nichts ausgefressen, ich schwör's bei der heiligen Dreifaltigkeit!« Er bekreuzigte sich voller Ernst.

Cruz hievte eine dünne Matratzenunterlage auf die Ladefläche von Sarahs neuem Wagen und deutete mit dem Kinn auf Seamus. »*Borracho.*«

»Warst du schon wieder betrunken im Dienst?« fragte Sarah.

»Sich einen Whiskey zu genehmigen, ist doch kein Verbrechen!«

Sarah riß einen sauberen Futtersack in Streifen, schlang sie um Seamus' hageren Rumpf und band sie fest. Seamus zog vorsichtig sein Hemd und den Uniformrock darüber.

Sarah blickte zum Lager. Die Sonne würde nun bald über dem Horizont auftauchen, und es herrschte überall emsiges Treiben. Die entrüsteten Schreie der dreitausend Zug- und Packtiere und die Flüche der Reiter übertönten das Stimmengewirr.

»Du hast nicht zufällig einen Schluck von diesem himmlischen Saft da, Western?«

»Jetzt nimm mal deinen Kopf zum Denken, Mann«, Sarah deutete auf das Lager, »und geh zurück zu deiner Kompanie, bevor sie dich noch mal auspeitschen.« Sie schüttelte den Kopf über den unverbesserlichen Irrsinn der Menschen und sah Seamus nach, wie er davontrottete und in seinem Reitergang einmal nach rechts und dann wieder nach links wankte.

Jake und Buck, der neue Maulesel, blickten zur Pappel. Mit wachsendem Argwohn hatte Jake beobachtet, wie Sarah und Cruz den Wagen beluden. Als Sarah nach seinem Halfter greifen wollte, drehte er den Kopf, tänzelte und stieß an Buck. Sarah drückte Jakes Kopf hinunter und rieb den Rest der Salbe in das wunde Fleisch, wo das neue Geschirr bei seiner stürmischen Ausbildung zum Zugtier die Haare abgescheuert und die Haut aufgeschürft hatte.

Wagen waren knapp, und Sarah war stolz auf das Gespann, das sie dem Krämer in Corpus Christi abgekauft hatte. Trotz des leichten Gewichts war es gut verarbeitet und ausreichend mit Eisen beschlagen. Sie sprang auf das schmale Trittbrett und kletterte über die kleine Rampe am Wagenende, zwängte ihre Füße zwischen das Wasserfaß und die Säcke mit Maismehl und nahm Cruz den Packen aus Zeltplanen und Stangen ab, den sie ihr hinaufreichte. Sarah zog ihn auf die Ladefläche und verzurrte ihn auf der übrigen Ladung.

Dann zogen Sarah und Cruz die Plane über die Weidengerten, die sich in Bögen über der Ladefläche spannten. Sie waren gerade fertig, als Bertha und ihre Töchter auftauchten. Nancy trug das Baby im Arm, Bertha war wie immer leicht benebelt und schien keinen Schimmer zu haben, warum das Leben ihr stets so übel mitspielte.

»Der Quartiermeister sagt, es gäbe für uns keinen Platz mehr im Gepäcktroß.«

»Sie hätten ihn auch schon gestern fragen sollen, Mrs. Skinner.«

»Ich war mit den Kindern beschäftigt. Und mit Packen.«

»Dann reisen Sie am besten zusammen mit der Infanterie auf dem Dampfer.«

»O nein, Mrs. Borginnis! Nach allem, was ich miterlebt habe, werde ich keinen Fuß mehr auf ein Schiff setzen.«

Sarah hatte von Berthas schrecklicher Überfahrt im Bauch irgendeines Pottes gehört, der sie zusammen mit anderen bemitleidenswerten Siedlern von Deutschland nach Texas gebracht hatte. Sarah konnte Schiffe selbst nicht ausstehen und hatte Verständnis für Berthas Abneigung.

»Sind Sie fertig mit allem?«

»Jawohl, alles ist fertig.«

Sarah wußte, daß Bertha mit an Sicherheit grenzender Wahrscheinlichkeit wenn überhaupt etwas, dann auf keinen Fall alles fertig hatte, doch sie hielt sich gewöhnlich nicht mit Vorhaltungen auf, die in Berthas Fall sowieso nutzlos waren. Auch in der Armee gab es viele Deutsche, und die meisten, die Sarah getroffen hatte, waren sehr ordentlich, Bertha jedoch hatte keinerlei Ordnungssinn.

»Sobald Jake und Buck angeschirrt sind, komme ich bei Ihnen vorbei und lade Ihre Sachen auf. – Nancy, Fanny, fangt solange die Hühner ein. Wir sind sowieso schon spät dran.«

Am liebsten hätte Sarah vor Ungeduld mit dem Fuß aufgestampft. Eine Armee, die sich marschbereit macht, war ein einzigartiges Spektakel, und darauf hätte sie nicht mal verzichtet, wenn sich der Himmel geteilt und der Erzengel Gabriel sie zum Jüngsten Gericht gerufen hätte.

Als Sarah das neue Maultier angespannt hatte, ging Jake zum Ende der kurzen Zügelleine. Er scharrte mit den Hufen, rollte die wachteleigroßen Augen, legte die Ohren an seinen Kopf, der glänzte wie der reichlich pomadisierte Haarschopf eines Zockers, und zog seine ledrigen Lippen über die Elfenbeinstifte seiner Zähne.

»Hör auf, du Teufel!«

Er schrie schlagfertig.

Sarah rang mit ihm und schob ihn wieder an seinen Platz neben Buck, während Cruz die Stute sattelte. Sarah schaffte es, ihm das Geschirr anzulegen, indem sie ihn mit einem Futtersack austrickste, den sie über seinen Kopf hängte und sofort wieder abnahm, als sie ihm das Halfter übergestülpt hatte. Mit triumphierendem Blick holte sie ihre Peitsche, kletterte auf die Radnabe und bestieg den Kutschbock. Cruz stieg aufs Pferd. Da setzte sich Jake einfach hin, und Sarah mußte wieder absteigen.

Sie schüttete Mais in einen Napf. Beim Klang der trockenen Körner, die gegen das Blech klickerten, stellte Jake die Ohren auf. Sarah hielt den Napf hoch und schüttelte ihn verführerisch, während sie an seinem Artgenossen vorbeiging und Cruz den Napf gab. »Reite voraus, ich versuche, Jake in der Spur zu halten.« Sie konnte gar nicht wieder so schnell auf den Sitz klettern und die Zügel packen, wie Jake hinter Cruz, der Stute und dem Mais hereilte.

Sie galoppierten die kurze Strecke zu Berthas Hütte. Mrs. Skinner wartete zusammen mit ihrer ganzen Brut in dem müllübersäten Hof. Das Wagenrad streifte den Schuppen, er wakkelte und fiel schließlich in sich zusammen. Sarah lud Berthas Sachen auf, während Jake sich den Mais mit weitaus mehr Schmatzen und Knirschen schmecken ließ, als es die spärlichen Körner verdient hätten. Entweder hatte die Bestechung ausgereicht, oder er wollte ebenfalls zur allgemeinen Aufregung und zum Lärm im Lager beitragen. Als Sarah die Peitsche knallen ließ, setzte er sich prompt in Bewegung.

Die beiden jüngeren Skinner-Mädchen und die Hühner hockten ganz oben auf der Ladung, Bertha saß mit dem Baby neben Sarah auf dem Kutschbock. Sarah lenkte Jake und Buck auf eine niedrige Düne, wo sie einen guten Blick auf die Marschkolonnen hatten. Nancy stand hinter Sarah und drückte ihr die Knie ins Kreuz.

»Madre de Dios!« Cruz bekreuzigte sich beim Anblick des wogenden Meeres aus Pferden und Männern.

»Hab ich's nicht gesagt?« Sarah verschränkte lächelnd die Arme über der Brust.

Wie ein Schwall Wasser, der in einen Krug zurückfließt, begann sich in der wirren Masse eine Ordnung herauszubilden. Die Kompanien fanden zusammen, man konnte sie am Fell der Pferde unterscheiden – Falben, Füchse, Braune, Rappen. Vierhundert Soldaten standen neben ihren Tieren. Colonel Twiggs ritt an die Spitze der Kolonne, gefolgt von seinem Burschen, dem Hornisten und seiner Mannschaft. Colonel William Worth, der beleidigt war, weil Taylor Twiggs und nicht ihn zum Kommandanten ernannt hatte, schmollte irgendwo im Hintergrund. Sarah bekam Gänsehaut – seit dem Florida-Krieg hatte sie genug von Worths Hochmut.

Die Hornisten bliesen zum Aufsitzen. Die Männer nahmen die Zügel in die linke Hand und stellten den linken Fuß in den Steigbügel. Bei dem Ton, der das Signal zum Aufsitzen gab, schwangen sich alle gleichzeitig in die Sättel. Die Sonne spiegelte sich auf den Messingknöpfen ihrer Uniformen und auf den Preußensäbeln, die an ihren Gürteln hingen. Federn und Wimpeln flatterten im auflandigen Wind. Twiggs hob die Hand, senkte sie wieder, und die lange blaue Kolonne setzte sich in Bewegung in Reihen zu je vier Reitern. Dabei sangen sie das Marschlied des Florida-Feldzugs, der zu ihrem Erkennungszeichen geworden war.

Hey-la, Jungs, grüßt die Mädchen fern in der Heimat,
Wir kehren alle zurück, wenn der Krieg dann ein End hat.
Von südlicher Sonne die weiße Haut braun gebrannt
Erzählen wir von unseren Heldentaten im Feindesland.

Cruz stellte sich in die Steigbügel und reckte den Hals. Donnernde Hufschläge ließen die Erde erzittern, daß die Wagen nur so wackelten und rumpelten. Sarahs Knochen vibrierten, wenn sie das Holz des Wagens berührte. Die Männer sprengten vorbei, aufrecht und feierlich saßen sie im Sattel; in ihren dunkelblauen Uniformröcken mit dem hohen Kragen, den engen hellblauen Streichgarnhosen und ihren hohen, schwarzen Stiefeln sahen sie so schön aus, daß es Sarah fast in den Augen schmerzte.

Ein Militärausschuß des Parlaments hatte 1837 die West Pointer als »Romanciers und Artikelschreiber« bezeichnet, als »verweichlichte, hochnäsige Schnösel, die in der Kunst, im Französischen und in der Malerei dilettierten«. Doch die strenge Disziplin der jungen Offiziere und der stete Drill auf dem verlassenen Küstenstreifen hatten aus diesem wilden Haufen eine richtige Armee gemacht. Nun mußten die Männer nur noch beweisen, daß sie auch kämpfen konnten.

Bei allem, was heilig ist, dachte Sarah, ich würde jeden einzelnen nehmen, auch wenn ich wüßte, daß er zu Fuß und in Zivil das widerlichste Schwein ist. Sie lächelte die Dragoner an und genoß die Welle der Zuneigung, die in ihr aufstieg.

»Murphy!« Cruz winkte.

James Murphy ritt in der ersten Reihe der Zweiten Kompanie hinter Lieutenant Lincoln. Seit Weihnachten hatte er keinen Tropfen Alkohol mehr angerührt. Wie er sagte, war das Leben mit Cruz berauschend genug. Seine neuen Corporal-Streifen glänzten weiß auf dem roten Ärmelaufschlag der blauen Uniformjacke. Aufrecht und locker saß er in dem viel verfluchten neuen Armeesattel. Er war gewaschen und gebürstet, seine Uniform war gebügelt, die Knöpfe poliert – durch und durch ein Soldat. Sogar Sarah mußte das zugeben.

James hatte auch Dukes lange Mähne und den Schweif gekämmt und ihn gestriegelt, bis er glänzte wie schwarzer Satin. Er hatte den Sattel eingefettet und die Messingbeschläge poliert. Cruz hatte dicke Quasten aus rotem Garn geflochten, die er zusammen mit kleinen Falkenglöckchen an die Zügel gehängt hatte. Duke hielt den Schweif hoch und schüttelte den Kopf, daß die Mähne aufflatterte und sich in Wellen um Hals und Widerrist legte.

Zum Gruß machte er eine Karakole, eine kleine Wendung

zur Seite. James drehte den Kopf in Cruz' Richtung, legte die Finger an die Krempe und schaute dann wieder steif geradeaus. Duke tänzelte elegant weiter. Cruz schlug mit den Zügeln, die Stute galoppierte von der Düne hinunter und ritt in einigem Abstand neben James und Duke her.

Nachdem die Dragoner vorbeigezogen waren, kam Sam Ringgold auf Davey Branch. Hinter ihm holperten die Lafetten, die polierten Bronzekanonen glänzten in der Sonne. Die Gespanne zogen die Protzen mit einer Genauigkeit in der Spur, die außer Ringgold vor ein paar Monaten niemand für möglich gehalten hätte. Die Reiter saßen auf ihren Pferden, als wären sie im Sattel geboren worden. Die Kanoniere standen auf den Protzen und salutierten zackig, als sie an Twiggs vorbeifuhren. Auch Sarahs Sergeant ritt mit, nachdem er zur Artillerie versetzt worden war. Sarah hatte die karmesinrote Paspel an seiner Hose selbst aufgenäht.

Nancy Skinner winkte Sam Ringgold, er drehte leicht den Kopf und nickte ihr zu. Sie sprang vom Planwagen, schürzte ihre Röcke und rannte neben der ersten Lafette her. Der Sergeant und John Riley packten ihre ausgestreckten Arme und hievten sie aufs Kanonenrohr. Wenn Ringgold die Szene gesehen hatte, so ließ er sich jedenfalls nichts anmerken. Stolz wie die Königin von Saba ritt Nancy mit den Männern, ihr hellblondes Haar flatterte im Wind.

Dreihundert Versorgungs- und Munitionswagen folgten unter den lauten Schreien der Zugtiere und den Flüchen der Männer. Dann kam der Gepäcktroß, der überquoll vor Wäscherinnen und deren Kindern, dahinter stapften die Rinder. Sarah hielt ihr Tuch vor Nase und Mund, doch die Tiere wirbelten solche Staubwolken auf, daß sie trotzdem husten mußte.

Die meisten Bewohner von Corpus Christi, einschließlich der Theatertruppe und einer Horde von Quacksalbern, würden später der Infanterie folgen. Jene, die jetzt schon aufgebrochen waren, reihten sich hinter den Rinderherden ein. Kinder und Tiere lugten unter den weißen Planen der Gepäckwagen hervor, Hunde knurrten und kämpften zwischen den Rädern. Gespanne kollidierten, ihre Geschirre verfingen sich, und die unerfahrenen Kutscher knallten fluchend mit ihren Peitschen.

Unter den Karren und Kutschen waren auch ein paar Milchfuhrwerke und die leichten Wagen der Sanitäter; sie fuhren den schweren mexikanischen Ochsenkarren davon, die auf massiven Eichenrädern von einem Durchmesser von sechs Fuß rollten; außerdem war kein Rad ganz rund, was eine spannende Fahrt versprach. Die mexikanischen Besitzer der Fuhrwerke gingen mit Bürsten und Eimern voller Schweineschmalz nebenher und schmierten immer wieder die Achsen, doch die Karren quietschten trotzdem noch wie Schweine, die man am Schwanz zog.

Die ärmsten Leute, die sich barfuß auf den Zweihundertmeilenmarsch machten, bildeten die Nachhut. Sie trugen Töpfe und Kessel und Kleider in Kiepen auf dem Rücken, manche schoben Handkarren durch die dampfenden Hinterlassenschaften von Ochsen, Mauleseln, Hunden und Pferden.

Sarah schlug mit den Zügeln, ließ die Peitsche knallen und lenkte Jake und Buck an die Spitze der Schar, dabei sang sie Wills Lieblingslied:

Ein Hoch auf die Frauen, ein Hoch auf den Schnaps.
Wie könnt' man besser schwimmen als mit diesem
glitschigen Schatz.

Cruz schrak neben James aus dem Schlaf auf und starrte mit weit aufgerissenen Augen und klopfendem Herzen auf das helle Zeltdach. Sie wußte nicht, welches Geräusch sie geweckt hatte, aber sie horchte angestrengt, ob Schritte zu vernehmen waren. Sie wußte, wie sie klingen mußten: schwer und ungleichmäßig. In Águilas Dorf hatte sie so manche Nacht unter der gestreiften Baumwolldecke gekauert und darauf gewartet, daß Antonio mit seinen Freunden vom Trinken zurückkam.

Zitternd hatte sie dagelegen, denn sie wußte, daß er besoffen und wütend auf sein Schicksal sein würde, das ihm weder den Reichtum noch die Berühmtheit geschenkt hatte, die ihm seiner Meinung nach zustanden.

James drehte sich um und legte im Schlaf einen Arm über Cruz' Brust. Der Schweiß tränkte ihr Baumwollhemd, das gleichzeitig Nachtkleid und Bluse war. Ihre Haut juckte unter dem Gewicht seines Arms, doch sie blieb ruhig liegen, um ihn nicht aufzuwecken.

Bei dem plötzlichen Signalstoß des Horns, das durch die Nacht schallte, krampfte sich ihr Magen zusammen, und sie fuhr atemlos hoch. James grunzte, setzte sich auf und tastete in der Dunkelheit nach seinen Stiefeln.

»Schüttel sie aus, *mi amor«*, murmelte Cruz.

Wenn das Horn ihn aus dem sorglosen und bleischweren Schlaf auffahren ließ, vergaß James oft, daß sich Skorpione, Taranteln, Stachelameisen und Eidechsen gerne einen Unterschlupf in abgelegten Schuhen, Hosen und Helmen suchten. Klapperschlangen waren da geselliger; sie teilten sich vorzugsweise die Decken mit deren Besitzern.

James und Cruz zogen sich im Dunkeln an. Sie entfachte mit der Glut aus der Blechbüchse ein Büschel Stroh und zündete die Laterne an. James saß auf dem Boden, und sie kniete mit einer kleinen Schale Wasser in der Hand vor ihm. Mit einem alten Rasiermesser kratzte sie seine Bartstoppeln so gut wie möglich ab. Als Cruz fertig war, gab James ihr einen Kuß, schlang seine Hosenträger um sie und zog sie an sich. »Heute schaffen wir es bestimmt bis Mexiko.«

Cruz erinnerte ihn nicht daran, daß die Amerikaner nach Meinung der Mexikaner schon vor drei Tagen mit der Überquerung des Nueces River auch die mexikanische Grenze überschritten hatten, doch wenn eine Armee auf dem Marsch war, zählten feindliche Gebietsansprüche nur wenig. Daher sagte sie nur leise: »Matamoros soll sehr schön sein.«

»Nicht so schön wie du.« Er küßte sie wieder, und sie mußte

lachen, als sein langer Schnurrbart auf ihren Lippen und Wangen kitzelte.

Im Hinausgehen schnallte er seine Hosenträger fest. Sie folgte ihm und bewunderte den Sitz der blauen Flanellhose an seinen schmalen Hüften und seinem knackigen Hintern. Den Hemdzipfel, der hinten unter dem Uniformrock hervorlugte, stopfte sie in seinen Hosenbund, lehnte sich an ihn und schmiegte ihre Wange in die muskulöse Kuhle zwischen seinen Schulterblättern. In der unbarmherzigen Hitze der verkrusteten, mit Yucca bewachsenen Wüste war der Wollstoff schon feucht geworden. Er drehte sich um und streckte die Arme aus, so daß sie ihn in ganzer Pracht bewundern konnte, und grinste sie fragend an.

Sie schlang ihre Arme um seinen Bauch und zog spielerisch die Stirn kraus, doch schließlich streckte sie einen Daumen nach oben, eine Geste der Billigung, die sie von Sarah abgeschaut hatte. James entrichtete den Wegezoll, der in einem Abschiedskuß bestand, und schloß sich den anderen Soldaten an, die durch die Dunkelheit zum Appell eilten. Anschließend würden sie zum Korral gehen und ihre Pferde füttern und striegeln. Cruz machte sich auf den Weg zu Sarahs Zelt und schlängelte sich durch die versprengten Gepäckstücke und das Kriegsgerät.

Jake war an einem Pfahl angebunden und hatte in einem Radius von der Länge seines Stricks das spärliche Gras abgeweidet. Der Schwanz einer Klapperschlange, die er zum Frühstück verspeist hatte, verschwand gerade zwischen seinen Zähnen. Wie immer bei diesem Anblick scheute Sarahs Stute, sie wieherte, bockte und tänzelte ans Ende ihres Stricks. Soeben kam der Sergeant aus Sarahs Zelt und nickte Cruz zu. Er sah äußerst zufrieden und glücklich aus wie jeder Soldat, der heißen Sex hinter sich und möglicherweise ein eiskaltes Blutbad vor sich hatte.

Nancy Skinner, die schon Mesquitzweige fürs Feuer sammelte, lächelte Cruz zu. Als das Horn schließlich zum Stalldienst blies und die Dragoner zu den Korralen eilten, hatte Cruz schon die grünen Kaffeebohnen gemahlen, geröstet und aufgebrüht. Nancy holte die Maisküchlein aus der Asche, wo sie die ganze Nacht über gegart hatten, Sarah briet Rindfleischstücke in den zwei riesigen Pfannen. Von allem legte sie etwas für James, Seamus und den Sergeant zur Seite.

Über die Monate hatte sich zwischen Sarah und Cruz eine tiefe Freundschaft entwickelt, die keiner Erklärung bedurfte. Cruz teilte mit Sarah die Freude, die es ihr machte, für ihre Jungs zu kochen, wenn diese noch ganz verschlafen unter ihren Decken hervorgekrochen kamen. Cruz mochte diese Stunde des Tages, wenn alle um sie herum noch schlaftrunken und halb benommen waren und die Intimität eines hellen Feuers in der dunklen Welt teilten, das ihre Zielstrebigkeit schürte. Zu dieser Stunde war der Tag noch unberührt von allem, was er bringen mochte.

Auch fühlte sich Cruz bei Sarah sicherer als bei jedem anderen Menschen, sicherer sogar als bei James. James würde mit Águila kämpfen, um sie zu beschützen, vielleicht würde er ihn sogar töten oder selbst getötet werden. Aber Sarah, Sarah war eine Naturgewalt. Da könnte Águila gleich gegen den Wind oder das Meer oder eine Geröllawine kämpfen.

Die ersten Streifen des Morgenrots zogen am Horizont auf, als Lieutenant Lincoln und die anderen Offiziere in den Qualm des Kochfeuers traten und auf ihr Frühstück warteten. Sie kamen gerade vom Stalldienst und zogen den würzigen Duft der Pferde hinter sich her.

Alle wußten, daß sie noch am selben Tag den Rio Grande erreichen und dort mit hoher Wahrscheinlichkeit von der mexikanischen Armee erwartet würden. Darauf hatten sie sich nun schon seit Monaten vorbereitet, und eigentlich sollten sie jubeln, doch die Stimmung der Männer war gedrückt. Die Hitze setzte ihnen zu, die mit der aufsteigenden Sonne schlimmer und schlimmer werden würde. Sie aßen im Stehen; mit den Messern spießten sie die Bratenstücke auf und spülten die krümeligen, aschigen Maiskuchen mit Kaffee aus drei großen Bechern hinunter, die Sarah herumgehen ließ. Dann eilten sie wieder davon, um die Vorbereitungen für den Tagesmarsch zu überwachen. Es würde ein langer und heißer Tag werden, und auf einige Männer würde am Abend der Tod warten.

9

Der Geist der Zeit

Generationen von Händlern, Viehtreibern, Indianern, Gesetzlosen und Schmugglern hatten schon die alte Straße benutzt, die sich nach Süden zum Rio Grande und weiter nach Mexiko wand. Hufe, Räder und Sohlen hatten sie so niedergewalzt, daß sie tiefer als das ausgedörrte Land lag, das sie umgab. Taylors kleine Armee marschierte vorbei an Dornengestrüpp und Yuccas, die die Straße haushoch flankierten. Die dornigen Äste ragten in den Weg, zerschlissen Kleider und Wagenplanen und rissen das Fell der Tiere auf. Der Weg wurde immer schmaler, und die Kolonne mußte sich für viele Meilen von Viererreihen auf Zweierreihen verjüngen. Das unablässige Zirpen der Zikaden war ohrenbetäubend, hellbraune Staubwolken hüllten Dragoner, Protzen, Versorgungswagen, Viehherden und die Zivilisten ein, die die Nachhut bildeten. Vor einer Woche hatten sie das Lager verlassen, und inzwischen sahen sie alle aus, als wären sie aus derselben Erde gemacht wie die Hügel.

Durch den Dunst konnte Sarah kaum die Sonne sehen, doch sie brannte wie ein überhitzter Ofen. Die Tümpel waren ausgetrocknet, auf dem Grund hatten sich Ringe aus Salzkruste gebildet, und die Zahl der Brunnen nahm stetig ab. Sarah ging neben ihrem Wagen her. Ihre Zunge fühlte sich an wie ein Knüppel, der mit fusseliger Baumwolle umwickelt war. Sie wischte sich den Schweiß aus den Augen, zog die Krempe ihres Hutes tiefer in die Stirn und ihre Bandana höher über die Nase. Mit zusammengekniffenen Augen spähte sie in den braunen Staubschleier, aber sie konnte kaum die Hinterteile ihrer beiden Mulis erkennen.

Nancy saß hustend unter der Wagenplane, genau wie die Mexikanerinnen und deren Kinder, die in jedem Spalt zwischen Sarahs Habe kauerten. Steine, Dornen und der sengend heiße Sand hatten schon längst die Strohsandalen, die Lumpen und Lederriemen abgewetzt, die sie sich um die Füße gewikkelt hatten, und Sarah hatte die hinkenden Menschen und die erschöpften Leute, die am Wegesrand lagen, auf den Wagen geladen. Dafür hatte sie ein paar von ihren Sachen weggeworfen und war selbst abgestiegen, um den Mulis wenigstens ihr Gewicht zu ersparen, doch sie wußte nicht, wie lange Jake und Buck den Karren noch ziehen konnten. Für Bertha und ihre drei jüngsten Töchter hatte sie auf einem Versorgungswagen Platz gefunden.

Cruz ritt auf Alice Ann, Sarahs Fuchsstute. Sie war ganz in ihre Mantille gehüllt, darunter trug sie eine ausrangierte, geflickte Uniformhose, die sie passend für ihre Größe abgeschnitten hatte. Sarahs alte Pistole steckte in der Sattelhalfter neben Cruz' Bein, Munitionsbeutel und Pulverhorn hingen zwischen ihren Brüsten. Sie beugte sich vor und gab Sarah eine hölzerne Feldflasche.

»Das ist der Rest.« Sarah gab sie an Nancy weiter, die das Wasser mit den anderen Kindern teilte. Sobald Sarah etwas sagen wollte, füllte sich ihr Mund trotz der Bandana mit Sand. »Was meinst du – ob wir wohl bald an einen Brunnen kommen?« fragte sie Cruz.

»Nein«, sagte Cruz nur und starrte weiter in das staubige braune Gebüsch, das durchsetzt war von Feigenkakteen und

Wildrosensträuchern, deren stahlgraue Dornen so lang waren wie ihr kleiner Finger.

»Suchst du in diesem Gestrüpp etwa nach Águila?«

»Ja.«

»Ach, das Gebüsch ist so massiv wie eine Mauer; selbst eine Kanonenkugel würde daran abprallen.«

»Antonio und seine Männer wissen, wie man sich in Dornensträuchern versteckt.«

»Hm, das sollte mich nicht weiter wundern. Genau das erwartet man schließlich von einer Schlange.« Sarah hustete, schluckte würgend den Staub hinunter und sagte dann: »Wir brauchen dich hier nicht. Reite nur vor zu James.«

Cruz' dunkle Augen strahlten über dem Rand ihrer Mantille. Sie rief Sarah einen Gruß zu, trat der Stute mit ihren nackten Fersen in die Flanken und trabte davon.

Von hinten ertönte ein Schrei. Sarah fürchtete schon, Águila könnte sie entdeckt haben, und blickte sich um, aber in dem wirbelnden Staub sah sie nichts. Da steigerten sich die Schreie zu immer lauter werdendem Jubel. An der Silhouette der herannahenden Gestalt, die zusammengesunken im Sattel saß, und den Umrissen des Pferdes konnte sie Zachary Taylor auf Old Whitey erkennen.

Sarah blieb am Wegesrand stehen, und Taylor zügelte vor ihr sein Pferd. Die Sonne hatte ihm so zugesetzt, daß seine Lippen aufgesprungen waren und sein Gesicht aussah wie ein rohes Lendensteak. Zwei Maultiere zogen seinen ganzen Stolz, einen ungefederten Jersey-Kutschwagen, der selbst auf einer besseren Straße in kürzester Zeit Sahne in Butter verwandelt hätte. Taylors alte blaue Kriegstruhe hüpfte auf der Ladefläche auf und ab.

»Geht's Ihnen und den Ihren gut, Western?«

»Ja, das hier ist mir allemal lieber als Sümpfe und Riedgras, General.«

»Die Infanterie ist einen halben Tagesmarsch hinter mir. Die werden Ihnen wohl kaum recht geben.« Taylor spähte in den

Staub vor ihm. »Wie es scheint, sind die widerständischen Truppen, die der Mob in Corpus Christi vorausgesagt hat, noch nicht aufgetaucht.«

»Ach, keine Spur!« Sarah grinste. »Was ist mit dem Versorgungstroß?«

»Die Schiffe kamen ein paar Stunden vor uns in Port Isabel an. Wie wichtig die Nachschublinien sind, haben wir von den Seminolen gelernt, nicht wahr?«

»Das kann man wohl sagen, Sir!«

Er legte lächelnd die Hand an die ausgefranste Krempe seines Sombreros. »Ich wünsche Ihnen noch einen guten Tag, Western.«

»Gleichfalls, Sir!«

Sarah blickte ihm nach, bis die braunen Staubwolken ihn verschluckt hatten. Sie hatte schon viele Generäle getroffen, aber »Old Rough and Ready« Taylor war der einzige, der sich während des Tages Zeit nahm und mit einer Frau logistische Probleme besprach.

Sarah hatte den Eindruck, daß die Gegend nicht mehr schlimmer werden konnte, doch auf dem nächsten Tagesmarsch mußte sie sich eines Besseren belehren lassen. Seit dem letzten brackig riechenden Sumpfloch hatte ihr Wagen kaum an Weg zurückgelegt, als er halb bis zu den Radnaben im Sand versank und schließlich ganz steckenblieb. Die Mulis hingen in den Geschirren, als würden allein die Steuerketten sie noch aufrecht halten.

Vom Kutschbock blickte Sarah auf das flache, vollständig verkohlte Land. Wahrscheinlich hatten es die Mexikaner niedergebrannt, um die Weiden zu zerstören. Der Ruß setzte sich auf Menschen und Tiere und mischte sich mit dem Schweiß zu einem schmierigen Überzug.

Mit dem Griff der Peitsche schlug Sarah an die erste Weidenrute, die die Wagenplane hielt. »Hilf mir mal, Nancy!«

Sarah band die Zügel los, stieg ab und versank bis zu den

Knöcheln im heißen Sand. Jake und Buck ließen die Köpfe so tief hängen, daß sie mit dem Unterkiefer fast den Boden streiften, doch immerhin brachte Jake noch die Kraft auf, den Kopf zu drehen und Sarah einen vorwurfsvollen Blick zuzuwerfen.

»Wenn ich schreie, ziehst du an den Zügeln!« sagte sie zu Nancy.

Sarah stapfte zum Wagenende, wobei der Sand ihr in die Stiefel lief und ihr Knöchel und Füße verbrannte. Die meisten von Sarahs jungen und alten Fahrgästen sprangen ab und postierten sich bei den Rädern.

»Brauchen Sie Hilfe?« Ein Corporal und ein paar Soldaten, die abkommandiert waren, um wenn nötig dem Gefolge zu helfen, sahen sie von ihren Sätteln aus fragend an.

»Wir kommen schon zurecht. Andere brauchen euch wahrscheinlich dringender.«

Sarah rückte ihre Tournüre zurecht, schürzte die Röcke und stopfte die Säume in ihren Gürtel. Zwischen ihren Rücken und das glühendheiße Eisenband des Rades legte sie einen zusammengefalteten Sack.

»Anheben!« Sarah drückte gegen die Speichen und schob das Rad mit solcher Kraftanstrengung vorwärts, daß die Adern an ihren Schläfen hervortraten und vor ihren Augen Lichtpunkte tanzten wie Funken aus dem Heizkessel eines Dampfschiffs.

Sie schob und schob, bis sie fast zusammenbrach, wartete eine Weile und schob wieder. Stechender Schmerz fuhr wie ein Komet in ihre Augenhöhlen. Der Wagen wackelte, sie ließ nach, dann schob sie wieder an, ging einen Schritt zurück und wieder vor, wobei sich die Schaukelbewegung von Mal zu Mal verstärkte. Schließlich kroch der Wagen auf quietschenden Achsen vorwärts, die Räder mit ihren Eisenbändern schnitten sich in den Sand, bis sie festeren Grund hatten. Sarah reckte sich und wischte sich den Schweiß aus den Augen.

»Über Great Western habe ich schon vieles gehört, aber ich

hätte nicht drauf gewettet, daß Sie das schaffen!« Die Stimme war vergnügt, was in keiner Weise zu der Situation paßte.

Sarah drehte sich um und sah einen Mann, der neben seinem kleinen Indianerpony unter einem Sonnenschirm stand. Er begegnete ihrem Blick mit Erstaunen und Bewunderung, was Sarah mittlerweile schon gewöhnt war.

Mit seinem schwarzen Seidenzylinder auf dem Kopf hätte er der großen Frau gerade mal die Nase kitzeln können. Doch trotz des Schirms und des Huts, dessen schmale Krempe nicht sehr viel Schatten spendete, war seine Haut schon von der Sonne verbrannt, und sein Gesicht glänzte so rot wie ein frisch gehäuteter Hase. Seine kurzen, kräftigen Beine steckten wie Würste in einer engen Leinenhose. Die Hose und die kurze Leinenjacke waren ursprünglich einmal weiß gewesen, doch nun waren sie voller braunem Staub und schwarzem Ruß. Der Sand bedeckte auch seine Schuhe, nur die Gamaschen schauten noch heraus.

»Mein Name ist Lewis Leonidas Allen.« Mit einem strahlenden Lächeln streckte er eine dicke, weiche und feuchte Hand aus, doch sein Handschlag war unerwartet kräftig. Aus der Nähe erstaunte ihn Sarahs Anblick noch viel mehr, und er vergaß, ihre Hand loszulassen, bis Sarah sie wegzog.

Seine Bemühungen, sie nicht anzustarren, waren nur zum Teil von Erfolg gekrönt, denn Sarahs schweißgetränkte Bluse klebte an ihren Brüsten. Trotz des steckengebliebenen Wagens, der erschöpften Maultiere und der jämmerlichen Verfassung ihrer Fahrgäste und des ganzen Gespanns funkelten ihre smaragdgrünen Augen amüsiert.

»Ich bin vom *Geist der Zeit«,* brachte er schließlich hervor.

»Wenn Ihre Schulter heute noch kein Rad gespürt hat, dann haben Sie wohl keine Ahnung vom Geist dieser Zeit, Mister Allen.«

»Der *Geist der Zeit,* gute Frau, ist eine Zeitung, die den Einwohnern der Großstadt Philadelphia die neuesten Nachrichten überbringt. Ich bin Reporter. Ich werde mit unseren tapferen Soldaten in den aufreibenden Kampf marschieren und der atemlosen Nation von ihren Heldentaten berichten.«

Sarah ließ ihren Blick über die marschgeschädigten Frauen und Kinder und über ihr klappriges Gefährt wandern. »Aufreibend ist es, das ist wohl wahr.«

»Um ehrlich zu sein – ich habe mich hier unter euch schöne Damen gewagt, weil ich hoffte, dort ein ruhiges Plätzchen zu finden, wo ich meine Notizen zu Papier bringen kann.«

»Ich würde eher sagen, Old Zach hat Sie zu uns, zum Anhang und zum Pöbel, zu den Packen und Bündeln, zurückgeschickt, weil Sie ihm da vorne zwischen den Beinen rumgetanzt sind.« Sarah stieg auf und ließ die Peitsche knallen. Allens Pony tänzelte an einem Ende der Zügel im Kreis, Allen drehte sich am anderen Ende um seine eigene Achse, bis er es schließlich schaffte, sein Tier mit aller Kraft zu sich heranzuziehen, als würde er einen großen Fisch einholen. Er kraxelte in den Sattel und ritt neben Sarah her.

»Keine Rede!« Er schlug ein ledergebundenes Notizbuch auf. »Auf dieser meiner Reise hatte ich sogar schon ein tolles Gespräch mit Old Rough and Ready persönlich.« Er las laut aus seinen Aufzeichnungen vor und fuchtelte wichtigtuerisch mit der freien Hand. »Der General sagt: ›Wir werden die heiligen Hallen des Montezuma im Jubel stürmen und unsere geschundenen Glieder auf Daunen betten unter einer Kuppel aus reinem Gold, gesprenkelt mit Saphiren und Diamanten.‹«

Sarah lachte auf. »Old Zach hat niemals so etwas gesagt! Das war bestimmt sein Adjutant, Perfect Bliss – Bill Bliss ist der größte Phrasendrescher vor dem Herrn.«

Allen blätterte in seinem Buch. »Ach, äh, ja, ich habe mich geirrt, das war tatsächlich Lieutenant William Wallace Smith Bliss.«

»Und was hat Old Zach gesagt?«

»Es, äh ... irgendwas in der Art ... es sei an der Zeit, daß diese wankelmütigen Hanswurste in Washington endlich, äh ...«

»... ihren Schiß ablassen oder das Klosett räumen«, half Sarah nach.

»Ich glaube, genau das hat er gesagt.«

»Way-stern!« rief Cruz mit ihrer sanften Stimme und deutete mit dem Kinn auf die große Staubwolke, die die Armee vor ihnen aufwirbelte und deren Umriß sich veränderte, als die Reihen von hinten aufschlossen und die Nachhut sich zu beiden Seiten versprengte. Die Kolonne war zum Stehen gekommen.

Seit James Murphy am vergangenen Abend mit seiner Einheit von der Erkundung zurückgekommen war und berichtet hatte, daß mexikanische Rebellen am anderen Ufer eines reißenden Flusses mit Namen Arroyo Colorado lagerten, waren alle auf einen Kampf gefaßt.

»Vielleicht sind es *rancheros*«, sagte Cruz.

»Was sind denn *rancheros?*« Allen hielt die Feder schreibbereit über sein Notizbuch.

»Die einen sagen, es sind tapfere Männer, die für ihr Vaterland Mexiko kämpfen, die anderen sagen, es sind *bandidos.*« Cruz drehte sich im Sattel, blickte über die öde Ebene und sagte so leise auf spanisch, daß nur Sarah es hören konnte: »Meiner Meinung nach ist es die reinste Teufelsbrut.«

»Ich schau mir die Sache mal an.« Sarah bedeutete Cruz abzusteigen und schwang sich selbst in den Sattel.

Sie ritt durch die versprengten Zivilisten, die in der Staubwolke der Infanterie angekommen waren, umrundete die Viehherden und kam schließlich zu den müden Fußsoldaten. Die Kolonne hatte angehalten, dreitausend Mann drängten sich um etwa dreihundert Versorgungswagen. Einige hatten ein Plätzchen in den schmalen Schattenstreifen ergattert, die die Wagen am Vormittag spendeten, andere gruben Löcher in den Sand, breiteten Planen auf Stöcken aus und ließen sich unter das improvisierte Sonnensegel fallen. Die meisten hatten die Schuhe ausgezogen und jammerten über ihre versengten, blutenden Füße.

Sarah fand ihren Sergeant und seine Männer, die damit beschäftigt waren, die Lafette der Sechspfünderkanone aus dem Sand zu schieben. Jene Geschützwagen, die nicht steckengeblieben waren, wurden in einem weiten Halbkreis hinter den Dragonern aufgestellt. Die Besatzungen reinigten die Kanonen und versuchten, den Sand aus den Verschlußblöcken zu entfernen.

Der Sergeant starrte an Sarah vorbei auf einen Punkt hinter ihr. Sie drehte sich um – Lewis Leonidas Allen war ihr auf seinem Pony gefolgt. Im mexikanischen Sattel sitzend balancierte er das Tintenfaß zwischen seinen Schenkeln und versuchte, ein paar Zeilen in seiner Kladde zu notieren.

»Ach, laß ihn, das ist nur so ein kleiner Schmierfink aus Philadelphia.« Sarah kniff die Augen zusammen und spähte in die flirrende Hitze, die alles verzerrte. »Was ist denn passiert?« fragte sie.

»Achsenschmierer.«

Sarah grinste. »Dann geht's jetzt also los?«

Der Sergeant wurde bei dieser Aussicht richtiggehend gesprächig. »Kann schon sein.«

Sarah ritt zwischen den Dragonern hindurch, die im Schatten ihrer Pferde hockten. Sie winkten und riefen ihr etwas zu, und jeder versprach, ihr vom ersten Mexikaner, den er töten würde, ein Souvenir mitzubringen. Sie ritt zum Ende der Anhöhe, wo Zachary Taylor auf Whitey saß, ein Bein um den Sattelknauf geschlungen. Beide blickten hinunter auf den Fluß, der zwanzig Fuß unter ihnen vorbeiströmte. Die Ingenieure hackten die steile Böschung auf, damit Männer und Pferde, Wagen und Lafetten bequemer zum Ufer kamen. Ein paar Kompanien fällten Mesquitbäume, mit denen sie Flöße bauen und den Fluß überqueren wollten.

Am anderen Ufer ritten Mexikaner zwischen Dornengestrüpp und Feigenkakteen hin und her. Schwer zu sagen, wie viele es waren, doch ihre Hornisten waren etwa eine Meile flußauf und flußab zu hören. Sarah besah sich die Männer sehr genau und suchte mit den Augen nach Águila.

»Die wirbeln ganz schön Staub auf, was, General?«

»Allerdings.«

»Wie weit ist es noch zum Rio Grande und bis nach Matamoros?«

»Ungefähr dreißig Meilen.« Taylor schob seinen Sombrero zurück; dabei brachen noch mehr Strohhalme von der Krempe und gesellten sich zu ihren Vettern auf den Schultern seines alten, leinenen Mantels. Er ließ den Blick über die Ingenieure, den breiten Strom und den geschäftigen Feind am anderen Ufer schweifen. »Ich verstehe wirklich nicht, warum jemand dieses gottverlassene Land überhaupt haben will. Da wächst doch kein einziger grüner Halm.«

»Fragen Sie mal die Texaner. Die sagen, wenn man in Texas Mais pflanzt und das Land sorgfältig bestellt, erntet man auf zweieinhalb Hektar rund hundert Scheffel; bei mittelmäßiger Pflege erntet man fünfundsiebzig, und wenn man gar nichts macht, fünfzig.«

Taylor kicherte, und Sarah kam auf ihr eigentliches Anliegen zu sprechen, denn wenn man Taylor reden ließ, ging es selbst im Kugelhagel den ganzen Tag lang nur um die Landwirtschaft und das Wetter.

»General, wann –«

»General!« Da kam Colonel William Worth auf seinem Braunen angaloppiert und zwang Sarah, aus dem Weg zu gehen, wenn sie nicht überrannt werden wollte. »Ich habe Twiggs gesagt, daß ich mit der Überquerung des Flusses betraut bin, aber er will alles selber machen!« Er zog so heftig an den Zügeln, daß der Kopf seines Pferdes, dessen Maul sowieso schon wund war von der harten Kandare, jäh emporschnellte. Das Tier blieb vor Schweiß dampfend und mit heftig pochender Brust stehen.

»Western ...« Taylor drehte sich zu Sarah um, damit Worth nicht sehen konnte, wie er entnervt mit den Augen rollte.

»Schon gut, General.« Sie ignorierte Worth, nickte dem General zu und ließ die beiden Männer allein.

Vier Dragonerschwadrone, an der Spitze Lieutenant Lincoln mit seiner Zweiten Kompanie, standen in Viererreihen neben ihren Pferden vor der sanft abfallenden Schräge, die die Ingenieure in die Böschung geschlagen hatten. Die Pferde wieherten und tänzelten, sie waren genauso nervös wie ihre Reiter. Sam Ringgolds Bataillon mit den Sechspfündern stand in einem weiten Halbkreis hinter den Berittenen bereit, um ihnen Feuerschutz zu geben. Die Gespanne und ihre Führer standen mit dem Rücken zum Geschehen, um schnell drehen und die Lafetten wieder in Stellung manövrieren zu können.

Die Infanterie hatte sich im Schatten eines Mesquithains versammelt und wartete. Unter einer gestreiften Markise stimmte die Kapelle ihre Instrumente; ein paar Akrobaten und Gaukler aus Corpus Christi waren mit der Infanterie gereist und probten ihre Kunststückchen. Frauen und Kinder standen aufgeregt am Rand und reckten die Hälse. Sarah saß gereizt und besorgt auf ihrer Stute oberhalb der Flußböschung.

Die Schatten des Nachmittags krochen über die heiße Erde, während Twiggs und Worth eine Stunde lang miteinander stritten. Worth bestand darauf, daß der Rang eines Generals, der ihm an jenem Tag kurzfristig verliehen worden war, ihn dazu befähigte und berechtigte, den Angriff zu führen. Die Banden der Mexikaner galoppierten immer noch laut und geschäftig am anderen Ufer durch das Dornengestrüpp, ihre Hörner schallten wohlklingend über den Fluß. Ein Mann mit einem strahlend weißen Hut, einem bunten Umhang und goldenen Litzen an den Seiten seiner *calzoneras* ritt ganz zum Ufer vor, stellte sich in die Steigbügel und formte mit den Händen einen Trichter vor dem Mund, um seine Worte zu verstärken.

Wegen der lauten Hörner konnte Sarah nicht hören, was er sagte, aber sie wußte auch so, daß es entweder eine Drohung, eine Beleidigung oder beides war. Vielleicht war es sogar Águila, doch auf die Entfernung konnte sie das nicht sicher sagen. Ihre Brust zog sich zusammen, und ihr wurde ganz flau im

Magen bei der Vorstellung dessen, was da kommen würde. Wie sich wohl die Männer fühlten, die so viele Monate mit stumpfsinnigem Warten auf den Kampf verbracht hatten? Warum gab es im Krieg überhaupt immer so lange Zeiten des Wartens?

»Du bist ein blödes Arschloch, Worth!« brummte sie.

Sie ließ die Stute antraben und ritt durch die Gasse zwischen Lincolns Männern und der Ersten Schwadron. Vor den drei Befehlshabern – Taylor, Worth und Lincoln – hielt sie an, salutierte knapp und rief so laut, daß es selbst die Infanteristen und die Gaukler hören konnten: »Geben Sie mir eine robuste Hose, General. Dann wate ich höchstpersönlich durch den Fluß und peitsche jeden einzelnen von diesen Banditen aus, der es wagt, sich mir entgegenzustellen.«

Die Dragoner jubelten, die Artillerie fiel in das Geschrei ein. Taylor lächelte und nickte Lincoln zu.

Lincoln wartete nicht auf den Hornisten, der gerade diesen Moment gewählt hatte, um in den Büschen zu verschwinden und sich zu erleichtern. »Kompanie antreten! Aufsitzen!« brüllte er.

Die Dragoner schwangen sich in die Sättel, daß das Leder nur so knarzte, die Kandaren klirrten und die Säbel rasselten. Lincoln hob die Spitze seines Säbels in den wolkenlosen Himmel. »Fertig zum Angriff!« Dann senkte er den Säbel, deutete damit aufs andere Ufer und schrie: »Vorwärts!« Die Kolonne setzte sich in Bewegung, die Hufe der Pferde versanken im feuchten Sand.

Sarah legte die Hand auf ihr Herz, das wild klopfte. Sie wartete auf das Krachen der mexikanischen Gewehre, die die amerikanischen Soldaten in einem Bleihagel durchsieben und niedermähen würden. In Reih und Glied ritten die Dragoner durchs Wasser; da kam General Worth fluchend und säbelschwingend angeprescht, drängte sich an die Spitze der Kolonne und spritzte jeden von Kopf bis Fuß naß, der ihm im Weg war. In der Flußmitte sanken die Pferde bis zum Hals ein, doch schließlich kletterte das erste Glied der Kompanie tropfend ans andere Ufer, ohne daß ein einziger Schuß gefallen wäre – die Mexikaner hatten sich verzogen. Die Kapelle spielte auf zum »Yankee Doodle«.

Die Männer entluden die Versorgungswagen, damit sie mit den Ladeflächen eine schwimmende Pontonbrücke bauen konnten. Ein Ingenieur ritt mit dem Ende einer dicken Koppelleine in der Hand durch den Fluß, band sie am anderen Ufer an einem Baum fest, und die Männer zogen sie so stramm, daß sie die Ladeflächen festbinden und die Infanteristen den Fluß überqueren konnten. Sarah inspizierte die schnelle Strömung und das diesseitige Ufer, das die Pferde der Dragoner aufgewühlt und in tiefen Morast verwandelt hatten.

»Mein Gott!« nuschelte sie in sich hinein. »Die Planwagen da rüberzubringen, wird ganz schön knifflig.« Doch sie wußte, daß die Ingenieure es schaffen würden. Sollte Gott mal jemanden brauchen, der in unwegsamem Gelände ein Wunder vollbringt, so müßte er sich nur an die Ingenieure halten.

10

Gefesselt und geknebelt

Tropfnaß torkelte Jake ans Ufer des Rio Grande und spritzte Sarah voll. Die lauwarmen Tropfen kühlten ihre brennende Haut, denn der Tag war heißer geworden, als sie es im März erwartet hatte. Sie füllte die Wassereimer, hängte sie an einen Stock, den sie wie ein Joch auf der Schulter trug, und folgte den Mauleseln ans andere Ufer, wobei sie die Blicke der mexikanischen Wasserverkäufer und Holzhacker ignorierte. Oben auf der Böschung fiel Jake auf die Knie, rollte durch den Staub, wälzte sich im Gramagras und in den Wicken und schlegelte mit den Läufen. Dabei schrie er so laut, daß er das ohrenbetäubende morgendliche Gurren der Tauben erstickte, die ganz in der Nähe in einem verlassenen Garten auf den Orangen-, Zitronen-, Pfirsich- und Feigenbäumen hockten.

Sarah warf Jake im Vorbeigehen einen mitleidigen Blick zu. »Es sind doch immer die kleinen Dinge, die Kindern Freude machen, was?«

Mit einem Schwall von Grunzern rollte Jake wieder auf die Beine und schnappte beiläufig nach Sarahs Hut, während er ihr in das Gewirr aus Zelten, Schuppen und Buschlagern folgte, die die Zivilisten errichtet hatten. Sarah blieb stehen und beobachtete, wie Lewis Allen mit einem großen schwarzen Gerät kämpfte. Soweit sie erkennen konnte, benutzte er dazu einen Blasebalg.

»He, Schreiberling, was ist denn das für eine neue Erfindung? Eine Art Heißluftballon?«

Allen hielt inne und wischte sich den Schweiß aus den Augen. »*Caoutchouc* sagen die Mexikaner, meine liebe Western, Kautschuk. Eine großer Fortschritt in Sachen Komfort und Hygiene.«

»Kau-Schuh, sagen Sie?«

Er trat den Blasebalg und pumpte; das Ding nahm langsam die Form eines plumpen kleinen Bootes mit rundlichen Seiten an.

»Das ist vulkanisiertes Gummi.« Lewis Allen tätschelte liebevoll die aufgeblähte Seite dieses Monstrums, das in der Hitze einen scharfen Modergeruch verströmte. »Ich habe der Armee einen von den Pontons abgekauft, die nach dem Florida-Krieg abgestoßen wurden, und daraus eine Badewanne gemacht.«

»Ich habe von diesen Gummibrücken gehört«, sagte Sarah. »Die Armee hat die Dinger gerade ausgemustert, als wir runtergekommen sind. Die Seminolen haben schnell begriffen, daß man da gut Löcher reinschießen kann. Auf diese Weise ist unser Feldzug im wahrsten Sinne des Wortes ins Wasser gefallen.«

Ein kleiner, dunkelhäutiger Mann kam fast waagrecht gebeugt mit einem Wasserkrug auf dem Rücken auf sie zu. Wie Cruz hatte auch er eine große, wohlgeformte Nase und edle, hohe Wangenknochen. Er trug ein weites weißes Hemd, das ihm bis über die Hüften reichte; aber das war auch alles, was Sarah an seinem Körper entdecken konnte. Er leerte das Wasser in die Gummiwanne.

»Diez.« Allen hielt alle zehn Finger hoch. »Noch zehn.«

»Sí, Señor.« Er hängte den Krug wieder in die Sisalrückengurte und stapfte davon.

Lewis Allen sah ihm nach. »Was für eine vornehme Erscheinung! Könnte direkt von den Cäsaren abstammen, nicht wahr?«

»Jedenfalls sieht er respektierlicher aus, als man es von jemandem erwarten würde, der keine Hose trägt.« Sarah grüßte und ging zu ihrem Zelt. Wenigstens war Allen mit seiner Badevorrichtung derart beschäftigt, daß er Sarah und die anderen, derer er habhaft werden konnte, nicht ständig mit Fragen bombardierte.

Der Sergeant saß auf einem Stein und reinigte seine Muskete mit Essig. Sein Haar war gewachsen; es war schweißnaß und stand nach allen Seiten ab wie dünner Stahldraht. George Lincoln stand neben ihm; Cruz' Mantille hatte er über seine nackten Schultern und die knochige Brust drapiert. Cruz hatte sein Hemd auf einem Faßdeckel ausgebreitet, bestrich es mit Stärke und besprengte es mit Wasser, das sie aus dem Mund prustete, dann legte sie einen Fetzen Sackleinen darauf und nahm mit einem zusammengefalteten Tuch einen heißen Backstein aus der Glut, den sie als Bügeleisen benutzte.

Sarah atmete den Duft von Stärke und sauberem, heißen Leinen ein; das erinnerte sie stets an ein zivilisiertes, komfortables Leben. Sie schöpfte Wasser in die Tontöpfe, die sie vor vielen Monaten von Cruz im Tauschgeschäft erstanden hatte, und hängte sie an einen Feigenbaum, damit die leichte Brise vom Fluß sie kühlte. Sie machte ihren Sergeant auf Allen aufmerksam, der gerade Decken aufhängte, um seine Gummiwanne vor fremden Blicken zu schützen.

Der Sergeant kniff die Augen zusammen, wie immer, wenn er rechnete. »Ein Tag – ein Vierteldollar«, sagte er schließlich.

»Ein Dollar bis Zapfenstreich.«

»Ein Dollar bis Zapfenstreich? Wofür, Mrs. Borginnis?« fragte Lincoln.

»Ich wette einen Dollar, daß dieses Ding von unserem rasenden Reporter schon durchlöchert ist, wenn sie zum Zapfenstreich blasen.«

Lincoln lauschte dem Plätschern und dem Singsang hinter den Decken. »Ein Dollar bis zum Morgensignal.«

Da rannte Bertha Skinner kreischend aus ihrem Zelt. Nancy packte den Prügel, den sie für Notfälle bereithielt, und spurtete hinein. Einen Augenblick später kam sie wieder heraus; den Knüppel hielt sie mit beiden Händen hoch, damit die Klapperschlange, die darüberhing, nicht über den Boden schleifte.

»Dein Abendessen!« Nancy grinste Jake an, der sofort auf sie zusprang.

»Bring sie her, bevor dieser dumme Esel sie zwischen die Zähne bekommt!« rief Sarah.

»So ein Biest kann man doch nicht essen!« Bertha wirbelte im Kreis herum wie ein blonder Staubteufel und schüttelte ihre Kleider aus für den Fall, daß sich noch mehr Spinnen darin versteckt hatten außer den beiden Exemplaren, die sie schon beim Anziehen gefunden hatte. Sie trat gegen einen Baumstamm, bevor sie sich vorsichtig draufsetzte, zog ihre Röcke ganz eng um sich und suchte mit ihren wasserblauen Augen beständig den Boden nach giftigen Tieren ab. »Eine Schlange hat schließlich Unglück ins Paradies gebracht.«

»Wenn Gott nicht gewollt hätte, daß die Menschen sie essen, so hätte er sie nicht wie ein zartes Hähnchen schmecken lassen.« Sarah häutete die Schlange, nahm sie aus, schnitt sie in Stücke und warf sie in den Bohneneintopf, der auf dem Feuer köchelte.

Dann nahm sie die Axt und schlug sie in einen Eichenklotz. Der Sergeant und Lincoln verstanden, daß es nun Zeit für sie zum Aufbruch war. Lincoln nahm Cruz das Hemd ab; sie hatte es so ordentlich geflickt, daß die Risse kaum mehr zu sehen waren, die es im Dornengestrüpp erlitten hatte. Lincoln verschwand hinter Sarahs Zelt, ließ die Hosenträger herunter, zog das Hemd an und stopfte es in die Hose. Dann gesellte er sich wieder zum Sergeant, und die beiden gingen gemeinsam von dannen und zogen dabei ihre Hosenträger hoch.

Sarah lächelte ihnen hinterher. Mit einem Hieb spaltete sie den Klotz und holte den nächsten.

»Wenn Männer etwas nicht ertragen können, dann ist es eine Frau, die Holz hackt«, vertraute sie Cruz und Nancy an. »Die Südstaatler halsen sofort einem Sohn Afrikas die Arbeit auf, und auch die Soldaten können es nicht sehen, aber sie haben in ihrem Leben schon so viel Holz gespalten, daß sie einem nicht unbedingt ihre Hilfe anbieten.« Sie arbeitete rhythmisch und geschmeidig, die Holzstücke fielen zu beiden Seiten der Schneide auf den Boden. »Männer sollten sein wie Eichenholz – gerade, ausgeglichen, ohne Knorren, geschmeidig und lodernd; weder grün im Mark noch so alt, daß sie hart geworden sind.«

Sie hatte gerade genug Holz für das morgendliche Kochfeuer gespalten, da ertönten am anderen Ufer Fanfaren. Nancy holte eine Decke aus dem Zelt, schüttelte einen Skorpion und zwei haarige Spinnen von der Größe ihrer Faust heraus und rief ihre Schwestern. Selbst Berthas Miene hellte sich auf, und sie eilte zusammen mit den anderen zum Fluß.

Überall am Ufer saßen Soldaten und Zivilisten auf ihren Decken. Mexikanerinnen und Kinder schlängelten sich mit Bauchläden voller Aniskuchen, *tamales* – in Maisblättern eingewickelte Fleischpasteten –, exotischen Früchten und den flachen Sproßabschnitten der Opuntien, deren Dornen sie abgekratzt hatten, durch die Grüppchen. Sie verkauften auch handgedrehte Zigaretten, Baumwolltücher, Sombreros und Harzbällchen, genannt *chicle* – Kaugummi –, die sie unablässig kauten.

Inmitten des saftigen Grases, des Dufts der Akazienblüten, der glänzenden dunkelgrünen Kronen der Ebenholzbäume und des Gurgelns des Flusses kam Sarah sich vor wie in einem Park – aber es war ein viel schönerer Park, als die wenigen Grünanlagen, die sie in ihrem Leben gesehen hatte. Die Wüste östlich des Flusses war es kaum wert, verteidigt zu werden, aber es überraschte sie nicht, daß General Ampudia täglich Protestbriefe über die amerikanische Präsenz dort verfaßte.

Sarah setzte sich zu Cruz, James und den Skinners und stellte ihren Korb mitten auf die Decke. Cruz verteilte Tortillas und ließ den Topf mit Bohnen und Rückenspeck herumgehen. Die Einwohner von Matamoros hatten ihre besten Kleider angelegt, drängten sich am anderen Ufer und starrten zu den Amerikanern hinüber. Eine Kapelle hatte eine flotte Melodie angestimmt, die Leute tanzten, und die bunten Röcke der Frauen wirbelten um ihre Beine wie Mohnblüten. Sie lachten und winkten den Amerikanern zu, sie sollten doch herüberschwimmen.

Die Stadt Matamoros saß wie ein Edelstein auf einer sanften Erhebung und zeichnete sich gegen den Abendhimmel ab. Gärten und Wiesen mit Obstbäumen umgaben die weißgetünchten Adobehäuser, deren Ziegeldächer von der schönen Kirchturmspitze überragt wurden. Baumwoll- und Zuckerrohrfelder, vornehme Haziendas und Haine aus Ebenholzbäumen säumten die Stadt. Als die Sonne hinter den Horizont glitt, färbten sich die rosafarbenen, bauschigen Wolken, die die Stadt einrahmten, tiefrot und spiegelten sich in einem helleren Farbton auf den verputzten Mauern.

»Hast du jemals so eine Stadt gesehen, Cruz?« fragte Sarah.

»Nein.« Cruz schüttelte den Kopf; sie konnte den Blick nicht von diesem Bild abwenden.

»Bis heute war Corpus Christi die größte Ansiedlung, die sie je gesehen hat.« James Murphy nahm Cruz' Hand und führte sie an seine Lippen. »Wenn der Krieg vorbei ist, will ich ihr New Orleans zeigen.«

»Es sieht ja noch nicht mal so aus, als wollte der Krieg überhaupt beginnen«, sagte Sarah.

Als die Musik der Mexikaner verstummte, übernahm die Militärkapelle der Amerikaner und spielte bis in die Nacht. Cruz, James und die anderen tanzten im Mondschein, der durch die goldenen Wolken der Akazienblüten drang, über ein Parkett aus Gras. Selbst Sergeant Will Kelly schwang das Tanzbein und führte Sarah mit unerwarteter Anmut im Walzertakt durch die Nacht.

Hunderte von Soldaten mit nacktem, schweißnassem Oberkörper arbeiteten emsig an dem sechsseitigen Erdwall auf einer Erhebung am Rio Grande gegenüber von Matamoros. Lieutenant Joseph Mansfield hatte eine Strategie ausgearbeitet, die Mauern von zehn Fuß Höhe und fünfzehn Fuß Breite verlangte. James und Seamus arbeiteten am unteren Ende des zwanzig Fuß breiten und acht Fuß tiefen Grabens, der um die Erhebung gezogen werden sollte. James hackte mit dem Pickel den lehmigen Boden auf, Seamus schaufelte die Erde in Eimer, die an Seilen zur Baustelle hinaufgezogen wurden.

»Der Teufel soll die Ingenieure holen!« Seamus legte den Kopf zurück und blickte den Hügel hinauf, auch wenn er von seinem Standort aus nicht sehen konnte, wie Mansfield mit Dreifuß und Kartenrollen über die Baustelle eilte und die Bauarbeiten überwachte. »Das ist doch den Fingerhut voll Whiskey nicht wert, den sie uns extra geben! Selbst ein Idiot weiß, daß eine Viertelpinte Whiskey sechs Zoll Klafterholz entspricht!«

James hielt inne und band den Stoffstreifen fest, den Cruz

um seine blutenden Hände gebunden hatte, als sie ihm in der Mittagspause Tortillas, Bohnen und würzige Rindfleischstreifen gebracht hatte.

»He, hier wird nicht gefaulenzt, Sie irisches Arschloch!«

James drehte den Kopf, sah am Grabenrand Lieutenant Caseys Stiefelsohlen und seine blaubehosten Knie und salutierte in Richtung der Stiefel. »Ich habe nur meinen Verband festgezogen, Sir.«

»Ich mach Ihnen Feuer unterm Arsch, wenn ich Sie noch mal dabei erwische, daß Sie Maulaffen feilhalten!«

»Jawohl, Sir.«

Als die Stiefel verschwunden waren, schob sich John Rileys Gesicht über den Graben. »Sie sind wieder da!« rief er leise, damit die anderen Männer, die weiter hinten im Graben arbeiteten, ihn nicht hören konnten.

Die vier Iren ließen Pickel und Schaufeln fallen und stürzten zur Leiter. James flocht seine Hände ineinander, hielt sie mit den Ballen nach oben, damit Seamus draufsteigen konnte, und hievte ihn zu Riley hoch, der ihn über den Rand des Grabens zog. Seamus streckte James seine Hand hin, doch James winkte ab.

»Bist du blöd, Mann?« Seamus hielt ihm noch immer die Hand entgegen. »Das ist ein Geschenk Gottes! Das kannst du doch nicht verschmähen!«

»Gott hat mir die schönste Frau geschenkt, die es auf der ganzen Welt gibt, und ich werde meine Corporals-Streifen nicht für etwas aufs Spiel setzen, das ich nicht brauche.«

»Gesegnet sind die Einfältigen!« rief Seamus noch, während er den anderen hinterherrannte.

James grub allein weiter, obwohl er wirklich gerne mitgegangen wäre. Dieser Anblick war einmalig und betörend, und er überbot alles, was James je gesehen hatte. Er war sich fast sicher, daß er so etwas nie wieder zu sehen bekäme, wenn sich die Armee aus Mexiko zurückzog. Jeden Nachmittag kamen ein paar Frauen an den Fluß, braun und drall wie die Najaden der griechischen Mythologie, zogen sich aus und planschten nackt im Wasser. Während sie übermütig herumtollten, riefen sie den gebannt starrenden Soldaten am anderen Ufer etwas zu, bedachten sie mit Küssen und luden sie unmißverständlich ein, sich zu ihnen zu gesellen. Die Lockungen waren so unwiderstehlich, daß Taylor Befehl erlassen mußte, jeden zu erschießen, der auch nur versuchte, ans andere Ufer zu schwimmen.

James konnte Seamus nicht begreiflich machen, was es bedeutete, eine Frau mit Haut und Haar zu lieben; daß Cruz ein Teil von ihm geworden war, sein Fleisch, sein Blut, sein Atem, und daß er den Tod einem Leben ohne Cruz vorziehen würde. Doch in gewisser Weise hatte auch Seamus recht: Die Chance, die Szene am Fluß zu beobachten, nicht zu ergreifen, zeugte von großer Undankbarkeit gegenüber einem so wohlwollenden Gott.

Als James und zehn andere Soldaten sich bei Lieutenant Casey zum Wachdienst meldeten, war er keineswegs überrascht, John Riley, Seamus und die anderen vier Iren im Arresthaus zu sehen, die sich am Tag zuvor zum Fluß geschlichen hatten. Nur irritierte ihn, daß er dieses Mal nicht mit ihnen einsaß wie so oft zuvor.

Casey hatte die Hände auf dem Rücken verschränkt, spielte mit der Reitgerte und fragte an James gewandt: »Haben Sie die Stange und das Seil, Corporal?«

»Jawohl, Sir.«

»Und ich bin sicher, Sie wissen, wo man diese Stange am besten reinrammt, nicht wahr, werter Lieutenant?« sagte Riley.

»Gott verdamm Sie, Sie dreimal verfluchter Hund!« Casey wurde so rot, daß James sich schon vorstellte, wie sein Kopf platzte und ein Schauer aus Zähnen auf sie alle herunterregnete. »Ausziehen, Sie Scheißkerl! Ausziehen, sage ich! Ich werde Sie so lange auspeitschen, bis Ihr Leben nur noch an einem dünnen Faden hängt, und da werde ich dann auch noch draufschlagen!« Er wirbelte zu James herum. »Corporal, peitschen Sie diesen Halunken aus, bis ich bis fünfzig gezählt habe.«

»Das kann ich nicht, Sir.« James versuchte, ruhig und respektvoll zu bleiben, doch ihm war so flau im Magen, und sein Kopf dröhnte so heftig, daß er wußte, was die Stunde geschlagen hatte.

Er stand reglos da, während Casey versuchte, ihm die Corporals-Streifen vom Ärmel zu reißen, doch Cruz hatte sie so fest angenäht, daß seine Versuche erfolglos endeten. »Fesseln! Knebeln! Einlochen!« brüllte Casey.

»Ich habe nichts getan, was so eine Behandlung rechtfertigen würde, Sir.«

»Ich werde mir doch von Ihnen keine Frechheiten anhören, Sie verfluchter irischer Scheißkerl! Ich werde verdammt froh sein, wenn die Mexikaner Ihre ganze Brut abknallen! Noch eine Widerrede und ich werde Sie nicht nur fesseln und knebeln, sondern auch auspeitschen lassen, zum Donnerwetter noch mal!«

Ohne sich dessen bewußt zu sein, hob James seinen Karabiner. Eiskalt fuhr es ihm in die Knochen. Er sah den Lieutenant nur noch durch den roten Schleier der Wut, von dem er geglaubt hatte, die Liebe zu Cruz hätte ihn ein für allemal ausgemerzt. Er war nun nicht mehr nur für sich allein verantwortlich und konnte nicht mehr wie früher sein Leben dem Teufel anheimstellen, doch er würde niemandem erlauben, ihn auszupeitschen. Niemals.

»Wenn Sie mich auspeitschen, werde ich Sie töten.« Seine Stimme war ruhig und fest, und noch während er die Worte aussprach, faßte er den Plan, mit Cruz nach Mexiko zu desertieren.

»Himmel, Arsch und zugenäht!« schrie der Lieutenant und wich zurück. »Nehmt diesen Schurken fest und locht ihn zusammen mit den anderen ein!«

Riley hatte schon den Oberkörper freigemacht. Zwei Männer banden seine Arme um den Stamm eines Ebenholzbaums,

James und die anderen fünf Iren saßen mit angezogenen Knien und angewinkelten Ellbogen in einer Reihe. Zwei Wachsoldaten schoben die Stange unter ihren Kniekehlen und zwischen den Armbeugen hindurch und banden ihnen die Handgelenke zusammen. Nach getanem Werk sahen James und seine Landsleute aus wie Fleischstücke am Spieß.

Casey rammte einen großen Pflock waagrecht in James' Mund und band ihn fest. Der Knebel stemmte seinen Mund so weit auf, daß die Mundwinkel unter stechendem Schmerz aufrissen, der sich über das ganze Gesicht ausbreitete und sich hinter den Augen festsetzte.

Colonel Worth kam vorbeigeritten und blieb stehen, um die Szene zu beobachten. In James keimte erst die kleine Hoffnung auf, daß der Colonel dem Ganzen ein Ende bereiten würde, doch ein Blick in Worths Gesicht machte jede Hoffnung zunichte. Worth war wie immer in Bestform, seine Uniform war geplättet, die Knöpfe poliert – durch und durch Soldat. Nur den Mund hatte er verdrießlich verzogen; er war also mal wieder schlechter Laune, und ein gelungenes Auspeitschen kam ihm zweifellos gerade recht.

Casey deutete mit seiner Reitgerte auf einen Wachsoldaten: »Sie! Auspeitschen!«

»Das kann ich nicht, Sir.«

»Dann können Sie sich auch gleich zu den anderen setzen!«

Nachdem sich noch fünf weitere Wachsoldaten geweigert hatten, die Peitsche in die Hand zu nehmen, wandte sich Casey an einen plumpen, mondgesichtigen Burschen mit ungepflegtem Schnurrbart und zottigem braunen Haar, das ihm wie ein Büffelfell über den Kragen hing. Sein kuhäuiger Blick schien ihm wie ins Gesicht gemeißelt, und er machte den Eindruck, als würde es ihn ziemliche Anstrengung kosten, seine Gürtelschnalle geradezurücken, sollte er jemals den Befehl dazu bekommen.

»Davis!« schnarrte Casey.

Davis warf den anderen Wachen, die nun auch auf dem Boden saßen und warteten, daß man ihnen eine Stange unter den Knien hindurchschob, einen entschuldigenden Blick zu und zog langsam Gürtel und Jacke aus.

»Du Schweinehund!« sagte ein Soldat zu Davis, die anderen stimmten ihm fluchend zu.

Die Peitsche landete mit einem donnernden Schlag auf Rileys Rücken, daß es ihm die Eingeweide zusammenzog und er aufschrie. Davis war zwar nicht besonders geschickt, aber er hatte Kraft. Er ließ die Hiebe auf Riley herunterprasseln, als könnte er durch seine Eile Rileys Qual verkürzen. In seiner Hast wickelte sich die Peitsche immer wieder um Rileys Unterbauch und grub sich in sein weiches Fleisch. Riley schrie und flehte die Jungfrau Maria und alle Heiligen an, ihn zu erlösen. Da kam zufällig Colonel Twiggs vorbei, er keuchte vor Hitze, die widerspenstigen grauen Strähnen standen unter seinem Hut hervor und ließen sein Gesicht noch röter erscheinen.

»Das reicht, Davis!«

»Einen Teufel reicht es!« Worth stellte sich in die Steigbügel und streckte sich in seinen hohen schwarzen Stiefeln.

Twiggs beachtete ihn gar nicht. »Bindet ihn los, Jungs!«

»Das schlägt nun aber wirklich dem Faß den Boden aus!« Worth lief puterrot an und wedelte mit der Faust. »Ich habe genug von dieser Schande und Schmach! Ich werde sofort mein Gesuch einreichen und den Dienst quittieren.« Und er preschte davon.

Twiggs deutete mit der Reitgerte auf James. »Nehmt diesem Mann den Knebel aus dem Mund, doch alle sollen bis zum Abend gefesselt bleiben.«

James lächelte ein Dankeschön, als ein Wachsoldat ihm den Pflock aus dem Mund zog und er seinen Kiefer wieder zurechtrücken konnte.

Vom »Tiger« gerettet! dachte er.

11

Völlig aus dem Häuschen

Jake tollte durchs Gramagras, durch den Mohn, die Indigosträucher und den Braunwurz. Die Wicken fand er so unwiderstehlich, daß Sarah ihn davon abhalten mußte, die Nahrungsaufnahme zu einem gemütlichen Frühstück ausarten zu lassen. Cruz ritt auf der Stute, die ausnahmsweise einmal weniger verstimmt war als gewöhnlich. Rossig tänzelte sie dahin und hob den Schweif in hohem Bogen wie eine wehende Flagge.

Der Aprilwind trug das sonntägliche Glockenläuten von Matamoros leise über den Fluß, die Tauben gurrten wie üblich hinter dem hellgrünen Spitzenmuster der Mesquitbäume. Ein paar Kolibris kreisten um Sarahs Kopf; vielleicht hielten sie die roten Strähnen, die aus dem kronenlosen Hut ragten, fälschlicherweise für einen Strauß Blumen.

Sie nahm ihr Strickzeug aus der Tasche am Sattelknauf. »Bist du sicher, daß das der Weg ist, den Ortiz uns empfohlen hat?«

»Eigentlich schon«, sagte Cruz.

»Ist ja auch egal. An so einem Tag wie heute brauchen wir uns für einen kleinen Ausflug nicht zu rechtfertigen.«

Gerade als sie einen Socken fertiggestrickt hatte, kam das Haus in Sicht. Sie stopfte die Holznadeln, die aussahen wie die Kiele mottenzerfressener Federn, durch die Löcher in ihrer Krempe.

Je näher sie der Hütte kamen, desto größer wurden Sarahs Befürchtungen. Wo der Lehmputz aus dem Gitterwerk gefallen war, klafften große Löcher in den Wänden, die Überreste des Strohdachs hingen in Büscheln herunter, und vom Garten waren nur noch ein paar staubige Bohnenranken übriggeblieben, die sich an die Überbleibsel eines Zauns klammerten. Ein paar magere Hühner staksten auf der Suche nach besseren Lebensbedingungen über den harten Lehm des einstigen Vorgartens.

»Ich sehe hier keine Kürbisse, keinen Mais und auch keine Rinder. Weder zum Verkauf noch zum Eigenverbrauch.«

Sie banden Jake und Alice Ann an einen Zaunpfosten, auch wenn die ganze Aktion für Jake nur ein Hinweis sein sollte, daß er bleiben sollte, wo er war. Wenn er ausreißen wollte, würde der Pfosten ihn kaum aufhalten. Cruz nahm den Karabiner aus der Sattelhalfter, Sarah spannte den Hahn ihrer Pistole. Das Haus hatte keine Tür mehr, also spähten sie durch die rundliche Öffnung in der Wand.

»Buenos días«, rief Cruz.

Ein paar Sonnenstrahlen bildeten schmale Streifen auf dem nackten, dreckigen Fußboden. Als sich ihre Augen an die Dunkelheit gewöhnt hatten, sahen sie ein paar Lumpen, die an einem menschlichen Skelett hingen. Die Ratten hatten die Knochen abgenagt und teilweise in den Schatten verstreut, die an der Wand entlangkrochen.

»Dios mio!« Cruz bekreuzigte sich, wich zurück und stieß gegen Sarah.

»Sie haben uns in die Falle gelockt.« Sarah war nicht überrascht, drei Reiter ankantern zu sehen, und ihr war klar, daß sie und Cruz nicht weit kommen würden, wenn sie versuchen sollten, sich aus dem Staub zu machen, denn Águila ritt selbstverständlich einen Hengst, die anderen hatten große Wallache – wahrscheinlich Diebesbeute –, und sie könnten die beiden Frauen problemlos einholen. Sarah könnte Águila natürlich erschießen und der Welt damit einen großen Gefallen erweisen, doch bevor sie noch nachladen könnte, würden die beiden anderen sie und Cruz töten. Und Sarah bezweifelte, daß Cruz die Nerven hatte, ihr Gewehr abzufeuern; sie hatte es noch nicht einmal erhoben und auf die Männer gerichtet.

Sarah band das Pferd los und gab Cruz die Zügel. »Hast du deine Saufeder griffbereit?«

»Ja.« Cruz befühlte die Falte in ihrem Rock. Sie verbarg den Spalt, durch den sie das Schlachtmesser ziehen konnte, das an ihrem Oberschenkel festgeschnallt war. Diesen Trick hatte ihr Sarah beigebracht. Águila würde ihn wohl kaum kennen – wenn auch nicht sicher war, was er wußte und was nicht, nachdem so viele Mexikaner im Lager der Amerikaner herumrannten und deren List und Tücken ausspionierten. Ortiz, der Holzverkäufer, hatte sie schließlich in diese Falle gelockt.

»Schneid das Lasso durch, wenn ich ›Speck‹ sage. Laß die Stute laufen und schneid Águilas Sattelgurt durch, wenn du kannst.« Das war ziemlich viel verlangt.

»Sí.« Cruz wartete gefaßt. Mit einer Hand hielt sie die Stute an der Trense fest, in der anderen hielt sie den Karabiner mit dem Lauf zum Boden.

Sarah tastete nach dem Klapperschlangenschwanz, den sie immer als Talisman in ihrer Tasche trug. Sie wußte, daß ihr Plan nicht besonders erfolgversprechend war, aber sie hatten zwei Vorteile: Männer wie Águila ritten immer Hengste, und der Hengst roch schon die fruchtbaren Ausdünstungen der Stute, die sich im warmen Wind verbreiteten. Er wieherte, tänzelte und warf den Kopf zurück. Außerdem zählte Sarah darauf, daß Typen wie Águila Frauen grundsätzlich unterschätzten.

Die drei Männer zügelten die Pferde und kamen langsam näher. Águilas Handlanger griffen nach ihren Lassos. Beide hatten das dämliche Grinsen von Männern auf dem Gesicht, die sich mit Gewalt ein Vergnügen verschaffen wollten, das sie auf andere Weise niemals bekommen würden. Sie musterten die Üppigkeit von Sarahs Busen und ihre einladend breiten Hüften, und Sarah konnte sehen, wie sie die beträchtliche Entfernung dieser Hüften zum Boden abschätzten und sich die Länge ihrer Beine unter dem Rock vorstellten.

»Qué mujer!« murmelte der eine.

Falls die Männer sie vergewaltigen wollten – um so bedauerlicher für sie, dachte Sarah, denn das meistgehätschelte Teil des

Mannes war sehr viel leichter zu traktieren, wenn er die Hose runtergelassen hatte. Ein besoffener Soldat hatte in Florida einmal versucht, Sarah mit Gewalt zu nehmen, was er bitter bereut hatte. Tagelang hatte er gehinkt und mußte sich auch noch den Spott der anderen gefallen lassen. Nach diesem Vorfall nahmen die Männer den Hut ab, wenn sie mit Sarah sprachen, und beschränkten ihre Bewunderung auf verstohlene Blicke. Ihrem Mann hatte sie davon nichts erzählt, denn sie wußte, daß er den Trottel ohne Nachzudenken umgebracht und seine Laufbahn ruiniert hätte.

Sarah rührte sich nicht, als die Lassos in einem großen Bogen und mit einem leisen Zischen auf sie und Cruz zugeflogen kamen. Die Schlinge glitt über ihre Schultern und fesselte ihre Arme an die Seiten. Der Mann am anderen Ende des Seils zog sie so nahe zu sich, daß sie den Kinnbart an seinem vorstehenden Kiefer sehen konnte. Der zweite Mann hatte Cruz gefangen, sie ließ das Gewehr fallen. Er gab Águila das Lasso, Águila zog Cruz zu sich.

»*Yanqui puta, vas a sufrir!*« sagte er – du Yankee-Hure, ich werd dir den Garaus machen!

Sarah konzentrierte sich auf Águilas Worte, denn ihr Leben hing davon ab, daß sie verstand, was dieser Mann sagte. Cruz starrte nur auf Águilas Sattelgurt, als würde er selbst überhaupt nicht existieren.

Águila spannte das Seil und band das Ende des Lassos an seinen Sattelknauf. Sarah wußte, was er vorhatte – er wollte Cruz zu Tode zu schleifen. Sollte Cruz es auch begriffen haben, so ließ sie sich jedenfalls nichts anmerken. Sarahs Fänger schlug mit dem Lasso, es traf sie am Kinn, und die harten Fasern hinterließen ein rotes Mal. Dann zog er das Seil wieder straff und ließ sein Pferd ein paar Schritte zurücktänzeln, damit es sich nicht lockern konnte.

»*Y ella?*« fragte er – was ist mit ihr?

Sarah strich über die glatten Glieder des Klapperschlangenschwanzes. Sie sah alles mit einer außergewöhnlichen Deutlichkeit, die Adler, die in die angelaufenen Silbernieten an den *calzoneras* der Männer eingraviert waren, den angetrockneten Schlamm an ihren Stiefeln, die Rädchen mit den acht Zoll langen Stiften an den Sporen.

»Mátala«, sagte Águila beiläufig – töte sie. Und er fügte hinzu: »Wenn sie tot ist, kannst du sie nageln, wenn du willst.«

»Speck!« Sarah gab das Zeichen und rasselte mit ihrer Klapper. Alles um sie herum geriet in Bewegung. Jake brach den Pfosten ab, der dort, wo er im Boden steckte, angefault war, und sprang auf der Suche nach der Klapperschlange und einem kleinen Vormittagsimbiß auf die Pferde zu, den Pfosten zog er hüpfend und klappernd neben sich her. Das Rasseln der Klapper hatte die Stute wie üblich in Panik versetzt. Wiehernd machte sie einen großen Satz zur Seite und ging zitternd in die Knie, wobei ihre Ohren vor- und zurückschnellten. Der Hengst bäumte sich auf und wollte sich auf sie stürzen.

Während Águila mit seinem Hengst rang, kappte Cruz die Schlinge um ihre Brust, duckte sich unter den Hengst, schob die Klinge des Messers unter den Sattelgurt und säbelte ihn durch. Die Stute rannte davon, der Hengst hinter ihr her. Nach weniger als hundert Fuß rutschte der Sattel von seinem Rücken, und Águila plumpste auf den Boden. Seine Sporen blieben allerdings in den Riemen der Steigbügel hängen, und während Hengst und Stute weiter auf den Horizont zupreschten, wurde Águila mitgeschleift.

Sarah wirbelte schnell herum, riß den Mann von seinem scheuenden Pferd, stieß die Ellbogen nach außen, lockerte die Schlinge und zog das Lasso über ihren Kopf. Dann trat sie dem gestürzten Reiter auf den Hinterkopf; sein Hut fing den Tritt teilweise ab, doch er blieb trotzdem liegen wie ein nasser Sack. Sarah nahm die Zügel seines Pferdes, währenddessen schürzte Cruz ihre Röcke, sprang in den Sattel und zog das Gewehr aus der Halfter. Als der dritte Mann versuchte, Sarah mit dem Pferd zu überrennen, ritt Cruz ihm hinterher, nahm den Lauf des Karabiners in beide Hände und schlug ihn mit dem Kolben aus Walnußholz nieder. Sarah bekam sein Bein zu fassen, zog ihn aus dem Sattel und stieg selbst auf. Jener, den Sarah getreten hatte, kam wieder zu Bewußtsein, rappelte sich auf und machte einen torkelnden Satz auf Sarah zu. Sie zog die Stricknadel aus ihrer Hutkrempe und stieß sie ihm in die Hand. Schreiend blieb er stehen. Sarah ritt zu dem Karabiner, den Cruz hatte fallen lassen, nahm einen Fuß aus dem Steigbügel, beugte sich aus dem Sattel, wie es ihr die Texas Rangers in Corpus Christi gezeigt hatten, und hob ihn im Reiten auf.

»He, Jake, beweg mal deinen Arsch hier rüber!« rief sie dem Muli zu, während sie und Cruz schon in Richtung Rio Grande galoppierten.

Jake schlug aus und schrie beleidigt, weil der Pfosten immer noch hinter ihm herholperte. Der Mann, der wieder bei Bewußtsein war, holte die Pistole, die aus Águilas Holster gefallen war, und schoß, doch Cruz drückte ihre Wange nur lächelnd an den geschmeidigen, muskulösen Hals des Pferds, und die Kugel pfiff vorbei. Mit Great Western als ihrer sicheren Festung war sie gegen alles gefeit.

»Way-stern!« rief sie. »Das darfst du Murphy aber nicht erzählen.«

»Wenn du meinst.« Also mußte sich Sarah eine andere Erklärung für die beiden Pferde und das elegante spanische Satelzeug ausdenken. Doch eines war sicher: Sie könnte erst wieder ruhig schlafen, wenn Águila wirklich und wahrhaftig seinen letzten Atemzug getan hatte.

Die Reihe der Wachen, die alle hundert Fuß postiert waren, erstreckte sich zwei Meilen am Ufer entlang. James hatte den letzten Posten flußabwärts hinter den Korralen, dem Fuhrpark und den Rinderherden zugeteilt bekommen. Er und seine beiden Kameraden hatten die Stunden vor dem Morgengrauen damit zugebracht, sich einen Blechnapf voll Kirschen in Weinbrand zu Gemüte zu führen, den Sarah ihnen gebracht hatte, und sich gegenseitig etwas über ihre soldatischen Heldentaten vorzulügen. Die Steinschloßgewehre lehnten hinten am Stamm einer großen Virgina-Eiche, die Männer an der Vorderseite.

James lauschte dem sonoren Läuten der Kirchenglocken und beobachtete, wie die ersten Sonnenstrahlen sich flammend auf den kräuselnden Wellen des Flusses widerspiegelten. Flußaufwärts versammelte sich die übliche Menschenmenge am mexikanischen Ufer gegenüber dem Hauptlager, um die Soldaten zu beobachten. James kannte inzwischen schon viele Gesichter. Nach dem Stand der Sonne zu urteilen, dauerte James' Wache nur noch wenige Minuten. Um sich die Zeit zu vertreiben, fragte er sich, wer diese Mexikaner wohl waren, wie und wovon sie lebten.

Er sah, wie Seamus Hooligan und John Riley sich durch das dichte Gestrüpp kämpften, und dachte, sie wollten Wasser holen. Er winkte und rief, um sie daran zu erinnern, daß sie ihr Wasser flußaufwärts holen sollten, aber da merkte er, daß sie keine Eimer, sondern Tornister trugen und daß sie auch nicht am Ufer stehenblieben. Ohne ihre Zivilkleidung oder gar die Schuhe abzulegen, wateten sie erst bis zur Hüfte, dann bis zum Hals ins Wasser und schwammen ans andere Ufer.

»Halt!« James drängte sich durch die Büsche an der Böschung. »He, Riley, General Taylor hat Befehl erlassen, daß wir euch erschießen müssen, wenn ihr ans andere Ufer geht!«

»Jamie-Schatz!« Riley drehte sich auf den Rücken und schwamm weiter. »Ich habe den dringenden Wunsch, in die Kirche zu gehen.«

Der nächste Wachposten hörte das Geschrei und rannte zu James. »Feuer, Murphy!«

James prüfte das Schloß seines Gewehr und lud es mit zitternden Fingern. Er stützte den Kolben an seiner Achsel ab, zielte an Rileys linkem Ohr vorbei und feuerte. Die erste Kugel spritzte ins Wasser. Mit der zweiten schoß er Riley die Mütze vom Kopf, die dritte streifte Seamus' Fuß, aber die beiden machten nicht kehrt.

Da eröffnete der andere Soldat das Feuer. Seamus und Riley

tauchten unter und streckten erst wieder im Röhricht am anderen Ufer den Kopf aus dem Wasser. Sie kletterten die Böschung hinauf, wo Leute standen und ihnen schon helfend die Arme entgegenstreckten. Seamus hinkte.

So so, Seamus, dachte James, du desertierst für knapp hundertdreißig Hektar Land und die mexikanischen Frauen.

Er blickte ihnen nach, wie sie, ohne sich noch einmal umzudrehen, in der grünen Landschaft verschwanden. Flußaufwärts fiel ein Schuß, dann noch mehr Schüsse. Ein weiterer Deserteur paddelte wie ein Hund ans andere Ufer, den schönen Frauen, dem Land, einem Offiziersrang und dem Sold entgegen, den die Mexikaner ihnen auf Flugschriften versprochen hatten, die auf geheimnisvolle Weise im Lager aufgetaucht waren. Da traf ihn eine Kugel, und er ging unter.

»Das waren bestimmt nicht die letzten!« James' Ablösung kam mit seinen beiden Kameraden angeschlendert.

»Lieutenant Blakes Nigger Moses ist gestern auch baden gegangen«, sagte der zweite Soldat. »Er hat's auf die andere Seite geschafft. Blakes Humidor mit den Havannas und eine Flasche Brandy hat er auch mitgehen lassen. Blake tobt immer noch wie ein Irrer.«

»Einem Sklaven kann man es kaum übelnehmen, wenn er abhaut.« James strich mit der Hand über Dukes schlanken Widerrist.

»Heute morgen haben sie Colonel Cross' Leiche hergebracht, nackt bis auf die Haut. Diese kleinen Achsenschmierer haben alles geklaut, das Pferd auch. Selbst den Goldzahn haben sie ihm gezogen.« Die Ablösung stellte den Karabiner ab und knöpfte den Kragen seiner Uniformjacke auf. »Diese Banditen haben den besten Quartiermeister in der ganzen Armee umgelegt. Verfluchte Scheiße!«

»Wie ist das passiert?« fragte James.

»Auf dem Weg hierher habe ich einen Mex getroffen, der mir erzählt hat, daß ein Landsmann namens Águila ihn getötet hat. Er soll ihn wie einen Stier mit dem Lasso eingefangen und ihm aus Spaß den Schädel mit dem Gewehrkolben eingeschlagen haben. Dieser Águila und seine Spießgesellen schimpfen sich ›Regierungstruppen‹.«

Trotz der Hitze, die nun, nachdem die Sonne aufgegangen war, immer größer wurde, gefror James das Blut in den Adern. Er nahm Anlauf und sprang mit einem Satz auf Dukes nackten Rücken, packte die Zügel, schnappte aus dem Sitz heraus seine Flinte und galoppierte ins Lager. Jake und die Stute grasten neben Sarahs Zelt, doch sein Zelt war leer. Er ritt zum Artilleriebataillon, das hinter Sandsäcken in einer Flußbiegung vor dem massiven Erdwall positioniert war.

Sarahs Sergeant inspizierte gerade den Verschlußblock einer Achtzehnpfünderkanone, die er liebevoll »Old Blue« nannte. Die anderen Geschütze waren mit Planen bedeckt und streckten ihre Rohre hervor, als wollten sie die Nase in den Wind halten.

»Hast du Western oder Cruz gesehen?«

Der Sergeant schüttelte den Kopf, ohne den Blick von seiner Arbeit zu nehmen.

»Hast du gewußt, daß Águila Colonel Cross umgebracht hat?«

»Dieser Scheißkerl!« Will Kelly sah ungewöhnlich interessiert auf.

»Er und seine Spießgesellen operieren als irreguläre Truppe auf dieser Seite des Flusses.«

»Die Versorgungslinie.«

»Was?« James konnte nur daran denken, daß Cruz in Gefahr war.

»Sie greifen die Arbeitswagen und den Versorgungszug zwischen hier und Port Isabel an.«

Das interessierte James im Moment nicht. Er suchte das ganze Seifenviertel ab und fragte alle Mädchen, aber keine hatte Sarah oder Cruz gesehen. Selbst Lewis Leonidas Allen wußte nicht, wo sie waren, dabei steckte er seine Nase nur zu gerne in anderer Leute Angelegenheiten. Allen war beleidigt, daß Sarah ihn abgehängt hatte, obwohl er sich angewöhnt hatte, ihr immer an den Fersen zu kleben. Ihre Geschichten eigneten sich gut zum Mitschreiben und noch besser zum Umschreiben, und außerdem war bei ihren Töpfen und Pfannen der Treffpunkt einer Gruppe junger West Pointer, die vor angelesenem Wissen, philosophischen Anschauungen, persönlichen Meinungen und Klatschgeschichten fast überliefen.

Nancy Skinner polierte das Bronzerohr einer Kanone auf Hochglanz; offenbar hegte sie die Hoffnung, daß Sam Ringgold ihr zum Dank ein strahlendes Lächeln zuwerfen, ein paar Worte schenken oder, wenn sie ganz großes Glück hätte, die Schulter tätscheln würde. Sie war nun fast zwölf und wuchs viel zu schnell, als daß ihre Bewegungen sich den neuen Errungenschaften ihres Körpers auf anmutige Weise anpassen konnten. Sie wirkte knochig und kantig unter ihrer widerspenstigen strohblonden Mähne, und ihre großen Füße und mageren Knöchel waren mit Insektenstichen übersät. Auch sie konnte James nichts Neues berichten.

Nachdem er das ganze Lager durchkämmt hatte, galoppierte er zu einem Pfad, der durchs Gestrüpp führte, und da sah er Sarah und Cruz kommen. Er preschte ihnen entgegen und zog Duke so hart an den Zügeln, daß der Rappe auf die Hinterhand fiel und noch ein Stück weiterschlitterte. James zog Cruz vom Pferd, setzte sie rittlings vor sich auf den Widerrist, grub seine Hand in ihr Haar, drehte ihren Kopf und bedeckte ihr Gesicht und ihren Hals mit Küssen. Eng umschlungen und Wange an Wange ritten sie zurück. Er war völlig aus dem Häuschen – die fremden Pferde waren ihm gar nicht aufgefallen. Mit keinem Wort erwähnte er, daß Águila in der Gegend plünderte. Er sah keinen Grund, Cruz zu beunruhigen.

Sarah wollte sich eine schweißnasse Locke aus der Stirn streichen, da merkte sie, daß ihre Hand zitterte – eine verzögerte Reaktion auf ihren Fandango mit dem Tod. Sie band den großen grauen Wallach des Mexikaners an den Pflock zu Jake und Alice Ann und machte sich auf die Suche nach ihrem Sergeant.

Sie fand ihn bei den Kanonen und gab ihm die Rationen Maisbrot und Speck, die sie und Cruz in der morgendlichen Aufregung nicht gegessen hatten. Er nahm sie, doch dann tat er etwas Überraschendes – er streckte die Hand aus und strich mit den Fingerspitzen über den roten Kratzer an Sarahs Kinn, den ihr der Mexikaner mit seinem Lasso beigebracht hatte. Sie wußte, wie ungewöhnlich diese Geste für Will Kelly war, und eine warme Welle der Zuneigung durchströmte sie.

Sie lächelte etwas verlegen. »Águilas kleine Faxen.«

Im Schatten der Kanone wickelte er Brot und Speck aus den Maisblättern. »Sei vorsichtig, altes Mädchen!«

»Bin ich doch immer.« Sie setzte sich zu ihm und teilte Schatten, Maisbrot und ein angenehmes Schweigen mit ihm.

Leicht an seine Schulter gelehnt, wurde ihr klar, wie glücklich sie sich schätzen mußte. Sie hatte wieder einen Mann gefunden, der ihr inneres Wesen erkannt hatte und der kein Aufhebens um die Verpackung drumherum machte.

12

Ans kalte Eisen

Duke wollte von dem zärtlichen Abschied nicht ausgeschlossen werden. Als James seine Frau in die Arme nahm, legte das Pferd sein Maul nur eine Handbreit von Cruz' Gesicht entfernt auf James' Schulter. Duke schnaubte, und sein Atem ließ die Strähnen an Cruz' Schläfen aufflattern. Sie schob ihn weg, doch er maulte und knabberte statt dessen an James' Hose. James und Cruz gaben lachend nach.

Duke folgte ihnen zwischen den Stapeln von Kisten, Säcken und Fässern hindurch, die Vorräte für zwei Wochen, die die Infanteristen der Siebten Kompanie hinter den großen Erdwall getragen hatten. Die Soldaten hatten ihre Zelte abgeschlagen und niedergetrampelte, müllübersäte Lagerstätten hinterlassen, die nun die Mexikanerinnen und ihre Kinder durchwühlten.

Natürlich war wieder die Hölle los, als sich die Armee bereit machte, nach Port Isabel zu marschieren, um die Versorgungslinie zu sichern. Die Männer von Sam Ringgolds »Fliegender Artillerie« bugsierten ihre Lafetten und Munitionswagen in die Reihen, die Reiter ließen die Peitschen knallen und verfluchten die Mulis, die es ihnen mit Starrköpfigkeit heimzahlten. Die Dragoner und ihre Pferde sprengten dahin und dorthin.

»Der Marsch ist gefährlich«, sagte Cruz. »Aristas Armee ist groß.« Aber mehr Sorgen als General Aristas gesamte Truppen machten ihr Antonio Águila und seine marodierende Bande, die inzwischen weitere Reisende und Nachzügler ausgeraubt, einen Zug Texas Rangers auf Erkundung angegriffen und zehn von ihnen getötet hatten.

»Nur Aristas Lanzenreiter sind ihr Geld wert. Der Rest sind halbverhungerte Wichte, die sich schneller aus dem Staub machen werden, als Mehl durch ein Sieb fallen kann«, sagte James, aber er dachte: Wenn ich gewußt hätte, daß ich Cruz in Fort Texas zurücklassen muß, hätte ich den Graben tiefer gebuddelt und die Wälle höher und dicker aufgeschichtet. Gerade hatte Cruz ihm gesagt, daß sie sein Kind unterm Herzen trug, und das machte seine Angst um sie noch größer.

Die Hörner bliesen zum Aufsitzen. James küßte Cruz und schwang sich in den Sattel. Unter lautem Klirren und Rasseln, mit quietschenden Achsen, schreienden Eseln, rufenden, singenden und lachenden Männern zogen die Armee und ihre dreihundert leeren Versorgungswagen von dannen.

Cruz lief zu Sarah und den Skinner-Mädchen. Sie schürzten die Röcke und keuchten durch die Menschenmassen den Erdhügel hinauf zur Brüstung, wo Sergeant Kelly mit einer Achtzehnpfünderkanone stand. Von dort aus sahen sie den langen Zug auf seinem Marsch zur Küste, das gewundene Band des Flusses, die Artillerie der Mexikaner am Ufer und die Bäume und Dächer von Matamoros. Nancy stand ganz oben auf dem Wall und hielt ihren Blick fest auf Sam Ringgold und sein Bataillon gerichtet, während der Wind ihren Rock um ihre dünnen Beine flattern ließ. Je weiter sich die Kolonne entfernte, desto mehr reckte sie sich, um Sam Ringgold so lange wie möglich sehen zu können.

Dann passierten die Dragoner unterhalb des Walls. Ein Trommlertrio lockerte die Schlagfelle der Instrumente, und die Iren der Zweiten Schwadron stimmten eines ihrer Lieder an. Sarahs Kenntnisse des Gälischen beschränkten sich auf die Wiegenlieder, die ihre Mutter ihr und ihren Brüdern vorgesungen hatte, doch sie verstand die Worte mit Körper und Seele. Die tiefen, dröhnenden Trommelschläge und die vielstimmigen, wenn auch oft falschen Gesänge der Männer erzählten von alten und jüngst vergangenen Kriegen, von Tod und Leid, von Mut und Verlust.

So konnten nur die Iren den Krieg besingen, dachte sie. Sie hatten ja auch schon genügend Kämpfe erlebt. Sarah drehte sich um und blickte auf den Rio Grande. Die Mexikaner hatten ihre Neunpfünder so nahe am Ufer hinter den Sandsäcken verschanzt, daß sie das Gefühl hatte, sie könnte sich mit den Batteriebesatzungen unterhalten. Hinter den Geschützen knieten die Soldaten, Priester in schwarzen Soutanen gingen zwischen ihnen hindurch und segneten die Kanonen mit Wasser aus Eimern, die die Meßdiener trugen.

»Was machen denn die da unten, Cruz?«

»Sie bitten um Gottes Segen.«

Sarah behielt ihre Gedanken für sich. Wenn die Mexikaner dachten, Gott wäre auf ihrer Seite, so waren sie natürlich schief gewickelt. Trotzdem verunsicherte sie der Anblick der Meßgewänder. Sie erinnerten Sarah an den hausgemachten katholischen Glauben, zu dem ihre Eltern sich uneingeschränkt bekannten, auch wenn es bei ihnen keine Kirche gab, wo ein Priester die Messe hätte lesen können – wenn es im Umkreis von fünfhundert Meilen überhaupt einen Priester gegeben hatte.

Sie blickte nach Norden zu den Schluchten, die das Land und den dichten Chaparall aus Sträuchern und Kakteen durchzogen, der das Fort umgab. Die Flußbiegung schloß sich fast zu einem Kreis – wenn die Mexikaner es schafften, die einzige Ausfallstraße aus diesem Fort zu besetzen, dann hätten sie die magere Truppe leicht im Sack.

Sie stellte sich neben den Sergeant und deutete mit dem Kinn auf das wilde Land, das sie umgab. »Viele Verstecke hier für Arista und seine Truppen.«

Will Kelly rollte den Zigarrenstummel in den anderen Mundwinkel. »Ja.«

Der dichte Staubschleier, der Schwefelrauch und der Gestank des Pulvers machten das Atmen fast unmöglich. Sarahs Hals brannte, und ihr Mund war so trocken, daß ihr die Zunge klebenblieb, als sie versuchte, ihre Lippen zu befeuchten. Wie jeden Morgen seit vier Tagen hatte der Beschuß um fünf Uhr begonnen, und seitdem klingelten ihr die Ohren.

Eine mexikanische Kanonenkugel von der Größe einer Orange schoß über sie hinweg. Lewis Allen hatte sich hinter die gußeiserne Platte verzogen, die Sarah an zwei Pfosten neben das Feuer gelehnt hatte, damit die Hitze auf das Brot abstrahlte, das sie gerade backte. Sarah stopfte sich die weichen Bäusche aus der baumwollähnlichen Watte der Pappeln tiefer in die Ohren und rührte die Bohnen um, die im Kessel köchelten.

Die Kugel traf den letzten Mesquitbaum, der noch aufrecht stand, und riß die Krone ab. Lewis Allen kroch wieder hinter seiner Verschanzung hervor, wartete, bis das donnernde Krachen der amerikanischen Sechs- und Achtzehnpfünder oben auf der Brustwehr verklungen war, und sagte dann:

»Meinen Sie nicht auch, daß den feindlichen Truppen langsam mal die Munition ausgehen müßte?« Er war heiser, weil er seit Tagen den Kugelhagel der Artillerie überschreien mußte.

»Männern fehlt vielleicht mal Brot und Kleidung, aber Munition finden sie immer.« Sie hielt kurz inne und fügte dann hinzu: »Und Schnaps.« Mit einer langen Holzschaufel schob sie die Brotlaibe auf das breite Brett, das ihr als Tablett diente. »Die schießen sich ein.«

Mit dem Baby auf der Hüfte rannte Nancy zu der abgeschossenen Kugel, schob mit dem Fuß Sand darüber, damit sie abkühlte, und kickte sie barfuß herum.

»Laß das, Kind, und stell dich da hinter die Mauer«, rief Sarah. »Ich hab dir doch gesagt, das ist eine Neunpfünder – die paßt nicht in unsere Rohre.«

»Wir können sie ihnen aber auf den Kopf werfen, wenn sie versuchen, den Wall zu stürmen.« Nancy legte die Kugel auf die kleine Pyramide, die sie an der Rampe unterhalb der Brustwehr aufgehäuft hatte.

Ein weiteres Geschoß flog in hohem Bogen über die Mauer, und Sarah sah, daß es keine massive Kanonenkugel war. Sie drückte Nancy und das heulende Baby auf den Boden und schirmte die Mädchen mit ihrem Körper ab, während die Granate explodierte und glühende Eisensplitter in alle Richtungen spritzten. Einer riß das Zelt der Skinners auf, die trockene Plane ging sofort in Flammen auf. Bertha rannte schreiend heraus, gefolgt von ihren beiden anderen Töchtern, die sich an ihre Röcke klammerten. Aus Angst, ihr aschblondes Haar hätte auch Feuer gefangen, schlug sie sich schluchzend auf den Kopf und heulte: »Das soll aufhören! Aufhören!«

»Kommen Sie, Mrs. Skinner, gehen wir zu den anderen.« Sarah scheuchte die Skinner-Familie zu der Barrikade aus Sandsäcken, die für das Häufchen Offiziersfrauen zum Schutz vor dem Kugelhagel aufgebaut worden war.

Die Frauen drängten sich dort zusammen, ein paar sahen die Eindringlinge gereizt an, doch schließlich machten sie Platz. Eine Frau versuchte sogar, Bertha zu trösten, eine andere nahm das schreiende Kind auf den Arm.

Cruz kam mit einem leeren Eimer von der Brustwehr herunter; sie hatte den Männern Kaffee-Ersatz gebracht, ein wäßriges Gebräu aus gerösteter Gerste. Sie beugte sich vornüber, würgte und erbrach sich. Bevor sie zu Sarah hinüberging, wischte sie sich mit dem Rock das Gesicht und griff nach dem Tablett, doch Sarah nahm es ihr aus der Hand und stellte es auf den Boden. Sie befeuchtete die Ecke eines Tuchs mit Wasser aus einem Krug und kühlte Cruz' Stirn. »Setz dich zu den anderen, da bist du wenigstens im Schatten.«

»Ich kann dir doch helfen.«

»Murphy bringt mich um, wenn dir und dem Kind etwas zustößt, und ich könnte es ihm kaum verdenken.«

Sarah brachte sie zum Schutzwall der Offiziersfrauen, die indignierten Blicke ignorierte sie. Einigen paßte es offensichtlich nicht, eine Mexikanerin in ihrer Mitte zu haben. »Meine Freundin ist unpäßlich«, erklärte sie. »Und ich weiß doch, daß Sie nur zu gerne Ihre Christenpflicht tun, meine Damen.«

Mit diesen Worten überließ Sarah die Damen sich selbst und der Situation und ging zurück zu ihrem Brot. Lewis Allen war auch schon da. »Nehmen Sie den Eimer mit Wasser und die Kelle, Schreiberling. Wir bringen Major Browns ›Cotton Balers‹ eine kleine Erfrischung.«

»Ich bin gerade dabei, meine Notizen abzuschreiben.« Er hielt das Tintenfaß hoch, in dem eine Feder steckte, und einen Bleistiftstummel, den er von Lieutenant Lincoln geschnorrt hatte. »Außerdem habe ich keine Lust, mein Gehirn und das ganze Wissen, das ich über all die Jahre dort gespeichert habe, von einem Klumpen Blei durchlöchern zu lassen.«

»Ach du liebe Güte!« rief Sarah und zitierte Lincolns Lieblingsspruch: »›Wenn Gefahren uns umkreisen, muß der Mann ans kalte Eisen.‹«

Seufzend verstaute Allen sein Schreibzeug in dem Zelt, das er mit einem kranken Viehtreiber teilte, und nahm den Eimer. »Warum wird die Siebte Kompanie der Infantristen eigentlich ›Watteballen‹ genannt?«

»Ihnen gehen die Fragen wohl nie aus, was?«

»Das ist mein Beruf.«

Sarah deutete mit dem Kinn auf einen drahtigen kleinen Mann in den Sechzigern, der bei den Verwundeten im Lazarettzelt hockte. »Das da ist Major Brown; er hat sich bei der Schlacht um New Orleans mit der Siebten Kompanie hinter Baumwollballen verschanzt und ein hübsches kleines Gefecht gewonnen.« Sie warf Allen einen Blick zu. »Schreiben Sie das auch in Ihr Notizbuch?«

»Das ist alles Wasser auf meine Mühlen, Western.«

»Hm, mit dem Mehl, das aus Ihren Mühlen kommt, würde ich bestimmt keine Kekse backen. Soweit ich gehört habe, ist Ihr Geschreibsel nichts als Schall und Rauch.«

Der Eimer schlug an seine kurzen Beine, während Allen hinter Sarah hereilte. Das Gelände war von den Kugeln der mexikanischen Artillerie durchlöchert und zerfurcht, überall lagen zerfetzte Zelte, gesplitterte Bäume und tote Tiere. Zwei Infantristen schlachteten gerade einen Maulesel, der beim letzten Beschuß hatte dran glauben müssen. Die Männer, die nicht verwundet waren, Verteidigungswälle sicherten, Geschütze bedienten oder Wache standen, lehnten am Wall und versuchten zu schlafen.

Sarah war schon fast am Ziel, als eine Granate neben ihr einschlug. Ein Splitter traf ihr Tablett und zerschmetterte es, bevor er durch ihren Hut flog. Mit zitternden Händen rettete sie, was von dem Brot noch zu retten war, blies den Staub von den Laiben und legte sie in ihren geschürzten Rock.

»So stell ich mir die Hölle vor, Western.« Lewis Allen suchte den Himmel eifrig nach weiteren Geschossen ab und wäre fast über ein verwesendes Pferdebein gestolpert.

»O nein, mein Lieber!« sagte Sarah mit Nachdruck. »Solange Sie keinen Krieg in Florida miterlebt haben, wissen Sie nicht, was das Wort Hölle bedeutet.«

Sarah und ihr Sergeant saßen dicht nebeneinander an das Rad einer Achtzehnpfünder-Lafette gelehnt, die sich an ihrem Rücken angenehm fest und unverrückbar anfühlte. Ein Sechsergespann Ochsen, ein Flaschenzug und der Großteil der Siebten Kompanie waren vonnöten gewesen, um die Kanone, die nicht aus Bronze, sondern aus Eisen war, auf die Brustwehr zu ziehen. Der warme Wind blies den Gestank des Pulvers und des faulenden Pferdefleischs von Sarah weg. Wie eine Laterne hing der Mond über dem Horizont im Westen. Sarah genoß die Nacht und die Ruhe vor dem tödlichen Kugelhagel. Doch selbst in der Stille der Nacht klingelten ihr die Ohren, und sie wußte nicht, ob es das Zirpen der Zikaden war oder ihre malträtierten Ohren.

Daß man ihn zurückgelassen hatte, stimmte den Sergeant brummig. Taylor und die anderen würden sich den Rückweg von der Küste her erkämpfen müssen, behauptete er, und dieser Spaß würde ihm nun entgehen. Sarah zweifelte nicht im geringsten daran, daß er recht hatte; der Sergeant roch es, wenn ein Kampf bevorstand.

Will Kelly lauschte nicht nur, er hoffte nachgerade auf Geräusche einer Truppe, die im Schutz der Nacht vordrang. Sarah hörte das dichte Gebüsch rascheln, doch das waren nur Tiere, die ihren geheimen Zielen entgegeneilten, während der Rest der Welt schlief. Eine Eule schrie, ein Fuchs bellte, und ein Panther fauchte, daß es Sarah eiskalt den Rücken hinunterlief.

»Erinnert mich an Florida«, sagte sie leise.

Der Sergeant starrte weiter in die Nacht in Richtung Osten und Küste, aber er hob das Kinn, blies die Backen auf und entließ tief aus seiner Brust einen Schwall lauter Grunzer. Dieses

Geräusch war in Florida immer über die schwarzen Tümpel der Sümpfe gedröhnt.

Sie kicherte. »Hätte nicht gedacht, daß ich mich jemals nach den Alligatoren zurücksehnen würde.«

»Alles in Ordnung, Sergeant?« Major Brown schlenderte mit den Händen in den Hosentaschen auf die beiden zu. Er trug keinen Hut, und der Wind hatte sein graues Haar so zerzaust, daß es ihm vom Kopf abstand und ihn einrahmte wie ein etwas mitgenommener Heiligenschein.

Will Kelly stand auf und salutierte. »Jawohl, Sir.«

»Sie sollten unter Ihre Decken kriechen, Major«, schalt Sarah. »Seit dieser Fandango angefangen hat, haben Sie bestimmt keine zwei Stunden am Stück geschlafen.«

»Sie bestimmt auch nicht.« Er lächelte und wandte sich an den Sergeant: »General Taylor hat aus den Staaten Freiwillige angefordert.«

»Wie viele, Sir?«

»Fünftausend.« Der Major legte die Finger zum Abschied an seinen imaginären Hut und erwiderte den Gruß des Sergeants. »Auf, auf, Christensoldaten« summend, schlenderte er zur Brustwehr und begutachtete den Schaden, den die Mexikaner dem Erdwall beigebracht hatten.

»Gott bewahre! Fünftausend!« Sarah hatte die Bundesmilizen in Florida außer Rand und Band erlebt. »Sie werden sich besaufen, hier alle Wasser aufwühlen und uns die Wäsche von der Leine stehlen. Selbst die Fussel aus unserem Bauchnabel werden sie klauen.«

»Sie werden sich nicht erst besaufen müssen – die kommen bestimmt schon so sternhagelvoll hier an, daß sie bis zum Jüngsten Gericht nicht mehr nüchtern werden. Fünftausend!« Die große Zahl machte den Sergeant so mißmutig, wie ihn Sarah noch nie erlebt hatte.

Doch sie verstand, warum die Nachricht seine Laune noch verschlechtert hatte. Wenn Arista die Amerikaner und ihren Versorgungszug auf dem Weg zwischen der Küste und Fort

Texas angriff, wäre das der erste und letzte Kampf, den die regulären Truppen ausfechten würden, ohne daß ihnen wildgewordene Milizsoldaten zwischen den Beinen herumrannten. Und der Sergeant wäre nicht dabei.

»Wir sollten mal deine Stimmung etwas heben«, sagte Sarah, lehnte sich an die Kanonen und zog ihn an sich.

Der grobe Stoff seiner Hose kratzte auf ihren nackten Schenkeln und jagte ihr ein Kribbeln die Wirbelsäule hinauf. Mit durchgedrücktem Rücken legte sie sich aufs Geschoßrohr und stöhnte vor Lust leise auf. Das Gesicht den Sternen zugewandt, verschränkte sie auf dem kalten Eisen die Arme über dem Kopf, dann schloß sie die Augen, ließ die Hüften kreisen und unterstützte die Stöße, mit denen er immer tiefer in sie eindrang, bis er mit einem letzten bebenden Zucken keuchend auf sie fiel.

Ein paar Minuten standen sie schweigend da und genossen die Wärme und die Masse ihrer Körper, bis sie hinter dem Wall ein Rascheln hörten.

Der Sergeant hob den Kopf und horchte. »Texaner. Ich kann ihn riechen.« Er küßte sie, knöpfte seine Hose zu und zog die Hosenträger hoch. »Keins von den alten Stinktieren – der hier hat in den letzten paar Jahren bestimmt mal gebadet.«

Er spannte den Hahn seiner Pistole und richtete ihn auf den dunklen Graben unterhalb des Walls. »Ich habe gehört, daß General Houston der beste und tapferste Mann sein soll, der je aus der Möse einer Frau geschlüpft ist«, rief er leise hinunter.

»Halt's Maul!« kam die Stimme aus dem Graben. »Alles, wovon dieser opiumpaffende, korsettverschnürte Windbeutel etwas versteht, ist der Rückzug.«

Der Sergeant winkte Sarah im Schein der Sterne zu sich; seine Hand sah aus wie der Mond, der über der Einöde untergeht. »Ein Texaner, hab ich's nicht gesagt!« Er warf das Ende eines Seils mit vielen Knoten hinunter, es spannte sich, als der Mann heraufkletterte.

Als er weit genug oben war, erkannte Sarah ihn. »Willkommen in Fort Texas, Captain Walker!«

Sam Walker war kein großer Mann. Sarah packte seinen Arm mit beiden Händen, zog ihn den Rest der Mauer hoch, hievte ihn so mühelos darüber, als würde es sich um einen halbvollen Eimer Quellwasser handeln, und stellte ihn auf die Füße. »Warum kommen Sie nicht von hinten durchs Tor?«

»Die Mexe haben sich hinten an den Kreuzungen aufgestellt. Sie bringen Artillerie.«

»John Riley ist bestimmt mit von der Partie«, sagte Sarah. »Ringgold hat ihn ausgebildet, und er hat mitgeholfen, diese Schanze hier zu bauen. Er weiß, wo die Mexikaner die Geschütze am besten postieren müssen, um ein schönes Kreuzfeuer zu bekommen.«

»Ja, sieht so aus, als würden sie ein großes Gefecht planen.« Walker klopfte sich mit dem Hut den Dreck von der karierten Flanellhose.

Er war schlank, aschblond und sah so durchschnittlich aus, daß er in der Menge unterging. Aber er hatte im Krieg gegen die Seminolen gekämpft, war sechs Jahre lang durch Texas und Mexiko marschiert und zwei Jahre Santa Annas Gefangener gewesen. Seine Männer würden ihm überallhin folgen. Er war fast der einzige Texaner, der überhaupt eine Ahnung von militärischer Disziplin hatte, auch wenn das Ganze nicht so weit ging, daß er eine Uniform trug oder salutierte. Taylor mochte ihn aber gerade deswegen und hatte ihn zum Captain einer Dragonerschwadron befördert. Außerdem war Walker einer der wenigen Männer, die sich durch feindliche Linien schleichen konnten.

»Ich muß mit Major Brown sprechen und mich ein bißchen umsehen.« Er deutete mit dem Kinn auf das Dickicht aus Mesquitbäumen, Feigenkakteen und Schlehdorn. »Dann muß ich General Taylor über die Lage hier Meldung machen.«

»Ich bring Sie zum Major«, sagte Kelly. An den leichten

Falten um Wills Augen sah Sarah, daß er sich über die Gelegenheit freute, Walker fragen zu können, wie die Chancen für einen Kampf gegen Aristas Truppen standen. Doch bevor er sich mit Walker auf den Weg machte, wurde er von einer Welle der Liebe überrollt und gab Sarah einen Klaps auf den Hintern.

Sarah blieb noch eine Weile an der Brüstung stehen und sah auf den Fluß und die schlafende Stadt. Ein Hahn krähte. Sie fragte sich, ob John Riley und Seamus Hooligan jetzt wohl in einem dieser kühlen, weißen Häuser schliefen und ob sie der mexikanischen Artillerie angehörten, die sie Tag für Tag beschoß.

13

Ein langwieriges Murmelspiel

Die glühende Spitze von Cruz' Zigarillo hüpfte durchs frühmorgendliche Dunkel, gefolgt von der gespenstisch anmutenden Wolke ihrer weißen Bluse. Im Schein des Kochfeuers stellte sie das Huhn ab, das sie mitgebracht hatte, und den Korb voller getrockneter Aprikosen und Tortillas, die noch warm in ihrer Umwicklung aus Maisblättern lagen. Ein Ende des Seils, mit dem sie den Korb an der Wallmauer hinuntergelassen hatte, war noch um den Henkel geschlungen, das andere war um das Bein des Huhns geknotet.

»Señora Juarez sagt, die *generales* und die *políticos* bekämpfen sich in der Hauptstadt. Vielleicht wird jetzt Paredes Präsident.«

Cruz und Sarah sprachen miteinander stets eine Mischung

aus Englisch und Spanisch, doch wenn sie allein waren, dominierte Spanisch.

»Die Füchse streiten sich wohl wieder im Hennenstall?«

»Sí.«

»Wenn Old Zach den Krieg gewinnt, wird er nicht wissen, mit wem er die Friedensverhandlungen führen muß.«

Vor Tagesanbruch kamen die Bauern zum Graben und boten ihre Waren feil, doch die Neuigkeiten, die Cruz von ihnen erfuhr, waren weit wichtiger als ihre Einkäufe. Sarah wußte, daß sie schon im geschoßgesicherten Lazarettzelt gewesen war, wo Major Brown von einem Beinschuß genas, und ihm die neuesten Nachrichten mitgeteilt hatte. Doch sie wußte auch, daß Brown das meiste davon als Märchen abtat, selbst wenn die Geschichten von Señora Juarez, einer der Händlerinnen, sich inzwischen als überwiegend glaubwürdig erwiesen hatten.

»Was hat Señora Juarez denn über den gestrigen Kampf an der Straße zur Küste gesagt?« In den Feuerpausen hatten sie in der Ferne Geschützfeuer gehört, und Cruz hatte den ganzen Tag mit angstverzerrtem Gesicht die Hände gerungen.

»El Viejo hat gewonnen.« Cruz nannte Zachary Taylor immer »den Alten«. »Die Señora hat gesagt, Aristas Männer seien erschöpft und hätten großen Hunger. Aber heute wollen sie noch mal kämpfen.«

»Dann wird ihnen *El Viejo* eben heute noch mal die Hosen strammziehen.«

»Sie bringen Männer über den Fluß.« Cruz wedelte mit der Hand flußaufwärts. »Von Matamoros.«

»Wahrscheinlich denken sie, sie können sich auf uns stürzen wie Hunde auf die Eingeweide.«

Wenn mexikanische Truppen übersetzten, hieß das aller Wahrscheinlichkeit nach, daß sie versuchen würden, die Mauern zu stürmen und das Fort einzunehmen. Das schlug Sarah ziemlich auf den Magen, aber sie blieb erstaunlich ruhig. Sie begrüßte das Morgenrot, das sich wie eine glühende Schlange über die Ostseite der Brüstung wand.

Sollen sie doch kommen, dachte sie. Je früher es anfängt, desto früher ist es vorbei.

Sie war dem Hornisten nicht böse, als er seinen ersten Ton blies, doch trotzdem beschuldigte sie ihn tief in ihrem Inneren für die täglichen Unannehmlichkeiten durch das Artilleriefeuer. Auch an diesem Morgen eröffnete sein zackiger Morgenstreich den Tanz der Kugeln. In der Ferne rumpelte eine Kanone, und die Schützen auf der Nordseite der Bastion schrien: »Verfehlt!«, damit die Bewohner des Forts wußten, aus welcher Richtung der Schuß kam. Dann krachte zur Antwort ihr eigenes Geschütz. Die Männer der Siebten Kompanie kamen aus ihren zerfetzten Zelten gerannt, die einen füllten Sandsäcke, die anderen liefen mit der Muskete in der Hand zu den Rampen, die zu den eckigen Bollwerken an den sechs Ecken des Walls führten.

Sarah krempelte die Ärmel hoch, senkte die Henkel der Eimer in die Nuten, die sie in eine Zeltstange geschnitzt hatte, und nahm ihr Joch auf die Schultern. Sie ging über die Rampe hinauf zum nördlichen Bollwerk mit der Achtzehnpfünderkanone, die dort oben hustete, brüllte und rauchte und mit einem selbstzufriedenen Röcheln wieder auf den langen hölzernen Schwanz der Lafette zurückrutschte. Sie schöpfte Trinkwasser für die sechs Männer, die die Brust frei gemacht hatten und schon vor Schweiß glänzten. Dann eilte sie weiter zur nächsten Kanone, und so würde das den ganzen Tag weitergehen.

Als sie zu ihrem Sergeant kam, hing eine Rauchwolke über seiner Achtzehnpfünder. Der Pulverdampf hatte die Gesichter der Männer geschwärzt, über ihre verschwitzten Oberkörper zogen sich schwarze Streifen. Sie versuchte erst gar nicht, mit ihnen zu sprechen, denn selbst wenn sie kein Werg in den Ohren gehabt hätten, würde ihnen der Schädel so dröhnen, daß sie sie nicht hören könnten. Der Sergeant stützte sich auf seinen sieben Fuß langen Ansetzer und wartete, bis die anderen getrunken hatten, bevor er selbst die Kelle in den Eimer tauchte.

»Deckung!« Der Kanonier duckte sich und schlang die Arme um den Kopf.

Die Granate schlug neben einem der Männer ein und platzte auf wie eine Mohnkapsel. Sein Blut spritzte auf alle, die in seiner Nähe standen. Glühende Eisensplitter flogen durch die Luft, und mit einem verdrießlichen Gesichtsausdruck geriet Sergeant Will Kelly ins Wanken und fiel auf die Knie. Er packte seinen Schenkel, das Blut quoll hervor und tropfte durch seine Finger wie eine Kette aus Granatsteinen.

»Mann am Boden!« rief Sarah zu den anderen ins Lager hinunter.

Der Sergeant nickte dem Kanonier zu. »Corporal Simms, übernehmen Sie!«

Sarah beugte sich hinunter, um ihm aufzuhelfen, doch er drückte ihr nur den Ansetzer in die Hand. Kopfschüttelnd sah sie sich nach einem Mann um, dem sie das Ding geben konnte. »Ich muß dich ins Lazarett bringen, Will.«

»Das ist nicht deine Aufgabe, Sarah. Du kennst dieses langwierige Murmelspiel hier so gut wie jeder andere auch.« Er zwinkerte ihr zu und schnippte mit dem Finger, wie um ein Steinchen anzustoßen. Dann schnallte er den langen, breiten Lederriemen mit dem Säbel von der linken Schulter und gab ihn ihr.

Einen Arm um Sarahs Schulter gelegt, hinkte er mit ihrer Hilfe an ein schattiges Plätzchen an der Mauer. Sie half ihm, sich anzulehnen, schnallte sich den Säbel um und rückte ihn an ihrer Hüfte zurecht. Dann zog sie ihren Rock hoch und stopfte ihn so weit unter den Gürtel, daß der Saum nur noch bis zu den Knien reichte.

Zwei Sanitäter rannten zwischen den Männern auf der Rampe hindurch zum Bollwerk. Sarah war kaum überrascht, Lewis Allen in ihrem Gefolge zu sehen. Sie hatte ihm schon mehr als einmal ins Gesicht gesagt, daß er offenbar ein größeres Interesse am Tod und an schwärenden Wunden hatte als jede Made. Er rief ihr dann stets in Erinnerung, daß sein Chef ihn dafür bezahlte, daß er über die Heldentaten der Soldaten berichtete und den Toten huldigte. Und außerdem ließ sich mit den Listen der Gefallenen eine große Zahl von Zeitungen an den Mann bringen.

Die Sanitäter halfen dem Sergeant die Rampe hinunter. Sarah zog die Überreste des Gefallenen am Fuß zur Seite, damit die Sanitäter ihn später abtransportieren konnten. Dieser geballte Anblick von Blut, Tod und Verstümmelung sollte diesem Schreiberling eigentlich genügen. Bevor sie ging, verneigte und bekreuzigte sie sich vor dem Toten, schloß die Augen und sprach leise einen Vers aus dem einunddreißigsten Psalm: »›In deine Hände lege ich voll Vertrauen meinen Geist, du hast mich erlöst, Herr, du treuer Gott.‹«

Als sie die Augen wieder aufschlug, sah sie, daß seine Kameraden die Mützen abgenommen hatten und mit gesenkten Köpfen dastanden. Sie betete den Psalm im stillen weiter: »Ich bin dem Gedächtnis entschwunden wie ein Toter, bin geworden wie ein zerbrochenes Gefäß.«

Der Kanonier nickte ihr zu und forderte sie auf, seinen Platz einzunehmen. Daß Will ihm das Kommando übertragen hatte, schien ihn ziemlich aus der Fassung zu bringen.

»Wir brauchen noch einen Mann«, erinnerte ihn Sarah.

Da kam Lewis Allen atemlos angerannt, Schweißflecken bedeckten sein schmutziges Leinenhemd und die Hose.

»Hier haben Sie Ihren Helden, Schreiberling.« Sarah deutete mit dem Kinn auf den zerfetzten Körper. Lewis Leonidas Allen wurde ganz bleich unter seiner Sonnenbräune. Sie mußte ihn mit dem Ansetzer anstupsen, damit er wieder zu sich kam. »Sie müssen für uns stopfen.«

»Stopfen?«

»Während ich das Rohr lade, verstopfen Sie das Zündloch, damit keine Funken fliegen. Wenn ich die Kugel mit dem Werg verdämme, füllen Sie das Zündloch mit Pulver. Wir haben keine Lunten mehr, also müssen wir Pulver zum Abfeuern nehmen.«

»Das ist nicht meine Aufgabe, Western.« Er hätte sich schleunigst aus dem Staub gemacht, hätte Sarah ihn nicht an seinem verschwitzten Hemd gepackt und festgehalten.

»Das ist keine Aufgabe, Schreiberling, das ist eine Pflicht.«

»Ich mach's, Western«, sagte der Pulverjunge. »Er kann das Pulver holen.« Der Pulverjunge war ein schmächtiges Bürschchen mit näselndem Ostküstenakzent, der Sarah an Lieutenant Lincoln erinnerte.

»Scheiße!« Der Kanonier sah sich mit wildem Blick um. »Wo ist der Däumling?«

»Was suchen wir denn?« Lewis Allen beobachtete befremdet, wie alle in den blutigen Metallsplittern und den Wergsträngen wühlten, die um die Kugeln in den Munitionskisten gewickelt waren.

»Da ist er!« Sarah hob die Hand des Toten hoch, die am Handgelenk vom Arm abgerissen worden war. Die Sanitäter, die den Toten abtransportiert hatten, hatten die Hand vergessen.

Die mit Roßhaar gepolsterte Lederkappe hing immer noch dort, wo sie hingehörte, nämlich am Daumen des Artilleristen. Sarah nahm den Däumling, wischte ihn an ihrem Rock ab und gab ihn dem Pulverjungen. Die Hand wickelte sie in einen Lappen, damit sie sie später ins Grab des Gefallenen legen konnte. Lewis Allen machte ein Gesicht, als wäre er kurz davor, sein Frühstück über die Brüstung zu schicken. Er wankte und blinzelte in die Sonne, während er aufmerksam, aber wie benommen, dem Kanonier lauschte, der ihm Anweisungen erteilte.

Sarah holte zwei Knäuel Werg aus der Munitionskiste und verstopfte sich die Ohren, zwei weitere Stränge gab sie Allen. Während der Kanonier mit seinem eisernen Krätzer durch das Rohr fuhr, um alte Wergfetzen zu entfernen, ging Allen zu dem schon halbleeren Munitionswagen und holte eine Ladung Pulver in einem Baumwollsack. Der ehemalige Pulverjunge verstopfte das Zündloch mit dem lederumwickelten Daumen.

Sarah tauchte den Wischer in ein Wasserfaß und fuhr damit durchs Rohr, dann klopfte sie mit dem Ende des Stocks von innen dagegen – das Zeichen für den Kanonier. Er schob die Ladung und die Kugel ins Rohr, Sarah stieß den Ansetzer hinein und drückte mit aller Kraft die Ladung gegen den Verschlußblock.

Der Richtkanonier spähte durch die Visiere an Block und Rohr auf die mexikanische Stellung hinter den mit Büschen getarnten Sandsäcken am anderen Ufer. Als er den Schußwinkel unter Berücksichtigung des Windes und der Höhe eingestellt hatte, rief er: »Feuer!«

Der Ladekanonier hielt die glimmende Zündschnur an die Pulverlinie, und Sarah stellte sich an die Räder der Lafette. Sie drehte sich vom Rohr weg und öffnete den Mund, damit der laute Knall ihren Ohren nicht so zusetzte. Schon oft hatte sie neben einer donnernden Kanone gestanden, aber sie würde sich nie an den Krach gewöhnen, der ihr im Kopf dröhnte und sie ganz wirr und benommen machte. Als die Kanone wieder auf den Lafettenschwanz zurückgerutscht war, ging die ganze Prozedur von vorne los.

Cruz und Nancy brachten zwar Wasser, aber kaum waren die beiden wieder weg, war Sarahs Mund schon wieder trokken wie die Wüste. Der scharfe Pulverdampf fuhr ihr in die Kehle und raubte ihr den Atem, Sand spritzte unter einer aufschlagenden Kugel von der Brüstung auf und legte sich auf sie, und dann zischte und dampfte auch schon wieder der nasse Wischer am Ende ihres Ansetzers, wenn sie ihn ins Rohr schob. Unter der Schicht aus Pulverstaub hatte sie rote Brandwunden an den Händen und im Gesicht. Funken brannten sich in ihren Rock und ließen schwarzgeränderte Löcher zurück, wenn sie die Glut mit einem Schlag erstickte. Die Kanone strahlte so viel Hitze ab, daß die Sonne kaum noch eine Rolle spielte. Doch je heißer es wurde, desto süßlicher stank die Blutlache, die der Gefallene zurückgelassen hatte, und mischte sich mit dem Gestank des brennenden Schwefels, der Nitrate und dem Ammoniakgeruch des Urins, den die Männer an der Brüstung abschlugen.

Die Besatzung vollführte auf dem Bollwerk eine Art Ballett; die Männer bewegten sich aufeinander abgestimmt rhythmisch vor und zurück und unterbrachen den Tanz nur, wenn ein Schuß des Feindes sie zwang, in Deckung zu gehen. Lewis Allen spurtete zackig vom Munitionswagen zur Kanone und hielt Pulver und Kugel für den Ladekanonier griffbereit. Keiner sprach, nur der Richtkanonier brüllte immer wieder heiser: »Feuer!« Sarahs Arme hingen so schwer und steif an ihrer Schulter wie der Ansetzer in seiner Halterung. Die Welt bestand nur noch aus Rauch, dröhnendem Lärm und sengender Hitze.

Am Nachmittag rutschte ein breites Stück des Walls in den Graben. Die Mexikaner stellten das Feuer ein, die Besatzung stand verblüfft in der vibrierenden Stille. Sarah starrte in das lichtgefüllte Loch, wo einmal die Brustwehr gewesen war.

Ihre Stimme hallte in ihrem Kopf wider, als würde sie in einen Schacht hineinrufen: »Die wollen uns wohl zum Abendessen Gesellschaft leisten!« Sie riß die Pistole aus dem Rockbund, prüfte das Schloß, lud die Zündpfanne mit Pulver aus dem Pulverhorn und schob Kugeln in den Lauf, die sie aus dem Patronenbeutel an ihrer Seite nahm. Sie grinste die Männer an, ihre Zähne strahlten weiß aus ihrem geschwärzten Gesicht. »Los, Jungs, servieren wir den Mexen jetzt eine Portion heißes Blei!«

Sarah wusch sich Ruß und Sand vom Gesicht und drückte eine Baumwollkompresse auf ihre Wange. Der Schnitt pochte immer wieder im Takt ihres Herzens. Sie kniete neben Wills Pritsche. Bislang hatte der abgehetzte Arzt lediglich einen schlampigen Verband an Kellys verwundetes Bein gelegt. Sarah entfernte die Binden von der klaffenden Wunde, nahm mit der freien Hand eine Pinzette und zupfte die Knochensplitter heraus. Dabei schirmte sie Kelly mit ihrem Oberkörper von der Abendsonne ab, deren flache Strahlen durch die zerrissene Plane fielen. Kellys Gesicht war eingefallen und schmerzverzerrt.

»Du siehst so jämmerlich aus wie ein Jagdhund, dem die Beute entwischt ist, Will.«

»Das Leben ist ein hartes Geschäft, Sarah.«

»Der Doc sagt, in ein, zwei Monaten bist du wieder auf den Beinen. Aber was dein drittes Bein angeht ... heute nacht haben wir bestimmt ein wenig Zeit füreinander.« Sie grinste ihn an, und der lange Schnitt auf ihrer Backe begann wieder zu bluten.

»Wurdest du ins Feld abkommandiert, oder wo hast du dir diesen Schnitt geholt?«

»Ach, ich hatte eine kleine Reiberei mit einem mexikanischen Major und seinen Jungs.« Sarah war es ein wenig peinlich, daß sie so stolz auf ihre Säbelwunde war. »Wir haben sie den gleichen Weg zurückgeschickt, den sie gekommen sind.«

»Und der Major?«

»Der hat mit den Füßen voraus den Rückzug angetreten.« Sie hob den Kopf. Der Beschuß der Mexikaner hatte wieder begonnen. »Ich bring den Säbel in dein Zelt.«

»Wie schön, daß er dir von Nutzen war!« Seine Augen zogen sich in einer Zuckung zusammen, die normalerweise ein Lächeln andeutete, doch in diesem Fall konnte es auch ein Schmerzanfall gewesen sein. »Du hast einen Mann getötet, altes Mädchen, und dir die Hände mit Blut besudelt.« Er sagte es so zärtlich, daß sie sich an ihn drückte und über ihn beugte.

»Ich habe nur getan, was ich tun mußte.«

»Und genau das ist die Pflicht eines Soldaten, was?« Sein Lächeln erfaßte nun auch seine Mundwinkel, die sich leicht verzogen.

Ein hakenförmiges Eisenstück ritschte scharf wie ein Falkenschnabel durch die Zeltplane und riß Sarahs Ärmel auf, bevor es fast zur Gänze in Wills Hals versank. Ein paar Herzschläge lang konnte Sarah nur dasitzen und starren.

Das Schrapnell hatte Wills Luftröhre und die Drosselvene verletzt, und wenn sie das Eisen herauszog, würde sie die Blutung nicht mehr stillen können, aber so oder so würde er ersticken. Doch wenn sie es entfernte, würde sie seinen Tod wenigstens beschleunigen.

»Du wirst mir fehlen, Will.« Sie küßte ihn auf die Stirn, packte mit zitternden Händen das dünne Ende des Metallstücks und zog es vorsichtig heraus.

Das Blut schoß in einer Fontäne aus der Wunde und ergoß sich über den tätowierten Alligator auf Wills Brust. Er sah sie an, sein Atem rasselte, und er röchelte, aber die Luft drang kaum mehr in seine Lungen. Zum erstenmal sah sie Trauer in seinem Blick.

Er öffnete den Mund, die Worte waren nicht zu hören, doch von seinen Lippen konnte sie ablesen, daß er »Auf Wiedersehen, Sarah« sagte.

»Ich weiß, daß du nicht gerade ein Kirchgänger bist, Will, aber ich glaube, ich sollte das trotzdem sagen.« Sie sah ihm mit festem Blick in die bernsteinbraunen Augen und sprach das Gebet, das sie in den letzten sechs Jahren so oft gehört hatte. »›Ich bin die Auferstehung und das Leben. Wer an mich glaubt, wird leben, auch wenn er stirbt, und jeder, der lebt und an mich glaubt, wird auf ewig nicht sterben.‹« Sie bekreuzigte sich und schickte ihn mit einem letzten Kuß auf seinen Weg.

Für eine richtige Beerdigung war keine Zeit. Sarah, Cruz, die Skinners und Wills Jungs versammelten sich auf dem kleinen, mit Zaunpfählen eingefriedeten Friedhof neben dem Ochsenkorral und erwiesen dem Sergeant die letzte Ehre, während Granaten und Kanonenkugeln weiter auf das Lager prasselten. Major Brown hatte die kurze Zeremonie vollzogen, und alle waren schon wieder auf dem Rückweg, als eine explodierende Granate auf das flache Grab traf. Der lockere Sand spritzte auf, und Wills Leiche, die in eine Segeltuchplane eingewickelt war, wurde halb herausgeschleudert.

Sarah ging zurück und sagte mit einem traurigen Lächeln: »Ich glaube, das mit der Auferstehung hast du falsch verstanden, Will.«

Gedämpftes Artilleriefeuer dröhnte ein paar Meilen entfernt im Nordosten; graue Rauchwolken hingen wie Schmutzflekken am Horizont. Draußen in dem weitläufigen Dickicht aus Mesquitbäumen und Schwarzdorn kämpfte Taylors Armee gegen Arista, doch in Fort Texas wußte keiner, was dort eigentlich vor sich ging, geschweige denn, wer siegte. Alle, die gehen oder getragen werden konnten, versammelten sich an der hinteren Wallbank und beobachteten, wie Hunderte von Mexikanern mit Karacho in Schußweite vorbeipreschten. Die meisten trugen dreckige Segeltuchmäntel und die fadenscheinigen, verschlissenen blauen Hosen der Wehrpflichtigen. Auch ein paar Offiziere mit königsblauen Röcken, karmesinroten Aufschlägen und Stulpen waren in der Menge auszumachen.

Nancy saß rittlings auf der Achtzehnpfünderkanone, Cruz und Caroline Skinner standen auf einem Munitionswagen.

»Wollen die wieder angreifen?« fragte Nancy.

Das fürchteten alle im Lager. Die Artillerie hatte die letzten Granaten und Kugeln verschossen, und auch die Infanterie hatte fast keine Munition mehr. Sarah trug Wills Säbel, und sie war entschlossen, ihn auch einzusetzen, wenn der Feind die Mauern stürmen sollte.

»Nein.« Sarah spähte durch Kellys eingedelltes Messingfernglas. »Sieht eher so aus, als wäre Bambus aus dem Fandango geworden.«

Hinter der Flußbiegung dümpelten zwei Schuten in Sicht. Selbst aus der Entfernung konnte Sarah sehen, daß die Decks der flachen Fährboote voller Menschen waren.

»*Qué pasa,* Way-stern?«

Sarah gab Cruz das Fernglas. Der Anblick der überfüllten Fähren machte ihr Mut, doch das wollte sie Cruz nicht unbedingt sagen.

Die beiden Boote trieben ruderlos in der Strömung. Wehrpflichtige und Offiziere warfen ihre alten Brown-Bess-Musketen weg und wateten in den Fluß. Sie zogen die Boote auf eine Sandbank und kämpften mit den Passagieren. Eine Schwadron Kavalleristen, den Tschako mit dem Federbusch schief auf dem Kopf, preschte ins Wasser. Die Männer trieben ihre Pferde zu den Booten, die Nachhut stieß sie wieder von der Sandbank und warf die Leute über Bord in die schnelle Strömung. In einem verzweifelten Versuch, die Ordnung wiederherzustellen, hielt ein Priester das Kreuz hoch, doch ein Kavallerist legte ihm die Spitze seiner Lanze an die Brust und zwang ihn, ins Wasser zu springen.

Sarah wußte nicht, was Cruz über solch eine demütigende Szene unter ihren Landsleuten dachte, denn sie gab Sarah das Fernglas mit einem undeutbaren, neutralen Blick zurück, den Sarah ihr »Monte-Gesicht« nannte. Ohne ein Wort verließ sie die Brustwehr.

Die Pfeifer und Trommler stimmten »Yankee Doodle« an, als die Zweite Schwadron der Dragoner in Hörweite des Forts kam. Zachary Taylor ritt an der Spitze der ausgefransten Kolonne, sein alter Jersey-Kutschwagen voller Verwundeter trudelte hinterher. Sarah und der Rest der Garnison rannten ihm zur Begrüßung entgegen. Als die beiden Einheiten der Armee sich wieder vermischt hatten, konnte keiner sagen, welche Kompanie schmutziger, erschöpfter und blutverschmierter war. Einige Dragoner lagen wie nasse Säcke an den Hälsen ihrer Pferde und ließen die Arme baumeln, andere hinkten nebenher, weil sie ihre Pferde auf dem Schlachtfeld lassen mußten.

Cruz flitzte zwischen den Dragonern hindurch und rief nach James, Nancy suchte die Artillerie und Sam Ringgold, und Sarah hielt nach Lincolns großem Schimmel Ausschau. Sie fand ihn und drängte sich durch die Massen von Menschen, Tieren und Wagen zu ihm.

»Man hat Sie zum Captain befördert, wie ich sehe.«

»Es wäre mir lieber, ich wäre ein Lieutenant und der Träger meiner neuen Streifen noch am Leben.« Sarah kannte Lincolns Blick – es war der ferne Blick eines Mannes, dessen Beine nur den Körper vom Schlachtfeld weggetragen hatten, und der mit Geist, Herz und Seele noch immer zwischen dem Pulverdampf und den Gefallenen umherirrte.

»Wie haben sich die Mexikaner geschlagen?«

»Gut, sehr gut sogar.« Lincoln atmete tief ein, als würde es ihn überraschen, daß seine Lungen noch arbeiteten, sein Herz noch schlug und sein Blut in seinen Adern floß. »Die Artillerie hat ein schreckliches Blutbad angerichtet, die Mexikaner sind haufenweise mit den klaffendsten Wunden gefallen, doch selbst im Sterben haben sie dem Feind noch mit Blicken getrotzt. Wir haben einen armen Kerl gefunden, der die ganze Nacht verwundet dagelegen hatte. Er hat um Wasser gebeten. *Agua.* Twiggs hat gebrüllt: ›Männer, gebt diesem armen Burschen etwas zu trinken!‹ In Windeseile haben alle ihre Feldflaschen gezückt.«

»Und wie war die Artillerie?«

»Guter Gott, Western ...« Lincoln strahlte und vergaß sogar seine Abneigung gegen den Mißbrauch des Namens des Herrn. »Sie waren klasse! Sam Ringgold hat uns gezeigt, was Allgegenwart der Artillerie bedeutet. Seine Geschütze sind von Stellung zu Stellung aufgeblitzt. Im Nu haben sie gedreht, und die Besatzungen haben in Minutenschnelle nachgeladen. So etwas habe ich noch nie gesehen. Sogar Taylor war beeindruckt.«

»Nancy wird stolz sein auf Captain Ringgold.«

»Major. Er wurde auf dem Feld zum Major befördert.« Lincolns Blick richtete sich wieder nach innen.

»Ist er tot?«

»Die Mexikaner haben ihren Beschuß natürlich auf die Artillerie konzentriert. Eine Kugel hat Sam das Fleisch vom linken Bein geschossen, ist durch den Bauch seines Pferds gedrungen und hat den rechten Fuß oberhalb des Knies abgerissen. Er ist verblutet.«

»Western!« brüllte Twiggs. »Wir brauchen Hilfe für die Verwundeten.«

»Zu Befehl, Sir.«

Sarah legte eine Hand auf Lincolns Knie, und er legte für einige Augenblicke seine Hand auf ihre. Es war ihre Art, einander zu trösten und eines Kameraden zu gedenken, dessen Lachen sie abends am Kochfeuer nie wieder hören würden. Dann drehte Sarah sich um und sprang auf das Trittbrett eines Gepäckwagens.

Hinter den Seitenplanken sah sie die Verwundeten, die auf der Ladefläche übereinander und untereinander lagen. Es waren alles Mexikaner, und sie verhielten sich sehr viel ruhiger, als es eine ähnliche Anzahl von verwundeten Amerikanern getan hätte. Nur leises Stöhnen war zu hören, nicht das wilde Geschrei, an das Sarah gewöhnt war. Die Mexikaner waren klein, die meisten waren nicht über fünf Fuß groß, und sahen sehr jung aus. Sie hatten die dunkle Haut der Indianer – der Ärmsten der Armen. Sarah sah die Zeichen der Unterernährung: aufgedunsene Bäuche, sprödes Haar und glasige Augen.

»Um die mußt du dich nicht kümmern.« James gesellte sich zu ihr aufs Trittbrett. »Wir bringen sie über den Fluß, dann sollen ihre eigenen Leute sie übernehmen.« Er sprang wieder ab und ging zum nächsten Wagen.

»Hast du Cruz schon gesehen?« rief Sarah ihm nach.

»Ja.«

Sarah hob die Männer vorsichtig von der Ladefläche und trug sie unter die Plane neben dem Lazarettzelt, wo sie sie in Reihen auf den Boden legte. Bis Sonnenuntergang reinigten Sarah und Cruz Wunden, legten Verbände an und trösteten die Verwundeten. Plötzlich reckte sie sich in der einbrechenden Dämmerung.

»Wo ist Nancy?«

Cruz zuckte die Achseln. George Lincoln kam vorbei, und Sarah fing ihn ab. »Haben Sie Nancy Skinner gesehen?«

»Nein. Aber ein paar Artilleristen haben gesagt, sie hätte um ein Pferd gebeten. Meinen Sie, sie ist nach Port Isabel geritten, um Sam Ringgold zu suchen?«

»Das würde ich ihr durchaus zutrauen.« Sarah blickte in die eine, dann wieder in die andere Richtung und kaute vor lauter Streß und Sorge an ihrer Nagelhaut. Da lagen noch so viele Verwundete, die sie verarzten mußte – sie konnte hier nicht weg. »Ihr Vernunft einzutrichtern ist das gleiche, wie einem Meilenstein das Tanzen beizubringen.«

»Ich hole sie zurück.«

»Das werde ich Ihnen auf immer danken.«

Lincoln salutierte und preschte davon.

Im Morgengrauen fand er Nancy. Sie kauerte auf dem frisch aufgehäuften Erdhügel innerhalb einer Einfriedung aus erbeuteten Gewehren und Bajonetten. Die Gewehre waren so abgesägt worden, daß sie zum Fußende von Ringgolds Grab hin immer kürzer wurden. Ein wachhabender Captain hatte das Grab gestaltet, das wie ein Schrein zwischen den groben Umpfählungen und den harten, trockenen Gräbern der anderen Soldaten herausstach.

Lincoln kniete sich neben sie und nahm sie in die Arme. Schluchzend drückte sie sich an seine Brust.

»Dulce et decorum est pro patria mori«, murmelte er. Süß und ehrenvoll ist es, fürs Vaterland zu sterben.

14

Den Tiger überlisten

Sarah duckte sich unter dem niedrigen Türsturz, Cruz folgte ihr ins Haus. Eine kleine Mexikanerin blieb in der Türöffnung stehen, eine alte Mantille bedeckte zur Hälfte ihr Gesicht. Sarah vermutete, daß sie wohl nicht mit einer so großen, unberechenbaren Frau mit feuerroten Haaren in einem geschlossenen Raum zusammensein wollte. Cruz hatte ihr schon berichtet, welche Geschichten in Matamoros kursierten – daß Sarah mit ihrer Pistole und ihrem Säbel allein den Angriff auf Fort Texas zurückgeschlagen habe, daß ihre Schönheit den Männern die Sprache verschlage, daß sie mit einem Arm einen beladenen Planwagen anheben und daß sie einen Mann so schnell erschießen könne, wie sie ihn anblicke.

Sarah öffnete die Fensterläden und sah hinaus in den staubigen Garten, der von Orangen- und Aprikosenbäumen beschattet und von einer bröckligen Mauer aus Adobeziegeln umgeben wurde. In einer Ecke stand ein rundlicher Backofen aus Lehm, in einer anderen lehnte ein zusammengefallener Schuppen aus Mesquitästen. Darin befand sich ein Abort – aus dem die Mexikanerin gut Profit hätte schlagen können.

Der Duft der Orangenblüten schwebte durchs Fenster bis in die hinteren Ecken des Raums. Aus dem Labyrinth der Gassen und der ärmlichen einstöckigen Häuser drang Hundegebell an Sarahs Ohr, ein Esel schrie, Hühner gackerten zufrieden. Die geschäftstüchtigeren Nachbarn waren zu der Ebene hinter den Hütten aus Mesquitholzbrettern marschiert, die an die Viertel mit den robusteren Häusern wie diesem hier angrenzten, und boten den Truppen, die dort ihre Zelte aufstellten, ihre Dienste an. Sie verkauften Trinkwasser, Zigarren, Feuerholz, gestreifte Baumwolldecken und das abscheulich stinkende Gebräu, das sie *pulque* nannten.

Staubkörnchen tanzten in den Strahlen der Morgensonne. Der Fußboden war aus gestampfter Erde, die Wände waren mit Kalk verputzt. Sarah fuhr mit der Hand durch die Spinnweben, die wie ein Vorhang in der Ecke hingen. Dazu mußte sie nicht allzuweit hinauffassen, denn die rußgeschwärzten Pfähle, die als Stützbalken für das Dach dienten, endeten nur zwei Fuß über ihrem Scheitel. Cruz müßte ihr zeigen, wie man mit dem Lehmofen umging, der wie eine Tafel in der Mitte des Raums stand.

Sie spähte durch die Tür in eine Nische, die kaum groß genug für ihr Feldbett war, und fragte sich, ob es hier wohl viele Flöhe gab.

»Wieviel will sie?« fragte sie an Cruz gewandt. »Ich bezahle wöchentlich.«

»Drei Pesos, aber das ist zuviel.«

Sarah nickte der Frau zu, die zur Antwort ernst den Kopf neigte. »Sag ihr, wir sind im Geschäft.« Sie fischte in dem Beutel in ihrer Rocktasche nach den Münzen.

Die Frau nahm das Geld entgegen, dann griff sie nach Sarahs Hand und beugte sich so weit darüber, daß Sarah schon dachte, sie wollte sie küssen. »Gott segne Sie, Señora Western.«

»Gott segne auch Sie, Señora Lopez.«

Sarahs neue Vermieterin schlurfte hinaus in die Sonne. Cruz lächelte.

»Komm, jetzt zeig ich dir mein Haus, Western.«

»Gewöhn dich nicht zu sehr daran, *mi hija,* wir marschieren bestimmt bald weiter.« Sarah hatte die alten Mexikanerinnen zu den jüngeren Frauen schon so oft *mi hija* – meine Tochter – sagen hören, daß ihr die Worte wie von selbst über die Lippen kamen.

Bis zu Cruz' Haus, das ebenfalls Señora Lopez gehörte, war es nicht weit. Es grenzte an die hintere Mauer von Sarahs Garten. Sarah kam sich ganz mütterlich vor, als sie Cruz durch die

Gasse und um die Ecke folgte. Seit ihrer Flucht vor Águila betrachtete Cruz sie als ihre unbezwingbare Beschützerin und überließ es nun Sarah, sich wegen dieses Mannes zu sorgen.

Sarah stützte sich mit dem Arm am Türsturz ab und duckte sich. Der Raum war kleiner und in schlechterem Zustand als Sarahs Zimmer, aber es gab immerhin Fensterläden, die sogar intakt waren, und die zwei Fuß dicken Adobemauern hielten Hitze und Wind ab. Für Cruz war es das schönste Zuhause, das sie jemals ihr eigen genannt hatte. Sie hatte auch schon Blumen in eine alte Keksdose auf dem Brett an der Wand gestellt, das Militärbettzeug aus Drillich ausgelegt und gestreifte Baumwolldecken vom Wochenmarkt darüber ausgebreitet. Als Tisch stand in der Mitte des Raums James' Truhe, die ordentlich mit dem einzigen Blechteller und dem Löffel gedeckt war.

»Hübsch ist es hier, Cruz!« Ein Stich der Sehnsucht durchfuhr sie. Sie vermißte Jack, sie vermißte Will Kelly. »Ich geh dann mal auf Futtersuche, bevor der Tiger die Stadt auffrißt. Old Zach hat ihn für die Nahrungsbeschaffung eingeteilt.«

»El Tigre?«

»Colonel Davey Twiggs. Der Bengalische Tiger ist so was wie eine Ein-Mann-Heuschreckenplage.«

»Ich komme mit, damit dich die Leute nicht übers Ohr hauen.«

»Nein, du bleibst hier und richtest dein Haus weiter ein.« Sarah wollte schon gehen, drehte sich aber noch einmal um. »Ich brauche einige Bettys. Wenn also ein paar passabel aussehende Frauen nach Arbeit fragen, sag ihnen, ich komme am Nachmittag zu ihnen.«

»Bettys?«

»Ja, Mägde, Dienstmädchen. Wir nennen sie eben Bettys.«

»Warum denn?«

Sarah zuckte die Achseln. »Das heißt unter Bediensteten halt so.«

In der Tür blieb sie stehen und spürte die kühle Luft des

Zimmers an ihrem schweißnassen Rücken. Sie ließ den Blick über ihr neues Wohnviertel schweifen – ein ruhiger Vorort in einem fremden Land. Er erinnerte sie an St. Augustine und kam ihr daher alles andere als fremd vor. In St. Augustine hatte die Zweite Schwadron der Dragoner gelagert, bevor sie sich dem verheerenden Zusammentreffen mit Wildkatze, John Horse, Alligator, dem unbezwingbaren Sam Jones und einem Sumpf voller Krieger entgegengeschleppt hatte.

Hier, am Stadtrand von Matamoros, trennten eingezäunte schmale Felder mit Obstbäumen, Mais, Bohnen und Bananen die Ziegelhäuser voneinander, die zumeist aussahen wie eine größere Version des Lehmofens in Sarahs Garten. Den Anblick der Häuser empfand sie als tröstlich; sie waren nicht aus dem Boden gestampft und zusammengenagelt worden, sondern sie waren mit der Erde gebaut, die sie umgab, und von nackten, braunen Händen geformt worden. Sarah nickte ihren Nachbarn zu und wünschte ihnen auf spanisch einen schönen guten Morgen. Als die Mexikaner merkten, daß Sarah sie weder zu erschießen noch zu verhexen gedachte, lächelten sie schüchtern zurück und wünschten ihrer neuen Freundin Gottes Segen.

Sie ging zu ihren Tieren und ihrem Wagen auf dem kleinen Streifen Weideland, den sie schon zuvor von Señora Lopez gepachtet hatte. Langsam bekam sie den Eindruck, daß der resoluten Señora fast die ganze Stadt gehörte. Jake erbettelte getrocknete Aprikosen und Zigarillos von den Bengeln, die auf dem Wagen herumkletterten, und verschlang alles mit großem Genuß. Als er das Geschirr in Sarahs Händen sah, protestierte er lautstark.

Während sie die Maulesel anspannte, standen die Burschen um sie herum und versprachen, daß sie sich ein Bein für sie ausreißen würden. Die Liste ihrer Dienste war bekannt – Stiefel wichsen, Wasser holen, die Maulesel füttern und striegeln, den Wagen bewachen, Lasten tragen, kehren, schrubben, graben, hacken, ja sogar stehlen und kuppeln.

Ein Junge stand ein wenig abseits des Grüppchens. Ein zerlumptes weißes Hemd flatterte um seinen Körper, der weiße Schurz endete in Fetzen an seinen aufgeschlagenen Knien, seine dürren Waden und die Füße waren nackt.

Er sah ihr in die Augen und zwinkerte langsam und mit großem Ernst, als wüßte er die Antwort auf die größten Geheimnisse des Lebens und wollte sie allein mit Sarah teilen. Ein rehäugiger Schwindler und angehender Gauner. Trotz ihres sicheren Wissens, daß er alles tun würde, um sie zu hintergehen, gefiel er ihr, und sie nickte ihm zu. Er schob sich durch die Menge und sah zu ihr auf, als würde er sich überlegen, wie er am besten ein Nest voller Eier in den obersten Ästen eines großen Baumes plündern könnte.

»Was hast du für mich?« fragte sie.

Er hob die Hand zu seinem großen, braunen Ohr, das aus dem schwarzen, drahtigen Haarschopf herausstand, öffnete und schloß sie und bedeutete ihr so, sich zu ihm hinunterzubeugen. *»Un tresoro«,* flüsterte er.

»Einen Schatz, was?« Sie warf ihm einen unheilverkündenden Blick zu, als sie die Peitsche und die Zügel in die Hand nahm und auf den Wagen kletterte. Dann schlug sie mit der Hand auf den Sitz neben ihr. *»Vamos!«*

Aus dem Beutel, der ihm an einer Schnur schräg um die Schulter hing, nahm er ein Maisblattzigarillo und zündete es am Zigarillo eines anderen Jungen an. Er grinste die Unterlegenen triumphierend an und setzte sich so plötzlich neben Sarah auf den Kutschbock, daß sie den Eindruck hatte, er wäre geflogen.

Er tippte auf seine schmächtige Brust. »Hanibal.«

Es folgte ein rascher und weitgehend unverständlicher Kommentar. Das Zigarillo tanzte und hüpfte zwischen seinen Lippen, als er mit dem Kinn auf die Sehenswürdigkeiten und die Menschen von Matamoros hinwies. Als sein Zigarillo fast heruntergebrannt war, holte er aus seinen zerlumpten Kleidern ein Bündel Maisblätter, nahm mit den Fingerspitzen ein bißchen Tabak aus dem Beutel und drehte einen weiteren Glimmstengel, den er an der Glut des ersten anzündete.

Sarah hielt neben dem ersten der unzähligen Wasserverkäufer, die durch die Straßen von Matamoros zogen. Auf dem Rücken trug er einen großen Tonkrug an einem Lederriemen, den er sich um die Stirn gebunden hatte. An seinem Bauch hing ein zweiter Krug als Gegengewicht.

Sarah deutete zurück auf den Weg, den sie gekommen war. »*Mi casa*«, sagte sie. »*Mañana.*«

»*Sí, Señora.*«

Sie kannte ihre Adresse nicht, aber sie wußte, daß das auch keine Rolle spielte. Morgen schon würde im Umkreis von einer Meile jeder wissen, wo sie wohnte, und könnte es dem Mann sagen.

Die staubigen Wege wurden zu kopfsteingepflasterten Straßen, die Gebäude wurden größer, massiver und standen enger zusammen. Die schweren Eichentüren waren acht Fuß hoch, die Mauern waren in Blau-, Gelb- und Grüntönen verputzt, und die Besitzer dieser Häuser würden wohl kaum Hühner oder Schweine zum Verkauf anbieten.

Der Junge lotste Sarah um eine Kurve nach der anderen, bis sie bald keine Ahnung mehr hatte, wie sie zu ihrem Haus zurückfinden sollte. In der Stadtmitte wurden die Gassen wieder enger und gewundener, und die Häuser standen dicht gedrängt. Die Leute, die etwas an eine Besatzungsarmee zu verlieren hatten, waren verschwunden. Jake und Buck trotteten die menschenleeren Straßen entlang, das Geklapper ihrer Hufe hallte in der Schlucht aus Steinquadern und Ziegeln wider. Niemand lehnte sich über die kunstvoll geschmiedeten Eisengeländer an den Balkonen im zweiten Stock, und hinter den Gittern, die die Fenster von oben bis unten schützten, waren die Läden geschlossen.

»Wo ist denn jetzt dein Schatz, Kleiner?« Sarah warf ihm einen forschenden Seitenblick zu.

Er deutete auf einen Durchgang neben einem unverputzten

Steinhaus mit einer niedrigen Tür, das keine Balkone oder Fenster hatte.

»Der Wagen paßt da nicht durch.« Vielleicht war es eine Falle, aber das war ihr egal. Sie hatte schon eine Narbe von einem Säbelhieb, und wenn es sein mußte, riskierte sie eben eine zweite.

Der Junge nahm zwei leere Säcke, sprang ab und bedeutete ihr mit erhobenem Finger zu warten. Er rannte ums Haus herum und kam gerade in dem Augenblick zurück, als Sarah schon dachte, er hätte sie versetzt. Mit dem strahlenden Lächeln eines Zauberkünstlers hielt er einen Sack hoch. Sarah nahm ihn und schaute hinein; er quoll fast über vor dicken, duftenden Zigarren mit seidigen Deckblättern.

»La guardia se fue.« Der Junge ahmte den flüchtenden Wachmann nach. Dann breitete er die Arme aus und umfaßte mit einer kreisenden Bewegung das ganze Haus von Mauer zu Mauer und vom Erdgeschoß bis zu den Dachbalken. *»Tobacco y cigarros bastante.«*

Sarah zog die Stirn kraus. »Das ist Diebstahl – da mach ich nicht mit.«

»Nein, nein, Señora.« Er fuchtelte beleidigt mit dem Finger vor Sarahs Nase herum. *»Son del gobierno y el gobierno es ladrón.«*

Sarah lachte. Nach Aussage des Jungen gehörten der Tabak und die Tabakwaren der Regierung, und die Regierung war der Dieb. Nun, das war die wahrheitsgetreueste Aussage, die sie je gehört hatte.

Er verstaute die Säcke unter dem Sitz, verschränkte die Arme auf der Brust und deutete mit dem Kinn die Straße hinunter. Nach einigen weiteren Kurven öffnete sich vor ihnen ein großer, von Seifenbäumen gesäumter Platz mit einem Markt, auf dem lärmende Geschäftigkeit herrschte. Die Truppe von Marktschreiern, die die Soldaten schon in Corpus Christi ausgenommen hatten, hatten in der Mitte des Platzes ihre Waren ausgelegt. Die Quacksalber verkauften schon emsig ihr Mittelchen aus Flußwasser, Holzgeist, Pfeffer und Farbstoff, das angeblich die männliche Potenz und die weibliche Fruchtbarkeit steigerte.

Sarah war nicht überrascht, auch Colonel David Twiggs dort zu sehen. Der Bengalische Tiger war mit einem Dutzend Versorgungswagen und einer Abordnung der Dragoner angerückt. Trotz des weißen Schnurrbarts, seines runden Gesichts und der Kartoffelnase, denen er seinen Spitznamen »Tiger« verdankte, sah er eher aus wie ein rotgesichtiges Walroß. Im Schatten seines Körpers hätten sich drei Mexikaner verstecken können. Die kleinen Männer beäugten ihn mißtrauisch, als könnte er plötzlich verrückt spielen und ihre klapprigen Stände umrennen. Twiggs lenkte seinen großen Schecken zu Sarah. Hanibal schlüpfte schnell vom Sitz.

»Guten Morgen, Colonel.« Auch Sarah behielt Twiggs im Auge, denn er war, ähnlich wie ein Vulkan, vor allem aus der Ferne unterhaltsam.

Im Schlepptau hatte Twiggs einen unglücklich dreinblickenden Mann auf einem dunklenbraunen spanischen Pferd. Sarah erkannte in ihm den *alcalde,* den Bürgermeister von Matamoros. Er und die anderen Beamten der Stadt, alle in blütenweißen gestärkten Anzügen, hatten General Taylor zwei Tage zuvor im Fort am Fluß willkommen geheißen. General Arista hatte sich mit seiner Armee aus dem Staub gemacht und es den Zivilisten überlassen, sich mit den Amerikanern herumzuschlagen. Der Bürgermeister trug immer noch seinen weißen Anzug, der jedoch in der Zwischenzeit so zerknittert war wie seine Miene, aber Sarah hatte kein Mitleid mit ihm. Sie hatte inzwischen erfahren, daß die Bewohner von Matamoros ihn für den größten Dieb in einem öffentlichen Amt hielten, wenngleich um diesen Titel ein erbitterter Konkurrenzkampf tobte.

»Guten Morgen, Western!« brüllte Twiggs. »Der Bürgermeister war sehr hilfsbereit.« Er wedelte zu den Wagen hinüber, die mit Kisten, Säcken, Fässern und frisch geschlagenem

Bauholz beladen waren. Der Bürgermeister sackte noch ein wenig mehr in seinem Anzug zusammen.

Sarah konnte es dem Mann kaum verübeln, daß er die Lagerstätten alle verraten hatte, wo die Regierung Werte gehortet hatte. Den Tiger konnte niemand aufhalten.

Twiggs hielt eine runde Dose hoch. »Sogar Austern hab ich gefunden. Das sind wahrscheinlich die letzten in der ganzen Stadt.«

Sarah nahm eine Zigarre aus dem Sack unterm Sitz und gab sie dem Colonel. »Dann haben Sie die bestimmt auch schon entdeckt.«

»Beim Jupiter! Das ist ja 'n Ding!«

Der Bürgermeister machte ein Gesicht, als würde er gleich losheulen. Waffen und Munition auszuhändigen war eine Sache – Tabak herzugeben war etwas ganz anderes.

»Colonel!« Ein Dragoner hielt den strampelnden und zappelnden Hanibal an der Taille fest. »Ich hab ihn dabei erwischt, wie er Mais und Bohnen aus unseren Wagen stibitzt hat.«

»Verdammte Pest!« Twiggs' ohnehin schon rotes Gesicht nahm einen solch intensiven Lilaton an, wie es bei einem Menschen kaum möglich schien. Er blähte die Nasenlöcher und blies die Backen auf. Die Augen traten aus ihren Höhlen, seine Barthaare zitterten, als wären sie vor Zorn elektrisch aufgeladen. Sarah hatte das schon oft gesehen, doch sie war jedesmal aufs neue beeindruckt.

»Das ist ein Mißverständnis, Colonel«, lenkte Sarah ein. »Ich hab ihm gesagt, daß ich Lebensmittel kaufen will. Wahrscheinlich hat er gedacht, ich kaufe bei Ihnen ein, und wollte mir die Waren bringen.«

»Das ist Anstiftung zum Diebstahl!« Twiggs funkelte den Jungen an, als der Dragoner ihn, immer noch tretend und boxend, vorführte. Twiggs konnte selbst diesen Burschen einschüchtern, der nach Sarahs Meinung keineswegs rasch klein beigab.

»Er hat mir geholfen, Colonel. Lassen Sie ihn gehen, und ich gebe Ihnen ein Dutzend Stumpen.«

»Die Gerechtigkeit steht nicht zum Verkauf, Western.«

»Ich bin schuld, ich kann einfach nicht gut genug Spanisch.«

Twiggs zögerte nicht lange. »Laßt den Burschen laufen.« Er nahm die Zigarren von Sarah entgegen, und der Dragoner ließ Hanibal los.

Schnell kletterte er zu Sarah auf den Wagen. Er erkannte einen Beschützer, wenn er einen sah, und Sarah hatte ihn immerhin davor bewahrt, von diesem rotgesichtigen *yanqui* geröstet zu werden. Twiggs schickte sich zum Gehen an.

»Colonel«, Sarah hielt den Sack etwas zögerlich hoch, »ich tausche die übrigen Zigarren gegen Ihre Dose Austern.«

»Die halbe Dose.«

Sarah nahm eine Zigarre und zog sie an ihrer Nase vorbei, den Duft sog sie mit dahinschmelzender Miene ein. »Das sind *cincos«*, sagte sie. »Kosten fünf Cent das Stück – wenn Sie überhaupt welche finden, was ich bezweifle. Den ganzen Sack gegen drei Viertel der Dose.«

»Sie feilschen wirklich hart, Western.« Doch Twiggs war zufrieden mit dem Handel und gab ihr drei Viertel der Austern.

Als Twiggs weg war, packte Sarah den Jungen am Schlafittchen, bevor er ihr wieder entwischen konnte. Sie hielt ihn mit einer Hand am Kragen, mit der anderen betastete sie ihn vorne und hinten. In einem Beutel, der an seiner Taille hing und unter der Hose versteckt war, fand sie noch mehr Maismehl und Bohnen.

»Du bist vielleicht ein glibbriger Fisch!« Doch sie konnte ihn verstehen. Er hatte sich nur an der Beute zweier Regierungen bedient, der seines eigenen Landes und der des Feindes. »Du glaubst doch nicht, daß ich dich für deine Zeit bezahle?«

Grinsend gab sie ihm die Lebensmittel und einen Peso. »Los, holen wir noch mehr Zigarren, bevor der Tiger sie findet.«

Er lotste sie zurück zum Lagerhaus und verschwand um die

Ecke, während Sarah Schmiere stand. Sie hielt nichts vom Stehlen, aber den Tiger bei der Warenbeschaffung zu überlisten, war kein Diebstahl, das war ein Triumph. Hanibal kam mit fünf vollen Säcken zurück und gab Jake und Buck je eine Zigarre, dann fuhren sie wieder zum Marktplatz.

Eine Hand zum Gruß erhoben, sprang er ab. *»Hasta luego, Señora.«* Er kaufte sich eine warme Tortilla und eine Portion Bohnen auf einem Bananenblatt, dann rannte er über den Platz, öffnete die schwere Eichentür eines Steinhauses und schlüpfte hinein.

Der Vormittag war schon fast vorüber, und Sarah hätte dringend ihre Einkäufe erledigen müssen, doch aus Neugier folgte sie dem Jungen. Sie band das Gespann an einen Pfosten und öffnete die Eichentür. Im Haus war es dunkel, und sie konnte nichts sehen, doch sie hörte Fliegen summen und laute Stimmen, die auf spanisch stritten. Der Gestank schlug ihr ins Gesicht, drang ihr in die Nase und fuhr ihr in die Kehle. Ihre Augen brannten, sie würgte und flüchtete wieder ins Freie. Mit dem Halstuch vor Nase und Mund wagte sie einen erneuten Vorstoß. Die Tür fiel hinter ihr zu. Sie atmete ganz flach, während sie wartete, bis sich ihre Augen an die Dunkelheit gewöhnt hatten. Da sah sie, daß Dutzende von Körpern den Boden bedeckten.

Ein sechzehn-, siebzehnjähriges Mädchen verscheuchte die Fliegen von einem gleichaltrigen Jungen, eine ältere Frau backte auf einem flachen Stein neben einem kärglichen Feuer Tortillas, ein paar Kinder saßen um einen Mann herum, der wohl ihr Vater sein mußte. Neben ihm lag eine Leiche. Hanibal hockte in einer Ecke. Er füllte Bohnen in die Tortilla und fütterte damit eine ausgezehrte Gestalt.

Sarah schreckte auf, als sie eine Stimme hörte, die Englisch sprach.

»Die hat Ihre Artillerie niedergemäht.« Der Mann kam aus dem Schatten. Die Ärmel seines blutverschmierten weißen Leinenhemds waren hochgekrempelt, darüber trug er eine kurze

Lederweste zu einer engen, geschnürten Hose, die ihn als Angehörigen der mexikanischen Oberklasse auswies. »Wie Sie sehen, zerlegen Granaten und Schrapnelle den menschlichen Körper in seine Bestandteile – ungefähr so, wie wenn man einen Laib Brot in Teig zurückverwandelt. Da drüben liegen jene, die nur von Kugeln getroffen wurden, da sieht es ein wenig ordentlicher aus.«

»Sarah Borginnis.« Sie streckte die Hand aus, zog sie aber sofort wieder zurück, als der Mann seine Hände, die hinter seinem Rücken versteckt waren, nach vorne bewegte. In der einen hielt er eine blutige Säge, in der anderen einen brandigen Unterschenkel, der unterhalb des Knies amputiert worden war. »Ich kann Ihnen unter die Arme greifen.«

»Gerald Malloy, ich bin Arzt. Ursprünglich aus Hoboken, New Jersey, seit acht Jahren wohne ich hier in dieser schönen Stadt.« Er hielt den Unterschenkel hoch. »Der hier erinnert mich an die alte Geschichte von dem Soldaten, der das Bein eines Feindes als Trophäe vom Schlachtfeld mitnahm und es stolz zur Schau stellte. ›Warum hast du ihm denn nicht den Kopf abgeschnitten?‹ fragten seine Kameraden. ›Weil, Gott verzeih mir, das schon ein anderer getan hatte.‹« Er warf den Unterschenkel auf einen hüfthohen Haufen aus menschlichen Gliedmaßen, ein Schwarm Fliegen flog auf, der sich dort gütlich getan hatte. »Zumindest mußte ich bis jetzt keine Köpfe amputieren.«

Sarah sah, daß es die Mexikaner waren, die im Kampf gegen Taylors Armee verwundet worden waren. Darunter waren wohl auch jene, die sie von den Planwagen gehoben hatte. Nun waren sie hier gelandet, General Arista hatte sie aufgegeben.

»Ich lasse Verbandszeug holen.« Sie krempelte die Ärmel hoch, riß einen Streifen Stoff von ihrem Rocksaum und verband den nächstbesten Verwundeten.

15

Eine Schlange im Paradies

Der stete Regen schwächte die Junihitze einigermaßen ab. Sarahs neue Bedienstete hatten mitten im Garten ein paar Planen auf Stangen gezogen und zwei große Zelte aufgeschlagen – so etwas hatten die Einheimischen noch nie gesehen. Das Aufstellen dauerte den ganzen Vormittag und wurde ständig unterbrochen von erschreckten Aufschreien, wildem Gestikulieren und inständigen Bitten für den Beistand Gottes, der Jungfrau Maria und aller Heiligen. Die Offiziere waren des Wartens überdrüssig und legten selbst Hand an, sie rammten die Pflöcke in die Erde und rollten die Seitenwände auf, dann drängten sie sich ins Zelt, während Sarahs Leute Schemel hereintrugen und Planken als Tische auf die Böcke legten. Sarah hatte drei Männer und vier Frauen aus der Nachbarschaft angestellt, zwei der Frauen gingen ihr beim Kochen zur Hand, zwei halfen Nancy beim Servieren des Essens, des Rums und des Weinbrandpunschs. Nun gingen sie mit Tabletts durch die Reihen und boten Zigarren an. Bald mischte sich unter den Zeltdächern eine dichte Wolke aus wohlriechendem Zigarrenrauch mit der schwülen Sommerluft.

Auch Cruz war an einem kleinen Tisch in einer Ecke des Gartens bei der Arbeit. Barfuß stand sie unter einer Plane an einem Aprikosenbaum. Trotz des wolkenverhangenen Himmels trug sie ein grünes Augenschild, wie es typisch war für die Spieler. Sie hatte es von James bekommen, und es brachte ihr Glück, behauptete sie. Die meisten Männer, die um Cruz' Spieltisch herumhockten, nannten sich Reporter, und jeden Tag kamen mehr von dieser Sorte nach Matamoros.

Cruz trug James' zweitbestes Leinenhemd und ein Paar seiner Uniformhosen. Das war zwar gegen die Vorschriften, aber sie sah so reizend darin aus, daß niemand etwas dagegen einwandte. Das Hemd hatte sie geflickt, so lange geschrubbt, bis es blütenweiß war, und schließlich gebügelt. Die Hose paßte ihr fast am Bund, denn das Kind in ihrem Bauch war sichtbar gewachsen.

Am Ende eines langen Tischs saß George Lincoln unter der Zeltplane. Er stützte sich mit den Ellbogen auf den Planken ab und streckte seine langen Beine so weit aus, daß die makellos polierten Stiefel auf der anderen Seite des Tischs hervorlugten. Laut las er aus einer Zeitung vor, die erst kürzlich angekommen und bestimmt noch nicht durch mehr als fünf, sechs Hände gegangen war.

> Während des ganzen Beschusses blieb die Gattin eines Soldaten in Fort Brown. Obwohl überall Kugeln und Granaten einschlugen, lehnte sie es ab, hinter den schußsicheren Barrikaden Schutz zu suchen. Die ganze Zeit über arbeitete sie unermüdlich, sie kochte und versorgte die Soldaten, ohne im mindesten an ihre eigene Sicherheit zu denken. Bei allen Männern im Fort fand der Mut dieser Frau größte Bewunderung, und sie wurde daraufhin mit dem Namen *The Great Western* geehrt.

»Haben Sie das geschrieben, Allen?« fragte Lincoln.

Lewis Leonidas Allen verbeugte sich bekennend.

»Wieso haben Sie nicht erwähnt, wie Western an der Kanone gekämpft hat?« wollte Bragg wissen.

Captain Braxton Bragg hatte nach Sam Ringgolds Tod das Dritte Artilleriebataillon übernommen. Er fläzte auf einem umgedrehten Faß. Mit dem Rücken lehnte er an der Tischkante, stützte sich mit den Ellbogen auf und spreizte die Beine. Einen Fuß hatte er auf eine kleine Kiste gestellt, vor der Hanibal hockte und die Stiefel eifrig mit Talg und Lampenruß wichste.

Allen zuckte die Schultern. »Unsere Leser ziehen eben ein wenig weiblichere Taten vor.«

»Ach, bevor ich's vergesse«, Bragg winkte Sarah zu sich. Er griff in seinen Tornister und zog eine Artilleristenmütze mit Goldlitze heraus. »Das hier soll ich Ihnen geben, von meinen Jungs.« Er setzte Sarah die Mütze auf und hob sein Glas. »Auf unsere Great Western, die Heldin von Fort Brown!«

Alle erhoben sich und prosteten ihr zu. »Auf Great Western! Sie lebe hoch!«

»Möge sie hier noch lange das Regiment führen!« Lincoln küßte sie auf die Wange.

»Ich bin nicht so beredt wie Lieutenant Bliss, deshalb sage ich einfach: vielen herzlichen Dank!« Sarah machte einen Knicks und ging wieder an ihre Arbeit, die darin bestand, die Köchinnen und Küchenhilfen zu beaufsichtigen.

»Das ist wahr, in puncto Schönrederei kann Bill Bliss niemand das Wasser reichen«, sagte Lincoln. »Erinnert ihr euch an den Lieutenant, der ans andere Ufer geschwommen ist und von den Mexikanern geschnappt wurde?«

»Er hat behauptet, er suche einen desertierten Offizier«, fügte Bragg hinzu.

»In Wahrheit hatte er sich in ein Mädchen verknallt. Bill Bliss hat in seinem Bericht geschrieben, der Lieutenant habe in ›geistiger Umnachtung‹ gehandelt.«

»›Geistige Umnachtung‹!« Die Anwesenden brachen in schallendes Gelächter aus.

»Wer außer Perfect Bliss würde einen Mann, der seine Wurst in ein Senfglas stecken will, als ›geistig umnachtet‹ bezeichnen?« Bragg nahm den Fuß mit dem polierten Stiefel von der Kiste und stellte den Fuß mit dem dreckigen Schuh darauf.

»Dieses Land erinnert mich immer an *Don Quijote.«* Lincoln deutete mit seiner Zigarre auf die beiden dunkeläugigen Frauen, die das Essen aus der Küche brachten. »Bocksbeutel, Balkone, Blumen in Hülle und Fülle und bezaubernde *dulcineas.«*

»Auf die *dulcineas!«* Bragg hob das Glas.

Bragg und Lincoln mußten das Prasseln des Regens auf dem

Zeltdach und das Stimmengewirr übertönen. Es drängten sich so viele Offiziere in Sarahs Garten, daß sie noch mehr Böcke mit Planken aufstellen mußte, damit alle Platz fanden. Die Männer verschlangen plattenweise schmalzgebackene Maiskuchen, Schüsseln voller Hühnerbrühe, gesottenes Rindfleisch und Kuchen aus dem runden Backofen. Sie plauderten und stritten, tranken, rauchten und sangen, während die einheimischen Mädchen sich durch die Zelte schlängelten, gewaschene Wäsche ausgaben und Andenken zum Kauf anboten. Trotz des strömenden Regens herrschte in Sarahs Garten ein ständiges Kommen und Gehen, die Leute boten Feuerholz, Wasser, Holzkohle, Gemüse, Früchte und Hühner feil, manche brachten sogar Schweine oder Ziegen. Zwei Trompeten, eine Gitarre und ein *guitarrón* genannter Baß spielten unter der überhängenden Dachtraufe des Hauses zu einem schwungvollen Walzer auf.

Auf der Straße standen die Dragonerpferde festgebunden in einer Reihe, reckten die Hälse über die Mauer und beobachteten das Gewühl. Ein paar Buben striegelten ihnen Flanken und Widerrist, kämmten Mähnen und Schweife, rieben die Hufe mit Ruß ein, damit sie schön schwarz glänzten, und fetteten unter einem Baum die Sättel ein. Jung und alt kam herbei. Alle hielten sich zum Schutz vor dem Regen Bananenblätter oder Baumwolldecken über den Kopf, stellten sich auf die Zehenspitzen und linsten über die Mauern. Das bunte Treiben in Sarahs Garten schien sie gut zu unterhalten.

Mit einem Tablett auf dem Kopf zwängte sich Concepción durch die Schuhputzer, die Burschen der Offiziere und die schwarzen Diener hindurch und zerschnitt die Rauchwolken, die die Männer schneller anschwellen ließen, als der vom Fluß heraufblasende Wind sie verwehen konnte. Sie stieg über Beine, versprengte Tornister und umrundete Musketen und Säbel, die an den Tischen lehnten. Concepción hatte wunderschöne Augen und ein betörendes Lächeln; sie trug einen weißen Rock und eine lange weiße Bluse, die sie mit einem rotgelb-blau-gestreiften Gürtel an der Taille gerafft hatte – einer Taille, die so schlank war, daß es einen in den Händen juckte, sie zu umfassen. Da schrie Sarah plötzlich so laut, daß sie zusammenfuhr. Selbst die Instrumente der Musikanten verstummten auf einen Schlag, und es herrschte absolute Stille.

»Willkommen, General. Kommen Sie rein und beglücken Sie uns mit Ihrer Anwesenheit!«

Sarah schritt so zügig zum Tor, daß der Saum ihres Rocks an ihre Knöchel schlug wie ein Hanfseil im frischen Wind. Nur kurz hielt sie inne, um die verdreckten Schläge von Bravo Jones' Flanellhosen zu packen und ihm so heftig die Füße vom Tisch zu fegen, daß er vom Stuhl fiel und Hals über Kopf im Schlamm landete. Captain Lincoln eilte hinter ihr her; nach seiner Beförderung gehörte er Taylors Stab an und wollte sich diensteifrig zeigen.

Mit der einen Hand hielt sie eine Decke über ihren Kopf, mit der anderen nahm sie Whiteys Zügel, während der General abstieg. Das Knacken seiner Kniegelenke durchbrach die Stille. Von der schlaffen Krempe seines Sombreros tropfte der Regen. Er trug einen Mantel, der weder Schnitt noch Farbe erkennen ließ, und eine robuste Arbeitshose, die Sarahs sämtlichen Versuchen, die Flecken herauszuwaschen, widerstanden hatte. Die Ränder der Hosentaschen waren ausgefranst, Schweiß tränkte das karierte Tuch, das um seinen Hals geknotet war, dennoch nahm er es ab und wischte sich damit über das gerötete Gesicht.

Es hatten sich so viele Menschen mit Bananenblättern über dem Kopf versammelt, daß man den Eindruck bekam, halb Matamoros wäre hinter Taylor und seinem Gefolge durch den langsam nachlassenden Regen geplatscht. Sarah hörte, wie die Leute *»El Viejo«*, »der Alte«, und *»El Sastre«* murmelten, die spanische Übersetzung von Taylor – Schneider. Sogar *»El Desastre«* – die Katastrophe – war zu hören. Eine Frau drängelte sich nach vorn und hielt ihm ihren weinenden Säugling hin.

»Ich glaube, sie will ihren Sprößling nach Ihnen nennen, Sir«, sagte Sarah, »und sie will Ihren Segen.«

Taylor sah Lincoln an. »George, Sie stecken doch schon über ein Jahr Ihre Nase in diese spanische Fibel. Sagen Sie ihr, daß ich keinen Wert darauf lege, Kinder, Gebäude oder Schiffe nach Menschen zu taufen, die noch am Leben sind. Nicht einmal Hunde.«

Während Lincoln nach den richtigen Worten suchte, winkte Sarah einem Mann zu, der unter einem Baum saß und Jakes Geschirr reparierte. »Juan, kümmern Sie sich um das Pferd vom General und führen Sie es auf die Weide.«

Juan war noch kleiner als der Durchschnittsmexikaner; dadurch wirkten seine Schultern sehr breit, seine Arme sehr lang und seine Hände sehr groß. Die Haut hing ihm schlaff am Körper, als hätte sie einst sehr viel mehr Fleisch umspannt. Unter seinen vor Schmerz verschleierten Augen hingen große Tränensäcke. Das sauber gestutzte schwarze Haar stand ihm vom Kopf ab und trug den Schnitt des Topfes, den man ihm zum Haareschneiden aufgesetzt hatte. Er hatte eine kräftige Nase und einen großen, vollen Mund, der von tiefen Falten umgeben war. Seine Ähnlichkeit mit Hanibal war auffällig. Er konnte sich kaum auf den Beinen halten, und seine Hände zitterten, doch er salutierte zackig vor dem General, bevor er Whitey wegführte.

»Sie wissen, daß ich Leute ungern um einen Gefallen bitte, General«, sagte Sarah und hielt die Decke wie einen Schirm auch über Taylors Kopf, doch der General schenkte dem Wetter wie üblich keinerlei Beachtung.

»Es gibt auch niemanden, dem ich gerne einen Gefallen erweisen würde.«

Sarah deutete mit dem Kinn auf den Rücken des Mexikaners. »Dieser Bursche ist den Worten der Einheimischen zufolge der beste *arriero,* der je das Licht der Welt erblickt hat.«

»Der? Der soll ein Mauleseltreiber sein? Er kann sich ja kaum auf den Beinen halten!«

»Er hat eine Ladung aus unseren Schrapnellen in die Brust gekriegt. Ich hab ihn bei den Verwundeten gefunden, die Arista hiergelassen hat.«

»Noch einer von Ihren armen Schützlingen, Western?«

»Aber Sie brauchen doch *arrieros,* Sir!«

»Das kann man wohl sagen! Twiggs hat eine ganze Herde der störrischsten Mulis gekauft, die ich je gesehen habe.« Er wandte sich an Lieutenant Bliss, der sich Mühe gab, förmlich auszusehen, obwohl er naß war bis auf die Haut. »Bill, notieren Sie den Namen dieses Mannes!« Dann reichte er Sarah den Arm, als wäre er auf einer Promenade, und führte sie zum Tor.

Die Musikanten hatten sich offenbar beraten und spielten nun zu einer derart ohrenbetäubenden Version von »Yankee Doodle« auf, daß sich bei den Anwesenden sämtliche Gehirnwindungen verknoteten.

»Er heißt Juan Duran«, schrie Sarah. »Und vielen Dank auch!« Sie steckte zwei Finger in den Mund und pfiff so schrill, daß selbst die Musikanten aufsahen und das Konzert in gedämpfteren Tönen fortsetzten, wodurch wieder eine Unterhaltung möglich war.

»Wenn der Prophet nicht zum Berg kommt, muß der Berg eben zum Propheten gehen.« Taylor lächelte Sarah zu. Nase, Mund und seine rotgeränderten Augen sanken tiefer in das Netz der Schützengräben aus Falten, die sie umgaben. Er warf seinem Adjutanten, Lieutenant William Wallace »Perfect« Bliss, und dem schlanken, dunkelhaarigen Captain, der ihm folgte, einen Blick über die Schulter zu und sagte zu ihnen: »Western macht meine Offiziere zu Geiseln ihrer Kochkünste.« Er zwinkerte ihr zu. »Und wenn ich wissen will, wo der Hase im Pfeffer liegt, muß ich nur sie fragen. Die Nachrichten kommen erst zu Western, bevor sie mein Zelt erreichen – wie auch so viele meiner Männer.«

Sarah betrachtete den dunkelhaarigen Neuankömmling in Taylors Gefolge und deutete einen Knicks an. Dieser Mann hatte Wirkung auf Frauen.

»Western, das ist Captain Jefferson Davis von der Ersten Kompanie der Mississippi Rifles.«

»Ich freue mich, Ihre Bekanntschaft zu machen, Captain Davis.«

»Ganz meinerseits, Ma'am.« Jeff Davis zog schwungvoll den Tschako vom Kopf, nahm ihre Hand und verbeugte sich galant. Sein Lächeln hellte den grauen Tag auf, ein Lächeln, mit dem er auch Taylors Tochter umworben und schließlich erobert hatte.

»Das berühmte neumodische Gewehr?« fragte sie.

»Allerdings.« Davis reichte Sarah das Gewehr, sie hob es hoch und begutachtete das Schloß. »Zielgenau auf sechshundert Yards.«

»Verdammt unzuverlässig!« Taylor tat das neue Gewehr mit einer wegwerfenden Handbewegung als eine vorübergehende Modeerscheinung ab. »Steinschloßgewehre wurden unter allen möglichen Bedingungen getestet. Feuersteine gibt es überall, aber sobald es anfängt zu tröpfeln, sind diese Zündhütchen im Eimer.«

Sarah hatte eine Menge Fragen in bezug auf die neue Waffe, aber das war nun nicht der richtige Zeitpunkt, und sie sagte statt dessen: »Wie ich sehe, ist die Erste Kompanie der Mississippi Rifles angekommen.«

»Wir sind froh, daß wir hierherbeordert wurden.« Trotz seiner Ausbildung in West Point sprach Jefferson Davis etwas gedehnt. Es gab zwei Südstaatenakzente, der eine klang hart, der andere weich und kultiviert. Jeffs Dialekt weckte in Sarah Erinnerungen an Landsitze mit säulengefaßten Veranden, zu denen grüne, gepflegte Rasenflächen hinaufführten, an Salons und an weißhäutige Damen in Ballkleidern aus rauschendem Taft. Seine Sprache trug den Akzent der Ritterlichkeit und Ehrenhaftigkeit, und vielleicht lag auch mehr Stolz darin, als angemessen gewesen wäre. »Wir haben auf dieser windgepeitschten Insel Brazos campiert. Ich hab so viel Sand geschluckt, daß sich inzwischen bestimmt eine Sandbank in meinen Eingeweiden angehäuft hat. Alles Essen und Trinken läuft dort auf.«

»Wir haben hier etwas für Sie, das den Sand garantiert wegspült.«

»Hoffentlich! Sonst werd ich noch verrückt wie der Hund in der Pfanne, wie die Jungs aus Arkansas immer sagen.« Wieder dieses hinreißende, innige Lächeln, herzlich und etwas schief.

»Jeffs Truppen sind wenigstens einigermaßen kultiviert«, brummte Taylor, »aber jeden Tag kommen mehr Dampfer an der Küste an und spucken Freiwillige aus, die kaum besser sind als eine Horde Wilder. Disziplin ist ein Fremdwort für sie, und ihre Offiziere sind nichts als ein versoffener Haufen.«

»Wie ich gehört habe, soll das Arresthaus von Brazos mit diesen Typen vollgestopft sein wie eine Weihnachtsgans«, sagte Sarah.

»Hm, leider laufen noch immer viel zu viele frei herum und belästigen zivilisierte Bürger.«

Die Männer standen stramm und salutierten, als Taylor den Garten betrat, er winkte ab und forderte sie auf, sich wieder hinzusetzen. Sarah führte ihn zu dem luftigsten Tisch unter einer Plane, an der die ausladenden Ästen eines alten Avokadobaums scheuerten. Die Reporter gaben die Hoffnung auf, ihre Verluste von Cruz zurückzugewinnen, und kramten in ihren Tornistern nach Federn, Tintenfässern, Notizbüchern, Bleistiften und Zeichenblöcken. Sie drängten sich um Taylor. Die Schreiberlinge riefen ihm Fragen zu, die Zeichner verlangten, daß er sein graubestoppeltes Kinn hob, eine Hand in seine Westentasche steckte und napoleonisch einem glänzenden Sieg entgegensah.

»Sch!« Sarah wedelte sie mit ihrer Schürze weg wie Möwen von einem Abfallhaufen. »Ihr seid ja so schlecht erzogen wie diese Bande von ›Rackensackers‹!«

Sie wichen zurück und zogen es vor, aus sicherer Entfernung zu zeichnen und zu lauschen. Nur Lewis Leonidas Allen blieb, wo er war. Er wußte inzwischen, wie er am besten in Sarahs

Windschatten dümpelte und wie er sich zu benehmen hatte, um nicht das gleiche Schicksal zu erleiden wie seine Kollegen. Er hatte Sarah anvertraut, daß er sich nach dem Krieg von den gesellschaftlichen Zerstreuungen zurückziehen und den großen Roman schreiben wollte, der in ihm gärte. Vorerst aber versteckte er Feder und Kladde hinter dem Rücken, wagte sich vor und stellte eine Frage: »›Rackensackers‹?«

»›Volle Haubitzen‹, so nennen die regulären Truppen die Freiwilligen aus Arkansas«, erklärte Lincoln, »und jeder, der das Pech hat, ihnen zu begegnen, weiß, warum. Die haben auf Brazos im Umkreis von mehreren Meilen um das Camp größte Verwüstungen angerichtet.«

Sarah stellte einen Klappstuhl auf, und Taylor setzte sich seufzend. Seine Hosenbeine rutschten nach oben und entblößten muskulöse Waden und ausgeleierte graue Socken, die an auffallend dünnen Knöcheln hingen. Nancy brachte ihm sein Lieblingsgetränk, einen Krug kaltes Wasser vom Rio Grande. Als er getrunken hatte, schob er den Hut in die Stirn und schien ein Nickerchen machen zu wollen. Die Gespräche über Politik, Taktik und den Kampf gegen Aristas Truppen in Palo Alto und Resaca de la Palma wurden wieder lebhafter. Walkers texanische Einheit und drei Abteilungen der Zweiten Schwadron der Dragoner waren gerade erst von einer Erkundung zurückgekehrt. Bravo Jones berichtete:

»Ich sage euch, der Weg war gepflastert mit toten Achsenschmierern!« Er wollte gerade wieder seine Füße auf den Tisch legen, da begegnete er Sarahs Blick und überlegte es sich eines besseren. »Abgebrochene Gewehre, geborstene Musketen, Tornister, überall diese schäbigen Schuhe der Mexen, verwesende Maultiere und Gäule. Die Bussarde sind hier so fett und glücklich wie nirgendwo sonst.«

»Die armen Teufel!« sagte Lincoln.

»Was heißt hier ›arme Teufel‹? Arme Teufel am Arsch! Von mir aus kann diese ganze Armee aufgebahrt werden und auftreiben wie eine Blase in der Sonne!«

»Das sind größtenteils Wehrpflichtige, die von den Steuerforderungen des Staates völlig ruiniert und aller Freiheiten beraubt worden sind. Sie sind Opfer der Launen jedes militärischen Emporkömmlings«, erklärte Lincoln.

»Manifeste Bestimmung«, sagte Allen.

»Manifeste Bestimmung?« fragte Lincoln.

»Dieser Begriff ist in den Staaten gerade in aller Munde. Er bezieht sich auf den gottgewollten Auftrag unserer Nation, diesen Kontinent über alle Breiten- und Längengrade zu besetzen.«

»Es kann ja wohl nicht angehen, daß so ein reiches Land in den Händen solch eines ignoranten und degenerierten Volkes verbleibt«, sagte Bliss. »Wenn wir hier fertig sind, wird die angloamerikanische Rasse über das Land herrschen. Mit unserer geistigen und körperlichen Überlegenheit werden wir aus diesem Landstrich hier ein Schlaraffenland machen.«

»Ich bin hier, um den Achsenschmierern den Garaus zu machen, die achtzehnzweiundvierzig meine Kameraden getötet haben«, sagte Jones. »Aber Mexiko – was sollen wir denn mit diesem Land? Das ist doch keinen Pfifferling wert. Und wenn wir es bekommen sollten, tanzen uns die Mexikaner sicher nur auf der Nase rum. Die sind doch fast so schwarz wie die Nigger und eine ganze Portion hinterhältiger dazu!«

»Wenn Aristas Armee so ein schlapper Haufen ist«, sagte Jeff Davis, »frage ich mich, warum wir sie nicht verfolgen. Wir könnten ihr den Todesstoß geben und anschließend wieder nach Hause gehen.«

»Du hast doch vor dem Florida-Krieg auf eine Offizierslaufbahn verzichtet, Jeff.« Der Hut über Taylors Gesicht dämpfte seine Stimme.

»Ja, Sir.«

Davis tat Sarah fast ein bißchen leid, aber er hätte inzwischen wissen müssen, daß sein Schwiegervater alles mitbekam, was sich um ihn herum abspielte.

»Haben sie euch Kadetten in West Point neben all dem

Quatsch über Etappenangriffe und Logistik nicht beigebracht, daß man die Versorgungslinien offenhalten muß?«

»Doch, Sir.«

»Wenn du in den Sümpfen von Florida gekämpft hättest, hättest du diese Lektion nicht vergessen. Die Pferde waren so ausgehungert, daß sie ihre Zügel gefressen haben. Bei größerer Hitze als hier mußten die Männer wollene Winterkleidung tragen. Und warum das alles? Weil wir die Versorgungsschiffe nicht schützen konnten, und die Feinde sie in den Flüssen versenkt haben.«

Davis preßte den Kiefer so fest zusammen, daß er am Gelenk ganz weiß wurde. Er wandte sich ab und betrachtete einen laut tschilpenden Vogel im Aprikosenbaum. Es herrschte eine eisige Stille. Sarah wußte warum. Jeder kannte die Geschichte.

Zachary Taylor erwähnte seine Tochter nie in Davis' Beisein, aber die Erinnerung schweißte die beiden Männer zusammen, gleichzeitig trennte sie sie auch unüberbrückbar. Wenige Wochen nach der Hochzeit bekam das Ehepaar Malaria. Die Frau hatte sich nie wieder davon erholt.

Das war natürlich nicht Davis' Schuld, auch das wußte jeder. Doch er hatte sie trotz der Einwände Taylors geheiratet und auf eine Offizierslaufbahn verzichtet, weil Taylor nicht wollte, daß seine Tochter die Frau eines Soldaten wurde. Nun lagen ihre Gebeine in einer Kiste auf einem sumpfigen Friedhof bei New Orleans.

Nancy kam mit einem Tablett voller Gläser und einer Flasche Whiskey, der in Matamoros gebrannt worden war. Die Ärmel ihres geflickten und fadenscheinigen braunen Baumwollhemds hatte sie hochgekrempelt, doch das Hemd war so weit, daß ihr die Schulternähte halb bis zu den Ellbogen hingen und die Hemdzipfel fast bis an den Rocksaum reichten. Sie hatte das Hemd im Wäschebeutel eines gefallenen Soldaten gefunden, und Sarah hatte bemerkt, er brauche es wohl nicht mehr, weil er nun an einem sehr viel heißeren Ort als Matamoros weile.

Nancy stellte das Tablett ab und strich sich mit dem Rücken ihrer braungebrannten Hand eine feuchte Haarsträhne aus der Stirn. Cruz hatte ihr zerzaustes, feines Haar gekämmt und einen hellblonden Zopf geflochten, der ihr über die Schulter hing, doch immer wieder rutschten einzelne Strähnen heraus.

Das lockere Mundwerk hatte sie von Sarah abgeschaut. »Hier, kosten Sie! Damit würde selbst eine Kaulquappe auf einen Wal losgehen.«

»Danke, Nancy!« Perfect Bliss übernahm es, die Gläser zu füllen und herumzureichen. Das Schweigen zwischen Taylor und Davis war für Bliss besonders unangenehm, weil er gerade Taylors siebzehnjähriger Tochter Margaret den Hof machte und ihr ständig Briefe schrieb, aber der General war über diesen Schwiegersohn in spe auch nicht glücklicher als über Jeff Davis.

Sarah ging zwischen den Tischen hindurch. Ein Offizier winkte sie zu sich.

»Was kann ich für Sie tun, Lieutenant?«

Er beugte sich vor und flüsterte: »Ich wollte nur wissen, wieviel...«, er hielt inne, wurde rot und stammelte, »wieviel mich die reizende Gesellschaft dieser, äh, dieser jungen Dame kosten würde.« Er deutete mit dem Kinn auf Concepción.

Sarah stellte sofort klar, daß sie ein anständiges Haus führte. Doch da sah sie, daß Concepción ihm einen glühenden Blick zuwarf und ihre vollen Lippen leicht schürzte, als wollte sie ihm einen Kuß zuhauchen. Sarah war sofort klar, daß sie diese Dienste entweder anbieten müßte, oder sie würde alle ihre Mädchen an so einen wie den Lieutenant – oder an noch schlimmere Männer – verlieren.

Und da ihre Mutter schließlich keine dumme Gans großgezogen hatte, sagte sie nur: »Den Tag über brauche ich das Mädchen hier.«

»Natürlich, natürlich.« Der Lieutenant scharrte mit den Füßen. »Ich habe ein kleines Häuschen gemietet, wo sie über

Nacht bleiben kann. Mir gefällt sie sehr, und ich werde sie gut behandeln.«

»Das weiß ich doch, Lieutenant.« Sarah verschränkte die Arme auf der Brust und warf ihm ihren berühmten Blick zu, mit dem sie ihm unmißverständlich bedeutete, daß sie ihn zur Rechenschaft ziehen würde, wenn er sein Versprechen nicht hielt. »Ich spreche mit ihr, dann können wir uns über den Preis unterhalten.«

»Ich bin Ihnen sehr verbunden.« Er salutierte, schlug zackig die Hacken zusammen und schlenderte davon.

Sarah fing Concepción auf ihrem nächsten Gang zur Küche ab und erklärte ihr radebrechend auf spanisch, was der Lieutenant wollte.

»*Cómo no?*« Concepción zuckte nur ihre rundlichen, braunen Schultern, die über dem weiten Ausschnitt ihrer Bluse nackt waren. »Warum nicht? Ich würde es so oder so tun. Und dafür auch noch bezahlt zu werden, ist auch nicht schlecht.«

Als Sarah in den Garten zurückging, war ein neuer Gast angekommen, der ihr noch weniger willkommen war als Bravo Jones.

»Guten Tag, Colonel Worth.« Sie legte zwei Finger an ihre neue Artilleristenmütze, allerdings weniger in der Absicht zu salutieren, als vielmehr um seine Aufmerksamkeit zu erregen.

Worth verabscheute jede Zweckentfremdung militärischer Ausrüstungsgegenstände. Auch mochte er es nicht, daß sie ihn mit seinem offiziellen Rang ansprach und nicht mit dem ihm zeitweise verliehenen Rang eines Generals. Sarah wußte, daß sie ihm damit ganz besonders zusetzte, seit sein alter Rivale David Twiggs nach der Schlacht von Palo Alto und Rescada de la Palma zum Brigadegeneral ernannt worden war. Es kursierten Gerüchte, daß Worths neues Motto lautete: »Der Rang oder das Grab.«

Er nickte kurz angebunden und wandte sich wieder dem Gespräch mit Taylor zu. Sarah ging zu Cruz' Tisch, den die

Spieler inzwischen verlassen hatten, und zog einen Stuhl heran.

»Sieht so aus, als hätten wir eine Schlange im Paradies«, sagte sie auf spanisch, was Worth nicht verstand, denn er hatte sich nie die geringste Mühe gegeben, auch nur ein einziges Wort dieser Sprache zu erlernen.

»Ich dachte, er hätte sein Rücktrittsgesuch eingereicht.«

»Hat er auch. Erst hat er Old Zach und die Jungs im Stich gelassen, und jetzt ist er wieder hier. Wahrscheinlich kriegt er es sogar fertig, für die Einnahme von Palo Alto und Rescada de la Palma befördert zu werden, obwohl er nur durch Abwesenheit geglänzt hat.«

William Worth blieb nicht lange. Doch selbst während seiner kurzen Anwesenheit schaffte er es, die bislang gute Moral der Männer zu senken. Als er ging und Braxton Bragg ihm hinterherzischte, was er von ihm hielt, konnte Sarah nur von ganzem Herzen zustimmen. Nur wenige Offiziere verlangten ihren Gefreiten mehr ab und halsten ihnen aus Eigennutz größere Unannehmlichkeiten auf als Worth.

16

Drei Geschöpfe, die man nicht bändigen kann

Die Hängematte schaukelte und tanzte im morgendlichen Dämmerlicht. Gelächter drang durch die Maschen, Arme und Beine schwangen sich über den Rand und verschwanden wieder in dem gebauschten Sack. Cruz und James hatten sich nackt und verschwitzt so ineinander verschlungen, daß sie nicht mehr wußten, wo der eine Körper aufhörte und der andere anfing. Nachdem sie ihre Gliedmaßen wieder sortiert hatten, preßte sich Cruz in voller Länge mit dem Rücken an ihn, und James schlang die Arme um sie. Unter dem Gewicht ihrer Hinterteile hing die Mitte der Hängematte stark durch, am oberen Ende lagen ihre Köpfe, zum unteren Ende hin flochten sie ihre Beine ineinander.

James küßte Cruz' Hals und Ohr und legte seine Hände auf ihren warmen, geschwollenen Bauch. Schweigend schaukelten sie in der Hängematte hin und her, während in der Nachbarschaft die Hunde bellten, der Wasserträger durch die Straße ging und der Holzkohlenhändler seine Ware feilbot.

»Ich spüre, wie es dich tritt«, sagte James.

»Wie ein Muli!« Cruz legte ihre Hände auf die von James. »Wahrscheinlich wird es so ein störrischer Esel wie sein Vater.«

Sie wanden sich aus ihrer Umarmung, und James half Cruz aus der schaukelnden Hängematte. Immer noch nackt, legte sie Stroh auf die Glut im Ofen, blies sie an und zündete mit einem brennenden Halm die Lampe an. Während James seine Hose und die Socken anzog, die sie für ihn gestrickt hatte, nahm Cruz ihren Stoffbeutel vom Regalbrett, leerte ihn und sortierte Silbermünzen, Pesos und Schuldscheine in allen möglichen Handschriften. Auch ein goldener Kragenknopf, der bis zum vorigen Nachmittag einem Reporter der *Cleveland Gazette* gehört hatte, war in ihren Besitz übergegangen.

James beugte sich über sie und besah sich das Häufchen im flackernden Lampenschein. »Alles in allem schätzungsweise fünf Dollar.« Er küßte sie und stopfte das Hemd in die Hose. »Wir sind auf dem besten Weg, diese Farm in Texas zu kaufen, wenn das Geplänkel hier endlich vorbei ist.«

Er nahm sein Sattelzeug und küßte sie noch einmal in der Tür. Mit Sattel, Zügel, Schaffell und Satteldecke über der Schulter ging er durch die stillen Straßen. Die Sonne schob sich schon über den Horizont, als er Sarah auf ihrer Stute am Korral der Zweiten Schwadron traf. Er sog den vertrauten Geruch der Tiere ein, eine betörende Mischung aus rossigem Schweiß und feuchtem Lehm. Das Fell der Pferde glänzte vom vorabendlichen Striegeln. Ganz besonders anmutig drehten sie die Köpfe und sahen Sarah und James entgegen, als wären sie sich ihrer prächtigen Erscheinung vollauf bewußt. Alle, außer Duke.

Duke war beleidigt, weil James ihn nicht mit nach Hause genommen, sondern im Korral angebunden hatte. Daraufhin hatte er den Strick durchgekaut, und nun spielte er Fangen mit James. Immer wieder rannte er ihm davon und ignorierte sogar die saftigen Disteln, die er ihm vor die Nase hielt.

»Die Welt sieht aus, als hätte man sie mit Spucke und Fensterleder poliert. Findest du nicht auch?« rief Sarah fröhlich aus.

James brummte nur. Er zwängte sich zwischen den Pferden hindurch und duckte sich unter den Koppelleinen. Schließlich verfütterte er die Disteln an Lincolns großen weißen Wallach. Er machte viel Aufhebens um Gator, säuselte ihm etwas von einem tollen Ritt vor, den sie nun unternehmen würden, und tat so, als wolle er ihn losbinden. Da aber trabte Duke schon brummelnd herüber und knuffte James in den Rücken. James packte ihn am Halfter und band ihn an einen Mesquitbaum. Er warf ihm einen sauberen Futtersack über und legte Decke und Sattel auf.

»Er ist heute ganz schön bockig, was?« sagte Sarah.

»Du hättest mal dabeisein sollen, als sie ihn zugeritten haben.« Er drückte Duke das Knie in den Bauch, damit er die Luft wieder ausstieß, die er immer anhielt, damit der Sattelgurt lockerer saß.

»Ich habe gehört, daß er sogar die Nase zwischen die Hinterhand gesteckt haben soll«, sagte Sarah. »Er hat sich aufgebäumt und einen Riesensatz gemacht – wie ein Heißluftballon, aus dem man plötzlich die Luft rausläßt. Dabei hat er fast drei Männer umgenietet.«

James lachte und breitete das Schaffell auf dem Sattel aus.

»Ja, Duke ist im gestreckten Galopp losgeprescht, und der arme Bursche konnte sich nur noch am Hals festklammern; seine Plattfüße flatterten mit dem Schweif um die Wette.«

Aus dem Lager der Freiwilligen aus Arkansas, das sie unter den Rosenholzbäumen am anderen Ufer aufgeschlagen hatten, drang ein langer, durchdringender Schrei, gefolgt von lautem Jauchzen und Johlen. Die Köter der Truppe fielen ein, sie heulten und jaulten zum Steineerweichen. Die verärgerten Vögel flogen in einer dunklen, tschilpenden Wolke von den Bäumen auf.

»Der texanische Morgenstreich«, bemerkte Sarah.

Auf dieses Stichwort hin ertönten ein Stück flußaufwärts auch schon die Texas Ranger, die diesen Weckruf eingeführt hatten. Im Chor stießen sie Komantschen-Schreie aus, die einem das Blut in den Adern gefrieren ließen und selbst das ohrenbetäubende Gurren der Tauben im Chaparall zum Schweigen brachten. Schließlich setzten sie grölend, mit Horn- und Trommelbegleitung, zu ihrer Morgenhymne an:

Nach meiner Rose, der Gelben Rose aus Texas sehn' ich mich.
Niemand vermißt sie, vermißt sie so sehr wie ich.

Sarah war froh, daß sie Jake nicht mitgebracht hatte, denn er fiel immer in das Geschrei ein. Sie legte zwei Finger an die Hutkrempe und salutierte aus weiter Ferne vor der Gelben Rose, der schönen Mulattensklavin Emily, die in San Jacinto in Santa Annas Zelt geschlüpft war und ihn so abgelenkt hatte, daß die Texaner den Tagessieg erringen konnten. Sarah mußte zugeben, daß die Texaner wußten, was Dankbarkeit war – wenn sie könnten, würden sie Emily sogar heiligsprechen.

Sarah und James trabten flußaufwärts, denn zum großen Finale des Morgenstreichs würden die Freiwilligen spaßeshalber auch noch das Feuer eröffnen; dabei zielten sie gewöhnlich ans andere Ufer, was einen Aufenthalt dort wenig empfehlenswert machte. Sie ritten die Flußbiegungen entlang nach Osten – da sahen sie eine große Rauchwolke über den Bäumen.

Sarah stellte sich in die Steigbügel. »Sieht so aus, als würde Juans Dorf brennen.«

»Das sieht nach den Rackensackers aus.« James bekreuzigte sich in der Vorahnung einer Katastrophe. »Oder nach der Dritten Kompanie aus Illinois, ›Ringgold's Avengers‹.«

»›Ringgolds Rächer‹?«

»Ja. Ich habe gehört, sie wollen mächtig auf den Putz hauen.« Er kanterte los.

Sarah lud im Reiten Pistole und Karabiner. Das Dorf sah verlassen aus, aber als sie die Hauptstraße hinunterritten, hörten sie eine Frau weinen.

Jene kleinen Hütten, genannt *jacales,* die nicht niedergerissen worden waren, um Feuerholz daraus zu machen, schwelten noch, verkohlte Zaunpfosten ragten aus den vereinzelten Lagerfeuern der Freiwilligen, doch die Soldaten selbst waren abgerückt. Gärten waren zertrampelt, überall lagen abgenagte Melonenschalen und zerbrochene Flaschen.

Sie fanden Juan Duran auf seinem Feld oder was davon übriggeblieben war, denn es sah so aus, als hätten sich Dutzende von Pferden an Durans reifem Mais gütlich getan und die Pflanzen niedergetrampelt.

Mit einem traurigen Lächeln sagte Juan auf spanisch: »Gott schickt manchmal Regen, manchmal aber auch Hagel.«

»Ich würde eher sagen, der Teufel hat diese Burschen geschickt!« Sarah schüttelte den Kopf.

»Sie können *El Viejo* um eine Entschädigung bitten«, sagte James.

»General Taylor hat ja nicht einmal genug Mittel, um die Freiwilligen zu ernähren und einzukleiden, die Washington schiffeweise hierherschickt. Wie soll er denn auch noch Entschädigungen bezahlen?« Sarah betrachtete sich das ganze Ausmaß der Zerstörung. »Und die besitzen die Frechheit, sich ›Ringgolds Rächer‹ zu nennen? Und die ›Unbezwingbaren von Wabash‹? Eine Heuschreckenplage, das sind sie!«

»*Vamos?*« fragte Juan.

»Ja, die Mulis warten«, sagte James.

Die Mauleseltreiber waren dunkelhäutig, kräftig und untersetzt. Wie ihre Tiere waren auch die Männer eine Kreuzung verschiedener Rassen, allerdings waren sie weniger arbeitseifrig. Sie standen lieber mit Sarah außerhalb des Korrals, der mit einem Zaun aus Mesquitästen umgeben war. Drinnen sprang der jüngste Schwung Mulis herum, die Soldaten mußten sie einfangen. Mulis wie Soldaten rannten laut schreiend durch die Umzäunung und waren ausgesprochen gereizt – die Mulis, weil sie ihrer Freiheit beraubt worden waren, und die Soldaten, weil sie sich mit den Mulis herumschlagen mußten. Doch zumindest lösten die Tiere Zachary Taylors Transportprobleme so lange, bis die Dampfschiffe die stromaufwärts gelegenen Untiefen und Sumpfgebiete des Rio Grande befahren konnten.

Juan Duran stand zwischen fliegenden Hufen und aufblitzenden Zähnen und weitete die Schlinge seines Lassos. Seine gespannten Armmuskeln glänzten vor Schweiß. Bei dem reichlichen Essen in Sarahs Haus hatte er wieder ein wenig Fleisch auf die Rippen bekommen. Er schwang das Lasso zweimal locker aus dem Handgelenk heraus, und die Schlinge fiel um den Hals eines langbeinigen, graubraunen Tiers. Juan zog die Schlinge fest, das Muli drehte und wand sich bockend. Obwohl Juan die Fersen in die Erde stemmte, zog das Tier ihn mit, und Juans Füße hinterließen lange Furchen im Boden.

Fluchend kreisten die Soldaten das Tier ein, warfen ihre Lassos, manche verfehlten das Muli und versuchten es noch mal, bis schließlich genügend Schlingen richtig saßen und Juan sein Lasso entfernen konnte. Er stellte sich mitten in die Herde und suchte sich das nächste Opfer, während die Soldaten den Maulesel in einen kleineren Korral zogen, wo er dicht an einen

Pfahl gebunden wurde und James ihm zeigte, wie sich Halfter und Packsattel anfühlten.

Die *arrieros* sahen zu und ließen einen Krug mit Meskal, einem starken Agavenbranntwein, herumgehen. Sarah nahm einen Schluck und reichte ihn weiter.

»Die Iren sagen, es gibt drei Geschöpfe, die man nicht bändigen kann«, sagte sie auf spanisch. Die *arrieros* beugten sich vor, damit sie sie in dem Geschrei der Mulis und Soldaten besser verstehen konnten. »Das Maultier, das Schwein und die Frau.«

Sie nickten lachend, die Zigarillos hüpften zwischen ihren Lippen. Sarah hatte ihnen Virginia-Tabak gegeben, sie hatten höflich angenommen und ihn in kleinsten Mengen in Maisblätter gerollt.

»Ist Mor-fi auch Ire?« fragte einer.

»Worauf du dich verlassen kannst!«

»Sieht gar nicht aus wie ein Ire.«

Das stimmte. Mit seinem nicht allzu großen, schlanken Körper, dem schwarzen Haar und der sonnengebräunten Haut sah James Murphy eher aus wie ein Mexikaner.

Sarah begutachtete die Mulis und suchte sich ein paar aus, die sie für ihren eigenen Gebrauch kaufen würde. Nachdem der Pioniertrupp die Straße nach Camargo, Taylors nächster Station, ausgekundschaftet und berichtet hatte, daß man sie nicht mit Wagen befahren konnte, würde sie die Tiere brauchen. Twiggs hatte vor Wut gekocht. »Was für ein rückständiges Volk! Die sind ja nicht mal in der Lage, richtige Straßen zu bauen und sie instand zu halten!«

Auch die *arrieros* nahm Sarah in Augenschein und entschied, welche sie anstellen würde. Nachdem sie nun schon drei Monate in Matamoros lebte, kannte sie die meisten der Männer. Die Frauen der Mauleseltreiber arbeiteten für Sarah als Köchinnen, Wäscherinnen und Näherinnen. Ein paar der Mädchen betrieben das alte Gewerbe, aber die Gatten akzeptierten das mit einem Pragmatismus, der fast schon an Schicksalsergebenheit grenzte. Sarah wußte, daß die Männer ehrlich, höflich, gutmütig und zäh waren.

Die Mexikaner ihrerseits konnten kaum ihre Verwunderung über Sarahs Trinkfestigkeit verbergen. Unbekümmert warfen sie ihr immer wieder Seitenblicke zu, doch sie schienen gerne in ihrer Gesellschaft zu sein. Die schöne rothaarige Frau war inzwischen überall bekannt, und die Mauleseltreiber dachten sich wahrscheinlich schon Geschichten für ihre Kinder und Kindeskinder aus.

Einer beugte sich vor, sein Atem stank nach Tabak und Meskal. »Hoffentlich schlagt ihr *yanquis* diesen Arista. Die Armee ist unser größter Fluch.«

»Wenigstens tötet unsere Armee jetzt die Amerikaner und nicht mehr so viele von uns«, fügte ein anderer hinzu.

Sie folgten Sarah zu dem kleinen Korral. Sie ging an den angebundenen Tieren vorbei und studierte aus sicherer Entfernung Knochenbau und Muskulatur an Lenden und Keulen sowie den Zustand ihrer Hufe. Dann deutete sie auf ein großes, schweres Muli, doch Juan wackelte mit dem Zeigefinger hin und her, was bei ihm ›nein‹ bedeutete.

»Sie sollten kleinere Tiere nehmen«, sagte er.

»Warum?«

»Weil sie einfacher zu beladen sind.«

Sarah ließ sich Zeit bei der Auswahl der drei Mulis und wartete dabei immer auf Juans kurzes Nicken, das ›ja‹ bedeutete.

Dann stieg sie wieder auf ihre Stute und ritt nach Hause. Sie freute sich schon darauf, mit Cruz und den anderen Mexikanerinnen zum Fluß zu gehen, sich in der Abendsonne nackt auszuziehen und im kalten Wasser den Staub und den Schweiß des Tages abzuwaschen. Und wenn die Soldaten aus der Ferne zuschauen wollten – sollten sie doch!

Cruz und die Mädchen eilten zwischen Sarahs Haus und den fünf Mulis hin und her. Sie trugen Kessel, Tabletts, Bettzeug und Decken und verstauten das Gepäck in großen Weidenkörben. Sarah breitete ihr Zelt flach im Garten aus, rollte die Plane um die Stangen und band das Ganze seitlich an den Packsattel, auf der anderen Seite machte sie ihr Feldbett fest.

Der Packsattel bestand aus einer grob gewobenen, strohgepolsterten Unterlage, vorn und hinten waren je zwei Holzstangen vernutet und wie zu einem Sägebock zusammengebunden; sie standen vom Polster ab wie zwei Gabeln, an die man bequem einen Hut oder ein Lasso hängen konnte. An den Seiten waren Eisenhaken für die Packkörbe angebracht.

James wußte, daß seine Kompanie sich marschbereit machte und er eigentlich an seinem Platz sein sollte, doch er half lieber Cruz und nahm ihr die schweren Sachen ab. Er war so beschäftigt, daß er aus Versehen Jake zu nahe kam, der seine Feldmütze mit den Zähnen zu fassen bekam und sie ihm vom Kopf zog.

James holte sie sich zurück und nahm Cruz in die Arme. »Schade, daß du nicht mit uns kommen kannst!«

Sarah gab ihm im Vorbeigehen eine Kopfnuß und bedeutete ihm, Vernunft anzunehmen. »In ihrem Zustand kann sie doch keine hundert Meilen reiten!«

»*Mi cielo,* mir geht es gut, mach dir keine Sorgen.«

»Diese Schiffe sind gefährlich, sie sind miserabel gebaut, und nur wenige Lotsen kennen die Fahrrinnen. Was ist, wenn ihr auf Grund lauft und euch Aristas Männer oder die Komantschen angreifen?«

»Die Frauen sagen, der Wasserstand sei so hoch wie nie. Das sei ein gutes Omen. Gott ist uns wohlgesonnen.«

»Bleib immer bei Captain Bragg und den Männern des Dritten Artilleriebataillons. Du gehst nur auf ihr Schiff!«

»*Sí.*«

»Ich höre das Horn, du solltest jetzt gehen, James«, sagte Sarah.

Dieser nahm Bertha am Arm. »Mrs. Skinner, Sie und Nancy passen auf Cruz auf, ja?«

»Ja ja!«

Während er davonritt, drehte er sich immer wieder um und warf Cruz Kußhände zu, und Cruz winkte, bis er außer Sichtweite war. Sarahs *arrieros* verzurrten das Gepäck, und der kleine Troß der fünf Mulis war marschbereit. Cruz reichte ihr ein Stück Hirschhorn an einem Lederriemen.

Sarah drehte es in der Hand. »Was ist das?«

»Häng es an Jakes Zaumzeug, bis du Gelegenheit hast, es in Eisen fassen zu lassen. Es ist gegen den *mal ojo,* den bösen Blick.«

»Das brauchst du wahrscheinlich dringender als ich.«

»Alle sagen, er sei weit weg.« Cruz brachte den Namen Antonio Águila nicht über die Lippen. »Er und seine Männer stehlen und töten weit hinter Camargo.«

Das wußte Sarah, aber die Angst saß ihr trotzdem im Nakken. Sie wandte sich an die *arrieros:* »Denkt dran, was ich gesagt habe, Jungs. Wenn die Mulis unruhig werden, führt sie herum, aber bleibt hier, bis die Armee losmarschiert, und geratet auf keinen Fall in dieses Chaos.«

Sarah band die prallen Lederbeutel an eine Seite ihres großen spanischen Sattels und die schwere Eisenpfanne an die andere Seite, legte eine zusammengerollte Decke an den Zwiesel und steckte das Gewehr in die Sattelhalfter. Dann ritt sie mit Cruz zu dem Platz, wo sich der Versorgungstroß formierte.

Erst hörten sie großen Radau, dann sahen sie das ganze Durcheinander.

Soldaten versuchten, die Mulis zu bepacken, doch die Tiere blähten den Bauch auf und machten einen Buckel, sie tänzelten und sprangen zur Seite, und die Männer mußten sie immer wieder einfangen. Jene Maulesel, die des Wartens überdrüssig geworden waren, bockten, schrien und schlugen aus, daß das Gepäck nur so durch die Gegend purzelte. Manche legten sich auch hin und versuchten, sich auf den schlecht verzurrten Packen zu wälzen, andere, die mit Zeltstangen beladen waren, rannten zu den Bäumen, verhakten sich und verloren die Stangen.

Die Soldaten schrien und fluchten wüst und bewarfen die Mulis mit Gegenständen. In ihrer Verzweiflung bissen sie sie sogar in die Ohren und wurden von den Tieren zurückgebissen. Twiggs stapfte wutentbrannt in dem ganzen Chaos umher. Ihm war klar, daß es pure Zeitverschwendung war, seine eigenen Männer anzuschreien – die waren viel zu blöd, als daß sie sich durch Schelte bessern würden. Doch bei den Mexikanern war das etwas anderes. Die wußten, was sie zu tun hatten, doch sie glaubten, dazu hätten sie den Rest der Woche Zeit. Sie hatten das Gepäck in Reihen auf den Boden gelegt und ordneten die Packen mit einer solchen Langsamkeit, daß es Twiggs die Zornesröte ins Gesicht trieb.

Ein Muli wurde zu seiner Ladung geführt, ein Mann band ihm lederne Scheuklappen um und hielt es fest, während ein zweiter Mann einen Packen nahm und ihn einem dritten *arriero* gab, der ihn an die Seite des Sattels hielt, bis ein zweiter Pakken nach Größe und Gewicht ausgewählt war und beide rechts und links zusammengebunden werden konnten. Dann wurde die ganze Ladung zusätzlich mit einem breiten Riemen festgezurrt.

Twiggs trieb die Mexikaner an, und James eilte als Dolmetscher hinter ihm her.

»Menschenskind, Duran!« Twiggs schob sich so nah an den *arriero* heran, daß es schien, als wollte er ihm erst den Sombrero vom Kopf schlagen und ihn dann umhauen. »Geht denn das nicht schneller? Wenn ihr hier so weitermacht, seid ihr bis Sonnenuntergang noch nicht fertig!«

Juan nahm den Sombrero ab und hielt ihn wie einen Schild vor den Lederschurz, der ihm vom Hals bis zu den Knien reichte. Doch er sprach mit fester Stimme.

James übersetzte: »Er sagt, niemand mischt sich in seine Arbeit und die seiner Männer ein, es sei denn, er wolle alles selber machen.«

Twiggs schlug die Hände überm Kopf zusammen, machte auf den Hacken kehrt und warf Juan fast dabei um. »Sollen sie eben später nachkommen. Wir marschieren jetzt!« Und in einem Schwall von Verwünschungen stapfte er davon.

Die Zweite Schwadron der Dragoner zog singend aus. »Grün blüht der Lorbeerbaum«, ein Lied, das die Iren in der Kompanie eingeführt hatten. Sam Walkers Texaner und einige Einheiten der Freiwilligen folgten. Der Staub, den sie aufgewirbelt hatten, hatte sich längst wieder gesetzt, als Juan und seine Männer schließlich fertig waren. Und wie aufs Stichwort kamen auch schon Sarahs drei *arrieros* mit den fünf Mulis an.

Cruz stellte sich auf eine Kiste und küßte Sarah auf die Wange. In ihren dunklen Augen glitzerten Tränen. »Du wirst mir fehlen.«

»Du wirst eine bequeme Reise haben, *mi hija,* und wir werden uns ja bald wiedersehen.« Sarah stieg auf. Sie hatte schon lange genug auf den Abmarsch gewartet, und außerdem haßte sie Abschiedsszenen.

Mit schrillen Pfiffen und lauten *»mula, mula«*-Schreien setzten sich Hunderte von Mauleseln und ihre Treiber in Bewegung.

Juan winkte Sarah im Vorbeigehen zu. »Ich bin wirklich froh, daß ich nicht mehr beim Militär bin«, vertraute er ihr an. »Maulesel sind sehr viel leichter auszuhalten als mexikanische Offiziere. Sie sind klüger und vernünftiger.«

Sarah hörte ihn den Rest des Tages über singen.

Cruz verstaute gerade die letzten Habseligkeiten in einer Truhe, als ein Priester, ohne anzuklopfen, eintrat. Sie wollte wegrennen, doch Águila schlüpfte hinter dem Priester durch die Tür und packte sie.

Er war barfuß und wie ein armer Bauer mit einer kurzen weißen Hose, einem Hemd und einem spitz zulaufenden Sombrero gekleidet. Selbst während er Cruz so fest hielt, daß sie fast erstickte, legte er seine demütige Miene nicht ab. Der Priester sah in seiner verschlissenen Soutane sehr salbungsvoll aus, er war rasiert und hatte rote Wangen, die Hände hatte er über seinem Schmerbauch gefaltet. Doch Cruz erkannte ihn auch so; er war einer von Águilas Komplizen, und er war genauso blutrünstig wie die übrige Bande.

Da erschien ein amerikanischer Corporal in der Tür. Cruz hätte am liebsten vor Erleichterung geheult. »Hilfe!« schrie sie.

»Sie sollen mit Ihrem Mann gehen, Ma'am. Befehl von General Worth.« Der Soldat wandte sich wieder zum Gehen.

»Aber das ist Antonio Águila! Er ist nicht –«

Águila hielt ihr den Mund zu, immer noch sah er demütig, bedrückt und harmlos aus. Er verdrehte ihr den Arm auf dem Rücken, bis der Schmerz so groß war, daß sie kein Wort mehr herausbrachte.

»Daß Frauen immer nur lügen und betrügen müssen!« Der Priester sprach gut Englisch. »Águila ist hundert Meilen von hier entfernt.« Sein einnehmendes Lächeln sprach von der traurigen Unterjochung der Herren der Schöpfung durch Evas doppelzüngige Töchter. »Dieses Luder hat ihre beiden kleinen Kinder verlassen, nur um hier herumzuhuren. Und das dritte Kind in ihrem Bauch will sie auch noch vor seinem Vater, diesem rechtschaffenen Bauersmann hier, verleugnen.«

»Es interessiert mich einen feuchten Kehricht, wie ihr Mexe eure häuslichen Auseinandersetzungen bereinigt.« Gelangweilt machte sich der Corporal auf den Weg.

Cruz zappelte und wand sich und schrie unter der harten, schwieligen Hand, die ihre Lippe gegen die Zähne drückte, bis sie Blut auf ihrer Zunge schmeckte.

17

Der Krieg ist wie eine Wurst

Hohe, zerklüftete Berge säumten hundert Meilen weit das Tal und hielten den Augustregen ab, der das Land um Matamoros tränkte. James stand hustend in einem Wirbel aus feinem Sand, der wie ein Meer über den Wüstenboden wogte. Die Berge sahen einladend kühl aus. Wenn eine Bö ins Tal herunterwehte, fuhr sie erst in den dornigen Chaparall, bevor sie über die knöcheltiefe Sandpiste fegte, die sie hier »Straße« nannten.

Dies war ein Land der Kreuze. Wie Soldaten einer fremden Armee säumten sie zu Dutzenden die Straße und erinnerten an die Menschen, die dort zu Tode gekommen waren. Kaum einer war eines natürlichen Todes gestorben. An manchen Kreuzen hingen krakelige Bitten, daß die Vorüberziehenden ein Gebet sprechen mochten.

James schüttelte seine hölzerne Feldflasche und leerte das restliche Wasser in die Krone seines breitkrempigen Huts. Duke schob vorsichtig sein Maul hinein. In jedem ausgetrockneten Wasserlauf fielen die Soldaten auf die Knie und gruben mit den Bajonetten im heißen Sand. Die meisten waren so erschöpft, daß sie nicht einmal mehr sprechen konnten, doch einige fluchten das Blaue vom Himmel herunter, wenn kein Tröpfchen Wasser in die Löcher sickerte, die sie gegraben hatten.

Duke soff, soviel er aus dem Hut schöpfen konnte, und tänzelte zurück. James faltete die Krempe zu einer Tülle, hob das Kinn und ließ sich das restliche Wasser auf die Lippen tropfen. Doch kaum hatte er den Kopf nach hinten gelegt, wußte er auch schon, daß er einen Fehler gemacht hatte; seine Längsachse müßte im rechten Winkel zum Boden stehen, wenn er senkrecht bleiben wollte.

Die Sonne brannte so glühend wie ein zu heftig geschürter Ofen. Er hörte spanisches Stimmengewirr – die Geister jener, die hier ihr Leben hatten lassen müssen und nun in den flachen Gräbern unter den Kreuzen lagen. Er fragte sich, wie er wohl mit ihnen auskommen würde. Bestimmt nicht schlecht, sagte er sich.

Männer und Pferde, Felsen und das dornige Gewirr des Chaparalls neigten sich flirrend erst auf die eine, dann auf die andere Seite. Dann erlosch die Sonne. Im gleichen Augenblick gaben seine Beine unter ihm nach, und er fiel mit der Nase voraus in die schwarze Nacht. Daß Duke ihn mit dem Maul in die Seite knuffte und an seinen Haaren knabberte, spürte er nicht mehr. Er lag im Sand und streckte alle viere von sich. Auch das Getrappel der Pferde und die Schritte der Männer, die hinter ihm kamen, hörte er nicht mehr. Er fühlte, wie der heiße Sand ihm Gesicht und Hände verbrannte und durch das Hemd in seine Brust drang, und er dachte: Ich bin tot und zur Hölle gefahren.

Doch da hob ihn der Tod vom Boden, James hing schlaff in seinen Armen und war froh, daß er der Hölle ohne eigene Anstrengungen noch einmal entronnen war. Die göttliche Kraft zog und zerrte an ihm, bis er den Eindruck hatte, daß er völlig verdreht in seiner Haut hing; es fühlte sich an wie nachts, wenn er aufwachte, weil er sich in seinen Decken verheddert hatte. Müde ruderte er mit den Armen, um sich wieder zurechtzubiegen, doch der Tod zwang ihn, seinen Oberkörper aufzurichten, und bog ihm Arme und Beine in Haltungen, die ihm für eine Leiche weder bequem noch passend vorkamen. James beschlich langsam der Verdacht, daß das gleißende Licht, das sich durch seine geschlossenen Lider brannte und die friedvolle Dunkelheit vertrieb, doch nicht der Himmel war.

»Los, weiter, Murphy!«

»Ich bin tot, Western, laß mich!« James wankte im Sattel, auf den Sarah ihn gehievt hatte. Er wollte die Hand heben und seine Augen vor der erbarmungslosen Sonne schützen, aber sie war schwer wie Blei. »Es war so schön, tot zu sein.«

»Nimm die Zügel!« Sarah drückte ihm die Riemen in die Hand. Er fiel auf Dukes Hals, Sarah packte ihn wieder am Kragen und zog ihn hoch. »Die Zeit rennt uns davon, Junge!« Sie schwang sich auf ihre Stute.

»Die Zeit kann ohne mich weiterrennen.«

»Und wenn deine Tochter nach ihrem Vater fragt? Soll ich sie dann hierherbringen, ihr deine sonnengebleichten Knochen und deinen irischen Dickschädel zeigen?«

»Es wird ein Sohn.«

»Es wird, was Gott dir schenkt.«

»Bist du deshalb seit drei Tagen wie ein Bluthund hinter mir her? Damit ich mich nicht vor meinen Vaterpflichten drücke, indem ich einfach sterbe?«

»Wegen deiner schönen Augen bin ich bestimmt nicht hinter dir her!« Sie schnitt ein flaches, grünes Glied von einem der unzähligen hohen Kakteen ab, die an der Straße standen, schabte die Stacheln ab und reichte es James, dann schnitt sie ein weiteres für sich selbst ab.

Sie brachen die gummiartigen Pölsterchen auf und saugten die bittere Flüssigkeit heraus. Schweigend ritten sie weiter, bis Dukes Beine anfingen zu zittern. James stieg ab und schleppte sich neben seinem Pferd her. Mit zäher Entschlossenheit setzte er einen Fuß vor den anderen und starrte auf den Sand, der in die Schäfte seiner abgetragenen Stiefel quoll.

Sarah sah sich um. »Sieht eher nach einer Niederlage als nach einem Vormarsch aus.«

An der Spitze ritten Sam Walkers Rangers, die zusammen mit ihren Ponys schon mehr mexikanische Sommer durchgestanden hatten als die regulären Truppen. Sie trugen Hüte mit breiter Krempe, die ihrem Kopf mehr Schatten spendeten als die Feldmützen aus Militärbeständen. Manche kauten Kaktusstücke, andere lutschten Schrotkugeln, um den Speichelfluß anzuregen.

Dann kam die etwas verblichene blaue Reihe der Dragoner, an deren Ende Sarah und James ritten. Hinter ihnen erstreckten sich meilenweit die schlampigen Reihen der Infanterie, die Nachhut bildeten die Schwachen und Kranken und ein paar weitere Pferde. Der Versorgungszug zuckelte in so großem Abstand hinterher, daß er wieder erst lange nach Einbruch der Nacht das Lager erreichen würde. Die Männer, die die Ausrüstung und die Lebensmittel abluden, würden alles wieder dermaßen durcheinanderbringen, daß in der Dunkelheit keiner mehr etwas fand und die Soldaten ohne Essen – oder bestenfalls nach einer Mahlzeit aus kalten Bohnen und halbverdorbenem Pökelfleisch – auf dem Boden schlafen müßten.

Vor Sarah und James rutschte ein Mann aus dem Sattel und schlug mit Kopf und Schultern auf dem Boden auf, sein linker Fuß hing noch im Steigbügel. Das Pferd blieb schnaufend und keuchend wie ein Blasebalg stehen, seine Nase tropfte. Die anderen ritten einfach vorbei, einige fluchten sogar, weil er ihnen im Weg lag. Als Sarah schließlich bei ihm war, zuckte er bereits und krallte sich in den Sand, in seinen Mundwinkeln sammelte sich wäßriger Schaum. Sarah zog seinen Fuß aus dem Steigbügel und legte ihn in den Schatten, den sein Pferd warf.

»Komm weiter, Western! Sie haben Wasser gefunden!« schrie James.

Der Tümpel war zu einem stinkenden Pfuhl aus Schlamm und Fäulnis zusammengeschrumpft, aber die Männer wateten hinein und wirbelten eine Wolke aus Fliegen, Moskitos und Schnaken auf. Männer aller Offiziers- und Mannschaftsränge stießen sich gegenseitig zur Seite, um ihre Feldflaschen zu füllen und ihre Lippen zu benetzen.

Auch Sarah kam mit einer Feldflasche voll der schlammigen Brühe zurück und siebte sie durch ihr Halstuch.

James stellte sich zu ihr. »Wäre doch wirklich ein verdammter Jammer, wenn wir hier verrecken müßten!«

»Der Krieg ist wie eine Wurst.« Sie kräuselte ihre aufgesprungenen Lippen zu einem Grinsen, sie rissen auf und bluteten. »Man weiß nie, was drin ist. Man soll das Beste hoffen, aber auf das Schlimmste gefaßt sein.«

Der Dampfer hatte in dem niedrigen Bett des Flusses angelegt, der sich träge an Camargo vorbeiwand. Mit den Händen in den Hosentaschen stand James am Ufer und betrachtete die abgesprungene und verblaßte Farbe an der Breitseite, das zerbrochene Steuerruder und den schuppigen, rissigen Rumpf. Ein Mexikaner in einer schweißgetränkten weißen Baumwollhose kam vorbei. Mühsam schleppte er eine große Kiste.

»Hast du eine *paisana* an Land gehen sehen? Eine Landsmännin von dir? So groß?« fragte James und hielt seine Hand in Höhe seiner Nase.

»No, Señor.«

James pflügte sich durch die Menge, die die Laufplanke zwischen Schiff und Ufer rauf- und runterwuselte. Er stellte immer dieselbe Frage, auf spanisch, auf englisch und auf gälisch. Er war in der vergangenen Woche zur Ankunft jedes einzelnen Schiffes ans Ufer gekommen, und wie immer verbreiteten die Freiwilligen auch dieses Mal ein Riesenchaos. Sie drängten sich an den Einheimischen vorbei, die als Schauerleute angeheuert wurden, und stießen sie sogar ins Wasser, wenn sie nicht aus dem Weg gingen. Und sobald sie schließlich an Land waren, betranken sie sich, grölten, pöbelten herum und machten jede sinnvolle Arbeit zunichte.

Zusammen mit einem anderen Soldaten sprang James vom Fallreep. An dem grünen Hemd sah James, daß es ein »Jasper Green« war, ein Freiwilliger aus Georgia, von denen die meisten Iren waren. »War eine Mexikanerin auf diesem Schiff?«

»Nein, von den Achsenschmierern war keiner an Bord«, sagte er mit breitestem irischen Akzent und grinste. »Wahrscheinlich hat sie inzwischen einen anderen gefunden, der ihr gefällt.« Plötzlich ertönte an Bord ein lauter Schwall Flüche. Der Ire fuhr herum.

Auf dem Oberdeck war ein Streit zwischen den Jasper Greens und den braungekleideten Kenesaw Rangers ausgebrochen. Der Ire schnappte sich einen Prügel, raste die Laufplanke hinauf und verschwand in dem Gewühl aus rudernden Armen und strampelnden Beinen. Die Rangers waren unbewaffnet, aber die Greens zogen gleich Messer, Bajonette und Knüppel aus Gürteln und Stiefeln, Hosentaschen, Hemdtaschen und Hutbändern, und bald breiteten sich die zankenden Massen auch auf das Heizdeck und die Fallreeps aus.

Ein Beerdigungskommando von »Ringgolds Rächern« marschierte mit seinem Kommandanten, einem altgedienten Colonel, vorbei und wollte die Streithähne trennen. Der Captain der Greens fuhr den Colonel an: »Gott verdamm Sie!« und zog den Säbel. »Schlagen Sie sich mit mir!«

Die beiden hackten aufeinander ein, bis ein anderer Green seine Pistole zog und schoß. Der Colonel fiel aufs Deck, Ringgolds Rächer senkten die Bajonette und gingen zum Angriff über. Ein Bajonett bohrte sich durch den Mund des Captains, woraufhin die Greens ihrerseits den Angriff verstärkten.

James wartete, bis ein paar Offiziere die Ordnung wiederhergestellt hatten und die Toten und Verwundeten vom Schiff tragen ließen. Dann ging er zu den Korralen und suchte Trost bei Duke, dem er die Arme um den Hals schlang. Er vergrub das Gesicht im geschmeidigen Fell des Tieres und sog den Duft der würzigen Kräuter ein, mit denen er sein Pferd immer striegelte. Brummelnd drehte Duke den Kopf und rieb seine samtige Nase an James' Rücken.

»Murphy! Wir schauen uns mal nach einem Fandango um.« Major Beall sah vom Rücken seines Apfelschimmels herab. Seine rote Knollennase glänzte hell und verriet, daß der Mann, der mit Spitznamen »Old Brilliant« hieß, bereits gut gezecht hatte. Ein paar Dragoner der Zweiten Schwadron stellten sich hinter ihn. »Im Lager der Freiwilligen gibt's Schnaps.« Old Brilliant zwinkerte ihm zu. »Die wilden Hunde haben die Rationen aus ihren Tornistern genommen und die Mulis damit beladen, weil sie dachten, so schickt die Regierung ihnen mehr Essen mit dem Schiff.«

»Scheiße werden die ihnen schicken!« sagte ein Soldat.

Doch James sorgte sich nicht um die Verpflegung, sondern viel mehr um das Transportproblem der Armee. Wenn man den Rio Grande geradeziehen würde, würde er sich vierhundert Meilen von Camargo nach Matamoros erstrecken. Ihm wurde vor Angst ganz flau im Magen, wenn er daran dachte, daß das Schiff mit Cruz vielleicht gesunken war und sie nun in einem nassen Grab lag. Oder daß das Schiff explodiert war. Oder angegriffen worden war.

»Sie wird bestimmt bald kommen, Ire«, sagte Old Brilliant.

»Ja, bestimmt.« James schüttelte den Kopf, um die Angst zu vertreiben, sie könnte vielleicht doch nicht kommen. »Duke wollte gerade sagen, daß er einen Schluck Whiskey vertragen könnte.«

18

Wie Bambus aus dem Fandango wird

Nancy Skinner saß ganz hinten auf Jakes Kruppe, damit sie Sarahs Tournüre nicht zerdrückte. Sie ritten zusammen durch das Lager der Freiwilligen, Sarah im Damensitz, Nancy rittlings. Sarahs Pistole war geladen und entsichert, denn hier konnte alles passieren, und sie wollte auf alles gefaßt sein.

Zwölftausend Mann, ein paar tausend Pferde, Ochsen und Maultiere und eine Woche Regen hatten das Camp in einen riesigen, ekelerregenden Sumpf verwandelt. Die dünnen Musselinzelte standen in ordentlichen Reihen, doch überall lagen haufenweise abgenagte Knochen, Müll und Exkremente, auf denen sich die Fliegen tummelten. Das einzige Abfallbeseitigungskommando waren die völlig abgemagerten Hunde. Pferde und Mulis stapften herum und zermalmten Spinnen, Ameisen, Taranteln und Tausendfüßler unter ihren Hufen.

Die Sonne war schon untergegangen, doch es war immer noch schwül und stickig. Die Freiwilligen saßen teilnahmslos vor ihren Zelten, die meisten trugen noch Zivil. Sarah hielt vor einem Grüppchen Männer an, denen die Spielkarten durch den ständigen Hautkontakt an den Händen festgewachsen zu sein schienen. Alle hatten diesen glasigen, irren Blick von exzessiven Säufern.

»Habt ihr die Jungs von der Zweiten Schwadron der regulären Truppen gesehen?«

»Die mit den schwanzgestutzten Gäulen?« Der Mann spuckte in einem beeindruckenden Bogen einen Schwall Tabaksaft durch eine Lücke, die einst von seinen Schneidezähnen ausgefüllt worden war. Beim Anblick seines sonnengebräunten Gesichts und des verfilzten Bartes mußte Sarah unweigerlich an angetrocknetes Gewölle von Eulen denken. »Glaub schon, daß ich die gesehen hab.« Er wandte sich wieder seinen Karten zu, als könnte er aus seinem Blatt etwas Nützliches lernen.

»Wo sind sie?« Sarah war nicht in der Stimmung, sich die Frechheiten dieses Bauernlümmels anzuhören.

»Und was bekomme ich für die Auskunft?«

»Das wirst du schon sehen, wenn ich noch länger warten muß!«

»Da bin ich ja gespannt!«

Sarah drückte Jake das Knie in die Flanke, damit er ein Stück weiterging und sie einen besseren Blickwinkel hatte. Der Mann dachte offenbar, sie ritte weiter, denn bevor er noch begriff, was sie vorhatte, und sich ducken konnte, hatte Sarah schon die Pistole aus der Sattelhalfter gezogen, spannte den Hahn, zielte gelassen auf seinen Kopf und schloß den Finger um den Abzug. Der darauffolgende Knall zauberte eine Wachsamkeit auf die Gesichter der Kartenspieler und eine Spannung in ihre Muskeln, die sie auf dem Exerzierplatz grundsätzlich vermissen ließen. Der spitze Hut des Mannes flog ihm vom Kopf; unter großem Gelächter seiner Kumpane krabbelte er über den Boden und hob ihn wieder auf.

»Mit Great Western solltest du besser nicht spaßen, Nate«, riet ihm einer. »Man sagt, sie dreht den Männern den Kragen ab, als wären es Hühnchen.«

»Du Kommißhure!« Nate umklammerte seine Muskete wie einen Knüppel und schwang sie drohend über dem Kopf. Sarah beugte sich aus dem Sattel, als wollte sie ihm ihre Wange als Zielscheibe anbieten, doch er nahm das Angebot nicht an.

Sarah lächelte den anderen zu, ein ungekünsteltes Lächeln, bei dem es den Männern ganz warm ums Herz wurde, und strahlte sie mit ihren grünen Augen freundlich und unwiderstehlich an. »Kann mir einer von euch tapferen Kerlen nun sagen, wo ich die Dragoner finde?«

»Sie wollten zum Fandango gehen, in dem alten Cantú-Haus, Ma'am.«

»Kann du oder kann du nicht?« kicherte einer.

»Vielen Dank.« Sarah nickte verbindlich und ließ Jake antraben.

»Gehen wir da jetzt hin?« fragte Nancy, aber sie kannte die Antwort schon.

»Man sollte die bösen Geister im Leben nicht hinhalten, die Verzögerung stärkt sie nur, und sie kehren in bester Verfassung und mit frischer Kraft zurück.« Im Reiten lud sie die Pistole und steckte sie wieder an ihren Platz.

Die ehemaligen Ländereien der Cantú-Familie lagen drei Meilen flußaufwärts hinter Camargo. Trotz der hereinbrechenden Dunkelheit machte sich Sarah auf den Weg. Der Chaparall und die Klapperschlangen hatten die Mais- und Baumwollfelder wieder mit Beschlag belegt, doch das alte Haus aus Kalksteinblöcken, die aus dem Land der Cantú gehauen worden waren, stand noch immer.

Zitronengelbes Licht schien aus den Fenstern. Ein Grüppchen von Männern und Frauen hatte sich um eine Monte-Partie versammelt, die auf einem Poncho stattfand. Sie waren ganz versunken in das Spiel, im Tanz von Licht und Schatten wirkten sie knochig und finster. Eine Indianerin hatte Anisbrot auf der Theke ihres improvisierten Verkaufsstandes ausgelegt. Gelächter, Gesang und Gitarrenklänge schwebten auf den Lichtstreifen durch die Fenster. Als sich Sarah dem Haus näherte, erkannte sie das Lied: »The Girl I Left Behind Me« johlten die Dragoner. Aber wo hatten sie ihre Pferde gelassen?

»Sehen Sie das, Western?« Nancy spähte hinter Sarahs Rükken hervor.

»Ja.« Auch Sarah sah die dunklen Gestalten, die um die Hausecke huschten.

»Mexikanische Freiwillige«, flüsterte Nancy.

Sarah ritt auf Jake unter einem Türsturz hindurch, der einst ein massives Holzportal eingerahmt hatte. Im Haus war es so heiß wie in einem Backofen. In der Mitte des Raums brachte ein Dragoner gerade einer kichernden jungen Frau bei, sich mit ihm im Zweivierteltakt zu der getragenen Klage seiner Kameraden um das Mädchen, das sie zurücklassen mußten und so vermißten, zu drehen. Der Chor der Dragoner samt Pferden stand an der hinteren Wand neben einer Tür, die in einen weiteren Raum führen mußte. Sarah vermutete, daß sich die finsteren Gestalten heimlich dort hingeschlichen hatten.

Ob sich die Dragoner an ihre Pferde lehnten oder umgekehrt, konnte Sarah schlecht beurteilen, denn nicht einmal die vierbeinigen Truppenmitglieder schienen sich noch auf den Beinen halten zu können. James schob eine Flasche zwischen Dukes Zähne und goß ihm den Inhalt ins Maul, die Kehle des Pferds hüpfte auf und ab, während die Flüssigkeit seinen Hals hinunterrann. Danach machte Duke ein Geräusch, das wie ein lauter Rülpser klang.

Sarah zog die Pistole und hielt sie drohend auf die Tür gerichtet, während sie mitten durch die Lustbarkeiten hindurchritt. Das Lied der Dragoner verstummte, die Männer begrüßten sie lautstark auf englisch und auf spanisch, die Mexikaner lachten über diese neue Posse der Amerikaner. *»Bienvenido,* Western!« rief einer aus der Menge, »willkommen!«

»Los, Jungs, gehen wir!« Sie führte Jake um die Männer herum und wollte sie hinaustreiben, aber da war es schon zu spät.

Sie erschoß den ersten Mexikaner, der durch die Tür kam. Er fiel nach hinten auf den nächsten Mexikaner, dessen Gewehr losging und eine Lampe traf. Ein Teil des Raums war in Dunkelheit getaucht. Die Schüsse brachten die Dragoner auf Trab. Sie brüllten Befehle und Anweisungen, fluchten und stiegen in die Bügel, wobei sie nicht immer den richtigen Fuß in den richtigen Steigbügel schoben. Wid herumhüpfend, versuchten sie auf ihre Pferde zu steigen, die im Kreis tänzelten und wiehernd zusammenstießen. Diejenigen, die es schließlich doch in den Sattel schafften – wenn auch nicht unbedingt aufrecht und mit dem Gesicht nach vorn – zogen Pistolen und Säbel und preschten unter den schrillen Schlachtrufen der Texaner zur Tür, die Festgesellschaft flüchtete in Deckung. Kugeln prallten an den Wänden ab, und Sarah hörte Beall brüllen: »Brillant! Absolut brillant!« Und seine Männer feuerten ihn an: »Greif an, Säuferzinken!«, »Feuer frei, du alte Korbflasche!«

Nancy beugte sich vor, schnappte sich einen Tonkrug von einem Wandbrett und haute damit dem erstbesten Mexikaner, der ihr in die Quere kam, den Schädel ein. Sarah schlug mit dem Kolben ihrer Pistole um sich, während Jake beißend und ausschlagend zur Tür stapfte.

Die Dragoner traten ihren chaotischen Rückzug an und lachten grölend, als sie durch die mondhelle Nacht ritten und ihnen die Kugeln um die Ohren pfiffen. Als sie außer Schußweite der mexikanischen Gewehre waren und sahen, daß ihre

Angreifer nicht folgten, hielten sie an und genossen den Augenblick.

Alle waren der Meinung, daß das der beste Fandango war, den sie je erlebt hatten.

»Ha, so wird Bambus aus dem Fandango!« schrie James.

Und da sah er Nancy. Ihm dämmerte, daß Cruz ebenfalls dasein mußte. Schlagartig wurde er nüchtern. »Wo ist sie?«

»Während Duke und du gesoffen habt, ist ein weiteres Schiff angekommen.« Sarah versuchte, nicht vorwurfsvoll zu klingen. So waren die Männer eben: Sie waren treu, solange es darauf ankam, doch sobald man die Leine locker ließ, machten sie alles wieder zunichte.

»Wo ist sie?«

Nancy sagte zögernd: »Als ich ihr beim Packen helfen wollte, hat ein Nachbar gesagt, sie sei weggegangen.«

»Weggegangen?«

»Ja, mit einem Priester und mit einem anderen Mann.«

»Was für ein anderer Mann?«

»Er soll gekleidet gewesen sein wie ein Bauer. Der Priester hat behauptet, es wäre ihr Mann.«

Nun war James wirklich stocknüchtern. »Nein, er ist nicht ihr Mann.«

Trotz der fortgeschrittenen Stunde fand James vor General Taylors ramponiertem, stockfleckigen Steilwandzelt den üblichen Haufen Offiziere vor. Taylor saß mit gekreuzten Beinen auf einer Decke.

Sarah und Nancy standen hinter James im Dunkeln außerhalb des Scheins der Laternen.

»Der General sieht so brummig aus wie ein Bär«, bemerkte Nancy.

»Er hat auch allen Grund dazu«, erklärte Sarah.

James hörte, was die Offiziere sagten, aber es hatte für ihn keinerlei Bedeutung. Er stapfte auf und ab und zerdrückte mit wutstarren Fingern seine Feldmütze. Am liebsten hätte er die Offiziere angeschrien, daß sie mit ihrer Meckerei aufhören sollten, damit er endlich zu Wort kam. Wie gern hätte er sich dem General zu Füßen geworfen und ihn angefleht, er solle ihm Cruz wiederbringen. Doch er hielt sich zurück – nicht aus Stolz, sondern weil er wußte, daß solch ein unsoldatisches Benehmen den General nur erzürnen würde. Statt dessen wartete er auf eine Pause in der erbitterten Diskussion, die Taylor mit dem kommandierenden Colonel der texanischen Jägerkompanie führte.

»Ich hab alles getan, um sie aufzuhalten, General. Aber sie hatten sich für sechs Monate verpflichtet, und die sind nun abgelaufen. Sie lassen sich durch nichts zum Hierbleiben überreden.«

»Wir haben sechshundert Männer durchgefüttert, eingekleidet und sie hierhergebracht, ohne sie auch nur eine Sekunde lang einsetzen zu können!« Taylor blickte so finster, daß die Falten in seiner ledrigen Haut noch tiefer wurden.

»Da ist nichts zu machen. Nach dem Gesetz, das der Kongreß verabschiedet hat, haben die Freiwilligen das Recht, wieder nach Hause zu gehen, wenn sie ihre sechs Monate abgedient haben.«

»Ich kenne das Gesetz, Colonel.«

James hielt es nicht mehr aus. Er trat ins Licht und salutierte knapp. »Gefreiter Murphy bittet um Verzeihung für die Unterbrechung, Sir.«

Der Colonel fuhr ungehalten herum, doch Taylor streckte beschwichtigend die Hand aus.

»Was ist denn, Junge?« Er spähte James, der im flackernden Lichtschein stand, mit zusammengekniffenen Augen an.

»Sir, man hat meine Frau aus unserem Haus in Matamoros entführt.«

»Einfache Soldaten dürfen nicht heiraten.«

»Sie ist auch ohne Heirat meine Frau, Sir, ich liebe sie.« Daß Cruz sein Kind austrug, erwähnte er nicht, denn der Armee waren die Sprößlinge der einfachen Soldaten noch weniger willkommen als deren Frauen. »Ich habe erfahren, daß ein Soldat unserer Armee die Schurken zu ihr geführt hat und sie abholen ließ.«

»Einer unsere Männer soll in eine Entführung verwickelt sein? Unmöglich!«

George Lincoln räusperte sich. »General Worth hat den Vorfall in seinem Bericht erwähnt, Sir.«

»Tatsächlich?«

»Ja, Sir. Ein Bauer soll behauptet haben, daß seine Frau zu, äh, zu Unsittlichkeiten verführt worden sei.«

»Sagen Sie doch gleich ›Hurerei‹!« brummte Taylor. »Warum könnt ihr West Pointer eigentlich nie eine Sache beim Namen nennen?«

»Der Bauer hat behauptet, sie habe ihn und ihre beiden Kinder verlassen. Ein Priester hat diese Aussage bestätigt, und Worth hat ihm die Erlaubnis erteilt, die Frau zurückzuholen.« Lincoln sah etwas verwirrt aus. »Ich habe nicht gewußt, daß es sich bei dieser Frau um Cruz handelte.«

Cruz – eine Hure, die wie ein gestohlenes Gepäckstück zurückgegeben wird! James spürte, wie ihm die Zornesröte ins Gesicht stieg. »Es war nicht ihr Gatte, es war Antonio Águila. Und er wird ihr bestimmt etwas antun.«

James hörte das Raunen der Offiziere – so ein Theater, und alles nur wegen einer mexikanischen Schlampe! Er mußte sich zwingen, Haltung zu bewahren. Seine dunklen, blauen Augen bohrten sich in Taylors wasserblauen Blick, der traurig auf dem jungen Soldaten ruhte. »Wir tun hier alles, um die Mexikaner zu töten, und Sie wollen eine von denen auch noch retten... Nun, ich verstehe Sie ja, Junge, aber was erwarten Sie von uns? Sollen wir ein Kommando ausschicken, das im Umkreis von ein paar tausend Quadratmeilen das Land durchkämmt und mitten im Feindesvolk nach Ihrer Frau sucht?«

James zögerte. Er hatte noch gar nicht darüber nachgedacht, was Taylor für ihn tun sollte. Er konnte an nichts anderes denken, als daran, daß er Cruz zurückhaben wollte. »Ich bitte um die Erlaubnis, selbst nach ihr zu suchen, Sir.«

»Wir sind hundertdreißig Meilen von Matamoros entfernt. Und wenn es tatsächlich dieser Bandit, dieser Águila, war, der sie entführt hat, dann hat er inzwischen bewiesen, daß er selbst Walkers Rangers überlisten kann, und das sind die besten Spürhunde in der Armee.« Taylor winkte bedauernd ab und gab zu verstehen, daß das Gespräch beendet war. »Versuchen Sie zu schlafen, Gefreiter Murphy. Morgen werden wir einen Trupp nach Matamoros ausschicken und herauszufinden versuchen, wo dieser Águila steckt.«

»Danke, Sir!« James salutierte, drehte sich zackig auf den Hacken um und stapfte hinaus in die Nacht, die schwer, still und gleichgültig in den Ebenholzbäumen hing.

Sarah und Nancy folgten ihm. »Was willst du jetzt tun?« fragte Sarah.

»Dem Befehl vom Alten Gehorsam leisten.«

»Schau mir in die Augen und sag das noch mal!«

James drehte den Kopf, und Sarah sah ihn im Mondschein prüfend an. Seine blauen Augen waren ruhig und ausdruckslos, sie verrieten nicht seinen sehnlichen Wunsch, den Kopf zu heben und dem kalten Mond seine Trauer und seine Wut entgegenzuheulen. »Heute nacht kann ich sowieso nichts mehr tun«, sagte er nur.

»Du bist der durchtriebenste Lügner, den ich kenne, Murphy.« Sarah schüttelte den Kopf. »Im Morgengrauen mache ich mich mit Juan auf die Suche. Die Mauleseltreiber ziehen durchs ganze Land – sie müßten wissen, wo Águila ist.«

»Danke, Western.« James deutete einen Salut an und verabschiedete sich von Nancy und Sarah. »Gute Nacht, meine Damen. Gott behüte euch.« Er verschwand in der Dunkelheit. Ihm war klar, daß Sarah ihn beobachtete. Als er aus ihrem Blickfeld war, ging er zurück zum Lager.

Zügig lief er zu Worths Zelt, der seinen Burschen und Bediensteten gerade Anweisungen für den nächsten Tag gab. Er baute sich vor ihm auf, ballte die Faust und schlug ihm mit voller Wucht auf die Nase. Doch James' Befriedigung über Worths Schmerzensschrei und das Krachen des Knorpels, der unter seinen Fingerknöcheln nachgab, war nur kurz. Der Schlag haute Worth um, und mit einem Satz war James über ihm. Das Blut quoll aus Worths Nase und floß über James' Finger, der ihm den Kragen aufriß und ihm an die Kehle ging. Die beiden Männer wälzten sich strampelnd auf der Erde. Worths Gesicht wurde erst rosa, dann feuerrot, als ihm James die Daumen auf die Luftröhre drückte.

Drei Burschen packten James, wo sie ihn gerade zu fassen bekamen, und versuchten, ihn vom Boden zu zerren, doch er hatte sich so in Worth verkrallt, daß sie es nur eine Armeslänge weit schafften. Worths schwarzer Diener kniete sich in vorsichtigem Abstand hin und stemmte James' Finger von Worths Hals. Die Burschen setzten sich auf James, bis die Wachen kamen und ihn wegbrachten.

Sie stießen ihn so grob durch die Tür des Arresthauses, daß James quer durch den einzigen Raum flog und an die gegenüberliegende Wand prallte, wo er auf den besoffenen Männern landete, die dort auf dem Boden lagen und alle viere von sich streckten. Sie brummten und wanden sich. Die meisten waren Freiwillige, dreckig und unrasiert. In der Zelle stank es, unter anderem nach ihrem Erbrochenen.

»Was hast du denn ausgefressen, Ire?« fragte einer.

»Ich wollte Worth umbringen«, sagte James. »Und ich schwöre bei Jesus Christus und der Jungfrau Maria, daß ich es so lange versuchen werde, bis ich es geschafft habe!«

Das Gegröle im Arresthaus war bis zum Korral und bis zum Zeuglager zu hören, wo die Kanonen unter ihren Planen dämmerten.

19

Ein metaphysischer Geist

Sarah saß auf einer Decke vor dem Zelt, das sie direkt hinter dem Hauptplatz von Camargo aufgeschlagen hatte. Sie hielt ihr Gesicht in die Abendbrise, die spärlich durch die Augusthitze wehte, bevor der nächtliche Tau sich auf die Stadt legte und sich alles anfühlte wie die Haut der vorbeihüpfenden Frösche. Camargo litt unter einer Froschplage, die selbst Moses und die Kinder Ägyptens beeindruckt hätte.

»Süßkartoffeln, Señora. Eier. Billig.« Das Mädchen nahm den Korb von der Stange an seiner Schulter. Das Hemd hing ihr in solchen Fetzen am Leib, daß man die dünnen Rippen sah.

Sarah schaute in den Korb und prüfte die Qualität der Ware, so gut es in der Dunkelheit ging. »Wieviel?«

»Fünf Centavos eine Kartoffel, fünf Centavos ein Ei. Gut?«

»Gut.« Fünf Cents waren natürlich ein stolzer Preis, doch Sarah klaubte die Münzen aus ihrem Beutel, denn Nahrungsmittel waren in Camargo schwierig zu beschaffen. Sie mußte einen großen Teil ihrer Zeit damit verbringen, mit Alice Ann und Jake aufs Land zu reiten und Lebensmittel für ihre Offiziersmesse zu besorgen. Und immer, wenn sie unterwegs war, fragte sie nach Cruz und Águila.

Sarah war dem Mädchen bereits in Matamoros begegnet, sie kannte viele der Händler, die zu ihrem Zelt kamen und ihre Waren verkauften. Die Armee hatte ein zweites Gefolge hinter sich hergezogen, arme Leute, die eigentlich dem Feindesvolk angehörten. Die Kinder lernten die englische Sprache sehr schnell.

»*Mi mamá* sagt, ich soll Ihnen sagen, daß sie überall gefragt hat. Niemand weiß, wo der Señor und die Señora sind, die Sie suchen.«

»Richte ihr meinen herzlichen Dank aus«, erwiderte Sarah, doch sie fragte sich, ob die Mama auch wirklich die Wahrheit gesagt hatte. Águila war erst vor kurzem plündernd durch das Gebiet um Camargo gezogen. Entweder folgte er der Armee tatsächlich oder er verspottete sie. Das traute sie Águila durchaus zu.

»Buenas noches, Señora Way-stern«, sagte das Mädchen.

»Buenas noches«, sagte auch Sarah und fügte wie früher Cruz auf spanisch noch den Wunsch hinzu: »Träum süß!«

»Gracias, Señora.« Das Mädchen watete durch die Frösche hindurch, die vor ihren kleinen, nackten Füßen in kräftigen, hohen Sprüngen flüchteten.

Sarah nahm noch einen Schluck Meskal aus dem Krug. Die verlassenen Gebäude am Platz verstimmten sie mehr als die Frösche und Moskitos. Jedes Geräusch hallte an den Mauern wider, und das hohle Echo verstärkte den Eindruck, daß hier verarmte, untröstliche Geister spukten. Vor Jahrzehnten hatte ein ehrgeiziger Traumtänzer den Platz in monumentalen Ausmaßen angelegt, doch vor einem Monat war der Fluß über die Ufer getreten, und die Flut hatte schließlich die große Zukunft, die er dem Platz zugedacht hatte, ein für allemal zerstört. Alle Gebäude waren beschädigt, viele waren halb weggespült worden. Diese Naturkatastrophe – und nicht zuletzt Águila und sein Gefolge – hatte die Einwohnerzahl von Camargo auf die Hälfte reduziert. Die verbleibenden Einwohner hausten zusammen mit ihren milbenbefallenen Hühnern und den spindeldürren Ziegen in windschiefen *jacales.*

Sarah hörte Juan und die anderen Mauleseltreiber leise auf spanisch reden. Sie lagen auf ihren Baumwolldecken vor dem einfachen Gebäude aus Adobeziegeln, das die Einwohner von Camargo ihre Kathedrale nannten. Die rote Glut ihrer Zigarillos blitzte immer wieder in der Dunkelheit auf. Die vielen hundert Mulis hatten sie angebunden, wo immer sie Platz und Gelegenheit dazu gefunden hatten.

Auf der Mitte des Platzes schimmerten die Zelte der Siebten

Infanteriekompanie hell im Mondschein. Die Soldaten huschten wie Schatten umher, sie erledigten ihre Aufgaben und nahmen ihre Inspektionen vor, bevor das Horn zum Zapfenstreich blies. Ein Mann sang. Vielleicht wollte er damit das klagende Dröhnen einer fernen Trommel übertönen, das einen weiteren Toten auf den sumpfigen Friedhof begleitete. Am nächsten Morgen würden die Sanitäter und Ärzte noch mehr Freiwillige finden, die Gelbfieber und Ruhr dahingerafft hatten, und dann würden wieder die Trommeln ertönen. Die Soldaten hatten Camargo passenderweise einen alles verschlingenden Todesacker genannt.

Mit der Glut, die sie in einem Tontopf aufbewahrte, zündete Sarah eine kleine Zigarre an und blickte über den Platz. Der würzige Rauch vertrieb die Moskitos. Ihr Blick wurde starr; sie überließ ihre Gedanken den Mäandern und Biegungen ihres Lebensflusses, der sie hierhergeschwemmt hatte. Sie fragte sich, wie es sie überhaupt in dieses gottverlassene, von Volksverhetzern beherrschte und vom Tod heimgesuchte Land verschlagen hatte. Daß sie die beiden Männer verlieren würde, die sie geliebt hatte, war absehbar gewesen. Männer starben eben im Krieg, und zwar nicht zu knapp. Doch wie hatte es dazu kommen können, daß sie Cruz verlor?

Sarah kannte das Gefühl der Enttäuschung, des Grauens, der Trauer und des Verlustes, doch diese alles verzehrende Qual tiefster Verzweiflung war ihr bislang fremd gewesen. Immer hatte sie bekommen, was sie wollte, oder sie war eben ohne ausgekommen, doch nun fühlte sie sich zum erstenmal völlig hilflos und schrecklich allein.

»Guten Abend, Mrs. Borginnis.« George Lincoln winkte mit seiner großen, sehnigen Hand durch den Schwarm von Moskitos. Er führte seinen großen weißen Wallach zu Sarah, nahm dessen rechte Vorderhand und zeigte ihr den eingerissenen Huf. »Vielleicht wissen Sie, wie man hier an neue Hufeisen kommt. Ich habe schon vor Wochen welche bestellt, aber bis heute ist nichts gekommen.«

Sarah schüttelte den Kopf. »Ich werde Juan fragen, auch wenn sich die *arrieros* für gewöhnlich nicht mit Hufeisen herumschlagen.«

Lincoln setzte sich neben sie auf die Decke. Das Pferd blieb geduldig stehen und stellte die Ohren auf. »In Wirklichkeit bin ich hier, weil ich im Auftrag von General Taylor fragen soll, ob Sie Eier zu verkaufen haben.«

»Ich kann ihm welche zur Seite legen.« Sie reichte Lincoln den Krug mit Meskal, und er nahm einen Schluck. Wieder ließ sie den Blick über den Platz wandern, wo es nun ganz still war, abgesehen von dem unruhigen Stampfen der Mulis und dem gelegentlichen Schrei eines Tiers. »Hier haben wir eine Umkehrung der Speisung der Fünftausend, Captain«, sagte sie und deutete auf die kleinen Glutpunkte an den Zigarillos der Mauleseltreiber. »Jeden Tag füllt sich dieser Platz mit Mulis und deren Ladungen, aber es reicht nie, um die Bäuche all dieser Soldaten zu füllen.« Ein Tausendfüßler wuselte vorbei; Sarah zertrat ihn unter ihrer Stiefelsohle.

»General Taylor sagt, Sie würden die meisten Lebensmittel horten, die es auf dem Markt gibt.«

Sarah zündete die letzte Zigarre aus Matamoros an ihrer eigenen an und reichte sie Lincoln. »Ich bezahle auch bar«, sagte sie. »Die Armee gibt den armen Leuten nur wertlose Wechsel. Und Águila bringt ihnen nur Trauer, aber dafür hat er ja den Segen der Regierung.«

»General Taylor sagt außerdem, Sie würden das Geld horten – Sie und Cruz mit ihrem Monte-Spiel.« Lincoln hielt plötzlich inne und sagte nach einer Pause: »Das mit der Entführung Ihrer Freundin finde ich sehr betrüblich. Wenn ich das gewußt hätte! Ich hätte sie retten können.«

»Tja, selbst unschuldige Leute stolpern eben ab und zu in den Krieg. Und Sie wissen ja, wie das mit Kriegen ist.«

»Ja, das weiß ich allerdings.«

Schweigend teilten sie den betäubenden Trost des Meskals und dachten an gefallene Freunde.

»Doch der Krieg hat Ihnen auch Señora Cruz gebracht«, sagte er schließlich.

»Seit mein Rocksaum zum letztenmal die Schwelle meines Elternhauses gestreift hat, hat mir der Krieg alles gebracht, was mir lieb und teuer war.«

Darauf wußte Lincoln nichts zu sagen, denn ihn hatte der Krieg dem entrissen, was ihm das Liebste war. »Manchmal frage ich mich wirklich, was eine Frau dazu treibt, das Leben beim Militär auszuhalten.«

»Gewöhnlich ist ein Mann die Ursache dafür.«

Sarah dachte zurück an jenen Tag, an dem Jack Borginnis, Handelsreisender in Textilien, mit seinem alten Klepper und einem Karren mit ein paar Kleidungsstücken nach Grinder's Stand in Tennessee gekommen war. Er war der erste Mann, der dieser Kuriosität von Frau seine Aufmerksamkeit geschenkt hatte – einer schönen Kuriosität natürlich, aber trotzdem einer Kuriosität. Sie war mit ihren fast zwanzig Jahren damals schon alt, und sie war verzweifelt. Er sei auf dem Weg nach Missouri, hatte er gesagt, wo er der kränkelnden Farm seines Onkels wieder auf die Sprünge helfen wollte. Sie hatte gefragt, ob er sie mitnehmen könne, und war nie wieder nach Tennessee zurückgekehrt.

Sosehr Sarah ihren Jack auch liebte – sie hatte einsehen müssen, daß er ein ebenso schlechter Bauer wie Verkäufer war. Dann hatte er gehört, daß die Armee in Jefferson Männer rekrutierte. Und da stellte sich heraus, daß er ein guter Soldat war.

»Erinnern Sie sich, wie Sie uns verpflichtet haben, Captain? Ihn als Gefreiten und mich als Wäscherin. Damals kamen Sie frisch von der Militärakademie und waren noch ganz grün hinter den Ohren.«

»O ja!« Lincoln konnte sich noch lebhaft erinnern, wie der Lärm, das Geschrei und das Gegröle verstummt waren, als Sarah ins Lager geritten war. Keiner hatte je so eine Frau gesehen.

Auch er war wie die anderen mit offenem Mund dagestanden und hatte diese große Frau angestarrt. Daß sie sich ihrer Wirkung auf Männer keineswegs bewußt zu sein schien, fand er bei Sarah auch nach all den Jahren immer noch erstaunlich. Mit der Zeit übernahmen die etwas klügeren unter den Männern Sarahs sachliche Sichtweise hinsichtlich ihrer Größe und Schönheit, wenn sich auch selbst die Vernünftigsten immer wieder dabei ertappten, daß sie sie anglotzten wie ungehobelte Rekruten.

Sarah unterbrach Lincolns Träumerei: »Ich wäre sowieso aus Grinder's Stand weggegangen. Wissen Sie, für die Leute in diesem Kaff war ich ein Monster. Sie kamen sogar aus den Nachbartälern, ›um die Elefantenkuh zu besichtigen‹. In diesem engen Weiler, umringt von Bergen, war meine Seele eingezwängt wie in einem Paar zu kleiner Schuhe.« Dann schwieg sie eine Weile. Genau das mochte sie an George Lincoln: daß er das Schweigen nicht unbedingt mit Worten füllen mußte. »Doch bei der Armee fühle ich mich wirklich wohl.«

Lincoln stützte sich auf seinen Ellbogen und verschränkte die Beine. Sarah hatte in der Hitze die Ärmel hochgekrempelt, und er konnte die helle Säule ihres rechten Arms sehen. Er dachte daran, wie diese Arme einst blutig und von Riedgras zerschnitten die Männer aus den Sümpfen am Lake Okeechobee getragen hatten. In den Augen vieler Leute war Sarah ein leichtes Mädchen oder zumindest eine Kupplerin, doch auch dieser Tätigkeit ging sie nach, wie sie alles andere tat: mit solch einer Hingabe und solch einem Fleiß, daß es bei ihr ganz natürlich und rechtschaffen wirkte.

Sie konnte nicht lesen, sie konnte nicht mal ihren Namen schreiben, aber sie schlug sich in dieser gleichgültigen Welt sehr gut durch. Lincoln hätte ihr gerne gesagt, wie sehr er sie bewunderte, aber er wußte, daß ihr das nur peinlich gewesen wäre, und außerdem hatte er nicht viel Erfahrung damit, persönliche Gespräche mit Frauen zu führen. Was würde seine Frau wohl denken, wenn sie wüßte, wie sehr er Sarah schätzte?

»›Er wußte auch, was was ist…‹«, zitierte er mehr für sich

selbst als für Sarah, »›… und damit ist mehr getan, als ein metaphysischer Geist je ersinnen kann.‹«

»Ist das von Ihnen?«

»Samuel Butler.«

Sie fragte nicht, warum er das jetzt gesagt hatte. Lincoln zitierte immer irgendwas und irgendwen. Und selbst wenn sie gefragt hätte, hätte er ihr nicht gesagt, daß er bei diesem Gedicht an sie denken mußte.

»Ich mache mir Sorgen um Murphy«, sagte sie. »Cruz war sein Fels in der Brandung.« Sie blickte Lincoln an. »Murphy sagt, bei der wahren Liebe könne man sich nicht irren, sie schlage aus wie ein Muli. Haben Sie das auch schon mal erlebt?«

Im Schein der Zigarrenglut wurden Lincolns Hals und Wangen so rot, daß Sarah fürchtete, sein Kragen würde gleich in Flammen aufgehen.

»Verzeihen Sie meine Direktheit, Captain.«

»Nein, nein, ist schon in Ordnung. Ich kann Ihnen auch die Antwort geben: ja. Für meine liebste Frau, die zu Hause wartet und die so klein und zierlich und so zerbrechlich und verletzlich ist wie ein Rosenblatt, empfinde ich wahre Liebe. Schon wenn ich an sie denke, schlägt mein Herz höher.« Er wandte Sarah das Gesicht zu und sah ihr in die Augen, sein Blick war von tiefer Wehmut umschattet. »Sie raubt mir einfach den Atem.«

Sarah öffnete den Mund und wollte ihn trösten, da kam Juan Duran. Er sprach sie auf spanisch an, doch sie beide verstanden diese Sprache.

»Ich habe Neuigkeiten, Señora Way-stern.«

»Und?«

»Mor-fi ist geflohen.«

»Wie das?«

»Irgend jemand hat Tequila ins Arresthaus geschmuggelt.«

»Das waren aber nicht zufällig Sie, oder?«

Seine großen weißen Zähne blitzten auf, als er grinste. »Die Gefangenen waren so blau, daß sie James halfen auszubrechen und sein Versprechen, General Worth umzulegen, endlich wahr zu machen. Die hintere Wand des Wachhauses war von der Flut sowieso schon beschädigt, und die Männer sind einfach so lange dagegengerannt, bis sie eingestürzt ist. Das Dach ist auch eingefallen. Aber Gott hält ja eine schützende Hand über die Einfältigen, und so konnten alle unverletzt entkommen.«

»Woher wissen Sie das, wenn Sie nicht selbst dabei waren?«

Wieder grinste er verstohlen und zuckte nur die Achseln. »Die Wachen suchen sie.«

»Ist Murphy auf Duke weggeritten?«

»Natürlich.«

»Dann kriegen sie ihn nie.«

20

'ne Buddel in der Hand, 'ne Braut im Arm

Unter der Kuppel der Kathedrale von Monterrey roch es nach Weihrauch. Die feuchten Steinmauern kühlten die Luft, und dort drinnen konnte man sich kaum vorstellen, daß die brütende Augusthitze noch bis Mitte September anhielt. Das Mittelschiff lag in rauchigem Zwielicht, und dort, wo die Sonnenstrahlen durch die Buntglasfenster fielen, zeichneten sie ein Mosaik aus buntem Licht auf die Bodenfliesen.

El Sastre – Taylor – und seine Horde von *americanos* marschierten auf Monterrey. Der große Altar erstrahlte im Kerzenschein. Mehr Leute als gewöhnlich hatten die Kathedrale besucht, eine Kerze angezündet und ein Gebet gesprochen, damit Gott sie im kommenden Krieg verschone. James hielt den

Docht der dünnen Opferkerze an eine der Hunderte von Kerzen, die in vielen Reihen brannten und die Schnitzereien und Malereien des Altarschmucks beleuchteten. Als der Docht Feuer gefangen hatte, neigte James die Kerze zur Seite und träufelte heißes Wachs auf die inzwischen gehärteten Wachsberge. Dann steckte er die Kerze in die weiche Masse und drückte sie fest.

Er kniete sich auf den Steinfußboden und senkte den Kopf. Immer mehr Leute, meist Frauen, kamen allein oder zu zweit herein, zündeten Kerzen an, beteten und warfen dem zerlumpten Fremden neugierige Blicke zu. James trug Strohsandalen und eine dreckige weiße Baumwollhose, sein Gesicht war von der Sonne so braun geworden wie sein Ledersattel, ein schwarzer Bart verdeckte die untere Gesichtshälfte, und sein zerzaustes schwarzes Haar hing über den Kragen seines weißen Bauernkittels. Die Frauen sahen gleich, daß es keiner der Ihren war; sie beendeten ihre Andacht, bekreuzigten sich und gingen wieder, während James noch immer mit gebeugtem Kopf und geschlossenen Augen auf dem Boden kniete, reglos wie die Heiligenstatuen aus Holz, die ihn aus ihren Nischen herab anstarrten.

Schließlich bekreuzigte er sich und stand steifbeinig auf. Er rieb sich die wunden Knie und ging langsam durch den Mittelgang des düsteren Schiffs zu der kleinen Tür, die im großen Portal angebracht war, duckte sich und trat blinzelnd ins helle Sonnenlicht auf den lauten Platz.

Der Weihrauch haftete noch einige Augenblicke an ihm wie eine flüchtige Versicherung, daß Gott ihn erhört hätte. Er zog den Sombrero in die Stirn und hielt den Kopf gesenkt, denn er wollte von den Ordnungshütern nicht als Amerikaner erkannt und als Spion gehängt werden.

Zwei gleich große Falben zogen in flottem Trab eine schwarzgedeckte Kutsche über den Platz, die aussah wie ein langer dünner Käfer auf Rädern. Als sie vorbeirumpelte, warf James einen Blick hinein und sah hellhäutige Patriziergesichter. James wußte, daß bald ein oder zwei Karren mit dem Hausstand und den Bediensteten, die die Esel mit der Peitsche antrieben, auf holpernden Rädern folgen würden. Monterreys Oberklasse floh aus der Stadt, doch die verarmten unteren Schichten hatten keinen Ort, an den sie sich flüchten konnten, und gingen ihrer Arbeit nur mit weniger mehr Dringlichkeit nach als sonst. Der einzige sichtbare Hinweis auf den bevorstehenden Krieg waren die Einheiten in ihren azurblauen und karmesinroten Uniformen und die Barrikaden, die die Einwohner in den Hauptstraßen errichteten.

Duke warf den Kopf auf und wieherte.

»Ich hab auch Hunger«, flüsterte James ihm zu. Bevor er die Zügel losband, öffnete er den Lederbeutel, der an einer Schnur um seinen Hals hing, und zeigte dem Rappen, daß er leer war. »Da, schau her! Für meinen vorletzten Centavo habe ich gestern nachmittag Mais gekauft, und mit dem letzten habe ich gerade eine Kerze für Cruz angezündet. Und das wirst du ihr ja wohl nicht mißgönnen, so nett, wie sie immer zu dir war, du undankbarer Flegel.«

Er legte die Zügel über Dukes Hals, und das Pferd stapfte hinter James durch das Gewirr aus Holzkohlenhändlern, Feuerholzverkäufern und Wasserträgern. Bei einer Frau blieb er stehen; sie saß auf einer Baumwolldecke, die schon so alt war, daß die Streifen zu bloßen Schatten verblichen waren. Die ordentlichen Flicken auf ihrer Bluse und ihrem Rock erinnerten ihn an Cruz' Fingerfertigkeit bei der Handarbeit, und ihm traten Tränen in die Augen. Die Frau drückte Tortillas platt und backte sie auf einem flachen Stein über dem kleinen Holzkohlenfeuer. Bei dem Duft der Bohnen, der aus dem Topf aufstieg, fragte James' Magen laut, ob das Frühstück nun bald unterwegs sei.

Sie hatte eine spitze Nase, breite Nasenlöcher, die fliehende Stirn und den großen, feingeschnittenen Mund der Indianerinnen. Sie sah aus wie fünfzig, James vermutete aber, daß sie kaum dreißig war. Er ging in die Hocke.

»Buenos días, Señora.«

»Buenos días.« Als er sie ansah, war ihm klar, daß sie wußte, daß er kein Geld hatte.

Sein Spanisch war schon gut gewesen, bevor er desertiert war, nun aber sprach er fast akzentfrei. »Ich habe solchen Hunger, daß ich einen Ochsen verdrücken könnte«, sagte er im Plauderton.

In ihren Augen flackerte ein belustigter Blick auf, der von ihren schweren Lidern jedoch halb verdeckt wurde. »Ein Ochse würde nicht in meinen Topf passen.«

James machte eine Bestandsaufnahme seiner Besitztümer, die er für eine Tortilla mit einem Löffel voll Bohnen und Chili eintauschen konnte, doch er hatte nichts außer seinem Pferd und den paar Kleidern, die er auf dem Leib trug. Sein Stolz verbat es ihm, um Almosen zu betteln.

»Bueno pues!« Er lächelte sie fröhlich an. »Also, wenn Sie keinen Ochsen haben, dann mache ich mich besser wieder auf den Weg.«

»Warten Sie!« Sie drückte ihm eine warme Tortilla in die Hand.

Er hielt ihr den Fladen flach hin, und sie löffelte Bohnen in die Mitte.

»Vielen Dank! Gott segne Sie, Señora!« Er ließ sich auf die Fersen fallen, stützte die Ellbogen auf seinen gespreizten Knien ab und faltete den Fladen an drei Seiten über den Bohnen, von der vierten Seite biß er ab und aß die Tortilla zur Hälfte. Die sämige Soße, die ihm den Arm hinunterrann, leckte er ab. Die andere Hälfte gab er Duke.

»Gringo?« fragte sie.

»Gringo?« James sah sie irritiert an.

Sie sang: *»Gringos da lado.«* Auch wenn der Vers ganz anders lautete, erkannte James die Melodie wieder: »Grün blüht der Lorbeerbaum«.

»Ire«, erklärte er.

»Das kann nicht sein!« Sie betrachtete sein schwarzes Haar

und deutete dann mit dem Kinn auf einen Punkt hinter ihm. »Der da, dieser Rothaarige da, ist Ire, ein *colorado.*«

James sah über seine Schulter. »John Riley!«

»Jamie-Schatz, du siehst ja noch jämmerlicher aus als ein Haufen Scheiße in einem Schlammloch!«

Der ohnehin große, kräftige John Riley hingegen hatte an Umfang zugelegt, und sein rotbackiges Gesicht war noch runder geworden. Lässig hielt er sein Gewehr, den Kolben hatte er auf den Boden gestützt. In seiner Hand, die rot und dick war wie ein kleiner Schinken, sah das großkalibrige britische Steinschloßgewehr beträchtlich kleiner aus, als es war. Rileys roter Schopf war sauber gestutzt.

Unter dem freien Arm trug er einen schwarzen Ledertschako. Der Pompon war vom gleichen Karmesinrot wie Kragen, Aufschläge und Stulpen seines königsblauen Uniformrocks. Auf dem Stehkragen war auf beiden Seiten eine explodierende Granate aufgestickt. Auch auf den zwei Dutzend Messingknöpfen des breiten Bruststücks war die Granate ausgestanzt. Die weiße Segeltuchhose war gebügelt und makellos sauber. Doch zuallererst waren James die goldenen Streifen an beiden Kragenvorstößen aufgefallen.

»Bist du zum Captain aufgestiegen, John?«

»Ja…« Riley wollte noch etwas sagen, aber eine Kompanie Lanzenreiter galoppierte mit einem solchen Tempo vorbei, daß die Leute zur Seite springen mußten und Rileys Worte erstickt wurden.

Riley nahm James am Arm und führte ihn in eine Seitengasse zu einer kleinen Pinte aus Adobeziegeln. Der Tisch war fast zu klein für die beiden Flaschen *pulque,* die der Wirt den Männern hinstellte.

»Was hat dich zu dieser schönen Stellung hier geführt, Jamie? Hattest du Streit mit deiner Süßen?«

»Águila hat sie entführt. Mit Worths Segen!«

»Ha, natürlich – Worth! Er will uns Iren sowieso nicht haben. Der will doch keinen, der ihm nicht die Stiefel leckt.«

»Seit einem Monat suche ich sie schon. Ich habe in Gräben und in verlassenen Häusern geschlafen, alles hab ich versetzt für Essen und Auskünfte – meine Uniform, meine Stiefel, meinen Sattel, das Zaumzeug, die Muskete ...«

»Und was hast du rausgefunden?«

James lachte bitter auf. »Daß der Tiger die Wahrheit gesagt hat: Trau keinem Mexikaner! Alle haben sie gesagt, daß Águila im nächsten Dorf sei oder in den Bergen gleich in der Nähe.«

»Könnte ja sein. Der schlüpft doch durch jedes Loch.«

»Hast du ihn gesehen?«

»Nein, aber ich hab Meldungen gehört. Ziemlich phantastische Geschichten, muß ich sagen.«

»Ich dachte, vielleicht kommt er hierher und hilft euch, Taylors Truppen zurückzuschlagen.«

»Águila?« Riley lachte. »Nur, wenn er sich davon einen guten Beutezug verspricht.«

»Ich halte auf jeden Fall die Augen offen.«

»Am besten, du richtest es so ein, daß er dich sucht. Komm doch zu uns. Wir rennen ihm bestimmt in die Arme.«

»Ich soll mich der mexikanischen Armee anschließen?«

»Nein, den Franzosen!« Riley wischte die Tischkante mit einem Tuch ab und stützte vorsichtig die Ellbogen auf. »Twiggs kann über die Wahrheitsliebe der Achsenschmierer sagen, was er will – sie halten, was sie versprechen. Wir wurden sofort in den Offiziersrang befördert ...« Er tippte auf seine Offiziersstreifen. »Und siebenundfünfzig Dollar im Monat statt ... wieviel haben wir Gefreiten noch mal bekommen? Sieben Dollar?« Er beugte sich mit einem verschlagenen Lächeln vor. »Hör zu, sie haben mich als Ausbilder der Batteriebesatzungen eingeteilt. Das ist ein Knaller, was? Captain Ringgolds tolle Ausbildung kommt nun dem Feind zugute.«

»Ringgold ist in Palo Alto gefallen.«

»Das tut mir wirklich leid. Dann hab ich ja gar keine Gelegenheit mehr, mich mit ihm zu messen.«

»Meine Kameraden sind mit Taylor auf dem Marsch.«

»Viele Iren sind hier. Die Mexikaner nennen uns die ›San Patricios‹, die heiligen Patricks. Seamus Hooligan ist immer noch der gleiche Dummkopf wie früher. Er spricht immer noch voller Sympathie von dir und spielt am liebsten den Captain Schniedelwutz.«

Zum erstenmal in mehr als einem Monat lachte James wieder. Er zitierte den Vers: »›Wer kennt nicht Captain Schniedelwutz, 'ne Buddle in der Hand, 'ne Braut im Arm, und er haut auf 'n Putz ...‹«

Riley nahm nachdenklich einen Schluck aus der Flasche. »Was haben denn die Amerikaner für dich getan? Das ist nicht dein Land, Jamie, sie kümmern sich einen Dreck um deine Religion und behandeln dich wie einen Hund. Sie lassen zu, daß deine Frau entführt wird, weil sie in ihren Augen sowieso eine Schlampe ist.« Er verschränkte die Arme auf der Brust und lehnte sich zurück – ein Zeichen, daß er jetzt über Politik zu reden gedachte.

»Sie führen einen Krieg der Machtgier und unberechtigten Aggression, das weißt du doch. Die Vereinigten Staaten wollen in dieses Land vorstoßen, um es selbst zu besiedeln. Und für die Offiziere ist jeder tote Mexikaner ein Mittel, ihre ehrgeizigen Ziele zu erreichen. Jeder sieht sich doch schon als künftigen General oder Senator oder sogar – Gott steh uns bei! – als künftigen Präsidenten. Und die Freiwilligen ...«, er schnaubte, »die haben doch nichts als Plünderung und Vergewaltigung im Sinn.« Er gab James ein paar Sekunden Zeit, seine Worte zu überdenken, bevor er sich vorbeugte und hinzufügte: »Und außerdem – wenn sie dich schnappen, hängen sie dich als Deserteur.«

Der Agavenschnaps breitete sich warm und wohltuend von James' Magengrube bis in seine Finger und Zehen aus, die anfingen zu kribbeln. Er wägte die Aussichten ab, Cruz und Águila als Fremder in diesem Land und ohne einen Centavo in der Tasche zu finden. Wenn er Monterrey verlassen wollte, so müßte er dies schnell tun, das war ihm klar, denn die Amerikaner konnten täglich, gar stündlich hier eintreffen.

Er dachte an die zerklüfteten Berge zu drei Seiten der Stadt und an die trutzigen Festungen und die Stellungen der Artillerie, die die vorrückende amerikanische Armee aufhalten sollten. Auch die verbarrikadierten Straßen und die bewaffneten Bürger, die als Heckenschützen auf den Dächern saßen, sah er vor sich, und die vielen tausend mexikanischen Soldaten, denen er begegnet war, als er vor zwei Tagen in die Stadt gekommen war. Sie waren Taylors Armee um das Zweifache überlegen. Und die mexikanischen Lanzenreiter waren so tapfer und geschickt wie die Dragoner, egal, was die Amerikaner behaupteten.

»Die Yankees werden es schwerhaben, diese Stadt einzunehmen.«

Riley grinste. »Die haben doch den Arsch offen, wenn sie es überhaupt versuchen! An deren Stelle würde ich die Beine in die Hand nehmen und nach Nordosten rennen und erst wieder haltmachen, wenn ich den Nueces River überquert hätte. Wenn sie dazu zu blöd sind, wird alles Weitere eben in Gottes Hand liegen.«

»Und was wird aus Duke?«

»Als berittener Artillerist kannst du ihn unterm Hintern behalten, Junge.«

James trank die Flasche aus; erst jetzt merkte er, daß das warme Gesöff schmeckte wie ein alter Stiefel. Seine Gedanken schwirrten ihm im Kopf herum. Langsam bildete sich seine Entscheidung heraus. Er versuchte erst gar nicht, sich vorzustellen, wie er sich fühlen würde, wenn er die Muskete heben, zielen und schließlich auf seine ehemaligen Kameraden feuern müßte, die über die weite Ebene von Osten auf Monterrey marschierten.

»Ich bin dabei.«

21

Jede Kugel hat Auftrag und Ziel

Sarah war in den Forested Mountains aufgewachsen, aber solche Berge wie diese hatte sie bisher noch nie gesehen. Zerklüftet und schroff ragten sie in den stahlgrauen Dämmerhimmel des Morgens, ihre Farbe ähnelte dem dunklen Rauch abgefeuerter Kanonen. Doch als Barriere gegen die vorrückende Armee fand sie sie fast überflüssig, nachdem es Gott gefallen hatte, schon hundert Meilen vor den Bergen eine Wildnis aus Bäumen, Gestrüpp und Kakteen zu erschaffen, die vor fingerlangen Dornen und Stacheln nur so strotzten. Auch hatte Er dort mit haushohen Felsen um sich geworfen und das Land mit steinigen, Hunderte von Fuß tiefen Erdspalten durchzogen. An Wasser hatte Er jedoch nicht gedacht, wenn man einmal von der schwarzen Brühe absah, die in seichten Tümpeln vor sich hingärte.

»Jungs, schiebt den Karren da hoch!« schrie General Twiggs.

Fünfzig Soldaten marschierten zurück und legten Hand an. Jene, die sich nicht direkt gegen den Wagen stemmten, schoben ihre Kameraden. Im Wagen wurden Ofen, Amboß und das Schmiedewerkzeug transportiert, und er wog mehr als die Munitionswagen mit den Bleikugeln und Pulverladungen.

Die Mulis strengten sich so sehr an, daß ihnen die Augen aus den Höhlen traten. Ihre Halsmuskeln waren gespannt wie Schiffstaue im Sturm, und ihre Hinterhand zitterte. Der Karren kroch ein paar Wagenlängen bergan, Steine spritzten zur Seite und holperten den Berg hinunter, dann wurde er wieder langsamer, obwohl die Mulis immer noch mit pumpenden Flanken im Geschirr hingen. Der Speichel tropfte ihnen in Fäden aus dem Maul. Schließlich hatten sie keine Kraft mehr und wichen zurück. Die Räder des Karrens und die Stiefel der

Männer bewegten sich knirschend abwärts. Die Seile, mit denen der Schmiedeofen verzurrt war, knarzten schon.

»Guter Gott!« brüllte Twiggs. »Wo wollt ihr denn hin, Jungs? So geht's nicht bergauf!«

Lachend eilten noch mehr Soldaten ihren Kameraden zu Hilfe. Auch Sarah schob sich in die schwitzende Menge und drängte sich zwischen einen korpulenten Barbier aus Baltimore und einen runkelrübengesichtigen Bauer aus Vermont. Gemeinsam wuchteten sie den Wagen bergauf und riefen den Mulis scherzhafte Beleidigungen zu. Der Karren bewegte sich Zoll um Zoll vorwärts. Als er schließlich oben auf dem Grat war, jubelten die Truppen und reihten sich wieder in ihre Marschkolonnen ein. Die hölzernen Bremsbacken rieben quietschend am Rad, als der Wagen auf der anderen Seite rumpelnd bergab holperte.

»Das klingt ja wie eine Rotte Wildschweine, denen man die Schädel in Schraubstöcke gespannt hat!« Bevor Sarah auf den Kutschbock stieg, prüfte sie die Bremse an ihrem Wagen und den Holzklotz, den sie für die gefährliche Abfahrt als Hemmschuh angebracht hatte.

Nancy rutschte rüber und machte Platz auf dem Kutschbock. Ihre Schwestern, ihre Mutter und vier kranke Soldaten reisten zwischen Sarahs Hausstand auf der Ladefläche ihres neuesten Gefährts, eines leichten, sogenannten Arbeitswagens, der schon ziemlich ramponiert aussah. Auf dem Marsch hatten Heckenschützen aus Felsschneisen auf die Kolonne geschossen, und Twiggs hatte angeordnet, daß das Gefolge in der Mitte ging.

Sarah warf Nancy einen bewundernden Blick zu, als sie ihr die Zügel aus der Hand nahm. »Du wirst wirklich mal die beste Hottehü-Maid im Westen!«

Das Mädchen hatte härter gearbeitet als sonst; möglicherweise wollte sie Cruz' Verlust wettmachen. Sarah hatte ihr schon mehrmals gesagt, daß sie keine Schuld an Cruz' Entführung träfe, doch Nancy glaubte ihr offensichtlich nicht. Noch immer, wenn Sarah sich umdrehte, erwartete sie, Cruz mit der Muskete in der Hand in Murphys alter Hose, seinem Hemd und dem breitkrempigen Hut auf Alice Ann reiten zu sehen. Manchmal hatte sie sogar den Eindruck, sie hörte Cruz und James zusammen singen, wie sie es so oft getan hatten – meist auf spanisch –, doch Murphy hatte ihr auch ein altes gälisches Wiegenlied für das Kind beigebracht.

Die hohen dunkelgrauen Gipfel und die purpurnen Wolken verschwammen hinter den Tränen vor ihren Augen. Sarah wischte sich mit dem Blusenärmel über das Gesicht.

»Dorf in Sicht!« Die Meldung pflanzte sich von Kompanie zu Kompanie bis ans Ende der ganzen Kolonne fort. Das Geplauder und Geplänkel verstummte sofort.

»Vorgehen wie üblich!« brüllte Twiggs. »Captain Walker, Sie und Ihre Männer sondieren das Terrain.«

Die niedrigen Steinhäuser duckten sich zwischen Feigen-, Pfirsich- und Granatapfelbäumen. Während sich die Marschkolonne dem Dorf näherte, sah Sarah, daß kein Rauch von den morgendlichen Kochfeuern aufstieg, und es lief ihr eiskalt den Rücken hinunter, als sie die Hunde jaulen hörte.

An der Dorfgrenze formierten sich die Dragoner zu Viererreihen und rückten Steigbügel an Steigbügel voran. Auch die Infanteristen gruppierten sich; im rosigen Dunst des frühen Morgens marschierten sie in geschlossenen Reihen die staubige Hauptstraße hinunter. Die Läufe ihrer Musketen waren waagrecht ausgerichtet, die Bajonette bildeten eine tödliche Mauer. Sarah fühlte sich an das alte Märchen der Drachenzähne erinnert, denen die Soldaten entsprungen waren. Selbst die dürren Köter hörten auf zu bellen und schlichen mit eingezogenem Schwanz um die Ecken. Das Dorf schien den Atem anzuhalten. Sarah stellte sich vor, wie die Bewohner sich in den Häusern versteckten und sie durch die Ritzen in den Fensterläden beobachteten.

Außer dem Klirren der Waffen und des Zaumzeugs, dem schweren rhythmischen Knallen von Stiefeln und Hufen und dem Rumpeln der Lafetten, das an den Hausmauern widerhallte, war in der Stadt nichts zu hören. Die Soldaten rückten wie ein starkes, entschlossenes und todbringendes Ungeheuer in einer massiven Kolonne vor. Mit gesträubten Nackenhaaren fuhr Sarah in der Mitte der Kolonne auf ihrem Wagen.

Eine alte Frau saß im Hof ihres Hauses auf einem Fetzen Decke. Ohne aufzusehen, mahlte sie weiter eine Handvoll Mais auf ihrem *metate.* Sarah fragte sich, ob sie wohl taub war. Die Kalksteinwand hinter ihr war von Kugeln durchlöchert, die rostbraunen Flecken waren wahrscheinlich Blut.

»Sieht so aus, als habe Águila oder einer von seiner Sorte hier einen Besuch abgestattet.« Sarah lenkte den Wagen aus der Marschkolonne heraus auf ein unkrautüberwuchertes Feld zwischen zwei Häusern. Unter dem Sitz zog sie einen Korb hervor und stieg ab. »Paß auf den Wagen auf, Nancy!«

Sie munterte die vier kranken Männer auf der Ladefläche auf und sorgte dafür, daß sie Wasser in ihren Feldflaschen hatten. Während die Kompanien weiter in einer erstickenden Staubwolke vorrückten, ging sie zu der Frau zurück und hockte sich neben sie. Sie kannte ihr Sprüchlein auf spanisch auswendig; sie hatte schon mehr als hundertmal gefragt. Doch sie fürchtete, daß sie vielleicht die Antwort nicht verstehen würde.

»Guten Morgen!«

Die Frau fuhr leicht zusammen und drehte den Kopf. Ihre milchigen Augen sahen aus wie Perlmuttknöpfe. Sarah legte ihr beruhigend die Hand auf den Arm, doch sie zog ihn zurück.

»Ich habe nichts«, sagte die Frau. »Diese Teufel haben mir alles gestohlen.«

»Wer hat Sie bestohlen?«

»Diese verfluchten Mistkerle!«

»War einer davon Antonio Águila?«

Die alte Frau spie aus, als wollte sie zumindest seinen Namen besudeln, wenn sie schon nicht selbst Hand an den Kerl legen konnte.

»Wissen Sie, wohin sie gezogen sind?«

Sie mahlte den Mais auf ihrem Mahlstein zu Ende. Der Korb neben ihr enthielt nur noch ein paar einzelne Körner. »Weiß nicht.«

»Hatte er eine Frau mit Namen Cruz dabei?«

»Weiß nicht.«

Sarah zog eine kleine Flasche Rum aus ihrem Korb, entkorkte sie und drückte sie der Frau in die Hand. »Gegen den Durst der Seele.«

Die Frau roch daran; ein Lächeln flatterte über ihr Gesicht wie eine Fledermaus, die an einem fahlen Wintermond vorbeifliegt, doch ihre Augen hinter dem milchigen Schleier waren immer noch ausdruckslos.

»Und das ist für den Bauch.« Sarah gab ihr einen kleinen Sack Maismehl und einen kleinen Sack Bohnen. Die hatte sie immer für Situationen wie diese dabei, auch wenn die Nachfrage ihre Vorräte bei weitem überstieg. Sie stand auf. »Gott sei mit Ihnen.«

Doch die Frau starrte immer noch in ihre ganz persönliche traurige Nacht und verfolgte den kribbelnden, wärmenden Weg des Rums in ihren Magen. Sarah ging zu ihrem Wagen zurück und warf dem jungen Infanteristen, der mit Nancy schäkerte, so einen strafenden Blick zu, daß er sich sofort wieder zu seiner Einheit verzog.

In der Mittagspause streckte Sarah die Beine aus und drückte ihren Rücken durch, um ihre Wirbelsäule zu entlasten. Da hörte sie das leise Lachen einer Frau. Sie ging um den Wagen herum und spähte auf die Ladefläche, wo die vier Männer unter Decken zwischen Sarahs Habe lagen oder saßen. Der Mann mit dem hohen Fieber war nicht bei Bewußtsein, doch die anderen drei starrten sie schuldbewußt an.

»Seht mich nicht so an, als hättet ihr gerade einen Käfer verschluckt!« Sie kniff die Augen zusammen. »Wo ist sie?«

Der Mann mit dem gebrochenen Knöchel grinste sie dümmlich an und schlug seine Decke zurück. Zwischen einem Wasserfaß und ein paar Maissäcken kauerte eine kleine, dicke Frau, eine Indianerin mit schwarzen Zöpfen, kaffeebrauner Haut, markanter Nase und kürbiskernförmigen Augen. Sie hatte überall Blutergüsse und war in Lumpen gekleidet; jung war sie nicht mehr, eher Mitte Zwanzig.

»Wann ist sie aufgestiegen?«

»Während Sie mit der alten Frau im Dorf gesprochen haben.«

»Jungs, Jungs! Ihr findet mit todsicherem Instinkt doch immer eure Beute!« Sarah fuhr Nancy an: »Hast du davon gewußt?«

»Sie kann uns beim Kochen helfen«, sagte Nancy nur. »Sie heißt Maria.«

»Na gut. Hier am Wegesrand können wir sie nicht lassen. Sie kann bei uns bleiben, bis wir am Lagerplatz sind.«

Als George Lincoln kam, waren Sarahs vier Zelte bereits aufgeschlagen, und sie eilte geschäftig hin und her. Wohin sie auch ging, zog sie immer ihr eigenes Gefolge hinter sich her. Nancy Skinner und der blinde Passagier, die Indianerin Maria, bereiteten einen Kessel voll Rindfleischeintopf zu, während die übrigen Skinner-Schwestern Stöcke sammelten. Die einheimischen Frauen sortierten die Wäsche, die Männer brachten Feuerholz, Holzkohle, Wasser und Erzeugnisse aus eigenem Anbau. Juan Duran kratzte die Hufe der angepflockten Mulis aus.

Sarah und der mexikanische Schmied standen zusammen neben ihrem Wagen. Sie hatten ihn entladen und das hintere Ende auf einen Baumstamm gehievt, so daß das Hinterrad nun frei in der Luft hing. Sarah brachte feuchte Streifen Ochsenhaut an, während sie den Eisenreifen über dem kleinen Holzkohlefeuer erhitzte.

Sie sah auf. »Hallo, Cap'n«, brachte sie zwischen den Holzzapfen in ihrem Mund hervor und hämmerte weiter. »Sie sehen aus, als hätt'n Sie was auf'm Herzen.«

»Der General will morgen unbedingt die Stadt stürmen.«

»Na, Sie wissen ja, was Old Zach immer sagt.«

Lincoln nahm den Hut ab, zerzauste sich mit der Hand das Haar und blies die Backen auf. »›Kein Mann soll gehen, wohin ich ihn nicht führen will!‹«

Sarah lachte. »Original Old Zach!«

Im Westen krachten die Geschütze. Sarah erkannte den Klang von Captain Braggs Achtpfündern, er erinnerte sie an den Donner, der über ihnen in den grauen Wolken grollte. »Sind das Zweite und Dritte Bataillon schon auf dem Weg?«

Lincoln nickte. »Bragg feuert, und Worth kann einen Haken schlagen, die Berge hinten einnehmen und die Straße nach Saltillo abschneiden.«

»Und damit den Weg blockieren, über den die Mexikaner Verpflegung und Verstärkung beziehen und den Rückzug antreten könnten.« Sarah half dem Schmied, das glühende Eisen in die Nut zu ziehen. Sie hielt den Reifen mit einer Zange, während der Schmied das Eisen schnell mit einem Fäustel festschlug, bevor es abkühlte und sich wieder zusammenzog. »Die warten bestimmt schon auf uns.«

»Ja, bestimmt.« Lincoln hustete, als der scharfe Geruch verbrennenden Eiweißes von der Ochsenhaut aufstieg. »Ich muß Sie um einen Gefallen bitten, Mrs. Borginnis.«

»Zu Ihren Diensten.«

Er reichte ihr eine kleine Rosenholzkassette mit einer Messingschließe. »Wenn mir was zustoßen sollte – würden Sie dafür sorgen, daß das hier meiner Frau und meinem Sohn zukommt?« Immer wenn Lincoln von seinem kleinen Sohn sprach, den er noch nie gesehen hatte, wurde seine Stimme ganz sanft.

Sarah wischte sich die Hände an der Schürze ab und nahm die Kassette. »Ich glaube kaum, daß das nötig sein wird.«

Er nahm Zuflucht zu seinem schiefen Lächeln, zuckte die Achseln und zitierte:

Stolz und Ehrgeiz – wer streitet darob viel?
Der Tod holt uns früher oder später ab:
Jede Kugel hat Auftrag und Ziel,
Und wenn unsre Zeit gekommen ist, treten wir ab.

Sarah lächelte. Doch ihr war klar, warum er die Kassette ihr anvertraute und nicht einem anderen Offizier, denn keiner wußte, wer von ihnen überleben würde.

Die steilen Berge mit den Befestigungen, die hinter Monterrey aufragten, hatte sie gesehen, auch die Zitadelle und die Schanzen, die Brustwehre und die Bollwerke. Und die Amerikaner rückten über ein weites, offenes Gelände vor, das leicht vom Kugelhagel durchsetzt werden konnte. Joseph Mansfield, der erste Offizier der Ingenieure, der inzwischen zum Major befördert worden war, war zwei Nächte lang um diese Bollwerke herumgekrochen und hatte die schweren Geschütze gezählt. Zweiunddreißig seien es, hatte er gesagt. Sarah hatte auch die Berichte über die Truppenstärke der Mexikaner gehört, die sich ihnen entgegenstellen würden: doppelt so viele wie Taylors Männer.

Ein paar ihrer Jungs würden diese Stadt nicht mehr lebend verlassen. Sarah hatte schon lange gelernt, sich nicht mehr zu fragen, wen es wohl treffen würde.

22

Liebenswürdigkeit ist unbezahlbar

James ging an den Bergen von Schädeln vorbei, die an den Wänden der kleinen Kirche am Stadtrand von Monterrey aufgestapelt waren. Sie hatten die Farbe alten Elfenbeins, die gut zu den Kalksteinmauern paßte. Sonnenstrahlen drangen durchs Fenster und tanzten auf den Pyramiden und den umgestürzten Haufen der Schädel in der Mitte der Kirche. Eine vier Fuß hohe Tonvase quoll über von Schädeln, an den Wänden hingen Körbe voller Gebeine, an manchen Knochen hingen noch Kleiderfetzen.

Auch auf dem Sims des großen Fensters lagen Totenköpfe. Auf den Stirnen waren Inschriften eingemeißelt. James nahm vorsichtig einen Schädel, damit er nicht die Strähnen langen, schwarzen Haars zerzauste, die immer noch am Schädeldach klebten. »Ich bin Consuela Lopez. Ein Ave Maria und ein Vaterunser für Gottes Segen, Bruder«, stand darauf. James legte den Schädel vorsichtig zurück und nahm den nächsten und den übernächsten. Alle trugen ähnlich lautende Inschriften.

»Suchen Sie jemanden, Ire?«

James drehte sich um und sah die Frau, die ihm in der vergangenen Woche Tortilla und Bohnen geschenkt hatte. »Ich suche immer jemanden, Señora.«

Mit einem Büschel Hühnerfedern, die an den Kielen zusammengebunden waren, staubte sie die Schädel auf dem Fenstersims ab. »Sie sind ein schöner Mann.«

James zog den hohen roten Kragen seines blauen Rocks zurecht, obwohl er schon tadellos saß. Die Uniform lag ihm mit vertrautem Gewicht am Körper, auch wenn der rote Besatz und die Rangabzeichen die eines anderen Landes, einer anderen Regierung und eines anderen Volkes waren. Der kratzige

Wollstoff hatte seinen Unterkiefer aufgeschürft, doch jede neue Uniform, egal welcher Armee, scheuerte die Haut auf, erst nach ein paarmal Waschen wurde der Stoff weicher. Und als er an Wäsche dachte, dachte er an Great Western und fragte sich, was sie wohl gerade tat und ob auch sie nach Cruz suchte.

Mit munteren Schlägen ihres Staubwedels klopfte die Frau die Spinnweben von den Schädeln. Die Spinnen fing sie liebevoll, ging zur Tür und setzte sie im Freien aus. »Wen suchen Sie denn, so weit weg von zu Hause?«

»Meine Frau.«

»Ist sie hier in Monterrey gestorben?«

»Ich weiß nicht, wo sie gestorben ist. Auch nicht wie. Oder wo sie begraben ist und ob sie überhaupt begraben ist.«

»Woher wollen Sie dann wissen, daß sie überhaupt tot ist?« Sie schichtete die umgefallenen Schädel wieder auf wie Melonen an einem Marktstand, und James half ihr.

»Mein Freund, der *colorado,* der mich letzte Woche an Ihrem Stand gefunden hat, hat es mir gesagt.«

»Ay, sí. Captain Riley.«

Natürlich. Jeder kannte Riley. Er fiel hier auf wie ein bunter Hund.

»Weiß er sicher, daß sie tot ist?« fragte sie.

»Ein Priester aus einem Nachbardorf hat ihm gesagt, daß er ihre Leiche gesehen habe, aber er wollte ihm nicht sagen, wo. Das Kind, das sie in ihrem Bauch getragen hat, ist auch tot.«

Mit einemmal fiel ihm auf, daß Riley ihm nicht sagen konnte – oder wollte –, wohin dieser Priester gegangen war.

»Ein Kind!« Die Augen der Frau füllten sich mit Tränen. »Ein Kind – das ist ja ein Jammer!«

Ein Jammer. Wenn die Erde nicht so ein Jammertal wäre, wären Cruz und das Kind noch am Leben, dachte James.

Die Frau ging zum Fenster, nahm einen Schädel und drehte ihn so, daß James die Inschrift lesen konnte. »Mein Mann.« Dann legte sie ihn wieder hin und nahm den nächsten. »Mein Kind.« Sie drückte den Schädel an die Brust und strich mit der

Hand darüber, als wollte sie ihn streicheln oder trösten. Oder ihn polieren wie eine fleißige Hausfrau.

Als sie den dritten Totenkopf nahm, sagte sie: »Der Priester unseres Dorfes. Ein guter Mann. Ein netter Mann.« Dann legte sie die Hand auf den vierten Schädel. »Seine Frau – sie war erst fünfzehn, als sie starb. Er hat sie sehr geliebt, auch wenn die Kirche ihn dafür ausgeschimpft hat.« Sie umfaßte mit einer Handbewegung alle Schädel. »Ich habe sie alle gekannt, kenne ihre Kinder und Kindeskinder. Ich weiß, wie jeder gestorben ist, aber nur Gott allein weiß, wie jeder gelebt hat.«

Als sie mit dem Putzen fertig war, kniete sie vor den Altar, senkte den Kopf und faltete die Hände. Nach einigen Minuten stand sie wieder auf, und James drückte ihr ein paar Münzen in die Hand.

»Für die Tortilla und die Bohnen. Auch wenn Ihre Liebenswürdigkeit unbezahlbar ist.«

Sie beäugte das Geld in ihrer Hand. »Das ist zuviel.«

»Geben Sie den Rest dem Priester, er soll Ihrem Mann und Ihrem Kind eine Messe lesen.«

»Gott segne Sie, Ire.« Sie nahm seine Hand in beide Hände, die ihn, klein und dunkelhäutig wie sie waren, an Cruz' Hände erinnerten, und sah ihm in die Augen. »Von allen Übeln ist der Tod noch lange nicht das schlimmste.«

»Für mich wäre der Tod eine große Erlösung, Señora.«

Sie bedeckte den Kopf mit ihrer Mantille und ging hinaus in die Sonne.

James stand noch lange Zeit reglos da. Dann hockte er sich hin und ließ sich auf die Hacken seiner hohen schwarzen Stiefel fallen. Die Sonne streifte ihn und die Schädel auf dem Ziegelboden. Er schlang die Arme um die Knie und weinte wie ein Kind.

George Lincoln rückte in der Mitte der langen blauen Reihe seiner Soldaten durch das Maisfeld vor. Die schulterhohen Pflanzen raschelten und bogen sich, als er sie mit dem Bajonett zur Seite drückte. Weiter vorn bewegten sich Whiteys Ohren, Taylors Tschako und seine Epauletten über den seidigen Fäden der Maiskolben. Zu Ehren des Tages hatte Taylor seine Uniform angelegt und seinen alten Sombrero gegen den Tschako mit dem flotten weißen Federbusch eingetauscht.

Kurz vor Schußweite der mexikanischen Geschütze endete das Maisfeld. Lincoln passierte die letzte Reihe der hoch aufragenden Pflanzen. Er fühlte sich exponiert und angreifbar, doch er trat hinaus aufs ungeschützte Gelände und stieg über die vorderen Reihen, die die Mexikaner abgemäht hatten, damit die Batteriebesatzungen auf der Zitadelle und den drei Schanzen bessere Sicht hätten. Kurz bevor sie die unsichtbare Grenzlinie übertraten, in die Schußweite der Kanonen und über die Schwelle des Todes schritten, hob Taylor die Hand, und die Männer blieben stehen.

Sie stellten sich in Reih und Glied auf, als würden sie nicht von Schützenstellungen bedroht, die nur eine Dreiviertelmeile entfernt hinter dem offenen Gelände lauerten. Taylors Truppen sahen sich einer hohen Steinmauer gegenüber, die von Gräben umgeben war. Juan Duran war in der vorigen Nacht in die Stadt geschlichen und hatte gemeldet, daß die drei Plätze mit Wällen voller Schießscharten und Sehschlitzen umgeben wären, die Straßen habe die mexikanische Armee mit Barrikaden blockiert und Kanonen und Musketen aufgefahren.

Lincoln wußte, daß die Soldaten jedes dieser Häuser mit den dicken Kalksteinmauern und den Flachdächern in eine Festung verwandeln konnten. Monterrey einzunehmen wäre fast unmöglich, und alle waren begierig darauf, es hinter sich zu bringen. Sie schnürten herum wie Hunde an der Leine, die ein Opossum gewittert hatten.

Doch eins nach dem anderen und alles zu seiner Zeit. Im Moment hatten die Männer des Dritten Infanteriebataillons den Befehl, die mexikanische Batterie an der rechten Flanke auszuschalten. Lincoln beobachtete sie; er hörte das Klirren der Bajonette, die aufgepflanzt wurden; er spürte, wie die beiden alten Gefährten – Anspannung und Tod – in ihm spukten. Er wußte, daß auch die anderen Männer von derselben flauen Ungeduld und von demselben permanenten Grauen geplagt wurden. Er wußte, daß sie in ihren trockenen Mündern schon die angelaufene Bronze schmeckten. Und wie Lincoln fühlte sich jeder einzelne als Teil eines machtvollen und allumfassenden Ganzen, gleichzeitig aber auch absolut allein. Er hakte die Feldflasche von seinem Gürtel und nahm einen großen Schluck.

Das Geschäft eines Soldaten war der reinste Wahnsinn. Darüber war sich Lincoln im klaren, und er hatte genug Verstand, um sich zu fragen, warum er das alles tat. Doch er sehnte sich einfach danach, seine Zähne zu blecken und wie ein Irrer zu lachen, den Kopf zurückzuwerfen und aufzuheulen. Das hatte er von den Texanern gelernt. Man konnte sich darauf verlassen, daß sie die ersten waren, die das Geheul anstimmten, und daß sie auch die besten darin waren. Schließlich hatten sie es den Komantschen abgeschaut.

Als Taylor zum Zeichen des Angriffs den Säbel niedersausen ließ, brachen die Texaner in ein infernalisches Geheul aus; es steigerte sich immer wieder von einem Trillern zu einem schrillen Kreischen und hörte sich einmal an wie eine Katze, deren Schwanz in einen Schraubstock geklemmt war, dann wieder wie Fingernägel, die über eine holprige Schieferplatte schrappten. Die Texas Rangers und Jeff Davis' Mississippi Rifles griffen mit solcher Wucht an, daß sie fast die Vorposten überrannten. Braggs Pferde galoppierten mit den Lafetten und den schlingernden Munitionswagen hinterher, nahmen ihre Stellungen ein und gaben Feuerschutz. Schreiend rannte Lincoln los. Dabei merkte, ja hörte er in dem ganzen Getöse gar nicht, wie die sechspfündigen Kanonenkugeln der Mexikaner hinter ihm einschlugen und über ihn hinwegpfiffen, als hätten sie es eilig, die Stadt zu verlassen, bevor Schlimmeres passierte.

Rauchwolken stiegen von den Mauern auf, verpufften und

verbanden sich zu dem vertrauten Dunst aus Pulverdampf. Der Qualm der amerikanischen Geschütze hüllte Lincoln und die Männer ein. Lincoln war sich bewußt, daß er in vollem Tempo über das zerfurchte Feld rannte, doch um ihn herum wurde alles langsamer. Trotz des Krachs und der beißenden Rauchwirbel sah er Schweißperlen auf den Gesichtern der Männer. Er sah auch, daß eine Franse an der Epaulette eines Mannes fehlte; es sah aus wie eine Lücke in einem matten Goldzahnlächeln. Und er sah die Musketenkugeln herunterprasseln wie harmlose Regentropfen.

Seine langen Beine trugen ihn zu einer noch unfertigen Geschützstellung und über den niedrigen Wall aus Sandsäcken. Er senkte sein Bajonett, entschlossen, es in jeden Soldaten zu rammen, der sich ihm entgegenstellte. Doch die Besatzung der Batterie war geflohen. Vor ihnen ragten die weißgetünchten Häuser auf, Lincoln stürmte die Straße hinunter, die plötzlich nach rechts und direkt in einen Kugelhagel aus Kanonenmündungen und Handfeuerwaffen führte. Für eine Sekunde kam ihm der absurde Gedanke, ein Regenschirm könnte ihm jetzt gut Schutz bieten, dann duckte er sich schnell hinter einen Zaun. Auch die Männer, die ihm gefolgt waren, gingen in Deckung, wo immer sie Schutz finden konnten. Von jedem Haus, aus jedem Hof und von jedem Dach regnete ein Schauer aus Kugeln auf sie herab.

»Wo sind wir?« brüllte er, doch das konnte ihm niemand sagen. Um ihn herum fielen die Soldaten. Er war nicht überrascht, aber beunruhigt, als er sah, wie Zachary Taylor sich mit dem Generalstab zu Fuß näherte. Geduckt rannte er zu ihm hinüber.

»Sie bringen sich unnötig in Gefahr, General.«

Taylor nickte seinen Soldaten zu, die mit Äxten bewaffnet waren, und deutete auf eine Tür auf der anderen Straßenseite. »Schlagt diese Tür da ein!«

»Ihnen nach, Jungs!« Ein Kommando von Lincolns Männern rannte durch den Kugelhagel zur Tür. Es sah aus, als würden die Mexikaner mit vollen Händen Walnüsse nach ihnen werfen. Während der Feind nachlud, kreuzten die nächsten Kommandos die Straße.

Zwei Männer hoben schon die Äxte, doch da kam ein vornehm gekleideter Mann im Frack, öffnete die Tür mit dem Schlüssel und ließ die Männer in seine Apotheke.

»Ich bin Doktor San Juan«, sagte er auf englisch und bot Taylor und seinem Stab Stühle an. »General Ampudia hat viertausend Mann auf dem Platz und weitere zweitausend auf der Zitadelle. Diese Häuser haben jeweils eine gemeinsame Innenwand. Wenn Sie sich in diese Richtung durchgraben, kommen Sie dort heraus.«

Die Männer machten sich mit Äxten und Brecheisen an die Arbeit. Die Kalksteinblöcke waren zwar zwei Fuß dick, aber so weich, daß sich Lincoln und seine Jungs schon durchgegraben hatten, als der General das Glas Limonade ausgetrunken hatte, das der Doktor ihm gereicht hatte. In Wolken aus Staub und Bruchstein brachen sie in ein Haus nach dem anderen durch. In manch einem Heim fanden sie Frauen und Kinder, die sich in einer Ecke zusammengekauert hatten oder in den hinteren Zimmern weinten.

Eine komische Art der Kriegsführung, dachte Lincoln – sich durch die guten Stuben der Leute zu graben.

Vom Dach aus konnte James die Frau auf dem Platz sehen. Sie brachte den Verwundeten beider Seiten Wasser. Neben einem amerikanischen Infanteristen kniete sie sich hin, zog das schwarze Baumwolltuch vom Kopf, riß einen Streifen ab und verband die klaffende Wunde am Arm des Mannes. Das restliche Tuch riß sie in weitere Streifen und ging mit ihrem Verbandsmaterial, mit kleinen Brotlaiben und der Kalebasse voll Wasser, die sie am Brunnen in der Mitte des Platzes aufgefüllt hatte, von Mann zu Mann. Nun, wo sie das Tuch abgenommen hatte, erkannte James sie wieder, es war die Frau, die ihm zu essen gegeben und die in der Kirche voller Totenköpfe mit ihm gesprochen hatte. Diese Begegnung schien ihm nun unvermeidlich zu sein.

Er rief ihr zu, sie solle sich in Sicherheit bringen. Eine Muskete krachte, und sie fiel auf den Rücken. James ballte die Fäuste, als könnte er sie so zwingen, aufzustehen, sich zu bewegen, ein Lebenszeichen zu geben. Das Feuer war so heftig, daß er nicht sagen konnte, ob sie von einer amerikanischen oder mexikanischen Kugel getroffen worden war, doch aus irgendeinem Grund wollte er das unbedingt wissen. Eine Horde Texaner belagerte ein Dach am Platz. James hatte ihr Geheul, ihren Gesang und ihre Flüche gehört. Obwohl er es nicht beweisen konnte, war er sich sicher, daß Bravo Jones die Frau getötet hatte und daß er es absichtlich getan hatte. James sprach ein Gebet für die Seele der Frau, auch wenn er natürlich wußte, daß sie auch ohne seine Hilfe in den Himmel kam. Ihre Liebenswürdigkeit war unbezahlbar, sie würde bestimmt dafür entlohnt werden.

Den Rest des Tages und die ganze Nacht lag sie da, während James neben der kleinen Kanone auf dem Dach zitterte. Am Morgen fand er zwei Schaufeln, die die Sappeure dagelassen hatten. Bevor das Feuer wieder ernsthaft eröffnet wurde, trug er die Frau mit Riley zusammen in eine Seitenstraße. Dort gruben sie ihr in einem Garten zwischen Bohnenranken ein flaches Grab, während versprengte Schrapnelle und Kugeln über sie hinwegflogen.

23

Eine gottverdammte Teufelsbrut

Tausende amerikanischer Soldaten standen an der Straße von Monterrey nach Saltillo. Sie machten so einen Lärm, daß es klang wie im Kessel eines Dampfschiffs. James, der auf Duke an den Soldaten vorbei an die Spitze der Kolonne ritt, bekam unweigerlich den Eindruck, daß er sich verbrühen würde. Er trug die grüne Flagge, die ihn als ehemaliges Mitglied der amerikanischen Armee auswies. Deutsche, Engländer, Schotten und auch Amerikaner hatten sich der Brigade angeschlossen und trugen die mexikanische Uniform, doch die Iren, die »San Patricios«, waren am stärksten vertreten.

General Taylor hatte sich einverstanden erklärt, den mexikanischen Truppen mit Musketen, Säbeln und sechs Geschützbatterien den Rückzug aus Monterrey zu gestatten. Sie marschierten nach San Luis Potosí, wo sie während der Verhandlungen der Generäle eine Waffenruhe von acht Wochen wahren mußten. James hielt das für ein seltsames und auch dummes Zugeständnis von seiten der Amerikaner. Er wußte, daß es die Soldaten fuchsteufelswild machte, wenn sie sahen, wie der Feind bewaffnet aus der Stadt abzog, die sie unter solch großen Verlusten eingenommen hatten. Er wäre auf jeden Fall sauer, wenn er noch bei den Amerikanern wäre, doch auf die Heftigkeit ihres Abschieds war er nicht vorbereitet.

James sah den Stein aus dem Augenwinkel kommen. Er hielt den Blick streng geradeaus, lehnte sich aber ein bißchen zurück, damit der Stein an seiner Schläfe vorbeiflog. Hinter ihm saß John Riley auf dem linken Pferd des Gespanns, das die Lafette zog; von seiner Wange rann Blut, ein Stein hatte ihn getroffen.

Die amerikanischen Soldaten verfluchten und beschimpften

sie, aber weder die Verwünschungen noch die Steine störten James so wie das Gezische. Der Lärm übertonte sogar das Klirren der unzähligen Eisenstreifen, die von der kunstvoll gearbeiteten Schabracke aus Bullenhaut an Dukes Kruppe hingen. James hatte in seinem Leben schon den Haß einzelner Personen gespürt, aber noch nie diesen geballten, allumfassenden Abscheu. Die amerikanischen Offiziere hatten ihre liebe Not, die Männer davon abzuhalten, aus den Reihen zu brechen und auf ihre ehemaligen Waffenbrüder loszugehen.

Erleichtert sah James, daß die Reihe der Soldaten zu Ende ging. Und da erspähte er hinter den Soldaten Sarahs wilden, roten Schopf in der Menge der Zivilisten. Sie sah aus wie eine Rachegöttin, die auf die Erde gekommen war, um Gericht zu halten, es fehlte nur noch, daß sie ein weißes Gewand trug und ein Schwert schwang. Eigentlich hatte er erwartet, daß sie ihm etwas zurief, aber sie schwieg. Er mied ihren Blick, aber er kannte diese stechend grünen Augen gut genug, um zu wissen, daß sie auf ihn gerichtet waren, als er vorbeiritt.

Als die Wagen über die Straße rumpelten, stand Sarah am Rand einer niedrigen Schlucht hinter einem Gestrüpp aus Kugelkakteen und Fettkraut. Seufzend zog sie ihren Rock zurecht. Die zweitägige Holperpartie auf den krummen Brettern des Kutschbocks hatte ihren Tribut gefordert – innerlich wie äußerlich. Sie wollte gerade wieder zur Marschkolonne zurückkehren, da sah sie unten in der Schlucht einen hellen Fleck und ein rotes Glitzern im Gebüsch. Sie rutschte ein paar Schritte hinab, um besser zu sehen.

»Jesus Christus!« Sie bekreuzigte sich.

Zwischen den Felsen lag eine nackte Leiche.

»Was ist denn, Western?« Nancy stand auf dem Kutschbock und reckte sich, um etwas zu sehen. Auch ihre staubüberzogene Mutter, ihre Schwestern, die Mexikanerinnen und ihre Kinder, die auf der Ladefläche von Sarahs großer mexikanischer *carreta* hockten, beugten sich zwischen den Sparren vor.

»Das soll dich nicht kümmern! Steck den Karabiner in die Halfter, wirf Alice Ann die alte Plane über und mach sie an dem Mesquitbaum da drüben fest. Ich komme nach.«

Nancy stieg ab, band die Stute vom Wagenende und schlang die Zügel um den Baum. Dann stieg sie wieder auf den Kutschbock und ließ die kleine Peitsche knallen, die Sarah extra für sie gemacht hatte. Der Wagen setzte sich mit knirschenden Achsen in Bewegung, und Sarahs Bettys setzten ihren Flirt mit den Dragonern fort, die dazu eingeteilt worden waren, Gepäck und Zivilisten zu flankieren. Das Pferd wieherte sehnsüchtig, weil es zurückgelassen wurde.

Sarah winkte mit dem Hut einen jungen, hageren Offizier zu sich, der mit besorgtem Blick angeritten kam. Seine Aufschläge trugen je einen Goldstreifen, der einmal seinem Lieutenant gehört hatte, einem Mann, der in den Straßen von Monterrey gefallen war. Nach den Vorschriften hätte er mit seinen Rangabzeichen begraben werden müssen, doch die Lieutenants verbrauchten sich so schnell, daß es nicht mehr genug Abzeichen für ihre Nachfolger gab.

»Noch einer?« Der Offizier stieg ab und glitt den Hang hinunter. Geröll spritzte um Sarahs Knöchel. Zusammen inspizierten sie die Leiche.

Der erschöpfte, kranke und fußwunde Infanterist mußte zurückgefallen sein. Das passierte vielen. Alle wußten, wie gefährlich es war, trotzdem versteckten sich manche in den Büschen, damit sie die Wachen nicht fanden und in die Marschkolonne zurückschickten.

Der Tote starrte sie an, seine Wangen waren aufgequollen, und er schien ihnen die Zunge rauszustrecken. Sarah schloß ihm die Lider, stemmte mit der Messerspitze seine zusammengebissenen Zähne auf, nahm ihm den abgetrennten Penis und die Hoden aus dem Mund und wickelte sie in ihr Taschentuch. Da die Leichenstarre noch nicht richtig eingesetzt hatte, schätzte Sarah, daß er erst eine halbe Stunde tot war.

Sie kannte diesen dunkelroten Striemen an seinem Hals; den

hatte das Lasso eines *guerilla* hinterlassen. Da ihm die Haut in Fetzen vom Leib hing, vermutete Sarah, daß die Partisanen ihn durch das Kakteengestrüpp gezogen und ihm anschließend den Bauch aufgeschlitzt hatten; die Eingeweide schimmerten durch die Wunde. In die Brust hatten sie ihm zwei Wörter geritzt, die aussahen, als wären sie mit rotem Garn aufgestickt.

»Was heißt das, Lieutenant?«

»›*Las mujeres*‹.«

»›Die Frauen‹.« Sarah nickte. »Das ist wohl die Rache für die weihnächtliche Sauftour der Rackensackers.«

»Wo sie …«, der Lieutenant zögerte, »… wo sie auf der Handelsstation von Agua Nueva die ganzen Frauen vergewaltigt haben?«

»Würde ich sagen, ja.«

Sie legte die Hand an die Hutkrempe und blickte über die umliegende Landschaft. Büschel von weißem Klee sprossen um die Mesquitbäume und Wacholderstauden bis hinauf auf die grünen Hügel, die vor den violetten Bergen mit ihren weißen Wolkenkrönchen standen. Im Norden schimmerten die weißgetünchten Mauern des *rancho,* wo sie zu Mittag gegessen hatten. Nichts regte sich, abgesehen von den Geiern, die am Himmel kreisten; es gab keine Spur von den Gaunern, die das verbrochen hatten.

Sie packte den Toten an den Knöcheln und hob seine Beine an. »Wie viele waren es heute schon?«

»Das ist der dritte. Diese armen, dummen Teufel!« Er nahm den Toten an den Handgelenken, und zusammen trugen sie die Leiche, die zwischen ihnen hing wie ein Ochsenschlauch voller *pulque,* den Hang hinauf.

Sie breiteten die alte Wagenplane aus, die Nancy der Stute über den Rücken geworfen hatte, und legten den Toten darauf. Das Päckchen mit den abgetrennten Körperteilen legte Sarah zwischen seine Beine, wickelte ihn ordentlich ein und verschnürte das Bündel mit einer Rolle Zwirn, die sie am Gürtel trug.

Als sie ihn auf das Pferd des Dragoners legen wollten, kam Juan Duran auf seinem verschwitzten kleinen Esel herangaloppiert und hielt schlitternd an.

»Los pendejos han volado como tantos conejos.«

»Was sagt er?« Der Lieutenant sah Sarah an.

Sarah überlegte, ob sie ihm die wörtliche Übersetzung anbieten sollte: »Die Schamhaare sind geflogen wie so viele Hasen«, doch sie fand, daß im Augenblick nicht die Zeit dafür war, dem Lieutenant noch mehr Probleme zu bereiten. »Die Mauleseltreiber haben sich mal wieder aus dem Staub gemacht.«

Der junge Kavallerist sah unentschlossen aus. Sarah konnte sich vorstellen, daß er lieber die *guerillas* gejagt hätte, als die Frauen zu beschützen oder die Mauleseltreiber zu verfolgen, aber der Großteil der Armee war schon mehr als eine Meile weitergezogen, und er konnte die Zivilisten nicht schutzlos zurücklassen.

»Ich kenne die Mauleseltreiber«, sagte Sarah. »Wir bringen sie zurück. Schicken Sie wenn möglich Verstärkung. Dan wird uns finden.« Sie deutete mit einem Nicken auf den großen Texaner, der unter einem riesigen Hut lümmelte, der mehr Schatten spendete als ein Sonnenschirm. Um zum Salut die Finger an die Krempe zu legen, mußte Dan den Arm fast ganz ausstrecken.

»Ich kann Sie nicht alleine gehen lassen, Ma'am.« Unter der hellen Staubschicht sah der Dragoner so förmlich und steif aus, daß Sarah ihn unweigerlich anlächeln mußte, als sie in den Sattel ihrer Stute stieg und den Karabiner entschlossen in die Halfter stopfte.

»Wollen Sie Old Zach etwa melden, daß Sie eine Wäscherin gerettet haben, dafür aber den ganzen Troß Mulis verloren haben?«

Er zögerte und dachte an Old Rough and Readys Tiraden zum Thema Versorgungslinien. »Nein, Ma'am«, sagte er schließlich.

»Sehen Sie! Außerdem bin ich ja nicht allein, Juan kommt

mit mir.« Ihr schwungvoller Salut endete in einem Winken, als sie zusammen mit Juan losritt.

Der kühle Dezembertag strahlte in prunkvollem Azurblau, das Land lag wie ein Geschmeide aus Amethyst, Bernstein, Smaragd und Gold vor ihr. Sie summte vor sich hin und war froh, ihr Gefolge und das ständige Jammern und Klagen der Mädchen hinter sich zu lassen, das wie ein Schwarm Moskitos auf englisch, spanisch, deutsch und einer Indianersprache, die Sarah noch nicht identifiziert hatte, über ihrem Wagen hing. Neben Juan ritt sie über die Hügel zu einem felsigen Hohlweg, der wie mit einer Rasierklinge in den Fuß des schroffen Berges geschnitten war.

Zweifelnd betrachtete Sarah die Klamm. »Da sollen die *arrieros* durchgeflitzt sein?«

»Natürlich nicht.«

»Und ich dachte schon!« Die Stelle war nämlich ideal für einen Hinterhalt. Die Mauleseltreiber würden eher den langen Weg zum Sattel zwischen diesem Gipfel und dem nächsten genommen haben, als einen Angriff der Banditen zu riskieren, die auch die Soldaten abknallten. »Sie wollen wohl diese Abkürzung nehmen und sie auf der anderen Seite abfangen?«

»*Sí.*« Juan entblößte seine großen, weißen Zähne und schenkte ihr ein strahlendes Lächeln voller Verschlagenheit. Wie die meisten seiner Landsleute haßte auch Juan Águila und seine marodierenden Banden, doch er gehörte zu den wenigen Mexikanern, die keine Angst hatten, ihnen Ärger zu machen. Und wenn er ihnen die Packtiere aus den Klauen riß, würde sie das bestimmt ärgern.

Sarah stellte sich in die Steigbügel und spähte in die dunkle Schneise, die so eng war, daß sie hintereinander reiten mußten.

»Also los!« Sie bekreuzigte sich wie aus einem Reflex, setzte sich in den Sattel und spannte den Hahn ihres Karabiners, bevor sie die Stute durch die brotlaibgroßen Granitbrocken lenkte, die am Eingang der Schneise lagen.

Sie sprachen nur leise, aber die Hufe ihrer Tiere hallten auf dem steinigen Weg wie Hammerschläge auf einem Amboß, und das Echo sprang in der engen Klamm von Wand zu Wand. Der Streifen Himmel wurde immer schmaler und war schließlich nur noch ein heller Faden über ihnen. Mit den Augen suchten sie die Felswände nach Heckenschützen ab. Da krachten plötzlich Schüsse in der Ferne, und sie fuhren auf.

»Wer auch immer da schießt – sie schießen nicht auf uns«, stellte Sarah fest.

Sie ritten weiter auf den hellen Punkt zu, der immer größer wurde. Am Ende der Schneise hielten sie an und sahen hinauf zu einer Höhle in der Felswand vor ihnen. Die Schreie hallten in der Schlucht wider, sie hörten das Geheul und Gebrüll wild gewordener Männer und das Kreischen und Flehen von Frauen und Kindern. Ein Kommando der regulären Truppen kauerte vor dem Eingang der Höhle. Sarah und Juan stiegen ab und führten die Tiere hinauf.

Der Kommandant formte mit den Händen einen Trichter vor dem Mund und schrie in den dunklen Eingang hinein: »He, ihr! Kommt raus und ergebt euch!«

»Fahrt zur Hölle!« schrie es zurück.

»Wir knallen euch alle ab, wenn ihr euch mit uns anlegt!« fügte eine andere Stimme hinzu.

Auf einen Wink des Kommandanten gingen die Soldaten hinter den Felsen in Deckung und richteten ihre Gewehre auf die Höhle. Auch Sarah und Juan duckten sich hinter einen Felsblock.

»Rauskommen, oder wir eröffnen das Feuer!«

Ein brutal aussehender Typ mit Augen wie Bleikugeln tauchte in der Höhlenöffnung auf und blinzelte ins Tageslicht. Sein Schädel saß halslos auf den Schultern, sein Gesicht lief in einem bärtigen keilförmigen Kinn aus. In einer Hand hielt er eine blutige Machete von der Länge seines Unterarms, in der anderen ein Dutzend tropfende Skalps.

»Da, ihr Soldatenärsche! Ich bin Bill Stamps. Wir wollen keinen Ärger mit euch, ganz bestimmt nicht. Wir säbeln diesen

Scheißern hier, die unseren Kumpel Archy umgelegt haben, nur den Schopf ab.«

Er hüpfte und wirbelte in einer Art wildem Kriegstanz herum. Dann blieb er abrupt stehen und fing an zu schluchzen.

Nacheinander kam der ganze Haufen heraus; es waren mehr als hundert Freiwillige des Kavallerieregiments aus Arkansas, ihre Uniformen waren blutgetränkt. Sie verfluchten und bedrohten die Regulären auch noch, als diese ihnen die Waffen und die blutigen Skalps abnahmen und ihnen die Hände auf dem Rücken fesselten.

Sarah, Juan und der Sergeant banden sich Tücher um Nase und Mund und gingen in die Höhle, die vom Stöhnen, Schluchzen und Weinen der Kinder widerhallte. Mindestens zwanzig mexikanische Zivilisten lagen tot oder sterbend in hellroten Blutlachen. Die meisten waren skalpiert. Jemand hatte ein ungefüges Kruzifix aus Stöcken an den Fels gehängt und einen Skalp daran befestigt.

Die Überlebenden nahmen an, daß diese Amerikaner gekommen waren, um zu beenden, was die anderen angefangen hatten, und fingen wieder an zu schreien. Sie klammerten sich an Sarahs Röcke und an die Beine des Sergeants und flehten schluchzend um Gnade.

»Wir müssen die Gefangenen zum Hauptquartier zurückbringen, aber wir kommen mit Sanitätern zurück, sobald wir unsere Schwadron eingeholt haben.« Der Sergeant riß sich los und stürzte zum Eingang.

Sarah beugte sich hinunter, öffnete die Hände des Kindes, das sich an sie geklammert hatte, hob es sanft hoch und trug es weg von dem Blutbad nach draußen.

»Wir müssen die Mulis vom General suchen«, sagte Sarah.

»Die sind in Sicherheit«, erklärte der Sergeant. »Sie sind in Encantada angekommen, als wir aufgebrochen sind.«

Sie sah Juan an und nickte. »Dann bleiben wir hier und schauen, was wir tun können.«

Sie ritten den gleichen Weg zurück, den sie gekommen waren; das Kind saß vor Sarah im Sattel. Das Mädchen hatte kein Wort gesagt, seit Sarah sie aus der Höhle getragen hatte, doch eine Überlebende hatte ihnen die Leichen der Eltern gezeigt und ihnen gesagt, daß das Kind Esperanza heiße. Als die Soldaten wiedergekommen waren, hatte Sarah der Frau Geld gegeben für das Begräbnis der Eltern und eine Messe.

Sie waren fast am Ende der Schneise angekommen, als ein Reiter von der anderen Seite auf sie zukam und einen Hagel von Steinen auslöste, die den Weg hinunterprasselten. Sarah und Juan zogen die Gewehre.

»Nicht schießen, Missis Western!« Er nahm den Hut ab, damit Sarah ihn besser sehen konnte.

»Ha, wenn das nicht der entlaufene Moses ist!«

Sarah sah den Schopf mit den krausen Löckchen, die so drahtig waren wie mattierte Eisenspäne. Er trug eine speckige Lederhose, eine Jacke und ein weißes Hemd mit Flicken, die von der Innenseite her aufgenäht waren, wie es in Mexiko üblich war. Seine Haut war so dunkelbraun, daß fast ein lila Unterton durchzuschimmern schien, der schließlich an den Lippen hervorquoll. Er lächelte Sarah mit seinen riesengroßen Augen dümmlich an.

»Ich bin ja so froh, Sie zu sehen, Missis Western.«

»Jetzt spiel mir hier nicht den verlorenen Nigger vor, Moses!« Sie bot ihm einen Schluck aus der Feldflasche an. Moses war kräftig gebaut, aber er sah ausgezehrt und mitgenommen aus. Außerdem hatte er einen Finger weniger, seit Sarah ihn das letzte Mal gesehen hatte. »Du bist damals aus Fort Texas und vor Lieutenant Blake abgehauen. Und hast dich Águilas Bande angeschlossen, war es nicht so? Und jetzt bereust du es, daß du dich mit ihnen eingelassen hast. Wer mit Hunden schläft, wacht eben mit Flöhen auf.«

»Nein, Ma'am, das stimmt nicht. Águila und seine Männer sind mit mir geflüchtet.«

»Du lügst mir ins Gesicht!«

»Nein, ich schwöre bei Gott dem Allmächtigen, daß ich nicht lüge, Missis Western.«

»Doch, du lügst, aber das ist egal. Dein Herr, der Lieutenant, fiel in Monterrey, und er hinterläßt niemanden, der Anspruch auf dich erheben könnte.«

»Das tut mir wirklich leid, vom Ableben des jungen Massa zu erfahren.«

»Ganz bestimmt!« Sarah fixierte ihn mit einem Blick, der ihn ganz nervös machte. »Was willst du von mir?«

Moses riß die Augen noch weiter auf und wollte schon zu irgendeiner Geschichte anheben, die er sich zurechtgelegt hatte, doch Sarah hob mahnend den Finger. Er lächelte dünn und schüttelte den Kopf. Seine Augen nahmen wieder ihre normale Größe an, und er sagte mit breitem Akzent in einem kindlichen Singsang:

»Die Mexikaner sagen alle, Sie sind in Ordnung, Sie behandeln die Leute gut.«

»Du hast gewußt, daß dein Herr gefallen ist, oder?«

»Ja, Ma'am.«

»Willst du für mich arbeiten?«

»Ja, Ma'am.«

»Ich brauche einen Rausschmeißer und einen Barbier.«

»Ich kann nicht Haare schneiden, Missis Western.«

»Du bist Neger – du müßtest eigentlich wissen, wie das geht.« Sie lächelte ihn schelmisch an.

»Wenn Sie einen Barbier brauchen, dann lerne ich es eben.«

Er zwängte sein stämmiges kleines Kreolen-Pony zwischen Sarahs Stute und Juans Esel.

»Das Pony hast du von Águila gestohlen, hab ich recht? Und du hast Angst, daß er dich schnappen könnte.«

»Ja, Ma'am.«

»Und ich wette, du hast auch eine seiner Frauen verführt.«

»Eine hat sich in mich verknallt.«

»Wo du gerade einen Anfall von Aufrichtigkeit hast – ich wollte dich schon seit Jahren etwas fragen.«

»Was denn, Missis Western?«

»Du hast damals in der Schlacht am Okeechobee auf der Seite von Wildkatze, Alligator und ihren Jungs gekämpft, nicht wahr?«

Doch so viel Aufrichtigkeit konnte Moses nun wirklich nicht aufbringen. Schneller als der Flügelschlag eines Kolibris flatterte ein Ausdruck listiger Wachsamkeit über sein Gesicht. Ein entlaufener Sklave zu sein, war eine Sache – doch ein Schwarzer zu sein, der Weiße getötet hatte, das war etwas ganz anderes.

»Nein, Ma'am, ganz bestimmt nicht.«

»Moses, du bist so eine gottverdammte Teufelsbrut, daß dir eigentlich Hörner und Pferdefüße wachsen müßten!«

24

Whiskey vor dem Frühstück

General Santa Anna fehlten eigentlich nur noch Elefanten und Akrobaten, dann hätte seine »Befreiungsarmee des Nordens« wie ein Zirkus ausgesehen und nicht wie eine Kriegsmaschinerie. Pferde mit Schabracken und Kolonnen von Soldaten in scharlachroten und azurblauen Uniformen und wippenden weißen Helmbüschen füllten den Paradeplatz von San Luis Potosí und drängten sich in den breiten Straßen, die auf den Platz führten. Mit den riesengroßen bunten Flaggen, die von Dach zu Dach gespannt waren, sah der Platz aus wie eine Manege. Die Frauen, die die Balkone bevölkerten, hatten ihre schönsten Kleider angelegt und winkten mit den rot-grün-schwarz gestreiften Flaggen Mexikos. Die Militärkapelle spielte zu einem Walzer auf.

»Diese Achsenschmierer und wir Iren sind uns schon ähnlich«, sagte John Riley. Er mußte schreien, um die Trompeten, Tubas und Trommeln zu übertönen. »Beide feiern wir den Tod.«

James nickte.

»Mein Kuß soll euch Glück bringen, Iren!«

Eine Schönheit auf einem Balkon führte eine Seidenrose an ihre Lippen und warf sie hinunter. James fing sie errötend auf, schenkte der Dame zum Dank ein Lächeln, das selbst in der Februarkälte alle Blumen zum Blühen gebracht hätte, und zog den Drahtstiel durch seine Hutkrempe.

Er stand mit seinen Kameraden des Artilleriebataillons der San Patricios unter der großen neuen Standarte aus smaragdgrüner Seide. Als er das Banner zum erstenmal berührt hatte, hatte es ihm die Tränen in die Augen getrieben, so weich und geschmeidig war der Stoff und so strahlend das Grün. Er war mit dem Finger über Kleeblatt und Harfe gestrichen, die die Novizinnen des örtlichen Klosters in Gold- und Silbergarn liebevoll aufgestickt hatten. Daß Ausländer solch eine Sorgfalt auf seine Landesfarben verwendeten, wunderte ihn immer noch. Nun wehte die Fahne im Wind wie ein anmutiges, starkes Geschöpf, das die Muskeln unter seiner seidigen Haut spielen ließ.

»Diese Yankees machen wir doch mit links nieder, oder, Jamie-Schatz?« John Riley schrie noch lauter, um sich über die schmetternden Trompeten und das Geschrei der Mulis, der Kommandanten und Frauen hinweg Gehör zu verschaffen. »Ha, mit so einer tollen Armee und allem!«

»Vielleicht.«

»Du bist und bleibst ein Pessimist, Jamielein.«

»Sieh dir das mal an!« James deutete mit dem Kinn auf eine Reihe von Mauleseln, die mit Käfigen beladen waren, in denen Santa Annas preisgekrönte Kampfhähne hockten. Dahinter folgte der lange Zug mit dem privaten Gepäck des Generals. »Was glaubst du, wie viele von uns diese Hähne ernähren müssen, wenn das Rindfleisch ausgeht?«

»Der General will eben, daß es seinen Tieren gutgeht.«

»Er will nur Luxus, die Not sieht er nicht, wenn du mich fragst.«

Die Kapelle stimmte *»Adiós«* an, und die Musik hallte an den Gebäuden wider, die den Platz säumten. Die Soldaten formierten sich in Reih und Glied.

»Adiós, Iren, Gott sei mit euch!« Die Frau auf dem Balkon winkte James und John mit ihrem Taschentuch zum Abschied.

»Gott sei auch mit Ihnen!« James legte die Fingerspitzen an die Krempe seines hohen schwarzen Tschakos. Möge er mit uns allen sein, dachte er.

Er drehte sich zu den Männern, den Pferden und den glänzenden Kanonen um. Als erstes Pferd im Gespann der großen Geschützlafette stand Duke geduldig an seinem Platz.

»Aufstellen!« brüllte James und schob den Fuß in den Steigbügel. »Aufsitzen!«

Beim Klirren der Waffen und dem Klappern der Hufe steigerte sich sein Herzschlag zu einem glücklichen Pochen in der Brust. Santa Anna hatte die schweren Geschütze am Anfang positioniert, John Rileys Batterie aus achtzig irischen Artilleristen ritt an der Spitze. Die Geschütze waren plump und aus Gußeisen, jede Kanone wog über eine Tonne, und man brauchte sechs Pferde, um die Lafette zu ziehen, doch als sich die *San Patricios* unter ihrer Standarte in Bewegung setzten, rumpelten sie laut mit.

Es folgte die Eliteschwadron auf Pferden, die im Takt der Musik voranschritten. Dahinter stand Santa Anna auf seinem goldenen Streitwagen, der von acht gleich großen Mulis gezogen wurde, die unter den rotgoldenen Lederschabracken kaum noch zu sehen waren. Die Offiziere seines Stabs waren überladen mit breiten Schulterstücken, Achselschnüren, Orden und hellroten Seidenschärpen, aber im Gegensatz zu ihrem General sahen sie so schlicht aus wie Landpfarrer. Hinter Santa Annas Wagen kam der Schwarm der jungen Frauen, die ihm überallhin folgten.

Santa Annas Gleichgültigkeit gegenüber den Nachschublinien seiner Armee störte James. Er kannte diese unerbittliche Wildnis, die sie nun durchqueren müßten. Auf der Suche nach Cruz war er mit Duke durch ebendiese Wüste getorkelt; nachts hatte er gebibbert, und am Tage wäre er in der Gluthitze fast umgekommen und verdurstet, bevor er ein Dorf mit einem kleinen Weiher gefunden hatte. Die Infanterie bestand vor allem aus Wehrpflichtigen, mestizischen *peones* – einfachen Tagelöhnern halb weißer, halb indianischer Abstammung – und zwangsrekrutierten Indianern. Wie lange würde sie in den Bergen mit den kargen Rationen und ohne Schutz vor dem eiskalten Regen durchhalten?

Riley lenkte sein Pferd zu James. »Dolan, der neue Rekrut, sagt, Taylor habe den Großteil seiner Truppen an die Golfküste verlegt, wo sie sich Winfield Scott anschließen sollen. *El Sastre* hat hier nur noch die Freiwilligen – die Rackensackers aus Arkansas, die Suckers aus Illinois und die Austernfresser aus Baltimore.«

»Diese Schwachköpfe in Washington können es nicht ertragen, mit einem fähigen Mann zu tun zu haben. Ich bin sicher, sie wollen Old Zach ruinieren«, sagte James.

»Das schaffen sie auch. Wir sind den Yankees viermal überlegen.«

»Die Amerikaner sind immer viel zu voreilig, um auch Unwägbarkeiten in Betracht zu ziehen.«

»Hoffentlich kapitulieren sie nicht, bevor wir noch ein paar von ihnen umlegen können.«

»Old Rough and Ready kapituliert nicht, Kumpel.«

Und er würde auch nicht mit so einem kärglichen Versorgungstroß wie diesem weitermarschieren. James dachte an Zachary Taylor mit seinem zerschlissenen Sombrero und seinem fleckigen Kittel, der ungefähr so schmuck war wie ein Jutesack. Er dachte auch daran, wie er immer in Whiteys Sattel gelümmelt und sein kurzes Bein um den Knauf geschlungen hatte, und spürte eine Welle der Zuneigung für den alten Mann.

Wie Santa Anna wohl in Taylors altem blauen Kutschwagen aussehen würde?

Der Tag war kaum angebrochen, und die Patienten waren noch nicht da, doch der Arzt sah schon ziemlich mitgenommen aus. Er stand in der Mitte des Kirchenschiffs und inspizierte die chirurgischen Instrumente, die neben dem Operationstisch aus Böcken und Planken ausgebreitet waren. Ein Wasserkessel hing über einem Feuer, das in einer Sandgrube brannte. Auf dem Boden hatten die Sanitäter Stroh ausgelegt, in den Wasserbecken lagen Schwämme bereit. Zu Beginn einer Schlacht gab es noch keine Verwundeten, und es könnte noch Stunden dauern, bis sie kämen, doch der Doktor war bereit.

»Diese verdammten Fuhrleute haben die ganzen Whiskeyvorräte geklaut«, fluchte er. »Wir haben keinen Tropfen Alkohol, um die Schmerzen der Männer zu lindern.«

Sarah sah von den Bandagen, den Aderpressen und den Opiumpillen auf, die sie in einen Rucksack packte. »Ich habe auch nicht mehr viel, aber ich kann Ihnen welchen bringen lassen, Doktor Hitchcock.«

»Ich möchte nur wissen, was das für Menschen sind, die die Sterbenden bestehlen!«

»Schurken denken doch immer, daß ohne Schurkerei nichts geht.« Sarah steckte den Arm durch die Riemen und setzte den Rucksack auf. »Ich komme zurück und helfe Ihnen, sobald ich mich im Hotel um alles gekümmert habe.«

Der Arzt winkte zum Abschied und schritt weiter in seinem traurigen Reich auf und ab.

Auf dem Weg zu der verlassenen Klosteranlage mit den zahlreichen Lehmziegelgebäuden, die sie das »Amerikanische Haus« nannte, blieb Sarah kurz stehen. Sie beschattete die Augen mit der Hand und sah eine Weile in den graublauen Rauch, der drei Meilen weiter westlich über die felsigen Hügel schwebte wie der stinkende Atem der Katastrophe. Die Geschütze, die sie nicht sehen konnte, husteten schon. Es hatte angefangen.

Schlimm am Krieg war das Warten, und am schlimmsten war das Warten auf die Tragbahren voller zerfetzter und verstümmelter Männer, die nach und nach aus dem Rauch auftauchten. Sie hatte selbst schon an Kämpfen teilgenommen, und das zog sie dem Warten bei weitem vor. Im Kampf war man merkwürdig ruhig und völlig losgelöst von solchen Nebensächlichkeiten wie Leben oder Tod. Der Körper funktionierte ohne Befehle vom Gehirn. In dem Getöse, der Anspannung und dem ganzen Durcheinander war zwar noch Platz für die Angst, aber nicht für das Grauen. Angst war nützlich, das Grauen nicht.

Sarah graute es vor der Ankunft der Verwundeten. Dann müßte sie die entstellten Männer auf das Stroh legen wie Auslegeware auf dem Markt. Keine Rauchwolken würden sie verschleiern, kein Busch sie vor fremden Blicken schützen, kein Sand würde die Ströme von Blut aufsaugen, kein Geschützfeuer würde ihre Schreie übertönen. Sarah graute es auch davor, von ihrer gemeinsamen Todesangst erfaßt zu werden.

Zwei der jüngeren Skinner-Mädchen rannten und tobten mit einer Schar mexikanischer Kinder unter den Feigenbäumen vor dem ehemaligen Kloster herum, das Sarah zu einer Art Hotel umfunktioniert hatte; das jüngste Kind wankte hinter ihnen her. Sarah war nicht überrascht, daß das Mädchen, das sie nach dem Massaker der Rackensackers mitgenommen hatte, nicht mit den anderen Kindern spielte. Esperanza wartete an der Tür auf Sarah, in deren dunklem Schatten sie den Rest des Tages verbringen würde. Wenn Sarah etwas zu erledigen hatte, hängte sie sich an Nancy, doch sie hatte bis jetzt mit niemandem auch nur ein einziges Wort gesprochen.

In der Kälte des Februartages standen Sarahs mexikanische Wäscherinnen um die Feuer herum und wärmten sich. In den Waschkesseln, wo das Wasser langsam warm wurde, würden sie Laken und Decken, Lumpen und Baumwollverbände auskochen. Maria rührte in einem großen Kessel voll Suppe, Nancy schaufelte Brote von dem rundlichen Backofen in eine Ecke des Hofs. Hier würden in den nächsten Tagen viele Männer sterben, aber ganz bestimmt nicht an Hunger.

Juan und Hanibal brachten an den Seiten von Sarahs Wagen Bretter für die Verwundeten an. Bertha bewachte einen Kessel mit schmelzendem Blei; sie trug Juans Lederschurz, der sich über einem neuen Leben in ihrem Bauch wölbte. Mit dem Saum ihrer eigenen langen Schürze wischte Sarah den gleißenden Schnurrbart aus Schweißperlen von Berthas Oberlippe.

»Sie wissen ja, was passiert, wenn Wasser und heißes Blei zusammenkommen, Mrs. Skinner.«

»Jaja«, antwortete diese auf deutsch.

Die Frauen der Nachtschicht hießen bei Sarah die »Nachtigallen«. Auch sie trugen Lederschürzen, die fast alle weiblichen Reize verbargen. Sie schöpften das Blei in Gußformen und stürzten die erkalteten Kugeln auf Tabletts. Alle sahen auf, als Sarah vorbeistürmte.

Ein paar Fuhrleute saßen am Tisch – mitten in den Vorbereitungen, das Refektorium in ein Lazarett umzufunktionieren. Wie alle Vertreter ihrer Zunft, die, wie Sarah festgestellt hatte, vor allem aus Männern bestand, denen es an Anstand und der Fähigkeit mangelte, Recht und Unrecht auseinanderzuhalten, sahen auch diese Typen ziemlich abgefeimt aus.

»Morgen, Jungs.«

»Morgen, Western.« Sie brachten es immerhin fertig, sie nicht anzuglotzen, aber das war wohl eher der Tatsache zu verdanken, daß Sarah jedem, der sie blöd angaffte, eine Ohrfeige verpaßte, um ihm ein wenig Anstand einzuhämmern. Jenen Männern, die diese Lektion lernen durften, klingelten hinterher noch tagelang die Ohren.

»Ihr braucht wohl was zu essen?«

»Ja, Ma'am.«

»Gegen einen Schluck Whiskey vor dem Frühstück hättet ihr doch bestimmt nichts einzuwenden?«

»Wohl kaum.«

Sarah holte eine Flasche und fünf Gläser von der Theke und stellte sie auf den Tisch. Auch sich selbst schenkte sie einen Schluck ein, den sie in einem Zug hinunterkippte; die Männer taten es ihr gleich. Sie plauderte mit ihnen und half ihnen, die Flasche zu leeren, dann brachte sie eine neue.

»Ich kann mir vorstellen, daß ihr selbst auch ganz schöne Whiskeyvorräte gehortet habt.«

»Nö«, sagte ein Typ, dessen Bart wie eine fruchtbare Weide für sechs- und achtbeinige Tierchen aussah. »Barcus hortet den Schnaps, bis der Krach vorbei ist und die Soldaten zurückkommen.«

Abrupt stand Sarah auf. »Ich sag Maria, sie soll euch ein paar Spiegeleier braten. Gebt ihr das Geld.«

Sie machte einen Umweg über die Küche und holte ihre schwere Eisenpfanne – Kugeln waren zu wertvoll, um sie an einen Fuhrmann zu verschwenden. »Juan, Hanibal«, rief sie, »spannt an, wir machen Jagd auf Whiskey.«

Die Freude auf dem Gesicht des Doktors, als sie mit dem gestohlenen Whiskey ankam, befriedigte sie fast mehr als die Überraschung in Barcus' Blick, als sie ihn mit der Bratpfanne zu einem Nickerchen gezwungen hatte. Fröhlich summend kehrte sie zum Amerikanischen Haus zurück. Trotz der Kälte stieß sie die kleinen Fensterläden auf und ließ die Tür offen, damit die Nachmittagssonne in die klammen Ecken des großen Raums dringen konnte. Moses stand hinter der Theke und hatte ein wachsames Auge auf die Grüppchen aus Fuhrleuten und Viehtreibern, die an zwei Tischen am Fenster Karten spielten.

Nancy schüttelte die Post aus einem ramponierten Ledersack, der auf dem Rücken des letzten Mulis in einem langen Nachschubtroß angekommen war. In Sarahs Haushalt konnte Nancy als einzige lesen. Sie hielt einen fettigen, schmutzigen Umschlag hoch.

»Ein Brief von der Frau vom Capt'n.« Sie stopfte ihn in George Lincolns Fach, das seinen Platz in einem großen Sekretär hatte, den Sarah bei einem örtlichen Möbeltischler in Auftrag gegeben hatte. Perfect Bliss mit seiner wunderschönen Handschrift hatte die Fächer mit den Namen der Offiziere aus Sarahs Messe beschriftet, die auch »Spinoza-Gesellschaft« genannt wurde. Schon bevor die erste Feldpost am offiziellen Postzelt vorbeigeschleust und die Briefe dort aufbewahrt worden waren, war der große Sekretär aus lauter Vorfreude zum Herzstück von Sarahs Hotel avanciert. Dort versammelten sich die Offiziere bei den seltenen Gelegenheiten, wenn Post kam. Doch selbst wenn sie ausblieb, wanderten die Blicke der Männer zu ihren Fächern. Sarah hatte schon öfter einen Offizier dabei ertappt, wie er mit starrem Blick sein Fach fixierte, als müßte darin unweigerlich ein Brief von zu Hause auftauchen, wenn er nur lange und beharrlich genug hinsah.

Nancys feines blondes Haar war inzwischen wieder ein wenig über die Zacken und Löcher hinausgewachsen, die Moses hineingesäbelt hatte, als sie ihm für den neuesten Militärhaarschnitt Modell gesessen hatte. Da Nancy keinen Spiegel besaß, schien sie das Ergebnis von Moses' Übungen nicht sonderlich zu stören. Sarah war es jedoch lieber, wenn Nancy wie ein Junge aussah. Das Mädchen war nun fast zwölf, und ihre Brüste würden bald Aufmerksamkeit erregen. Die breiten Bögen ihrer Brauen waren so ausgebleicht wie Sahnehörnchen und schimmerten in ihrem sonnengebräunten Gesicht. Diese Augenbrauen und die langen Schneidezähne, die verhinderten, daß sie ihren Mund zur Gänze schließen konnte, verliehen ihr eine leicht aufgeschreckte, fragende Miene, und trotz ihrer schorfigen Ellbogen, ihrer großen Füße und ihres staksigen Gangs sahen sie die Männer so interessiert an, daß Sarah ihnen am liebsten eins hinter die Ohren gegeben hätte. Offenbar spürten sie, was für eine Schönheit das Mädchen einmal werden würde.

Sarah strich Lincolns zweitbesten Uniformrock glatt, der weich und schwer in ihrer Hand lag und inzwischen zum Farbton »Pulverdampf« verschossen war. Die Flecken und die abgetragenen Stellen waren ihr so vertraut wie ihre eigene Bluse. Jeden Stich, der die ausgefransten Nähte zusammenhielt, hatte sie selbst angebracht, sie hatte auch die Flicken aufgenäht, die sie aus Uniformen geschnitten hatte, die vom Dornengestrüpp zu zerrissen gewesen waren, um ihre Besitzer vor Peinlichkeiten zu bewahren In einen versteckten Saum hatte sie ein kleines Bild des heiligen Christophorus genäht, doch das hatte sie ihm nie erzählt. Im Krieg brauchte ein Mann allen göttlichen Beistand, den er nur bekommen konnte.

Mit der Uniformjacke auf dem Schoß saß Sarah auf einem Stuhl. Sie nahm ein Stück Wollgarn, das sie aus einem altem Tuch geräufelt hatte, und fädelte es in ein Nadelöhr. Die Nadel war ziemlich lang, aber sie verschwand fast in ihrer großen Hand.

Sarah flickte gerne; das Flicken war eine der wenigen Hausarbeiten, die keine Körperkraft erforderten, und außerdem konnte man es im Sitzen erledigen. Das glänzende Stück Stahl nähte ausgefranste Enden zusammen; es rettete, was sonst verloren gewesen wäre, und verlieh ihm erneut einen Verwendungszweck. Diese schlichte Verrichtung, die Nadel einfach in den Stoff zu stecken und wieder herauszuziehen, beruhigte sie.

Und sie hatte ein wenig Beruhigung nötig. Der Krach und der Schrecken des Schlachtfelds waren weitaus leichter zu ertragen als das Warten auf die Männer, doch Taylor hatte befohlen, daß sie zurückbleiben sollte. Damit drückte er unausgesprochen aus, daß ihre Chancen gegen die Mexikaner ziemlich schlecht standen, daß der Feind sehr wahrscheinlich die Stellungen der Amerikaner einnehmen würde und daß eine Frau, die sie dort erwischten, Schlimmeres ertragen müßte als nur den Tod.

»Western«, Nancy brachte einen Schemel und setzte sich zu Sarah, »Ma sagt, Hurerei sei eine Sünde und die, die sie begehen, schmoren auf ewig in der Hölle.«

Sarah sah amüsiert auf. »Die ganze Ewigkeit oder nur die sechs Monate Militärdienst?«

»Mit der ewigen Verdammnis treibt man keine Scherze!«

Der tadelnde Unterton des Mädchens amüsierte Sarah noch mehr, doch sie würde niemals zu dem Mädchen sagen, daß seine Mutter alles andere als eine Heilige war, auch wenn Bertha die Männer nicht ausnahm, mit denen sie sich auf den Laken wälzte. Sarah wußte schon lange, daß jene mit dem geringsten Recht, über andere zu urteilen, für gewöhnlich die ersten waren, die den Mund aufrissen.

»Wenn du einen Mann an deine Unterwäsche läßt, meint er, er hätte ein Recht auf dich«, sagte sie. »Daß du von ihm Geld verlangst, ist der einzige Weg, zu verhindern, daß er dich als seinen Besitz betrachtet. Trotzdem habe ich für meine Gunst nie Geld genommen.«

»Du vermittelst den Offizieren aber Frauen«, hielt ihr Nancy vor.

»Davon haben beide Seiten etwas.« Sarah machte eine Schlaufe, schob die Nadel durch, zog den Faden fest und biß ihn ab. Den Knoten knetete sie mit dem Nagel weich und legte die Jacke auf den Schoß. Sie sah Nancy an. »Nicht jede Frau eignet sich für dieses Geschäft, aber so eine Vereinigung ist im allgemeinen eine vergnügliche Sache, Mädchen, und die Leute lassen sich dabei weder vom Teufel noch vom Fegefeuer abhalten. Das ist eine Naturgewalt, wie Hochwasser oder eine Lawine. Wenn das Blut erst mal in Wallung gekommen ist, gibt's kein Zurück mehr.« Sie deutete mit dem Kinn auf die Frauen, die im Türrahmen standen wie ein lebendiges Bild voll ländlichem Charme. »Meine Mädchen haben zu essen – draußen würden sie verhungern. Meine Jungs bekommen ein bißchen Glück in einer Welt, die vor Elend überläuft. Und gleichzeitig haben beide Seiten etwas, das sie durch die dunklen, einsamen Nächte bringt. Wenn ich dafür mal zur Hölle fahren muß, so soll es denn sein.«

»Ich werde mich nur an den einen verschenken, den ich liebe – das heißt natürlich nur, wenn er mich auch liebt.«

»So soll es auch sein.« Sarah lächelte sie ein wenig versonnen an. »Ich wünsche es dir von ganzem Herzen.«

Beide sahen auf, als ein Mann der Zweiten Kompanie aus Indiana durch die Tür brüllte. Seine Uniform war zerrissen, die Fetzen flatterten, als hätte er gerade einen Wirbelsturm überlebt. Schweißgetränkt und glotzäugig torkelte er auf schlotternden Knien in den Raum und japste nach Luft. Sarah warf die Uniformjacke zur Seite, stand auf und packte den Griff ihrer Pistole; sie erwartete, eine Abteilung mexikanischer Kavalleristen hinter ihm hereinpreschen zu sehen. Doch statt dessen drängten sich immer mehr Männer aus Indiana durch die Tür, und alle sahen so mitgenommen aus wie der erste.

»Taylor ist am Arsch!« keuchte dieser. »Seine Armee ist zerschlagen. Die Mexikaner preschen mit Karacho hierher!«

Die Fuhrleute und Träger sprangen auf, die Schemel kippten um wie Kegel. Mit drei Schritten war Sarah bei dem Deserteur. Bevor er sich noch darüber klarwerden konnte, daß er gerade einen schrecklichen Fehler begangen hatte, schlug sie mit der Faust an ihrer rechten Brust vorbei direkt in die Kuhle, wo sich seine breite Nasenwurzel mit den zusammengewachsenen Augenbrauen traf. Er fiel auf den Rücken und streckte alle viere von sich. Sarah stellte sich über ihn.

»Du gottverdammtes Arschloch! In Mexiko gibt es bei weitem nicht so viele Mexikaner, daß Old Zach am Arsch sein könnte!« Sie packte ihn am Revers, zog ihn hoch wie einen leeren Anzug und drückte ihn gegen die Wand. Dort hielt sie ihn am Ende ihres ausgestreckten Armes fest, seine Zehen berührten kaum noch die ordentlich gefegten Bodenfliesen. »Wenn du dieses Gerücht noch weiter verbreitest, schlag ich dich tot!«

Sie schüttelte ihn wie einen Mop, ließ ihn fallen und drehte sich zu den anderen Freiwilligen um. »Und ihr geht dorthin zurück, woher ihr gekommen seid, wenn ihr nicht wollt, daß sich herumspricht, daß eine Frau den Kampf für euch ausgefochten hat!« Sie schnappte sich ein Tischtuch, zog es unter dem Teller eines Schuhverkäufers weg und band es sich um die Hüfte; Teller und Humpen aus Ton fielen krachend zu Boden. Bei der Aussicht, auf einen Schlag das ganze Weißzeug zu verlieren, das sie unter größten Schwierigkeiten besorgt hatte, zögerte sie, doch ihre Zweifel hielten nur den Bruchteil einer Sekunde an.

»Juan, Hanibal«, schrie sie, »spannt an und ladet alle Laken, Zeltstangen, Seile und Planen auf, die ihr auftreiben könnt. Wir brauchen sie, um Bahren zu bauen. Moses, du hältst hier die Stellung! Wenn noch mehr Deserteure hier auftauchen, erschießt du sie; du hast meine Erlaubnis.«

Sie steckte das Messer in den Rockbund, hängte sich Pulverhorn und Patronentasche um den Hals, nahm eine Reihe wassergefüllter Kalebassen, die an einer Schnur über der Tür hingen, und schlang sie um ihre Schulter. Ein Wasserfaß war schon auf der Ladefläche des Karrens verzurrt. Den Armeerucksack voller Gaze und Leinenverbänden warf sie sich über die andere Schulter. Dann winkte sie mit der Pistole und bugsierte die Männer aus Indiana hinaus.

Diese drängten sich im Hof zusammen und beratschlagten. Sarah ging an ihnen vorbei zum Korral aus Mesquitästen. Dort band sie Jake los und schlang ihm Kalebassen und Satteltaschen über die Kruppe. Dann setzte sie den Rucksack auf, stieg auf einen Stein, schürzte die Röcke und schwang sich ohne Sattel auf Jakes Rücken.

Nur mit dem Zaumzeug lenkte sie Jake in Richtung des Kanonendonners und des fernen blauen Dunstes, der wie ein Fluß aus der engen Klamm aufstieg, die die Mexikaner »La Angostura« nannten, den Engpaß. Sarahs Mädchen hatten erzählt, die Alten würden sich noch an die Zeiten erinnern, als *angostura* außerdem »Not und Elend« bedeutet hatte.

25

Die Gänseflugformation

Nur eine einzige Straße führte in die hoch gelegene Schneise La Angostura. Selbst in Friedenszeiten war dieser Hohlweg gefährlich, und das hier waren alles andere als friedliche Zeiten. Im Westen durchzog eine Reihe tiefer Schluchten das Hochplateau, von Osten her verliefen parallele Grate von den Bergen; sie sahen aus wie aufgereihte knochige Hinterläufe und Schwänze vorsintflutlicher Monster, die der Zerstörung, die dort tobte, den Rücken kehrten.

Sarah roch schon Schwefel und heiße Bronze und band sich das Tuch vor Nase und Mund. Auf Jake ritt sie in die wirbelnde Front aus Staub und Rauchschwaden, die sich um sie legten wie schmutzige Wollstränge. Ihr Blickfeld verengte sich zu einem rauchigen Loch. Der dichte Dunst dämpfte und verzerrte das Geschützfeuer und die Schreie der Männer, das Krachen der Schrapnelle, das Klirren der Bajonette und das Rumpeln der Lafetten.

In dem ganzen Getöse konnte Sarah leise, aber deutlich das vertraute Pfeifen der Geschosse hören. Sie spähte durch den Rauch, doch sie konnte nicht ausmachen, aus welcher Richtung das Geräusch kam. Es hatte keinen Sinn, sich zu ducken, doch ein falscher Schritt, und sie wäre direkt in der Flugbahn.

»Ganz ruhig, Jake!«

Das Pfeifen wurde immer schriller – die Zeit schien stehenzubleiben. Sarah drückte ihre Beine fest an Jakes Flanken, weniger um ihn zu lenken, als vielmehr ihn zu beruhigen. Das Muli schüttelte den Kopf und suchte sich weiter seinen Weg über Löcher, Steine und Erdhaufen, die durch Einschläge aufgeworfen worden waren. Plötzlich flog ein Geschoß aus dem Rauch heraus; es stürzte in Sarahs Nähe herunter und traf einen Felsen. Steine prasselten auf sie nieder, das Geschoß prallte ab und rollte vor Jakes Hufe. Sarah wartete darauf, daß es explodierte, aber es blieb einfach liegen.

»Gott sei Dank war es keine Granate und auch keine Kartätsche, was, Jake!«

Am liebsten hätte sie sich an Jakes Hals geklammert und sich hinter seinem Kopf versteckt, doch sie reckte die Schultern und setzte sich aufrecht und bequem auf seinen breiten Rükken. In Gegenwart von Gevatter Tod herumzunörgeln, würde ihn nicht gerade beschwichtigen. Also drückte sie Jake die Knie in die Flanken und ritt in das größte Chaos und das schrecklichste Blutbad hinein, das sie je gesehen hatte – und sie hatte beileibe schon viele gesehen.

Die Kanonen schwiegen für ein paar Minuten, während Lafetten, Munitionswagen, Besatzungen, Pferde- und Mauleselgespanne über den holprigen Boden schwankten, vorrückten und neue Stellungen bezogen. Eine Bö zerriß den Rauch und fegte die trägen Schwaden hinweg, die von Felsvorsprüngen wieder aufgefangen wurden. Sarah ritt auf eine Erhebung und sah sich um. Unter den Toten, die wie ausgestreute rote und blaue Blumen in der tristen braunen Landschaft lagen und das Aufwallen und Abflauen der Schlacht so zuverlässig kennzeichneten wie die Flutmarken von Landvermessern, suchte sie nach Verwundeten.

Sie verstand nun, warum Männer ohne Format wie diese Freiwilligen aus Indiana in Panik geraten konnten – die Mexikaner schienen überall zu sein. Ganze Phalangen von Santa Annas golden funkelnder Kavallerie griffen an, untermalt von der Melodie der Hörner, die auf beiden Seiten geschmettert wurden, um den Soldaten zu signalisieren, ob sie vorrücken, zurückfallen oder sich neu formieren sollten, doch der Kampf ging ohne Rücksicht auf die Befehle weiter.

Sollten die Generäle eine Strategie gehabt haben, so konnte Sarah jedenfalls keine erkennen. In jeder Schneise und jeder Rinne kämpften die Männer mit Bajonetten, Gewehrkolben und Fäusten, sie rannten die Hügel hinauf und wichen vor den heftigen Angriffen von oben wieder zurück.

Jeff Davis' Mississippi Rifles stürmten in ihren roten Hemden und den breitkrempigen schwarzen Hüten vorbei und johlten wie die Texaner auf Komantschen-Art. Bei dem trillernden Geheul, dessen Erprobung Sarah so oft im Schlaf gestört hatte, bekam sie Gänsehaut auf den Armen und im Nakken.

Dann legte sich die vertraute Ruhe auf sie wie ein wärmendes Tuch, das sie sich im kalten Wind um die Schultern zog. Sie führte Jake den Hügel hinunter zu dem größten Haufen von Gefallenen. Im Krieg wurde das Undenkbare, das Unvorstellbare und das Unerträgliche zur Routine. Braxton Braggs Kanonen donnerten wieder, und beißender Rauch wehte durchs Tal. Sarah ritt an zerbrochenen Bajonetten und geborstenen Musketen vorbei, an aufgeplatzten Patronentaschen, Schrotbeuteln und übereinandergehäuften Leichen.

Im Zickzack ritt sie von einem Menschenhaufen zum anderen, bei jedem hielt sie an und wartete auf eine Bewegung, horchte auf ein Stöhnen. Doch alle schwiegen. Bei manchen Männern fühlte sie mit der Hand die Halsschlagader, wo normalerweise das Leben dicht unter der Haut pulsierte, während Jake an den Zügeln zerrte und in der blutgetränkten Erde nach ein paar Grashalmen suchte, die nicht von Hufen und Stiefeln niedergetrampelt oder von explodierenden Granaten weggesprengt worden waren.

Diese Toten lagen ganz hinten, sie waren schon früh in ihrem Vormarsch aufgehalten worden. Ihre Haut fühlte sich feuchtkalt an, das hieß, sie waren schon mindestens drei Stunden tot. Beim dritten Haufen fand sie einen jungen Mann, der noch warm war. Sie nahm seine Hand, und seine Finger schlangen sich um sie. Sie schickte ein Stoßgebet zum Himmel und fühlte seinen Puls, aber sein Herz hatte offenbar schon zum Zapfenstreich geblasen. Sie zog einen kleinen Spiegel aus der Tasche und hielt ihn ihm vor Nase und Mund, doch er beschlug nicht. Der Mann war gestorben, während sich seine Finger noch an ihre Hand geklammert hatten.

Seufzend stand sie auf und wischte sich die blutigen Hände am Rock. Als sie die Zügel wieder aufnahm, hörte sie ein Stöhnen von einem massiven Granitblock, der dreißig Fuß aus dem Talboden herausragte. Mit zitternden Fingern band sie eine Kalebasse von der Schnur hinter dem Sattel, kletterte zu der Spalte hinauf, die den Fels teilte, und spähte hinein.

»Meine Güte, Junge, du bist ja völlig eingekeilt!«

Sie legte sich auf den Bauch, schob Schultern und Brust über die Spalte und packte den Mann an den Armen. Er schrie, als sie ihn herauszog. Sie legte ihn auf den Fels und bettete seinen Kopf in ihren Schoß. Mit den Zähnen zog sie den Korken aus der Kalebasse, hielt sie an seine Lippen und kippte sie ganz vorsichtig, denn Wasser war zu kostbar, um es zu verschwenden. Als er nach Sarahs Meinung genug getrunken hatte, wollte sie ihm aufhelfen, doch er schrie erneut, als sie ihn auf seine gebrochenen Beine stellen wollte.

Also legte sie ihn auf Jakes breiten Rücken und führte das Muli zu der Stelle, wo die Verwundeten abgeholt wurden. Sarah wußte, daß außer Juan und ihrem eigenen Wagen kaum Kutscher und Fahrzeuge zur Verfügung stehen würden. Die US-Regierung hielt den Transport der Verwundeten, Verletzten und Kranken in diesem Krieg noch immer für überflüssig – als wollte sie den Soldaten auf diese Weise befehlen, gesund und munter zu bleiben.

Sarah trabte mit Jake weiter. Das Geschütz- und Gewehrfeuer wurde lauter, Sarah hörte schon das Schlagen der Bajonette und die spanischen und englischen Flüche der Männer, sie hörte auch die Schreie der Verwundeten, doch nach diesem schrecklichen Schweigen in den hinteren Reihen war das wie Musik für ihre Ohren, schließlich konnten nur Lebende so einen Radau veranstalten. Doch was sie traurig machte, waren die Schreie der verwundeten Pferde; um die würde sich niemand kümmern, niemand würde sie aus der Gefahrenzone ziehen und sie pflegen und trösten. Bei jedem gefallenen Pferd hielt Sarah an und schnitt ihm die Kehle durch, um es von seinem Leiden zu erlösen.

Auf einem Hügelkamm etwas abseits des Kampfgeschehens saß Zachary Taylor auf Whitey. Wie üblich hatte er viel zu weit vorne Position bezogen und sich den feindlichen Kugeln ausgesetzt. Sarah hätte ihm am liebsten zugerufen, er solle doch mal den Verstand gebrauchen, den Gott ihm geschenkt hatte, doch er hätte sie nicht gehört und schon gar nicht gehorcht.

Rumpelnd kam eine Lafette mit einer Achtpfünder so schnell auf sie zugeholpert, daß sie Jake zur Seite lenken mußte. Sie erkannte in dem Geschütz Braggs alte »Firesnorter«, Bragg selbst galoppierte hinterdrein und dirigierte mit dem Säbel die Kanonen, die mit lautem Getöse zu beiden Seiten und hinter ihm herholperten wie ein Schwarm schwerfälliger Gänse. Schweiß tropfte von den Pferden, und die Augen traten ihnen fast aus dem Kopf.

Gerade waren sie in einer riesigen Staubwolke vorbeigedonnert, da gaben die Beine des Leittieres nach, und es plumpste auf die Hinterhand. Der Gespannführer zog schnell die Füße aus dem Steigbügel, rutschte vom Sattel und konnte gerade noch davonrennen, bevor es tot umfiel. Das Pferd, das rechts neben ihm eingespannt war, schleifte es noch ein Stückchen mit, dann scheute es und blieb abrupt stehen. Einige Tiere des Gespanns stießen mit ihm zusammen, andere verhedderten sich in den Steuerketten. Die Lafette neigte sich gefährlich nach links, Bragg brüllte der Besatzung zu, das Ding aufrecht zu halten, was die schweißgetränkten Männer, die voller Brandwunden und Rußflecken waren, auch ächzend versuchten.

Während die Pferde vor Erschöpfung keuchten, die Männer die Geschirre entwirrten und das tote Tier ausspannten, winkte Bragg Sarah zu. »Western!« Er hatte den Hut verloren; sein hellblonder Haarschopf kontrastierte scharf mit seinen rotgeränderten Augen, die Zähne strahlten schneeweiß aus seinem rußgeschwärzten Gesicht. »Wir brauchen Ihr Muli!«

Sarah stritt nicht um Jake, den sie eigentlich für den Verwundetentransport brauchte, denn ohne den Einsatz von Braggs Artillerie würde es noch sehr viel mehr Verwundete geben. Sie führte Jake zur Lafette und hielt ihn fest, bis die Männer ihn angespannt hatten. Dann band sie die Kalebassen und die Satteltaschen los und schlang sie zusammen mit dem Rucksack um ihre Schultern.

»Streng dich bloß an, du alter Taugenichts.« Sie gab ihm einen Klaps auf die Kruppe.

Jake kniff ihr mit heftiger Zuneigung in den Ellbogen und schnappte nach ihrem Hut, bevor der Reiter aufstieg und das ganze Gespann weiterpreschte.

Sarah kniete bei den Verwundeten; die Kugeln, Schrapnelle und die immer wieder vorbeirennenden Soldaten beachtete sie nicht. Die weichen Bleikugeln dehnten sich aus, wenn sie in den Körper eindrangen, und rissen klaffende Löcher ins Fleisch. Sie gab den Männern Wasser und reinigte die Wunden, so gut es ging, stopfte herausquellende Organe wieder in den Bauch, drückte die Wunden zusammen und brachte Feldverbände aus Lint an, um die Blutungen zu stoppen. Die Bewußtlosen hob sie auf und trug sie zum Geklapper der Kalebassen auf ihrem Rücken über die zerfurchte Erde zur Straße, wo Juan und Hanibal sie auflesen würden. Wenn die Ladefläche voller Männer war, füllte Sarah die Kalebassen mit Wasser aus dem Faß, nahm ein neues Päckchen Verbandszeug und schickte Juan auf den Weg.

Erst als Jeff Davis' Leute, inzwischen zu Fuß, vorbeistürmten, um eine Lücke in der amerikanischen Front aufzufüllen, erlaubte sie sich eine Pause und kletterte auf einen Felsvorsprung. Dort blieb sie keuchend stehen, und während der Donner in den Bergen grollte und ihr blutgetränkter Rock im Wind flatterte, beobachtete sie, wie Davis' Truppe einen weiten Winkel bildete, der nach vorne offen war. Fünfzehnhundert mexikanische Kavalleristen preschten bergab auf die Formation zu, ihre Standarten flatterten im auffrischenden Wind.

Die Pferde waren mit Zaumzeug, Zügeln, Schwanzriemen, Sprungriemen, roten Kordeln, Eisenglöckchen und Silberplättchen überladen, gravierte und vergoldete Schabracken aus Ochsenleder hingen ihnen von der Kruppe bis zur Fessel. Mit der Lanze in der Hand saßen die Reiter aufrecht im Sattel und rückten Knie an Knie in einer geschlossenen und so geraden Reihe vor, als hätten die Landvermesser sie mit dem Lineal gezogen.

»Großer Gott!« Die Schönheit dieses Anblicks, die Spannung und die Sinnlosigkeit dieses Abschlachtens ließen Sarah am ganzen Leib erschauern. Ihre Knie wurden weich, Tränen traten ihr in die Augen und rannen über ihre Wangen, wo sie feuchte, kalte Spuren hinterließen.

Von einem gelangweilten Menschenherzen aus gesehen, war der Krieg ein irrsinniger Zeitvertreib, aber von hier oben betrachtet, war er eine der größten und bedeutsamsten Unternehmungen. An diesem Tag war dieses Tal der wichtigste Platz auf dieser Welt. Sarah hätte niemals woanders stehen wollen, es sei denn in der langen Reihe von Davis' Männern, die darauf warteten, daß das Schicksal sie in Gestalt eines rot-gold geschmückten Hengstes ereilte.

Die Mississippi Rifles regten sich nicht, bis die Lanzenreiter sie schon fast umrannten. Die Anspannung saugte Sarah den letzten Tropfen Spucke aus dem Mund. Sie wollte sich über die Lippen lecken, doch ihre Zunge klebte fest.

Plötzlich zügelte der mexikanische Kommandant sein Pferd und ging im Schritt weiter, seine Soldaten taten es ihm gleich. Die gerade Linie kräuselte sich, schlug Wellen und faserte schließlich ganz aus. Der Kommandant hatte wohl erwartet, daß die Amerikaner schon früher feuern würden und nachladen müßten, wenn seine Männer auf Lanzenlänge herangekommen wären. Wie gebannt beobachtete Sarah den raschen und bunten Fortgang der Katastrophe. Als das Horn der Mexikaner zum Angriff blies, waren sie schon mitten in den Keil der Mississippi Rifles hineingeritten. Davis schrie: »Feuer!«, und die Männer stimmten ihr wildes, haarsträubendes Kriegsgeheul an.

Das Gewehrfeuer der Rifles traf die Lanzenreiter von allen Seiten. Viele Männer fielen aus dem Sattel, die Pferde galoppierten mit flatternden Steigbügeln davon. Davis' Männer packten die verbleibenden Pferde am Zaumzeug, stießen sie auf die Hinterläufe und stachen mit Bowie-Messern auf die Reiter ein oder gingen mit Gewehrkolben und Bajonetten auf sie los.

Sarah sah, wie Davis wankte, auf die Knie fiel und sich an die rechte Schulter faßte, doch er rappelte sich wieder auf, nahm den Säbel in die linke Hand und stürzte sich erneut ins Getümmel. Sie kletterte den Hang hinunter und eilte aufs Schlachtfeld.

Braggs Batterien rasten mit dem üblichen Getöse und in der üblichen Staubwolke in den Kampf. Jake führte das Gespann der Firesnorter an, die auf ihrer Lafette hinterherholperte. Die Besatzungen brachten die Gespanne klappernd und klirrend zum Halten, bugsierten die Geschütze in Position und eröffneten das Feuer auf die fliehenden Mexikaner. In Kürze war die Erde von Gefallenen übersät, und in der Schlucht, wohin sich die Mexikaner geflüchtet hatten, häuften sich die Toten.

Geduckt ging Sarah zwischen den kämpfenden Männern hindurch, bis sie Davis gefunden hatte. Sein Gegner trieb ihn in eine enge Schneise. Sarah schnappte sich ein zerbrochenes Gewehr, schwang es im Laufen und schlug es dem Mexikaner auf den Hinterkopf. Der Mann fiel um, und sie stieg über ihn hinweg.

»Tolle Taktik, diese Gänseflugformation!« sagte sie.

Davis grinste. »Die geht garantiert in die Geschichte ein.«

Sie verband seine gebrochene Schulter, während seine Leute die verbleibenden Gegner verfolgten. Es sah aus, als würden sie durch zähen Sirup waten. Keuchend schleiften sie ihre Gewehre hinter sich her und zogen mit den Läufen Schlangenlinien in die Erde. Auch die Artilleristen schnappten nach der schwefelverpesteten Luft. Schweißgetränkt und schwarz vor verbranntem Pulver lehnten sie sich erschöpft an die Räder der Lafetten, während die Gespannführer die Tiere wieder anschirrten und die Wagen anhängten. Müde stiegen sie auf und folgten Bragg zu einer Stellung, wo sie die mexikanischen Einheiten beschießen konnten, die sich in den Schluchten zusammengekauert hatten.

Sarah wußte, wie sich die Soldaten nun fühlten. Auch ihr hingen die Arme schwer wie Haubitzenrohre an den Seiten, die Muskeln ihrer breiten Schultern waren ganz verkrampft. Das Verbandszeug war inzwischen ausgegangen, also riß sie den schmutzigen Saum ihres Unterrocks ab, warf ihn weg und riß den saubereren Stoff in Streifen. Während sie die klaffende Wunde am Bein eines Corporals verband, grollte der Donner, und der Blitz fuhr hell über den Himmel wie eine explodierende Granate. Sarah beugte sich über den Mann, um ihn vor den walnußgroßen Hagelkörnern zu schützen, die auf ihren Hut und ihre Schultern prasselten und auf den Kalebassen trommelten. Selbst der Himmel tanzt heute Fandango, dachte sie.

Sie zog den Corporal hoch, legte seinen Arm um ihre Schulter und ihren Arm um seine Taille. So stützte sie ihn und half ihm über den unebenen Boden, der von einer heimtückischen Schicht Hagelkörner bedeckt war. Als sie die Straße erreichten, hatte sich der Hagel in Regen verwandelt. Sie hob den Kopf und öffnete den Mund, um die kühlen Tropfen aufzufangen.

Sie grinste ihren Gefährten an. »Schmeckt gut, was?«

Er antwortete mit einem schmerzverzerrten Lächeln.

Die mexikanische Armee machte an jenem Tag drei Versuche, die amerikanischen Linien zu durchbrechen. Die zahlenmäßig unterlegenen Amerikaner konnten den Feind nur mit Hilfe der Artillerie zurückdrängen. Die Kanonen tauchten immer dann auf, wenn sie gebraucht wurden, und rasten wieder davon, wenn sie ihren Zweck erfüllt hatten. Von Zeit zu Zeit sah Sarah ihren Jake, der sich ins Zeug legte, daß die schwere Lafette nur so über die Steine hinwegflog, aus Schluchten heraushüpfte und Hügel hinaufsprang.

Mit glasigen Augen stolperten Sarah und die Soldaten durch den Morast aus Schlamm und Steinen, abgeschossener Munition, zerbrochenen Waffen und Leichen. Als die Sonne schon halb hinter den Bergen verschwunden war, traten die Mexikaner den Rückzug an. Sarah sah zu dem Hügelkamm, wo Taylor in den Steigbügeln stand und sein Gewicht von einem Bein aufs andere verlagerte, als würde er zur Feier des Tages tanzen. Bei diesem Anblick jubelten die Männer. Sarah lachte laut auf und tanzte selbst ein bißchen auf Hacke und Spitze herum, bevor sie sich wieder an die Arbeit machte.

In der einbrechenden Dämmerung suchte sie zwischen verlassenen Lafetten, zusammengebrochenen Protzen und leeren Munitionskisten nach Verwundeten. Werg wehte ihr um die Ohren wie rußiger Schnee. Kreisende Geier schraubten sich in einer Spirale herunter, landeten hüpfend und staksten zwischen den Leichen hindurch. Als Sarah Steine nach ihnen warf, flatterten sie mit lauten Flügelschlägen auf.

Dann kam die Nacht. Die Wölfe heulten in den Schluchten, und dunkle Gestalten in Zivil geisterten verstohlen durch die einbrechende Dunkelheit. Viele Amerikaner, die sie nun fand, waren nackt bis auf die Haut. In der Ferne, wo vor allem tote Mexikaner lagen, weinte eine Frau.

Als es schon so dunkel war, daß Sarah die Gefallenen kaum mehr sehen konnte und über sie stolperte, band sie Werg um ein zerbrochenes Bajonett und befestigte es mit einem Stück Packdraht, den sie immer in einer Spirale um die Hüfte trug. Mit dem Feuerstein schlug sie Funken, bis das Werg Feuer gefangen hatte. Da hörte sie das Jaulen und Knurren von Hunden; vielleicht waren es auch Wölfe. Im flackernden Licht ihrer Fackel folgte sie dem Geräusch.

»Haut ab, ihr verdammten Biester!« Sie schwang ihre Fackel

vor dem Rudel, das einen Körper umringt hatte. Die Wölfe zogen ihre dunkelroten Lefzen über ihre gelben Zähne, doch sie verzogen sich, um eine andere Beute zu reißen.

Es war ein Mexikaner, er war noch fast ein Kind. Der arme indianische Junge hatte bis zu diesem Tag nichts anderes gekannt als die steinigen Felder und die ärmlichen Feste in seinem Dorf. Eine Granate hatte durch die blaue Jacke, die Haut und die Muskeln ein Loch in seinen Bauch gerissen. Magen und Gedärme hingen heraus; die Wölfe hatten sie schon angeknabbert. Der Junge zitterte krampfartig, sie deckte ihn mit ihren Umhang zu. Aus traurigen braunen Augen sah er sie an, dann wanderte sein Blick zu der Pistole in ihrem Rockbund und zurück zu ihren Augen.

»Ich muß Pulver sparen, *amigo.*« Sie hockte sich zu ihm und gab ihm zu trinken.

Voller Dankbarkeit sah er sie an. Sie nahm das kleine Holzkreuz vom Hals und hielt es an seine Lippen, damit er es küssen konnte. Dann strich sie ihm mit der Hand die Haare aus der kalten Stirn, um ihn abzulenken, und hielt seinen Kopf fest, während sie ihm ganz sanft die Kehle durchschnitt. Sein Gesicht verschwamm vor ihren tränengefüllten Augen, doch als die Luft schließlich nicht mehr aus seiner aufgeschlitzten Luftröhre zischte, schloß sie ihm mit der Hand die Lider und sprach ein Vaterunser.

Bald würde es zu dunkel sein, um ohne Lampe zu arbeiten. Sie nahm ihren Umhang, drückte das Kreuz durch, um die Schmerzen in ihrem verkrampften Rücken ein wenig zu lindern, und tastete im letzten Licht der verglimmenden Fackel nach Material für eine zweite. Da hörte sie Schritte. Sarah erstarrte. Die Schritte kamen näher, und plötzlich verdichtete sich die Nacht zu einer dunklen Gestalt, die auf sie zutaumelte.

»Bist du's, Jake?« Sie spähte in die Dunkelheit.

Jake knuffte ihr mit seinem harten Stirnbein in die Brust. Sie streckte die Hand aus und streichelte seine feuchte Stirn und seine Nase. Der Speichel tropfte ihm in dicken Fäden von seiner hängenden Unterlippe, und er wankte wie ein Betrunkener von einer Seite zur anderen, doch er knuffte sie noch einmal so heftig, daß sie fast umfiel. Sie schlang ihre Arme um seinen schweißigen, schmutzigen Rücken, und so lehnten sie sich aneinander und stützten sich gegenseitig.

Als sie über Jakes Rücken hinwegblickte, sah sie einen hellen Fleck in der Schwärze der Nacht. In böser Vorahnung ging sie mit Jake darauf zu, Jake knuffte sie hin und wieder und knabberte an ihrer Hutkrempe. Die Vorahnung wurde zur Gewißheit, als der Fleck die Gestalt von Lincolns Pferd annahm. Der Wallach wieherte, bockte und schlug nach den Wölfen aus, die ihn und den nackten Körper einkreisten.

Vor Trauer und Schmerz rauschten Sarah die Ohren so sehr, daß sie ihr eigenes Weinen gar nicht mehr hörte. Sie nahm ihren Karabiner am Lauf und stapfte zu den Wölfen. Da genügend Fleisch vorhanden war, beschlossen sie, daß ein Streit um diesen speziellen Braten sich nicht lohnte, und verzogen sich knurrend.

Sarah fiel auf die Knie und drehte Lincoln auf den Rücken. Ihr Ohr auf seine Brust gedrückt, horchte sie auf den Schlag seines Herzens, auch wenn sie wußte, daß es da nichts mehr zu hören gab. Sie hob ihn auf und legte ihn bäuchlings auf Gators Sattel, bedeckte ihn mit ihrem alten Umhang, nahm Gators Zügel und stieg auf Jakes Rücken.

Heiße Tränen rannen ihr über die Wangen und erkalteten. Sie zitterte und schluchzte den ganzen Weg bis zu ihrem Wagen.

Die Lagerfeuer von Taylors Truppen flackerten im Wind, der über die Hochebene von Buena Vista fegte und auch noch den letzten schwachen Trost mit sich zu nehmen schien, der inmitten des Grauens vielleicht noch geblieben war. Sarah hielt die Laterne hoch und führte Jake über den steinigen Boden durch den schneidend kalten, eisigen Nebel. Sie ging von Soldat zu Soldat und suchte nach Lebenszeichen. Viele waren von Plünderern ihrer Kleidung beraubt und verstümmelt worden, andere waren von Wölfen, Geiern oder Hunden angefressen. Der Schein der Laterne beleuchtete die erstarrten Gefühle, die mit dem Tod über sie gekommen waren. Manche waren trotzig, andere flehentlich, die einen waren entsetzt, die anderen wütend oder erstaunt. Die reglosen, verrenkten Leiber wirkten wie eine groteske Verspottung der Szenen, die die Offiziere abends so gerne gespielt hatten.

Ihr Rock war so naß und schwer geworden, daß er ihr an die Knöchel schlug und an den Beinen klebte, sie stolperte fast darüber. Als sie das Blut auswrang, plätscherte es in eisige Pfützen. Sie hörte ein Stöhnen und eilte zu einem Mann, der zuckte und erneut stöhnte, und hielt ihm die Feldflasche an die Lippen.

»Trink ein bißchen, dann bringen wir dich heim.«

»Mein Bruder ... helft ihm ...« Er wollte die Hand nach dem Soldaten ausstrecken, der ein Stück entfernt lag.

»Wir bringen ihn auch heim.«

»Laßt ihn nicht da!«

»Nein, bestimmt nicht.«

Sie hob den Mann auf Jakes Rücken und ging zu dem anderen. Er war kaum älter als fünfzehn, sechzehn Jahre. Noch bevor sie bei ihm war, wußte sie, daß er tot war, doch sie nahm ihn trotzdem auf die linke Schulter. Die Laterne rußte und verglomm schließlich ganz.

»Zeit, hier Schluß zu machen, mein Alter.« Mit dem Arm auf Jakes Hals ging sie nahe genug an den Lagerfeuern vorbei, um sich ein bißchen zu wärmen.

Die Männer kauerten um die Feuer und suchten Schutz und Wärme unter allem, was sie nur finden oder bauen konnten. Sarah hätte eigentlich Mitleid haben müssen, doch die meisten Freiwilligen hatten ihre Umhänge für Whiskey versetzt. Fast alle Fuhrleute und Träger hatten sich aus dem Staub gemacht, als sie gehört hatten, daß die Mexikaner im Begriff waren, Taylor fertigzumachen. Juan hatte bei jeder Fuhre Lebensmittel und Verbandszeug vom Lazarett mitgebracht, aber auch dort wurden die Mittel langsam knapp.

Der Mulitreiber wartete schon auf Sarah. Der Wagen war voller Verwundeter, viele schrien, stöhnten, flehten um Wasser oder Erlösung oder heulten nach ihren Müttern. Juan half Sarah, den letzten Mann und seinen toten Bruder aufzuladen, und sah sie dabei fragend an. Doch Sarah zuckte nur die Achseln und erklärte:

»Es sind Brüder.« Er nickte. »Das hier ist die letzte Fuhre.«

»Gott sei Dank!« Juan bekreuzigte sich und stieg müde auf den Kutschbock.

»Schirren Sie die Mulis am Amerikanischen Haus ab, und schlafen Sie ein bißchen. Im Morgengrauen erwarte ich Sie wieder.«

Er fuhr davon und winkte. In Sarahs Gestrüpphütte hatte er einen Sack Mais und einen Kessel mit Marias Suppe abgestellt. Sarah schöpfte die noch dampfende Suppe in einen Becher und schlürfte, den Mais gab sie Jake. Dann nahm sie den Kessel und den letzten Laib Brot aus dem Korb und suchte Taylor.

Der General schritt vor seinem alten Steilwandzelt auf und ab, das er auf einem Kamm über dem dunklen Tal aufgeschlagen hatte.

»Ah, Western!« Er winkte sie an seinem Stab, den Kurieren und den Offizieren vorbei, die gekommen waren, um Meldung zu machen.

»Jetzt bekommen Sie was Warmes in den Bauch, General.« Sie stellte den Kessel auf die Munitionskiste, die als Tisch diente, und legte das Brot dazu.

»Danke, Sarah. Sie sind eine der besten in der Kavallerie.«

»Wissen Sie schon, daß Captain Lincoln gefallen ist?«

»Ja. Was für eine unverzeihliche Verschwendung!« Er begann wieder, auf und ab zu stapfen. So wütend hatte sie ihn noch nie erlebt. »Sie haben meine regulären Truppen abgezogen – mit der ausdrücklichen Absicht, mich ungenügend bemannt zurückzulassen. Sie haben darauf gezählt, daß die Mexikaner mich schlagen.«

Sarah wußte, wer mit »sie« gemeint war: der Kriegsminister und, laut Taylor, General Winfield Scott sowie eine Schar intriganter Emporkömmlinge in Washington.

»Wenn ein Mann bei der Presse so beliebt ist, schürt das eben den Neid«, sagte Sarah, »vor allem wenn das Volk Sie lautstark als Präsidenten verlangt, wenn das hier alles vorbei ist.«

»Denen wäre es doch lieber, wenn wir hier alle verrecken, anstatt ihnen einen Strich durch ihre politischen Ambitionen zu machen.«

»Sie sollten sich ein wenig im Hintergrund halten, Sir. Sie wollen denen doch nicht die Genugtuung gönnen und sterben.

»Die meisten Verwundeten waren hinter mir. Ich werde an der Spitze stehen, solange ich lebe. Da, schauen Sie sich das mal an!« Er streckte Sarah den Ärmel hin, daß sie die beiden Löcher sehen konnte. »Diese Kugeln sind ganz schön wild geworden.« Er suchte das Vorderteil seines Mantels nach einem weiteren Loch ab, steckte den Finger durch und wackelte damit vor Sarahs Nase herum. »Diese Kugel ist direkt zwischen meinem Arm und meinem Rumpf durch den Mantel gepfiffen, die zweite scheint durch ein Knopfloch ausgetreten zu sein. Stellen Sie sich das mal vor!«

»Es ist noch nicht vorbei, oder, General?«

»Vielleicht nicht. Wir werden mal sehen, ob Santa Annas Jungs morgen früh bereit sind für den nächsten Fandango.«

Ein Soldat kam mit der Mütze in der Hand zu ihnen. »Guten Abend, General.«

»Sind Sie schon fertig mit diesem Gedicht, Teddy?«

»Ich suche noch nach einem Schlußvers für die erste Strophe, Sir.«

Sarah blickte über das Schlachtfeld, auf die Spuren der Zerstörung und die flackernden Feuer, die Licht und Schatten auf den toten Männern und Pferden tanzen ließen. »Als würde man in der Hölle lagern, was?«

»Das Lager der Toten«, murmelte Teddy O'Hara.

In dieser Nacht fand niemand viel Schlaf im Lager der Toten. Als die Sonne schließlich aufging, stellte sich Sarah auf den Felsgrat und sah sich nach den Stellungen der Mexikaner um. Doch da war nichts mehr. Die Mexikaner waren abgerückt, Taylors kleine Armee hatte gewonnen. Dieses Mal.

26

Das Böse, das man kennt

James bibberte. Er hatte einer alten Frau seinen Mantel gegeben, nun saugte sich seine Uniform mit kaltem Nieselregen voll. Eine fahle Mondsichel war gerade über den Bergen aufgegangen, als das schlafende Mädchen von seinem Rücken rutschte. Ihre Wange hatte zwischen Kragen und Epaulette an seiner Schulter gelegen, und ihr tiefer Atem hatte sein linkes Ohr gewärmt. Die Arme hatte sie ihm um die Brust geschlungen, die Beine baumelten an den Seiten. Nun rutschte sie hinunter, und der rauhe Wollstoff seiner Uniformjacke scheuerte ihr die Wange auf. Er wollte sie nicht wecken, denn im Schlaf würde sie den Hunger nicht spüren, der sie alle plagte.

Er hatte die Arme auf dem Rücken verschränkt und stützte das Mädchen. Seine Muskeln waren von ihrem Gewicht ganz verkrampft, doch er schob das Kind so sanft wie möglich auf seinen Rücken zurück und hinkte weiter durch die Nacht. Er konzentrierte sich wieder auf den Weg und achtete darauf, nicht auszuscheren und in einen Kaktus zu laufen.

Er hörte Dukes rasselnden Atem und drückte seine Schulter an den Hals des Pferdes, das angenehm warm war. Wiehernd kippte Duke gegen James, dann fand er sein Gleichgewicht wieder und stapfte mit der Frau und ihren drei Kindern weiter, die auf seinem Rücken dösten. James bereute es, daß er sie hatte reiten lassen, doch er hatte sie bei Sonnenuntergang am Straßenrand gefunden, wo sie sich zusammengekauert und ihn so verzweifelt angesehen hatten, daß er sie nicht dort zurücklassen konnte.

Zusammen mit James marschierten die Überreste von Santa Annas Streitmacht und ihrem Gefolge. Die meisten schleppten sich schweigend vorwärts; sie waren zu erschöpft und zu niedergeschlagen, um sich zu unterhalten. In der Dunkelheit konnte er nur die Männer sehen, die vor und neben ihm gingen, doch er konnte die ganze Truppe spüren – eine Masse aus Trauer, Elend und Verzweiflung, die schwer auf ihn drückte. Am Straßenrand riefen Verwundete nach Wasser und bettelten um Erlösung. Die durchgefrorenen, hungrigen und fußwunden Soldaten stiegen über die Toten hinweg. Frauen und Kinder weinten um ihre Männer, Väter und Brüder, die zu schwach waren, um weiterzumarschieren. Die ausgehungerten und erschöpften Pferde und Mulis der Kavallerie stolperten bei jedem Schritt.

In der dunklen Nacht stieß James an die Ecke eines Karrens, der verlassen und verdreht auf der Straße lag. Er ging um das Hindernis und um die ausgemergelten Zugpferde herum, die tot in ihren Geschirren hingen. Seine schlecht verarbeiteten Schuhe hatten ihm nie richtig gepaßt, sie rieben ihm die Haut auf, und seine Strümpfe waren voller Blut. Er rollte die Sohle von der Ferse zu den Zehen ab, damit nicht sein ganzes Gewicht auf die Ballen drückte, doch die spitzen Steine stachen trotzdem durch die dünnen Sohlen. Die meisten Frauen und Kinder gingen barfuß; er fragte sich, wie sie das aushielten.

Da hörte er aufgeregte Stimmen hinter sich. Er drehte sich um und sah Lichter, die näher kamen. Die Leute sprangen an den Straßenrand, als eine Phalanx von Kavalleristen mit hoch erhobenen flackernden Fackeln zu beiden Seiten von Santa

Annas Streitwagen vorbeitrabte und den Blick auf den General versperrte. Der große Führer der Befreiungsarmee des Nordens sauste in einer dicken Staubwolke vorüber.

James mußte an die Geschichte von Napoleons altem Hauptmann denken, der seine Truppen im russischen Winter hatte verhungern lassen. Er schob das schlafende Kind an seine Brust, um seine schmerzenden Rückenmuskeln zu entlasten. Auf einem Arm trug er das Mädchen, mit der anderen Hand zog er das grüne Seidenbanner der San Patricios aus der Tasche und deckte sie zu, zum Schutz vor dem kalten Wind, der von Norden durchs Tal blies.

Im Dunkeln hörte er ein langes, lautes Röcheln. James drehte sich um und sah, wie Duke auf die Seite fiel. Die Frau sammelte ihre Kinder auf und tätschelte sie, um festzustellen, ob sie sich beim Fallen verletzt hatten. James gab ihr das schlafende Kind. Er schlang die Arme um Dukes Hals, drückte die Wange an seine zottige Mähne und schlief ein. Tränen hatte er keine mehr.

Die Quartiermeister versteigerten die Habe der Soldaten, die in Buena Vista gefallen waren. Auch Sarah war dabei, um zu sehen, ob sie etwas Nützliches für ihren Haushalt erstehen könnte, doch sie fühlte sich wie ein Plünderer auf dem Schlachtfeld. Als der Adjutant des Auktionators Gator hereinführte, fing das Bieten an.

»Fünfundsiebzig Dollar!« Dieses dürftige Angebot fand sie so empörend, daß sie sich vordrängelte und rief: »Das Sattelzeug allein kostet soviel! Und dieses Pferd ist gebaut wie ein Conestoga-Indianer, es ist mindestens zweihundertfünfzig wert – keinen Cent weniger!«

»Verkauft bei zweihundertfünfzig.«

Sarah machte den Beutel auf, der an ihrem Gürtel hing, und leerte seinen Inhalt auf den Tisch. Als sie den Betrag zusammengekratzt hatte, waren nur noch ein paar Münzen übrig. Sie nahm Gator an der Trense und führte ihn weg. Sie hatte auch ein Bündel mit Lincolns Kleidern und seine Ersatzstiefel dabei, die er vor der Schlacht von Buena Vista bei ihr deponiert hatte; die Kleider sollte sie waschen, die Stiefel wichsen. Vor dem Friedhof steckte sie die Stiefel umgekehrt in die Steigbügel, dann ging sie zusammen mit Gator durchs Tor. Die niedrigen Kalksteinmauern boten wenig Schutz vor den Winden, die von den Bergen herunterwehten und durchs Tal fegten. Sarah stampfte mit den Füßen, damit sie ein bißchen warm wurden. Im Februar gab es nicht viele echte Blumen, doch die Gräber jener Amerikaner, die mexikanische Geliebte gehabt hatten, waren mit Blumen aus buntem Stoff und Papier übersät.

Sie stand vor Lincolns Grab – ein Grab unter vielen in der langen Reihe der aufgehäuften Erdhügel und ordentlich gezimmerten Holzkreuze. Der Regen hatte die frisch ausgehobene Erde in Schlamm von der Farbe geronnenen Blutes verwandelt. Sarah nahm den Hut ab. Der Nebel verfing sich in ihrem Schopf, die Tröpfchen funkelten wie Juwelen in ihrem feuerroten Haar.

»Die haben Ihnen einen ganz schön geschwollenen Abschied bereitet, was, Captain?«

Wie man ein Begräbnis zum Fest machte, das wußten die Soldaten. Die Zweite Schwadron der Dragoner, die Texas Rangers, Jeff Davis' Mississippi Rifles und die anderen Kompanien hatten während der langen Ruhmesreden in Rührt-Euch-Stellung ausgeharrt. Dann hatten sie ihre langen Musketen mit einem lauten Schlag am Schaft gepackt und waren stillgestanden. Die Schnallen an ihren Schulterholstern hatten gerasselt, Braggs Kanonen hatten Salutschüsse abgefeuert. Der Rauch war aufgestiegen und nach Westen geschwebt, als wollte er sich mit dem Nebel vereinigen, der zwischen den Berggipfeln hing und in die Felsspalten kroch. Trommler und Pfeifer hatten die Trauergemeinde mit schwungvollen Tanzmelodien zum Lager zurückbegleitet.

»Ich bin keine große Rednerin, George, aber ich möchte Ihnen noch ein paar Worte zum Abschied sagen. Der alte Sam

Butler hat es wohl am besten ausgedrückt: Sie wußten, was was ist, und mehr kann man eben nicht wissen. Sie waren ein feiner Mann. Ich bin dankbar, daß ich Sie kennenlernen und wenigstens ein kleines Stück meines Lebensweges mit Ihnen gehen durfte. Gator werde ich Ihrer Frau und Ihrem Sohn schicken, sobald ich es veranlassen kann.«

Sie beugte den Kopf und sprach ein Gebet für seine Seele. Dann stand sie eine Weile da und betrachtete die Berge, die Walnußbäume, die Wolken und die Gräber, damit sie das Bild des Ortes im Gedächtnis behielt. Es war ein schöner Ort, doch sie mußte an die junge Frau und das Kind denken, die das Grab nie besuchen könnten. Einen kurzen Moment lang fragte sie sich, wo wohl ihre eigenen Gebeine einmal ruhen würden. Doch sie schüttelte den Kopf; das spielte keine Rolle, solange es nur auf einem Soldatenfriedhof wäre.

Gerade wollte sie sich wieder auf den Rückweg machen, da kam Sam Walker. Er führte das prächtige Pferd, das die Bewohner von New Orleans ihm geschenkt hatten, zum Dank, daß er nach Fort Brown durchgebrochen war. Er trug die texanische Uniform, einen verwitterten Hirschledermantel, eine Wolljacke, einen schlabbrigen, unansehnlichen Hut und eine braune Segeltuchhose, die in hohen Stiefeln steckte; bei sich hatte er ein Bowie-Messer, einen Dolch, zwei Revolver, ein Kriegsbeil und eine alte Büchse der Marke »Hall«. Die Streifen am ausgefransten Kragen seines Flanellhemds wirkten ziemlich deplaziert.

»Es tut mir wirklich leid um Captain Lincoln«, sagte er.

»Tja, wir lassen unsere Toten überall liegen wie leere Futtersäcke. Das ist nicht recht.«

»Nein, das ist nicht recht. Lincoln war ein guter Mann. Von seiner Sorte gibt es nicht viele auf dieser Welt.«

Sarah lächelte auf Walker hinunter. Es erstaunte sie, daß so ein unbedeutend aussehendes Häufchen Menschen diese gesetzlose Bande von Texanern, die seine Dragonerschwadron bildeten, in absoluter Loyalität zusammenhalten konnte. »Sie sind ja rechtzeitig zurückgekommen, um den Fandango von Buena Vista mitzutanzen.«

»Das hätte ich nicht verpassen wollen.«

»Wie stehen die Dinge im Osten?«

»Zu viele Menschen. Zu viele Ziegelsteine. Zuwenig Himmel.« Er nahm einen großen Revolver aus dem Holster an seinem Gürtel. »Aber allein deswegen hat sich die Reise gelohnt.«

»Das neue Eisen von Sam Colt?«

Er gab ihr den Revolver, und sie wog ihn in der Hand. »Schönes Teil, Captain.« Der Kolben lag gut in der Hand, doch das Schießeisen war so schwer, daß selbst ihre Hand müde geworden wäre, wenn sie es lange hätte halten müssen. »Sechs Kammern.«

»Ja. Das war eine Veränderung, die ich persönlich Sam Colt vorgeschlagen habe. Die Waffen sind unmittelbar vor dem ganzen Krach hier eingetroffen.«

»Die sind noch so rar wie Nuggets, was?«

Walker lachte wehmütig. »Jeder General will den neuen Krieg mit den Waffen des vergangenen Kriegs ausfechten. Ich habe mir den Mund fusselig reden müssen, um die Armee dazu zu bewegen, diese Dinger anzufordern.«

»Wahrscheinlich operieren sie mit der Philosophie, daß das Böse, das man kennt, besser ist als das Böse, das man nicht kennt.«

Wieder nickte Walker betrübt. »Nach dem Fahnenappell komme ich zu Ihnen, Western. Mein Magen verlangt mal wieder was Nahrhaftes.«

»Heute abend gibt's Eintopf.«

Er wandte sich zum Gehen, drehte sich aber noch einmal um. »Ach, übrigens – Bravo Jones hat Bekanntschaft mit einer Kanonenkugel gemacht. Hat ihm den Schädel sauber abgetrennt. Beschnitten wie ein Rosenstock im November.«

»Was Sie nicht sagen!«

»Ja. Er ist steif wie ein Keil und doppelt so kalt.«

Sarah konnte sich gerade noch zurückhalten, »Gott sei Dank sind wir diesen Teufel los« zu sagen, denn man sollte nicht schlecht über die Toten sprechen und kein schlechtes Andenken an sie bewahren.

Sie gingen zusammen zum Hotel zurück. Sarah ließ Gator bei Hanibal in dem verlassenen Haus hinter dem Hotel, das als Stall diente. Juan schrubbte die Ladefläche des Wagens mit Sand und versuchte, die dunklen Blutflecken zu entfernen, mit denen die Bretter übersät waren. Esperanza wartete in der Tür auf Sarah. Und wenn Sarah keine Aufgabe für sie fand, würde sie ihr schweigend am Rockzipfel hängen, bis es Zeit wäre, ins Bett zu gehen.

»Hallo, meine Süße.« Sarah nahm sie an der Hand und führte sie in den Stall. »Hanibal, sie soll dir helfen, die Pferde zu striegeln.«

Hanibal hob ärgerlich die Brauen, doch er gab ihr ein Stück Jute und zeigte ihr, wie man die Pferde abrieb. Sarah ließ die beiden allein.

An einem Haken an der Tür hing eine abgebrochene, zerkratzte Schaufel, mit der einst Schanzen gegraben worden waren. Damit kratzte sie immer den Dreck von ihren Stiefeln, anstatt ihre Schuhe an der Schwelle abzuklopfen und das ganze Haus von ihrer Ankunft zu unterrichten. Wie sie erwartet hatte, saßen Frauen und Kinder in der Küche und tratschten. Es roch nur schwach nach Essen, und sie wußte gleich, daß der Eintopf noch nicht fertig war. Bei Sarahs Anblick versprengten sich die Frauen sofort im Raum.

Sie hob den Deckel eines Topfes, der auf dem Tisch stand, und lugte hinein. »Was sollen diese getrockneten Kröten hier drin?« fragte sie auf spanisch, der Umgangssprache in der Küche.

»Ein Heilmittel, Señora Western.« Maria nahm schnell den Topf an sich.

»Ein Heilmittel? Wogegen?«

»Gegen Monatsschmerzen und Nasenbluten.«

»Ich kann es mir nicht leisten, daß sich herumspricht, ich hätte Kröten in meiner Küche.« Da sah sie ein weißes Leinensäckchen auf einer Platte hinter dem Topf. Es war feucht und aufgebläht. »Und was ist das?«

»Sie wollten doch heute abend Auflauf für die Offiziere, also habe ich ihn gemacht.« Maria sah ängstlich aus. Eine Yankee-Küche war ihr immer noch unheimlich.

Sarah besah sich das Säckchen genauer. »Darin habt ihr den Auflauf gekocht?«

»Ja, Lara hat den Sack zwischen der schmutzigen Bettwäsche gefunden.«

Sarah nahm ihn in die Hand. »Das ist die Nachthaube von Major Bliss. Er sucht sie schon eine Ewigkeit.« Sie seufzte. Es hatte keinen Zweck, wütend zu werden, auch wenn sie den Eindruck hatte, daß ihre Bettys sich besonders große Mühe gaben, ihr das Leben schwerzumachen. »Meine Jungs kommen direkt nach dem Fahnenappell. Warum ist das Abendessen noch nicht fertig?« Sarah scheuchte die Frauen durch die Küche, stellte ihnen Fragen und gab ihnen Anweisungen. »Habt ihr die Bettwäsche gewechselt? Holt mehr Wasser und Holz. Die Küche muß geschrubbt werden.«

Kutscher und Hilfsarbeiter, Berichterstatter und Wandergaukler, Indianer und Händler schauten kaum von ihren Karten auf, als Sarahs Spanisch aus der Küche dröhnte, die Frauen an ihnen vorbeihuschten und *»Ya voy, ya voy!«* riefen – bin schon auf dem Weg.

Auch die Unterhaltungskünstler waren der Armee von Corpus Christi aus gefolgt. Die beiden Jongleure waren ausgesprochen anständig und hatten noch nie etwas von Sarahs Geschirr zerbrochen. Ein anderer verdiente sich seinen Lebensunterhalt, indem er zur Belustigung seines Publikums Steine, Skorpione und Kröten fraß; seinen Lohn gab er für Mahlzeiten bei Maria aus, die nach Sarahs Meinung nicht sehr empfehlenswert waren. Dem vierten Gaukler hatte Sarah verboten, seine Kunst in ihrem Haus auszuüben; er gab musikalische Darbietungen auf seiner Intimflöte, mit der er auch noch andere Kunststückchen vollführte.

Sarahs heruntergekommenster Kunde war ein Mann mit einem mexikanischen Poncho, speckiger Lederhose und Lederjacke. Das zottige schwarze Haar fiel ihm in fettigen Strähnen über seine blutunterlaufenen Augen. Als Nancy mit dem Brottablett vorbeiging, streckte er den Arm aus und packte sie am Rock. Doch bevor er sie auf seinen Schoß ziehen konnte, tauchte Sarah mit einer Geschwindigkeit, die niemand für möglich gehalten hätte, aus dem Nichts auf. Sie packte die Stuhllehne, zog ihm den Stuhl unterm Hintern weg, und er plumpste auf den Boden. Der Raum hallte wider von allgemeinem Zischen, als alle die Luft einsogen und auf den Schuß warteten, der Sarah von den Beinen reißen würde.

Doch der Mann stand nur auf und sagte: »Das war aber nicht sehr gastfreundlich von Ihnen, Mrs. Borginnis.« Sein Scheitel mit dem zotteligen Haar reichte Sarah gerade bis zum Kinn.

»Wenn ich sehe oder erfahren sollte, daß Sie noch einmal dieses Mädchen, ihre Schwestern oder irgendein anderes Mädchen, egal welcher Hautfarbe, anfassen, werde ich Sie in der Luft zerreißen und in erbsengroße Stücke hacken.« Sie wandte sich an die anderen, von denen offenbar viele enttäuscht waren, daß kein Blut geflossen war. »Das gilt für euch alle!«

»Das war doch alles ein Mißverständnis, Western, ich wollte niemanden beleidigen.«

Sarah fixierte ihn mit ihrem berühmten Blick, bis er sich wieder hinsetzte und seine Karten aufnahm. Dann ging sie zurück in die Küche.

Der Duft von Koriander und das Geräusch der Hände, die Tortillas plattdrückten, erinnerten sie an Cruz. Sie rührte den Eintopf um, füllte eine Schöpfkelle, blies und kostete.

»Western!« Nancy kam mit einem zusammengefalteten Blatt Papier herein. »Das hat Major Bliss gebracht. Er hat es bei Captain Lincolns Papieren gefunden. Da steht Ihr Name drauf.«

»Ich hab jetzt zu tun, Mädchen.« Sarah hätte nie zugegeben, daß sie nicht lesen konnte, auch wenn es alle wußten. »Was steht drin?«

»Nicht viel. Nur irgendwas von diesem Spinoza, mit dem es der Captain immer so hatte.«

»Und was?«

»›Nichtsdestoweniger aber empfinden und erfahren wir, daß wir ewig sind.‹«

Sarah lächelte. »Danke, Capt'n!« murmelte sie und steckte das Blatt in die Tasche.

»Señora!« Maria dämpfte ihre Stimme, damit niemand hören konnte, daß sie Klatsch über die mexikanischen Rebellen verbreitete – denn wer wußte schon, wer für welche Seite spionierte. »Eine Frau hat mir am Brunnen gesagt, daß Águila in Rancho Incarnación ist, ungefähr acht Meilen südlich von hier am Fuß von El Nariz.«

Sarah kannte den Berg, der »El Nariz«, die Nase, genannt wurde. »Wann hat sie ihn dort gesehen?« Auf der Suche nach Cruz hatte Sarah schon große Entfernungen zurückgelegt, nur um dann feststellen zu müssen, daß sich Águila schon längst wieder aus dem Staub gemacht hatte.

»Gestern.«

»Wußte sie auch, ob er eine Frau bei sich hatte? Ungefähr so groß ... Und ein Kind?«

Maria zuckte die Achseln. »Er hat viele Frauen.«

Sarah schlang die Kordel ihrer alten Pistole um den Hals und stopfte das Schießeisen in den Rockbund. Auch die Patronentasche und das Pulverhorn hängte sie sich um.

»Sagen Sie das dem General?« fragte Nancy.

»Nein.« Sarah nahm Hut und Umhang vom Haken. »Ich werde ein paar Soldaten schicken. Wenn er Cruz wirklich hat, wird er sie eher töten als hergeben.« Woher sie das wußte, konnte sie selbst nicht sagen, doch sie wußte es einfach.

»Wenn jemand nach mir fragen sollte, sag, ich sei auf der Suche nach Rindfleisch und Brandy. Mehr wollen die Leute sowieso nicht wissen.«

Hanibal sattelte Alice Ann, und Sarah machte sich auf den Weg über den steinigen Pfad, den die Mexikaner beschönigend »Straße« nannten. Um sie herum ragten die nebelverhangenen Berge auf. Das hier war ein weites Land mit vielen Orten, an denen man sich verstecken konnte. Aber man konnte sich auch verirren und verrotten und nie wieder gefunden werden. Die vielen Geier pickten das verwesende Fleisch von den Knochen und ließen namenlose Gebeine zurück. Während des Ritts überlegte Sarah, wie Cruz' Gebeine wohl aussahen. Würde sie feststellen können, daß sie ihrer Freundin gehörten? Sarah stellte sich Cruz' Knochen zierlich vor und von einem alten, weichen, etwas vergilbten Elfenbeinton – eine passende Stütze für Cruz' alte, weise Seele.

Die Hazienda, eine Ansammlung von weißgetünchten Gebäuden unter alten Mandelbäumen, stand ganz allein am Fuß eines schiefen Bergs, der an die Nase eines sich räkelnden Kolosses erinnerte. Sarah ritt an einem düsteren Wasserbehälter und dem Korral vorbei, in dem ein paar räudige Stiere mit Hörnern wie Kleiderbügel und knochigen Kruppen dem schneidenden Wind ausgesetzt waren. Sie nahm den Hut ab, damit der Wachposten auf dem Flachdach ihren roten Haarschopf sehen konnte, der zu einem Dutt zusammengebunden war. Sie winkte ihm mit ihrem großen weißen Taschentuch zu und ritt weiter, ohne seinen Befehl, sie solle anhalten, zu beachten.

Sie stieg ab und ging auf zwei Männer im Kleinformat zu, die das Portal zu beiden Seiten flankierten. Die Messer und Pistolen, die Lassos und Gewehre schienen so schwer zu sein, daß sie sie eigentlich hätten niederdrücken müssen, doch trotz ihrer bescheidenen Größe sahen die dunkelhäutigen, vernarbten Männer ziemlich gefährlich aus. Sarah blickte dem wilderen Exemplar in die tiefliegenden Augen und wappnete sich für eine Keilerei oder zumindest einen Streit, doch sie gingen nur zur Seite und beschränkten ihr Mißfallen auf unverhohlene Blicke.

Sarah füllte die Tür zur Gänze aus. Das Licht der fahlen Wintersonne ergoß sich über sie, und sie mußte blinzeln, um sich an die Dunkelheit im Raum zu gewöhnen. Antonio Águila trug *calzoneras,* die über seine Stiefel wallten, zwischen den Kordeln schimmerte eine weiße Baumwollhose hindurch. Ein *serape* aus Wolle bedeckte ihn von der Schulter bis zum Schoß, so daß Sarah nicht erkennen konnte, ob er bewaffnet war oder nicht, doch höchstwahrscheinlich trug er eine Waffe bei sich.

Breitbeinig saß er in einem Lehnstuhl voller zerschlissener und verblichener Samtkissen, die aus dem Besitz des vorherigen Eigentümers stammten, und rauchte ein Zigarillo. Maria hatte gesagt, der Besitzer sei mit seinen fünf Töchtern vor Taylors vorrückender Armee geflohen, also nahm Sarah an, daß es sich bei den drei Frauen, die auf einer Bank saßen, nicht um die Töchter des Hauses handelte. Weitere Frauen starrten sie durch eine Tür an, die weiter ins Hausinnere führte.

Ein großer Hahn stolzierte an einer Leine herum, die am Bein von Águilas Stuhl festgebunden war; er sah gut genährt und geschmeidig aus. Um das rechte Auge hatte er einen schwarzen Ring, und das grüne und rotbraune Gefieder schimmerte irisierend in den Sonnenstrahlen, die durch die schmalen, hohen Fenster drangen. Seine langen Schwanzfedern standen in einem Bogen ab, nur eine gelbgoldene Feder streifte den Boden. Sarah vermutete, daß dieser Hahn für Águila schon viel Geld erkämpft hatte, um eine so gute Behandlung zu erfahren.

»Señora Grande!« Águila hielt eine braune Flasche hoch. Aufgrund seines Schielens vermutete sie, daß die Flasche Schnaps enthielt, außerdem lallte er, aber Sarah konnte trotzdem verstehen, was er sagte: »Wie nett von Ihnen, uns zu beehren!«

Sarah hatte sich auf dem Weg die Worte zurechtgelegt. Sie konnte auf spanisch einkaufen und handeln, aber um einen Menschen hatte sie noch nie gefeilscht. Jedenfalls machte Águila den Eindruck, als hätte ihn der Inhalt der Flasche milde gestimmt, doch sie wußte, daß er in dieser Verfassung am unberechenbarsten und somit am gefährlichsten war. Sie hätte den alten tobenden Schurken diesem schwülstigen, doppelzüngigen Teufel bei weitem vorgezogen.

»Ich biete Ihnen für Mrs. Murphy einen guten Preis. *Rescate.* Lösegeld.«

»Mrs. Murphy?« tat Águila überrascht.

»Cruz.«

»Ich würde Ihr Geld gerne nehmen, *Grande,* aber die Hure ist abgekratzt, als sie den Bastard austreiben wollte, den ihr dieser irische Hundesohn in die Röhre geschoben hat.« Er schwenkte unbekümmert die Flasche. »Diese Teufelsbrut ist tot und ungetauft auf die Welt gekommen. Das war Gottes Urteil über seine Mutter.«

»Ich glaube Ihnen kein Wort.«

»Das hilft den beiden auch nicht mehr aus der Hölle heraus.« Er lächelte wie ein Wolf im Schafspelz und sah an ihr vorbei zu den Männern an der Tür.

Sarah wirbelte herum und sah sie halb mütterlich, halb strafend an. Die beiden zögerten – so viel Entgegenkommen hatte sie gar nicht erwartet. Als Sarah an ihnen vorbeiging, klopfte ihr Herz so laut, daß sie schon Angst hatte, sie könnten es hören und denken, Furcht und nicht die Wut hätte ihr Herzklopfen verursacht.

Daß Águila log, hatte sie nicht anders erwartet von einem Mann, der Zivilisten tötete und Dörfer plünderte. Daß er nur wenige Meilen vom Camp der Amerikaner entfernt lagerte, war ein Beweis für seine Abgefeimtheit. Sie fragte sich, ob er es getan hatte, um sie zu verhöhnen. Vielleicht ließ er sie auch deswegen nicht töten. Einen toten Feind konnte man schließlich nicht mehr ärgern.

»*El Sastre,* der Schneider, ist geschlagen!« schrie er ihr fröhlich hinterher.

»Das weiß er noch gar nicht«, murmelte sie.

Sie überlegte, ob es wohl besser gewesen wäre, mit Soldaten hierherzukommen und die Hazienda stürmen zu lassen, doch dabei hätte sie möglicherweise riskiert, daß er Cruz umbrachte. Sie band ihr Pferd los, stieg in den Sattel und sah sich in den umliegenden Hügeln und Hainen nach einem Versteck um, wo sie warten könnte, bis Águila die Hazienda verließ, doch ein halbes Dutzend Reiter begleitete sie um die Ecke des Haupthauses und folgte ihr fast bis zum Stadtrand von Saltillo. Sie wußte, wenn sie zurückkommen würde, wäre die Hazienda verlassen bis auf ein paar Eidechsen, die sich auf den sonnigen Mauern aalten, und die Tauben, die am Dachsims gurrten.

Águila ging über den unkrautüberwucherten Hof zum Speicher. Er öffnete die schwere Tür aus Mesquitholz und spähte in den dunklen Raum. Wie ein goldenes Band fiel ein einzelner Lichtstrahl durch einen Schlitz in der Außenmauer auf die Haufen von Maiskolben, die immer noch in den Hülsen steckten. An einem Haufen lehnte Cruz, ihre Knöchel und Handgelenke waren gefesselt. In den Mund hatten sie ihr einen Lumpen gestopft und mit einer Bandana festgebunden, die an ihrem Hinterkopf verknotet war. Über ihre Beine huschte eine Ratte und verschwand in dem Maishaufen, aus dem das Rascheln ihrer Artgenossinnen tönte.

Águila band ihre Hände los und entfernte den Knebel.

»Wo ist sie?« fragte Cruz.

»Es geht ihr gut.«

»Gib sie mir, und ich mache alles, was du willst.«

»Das tust du sowieso.«

Eine alte Frau humpelte herein, das Kind trug sie auf dem Arm und stützte es an ihrer knochigen Hüfte ab.

»Weil ich eine mitfühlende Seele bin, darfst du sie ein bißchen halten, aber nur kurz. Die Männer packen schon zusammen.«

Cruz streckte die Arme aus, und die alte Frau gab ihr den Säugling. Sie beugte sich über das Kind, drückte es fest an sich und wiegte es in ihren Armen, als könnte sie Águila auf diese Weise daran hindern, es ihr wieder wegzunehmen. Mit einer Hand strich sie dem Kind die Härchen aus dem Gesicht und streichelte ihm Schultern und Rücken, strich ihm übers Ohrläppchen und kitzelte die kleinen Handballen. Das Kind schloß die Hände um Cruz' Finger und hielt sich fest – ein Griff, der so kräftig war, daß er einer Mutter das Herz brechen konnte.

Águila hockte sich auf die Fersen und beobachtete die beiden aus schmalen Augenschlitzen. Dann nickte er der Alten zu, die gleich kam und das Kind nehmen wollte, doch Cruz drehte sich weg und preßte ihr Kind so fest an sich, daß es wimmerte. Aber die Frau zog grob an den kleinen Ärmchen, und Cruz mußte loslassen, damit ihr Kind keinen Schmerz erlitt.

»Keine Sorge!« höhnte Águila in gespielter Anteilnahme. »Wir sorgen schon für sie!« Er fesselte Cruz wieder an den Handgelenken und stopfte ihr den Lappen in den Mund. »Raúl und Diego kommen bald.«

Cruz schluchzte und würgte unter dem Knebel. Heiße Tränen stiegen ihr in die Augen, klebten an ihren Wangen und liefen in die Bandana. Sie zappelte, um sich zu befreien, doch die harten Seile schnitten sich nur noch tiefer in ihr Fleisch, und die Maiskolben prasselten ihr auf den Kopf.

Am Anfang hatte sie sich noch gewundert, warum Águila sich damit abgab, ihr Kind von Ort zu Ort mitzuschleppen, doch nun wußte sie warum. Solange die Kleine lebte, würde Cruz sich nicht das Leben nehmen, und Cruz wußte, daß Águila sie lebend wollte, damit er sich an ihrer Pein ergötzen konnte. Sie lehnte sich an den harten Maishaufen und betete zu Gott, sie und das Kind zu sich zu holen, anschließend bat sie um Vergebung für diesen sündigen Wunsch.

27

Die Hühner kommen

Der Mai des Jahres 1847 brachte warmen Regen, der unablässig in dicken Tropfen fiel. Sarah genoß gerade ein paar faule Minuten ganz für sich allein auf ihrem bequemen Bett, das sie für ihre Größe hatte zimmern lassen. Glücklich lag sie auf dem Rücken, die Hände unter dem Kopf auf dem Daunenkissen verschränkt, wackelte mit den Zehen und lauschte dem Regen, der auf die Dachziegel prasselte.

Das Geräusch dämpfte den Lärm aus der Schankstube und die Rufe und Schreie der Leute, die sich draußen auf das Fest des heiligen Augustus vorbereiteten. Es hatte sie schon fast in den Schlaf gelullt, da hörte das Trommeln plötzlich auf, ging aber in ihren Ohren gleichmäßig weiter, als wäre der Regen nach so vielen Tagen und Nächten ein Teil von ihr geworden. Trotzdem horchte sie auf das Geklapper und die Stimmen aus der Küche, dem Schankraum, dem Gästezimmer, den Frauenquartieren und den Gängen, die den Patio – den Innenhof des Hauses – umgaben.

Der Schrei eines Mannes und das Gekreisch einer Frau übertönten das allgemeine Klappern von Töpfen, das Scheppern von Pfannen und die Stimmen der Bediensteten. Seufzend stand Sarah auf und eilte über den schlammigen Patio, vorbei am Brunnen, dessen steinerne Einfassung mit smaragdgrünem Farn überwuchert war, der in den flach einfallenden Strahlen der Sonne glitzerte.

In der hinteren Ecke des Raums fläzten ein paar Männer wie zusammengeklappte Taschenmesser in ihren Hängematten und schliefen trotz des Lärms. Die Würfel- und Kartenspieler schenkten dem Streit keine Beachtung, obwohl Julia, Sarahs neueste Angestellte, nackt dastand und ihre braune, dralle Gestalt im großen Spiegel hinter der Theke zu sehen war. Die Offiziere und Händler, die in einer Wolke von Zigarrenrauch an ihren Tischen über Gebäck und Würstchen saßen, betrachteten sie amüsiert.

Julia war klein, üppig und wohlgewachsen. Mit gespreizten Beinen, wedelnden Armen und hüpfenden Brüsten stand sie da und schrie auf spanisch. Gegenstand ihrer Empörung war Lewis Leonidas Allen, der sie offenbar aus ihrem Zimmer am Ende des Patios gejagt hatte. Sein pomadisiertes Haar stand wie ein Ring aus Ausrufezeichen um die kahle Platte seines Schädels herum, seine nackten Füße waren schlammverspritzt. Mit einer Hand hielt er seine Hose fest, sein Hemdkragen stand offen. Ein paar Frauen umringten ihn und schrien ihn an, er solle aufhören, die arme Julia zu quälen. Mit hochrotem Gesicht wandte er sich an Sarah:

»Western, sie hat meinen goldenen Kragenknopf gestohlen!«

»Mentira!« kreischte Julia. »Er lügt!«

»Wo ist der Knopf, Julia?« Sarah hatte die Hände in die Hüften gestemmt und sah die kleine Frau an.

»Nix *botón.«* Julia streckte Sarah die leeren Handflächen hin und schüttelte so heftig den Kopf, daß ihr dichtes, schwarzes Haar von rechts nach links flog. Sie steckte die Finger in beide Ohren und zeigte ihre Achselhöhlen. »Nix *botón!«* Sie zog die Schamlippen auseinander, damit alle ihre Scheide sehen konnten, dann beugte sie sich vornüber, zeigte ihren Hintern und kniff sich zu guter Letzt in die Wangen. »Nix *botón!«* Und da sie so keifte, konnte sie ihn auch nicht im Mund versteckt haben, dachte Sarah.

»Bruto!« spie Julia den Reporter an.

Sarah mußte die Sache unverzüglich regeln, denn sie konnte es sich nicht leisten, daß herumgetratscht wurde, sie würde Diebinnen einstellen. Am liebsten hätte sie das Frauenzimmer geschüttelt, bis ihm die Zähne ausfielen…

…Zähne!

»Mund auf!«

Julia sah sie unschuldig und verständnislos an.

»Mund auf!«

Das Mädchen wollte wegrennen, aber Sarah packte sie und stemmte ihr den Mund auf. Nancy brachte eine Lampe und hielt sie hoch, damit Sarah in Julias Mund blicken konnte. Der linke Eckzahn war so spitz, daß sie damit leicht den Faden eines Kragenknopfs durchbeißen konnte.

»Gut, ich habe gesehen, was ich sehen wollte.« Sarah hielt Julia weiterhin am Arm fest. »Nancy, bring Brechwurz! Dann holst du Julias Sachen und bringst sie hierher.«

»Nein, Señora Western!« heulte Julia. »Nix Brechwurz!«

»Sie wollte wohl ein bißchen angeben«, sagte Nancy. »Am Tag des heiligen Augustus nehmen sie an den Tischen der Vornehmen nur Gold für die Wetten.« Daß Julia zockte, brauchte Nancy nicht erst zu betonen.

»Du wolltest ihn eigentlich gar nicht schlucken, nicht wahr?« Das war eine Feststellung. Sarah schüttelte Julia so heftig, daß ihre Brüste tanzten und der dichte Vorhang ihrer Haare sich kräuselte.

Sarah hatte der Frau die Schauergeschichten über die Ungerechtigkeit der Behörden und die Brutalität eines jeden Mannes, den sie je getroffen hatte, geglaubt. Vielleicht waren die Geschichten ja wahr, aber offenbar warteten manche Opfer nur auf die Gelegenheit, im Gegenzug anderen Menschen Schaden zuzufügen.

Sarah nickte Lewis Allen zu. »Bald haben wir Ihren Knopf wieder.«

Sie führte die nackte Julia in den Hof. Nancy goß Brechwurzsud aus einer alten braunen Flasche auf einen Löffel, und Sarah drückte mit Daumen und Zeigefinger gegen Julias Kiefergelenke, bis sich die zusammengebissenen Zahnreihen leicht öffneten, schob den Löffel hinein und kippte ihn. Dann hielt sie Julia mit ihrer großen Hand Mund und Nase zu, bis sie schlucken mußte, um wieder Atem zu holen.

Anschließend gab sie ihr einen Kübel, drehte sie um und

hielt sie am Nacken fest. Sie mußte nicht lange warten – Julia stieß schon auf. Auf Sarahs Befehl mußte sie den Knopf aus dem Erbrochenen fischen und abspülen.

Maria kam mit dem ausgefransten Korb, der Julias armselige Habe enthielt. Als sie erst den Korb, dann die zitternde Frau ansah, die auf dem Boden kauerte, kamen Sarah fast die Tränen. Sie hätte Julia am liebsten in den Arm genommen und über die Grausamkeit in der Welt geheult, die die Seele der Menschen verkrüppeln ließ. Doch statt dessen half sie ihr auf und gab ihr den geflickten Rock und die Bluse, die Julia Tag für Tag trug.

Dann wandte sie sich an Juan: »Nehmen Sie sie mit nach Hause, wenn Sie morgen nach Santa Rosa fahren und Mais und Rindfleisch besorgen.« Dann überlegte sie, was Julia in ihrem Dorf wohl für ein Leben geführt haben mußte, und fügte hinzu: »Oder bringen Sie sie, wohin sie auf dem Weg dorthin will.« Und sie drückte ihm drei zerkratzte Silbermünzen in die Hand.

»Sí, Western.« Er wußte, daß er Julia das Geld geben sollte, wenn er sie absetzte.

»Heute nacht kann sie im Schuppen schlafen.«

Als Sarah auf Julias Siebensachen starrte, bemerkte sie, daß das fahle Licht der untergehenden Sonne alles mit einem blassen Rosa überzog, als hätte der Regen das tiefe Purpur aus dem Himmel gewaschen. Bald würde die Glocke zur Vesper läuten. Sarah ging durch den Rauch und den Radau der Schankstube und trat hinaus auf die Plaza, die unzählige Hände in einen Festplatz verwandelt hatten.

Die Leute hingen in Trauben um die Spieltische und die Stände am Rand des Platzes, wo es Anisbrot und *pulque* gab, kandierte Kaktusstücke, Tongeschirr, geschnitztes Spielzeug und Masken. In der Mitte des Platzes hatten die Männer einen Hahnenkampfring aufgebaut, und die Anhänger der Hähne hatten sich schon die besten Plätze an der niedrigen Holzwand ausgesucht, wo sie mit ernstem Gesicht standen. Ganze Wäldchen aus großen Ästen standen zum Schmuck an den Straßenecken und machten die Straßen zu grünen Tunnels aus Zweigen, die mit bunten Wimpeln verziert waren. Alles glänzte noch vom Regen, die Tropfen glitzerten wie Diamanten in der untergehenden Sonne.

»Guten Abend, Señora Western.« Der Polizeihauptmann von Saltillo legte die Finger an die breite Krempe seines Huts. Er war um die Fünfzig, stattlich und heiter.

»Don Ramón – so eine Freude, Sie zu sehen!«

Sarah freundete sich stets mit den örtlichen Polizisten an und schmierte sie, wenn nötig. Saltillos Ordnungshüter war ein liebenswerter Mann, und er war unbestechlich. Auf seinen Streifen machte er auf ein kleines Glas Sherry und eine Englischstunde in Sarahs Hotel halt. Der Unterricht endete immer in stockenden Diskussionen über Gut und Böse, Liebe und Tod, das Wetter und die amerikanische und mexikanische Politik.

Auch nun schien er wieder Lust auf eine kleine Debatte zu haben, aber die Kirchenglocken läuteten, und das lebhafte Treiben hörte schlagartig auf. Die Männer nahmen den Hut ab, und alle senkten den Kopf zu einer andächtigen Schweigeminute. Wenn das zweite Geläut sie wieder erlöste, wünschten sie sich für gewöhnlich eine gute, gesegnete Nacht und schlenderten nach Hause. Dieser nette Brauch vertrieb den Haß und den Krieg, wenn auch nur für wenige Augenblicke, und Sarah hatte es sich zur Angewohnheit gemacht, daran teilzunehmen, wann immer sie konnte. Doch heute war das Fest des heiligen Augustus, des Schutzpatrons der Spieler, und keiner dachte daran, nach Hause zu gehen. Don Ramón salutierte noch einmal, schenkte ihr ein strahlendes Lächeln, das jedes Kind für ihn einnahm und das Herz jeder Frau klopfen ließ wie eine Kastagnette, und verschwand in der Menge.

Sarah beneidete ihn nicht, vor allem nicht heute abend. Bei Festen in Mexiko gab es immer eine Menge Ärger, doch die Rabauken unter den amerikanischen Freiwilligen erschwerten Don Ramóns Arbeit noch.

Trompeten schmetterten um die Wette, als würde jeder Bläser versuchen, das Lied als erster zu beenden. Ein großer, vornehmer alter Mann in blütenweißem Anzug und einem neuen Sombrero stieg auf einen Tisch, nahm den Hut ab und hielt ihn an die Brust.

Die Leute verstummten für einen Augenblick, und er rief: »Gelobt sei Maria, die unbefleckte Jungfrau! Die Hühner kommen!« Die Menge teilte sich und ließ die Kampfhähne passieren, die Männer in grobgeflochtenen Körben trugen. Ein paar trugen Masken, was Teil der Zeremonie war, die Gehilfen hielten die Fackeln und beleuchteten den Weg. Die Menschen drängten sich hinter den Männern, riefen die Namen ihrer Favoriten und baten um Gottes Segen für das jeweilige Tier.

Sarah trat ein wenig in den Hintergrund. Sie konnte gut genug über die Menge hinwegsehen, und sie hatte keine Lust, plötzlich ein Messer im Rücken oder eine Schlinge um den Hals zu spüren. Taylors gewagte Vorstellung in La Angostura hatte Saltillos Bevölkerung zwar unterworfen, doch sie spürte die latente Feindseligkeit, und lassoschwingende Banditen streiften immer noch durch die nächtlichen Straßen und legten den Betrunkenen der Freiwilligenkompanien einen Hinterhalt, wenn diese aus den *cantinas* kamen.

Die Besitzer der Hähne deckten die Tiere auf und paradierten mit ihnen um den Kampfplatz. Die Zuschauer wählten den Hahn aus, den sie für den siegreichsten hielten. Belustigt sah Sarah, daß Hanibal sein Ziel erreicht hatte: Er wollte unbedingt den Buchmacher für die Wetteinsätze spielen. Seinen widerspenstigen Schopf hatte er naß gemacht und das Haar ordentlich zurückgekämmt. Passend zu seiner sauberen Hose und dem neuen Hemd hatte er die feierliche Miene eines Dorfältesten aufgesetzt.

Die Leute drängten sich um ihn, gaben ihm ihre Einsätze und deuteten auf den Hahn ihrer Wahl. Jedem nickte Hanibal zu und steckte die Münzen in seinen Beutel. Mit dem Einsatz der Verlierer würde er die Gewinner auszahlen. Die großzügigeren unter seinen Kunden gaben ihm ein kleines Trinkgeld. Sarah hielt sich selbst ebenfalls für eine kluge Geschäftsfrau, aber sie wunderte sich immer wieder, daß es den Buchmachern gelang, nie die Wetten durcheinanderzubringen oder zu vergessen, wer gewonnen und wer verloren hatte, und wieviel er jedem schuldete. Sie nahm sich vor, Hanibal mehr Verantwortung zu übertragen.

Sie wollte gerade zum Amerikanischen Haus zurückgehen, da fiel ihr Blick auf einen Hahn, der am hinteren Ende des Kampfrings herumstolzierte. Der Besitzer trug schäbige Bauernkleider und den üblichen Sombrero, vor dem Gesicht hatte er eine geschnitzte und bemalte Maske, die aussah wie ein lächelnder Totenkopf. Sarah ging näher zum Ring, um den Vogel besser sehen zu können. Er hatte einen schwarzen Ring ums rechte Auge, eine goldene Schwanzfeder hing auf den Boden.

Dieser Águila hat wirklich Nerven! dachte sie.

Nicht nur die Amerikaner waren scharf auf seinen Kopf, auch die lokale Polizei hätte ihn gern wegen seiner Raubzüge durch die Dörfer geschnappt. Sarah zwängte sich wieder in die Menge und machte sich auf die Suche nach Don Ramón und seinen Polizisten.

Im Schein der Laternen sattelten Sarah und Juan vor dem Stall die Pferde, als William Worth angeritten kam, gefolgt von dem unvermeidlichen Geplapper seiner Getreuen, Adjutanten und Burschen.

Es schien, als wollte er Sarah fragen, wohin sie um diese Stunde ritt, doch er wollte nicht das Risiko eingehen, daß eine Frau ihn vor seinen Untergebenen daran erinnern könnte, sich um seine eigenen Angelegenheiten zu kümmern. Das hatte Sarah nämlich schon öfter getan, und ihre Miene verriet, daß sie genau das beabsichtigte. »Ganz schön was los auf dem Platz, was?« sagte er statt dessen.

»Ja, General, ein Riesengebrüll und eine Schießerei«, sagte

Sarah. »Don Ramón hat Antonio Águila festgenommen und ihn in den *calabozo* gesteckt. Ein paar hundert aufgebrachte Bürger von Saltillo haben ihm dabei geholfen.« Sie grinste im Schutz von Alice Anns Flanke, während sie den Sattelgurt festzog. Im Kerker von Saltillo wollte sie keine fünf Minuten zubringen. Sie sah Worth an. Trotz der Staubschicht saß er im Sattel, als würde er für ein Kriegerdenkmal posieren. »Kommen Sie gerade aus Monterrey?« fragte sie.

»Ja.«

»Wie geht's dem General?«

»Ganz gut. General Taylor scheint zufrieden zu sein, daß Scott den Feldzug im Süden anführt und er den Krieg hier im Norden in Ruhe absitzen kann.«

Worths mißbilligender Ton war Sarah nicht entgangen. Sie stieg in den Sattel und salutierte flüchtig. »Nancy soll Ihnen das Essen aufwärmen. Sie weiß auch, wo der gute Brandy steht. Das Bett im Zimmer an der Südwestecke ist frisch bezogen.«

Im Mondschein ritten sie in vorsichtigem Trab nach Rancho Incarnación. Mit gezogenen Pistolen und der Laterne in der Hand suchten sie jeden Winkel der verlassenen Hazienda ab. Sarah konnte eigentlich nicht glauben, daß Águilas Leute zurückgekommen waren, doch sie gab trotzdem die Hoffnung nicht auf. In dem Schuppen aus Adobeziegeln, wo das Viehfutter gelagert wurde, keimte der Mais in der ständigen Feuchtigkeit. Die dürren weißen Schößlinge schoben sich zu dem einzigen schmalen Fenster hinauf, als wollten sie ihrem Gefängnis entkommen.

In einer Ecke fand Sarah ein schmutziges Tuch. Sie hielt die Laterne hoch. »Sieht aus wie eine Windel.«

Der Vorhof des Haupthauses war zerfurcht von Spuren; offenbar hatte ein ständiges Kommen und Gehen von Pferden, Menschen, Mulis, Rindern und Hunden geherrscht. Der Mondschein ergoß sich wie flüssiges Silber in die Trittsiegel, die so gespenstisch leuchteten, als würden die Verursacher dieser Abdrücke immer noch über dem Boden schweben wie ein unsichtbarer Mob.

»Können Sie den Spuren bis zum nächsten Versteck folgen, Juan?«

Er zuckte die Achseln.

»Sie haben indianisches Blut in den Adern, Sie sollten das eigentlich können.«

»Dazu braucht man einen Komantschen.«

»Tja, daß die aber auch nie in der Nähe sind, wenn man sie mal braucht!«

Juan kicherte verschlagen.

Sie führten die Pferde durchs Haus in den Patio und banden sie an einen verkrüppelten Mesquitbaum. Dann wickelten sie sich in die Satteldecken und lehnten sich an die Wand. Der Mond beschien ihre Gesichter nur für kurze Zeit, dann verschwand er hinter den Bergen, und die beiden legten sich schlafen.

Im Morgengrauen fütterten sie die Tiere und gaben ihnen Wasser, bevor sie nach Saltillo zurückritten. Sarah hielt am Amerikanischen Haus an, sah nach, ob Nancy und Maria alles unter Kontrolle hatten, und ging dann ins Stadtgefängnis. Für den Fall, daß sie nur in der Zelle mit Águila sprechen konnte, hatte sie ein essiggetränktes Tuch dabei. Sie erwartete nicht, daß er ihr sagte, wo Cruz war, doch vielleicht würde er ihr ganz aus Versehen nützliche Informationen liefern.

Ihre Knöchel hatte sie ebenfalls mit essiggetränkten Lappen umwickelt; damit wollte sie das Ungeziefer davon abhalten, auf ihre Waden zu springen; die Röcke hielt sie geschürzt, damit sich keine Läuse oder Flöhe in den Säumen verstecken konnten. Aus den Zellen entlang des dunkeln Korridors hinter Don Ramóns kleiner Schreibstube hörte sie betrunkene Schreie, und ein Indianer sang klagend in einer Sprache, die eindeutig nicht Spanisch war.

»Señora Western!« Don Ramón verbeugte sich so galant,

wie es der vollgestopfte Raum zuließ. »Welchen Umständen verdanken wir die Ehre Ihres Besuchs?«

»Ich will mit Águila sprechen.«

»Tja, leider ist er nicht hier, Señora.«

»Wo in Dreiteufelsnamen ist er dann?« Das Blut schoß ihr in den Kopf und rauschte ihr in den Ohren.

»General Worth hat ihn gestern abend freigelassen.«

»Freigelassen?«

»*Sí.* Er hatte ein Genehmigungsschreiben vom Major.«

»Warum in aller Welt hat er das getan?«

Don Ramón zog nur die Achseln hoch und streckte die Handflächen aus – die Geste eines Mannes, der es schon lange aufgegeben hatte, die Dummheit der Leute zu verstehen. »Er ist ein *recluta.* Wie heißt das …?«

»Rekrut.«

»Ja. Der General hat Águila als Spion rekrutiert.«

»Als Spion?« Sarah traute ihren Ohren nicht.

»Ja. Er hat ihm *clemencia* gewährt.«

»Gnade?« Sarah kam sich vor wie ein Papagei. Sie konnte nur immer wiederholen, was Don Ramón sagte.

»*Sí.* Gnade, Geld und Uniformen für ihn und seine ganzen *pobladores,* diesen ganzen Abschaum. Natürlich hat Águila das Angebot angenommen. Wenn er geblieben wäre, hätten wir ihn hingerichtet, nach allem, was er verbrochen hat.« Er legte die Hand an seinen Hals und zog eine imaginäre Schlinge zu.

Sarah wollte ihn fragen, wie er Águila einfach so aus dem Gefängnis entlassen konnte, doch sie kannte die Antwort. Ein amerikanischer General bekam, was er wollte. »Wohin sind sie gegangen?«

»Nach Puebla, zu General Scott.«

Sarah trat wieder in den geschäftigen Morgen hinaus, ihre Ohren klingelten vor Wut. Hätte Murphy doch diesen Worth damals erwürgt! Sicherlich dachte James das gleiche. Wenn er überhaupt noch am Leben war.

28

Verräterische Hunde

Das silberne Band des Churubusco schlang sich über anmutige Wasserfälle die kupferfarbenen Berge hinunter und floß ins Tal, wo es Marschen und Dämme, Gräben und zartgrüne Maispflanzen miteinander verwob. Es wäre eine friedliche Landschaft gewesen, hätte es dort nicht von Männern in blauen Uniformen gewimmelt. Kanonenkugeln pfiffen durch die Luft und schlugen Breschen in die Felder mit den hohen Maispflanzen. Granaten und Schrapnelle übersäten die Wegkreuzungen. Tote und Schwerverletzte lagen zuhauf auf dem Damm, der über das Schwemmland und die tiefliegenden Felder zum ummauerten Konvent von Churubusco führte, der so passend nach dem aztekischen Wort benannt war, das »Stätte des Kriegsgottes« bedeutete.

James hatte keine Zeit, an den langen, traurigen Weg zu denken, der ihn nach der Schlappe von Buena Vista hierhergeführt hatte. Sein einziger Gedanke galt dem Pulverfaß, das Corporal Santiago O'Leary keine zwanzig Schritte von seinem eigenen Geschütz entfernt neben eine Kanone in der gleichen Scharte gestellt hatte. Laut rief er, es sei zu nah an der Glut im Lauf der Achtpfünder, aber keiner hörte ihn im Lärm der krachenden Batterien. Also rannte er los – und da fing das Pulver auch schon Feuer. Die Flammen ergriffen den Corporal, zwei weitere Männer der Besatzung und General Anaya. Mit lichterloh brennenden Uniformen rannten sie zum Bewässerungsgraben und stürzten sich in das schlammige Naß. Das Feuer griff auf die letzte Kiste mit Granaten über, sie explodierten, und ihre Bestandteile wurden in alle Richtungen geschleudert.

Seamus kletterte auf die Brustwehr und glitt in die kleine Scharte hinunter, in der James' Kanone in Stellung gebracht war. Hinter vorgehaltener Hand schrie er James ins Ohr: »Wir haben keine Munition mehr, Junge. Außerdem haben Worths Männer den Brückenkopf eingenommen, die Dragoner folgen ihnen auf den Fersen. General Anaya hält es für das beste, wenn wir uns zum Kloster zurückziehen.« Er winkte dem Rest der Besatzung und rannte auf das Tor des Konvents zu, der auf dem Hügel thronte.

James zögerte erst, doch dann sah er, daß die Männer ihre Batterien auf der ganzen Schanze verließen. Er nahm den Eisenhaken, mit dem die Räder der Lafette gedreht wurden, verkeilte ihn mit einem Hammer in der Mündung des Rohrs, damit die Amerikaner die Kanone nicht mehr abfeuern konnten, und rannte hinter Seamus her.

Verstümmelte Pferde und Mulis lagen quer auf dem Weg und in den Gräben. Selbst durch den ohrenbetäubenden Lärm der Kanonen und Musketen, die Schreie der scheuenden Tiere und das Gebrüll der vom Grauen gepackten Männer glaubte James die donnernden Hufschläge der Dragonerpferde zu hören, die hinter ihm immer lauter wurden. Kugeln pfiffen ihm um die Ohren, doch in seiner Erschöpfung war die Angst dem Gleichmut gewichen, als ob der drohende Tod ihn nicht treffen könnte.

Seamus fuhr mit der Hand an seinen Oberschenkel und stürzte. James hievte ihn auf seine Schulter und rannte weiter. Nur durch seine Willensstärke zwang er seine müden Beine, schneller zu laufen, zwang sein Herz, immer mehr Blut zu pumpen, zwang seine schmerzenden Lungen, immer weiter röchelnd Luft zu holen. Er bog vom Weg ab, stürzte zwischen den abgeknickten Maisstauden hindurch den Hang hinauf und sprang über die Toten, die ihm im Weg lagen, während Seamus' Beine und Arme gegen seinen Rücken und seine Brust schlugen.

Zusammen mit der Nachhut der San Patricios zwängte er sich durch das große Tor und in das chaotische Gedränge aus Männern und Pferden im Klosterhof. Mit einem beruhigenden

Knall schlug das große Eichenportal hinter ihnen zu. Er setzte Seamus ab und lehnte sich in der stickigen Hitze des Hofs keuchend an die Mauer; sein Herz klopfte so wild, als würde es ihm gleich aus der Brust springen.

Der rauhe Stein fühlte sich an seinem Rücken fest und beruhigend an. Die Mauer, die die gut achtzig Hektar großen Ländereien der Kirche umfaßte, war zwölf Fuß hoch und aus Kalksteinblöcken gebaut, die so breit waren wie Munitionswagen. Sie erstreckte sich in einem Umfang von einer Meile und mehr über Hügel und Senken.

»Das wird knapp, Jamie-Schatz.« Die geflickten Spitzen von Rileys Stiefeln ragten in Augenhöhe über die Kante des Mauerumgangs. »Sie sind so nah, daß sie uns bald mit den Zehen in der Nase bohren können.«

Er beugte sich hinunter, streckte seine verbrannte und drekkige Hand aus und zog James zu sich auf den Holzsteg. Dann hievten sie zusammen Seamus hoch. Neben ihnen feuerten zwei Linien von Männern, die einen kniend, die anderen stehend, abwechselnd durch die doppelte Reihe von Schießscharten. Riley schob mit dem Fuß eine leere Munitionskiste herbei, damit Seamus sich setzen konnte. Der Verletzte machte es sich an einer der unteren Schießscharten so bequem wie möglich, auch wenn der rote Fleck auf dem zerrissenen Hemd, mit dem er seinen Schenkel abgebunden hatte, immer größer wurde.

»Sie haben einen Wagen mit Munition gebracht«, sagte Riley, »das falsche Kaliber für die Musketen – doch für unsere Lieblinge passen die Kugeln.« Er tätschelte den Schaft seiner »Shaw« mit dem Zündröhrchenschloß und warf James und Seamus drei Päckchen Fertigpatronen mit Papierummantelung zu.

»Ein Geschenk Gottes!« James wollte kichern, doch das Lachen blieb ihm in seinem ausgetrockneten Hals stecken. Er kannte die Strafe für Fahnenflüchtige. Ihn und die anderen San Patricios erwartete der Tod durch den Strang, wenn die

Amerikaner diese Stellung einnahmen. Entweder wir fallen hier im Kampf oder wir baumeln am Galgen, dachte er.

James schielte zu Riley hinüber, der ihn aus seinem rußigen und pulverfleckigen Gesicht angrinste; getrocknetes Blut klebte an den Stellen, wo er sich am glühenden Eisen der Kanone verbrannt hatte. James wußte, daß er selbst auch nicht besser aussah, ja er hatte sogar befürchtet, die Hitze der Achtpfünder würde ihm das Fleisch auf den Knochen braten und seine Fettzellen zum Brutzeln bringen. Verglichen damit wäre die Augusthitze auf der anderen Seite der Sandsäcke ein herbstlich kühles Lüftchen gewesen.

Doch nun spürte er die Gluthitze. Er wischte sich den Schweiß aus den Augen, das grobkörnige Pulver kratze auf seiner verbrannten Haut. Er beugte sich vor und spähte durch die Schießscharte, wo er seine verlassene Kanone wie in einem runden Rahmen sehen konnte. Sie machte den Eindruck, als würde sie nur darauf warten, die Angreifer zu begrüßen, und James hätte sich nicht gewundert, wenn sie mit dem hölzernen Lafettenschwanz gewedelt hätte wie ein Hund.

Soldaten stürmten die Schanzen und die Geschützstellungen der Mexikaner und strömten den Hügel zum Kloster hinauf.

»Aguántense, muchachos!« – Haltet die Stellung, Jungs! General Anaya war immer noch voller Schlamm aus dem Bewässerungsgraben, Gesicht und Hände hatten schwere Verbrennungen erlitten, aber sein zackiges, kastilisches Lispeln hatte keinen Schaden genommen.

James nahm den Finger vom Abzug und wischte sich die nassen Handflächen an der Hose. Sein Puls donnerte wie ein abgehacktes Abwehrfeuer gegen den gleichmäßigen Takt der amerikanischen Trommeln an. Die blaue Welle rollte so nah heran, daß er jedes einzelne Haar in den Schnurrbärten der Soldaten erkennen konnte. Gerade wollte er sich umdrehen und nachsehen, ob Anaya eingeschlafen war, da brüllte der General so laut, daß James zusammenfuhr:

»Tiren!«

James feuerte. Er genoß die Kraft und die Geschmeidigkeit, mit der das Eisen gegen seinen gebeugten Finger drückte. Der Knall seines Gewehrs fiel in das Krachen der Waffen um ihn herum ein, seine Ohren klingelten, und nach einer Weile fühlte er sich halb taub und benommen. Durch die Schießscharte sah er, wie Soldaten im Mais verschwanden, als würden sie von einer unsichtbaren Kreatur in die Tiefe gezogen. Die vorrückenden Linien lösten sich auf. James und seine Kameraden jubelten, bis sich ihre heiseren Stimmen überschlugen.

»Die Erste Division?« fragte James, während er und Riley nachluden.

»Die würden doch ihre Standarte tragen, oder?«

»Worths Männer.«

Riley grinste ihn von der Seite an. »Vielleicht sind es nur noch Männer ohne Worth.«

»John, ich würde mein Leben geben, Worth im Visier zu haben.«

»Das wirst du vielleicht auch müssen, Jamie-Schatz – danach.«

James stieß die Kugel in den Lauf und feuerte, lud und feuerte wieder. Neben ihm schrien Männer auf und fielen; amerikanische Scharfschützen auf den umliegenden Hügeln hatten sie getroffen. Braxton Braggs Besatzungen schleppten ihre Haubitzen durch die Sümpfe in Reichweite der Klostermauern. In hohem Bogen prasselten die Kugeln auf die Iren herab, Schrapnelle explodierten und schleuderten ihre Geschosse durch den Klosterhof. Zwei Stunden lang bestand die Welt nur noch aus Hitze, Lärm, Blut und Tod.

Als die Mittagssonne erbarmungslos auf sie herunterbrannte, war James schon über sein Bedürfnis nach Kühlung hinaus. Sein Hals fühlte sich an wie mit Eisenspänen bestückt, er schmeckte nur noch Schwefel und Asche; an den Geschmack von Wasser konnte er sich nicht mehr erinnern. Langsam gewann er den Eindruck, er würde nie wieder etwas anderes hören als das Donnern der Kanonen und Musketen und die

Schreie der Fallenden. Am liebsten wollte er gar nichts mehr hören, nur noch die Stille.

Die Sonne, ein verschwommener heller Fleck im Rauch, war schon halb untergegangen, als das Feuer der Mexikaner spärlicher wurde. Langsam ging die Munition aus. Mit Triumphschreien rannten die Amerikaner über das offene Gelände und stellten ihre Leitern an die Mauer. Die ersten Stürmer konnten die Verteidiger zurückwerfen; noch im Fall hechteten sie in Deckung. Doch bald erkletterten sie die Brüstung.

»In die Kirche!« schrie Riley.

Die grüne Seidenfahne flatterte hinter ihm, als er vom Umlauf sprang und sich mit den San Patricios im Schlepptau in das Gewühl aus Männern, Karren und Tieren stürzte. Die Amerikaner fielen bereits über die Mauern ein, sprangen auf den Umlauf und von dort auf die Toten, die zuhauf im Klosterhof lagen. Die blecherne Melodie der Bajonette erklang, als sich Mexikaner und Amerikaner schließlich von Mann zu Mann gegenüberstanden.

James blieb kurz stehen und riß die weiße Flagge der Kapitulation herunter, die ein Sergeant hissen wollte. Er rollte sie zusammen und nahm sie mit, damit kein anderer von ihr Gebrauch machen konnte. Die Überreste der San Patricios und Mexikaner rannten zu der großen, kreuzförmigen Kirche, die sich mit ihren stufenförmigen flachen Dächern auf einer Anhöhe hinter dem Kloster erhob. Mit der hohen Vierungskuppel, den Schmuckbögen, den geschwungenen Strebepfeilern und den überkuppelten Türmchen sah der Bau aus wie der Palast eines morgenländischen Paschas. Die Männer konnten sich gerade noch durch das große Portal drängen und es hinter sich verriegeln, als auch schon die ersten Amerikaner angriffen.

Mexikaner und Iren rannten durch das kühle Schiff, stürzten zur Empore hinauf und liefen durch ein Labyrinth aus dunklen, engen Gängen und Treppen. Das stete Donnern des Rammbocks und das Splittern von Holz hallten durch die Kirche, als die Männer die Leiter zum ersten Flachdach erklommen. Sie sahen gerade noch, wie ein Mexikaner sein weißes Hemd um den Lauf seines Gewehrs schlang, das Gewehr hochhielt und damit zum Rand des Daches ging. Riley wirbelte herum, zielte und schoß. Der Mann stürzte hinunter, das Hemd wehte hinter ihm her.

»Wir ergeben uns nicht!« schrie er. *»No entregamos!«*

Die Männer legten sich flach aufs Dach, manche stöhnten und wanden sich unter Schmerzen, während die Amerikaner im Gang hockten und aufs Dach feuerten. Die Mexikaner ließen ihre nutzlosen Gewehre fallen, verzogen sich an den Rand des Dachs und knieten sich mit erhobenen Händen hin. Die San Patricios hatten sich hinter den Toten und den schreienden Verwundeten verschanzt und feuerten immer noch. Wenn die Amerikaner sie gefangennahmen, würde es für sie keine Gnade geben, selbst wenn sie sich ergaben.

Ein paar Amerikaner sprangen aufs Dach, drückten sich geduckt an der Mauer entlang, die das darüberliegende Dach trug, und suchten Deckung hinter den hohen Strebepfeilern. James sah, daß sie hier bald mit dem Rücken zum Abgrund eingeschlossen sein würden. Er feuerte seine letzte Kugel ab, warf das Gewehr hinunter und rannte an der Fassade entlang zu einem fünfzehn Fuß hohen Stützpfeiler. Am Sockel war er mit Stufen versehen und zog sich dann in einer geraden Linie zum oberen Ende hinauf, wo er den Turm über dem Hauptportal am Ende des Querhauses stürtzte. James suchte Tritte und Griffe in den Ritzen zwischen den Quadern und kletterte die Mauer hinauf. Kugeln pfiffen an ihm vorbei und streiften sein Haar.

Er zog sich auf das flache Kapitell des Pfeilers und sah hinunter auf das Meer aus amerikanischen Soldaten, die reihenweise die Kirche umringten. Vor dem schwefelgelben Himmel in den Wirbeln aus Pulverdampf stehend betete er, ein Scharfschütze da unten möge direkt auf sein Herz zielen. Doch den Gefallen wollten oder konnten sie ihm ausnahmsweise einmal nicht tun. Vom darüberliegenden schmäleren Dach auf der anderen Seite des Simses hörte er Stimmen, und diese Stimmen sprachen Englisch.

James wußte, daß der Freitod eine Sünde wäre, die Gott ihm niemals vergeben würde, doch sich gefangennehmen zu lassen, war schließlich nur eine andere Art von Selbstmord. Die Amerikaner würden ihn töten, das wußte er, und er bezweifelte, daß sie sich lange mit den Vorschriften aufhalten würden, nach denen er als Deserteur gehängt werden müßte.

Er schloß die Augen und genoß die leichte Brise, die kühlend über sein Gesicht strich. Er fühlte sich so leicht und glücklich, als könnte er mit einem Schritt vom Dach über den Krieg hinweg- und davonfliegen. Er betete, daß Cruz im nächsten Leben auf ihn warten würde, auch wenn er sich ziemlich sicher war, daß er in einem anderen Teil des Jenseits enden würde als Cruz.

Er bekreuzigte sich und hob die Arme, als wollte er das Nichts umarmen, und trat vor. Zu seiner Überraschung und gar zu seiner Enttäuschung packte ihn plötzlich jemand am Gürtel und zog ihn zurück. Er drehte sich um und versuchte sich aus dem Griff zu winden, da sah er sich Águilas vernarbter Räuberfratze gegenüber. Einen Moment lang erstarrte er – Águila trug eine grüne Uniformjacke und die Abzeichen eines Colonels am Kragen.

»So leicht kommst du mir nicht davon, du Hund!« zischte er.

James verstand genug Spanisch, um sofort zu reagieren. Mit einer einzigen Bewegung riß er an der Kette des silbernen Ehrenkreuzes, das er nach dem Gefecht von La Angostura bekommen hatte, und schleuderte Águila den Orden mit aller Kraft ins Gesicht. Seine Braue platzte auf, und ein Strom von Blut rann in seine Augen. Raufend rutschten sie an den Rand des Daches, doch James machte sich nicht die Mühe, sich aus Águilas Griff zu befreien, sondern versuchte, den Banditen mit sich über die Kante zu ziehen. Er wäre beinahe erfolgreich gewesen, wären nicht noch mehr Männer gekommen und hätten die beiden in Sicherheit gebracht.

»Endlich haben wir dich, du verräterischer Hund!« Der Lieutenant war ein Freiwilliger aus Worths Erster Division. Er bog James die Arme auf den Rücken und fesselte ihn so fest an den Handgelenken, daß seine Hände kribbelten und schließlich taub wurden.

Sie witzelten und drohten, ihn vom Dach zu werfen, doch dann zogen sie ihn durch ein zerbrochenes Buntglasfenster in der dreistöckigen Wand in die Kirche und schleppten ihn über einen Gang zur Leiter. Als James hinunterkraxeln wollte, trat ihm ein Amerikaner mit voller Wucht auf den Kopf, und er plumpste zur Erheiterung der Soldaten auf den Boden.

Sie brachten ihn zu den übrigen San Patricios – auch Seamus war unter den einigen hundert Überlebenden – und führten die ganze Gruppe um die Kirche herum, die von Gefallenen gesäumt war wie von Laubhaufen im Herbstwind.

An der Spitze der San Patricios marschierte General Anaya. Als er sah, daß Águila und seine Bande die runden Filzmützen, die roten Schärpen und die grünen Uniformjacken der Amerikaner trugen, scherte er aus und baute sich vor dem Banditen auf.

»Perros pérfidos!« brüllte er – ihr verräterischen Hunde! Doch er hatte noch mehr zu sagen und schimpfte noch, als ihn ein Amerikaner mit blutverklebtem Bajonett in die Kolonne zurückstieß.

James marschierte am Bengalischen Tiger vorbei. Twiggs' Erfindungsgabe und sein unerschöpflicher Vorrat an englischen Kraftausdrücken machten ihn fast wehmütig. Twiggs beschimpfte ihn nicht zum erstenmal, aber diese Tirade war die persönlichste und die ausführlichste, die er je gehört hatte.

Die amerikanischen Offiziere hatten alle Hände voll zu tun, um ihre Männer zurückzuhalten. Die Soldaten standen am Wegesrand und spien den San Patricios, die im Takt ihrer schlaffen Trommeln vorbeimarschierten, wüste Schimpfwörter entgegen. James spürte warmen Speichel in seinem Gesicht, der hinunterrann und auf seine Uniform tropfte. Er ließ sich jedoch nicht anmerken, daß er die Spucke überhaupt wahrnahm; starr blickte er geradeaus und dachte an einen ruhigen Ort, einen Ort mit klarem sprudelndem Wasser, grünen Feldern und Cruz. Erst als ein Amerikaner mit dem Bajonett auf ihn losging, zuckte er zusammen, weil er plötzlich die Hoffnung hatte, der Mann würde ihn töten und seinem Elend ein Ende bereiten. Doch ein Offizier trat vor und stieß den Mann zurück. Am liebsten hätte James protestiert, doch er würde sich nicht die Blöße geben, um den Tod zu bitten – nein, niemals. Niemals würde er betteln und flehen.

Als er an Worth vorbeiging, drehte er zum erstenmal den Kopf und sah dem General in die Augen, die hart und kalt wie Feuersteine in seinem Gesicht steckten. Worth sah durch ihn hindurch; er hatte offenbar keine Ahnung, wer James war. James scherte aus und stürzte auf den General zu. Mit gefesselten Händen konnte er sowieso nicht viel ausrichten, vielleicht wollte er seine Zähne in Worths Kehle schlagen. Doch bevor er nah genug war, um Worth etwas anzutun, warfen ihn ein paar Männer auf den Boden.

»Du Mistkerl!« schrie James. »Du mordender Hurensohn!«

29

Mit Schaum vor dem Mund

Die Septemberdämmerung lag noch kühl über dem zweiten Patio der weitläufigen Ansammlung von Adobehäusern, die das Amerikanische Haus genannt wurde. Die Sonne war noch nicht aufgegangen, doch die ersten Strahlen ergossen sich schon dünn und seiden und verheißungsvoll prickelnd wie Champagner über die flachen Dächer von Saltillo. Bald würden sie die Mauern im Osten und den unkrautüberwucherten Hof erreichen, der von Küche, Ställen, Hufschmiede und Dienstbotenquartieren umgeben war.

Sarahs Hahn hatte den anderen gefiederten Haremsvorstehern in der Nachbarschaft bereits aus tiefstem Herzen den Kampf angesagt. Er war im Staub herumgeflattert und hatte die Pläne seiner Milben durchkreuzt, indem er jede einzelne Schwanzfeder und jede Schwungfeder vom Ansatz bis zur Spitze durch den Schnabel gezogen und eingefettet hatte. Nun hielt er sich für unwiderstehlich, jagte den Hennen hinterher und besprang sie nacheinander. Doch die Damen beklagten sich gackernd und scharrten lieber in den Pferdeäpfeln, die noch nicht beseitigt worden waren, nach Maden und Käfern.

Sarah lehnte sich in ihrem warmen Schaumbad zurück, das sie in dem großen Trog neben dem Pferdestall eingelassen hatte. Sie zog an der schlanken Zigarre, die Jeff Davis ihr am Abend zuvor gegeben hatte, sog den duftenden Rauch ein und sang leise eines von Jack Borginnis' Lieblingsliedern. Beim Gedanken an ihren Mann hätte sie am liebsten gleichzeitig geheult und gelächelt.

Bin ich dann müde am Abend,
darf ich mich an meiner Zigarre laben.
Und wenn der Rauch aufsteigt
Und in meine Augen schleicht,
Denk ich an mein Liebelein
Und seufze leis in mich hinein.

Ihr ungebändigtes Haar hatte sie in einem schlampigen Dutt am Scheitel aufgesteckt. Sie legte ihren Nacken auf den Rand des Troges und lauschte Marias klappernden Töpfen in der

Küche auf der anderen Seite des Hofs. Sarah mochte diese frühe Stunde des Tages, wenn alles noch schlief, wenn die ganzen Wirrnisse des Tages noch nicht einmal köchelten, geschweige denn brodelten, und die Morgendämmerung ganz leise in die Welt kroch, als wollte sie sie nur ungern wecken.

Sie glitt in einen warmen, feuchten Tagtraum, der jäh von Marias lautem *»Ay, Dios!«* unterbrochen wurde. Das sagte Maria oft, wenn auch meist nicht in diesem schrillen Ton. Sarah fiel auf, daß das Stimmengewirr und der morgendliche Rummel in den Häusern der angrenzenden Straßen eigentlich schon viel lauter hätte sein müssen.

Mit wild flatternden Haaren kamen die strohblonden Skinner-Mädchen von der Küche in den Hof gerannt, ihre Baumwollblusen bauschten sich im Wind.

»Los brutos haben Concepción und Zenaida heute morgen auf dem Markt geschnappt.« Nancy rannte am Trog vorbei direkt zur Stallmauer, wo Sarahs alte Pistole an einem Haken hing. »Sie wollen sie als *yanqui*-Spitzel und *yanqui*-Huren brandmarken.«

»Verfluchte Banditen!« Sarah stand so schnell auf, daß das Wasser über den Rand schwappte. »Caroline, meinen Unterrock!« Sie stieg aus dem Trog und stand tropfend auf einer Strohmatte.

»Sie wollen sie in Stücke hacken und sie den Krähen zum Fraß vorwerfen«, erklärte Caroline, das zweitälteste Skinner-Mädchen, und gab Sarah einen knielangen Baumwollunterrock mit Borten an den Ärmeln und einem schmalen Spitzenband am Ausschnitt. Sarah zog den Unterrock über den Kopf und strich ihn auf ihrem nassen Körper glatt. Die Wassertropfen tränkten den dünnen Stoff, der an ihr hing wie eine zweite Haut und abwechselnd ihre wunderschönen Erhebungen und Vertiefungen enthüllte oder verbarg. Sie überlegte, ob sie nicht ganz auf Kleider verzichten sollte, aber schließlich wollte sie die Leute ja nur ablenken und keinen Massenauflauf provozieren.

Nancy wollte ihr das Schießeisen geben, aber Sarah winkte ab. »Das hält mich nur auf.« Sie schob die Hand durch die Rohlederschlinge der Reitpeitsche und hängte sie sich ans Handgelenk. Juan war im Morgengrauen mit dem Mulitroß nach Monterrey aufgebrochen, also brauchte sie einen anderen Mann. »Nancy, such Moses und sag ihm, daß er sich beeilen soll! Und weck die Jungs!« In weniger als einer Minute hatte sie die Feldflasche vom Haken und die Seife vom Rand des Trogs genommen, ihren Unterrock geschürzt und rannte nun zum Platz.

»Auch Colonel Davis?« rief Nancy ihr nach.

»Vor allem Colonel Davis!«

Jeff Davis hatte entgegen den Anweisungen des neuen Kommandanten General Wool ein paar Flaschen Brandy ins Hotel geschmuggelt. Sarah vermißte den quicklebendigen Tiger Twiggs. Davis und sein Brandy hatten sie ziemlich aufgeregt, denn wenn sie den Anweisungen zuwiderhandelte, gefährdete sie ihr Unternehmen. Als er sich den Brandy schließlich am Vorabend zu Gemüte geführt und über seine taktische Glanzleistung in Buena Vista geprahlt hatte, hatte er sie noch mehr aufgeregt. Verärgert hatte sie mit anhören müssen, wie er, seine Mississippi Rifles und seine Keilformation den Tagessieg errungen hatten. Er würde nun einen schlimmen Kater haben, aber das störte Sarah nicht, sie brauchte jeden verfügbaren Schützen.

Sie hörte Concepción und Zenaida schon auf dem Platz um Gnade flehen. Im Rennen goß Sarah Wasser in ihre Hände und schäumte die Seife auf, den Schaum schmierte sie sich vor den Mund. Feldflasche und Seife ließ sie in einiger Entfernung vom Platz auf einem Fenstersims liegen.

Händler und Kundschaft hatten sich verzogen; nur das Gesindel war noch da, das darauf spezialisiert war, redliche Leute zu belästigen. Die anderen beobachteten aus sicherer Entfernung, wie die Banditen vor dem Feuer, das sie in der Mitte des Platzes angezündet hatten, die beiden Frauen auf die Knie stießen. Einer der Männer riß Zenaidas Bluse auf, ein anderer zog schon eine Eisenstange aus den Kohlen, an deren Ende die Buchstaben U.S. so rot glühten wie der Morgenhimmel. Zenaida schrie und zappelte.

Als Sarah sah, wie die Frau gebrandmarkt werden sollte, fuhr ihr die Wut wie ein Axthieb in den Bauch. Sie warf den Kopf zurück und stieß das unheimliche Geheul der Texaner aus, das in ihrem Schädel vibrierte wie summende Bienen. Sarah war nicht mehr zu halten – sie hatte sich in einen Drachen voller Zähne und Klauen verwandelt. Das Geheul hallte in den Seitenstraßen mit den verschanzten Häusern wider. Aufgeschreckte Tauben und Schwalben flogen heftig flatternd von ihren Plätzchen unter den Dachtraufen auf, die Papageien veranstalteten einen Mordskrach in den Mahagonibäumen, und noch ein paar Häuserblöcke entfernt jaulten die Hunde mit Sarah im Chor.

Die Männer erstarrten zu einer Masse aus offenen Mündern, buschigen schwarzen Schnurrbärten und braunen Gesichtern mit Prellungen und Narben; es waren die Gesichter derselben Burschen, die Sarah schon seit Monaten in der Stadt herumlungern sah; sie terrorisierten die Bewohner von Saltillo und griffen krakeelende amerikanische Freiwillige an, wenn sie die Fandangos und *cantinas* verließen.

Durch die Häufchen von Bohnen, Mais und Tomaten rannte sie immer noch wild schreiend wie eine Todesfee auf die Männer zu. Der Schaum tropfte ihr vom Kinn, und ihre hüpfenden Brüste testeten die Reißfestigkeit des dünnen Unterrocks. Mit ihren langen Beinen wich sie problemlos angebundenen Hühnern und Schweinen aus, die auf dem staubigen Platz feilgeboten wurden. Kürbisse kickte sie einfach aus dem Weg, und die großen Kugeln rollten so schnell weg, als könnten sie Sarahs Zorn gar nicht rasch genug entkommen.

Sie mußte damit rechnen, daß einer der Halunken bald wieder geistesgegenwärtig genug wäre und sie töten würde, aber in der kurzen Zeit hatte sie keinen besseren und vor allem keinen befriedigenderen Plan aushecken können. Jeder der Männer hätte die Möglichkeit gehabt, sie zu stoppen, schließlich steckten in ihren Stiefeln Messer und Macheten, an ihren Gürteln hingen Pistolen und Lassos, doch keiner rührte sich. Alle standen nur da, wie betört vom Anblick des Körpers unter dem nassen Unterrock.

»*La rabia!*« schrie einer.

Aber selbst die Angst vor der Tollwut konnte die Aufmerksamkeit der Männer nicht von den geschmeidigen Muskeln ihrer Oberschenkel ablenken, die sich im Laufen unter dem nassen Stoff beugten und spannten.

Sie stürzte sich in die Menge und schlug wild mit ihrer Reitpeitsche um sich. Am liebsten hätten sie den Schuft erschossen, der das Brenneisen schwang, aber sie wußte inzwischen, daß es besser war, so wenig wie möglich mit dem mexikanischen Gesetz in Konflikt zu kommen. Das Pfeifen und Krachen der Rohlederstreifen auf Gesicht und Schultern des Mannes und seine Schmerzensschreie verschafften ihr ausreichend Genugtuung. Wie fast überall auf der Welt war die Demütigung für einen Mann schlimmer als der Tod.

Sie gab Concepción die Peitsche, die weitermachte, wo Sarah aufgehört hatte, und dabei eine Flut von wüsten Bemerkungen über die Abstammung der Männer von sich gab. Sarah packte den Lauf eines Gewehr, das ein Bandit dümmlich und wie benommen auf sie richtete, verdrehte ihm die Arme und riß ihm das Schießeisen aus der Hand. Mit dem schweren Eichenkolben schlug sie auf die Männer ein und freute sich, wenn sie die Schädel unter den Sombreros traf. Wer noch in der Lage war wegzulaufen, brachte sich in Sicherheit, doch Sarah wußte, daß keiner weit rennen würden. Wie die Geier würden sie um die Stadt kreisen und auf ihre Chance warten, es ihr heimzuzahlen.

Sie half der zitternden Zenaida auf und stützte die kraftlose, schluchzende Frau. Concepción nahm Zenaida am anderen Arm, und so zogen sie sie zusammen an den schmucklosen

Adobehäusern, den verriegelten Türen und den geschlossenen Fensterläden vorbei. Die Straßen waren menschenleer, selbst die Hunde verzogen sich beim Anblick der Frauen. Sarah fragte sich, ob wohl Männer mit Musketen in der Hand von den Flachdächern herunterlugten.

Erleichtert sah sie, wie Moses und ihre Logiergäste um die Ecke kamen. Die Offiziere stopften sich immer noch die Hemden in die Hosen und füllten ihre Zündpfannen. Moses hielt seinen Karabiner locker in der Hand und schwang ihn im Laufen vor und zurück. Er nahm Zenaida und stützte sie mit dem freien Arm.

»Sie machen wirklich ein Gesicht, als könnten Sie eine ganze Bande skalpieren und den Banditen die Skalps um die Ohren schlagen, Missis Sarah«, flüsterte er, damit die anderen nicht hörten, daß er so offen und freundschaftlich mit ihr sprach. Er kicherte. »Und zu guter Letzt hauen Sie grinsend ab, was?«

»Die Situation hier ist ranzig wie alte Butter, Moses. Halt den Finger am Abzug.«

»Mit jedem Sieg der Amerikaner wird alles nur noch schlimmer.« Auf Colonel Davis' Stoppelkinn war noch der Abdruck des groben Webmusters seiner Bettdecke zu sehen, seine Augen waren rotgerändert. »Die Mexikaner sind einfach schlechte Verlierer, das steht fest.«

»Tja, aber meine Leute sollen sie in Ruhe lassen.« Sarah mußte fast lachen, als sie sah, wie Concepción zur Tür des Hotels eilte.

Concepción hatte ganz schön Bammel, und Sarah konnte es ihr nicht verübeln, daß sie Zuflucht im Amerikanischen Haus suchte. Am liebsten hätte sie die Tür von innen verriegelt, aber sie hatte keine Lust, eine Gefangene in ihrem eigenen Haus zu sein.

Sarah hatte schon vermutet, daß ihre Leute in Aufruhr waren, und sie enttäuschten sie auch nicht. Die Mexikanerinnen kauerten am hinteren Ende des langen, verzierten Schanktischs; Hanibal, Lewis Allen und Nancy standen zwischen den Frauen und der Tür. Auf der polierten Mahagonitheke hatten sie alle Waffen ausgelegt, die sie finden konnten – Messer, Gewehre, Knüppel, Pulverhörner und Patronentaschen.

»Sieht so aus, als wolltet ihr die Schlacht von Buena Vista noch einmal durchspielen.«

Nancy stieß einen Schwall spanischer Flüche und Verwünschungen aus, die sie offenbar von Concepción gelernt hatte.

»Es kam ja Verstärkung zum Platz«, sagte Lewis Allen und deutete mit dem Kinn auf Davis und die anderen Offiziere. »Ich dachte, ich wäre hier von größerem Nutzen.«

»Die Show ist vorbei«, sagte Sarah. »Macht euch wieder an die Arbeit – alle. Die Herren hier sind hungrig. Und außerdem muß die Bettwäsche abgezogen und gewaschen werden, es gibt Stiefel zu wichsen, und jemand muß Wasser und Holz holen.«

Sarah stellte die Tische, Stühle und Schemel wieder an ihren Platz, die zu einer behelfsmäßigen Barrikade vor der Theke aufgeschichtet worden waren.

Jeff Davis half ihr; vielleicht wollte er Wiedergutmachung für sein Benehmen am Abend zuvor leisten. Ein anderer Grund für seine plötzliche Bereitschaft, sich in körperliche Arbeit zu stürzen, fiel Sarah nicht ein. Wie die meisten Südstaatler, die Sarah kannte, vertrat auch Davis die Meinung, daß man dafür schließlich seine Sklaven hatte.

»Lieber kämpfe ich gegen tausend Lanzenreiter, die vor Messing, roten Bannern und goldenem Flitterkram nur so strotzen, als daß ich mich mit einem Dutzend Halunken einlasse, die aussehen wie Lumpensammler und sich in nichts vom normalen Volk unterscheiden«, sagte Davis.

Sarah dachte an Concepción, Zenaida, Maria, Juan und die Mexikaner, die sich auf die Seite der Amerikaner geschlagen hatten. »Können Sie sich vorstellen, wie es ist, wenn die eigenen Leute gegen Sie Krieg führen, Colonel?«

»Die ständigen Rebellionen gegen die eigene Regierung zeigen, daß die Mexikaner ein moralisch schwaches und verdorbenes Volk sind.«

»Ist Colonel Davis hier?« Ein Gefreiter mit lederner Kuriertasche an der Seite und einer hellbraunen Staubschicht auf dem Gesicht stand in der Tür und hielt ihnen ein Schreiben entgegen.

Davis nahm es und faltete es auseinander. Als er es gelesen hatte, jubelte er. »Von Perfect Bliss ... ich muß erst seine rhetorischen Klimmzüge entwirren ... Im Kern heißt es, daß Scott Churubusco eingenommen hat und nun auf die Hauptstadt marschiert.«

»Das sind gute Neuigkeiten.« Sarah machte Maria ein Zeichen, daß sie den Kurier am Waschtrog vorbei in die Küche bringen und ihm etwas zu essen geben sollte.

»Da ist noch was«, fuhr Davis fort, »sie haben endlich diese Irenschweine fertiggemacht.«

»Die San Patricios?«

»Ja. Sie kamen vors Militärgericht und wurden zum Tod durch den Strang verurteilt.«

Die Offiziere stießen drei laute Hochrufe aus.

»Wie viele?«

»Fast dreihundert. Bliss schreibt, sie hätten gekämpft wie die Löwen, aber jetzt bekämen sie ihre gerechte Strafe.«

Sarah ging über den Hof in die Küche und ließ Davis und die Offiziere zurück, die sich an dem amerikanischen Sieg weideten und auf ihr Frühstück aus Maisbrot und Eiern warteten. Der Kurier stand am Feuer und schaufelte sich mit einer Tortilla Bohnen von einem Holzteller in den Mund.

»Schmeckt Ihnen das Essen, Coburn?«

Coburn schaute zu ihr auf, nickte und lächelte mampfend.

»Wissen Sie zufällig, ob auch ein Ire namens Murphy unter den Gefangenen ist?«

Coburn schluckte. »Kann sein.«

»James Murphy – der mit dem schwarzen Wallach; ein Tier, das klüger war als zwei Offiziere zusammen.«

»O ja, Duke! Ich erinnere mich.« Der Kurier mampfte weiter. »Murphy wird zusammen mit den anderen hängen«, sagte er mit vollem Mund. »Was mit Duke passiert ist, weiß ich nicht.«

»Wann findet die Hinrichtung statt?«

»Wenn die Hauptstadt fällt – damit ist nun täglich zu rechnen.«

Sarah schloß die Augen und sprach still ein Stoßgebet für James' Seele. Sie wollte Maria gerade Anweisungen für ihr Tagwerk geben, da sagte Coburn:

»Colonel Harney befehligt die Hinrichtungen, Ma'am.«

Sarah wurde blaß. »William Selby Harney?«

»Ja, Ma'am.«

»Gott steh den armen Schweinen bei!« murmelte sie.

»Der Colonel ist ein ganz scharfer Hund, das weiß jeder.«

Diese Bezeichnung traf nicht mal zur Hälfte auf Harney zu. Sarah kannte ihn aus dem Florida-Krieg. Jeder wußte, daß er dort Seminolen-Squaws vergewaltigt und sie am nächsten Morgen an einem moosbedeckten Ast einer Virginia-Eiche aufgehängt hatte. In St. Louis hatte er eine Sklavin zu Tode geprügelt und war dann geflohen, damit ihn die aufgebrachten Einwohner nicht töteten. Auch von seiner eigenen Offiziersmesse hatte er Geld unterschlagen. Doch was am schlimmsten war – er war ein Taugenichts und ein Lügner.

Bestimmt hatte er sich für die Hinrichtung der San Patricios etwas ganz Besonderes einfallen lassen. Sarah war froh, daß sie das nicht mit ansehen mußte.

30

Ohr um Ohr

Um das Amerikanische Haus aufzulösen und die Wagen zu beladen, hatte Sarah Einheimische angeheuert, die sie kannte und denen sie vertraute. Es war ein redlicher und gutmütiger Haufen, doch zu jeder Wärmflasche, jedem Topf mit Eingelegtem, der Muskatnußreibe, dem Plätteisen und der Kaffeemühle mußten die Männer ihren Kommentar abgeben. Auch über die Größe von Sarahs Bett und welch leidenschaftliche Szenen sich darin wohl schon abgespielt hatten, witzelten sie hinter vorgehaltener Hand, als sie das wuchtige Ding auf die Ladefläche hievten. Ohne das Bettgestell, das massiv und eindrucksvoll wie ein granitener Felsvorsprung die Ecke beherrscht hatte, wirkte Sarahs Zimmer im flackernden Kerzenschein ganz leer und kahl.

Sarah blies die Kerze aus und stellte den Halter auf ihre umgedrehte Reisetruhe – das einzige Möbelstück, das noch übrig war. Sie saß auf der großen Federkernmatratze, die auf dem nackten Fliesenboden lag, und zog die Schuhe aus. Die gelbe Artilleristenmütze legte sie neben die Kerze, aber sie war zu müde, um sich auch noch mit ihrem roten Seidenkleid, den verschiedenen Petticoats, der Tournüre, dem Unterrock und dem Korsett herumzuschlagen. Sie streckte sich auf den Bettdecken aus, legte sich auf den Rücken und starrte in die Dunkelheit, während ihr dieses und jenes Detail des Abmarschs im Kopf herumschwirrte.

In den ganzen Jahren beim Militär hatte sie schon öfter gepackt, als sie zählen konnte. Jeder Abzug war anstrengender und schwieriger als der vorige, denn sie sammelte immer mehr Gegenstände und Besitztümer an und hatte immer mehr Hausangestellte. Dieses Mal war es am schlimmsten. Je länger der Krieg dauerte, desto mehr Frauen nahm sie auf, von deren Kindern und Eltern, Geschwistern und verwaisten Nichten und Neffen gar nicht zu reden. Sie konnte nicht alle mit nach Monterrey nehmen, andererseits konnte sie sie ja auch nicht dem rachedurstigen Pöbel überlassen, der durch die Stadt streifte. Sie glaubte beinahe, ihr Bitten und Flehen im Wind hören zu können, der in den Mahagonibäumen seufzte. *»Socorro, Señora, por Dios, socorro!«* – Helfen Sie uns, Señora, um Gottes willen, helfen Sie uns!

Der Nachtwächter aus Saltillo schrie, daß es Mitternacht sei, seine hohe Stimme hallte in den Gassen wider, die von Lehmziegelmauern gesäumt waren. Sarah lag noch lange wach und überlegte, wie sie den Abmarsch am besten hinter sich bringen könnte. Doch schließlich glitt sie dankbar in die trägen Strudel des Schlafes, als sie plötzlich hörte, wie jemand an den Fensterladen klopfte. Sie fuhr mit rasendem Herzen auf und lauschte in die Nacht. Wieder hörte sie ein leises Klopfen, das schwach in dem leeren Raum widerhallte.

Sie zog ihre Pistole unter der Matratze hervor und hielt sie in der Hand, während sie mit der anderen Hand die Tür entriegelte und aufstieß. Sie spähte in den mondhellen Hof.

»Way-stern!« rief es leise. Die Stimme klang vertraut.

Sarah beschattete die Augen gegen das helle Licht des Vollmonds und suchte die dunklen Schatten unter den Traufen ab. »Cruz?«

»Sí!« Ein kleiner Schatten löste sich von der dunklen Mauer neben dem Fenster.

»Gibt's denn das? Gott im Himmel sei Dank!« Sarah eilte Cruz entgegen, schlang die Arme um sie und weinte leise in die muffigen Falten des dünnen *serape,* der Cruz' Kopf und Schultern bedeckte. So viele hatten den Tod gefunden, und nun kamen die liebsten unter den Toten wieder zurück! Sarah war so glücklich, daß sie gar nicht merkte, wie Cruz zusammenzuckte, als sie ihr über den Kopf strich.

»Vorsicht, Way-stern, das Baby!« Cruz konnte in Sarahs Umarmung kaum atmen, geschweige denn sprechen.

»Das Kind lebt?« Sarah nahm Cruz das Bündel aus dreckigen Lumpen ab und hielt das Kind hoch, so daß der Mond sein Gesichtlein bescheinen konnte. »Mädchen oder Junge?«

»Ein Mädchen. Sie heißt Paz.«

»Ha, ist das ein tolles Mädchen! Sie muß nun fast schon ein Jahr alt sein.«

»Zehn Monate.«

Sarah hielt das Kind in einem Arm, den anderen legte sie um Cruz' Schultern. Cruz fühlte sich so schmal und zerbrechlich an, daß Sarah Angst hatte, sie könnte unter ihr zusammenbrechen. Cruz zitterte im kalten Wind, das Baby jammerte.

In Sarahs Kopf verlangten so viele Fragen nach einer Antwort, daß sie schließlich nur die dümmste von ihnen herausbrachte: »Woher hast du gewußt, daß das mein Fenster ist?«

»Deine *pantalones rojos.«* Cruz deutete mit dem Kinn auf die rote lange Unterhose, die zum Trocknen an einem Haken neben dem Fensterladen hing.

»Die hat gerade ihre Winterwäsche bekommen.« Sarah nahm sie ab und legte sie Cruz um die Schulter, damit sie ihr ein bißchen Wärme spendete.

Cruz drehte sich um und nickte einer alten Frau in einem zerlumpten Wolltuch zu, die daraufhin in den Mondschein humpelte. Sie ging so gebeugt, als müßte sie sich durch einen Sturm kämpfen. »Sie hört nichts, sie kann auch nicht sprechen.« Cruz machte ihr Handzeichen, und die alte Frau nickte.

»Marta fürchtet, du könntest wütend sein«, erklärte Cruz. »Sie sagt, jeder hat Angst vor dir, weil du so stark und wild bist und Leute erschießt.«

»In letzter Zeit habe ich niemanden erschossen.« Sarah hielt die Tür auf, und Marta hinkte langsam ins Haus. »Warum sollte ich denn wütend auf sie sein?«

»Sie ist Águilas Großtante. Aber sie hält ihn für einen Teufel, sie sagt, Gott habe ihn verdammt!«

»Dann sind wir ja einer Meinung.«

»Sie hat mir Essen gekauft und für das Kind gesorgt. Águila wollte mir meine Tochter nicht geben.«

»Aha, deshalb bist du also nicht geflohen.«

»Er hat mich auch gefesselt.«

»Ein ganzes Jahr lang?«

»Sí.« Cruz hob ihren ausgefransten Rocksaum und streckte den Knöchel ins Licht.

Sarah befühlte die harten Ränder der seidigen Narben, wo ihr die eisernen Fußfesseln das Fleisch von den Knochen gerieben hatten. Sarah konnte Cruz' Knöchel leicht mit einer Hand umfassen. »Diesen Kerl erschieße ich, sobald er mir unter die Augen kommt!«

Sarah ließ die Frauen in ihr Zimmer und nahm die Kerze mit in die Küche, um sie an der Glut im Herd anzuzünden. Als sie zurückkam, hatten sich alle drei auf der einen Hälfte der Matratze zusammengekuschelt und waren eingeschlafen. Sarah legte sich vorsichtig hin und schlang beschützend den Arm um sie. Tränen liefen ihr über die Wangen und in den daunengefüllten Jutesack, der ihr als Kissen diente.

Cruz war heimgekommen.

Die drei Fuhrleute bugsierten Sarahs zwei Ochsenkarren mit laut quietschenden Achsen in Position und beschimpften lautstark die Träger, die gerade mit dem Beladen fertig wurden. Maria hetzte sich ab und versorgte Sarahs verbleibende und mittlerweile besitzlosen Pensionsgäste mit Frühstück; Haarsträhnen hatten sich aus ihrem Zopf gelöst und flatterten um ihr rundes Gesicht. Die Offiziere saßen auf einem breiten Brett, das auf zwei Fässern lag, und sahen ziemlich verloren aus in dem hallenden leeren Raum, der einmal Sarahs *sala,* der Speisesaal, gewesen war.

Die alte Marta hockte in einer Ecke, Cruz hatte gerade das Baby gestillt, und Sarah kam mit ihren Angestellten im Schlepptau und einem Korb voller warmer Tortillas und einem Topf mit Bohnen und Chili herein. Nancy und ihre Schwestern flitzten um Sarah herum und warfen sich an Cruz' Hals. Unter begeisterten Ausrufen, wie süß und unsäglich hübsch die Kleine sei, wurde das Baby von Hand zu Hand gereicht.

Sarah kniete sich auf die Matratze und wollte Cruz das schmutzige Tuch vom Kopf ziehen, das sie noch immer trug. »Diesen Lumpen kannst du wegwerfen. Ich hab dir ein neues Tuch gekauft.« Doch der Stoff klebte an Cruz' Kopf, sie schrie auf und hielt das Tuch fest. »Was ist denn das?« Sarah schob Cruz' Hände beiseite und schälte ihr sachte das grobe Tuch vom Kopf. »Gute Güte! Armes Mädchen!«

Cruz hatte eine brutale Rasur erleiden müssen. Ihr Schädel war voller Schnitte und dunkler Stoppeln. Und wo einmal ihre Ohren gewesen waren, klebte nur noch verkrustetes Blut.

»Hat Águila das getan?« Sarahs Hände zitterten vor Wut.

»Nein. Als Águila mit den Amerikanern gegangen ist, hat er mich an eine andere Bande verkauft, die genauso mies war. Sie haben sich betrunken und gesagt, sie würden sich an allen *yanqui*-Huren rächen und mit mir würden sie anfangen. Als sie keinen *pulque* mehr hatten, sind sie abgezogen, um guten Whiskey zu klauen – von dir. So habe ich erfahren, daß du in Saltillo bist. Marta hat mir und Paz bei der Flucht und bei der Suche nach dir geholfen.«

Nancy kam mit warmem Wasser und weichen Tüchern und reinigte die Wunden. »Die sehen schon ziemlich brandig aus, Western.«

Sarah wandte sich an Concepción und sagte auf spanisch: »Der Doktor kann sich wohl immer noch nicht von der Priesterzelle trennen. Geh und sag ihm, er muß jetzt das Zimmer räumen, und bitte ihn um etwas Salbe und Maden.«

Concepción zog ein Gesicht, aber sie machte sich auf den Weg. Die Frauen nannten das Zimmer auf der Rückseite des Hauses die Priesterzelle, weil sie nicht davon abzubringen waren, daß der lautstarke Geist eines Priesters immer noch dort spukte. Außerdem hatte der Doktor die Marotte, faulendes Fleisch und Dung in Tabakschachteln aufzubewahren und Schmeißfliegenlarven zu züchten, was nicht gerade zu Wohlgeruch beitrug.

»Eine Bande hat Zenaida und Concepción gestern angegriffen«, sagte Sarah. »Ihr Anführer war ein stinkender Bock mit fehlenden Schneidezähnen und einem gestutzten kleinen Finger.« Sie hielt die Hand hoch und knickte ihren kleinen Finger ab.

»Sie nennen ihn *El Mofeta,* das Stinktier«, sagte Cruz.

»War er das?«

»Sí.«

»Den werden wir schon finden!« Sarah wedelte mit der Hand und scheuchte die Frauen auf, die sich in der schmalen Tür und teilweise noch im Hof drängten. »Was steht ihr hier herum und glotzt? Wenn ihr mitkommen wollt, dann hievt mal eure Siebensachen auf die Wagen!«

Mit neugierigen Blicken verzogen sie sich in die Dienstbotenquartiere und packten ihre Habe zusammen.

»James wurde in Churubusco gefangengenommen«, sagte Sarah.

»Von Santa Anna?«

»Nein, von den Amerikanern.«

»Von den Amerikanern?«

»Er hat sich der mexikanischen Armee angeschlossen.«

»Das hätte er nie getan! Er ist kein Verräter!«

Sarah zuckte nur die Schultern. »Er hatte seine Gründe.«

»Águila hat gesagt, er wurde getötet, weil er vom Feld desertiert ist.«

»Nein, James hat tapfer gekämpft, das weiß ich. Nur auf der falschen Seite.« Sarah nahm das Kind in die Arme und wiegte es. Das Kind hatte James' Mund und seine dunklen, blauen Augen. »Die Amerikaner gehen mit Deserteuren nicht besonders pfleglich um, Cruz. General Scott will alle wegen Hochverrats hängen.«

»Gott helfe ihm!« Cruz bekreuzigte sich und brach in Tränen aus.

Concepión kam keuchend mit einer Blechschachtel zurück. Sarah gab Nancy das Baby. Sie stemmte den durchlöcherten Deckel der Schachtel auf, holte die zappelnden Maden nacheinander heraus und setzte sie vorsichtig an die blutigen Löcher, wo einmal Cruz' Ohren gewesen waren, damit sie das entzündete Gewebe wegfraßen und die Wunden reinigten. Auf die kleineren Verletzungen schmierte sie Salbe.

»Wir brechen heute nach Monterrey auf«, sagte Sarah und legte Cruz einen sauberen Verband an »General Taylor ist mit einigen wenigen Einheiten in der dortigen Garnison. Die Kerle in Washington haben sich wohl schon gedacht, daß er nach dem Krieg zum Präsidenten gewählt wird, wenn er noch mehr Schlachten gewinnt, und haben ihm die Zügel angelegt. Die Truppen ziehen sich aus Saltillo zurück und schließen sich General Scott im Süden an. Für meine Mädchen ist es hier zu gefährlich, und ich hab mir gedacht, bei Old Rough and Ready sind wir besser aufgehoben. Er ist ein besserer Soldat als alle anderen zusammen.«

»Es lauern viele Banditen an der Straße, Western. Böse Männer, verzweifelte Männer. Ich bete zu Gott, daß er dir eine sichere Reise gewährt.«

»Du kommst mit«, entschied Sarah und hob abwehrend die Hand, um Cruz' Einwände zu unterdrücken. »Du kannst für James nichts mehr tun. Das klingt jetzt hart – aber vielleicht ist er bereits tot.«

»Ich wäre dir sehr verbunden, wenn du mir ein Pferd oder ein Muli leihen könntest, vielleicht ein schwächliches Tier, das du selbst nicht brauchen kannst.«

»Von hier aus brauchst du zwei Wochen nach Mexiko-Stadt, es ist ein anstrengender Ritt durch feindliches Land.«

»Ich gehe trotzdem.«

»Und das Kind?«

»Mor-fi soll sie sehen, wenn ich nicht zu spät komme.«

Sarah seufzte. Wenn man Gott zum Lachen bringen will, muß man ihm nur seine Pläne verraten, dachte sie.

»Wir können die Texaner noch einholen; sie sind gerade erst aufgebrochen, und mit ihnen kommen wir schneller voran als mit allen anderen.«

»Los tejanos!« Cruz schauderte. Doch nach einer kurzen Pause sagte sie schließlich: »Gut.«

»Nancy, kommst du alleine mit allem klar? Hanibal, Juan und Moses sollen dir helfen.«

»Klar, Western. Es ist alles verstaut.«

Draußen schwoll der Lärm des allgemeinen Aufbruchs zu einer Kakophonie aus Schreien, Flüchen, Drohungen, Kreischen, Bellen, Wiehern, Gackern, Quieken und Quietschen an. Bei dem lauten Krachen und Knacken der Wagen verdrehte Sarah die Augen, als wollte sie ein Stoßgebet zum Himmel schicken. »Ben Franklin hatte auf der ganzen Linie recht: Ein paar Märsche sind gleichbedeutend mit einer Feuersbrunst.«

Maria kam mit einem Korb voller Proviant, als hätte sie von Anfang an geahnt, daß Sarah und Cruz nach Süden ziehen würden. Sie führte Águilas Großtante zum letzten Wagen und flüsterte Sarah etwas zu, Sarah nickte.

»Hanibal!« brüllte sie durchs Fenster in Richtung Stall. »Sattle Jake und die Stute!«

In ihrer Reisetruhe wühlte sie nach einer zweiten Bluse, Strümpfen, Messer, Feuerstein, Flohpulver, Maismehl und Dörrfleisch und stopfte alles in die Satteltaschen. Sie faßte ihre Tournüre an den Enden und fühlte das Gewicht der Münzen, die sie für Notfälle eingenäht hatte. Nancy und ihre Schwestern hatten einen großen Henkelkorb mit Deckel gefunden, der einmal Champagner in Magnumflaschen beinhaltet hatte. Sie polsterten ihn mit einem weichen Wolltuch aus, Cruz legte das schlafende Kind hinein, schloß den Deckel und trug den Korb nach draußen. Zwei stämmige Männer brachten Sarahs Truhe zum Wagen und verstauten sie mit dem übrigen Hausstand.

Hanibal führte Jake und Alice Ann in den Hof. Sarah legte Jake die Satteltaschen an und befestigte zwei zusammengerollte Decken und Hängematten am Sattelkranz. Nancy und Cruz banden den Tragekorb vorne an Alice Anns Sattel und glichen das Gewicht auf der anderen Seite mit dem Proviantkorb aus. Dann schürzte Cruz ihre Röcke, schwang sich in den Sattel und folgte Jake und Sarah.

Sie ritten an der Karawane von Sarahs Haushalt vorbei, die sich nun fast formiert hatte, wenn auch einzelne Bestandteile immer wieder ausscherten und der eine oder andere einem Huhn nachjagte oder vergessene Gegenstände suchte. Die Frauen thronten auf der großen Bettlade. Immer wieder streckten sie die Arme zwischen den Sparren heraus, die dem großen zweirädrigen Karren das Aussehen eines Vogelbauers verliehen, und gaben Freunden und Verwandten, die nebenhergingen, die Hände. Moses trieb die Kutscher samt ihren Ochsen und Mulis in die Reihe und vergewisserte sich, daß die Eimer an den Achsen mit Schmierfett gefüllt waren. Nancy schlenderte neben den Wagen her und quasselte unaufhörlich mit den Frauen auf spanisch; ihr strohblonder Haarschopf ragte kaum über die großen Räder.

Sarah wickelte sich in ihre Baumwolldecke, kauerte sich in den Sattel, um ihre wahre Größe zu verbergen, und zog ihren breiten Hut in die Stirn. Als sich die beiden Frauen auf der Straße nach Monterrey dem Stadtrand von Saltillo näherten, wo nur noch vereinzelte windschiefe Hütten aus Ästen und Lehm standen und eine Unzahl von Hähnen umherhüpften, drehte sich Sarah zu Cruz um. »Maria hat mir gesagt, wo wir die Männer finden, die dich so zugerichtet haben.« Sie zog ihren Hut noch weiter in die Stirn. »Du willst diese Rechnung bestimmt noch begleichen, oder?«

Cruz nickte.

»Die örtlichen Behörden würden dir bestimmt Schwierigkeiten machen, auch wenn es sich bei dem Opfer nur um einen üblen Aasgeier handelt. Aber ich als Amerikanerin komme vielleicht damit durch. Darf ich also um der kleinen Paz willen in deinem Interesse handeln?«

Cruz nickte ein wenig zögerlich, und Sarah legte zwei Finger an ihre Krempe. Bei einer kleinen Kapelle schlug sie Jake die Zügel auf den Widerrist und trat ihm in die Flanken, daß er einen Satz machte und wankend die enge Gasse hinunterrannte, Hunde und Hühner flohen in alle Richtungen. Vor einer Bruchbude mit einem verblichenen Schild, auf dem hoffnungsfroh *La Gloria* – Das Himmelreich – stand, zog sie jäh die Zügel. Die Hütte stand an einer Mauer und hatte keinen Hinterausgang. Sarah drehte das Muli und schlug ihm auf die Kruppe. Wie üblich wußte Jake, was sie wollte. Er sprang auf die Vorderbeine und schlug mit der Hinterhand aus. Beim ersten Hieb splitterte die Tür aus Mesquitästen, der zweite riß den Türrahmen aus der Wand. Dann drehte sie Jake wieder um.

Ungeachtet der Schreie und Flüche der Hausbewohner stellte sich Sarah in die Steigbügel, packte die Äste, die als Dachsparren dienten, und stemmte sie so weit nach oben, daß das brüchige Seil riß, das die Strohbüschel auf dem Dach gehalten hatte. Sarah schob die Dachsparren zur Seite, ließ Licht in die Bude und bescherte den Männern einen Regen aus Stroh, Staub und Insekten. Dann ritt sie auf Jake mitten hinein in das Klirren umstürzender *pulque*-Krüge und das laute Geschrei. *»La Grande«*, *»La Colorada!«* und *»La Rabiosa!«* – die Tollwütige. Jake nahm den meisten Raum in der winzigen Bude ein und warf mit seinem nervösen Tänzeln den Tisch und vier Schemel um.

Sechs Männer und zwei Frauen drängten sich an die hintere Wand, *El Mofeta*, das Stinktier, zwängte sich durch ein kleines Fenster. Sarah hielt die Pistole auf das Grüppchen gerichtet, ließ Jake seitwärts zur Wand tänzeln und packte den Mann an seinem durchhängenden Hosenboden direkt über der Stelle, wo sich die speckigen *calzoneras* um seinen knochigen Hintern spannten. Sie zog ihn zurück und schleuderte ihn wie eine Kugel zu seinen Komplizen, die dastanden wie aufgestellte Kegel.

»Du da!« Sie zielte auf einen vierschrötigen, langarmigen Kerl, den sie am Tag zuvor ebenfalls auf dem Platz gesehen hatte. »Schneid ihm die Ohren ab!« Sie zielte auf *El Mofeta*. »Die anderen halten ihn fest.«

Keiner rührte sich. Der Kerl machte keinerlei Anstalten, dem Stinktier die Ohren abzuschneiden, und natürlich hielten die anderen ihn auch nicht fest. Sarah zielte erneut auf den bulligen Kerl und feuerte. Der Knall in dem kleinen Raum war ohrenbetäubend. Der Mann fuhr sich mit der Hand an sein frisch eingekerbtes Ohr, das Blut rann ihm zwischen den Fingern hindurch und lief auf sein schmuddeliges Baumwollhemd.

»Wird's bald? *Apúrense!*« zischte Sarah, »Ohr um Ohr!«

Männer und Frauen beeilten sich, das zappelnde Stinktier festzuhalten, und der blutende Komplize hackte ihm mit der Machete die Ohren ab. Sarah beugte sich vor, hielt das Taschentuch hin und sammelte die Ohren ein. Dann ritt sie rückwärts hinaus, gab Cruz das zusammengefaltete Tuch, und mit Karacho preschten sie in Richtung Mexiko-Stadt.

Sarah sang aus vollem Hals ein Lied, das ihr James einmal beigebracht hatte:

Mein Vater, der Schafdieb, hing am Strang,
Meine Mutter wurde als Hexe verbrannt,
Meine Schwester ist 'ne Puffmutter von Rang,
Und ich bin der größte Schweinehund im Land!

31

Der tapfere Teufelskerl, da geht er dahin

Sarah und Cruz ritten ein paar Wagenlängen hinter der Kompanie der Texaner. Der strenge Geruch der Männer war ein Grund dafür, ein anderer war, daß ständig die Texaner immer ohne Vorankündigung und laut johlend Jagd auf Wildtiere machten und das Baby erschreckten. Doch einer der Männer ritt mit den beiden Frauen, er hieß Bill und war ein äußerst behaarter Vertreter seines Geschlechts. Riesengroß, wie er war, mit dem mindestens zwei Fuß langen Bart und dem Haar, das unter seinem großen Hut hervorstand, sah er aus wie ein reitender Grizzly. Paz saß im Sattel zwischen seinen Schenkeln. Er hielt sie mit seinem felligen Arm fest und unterhielt sie mit Geschichten über seine Begegnungen mit den Komantschen, die er teils auf englisch, teils auf spanisch, teils in der Komantschen- und mitunter auch in Zeichensprache zum Besten gab und äußerst wirkungsvoll mit Büffelschreien, Wolfsgeheul, Pantherfauchen, Falkengekreisch und simulierten Gewehrsalven untermalte. Das Kind war entzückt.

Einige Texaner waren fast ansehnlich in ihren roten Flanellhemden und den Segeltuchhosen, doch viele trugen lederne Reithosen und Hirschlederjacken, die ganz speckig waren. Blut von den ausgefochtenen Schlachten und vom Wild, das sie in den letzten zehn Jahren geschlachtet hatten, klebte daran. Die Fransen an ihren Jacken schwangen zum Schritt der Pferde. In die Bänder ihrer schlabbrigen Hüte hatten sie Federn gesteckt und sich Falkenglöckchen und Ketten aus indianischen Perlen, Haarknochen und Bärenklauen um den Hals gehängt.

Alle hatten die Hosenbeine in die hohen Stiefel gestopft, aus denen Dolche und Jagdmesser lugten. Pistolen und Gewehre steckten in Jackentaschen, Sattelhalftern, an Gürteln oder am Sattelknauf, Bowie-Messer hingen in der Scheide an ihren Gürteln. Die Texaner waren zwar eine reguläre Freiwilligenkompanie, doch sie trugen keine Rangabzeichen. Auch hatten sie keinerlei Gepäck dabei, nicht einmal ein zweites Hemd und schon gar nicht so etwas Extravagantes wie ein frisches Paar Socken. Seit sie Saltillo vor zehn Tagen verlassen hatten, hatten sie ihre Stiefel nicht ausgezogen, was wahrscheinlich ein großer Segen war.

Sarah hatte das unumstößliche Gefühl, daß sie sich mit einer Bande Piraten eingelassen hatte, die vom Land umschlossen waren.

Beim Anblick des Glockenturms und der niedrigen, weißgetünchten Häuser warf Sarah ihrer Freundin einen Blick zu und verdrehte die Augen. Ihrer Gewohnheit entsprechend, gaben die Jungs ihren Pferden die Sporen, stimmten das Kriegsgeheul der Komantschen an und preschten im Galopp durch die Stadt. Manche stellten sich auf ihre Pferde, andere setzten sich verkehrt herum in den Sattel, die übrigen jagten den Hühnern nach, indem sie sich mit einem Fuß im Steigbügel und dem anderen am Knauf verhakt aus dem Sattel hängten, das Geflügel am Hals packten und es über ihren Köpfen kreisen ließen. Sobald sie an den Platz kamen, umrundeten sie ihn mit Karacho und machten ihre Kunststückchen, während der Kommandant zum Bürgermeister ging und Vorräte für die nächste Etappe beschlagnahmte. Sie waren nun kurz vor Mexiko-Stadt und galoppierten ohne Halt durchs Dorf. Auf der anderen Seite blieben sie in einer Sturmwolke aus Staub und Kies stehen, drehten sich um und warteten auf den Kommandanten, den Mann, der Paz auf dem Schoß hatte.

»Die Truppe teilt sich hier, Ma'am.« Bill gab Cruz das Kind, blieb aber noch stehen.

Die Texaner kamen zu ihnen herüber, ihre Pferde tänzelten und schnaubten erschöpft nach dem schnellen Ritt. Sarah fühlte sich nicht besonders wohl unter den merkwürdig interessierten Blicken der Männer. Im Zentrum der Aufmerksamkeit einer texanischen Kompanie zu stehen, war nicht gerade eine wünschenswerte Situation.

Bill wühlte in seiner größtenteils leeren Satteltasche und holte eine flache rechteckige Schachtel heraus. Er räusperte sich. Erstaunt sah Sarah, daß ihm Tränen aus den Augen rannen und schnell Deckung im Dickicht seines Bartes suchten. »Die Jungs wollen Ihnen das hier geben.« Er streckte ihr die Schachtel hin. »Für das, was Sie in Buena Vista getan haben, wo Sie die Verwundeten geholt und gepflegt haben. Die haben Sam gehört.«

Sarah hob den Deckel. In der Schachtel lagen Lauf an Kolben zwei Colts. Nun verstand sie, warum der Captain weinte. Sam Walker, der das Kriegsministerium veranlaßt hatte, diese Colts zu bestellen, war in einem Scharmützel in einem völlig abgelegenen Dorf namens Huamantla gefallen. Auch damals hatten seine Jungs geweint, und sie war nicht überrascht, daß sie auch jetzt wieder Tränen in ihren Augen sah. Auf der Revolvertrommel war ein Reiter eingraviert – die Figur sollte zweifellos Walker in gestrecktem Galopp darstellen, den Revolver auf einen Kriegstrupp der Komantschen gerichtet.

»Meine Güte, sind die schön! Und so selten wie Nuggets, was?«

»Allerdings.«

»Damit ist Mister Colt wieder ins Geschäft gekommen, habe ich gehört.«

»Ja.« Das ganze Geplauder machte den Captain offenbar verlegen, und schon der Gedanke, daß Sarah irgendwann danke sagen könnte, brachte ihn völlig aus der Fassung. Er verhinderte es, indem er auf den staubigen Weg deutete, der sich zwischen den Maisfeldern hindurchschlängelte. »Ich denke, Sie treffen die Iren in Mixcoac.«

»Wir sind Ihnen zu großem Dank verpflichtet, Bill.«

Zum Abschied legte er zwei Finger an die Hutkrempe. Sarah

verstaute die Colts in ihrer Satteltasche und machte sich mit Cruz auf den Weg durch die einbrechende Dunkelheit. Im leichten Trab gingen Jake und Alice Ann nebeneinander in der Mitte des Wegs, ihre Hufe hallten metallen auf den Steinen.

Cruz gab Sarah das Kind und döste zusammengesunken im Sattel. In der Ferne brannten ein paar Lichter, was Essen und ein Dach über dem Kopf verhieß, unter dem sie ihre Hängematten anbringen konnten. Sarah hielt den Blick so starr auf die Lichter gerichtet, daß sie die Gestalt am Straßenrand erst bemerkte, als die Stute wie üblich scheute und tänzelte und Cruz wach wurde.

Der Indianer wich zurück und wollte sich offenbar in den Schutz des Gebüschs und der Nacht flüchten. Er war nicht größer als ein Knabe, er ging gebeugt und mit vorgerecktem Kopf unter der Last des Holzes auf seinem Rücken. Er war wohl bis spät in den Bergen gewesen und hatte noch zusätzliche Äste geschlagen, die nun auf seinem hohen Bündel thronten.

»Buenas noches, Señor!« rief Sarah.

»Buenas noches.« Der Mann nahm den Hut ab, drückte ihn an seine eingefallene, knochige Brust und beugte den Kopf.

Cruz sprach mit ihm, jedoch nicht auf spanisch, der Mann antwortete leise, dann drehte sie sich zu Sarah um.

»Er sagt, jeder kennt die San Patricios. Sie seien große Helden. Alle schätzen sie.«

»Alle außer den Yankees.«

»Er sagt, Mixcoac ist gleich da vorn.«

Cruz wünschte dem kleinen Mann von ihrem Sattel herunter Gottes Segen, den Segen der Jungfrau Maria und aller Heiligen. Dann ritten die beiden Frauen weiter auf die fahlen Lichtpunkte zu, die allmählich verloschen. Nur ein Licht brannte noch, als sie durstig, hungrig, staubig und müde die einzige Straße des Dorfes hinunterzuckelten. Die Hufschläge hallten an den geschlossenen Fensterläden und den abbröckelnden Adobemauern wider. Ein ganzes Regiment Hunde hob zu lautem Gebell an, das Kind jammerte im Schlaf. Aus einer halboffenen Tür drangen Gelächter und ein goldener Lichtkeil; dort machten Cruz und Sarah halt. Sarah gab Cruz das Kind, stieg ab und streckte ihre schmerzenden Glieder.

Sie stieß die Tür auf und blinzelte in den trüben Schein von ein paar qualmenden, stinkenden Lampen, deren Dochte so kurz waren, daß sie von alleine zu brennen schienen. Sarah hatte schon unzählige *pulquerias* wie diese gesehen – rußgeschwärzte Ziegelwände mit billigen Kruzifixen und Heiligenbildern, festgestampfter Lehmboden und ein paar kleine Tische, die kaum stabil genug waren, die aufgestützten Ellbogen der Männer auszuhalten, die auf wackligen Schemeln drumherum saßen. Doch diese Kneipe hatte eine Besonderheit: Ein kupferroter Schopf tanzte zwischen den dunkel behaarten Köpfen an einem der hinteren Tische.

»Seamus! Seamus Hooligan!«

Seamus' mexikanische Kumpel sammelten ihre leeren Flaschen ein und verzogen sich, beobachteten Sarah aber ohne Unterlaß aus dem Augenwinkel. Sarah zog ein Faß an den Tisch und setzte sich Seamus gegenüber. Der Tisch verschwand vollständig unter ihren Brüsten, als sie sich vorbeugte.

»Sag schon, Mann! Wo sind die anderen?«

»Die anderen?« Seamus hatte schon genug Mühe, sich auf ihr Gesicht zu konzentrieren, wie sollte er da auch noch begreifen, was sie sagte?

»Die irischen Deserteure. Scott hat euch wohl eine Gnadenfrist gewährt.«

»Wistrn?« Sein irischer Akzent wurde immer besonders breit, wenn er betrunken war.

»Du irischer Blödmann!« Mit der flachen Hand gab sie ihm eine schallende Ohrfeige. »Hast du mich etwa für Königin Victoria gehalten?«

Doch er schien kaum zu hören, was sie sagte. Er starrte immer nur auf ihren Busen, streckte die Hand aus und legte sie auf eine Brust. »Lust auf 'ne kleine Nummer, Mädchen?«

»Du hattest schon immer nichts als Scheiße im Hirn!« Sie schmierte ihm noch eine, diesmal auf die andere Wange und so knapp unterhalb der Schläfe, daß sein Kopf ganz schief auf seinem dicken Hals hing.

Doch der Schlag war einigermaßen hilfreich und schob Seamus' Verstand wieder an die richtige Stelle. Er schüttelte den Kopf, damit das Klingeln in seinen Ohren aufhörte. »Keine Gnadenfrist, Wistrn. Harney will sie morgen früh hängen. Heute haben sie den ganzen Tag Galgen gebaut«, lallte er.

»Und was machst du dann hier?«

»Sie haben meinen Wehrpaß verloren.« Seamus lachte; er hörte sich an wie eine Katze, die gerade erdrosselt wird. »Sie können mich nicht verurteilen, von einer Armee desertiert zu sein, der ich nie angehört habe, oder?« Er zog angestrengt die Stirn kraus. Offenbar fischte er im trüben Schlamm seiner Gedanken nach einem weiteren themenbezogenen Stück Treibgut. »Und Riley hängen sie auch nicht.«

»Natürlich hängen sie ihn. Gerade ihn. Er ist der Schlimmste von allen.«

»Nein. Er ist desertiert, bevor der Krieg erklärt wurde. Er wurde vor dem Kriegsgericht freigesprochen.«

»Das hätte ich nie ...«

»Aber er wäre am liebsten tot und begraben. Colonel Twiggs hat den stärksten und gemeinsten Mauleseltreiber von ganz Mexiko aufgetrieben. Heute morgen hat Riley seine fünfzig Peitschenhiebe kassiert. Sein Rücken sieht aus wie ein Opossum, über das erst eine Schwadron Dragoner und danach der ganze Versorgungstroß getrampelt ist. Und dann haben sie ihn auch noch zweimal mit dem Deserteurmal gebrandmarkt. Das erste D war falsch herum.« Seamus lachte laut auf. »Sicher ein Versehen. Aber trotzdem mußte er auch noch die andere Backe hinhalten. Der hat vielleicht gestunken! Wie ein Filetsteak auf dem Grill!«

»Bring mich zu den Gefangenen.«

Die Mexikaner hatten ihren irischen Helden ziemlich mit

pulque abgefüllt, doch selbst in betrunkenem Zustand hätte Seamus nicht gewagt, Sarah zu widersprechen. Er zog zwar ein schiefes Gesicht, stand dann aber laut seufzend auf – ein Ausdruck der Trauer über die restlichen geisthaltigen Getränke, die unverkostet bleiben mußten. Dann klatschte er sich den Hut auf den Kopf, daß seine großen Ohren unter der Krempe einknickten, knöpfte sein Leinenwams über seinem Schmerbauch zu und stapfte hinaus.

Ein paar Lampen hingen an den rauhen Wänden des Wachhauses. Ihr Schein vermischte sich mit dem träge aufsteigenden Zigarrenrauch und beleuchtete ein äußerst gediegenes Kartenspiel, das auf einer Decke auf dem Boden aus Schieferplatten im Gange war. Aus der Zelle am Gang hinter der Tür drang ein trauriges irisches Klagelied.

Holt sechs prima Kerle, die mich tragen,
Gute Jungs und besoffen soll'n sie sein,
Und wenn sie meinen Sarg dann tragen,
Lassen sie mich fallen ins Grab hinein.

Sie sollen fluchen und zetern
Wie Männer, die ganz irrsinnig sind.
Und sie sollen ein Glas über mich leeren
Und sagen: ›Der tapfere Teufelskerl, da geht er dahin.‹

»Du hast sie jetzt lange genug gehabt, Davis.« Der Wachhabende schielte über seine Karte zu einem mondgesichtigen bulligen Kerl mit einem goldenen Ring im Ohr. Mit dem zerzausten braunen Haar, das aus seinem offenen Kragen quoll, sah er aus wie ein Bison. Davis, der Wachhabende und die anderen drei Männer, die im Schneidersitz um die Decke herumsaßen, hatten verfilzte Bärte und trugen die marineblaue Uniform der Dragoner aus Colonel William Selby Harneys Bataillon.

»Sie schläft.« Davis sah Paz an, deren dunkles Köpfchen in

der muskelbepackten Wiege seines linken Arms kaum zu sehen war, ihre Fersen lagen in seiner Handfläche.

»Ich bin jetzt dran!« Der Wachhabende sah Sarah an, als wäre sie die Schiedsrichterin.

»Gib sie ihm, Davis«, entschied Sarah. »Du mußt sowieso Karten austeilen.«

Sarah beobachtete, wie das Kind von einem Arm zum nächsten verfrachtet wurde, und überlegte erneut, ob sie Murphy zur Flucht verhelfen sollte. Doch wieder verwarf sie den Gedanken. Wenn sie das tat, würde sie für immer ihre Stelle bei der Armee und damit ihren Lebensunterhalt verlieren. Nie wieder würde sie das Leben leben können, das sie liebte, und mit den Männern zusammensein können, die sie ebenfalls liebte. Außerdem hatte James Verrat an der Armee begangen, er hatte seine ehemaligen Waffenbrüder getötet. Und einem Verräter würde sie nicht helfen, nicht einmal diesem speziellen Mann und nicht einmal für Cruz, die es im übrigen auch nicht von ihr verlangt hatte.

Die Wachen waren von Paz so abgelenkt, daß Sarah ihnen beim Zocken unerbittlich den Sold aus der Tasche ziehen konnte. Verstohlen blickte sie in den langen, dunklen Gang, wo ein Posten mit dem Kinn auf eine Tür zu einem fensterlosen Kabuff deutete, in dem normalerweise die Wachen schliefen, wenn sie keinen Dienst hatten. Sarah hatte ihnen Geld gegeben, damit Cruz und James den Raum benutzen konnten und sich nicht in der Zelle verabschieden mußten, die James mit achtundzwanzig anderen Männern teilte. Sarah hatte den Eltern das Kind vor einer Stunde abgenommen, denn sie sollten noch ein bißchen Zeit für sich allein haben.

Sarah nahm die fünf Karten auf, die Davis vor sie auf die Decke warf, und begutachtete ihr Blatt. Paz wachte auf und schrie. Sofort fingen alle fünf Männer an, zu Paz' Aufmunterung zu säuseln, zu singen und sie unterm Kinn zu kitzeln. Sarah beobachtete das Getue über den Rand ihrer Karten hinweg. Sie hatte bereits das Schmiergeld zurückgewonnen, das sie für die Benutzung des Kabuffs bezahlt hatte, und nun juckte ihre Nase schon in Erwartung weiterer Solde, die sie pfänden könnte, doch weder ihr großer Mund noch ihre grünen Augen verrieten, wie sehr sie diese Aussichten genoß.

Cruz und James lagen ineinander verschlungen auf einer alten Satteldecke, die sie über einem Strohsack ausgebreitet hatten, auf dem sonst die Wachen ihr Schläfchen hielten. Es war stockdunkel im Raum, kein Laut drang durch die Tür. Cruz stützte sich auf den Ellbogen und suchte mit den Lippen nach James' Mund; ihre nackten Schultern hoben die grobe Decke an, die sie wärmte, und entließen den Duft der Liebe. Sie schmiegte sich an seinen Hals, er schlang die Arme um sie, und sie versank so tief in seiner Umarmung, daß sie im Dunkeln nicht mehr wußte, wo seine Haut aufhörte und die ihre begann. Ihr war, als würde ihr Blut in ihm fließen und sein Blut in ihr.

James legte den Mund an ihr Ohr und sagte leise: »Ich bin wirklich durch die Hölle gegangen, ich habe gedacht, ich würde dich auf dieser Welt nie mehr wiedersehen, mein Mädchen. Ich danke Gott im Himmel, daß ich dich noch einmal küssen und richtig Lebewohl sagen darf.«

Cruz hätte am liebsten gefaucht, daß sie Gott keineswegs dankte, sondern ihn verfluchte, und daß weder sie noch er »wohl leben« würden, aber sie wollte diese vergängliche, zärtliche Stunde, die ihnen als einziger Trost geblieben war, nicht mit barschen Worten verderben. »Wenn Er diese Nacht nur hundert Jahre dauern lassen würde!«

»Das Leben dauert doch sowieso nur einen Augenblick der Ewigkeit«, sagte er. »Wir werden nicht lange getrennt sein.«

»Die Zeit ohne dich wird eine Ewigkeit sein.« Tränen rannen über ihre Wangen und tropften wie flüssige Glut auf seine Brust. »Das kann ich nicht aushalten.«

»Ich warte auf dich auf der anderen Seite. Wir werden bald wieder zusammensein, ich versprech's dir.«

Er drückte sie fest an sich, als wollte er ihre Trauer umschließen oder mit seiner eigenen Wehmut aufsaugen. Zärtlich strich er ihr übers Haar, das feucht war von seinen Tränen, und streichelte beruhigend ihren Rücken.

Die Tür wurde einen Spalt geöffnet, ein Lichtstrahl stahl sich in den Raum. »Cruz?« Sarah trug Paz auf dem Arm und stützte sie an ihrer breiten Hüfte ab, in der anderen Hand hielt sie eine Lampe. »Es ist Zeit.«

»Nein!« Cruz schlang ihre Arme um James' Hals, so fest sie konnte.

»Bald geht die Sonne auf. Die Wachen haben mich nur zu euch gelassen, weil ich den letzten Stich auch noch gemacht habe.« Sarah hatte den Männern nichts gelassen, was sie noch hätten einsetzen können. Selbst Davis' goldener Ohrring steckte nun in ihrer Tasche.

James setzte sich auf und tastete nach seinen Kleidern. Cruz ließ ihn nicht los. Er küßte sie lange und zärtlich, nahm ihre Arme von seinem Hals und drückte ihr Rock, Bluse und Tuch in die Hand. Während James seine mexikanische Uniform anzog, kleidete sich auch Cruz wieder an, doch sie war wie in Trance. Ihre Hände zitterten, ihre Augen waren weit aufgerissen.

Sarah gab James das Kind. Er küßte die Stirn und die kleinen Hände und drückte seine Tochter an sich, bis Sarah sie ihm vorsichtig wieder abnahm und an Cruz weitergab, um sie daran zu erinnern, daß es nicht nur einen bevorstehenden Tod, sondern auch ein Leben gab, über das sie nachdenken sollte. Doch Cruz starrte immer noch wie benommen vor sich hin. Sarah mußte sie aus der Tür und durch den langen, dunklen Korridor führen.

Draußen band Sarah das Muli los. Sie kannte Leid und Trauer, und im Gegensatz zu den meisten anderen Menschen wußte sie, daß normales Verhalten in so einer Situation hilfreicher war als überschwengliches Mitgefühl. »Wir sollten langsam aufbrechen, Cruz, wenn wir es bis Einbruch der Nacht noch bis nach Tula schaffen wollen.«

»Ich bleibe hier.«

»Nein.«

»Doch.«

»Hast du schon mal einen Mann am Strang sterben sehen?«

Cruz schüttelte den Kopf.

»Einen Fremden hängen zu sehen, ist schon schlimm genug, aber den Mann, den du liebst – das wird dich bis an dein Lebensende verfolgen. James würde nicht wollen, daß du dabei bist.« Die letzten Worte mußte Sarah ihr hinterherschreien, denn Cruz hatte sich schon abgewandt. Sie seufzte beim Gedanken an die Halsstarrigkeit der Menschen und ging zu Cruz. »Cruz!« Sie nahm sie am Arm. »Das hier ist kein passender Ort für die Kleine. Komm jetzt!«

Doch Cruz schüttelte Sarahs Hand ab und mischte sich unter die Mexikaner, die auf einen hohen, felsigen Hügel stiegen, auf dessen Kuppe die Galgen standen. Wie Skelette hoben sich die schwarzen Gestelle gegen die purpurnen Wolken ab, die wie Rosenblüten über den Morgenhimmel gestreut waren.

Die Knochen des Todes. Daran mußte Sarah immer denken, wenn sie einen Galgen sah. Sie hörte schon die Trommeln, die grollten wie eine Rotte hungriger Raubtiere. Sie bekam eine Gänsehaut, und ihr wurde ganz flau im Magen.

Lieber Gott, laß es schnell gehen! betete sie.

Doch sie kannte William Harney, und sie wurde das Gefühl nicht los, daß es alles andere als schnell gehen würde. Sie führte Jake zurück zum Wachhaus, wo die Gefangenen nun aufstehen und sich formieren müßten. Nun wußte sie, welchen Wachposten sie um einen Gefallen bitten könnte. Der Gefreite Davis ließ sich zu allem überreden.

Die Gefangenen gingen in einer Reihe durch den Gang, in den das erste Licht des Tages durch den Türspalt kroch. James blieb vor einer Zelle stehen und packte das Gitter.

»John Riley!«

Riley stand langsam auf und schleppte sich zum Gitter. Aufrecht gehen konnte er nicht, denn die Peitschenhiebe hatten ihm die Haut vom Rücken gerissen. Um den Hals trug er den Eisenkragen mit den langen Dornen, der ihn auch noch die nächsten sechs Monate zieren sollte. Sein Schädel war kahlrasiert, seine Wangen waren wund, die beiden »D« waren innen rot und an den Rändern schwarz verkohlt. Beim Sprechen bewegte er den Mund so sparsam wie möglich.

»Ja, Jamielein?«

»Warum hast du gesagt, sie sei tot?«

»Weil du sonst ständig aus Reih und Glied getanzt und in der Gegend herumgelatscht wärst, um sie zu suchen. Und das konnten wir ja wohl nicht brauchen, oder?«

»Du hirnloser Schweinehund!« James versuchte, das Gitter aufzubiegen und auf Riley loszugehen, doch die Wachen rissen ihn fort. »Mistkerl!« schrie er noch, als sie ihn wie einen flatternden Gockel wegzerrten. »Tausend Jahre sollst du in der Hölle schmoren, John Riley! Und die Ratten sollen dir das Herz aus der Brust fressen!«

32

Colonel-Schatz

Die Galgen, die aus der Ferne so klein und dürr aussahen, wurden größer und massiver, je näher Sarah kam. Das ganze Gestell – ein senkrechter Balken, der von vier Pfosten getragen wurde – war aus Eichenholz, acht Fuß lang und fünfzehn Fuß hoch.

Cruz kaufte Tortillas, Reis und Bohnen von einer zahnlosen Frau, einer der vielen fliegenden Händlerinnen, die Waren feilboten. Die Zuschauer versammelten sich, seit die Soldaten mit dem Bau der Galgen begonnen hatten. Cruz gab Sarah zwei Tortillas. Sarah stieg auf den Hügel und stellte sich unter das robuste Gestell. Am liebsten hätte sie den Kopf gebeugt, so schwer und unnachgiebig wirkte das Ganze.

Sie kniff die Augen zusammen und sah im Licht der aufgehenden Sonne hinauf zu den dreißig Schlingen, die in soldatischer Ordnung am Querbalken hingen. Der Wind zerrte ein paar Strähnen aus Sarahs Dutt und brachte die Schlingen zum Schwingen. Die Seile waren ähnlich wie jene, die man auf dem Markt kaufen konnte – helle Sisalfasern, die sauber verzwirbelt waren und den Geruch von Rauch und Staub verströmten. Doch diese Seile hier waren dicker als gewöhnlich und so zäh, daß jedes davon P. T. Barnums berühmten Elefanten gehalten hätte. Harneys Männer hatten jedes Risiko ausgeschlossen, daß das Holz unter dem Gewicht der dreißig Gefangenen brechen oder die Seile reißen könnten.

Von der Hügelkuppe konnte Sarah zwei Meilen durchs Tal sehen bis hinüber zu den Kirchturmspitzen und den Mauern von Mexiko-Stadt. Auf einem steilen Hügel zweihundert Fuß über den Sümpfen hinter der Hauptstadt thronte die Festung der Militärakademie Chapultepec. Die Mauern umfaßten ein Gelände von einer Dreiviertel Meile Länge und einer Viertelmeile Breite.

Noch wehte über Chapultepec die mexikanische Flagge, doch die Amerikaner hatten bereits mit dem Angriff begonnen. Sarah hörte das Grollen der Geschütze und das leise Knallen der Handfeuerwaffen; es klang wie Maiskörner, die im Feuer aufplatzten. Um die Zitadelle schwebten perlgraue Rauchwolken; sie vereinigten und verdichteten sich wie Gespenster, die sich paarten.

Ein paar irische Gefangene waren der Todesstrafe entronnen, weil sie wie John Riley noch vor Ausbruch des Kriegs desertiert waren. Laut Harneys Befehl mußten sie die Gräber jener Männer ausheben, die nun am Strang sterben würden.

Einige von ihnen trugen das eingebrannte »D« auf der Wange, andere trugen Dornenkragen. Der Gesang, der ihre Arbeit begleitete, machte Sarah nur noch melancholischer. Sie ging zurück zu Cruz, die bei ein paar Frauen stand. Mit den schwarzen Mantillen sah das Grüppchen aus wie ein Schwarm trauernder Krähen. Paz spielte auf dem Boden neben den Füßen ihrer Mutter mit einem kleinen Esel, der aus dem Holz des Pekannußbaums geschnitzt war.

»*Las lloronas.* Die Klageweiber.« Cruz stellte die Frauen vor und legte einer jeden die Hand auf den Arm. Daß alle einen Mann liebten, der nun sterben würde, mußte sie nicht dazusagen. Sarah stand mit verschränkten Armen mitten in der allgemeinen Trauer und der immer noch keimenden verzweifelten Hoffnung und versuchte, sich nicht davon anstecken zu lassen

Das Gedränge wurde größer, als eine Abteilung des Jägerbataillons, die Generäle und ihre Stäbe sich mit gutem Blick auf die Vorgänge aufstellten. Dafür, daß Harney so ein verabscheuungswürdiger Bursche war, sah er sehr zufrieden mit sich aus, dachte Sarah. Er trug seine Paradeuniform, die allerdings nicht sehr sauber und völlig zerknittert war. Der schwarze Tschako mit dem Federbusch saß auf seinem Kopf wie der Kiel eines umgedrehten Bootes, sein rotes Haar quoll struppig darunter hervor.

Das Klirren der Geschirre und das Quietschen der hölzernen Achsen kündigten die Ankunft der Gefangenen an. Die Leute drängelten, um besser sehen zu können, doch Sarah konnte über die Köpfe hinwegblicken. Die Gespannführer ritten auf den Sattelmulis, zwei blauäugige Rotschöpfe in mexikanischer Uniform saßen auf einem Brett, das über dem hinteren Ende des Wagens lag. Vierzehn weitere Gespanne folgten mit ihrer Fracht – zwei Gefangene pro Wagen. Harney hatte angeordnet, die Messingknöpfe von ihren Uniformen zu reißen, damit sie schlampig und schäbig aussahen. Die Knöchel der Verurteilten waren gefesselt, die Handgelenke auf dem Rücken zusammengebunden, doch die todgeweihten Iren scherzten trotzdem mit den Soldaten, als sie vorbeifuhren. Einer lehnte sich sogar vor, als er auf Harneys Höhe kam, der auf seinem Pferd saß, als wollte er für ein Kriegerdenkmal posieren.

Sarah erkannte in dem Mann O'Leary. Er hatte bei der Zweiten Schwadron der Dragoner gedient, seit sie damals für den Florida-Feldzug aufgestellt worden war. O'Leary würde bestimmt etwas sagen; er konnte nie den Mund halten.

»Colonel, o Colonel-Schatz, würden Sie einem Florida-Krieger einen Gefallen tun, einem, der der guten alten Zweiten Schwadron angehört hat?«

»Was soll das?« Der Colonel hatte seinem Burschen den Hut gegeben, der nun den Staub mit seiner Bandana abklopfte. Die Sonne brachte die Spitzen von Harneys roten Locken zum Glühen.

»Ich weiß doch, daß Sie ein gutes Herz haben, Colonel. Bitte nehmen Sie die Pfeife aus meiner Tasche und zünden Sie sie mit ihrem gepflegten Haar an!«

Fluchend gab Harney seinem Pferd die Sporen, preschte vor und schlug dem Gefangenen mit dem eisernen Griff seines Säbels auf den Mund.

O'Leary spuckte aus. Zwei Zähne klickerten auf die Bretter der leeren Wagenfläche. »Gott verdamm Sie!« rief er fröhlich. »Jetzt haben Sie mir das Rauchen gründlich verdorben. Nie mehr in meinem ganzen Leben werde ich eine Pfeife mit den Zähnen halten können.«

»Das wird dir bestimmt nicht mehr lange lästig sein, Ire!« rief ein Soldat hinter ihm her.

»Ha, wie geht's denn deiner besseren Hälfte, Yankee?« schrie ihm O'Leary zu. »Gib ihr einen Kuß und sag ihr, wie sehr ich es mit ihr genossen habe, während du weg warst!«

Da sah Sarah ihr Muli am Ende des langen Zuges. Sie nahm Cruz am Arm und zwängte sich durch die Menge nach vorn. »Ich habe die Wache überredet, Jake anzuspannen«, sagte sie. »Ich dachte mir, James will auf seinem letzten Weg vielleicht ein bekanntes Gesicht sehen, auch wenn dieses Gesicht nicht gerade zu den schönsten auf dieser Welt gehört.«

Jake kam näher. Cruz ging zwischen den Buhrufen der Amerikaner und den Entgegnungen der Iren neben dem Wagen her und hielt Paz hoch, doch sie war nicht groß genug. Sarah mußte das Kind nehmen und gleichzeitig Cruz hochheben. James lehnte sich so weit vor, wie er konnte, und küßte Paz auf die Stirn, dann gab Sarah das Kind an Cruz zurück.

»Ich liebe dich mehr als mein Leben«, rief James seiner Frau zärtlich auf spanisch zu.

Die Wachen winkten Cruz vom Wagen weg. Sarah sah, wie ihr der Mexikaner in Jakes Sattel mit einem Seitenblick seiner dunklen Augen ein Zeichen gab. Dann schaute er auf das Muli rechts von ihm, und Sarah schlenderte zu ihm hinüber. Beiläufig strich sie über den Hals des Tiers und fühlte den Lederriemen unter dem Geschirr. Unter dem Halfter zog sie James' schweres Silberkruzifix hervor und schob den Riemen über Jakes Kopf und Ohren. Sarah lächelte dem Mexikaner ihren Dank zu, seine Mundwinkel hoben sich anerkennend im Schutz seines langen Schnurrbarts.

Mit den Fingerspitzen befühlte Sarah das ziselierte Kreuz, das von James' Händen schon ganz abgerieben und glatt war. Es hat ihm ziemlich viel Glück gebracht, dachte sie, doch einmal hatte er zu ihr gesagt, daß es ihm Cruz gebracht habe, sei mehr Glück, als er sich jemals erhofft habe. Sie gab Cruz das Kreuz, die es hochhielt, damit James es sehen konnte, und führte es an die Lippen, bevor sie es sich um den Hals hängte. Mit der einen Hand umklammerte sie das Kreuz, auf dem anderen Arm trug sie Paz.

Die Gespannführer traten die Sattelmulis mit den Hacken in die Flanken und bugsierten sie in Stellung, dabei schrien sie die ganze Zeit ihre Bitten um Geduld und Beistand gen Himmel, als wären die Heiligen notorisch schwerhörig. Der mexikanische Führer des fünfzehnten Wagens manövrierte mit seinem Gespann vor und zurück, bis sich der Kopf seines Einzelpassagiers direkt unter der letzten Schlinge befand. Er war so auf seine Aufgabe konzentriert, daß er zusammenzuckte, als Harney hinter ihm aufschloß und brüllte:

»Ich zähle hier nur neunundzwanzig Mann!«

Der Gespannführer fixierte den Colonel, als könne er die Bedeutung von Harneys Geschwätz an seinen vorquellenden Augen und dem Schaum in seinen Mundwinkeln ablesen. Harney schrie so laut, daß sein rotes Gesicht lila wurde – seine normale Reaktion auf jemanden, der nicht seine Sprache sprach. »Wo ist der letzte Gefangene, du blöder Barbare?«

Der Mexikaner zuckte die Achseln und sah sich hilfesuchend um. Schon hetzte ein Adjutant neben den großen Falben des Colonels.

»Er ist im Lazarett, Sir. Er hat beide Beine verloren und wird es nicht mehr lange machen.«

»Bringt diesen verfluchten Hurensohn hierher! Mein Befehl lautet: Dreißig werden gehängt. Und dann werden auch dreißig gehängt, verdammt noch mal!«

Harney preschte zum Lazarettzelt. Während der Wartezeit drängten sich die Zuschauer um die Essensverkäufer und Monte-Spieler. Fünfzehn Minuten später kehrte der Colonel mit dem im Sterben liegenden Mann auf einem Wagen zurück. Ein empörtes und erstauntes Raunen zog sich durch die Menge, als die Soldaten ihn auf das Brett am letzten Wagen hoben und ihn mit Getreidesäcken stützten.

»Ha, Colonel, Sie sind doch wirklich ein Pfundskerl!« säuselte O'Leary. »Wie nett von Ihnen, den Jungen in der Luft tanzen zu lassen, nun, da er keine Beine mehr hat!«

Die Verurteilten lachten.

»*Qué barbaridad!*« murmelte Cruz.

Eine Frau sagte etwas, die anderen nickten und murmelten zustimmend.

»Was hat sie gesagt?« fragte Sarah.

»Daß die Iren echte Patrioten seien; daß sie wie Kriegsgefangene behandelt werden sollen und nicht wie Verbrecher.«

»Aber nicht von dieser Truppe hier. Ich wette, dieses Krokodil von Harney hat die ganze Nacht lang wachgelegen und sich überlegt, wie er den Iren so übel wie möglich mitspielen kann.«

Doch was sich Harney da ausgedacht hatte, überraschte selbst Sarah.

Er winkte den Kutschern zu, daß sie den Gefangenen die Schlingen um den Hals legen sollten, und ließ sein Pferd in die Mitte vor den Galgen schreiten. Er stellte sich in die Steigbügel und schrie so laut, daß ihn auch die Verurteilten am Rand des Gestells hören konnten: »Ihr bleibt hier sitzen, bis auf der Festung von Chapultepec die amerikanische Flagge gehißt wird; dann findet ihr den Tod durch den Strang.«

»Wenn wir nicht baumeln, bis Ihre dreckige alte Flagge auf der Festung flattert, werden wir leben und noch die Gans schlachten, die sich am Gras auf Ihrem Grab mästet!« schrie einer.

Harney blickte düster. Doch er überlegte es sich eines Besseren, als den Schurken zu finden und zu bestrafen, denn jeder Verurteilte würde natürlich die Schuld auf sich nehmen, und er, Harney, wäre am Schluß der Dumme.

Fünf Priester traten vor, um die Messe zu lesen und den Verurteilten die letzte Beichte abzunehmen; ihre Soutanen flatterten im Morgenwind. Harney grummelte etwas über das Pfaffentum und stieg ab.

Er ließ sich in den Klappstuhl fallen, den sein Adjutant für ihn aufgestellt hatte, und befahl seinem schwarzen Burschen, ihm zum Frühstück einen Krug Whiskey und ein Dutzend Austern zu bringen. Dann lehnte er sich zurück und stellte sein Fernrohr auf Chapultepec ein, das sich massiv und erhaben gegen den blauen Himmel abzeichnete. Blauröcke strömten zwischen den dichten Hainen hindurch, die den Hang unterhalb der Festung bedeckten.

Sarah ließ ihr ramponiertes Fernglas von Hand zu Hand gehen, und die Frauen suchten der Reihe nach die Dächer und

Schanzen der Festung ab. Das Geschützfeuer wurde um sieben Uhr dreißig eingestellt, die Musketiere richteten ihre Waffen auf die Zinnen der Ringmauer, wo die Verteidiger standen. Um acht Uhr stellten die Amerikaner das Feuer komplett ein, doch Rauch und Staub, die die Gewehre aufgewirbelt hatten, legten einen Kokon um die Hügelkuppe. Wie Schmetterlingsflügel stachen die Sonnenstrahlen durch seine Risse und vergoldeten, was von der Festung zu sehen war – Mauerecken, ziegelgedeckte Traufen und die grünen Wipfel der Zypressen ragten aus dem Dunstschleier.

Die Menge verstummte, Sarah horchte unter dem lauten Rauschen in ihren Ohren auf neues Geschützfeuer. Die Stille auf dem Hügel bedeutete, daß die Amerikaner kurz davor waren, die Festung zu stürmen. Die Frauen drängten sich um jene, die gerade das Fernglas hatte und nach Gruppen von Blauröcken suchte. Sarah fragte sich, wer sich wohl freiwillig für dieses Himmelfahrtskommando gemeldet hatte und wer das Bataillon stellte, das dieses gewaltige Bollwerk einnehmen sollte.

»Da drin sind Kinder«, sagte Cruz und gab der Frau neben ihr das Fernglas.

»Kinder?«

»Kadetten der Militärakademie. Sie sind gerade mal zwölf Jahre alt, vielleicht auch dreizehn.«

»General Bravo sollte sie mit der weißen Flagge hinausschicken.«

Cruz zuckte die Achseln. »Die Jungs wollen sich nicht ergeben.«

Sarah nahm das Fernglas und hielt die Frauen mit Berichten auf dem laufenden, Cruz übersetzte. Die Männer rannten den Hügel hinauf, stürmten die Außenmauer und verschwanden dann außer Sicht. Die Frauen warteten stumm und reglos, alle Augen waren auf Sarah gerichtet. Dann erschienen die ersten Kavalleristen hinter den Zypressen des Sumpflandes und ritten den steilen, schlammigen Hügel hinauf. Langsam sickerten

Neuigkeiten durch. Die Amerikaner fielen in einem durchschlagenden Kugelhagel, und das Geraune wich stummem Triumph.

Die Iren ließen Old Bravo, den Kommandanten der Mexikaner, dreimal hochleben. Sarah wünschte sich, daß die Stadt standhielt und die Gefangenen mit dem Leben davonkommen würden. Doch bald schwärmten wieder ein paar hundert Amerikaner den Hügel hinauf und kauerten sich am Fuß der Mauer zusammen, die gut fünfzig Fuß in den Himmel ragte. Dort verharrten sie unter dem schrägen Vorhang der Salven aus den Handfeuerwaffen, bis die Sturmleitern wie eine Horde Tausendfüßler herangebracht wurden. Scharfschützen gaben den Stürmern Feuerschutz, indem sie die Verteidiger zwangen, in Deckung zu bleiben.

Um neun Uhr dreißig wurde die mexikanische Flagge langsam eingeholt, und die Frauen um Sarah stöhnten. Schließlich verschwand sie ganz, und an ihrer Stelle hißten Johnstons Freiwillige ihr Banner. Die Gefangenen stießen Jubelschreie aus, die durchs ganze Tal hallten. Sarah hörte, wie Harney brummte, daß ihnen zum Jubeln wohl bald die Luft wegbleiben würde. Worüber sie jedoch jubelten, war Sarah schleierhaft.

Harney sprang so schnell auf, daß sein Stuhl hinter ihm zusammenklappte, stieg in den Sattel und stellte sich wieder in die Steigbügel.

»Aufstehen! Alle Mann!«

Die Gefangenen rappelten sich mit gefesselten Knöcheln und zusammengebundenen Handgelenken auf und versuchten, das Gleichgewicht zu halten. Harney hob den Säbel, hielt ihn einen Moment lang in der Luft – allen stockte der Atem – und ließ ihn wieder sinken. Der Trommler schlug einen Wirbel, die Gespannführer drückten den Sattelmulis die Hacken in die Flanken, und die Wagen machten einen Satz, daß die losen Planken krachten und die sandigen Achsen knirschten. Sarah zog Cruz an sich, drückte ihr Gesicht an die Brust und schlang die Arme um ihren Kopf, damit sie nichts sehen konnte. Cruz wehrte sich erst, doch dann gab sie ihren Widerstand auf und schüttelte sich schluchzend.

Die Frauen jammerten und klagten, die Gefangenen strampelten wie wild. In weiten Bögen schwangen sie durch die Luft und schlugen aneinander. Dann waren sie still und baumelten sanft am Galgen. Alle, außer James. Er trat und zappelte weiter, und die Augen traten ihm aus den Höhlen.

»Guter Gott im Himmel! Sie haben es vermasselt!« Sarah stellte sich zwischen Cruz und die Galgen und schob ihre Freundin mit dem Gesicht voraus in die Arme der anderen Frauen. Sarah hörte sie wimmern, als hätte sie einen Alptraum, aus dem sie nie wieder erwachen würde.

Bevor die Wachen sie aufhalten konnten, rannte Sarah zu James und schlang die Arme um seine Beine. Mit ihrem ganzen Gewicht hängte sie sich an ihn und zog, damit die Schlinge ihm endlich den Hals zudrückte. Sarah kam es vor wie eine Ewigkeit, bis er aufhörte zu zappeln. Schließlich hingen seine Beine reglos in der Luft, aber sie hielt ihn trotzdem noch fest, als wollte sie ihn zum Abschied umarmen. Die Frauen gingen zu den Toten und holten die geliebten Männer ab, um sie zu begraben. Cruz gab Paz einer Frau in der Menge und ging zu Sarah. Sie schlang die Arme um die Freundin und um James' Beine, die immer noch warm und geschmeidig waren, als könnte er jeden Moment lachend in ihre Arme fallen, die beiden Frauen küssen und einen Scherz machen.

Sarah trug den letzten Kadetten zum Ende der Reihe und legte ihn neben seine Kameraden, die alle ihre graue Uniform trugen. Die sechs Buben waren von der Mauer gesprungen, die über Sarahs Kopf die Wolken zu berühren schien, wenn es auch nur Wolken aus Pulverdampf und Kanonenrauch waren. Die Stehkragen rahmten Gesichter ein, die so jung und unschuldig waren, daß Sarah den Einruck hatte, die Knaben würden nur schlafen. Sie fragte sich, wer den Müttern wohl die

Nachricht ihres Todes überbringen würde. Wie gerne hätte sie diese Frauen getröstet!

Hinter der Mauer hörte Sarah Schreie und das Klirren der Bajonette. Die Amerikaner setzten das Massaker fort und jagten ihre Beute durch die Gänge der Festung. Sarah wußte, daß es ihre Rache für die Schlacht bei Molino del Rey war, wo die Mexikaner die amerikanischen Truppen mit ihren Bajonetten aufgespießt hatten. Trotzdem hatte sie Angst vor dem, was sie hinter den Mauern vorfinden würde.

Cruz hatte behauptet, daß sich noch mindestens fünfzig weitere Jungs innerhalb der Mauern befanden. Der Kadett, den Sarah gerade auf den Boden bettete, drückte immer noch die mexikanische Flagge an seine Brust. Sie legte die Hand auf seine kleinen, kalten Knochen, senkte den Kopf und betete für die Seelen der Knaben.

33

Washington trifft auf Western

Man schrieb zwar erst Anfang Juni des Jahres 1848, doch die Luft war selbst kurz vor Mitternacht so heiß wie Mitte Juli. Sarah lehnte an der Adobemauer des Spielsalons und genoß die Kühle des Putzes, die durch ihre schweißgetränkte Bluse drang. Die Mauer war zwar dick, doch sie konnte trotzdem den Lärm im Schankraum nebenan hören und die Schwingungen spüren, die das Fest aussandte, das nun in vollem Gange war.

Zwei Wochen zuvor hatte der Senat von Mexiko den Frieden von Guadalupe Hidalgo unterzeichnet, und soeben war die Nachricht eingetroffen, daß die Freiwilligen bald ausgemustert werden würden. Sarah hörte, wie sie einen Trinkspruch nach dem anderen auf das Ende des Krieges und ihre damit verbundene Freiheit ausbrachten. Doch sie hatten noch einen weiteren Grund zum Feiern. Ein Zimmermann aus New Jersey hatte Gold gefunden, als er für einen gewissen Sutter, einen Müller aus Kalifornien, einen Kanal baute. Und von den Freiwilligen, die noch nicht desertiert waren, hatten viele vor, nach Westen zu gehen, sobald sie ihre Entlassungspapiere in den Händen hielten.

Die Berufssoldaten im schwülen Halbdunkel des Spielsalons interessierten sich dagegen vor allem für die feuchten Karten, die sie auf der Hand hatten. Ihr Wehrdienst war nicht mit dem Ende der Kriegshandlungen vorbei. Durch den Friedensvertrag würde man im Dienst nicht auf sie schießen dürfen, doch sonst änderte sich wenig in ihrem Leben.

Die geisterhafte Wolke aus Zigarrenrauch hing fast reglos im Spielsalon, unberührt von dem großen Gedränge verschwitzter Körper im Schankraum nebenan. Der Qualm schluckte und dämpfte das gelbe Licht der Deckenlampen. Sarah stand in einer so dichten Nebelschwade, daß die Grüppchen der Offiziere und der zugelassenen Zivilisten, die über den Pharo- oder Whist-Tischen hingen, vor ihrem Blick schwammen wie Inseln im Dunst. Je weiter sie weg waren, desto mehr verschwammen sie, und in den hinteren Ecken lösten sie sich zu wabernden Schatten auf.

Sarah schlenderte in die Mitte des Raums, wo Cruz an ihrem Monte-Tisch arbeitete. Wie immer standen die Männer in Dreierreihen um sie herum, doch in Cruz' Gegenwart fläzten sie nicht mit gespreizten Schenkeln und aufgelegten Stiefeln am Tisch oder stützten sich mit den Ellbogen auf die Lehne umgedrehter Stühle, die gefährlich auf zwei klapprigen Hinterbeinen wankten. Sie kauten nicht einmal Tabak und spuckten den bräunlichen Tabaksaft schon gar nicht auf den Boden oder in die Steinguttöpfe, die Sarah aufgestellt hatte. Dabei ermahnte oder schalt Cruz niemals jene, deren Geld sie gewann. Ein Blick reichte aus, ein schiefer Blick aus ihren traurigen braunen Augen, die von dichten schwarzen Wimpern umkränzt waren und einen leicht überraschten Ausdruck annahmen. So gab sie dem Missetäter wortlos zu verstehen, daß sie schon wisse, daß er es nicht absichtlich getan hatte und sofort damit aufhören würde.

Es war immer ein Vergnügen, Cruz dabei zuzusehen, wie sie mit den Karten und mit den Männern umging, deren Blicke an eben diesen Karten klebten. Sarah hielt eine Weile inne und spähte zwischen den Zuschauern hindurch. Cruz hatte ihr glänzendes schwarzes Haar mit einem gelben Band im Nacken zusammengebunden, doch ein paar widerspenstige Strähnen tanzten träge um ihr Gesicht. Ihre Miene war so gelassen wie immer, doch ihre Augen schienen wie aus weiter Ferne zu blicken, und ihr Temperament war von der Trauer so gedämpft wie das Licht im Raum vom Zigarrenrauch.

Sarah zog besorgt die Augenbrauen zusammen. Liebe hatte ihren Preis. Je größer die Liebe war, desto größer war auch der Preis. Und Cruz war die Liebe wirklich teuer zu stehen gekommen. Sarah konnte mit ihrer Freundin fühlen, und es brachte sie fast zur Verzweiflung, daß sie nichts tun konnte, um Cruz' Schmerz zu lindern.

Cruz redete. Cruz lächelte. Manchmal lachte sie sogar. Doch Sarah wußte, daß sie sich in das ferne Land des Leids zurückgezogen hatte und so bald nicht mehr zurückkommen würde. An ihre Stelle war ein reizendes, funktionierendes Abbild ihrer selbst getreten. Nur Paz konnte sie für kurze Momente in die Realität zurücklocken.

Sarah wußte, was der Verlust eines geliebten Menschen bedeutete. Noch immer glaubte sie, Jack Borginnis oder Will Kelly vorzufinden, wenn sie in die Küche ging. Manchmal bildete sie sich sogar ein, im Stimmengewirr des Schankraums Jacks lautes, sorgloses Lachen zu hören. Sie vermißte George Lincoln, der mit seinen langen Beinen und angezogenen Knien an einem der Spieltische gesessen hätte. Und ihr fehlte James Murphy.

Sie betrachtete die Spieler – ein Anblick, der sie immer fröhlich stimmte, und das nicht nur wegen des Geldes, das sie bei ihr ließen und das längst das Fassungsvermögen ihrer Tournüre überschritten hatte. Ein gutes Spiel schenkte den Teilnehmern nicht nur Glück und List, sondern verlieh ihnen auch eine gewisse Anmut und Würde. Selbst ein Dussel konnte nachdenklich und männlich aussehen, wenn er sein Blatt studierte.

Normalerweise waren Gespräche an diesem Ort selten und leise, und das Gelächter beschränkte sich auf ein gelegentliches Kichern, doch heute mußten die Spieler laut schreien, um den Krach von nebenan zu übertönen. Drüben klirrte Glas – Sarah eilte in die Hitze und in den Lärm des Schankraums, wo Moses und seine Mannschaft aus vierschrötigen Mauleseltreibern ihre liebe Not hatten zu verhindern, daß sich das allgemeine Durcheinander zu einem waschechten Aufruhr auswuchs.

Die drei schwarzen Musikanten taten ihr Bestes, um sich Gehör zu verschaffen. Einer zog den stumpfen Teil einer Messerklinge über den Kieferknochen einer Kuh, und der klackende Rhythmus fiel in die steigende und fallende Melodie der Fiedel ein, die wie ein hungriger Moskito durch die Menge sirrte. Doch am lautesten spielte der kleine, kaffeebraune Mann, der alles aus seiner kleinen Trommel herausholte. Die Freiwilligen hatten sämtliche Frauen mit Beschlag belegt, die nicht gerade Getränke oder Essen servierten, und als der Vorrat an weiblicher Gesellschaft aufgebraucht war, bildeten sich Männerpärchen. Dröhnend stampften die Stiefel durch einen »Reel«, ein Volkstanz, bei dem man sich so schnell drehen mußte, daß die Lampen an der Decke nur so wackelten und die Flaschen auf den Tischen klirrten. Und zu dieser Nachtstunde war jeder Tanz ein Reel.

Die Männer drängten sich an der langen Bar, und die beiden Barkeeper hetzten von einem Ende der Theke zum anderen, um die Gläser zu füllen. Das Klirren der Münzen, die in die Eisenschublade unter dem Tresen fielen, klang in Sarahs Ohren süßer als jede Fiedel. Sie warf einen prüfenden Blick auf die Tischplatten, die auf Böcken lagen und die sich zu Beginn des Festes unter den Platten mit gebackenen Austern, Roastbeef, Maisbrot und Töpfen voller Bohnen gebogen hatten. Nun sah es auf den müllübersäten Tischen aus, als wäre eine ganze Armee plündernd und marodierend darüber hinwegmarschiert. Neben großen Fettflecken sammelte sich der Wein in Pfützen auf den Brettern. Krumen, Reste vom Auflauf und Hühnerknochen lagen zuhauf auf dem Boden.

Zweifellos würde dies eine sehr gewinnträchtige Nacht werden. Sarah dachte an die Falltür unter ihrem Bett, wo die kleine Truhe stand, die von all den Goldstücken inzwischen so schwer war, daß sich zwei starke Männer anstrengen mußten, um sie hochzuhieven.

Das strohblonde Haar und die grün bekleideten Schultern eines Freiwilligen aus Indiana tauchten aus dem Gedränge auf wie ein Schwimmer in stürmischer See. Er wankte gefährlich auf seinem Schemel und hob das Glas.

»Ein Hoch auf die Vereinigten Staaten und unsere Heimat!«

»Hipp hipp hurra!« schrien die Männer.

»Jungs«, verkündete der Mann aus Indiana, »ich glaub, ich pack einen geräucherten Yankee ein und nehme ihn mit nach Hause.« Er nahm sein Steinschloßgewehr in beide Hände und zielte auf Moses, der gerade zwei Gladiatoren in der hinteren Ecke trennte. »Das macht einen hochnäsigen Nigger weniger auf der Welt.«

Mit drei Schritten war Sarah bei ihm und bog das Gewehr nach oben. Es ging los, doch der Knall war bei dem Geschrei und Gestampfe, dem Gefiedel, dem Getrommel und Geschrammel auf dem Kieferknochen kaum zu hören. Die Kugel bohrte sich in die Balkendecke und setzte einen Staubregen frei.

Sarah schnappte den Burschen am Kragen und schleppte ihn

zur offenen Tür, daß seine Zehen hinterherschleiften. Mit einer Hand hielt sie ihn fest, mit der anderen hob sie geziert ihre hellgrünen Röcke an, setzte die Sohle ihrer neuen hochhackigen Tanzschuhe aus Leder in die Kuhle zwischen seinem wollbedeckten Gesäß und beförderte ihn auf die Straße. Vor einem Paar hoher schwarzer Stiefel, die so glänzten, daß sich der Mondschein darin spiegelte, landete er auf der Nase. Aus den Stiefeln ragte ein mürrisch dreinblickender Mann. Er trug einen Kragen, der so hoch und so gestärkt war, daß er in seinem eigenen Speichel ertrunken wäre, wenn er versucht hätte auszuspucken.

»Guten Abend, Colonel Washington.« Sarah nickte ihm zu.

»Nun, ich würde sagen, der Abend ist schon ziemlich fortgeschritten, Mrs. Borginnis.« Washington ließ seinen Blick durch die Tür zu den feiernden Nachtschwärmern wandern. »Die Militärvorschriften verbieten, daß das Amerikanische Haus Alkohol ausschenkt.«

»Das war in Saltillo, Colonel. Hier sind wir in Monterrey.«

»Diese Vorschriften gelten in allen Militärbezirken.«

»Ich kümmre mich drum, Colonel.«

»Die Bibel verbietet Trunkenheit und Geschlechtsverkehr außerhalb des heiligen Standes der Ehe.«

»Ich werd's mir merken, Sir.«

Sie legte zwei Finger an die schmale Krempe ihrer gelben Artilleristenmütze und sah ihm nach, wie er in der Dunkelheit verschwand. Bestimmt ging er zu dem kleinen Haus, das er für ein bißchen Geld gemietet hatte, zu der Indianerin mit den traurigen Augen und dem kleinen Kind, die das Haus mit ihm teilten. Soweit Sarah wußte, hatte Washington nicht vor einem Priester geheiratet, und doch sah ihm das drei Monate alte Kind auffallend ähnlich.

Wie die Männer aus Braxton Braggs Bataillon bot auch das Land selbst einen wunderbaren Anblick, als würde es das Ende des Krieges und den Abmarsch der Armee feiern. Der tiefblaue Himmel schimmerte über dem Militärlager, das außerhalb von Monterrey in einem weiten Hain aus alten Walnuß-, Orangen- und Granatapfelbäumen lag. In dem grünen Baldachin flatterten, sangen und putzten sich Vögel, die so bunt waren wie Edelsteine. Wolken aus gelben Akazienblüten erfüllten die Luft mit ihrem Duft, und ein frischer Wind vertrieb ein wenig die Julihitze.

Nancy Skinner hatte Braggs Männern geholfen, sich für diesen Tag herauszuputzen. Sie hatte ihre Uniformen geschrubbt und geflickt, und sie hatte mit ihnen die Kanonen poliert, bis die Bronzerohre selbst noch im Schatten schimmerten wie alter Honig. Sie hatte zugesehen, wie die Männer die Protzen rot, weiß und blau strichen, und sie hatte mit ihnen die Pferde gestriegelt, bis sie glänzten wie Satin. Sie hatte Knöpfe poliert und die Lederriemen der Geschirre eingefettet.

Die Männer hatten die Lafetten in eine Reihe manövriert und standen nun bereit zum Aufsitzen und zum Abmarsch neben ihren Pferden. Mit den wehenden Standarten, den flatternden Federbüschen und in ihren frisch gewaschenen und gestärkten Uniformen sahen sie in Nancys Augen so prachtvoll aus wie nie zuvor und vermutlich auch nie wieder danach. Sie liebte sie alle, und sie wußte, sie würde sie wahrscheinlich nie mehr wiedersehen.

Nancy trug eine alte Uniformhose, die sie enger gemacht hatte, doch die Hosenbeine waren keineswegs zu lang für ihre Storchenbeine. Außerdem trug sie ein rotes Flanellhemd und die gelbe Mütze des Dritten Bataillons. In Hab-acht-Stellung stand sie neben den plaudernden Inspektionsoffizieren. Dann blies das Horn zum Aufsitzen, und die Männer schwangen sich in die Sättel, begleitet vom Klirren der Geschirre und dem Knarzen des Leders. Beim nächsten Signal stiegen die Gespannführer auf die Satteltiere und gaben ihnen die Sporen. Mulis und Pferde legten sich ins Zeug, und die schweren Lafetten und Protzen rollten laut rumpelnd vorwärts.

Nancy mußte sich auf die Unterlippe beißen, damit sie aufhörte zu zittern. Früher war sie immer auf der ersten Kanone geritten, wenn das Dritte Bataillon das Lager verlassen hatte, und die Männer hatten gesagt, sie sei ihr Maskottchen. Nun aber konnte sie nur noch zusehen, wie sie vorbeifuhren, und sie dachte, ihr müßte das Herz brechen.

Als die Kolonne an den Inspekteuren vorbeizog, legten Bragg und seine Männer die Finger der rechten Hand an die Mützen, und sie salutierten noch, als sie auf Nancys Höhe kamen. Bragg drehte leicht den Kopf, und sie sah, daß er ihr lächelnd zuzwinkerte.

Als das Bataillon in den hellen Sonnenschein hinausmarschierte, blitzten die Kanonen so hell auf, daß es Nancy in den Augen weh tat und sie mit der Hand ihre zusammengekniffenen Augen beschatten mußte. Sie wollte den Männern hinterherschauen, bis sie im Schatten der Berge verschwanden, doch die letzte Lafette war kaum vorbeigezogen, da rief ihre Mutter mit schriller Stimme nach ihr. Vor lauter Tränen sah sie kaum, wohin sie trat. Sie machte einen Bogen um das Durcheinander der Infanterie und um die Dragoner, die hin und her eilten, um sich zu formieren, und ging schließlich zwischen den großen Wagen, den Zugtieren des Versorgungstrosses und den Fuhrleuten hindurch, die fluchten wie die Rohrspatzen, als sie Getreidesäcke und Packkisten auf die Wagen luden.

»Wo steckst du denn, Mädchen?« Bertha gab ihrer Tochter so eine Backpfeife, daß ein roter Fleck auf Nancys sonnengebräunter Wange zurückblieb. »Hast wohl mal wieder bei diesen Männern rumgetrödelt, anstatt deiner Mutter zu helfen! Wir sind fast abmarschbereit.«

Bertha schnappte Nancy am Arm und schleppte ihre stolpernde Tochter zu einem kleinen Wagen, der an einen Esel angespannt war; sein deprimierter Blick verriet, daß er harte Zeiten voraussah. Newt, Berthas neuer Freund, hatte den Karren gefährlich hoch mit Schaufeln und Pickeln, Seilen, Zubern und kleinen Bergen aus rohen Brettern beladen, die er von den verlassenen Schuppen des Seifenviertels erbeutet hatte. Obenauf lag ein hölzerner Handkarren aus den ehemaligen Ställen, den Newt mit Sisal festgebunden hatte und der nun wie eine dungbedeckte Schildkröte auf der Ladung hockte.

Newt war ein Freiwilliger aus Indiana, der sich in Buena Vista aus dem Staub gemacht hatte. Er war Mitte Dreißig, hatte kurze Beine, einen langen Oberkörper und einen Schmerbauch. Sein Haar hatte die Farbe und die Struktur von altem Speck, und das Loch, das seine Schneidezähne einmal ausgefüllt hatten, gewährte freien Blick auf seine Rachenmandeln. Mit einem Stein hämmerte er eine gebrochene Speiche ins Rad zurück, ohne dabei den Karren zu entladen. Die Fracht wackelte und rutschte bei jedem Schlag. Nancys Schwestern hatten sich in sicherer Entfernung aufgestellt und beobachteten die Szene.

Nancy sah die Katastrophe schon kommen, doch das überraschte sie nicht weiter. Katastrophen gehörten zu Newt wie Flöhe zu einem Hund. Sie hatte schon viele Männer von Newts Schlag erlebt, dreckige, unbesonnene Männer, die nie an ihr Ziel kamen und denen das Pech immer und überall auflauerte wie eine schelmische Katze, die nur darauf wartete, sich auf sie zu stürzen und mit ihnen zu spielen.

Nancy hockte neben einem Haufen zerbrochener und zerschlissener Habseligkeiten, die im Dreck neben dem Karren lagen. Sie fischte eine Pfrieme mit eingravierten gekreuzten Kanonen heraus, dem Abzeichen, das die Artilleristen auf den Pompons ihrer Tschakos trugen. Braggs Männer hatten ihr die Pfrieme als Andenken geschenkt.

»Laß diesen Müll liegen!« Bertha schlug ihr die Pfrieme aus der Hand. »Dafür haben wir keinen Platz. Außerdem will uns Newt bei den Goldminen neue Sachen kaufen.«

»Wie ich sehe, hat Newt seinen eigenen Müll aber nicht hiergelassen.« Zu Nancys Erleichterung kam Sarah auf ihrem neuen Schecken angetrabt; Jake und Alice Anne führte sie am Strick. Normalerweise konnte Sarah Berthas alltägliche

Schwierigkeiten beheben, doch in bezug auf Männer – die Ursache der meisten Schwierigkeiten – ließ sich Bertha nichts sagen.

Sarah kam gerade rechtzeitig, um die Hand auszustrecken und zu verhindern, daß ein Stapel Bretter vom Karren und auf Newts Kopf rutschte. Sie schob die Bretter zurück an ihren Platz.

»Ich hätte sie fallen lassen sollen, Newt!« Sie zwinkerte Nancy zu. »Vielleicht hätten sie dir ein bißchen Verstand ins Hirn gehämmert.«

»Ich hab ausreichend Verstand und Ehrgeiz.« Newt warf seinen Hammer auf die Ladung und zerdepperte Berthas einzigen Porzellanteller. »Nicht wie gewisse andere Leute, die nichts lieber tun, als einem einfachen Soldaten den Sold aus der Tasche zu ziehen, den Offizieren den Dreck von den Stiefeln zu lecken und ihren Pferden die Arschlöcher zu putzen!«

»Ich hätte den Reiz eines Lebens bei der Armee nicht besser ausdrücken können!« Sarah gab Nancy die Zügel der Stute, denn der Wagen war so überladen, daß die Mädchen zu Fuß nach Kalifornien gehen müßten. Jedenfalls würde der Karren vollständig zusammenbrechen, bevor er noch die Grenze erreicht hätte. »Ich geb dir Alice Ann als Glückspferd, Nan. Du kennst ja ihre Marotten inzwischen.«

»Danke, Western!« Nancys Augen leuchteten, und ihr Mund verzog sich zu einem Lächeln, das auffallend weiß in ihrem braunen Gesicht prangte.

Sie gab ihrer jüngeren Schwester die Zügel, nahm Anlauf, sprang auf und zog sich vollends hoch. Sarah hob die drei kleinen Mädchen hinter Nancy aufs Pferd, wo sie mit weit gespreizten Beinchen hockten. Margaret, die Kleinste, setzte sie zwischen Nancys Schenkel.

»In Kalifornien seht ihr bestimmt den Elefanten!«

»Bestimmt.« Nancy biß sich wieder auf ihre zitternde Unterlippe.

Auch Sarah hätte am liebsten geweint. Die Mädchen würden

ihr so fehlen, als wären es ihre eigenen Kinder. Sarah überlegte, ob sie Nancy daran erinnern sollte, daß auch die Armee nach Kalifornien zog. Das Militär hatte den Befehl, die goldhungrigen Einwanderer vor Überfällen der Indianer zu schützen. Doch das Land war groß, die Reise unsicher, und es gab keine Garantie, daß sie sich eines Tages wiedersehen würden.

Sarah wußte, daß tränenreiche Abschiede eine Trennung nur noch schlimmer machten, doch beim Anblick der Skinner-Familie und ihrer jämmerlichen Habseligkeiten zog sich ihre Brust zusammen. Sie würden durch Wüsten und über Berge ziehen müssen, wo das Unglück nur darauf wartete, sie heimzusuchen. Sarah wußte, daß die Goldminen im Norden lagen, und sah plötzlich Newt vor sich, den Taugenichts, wie er trödelte, bis der Winter sie in den Sierras überraschte. Sie sah Nancy und ihre Schwestern erfroren im Schneetreiben auf einem hohen Paß. Wie den unglückseligen Donner-Treck in Oregon, wo fast alle ihr Leben in einem Schneegewitter lassen mußten. Sie schüttelte den Kopf, um diesen düsteren Gedanken zu vertreiben.

Newt war eigentlich kein schlechter Kerl, es sei denn, er konnte sich Alkohol leisten, was segensreicherweise nur selten der Fall war. Doch er war auch nicht gerade eine Leuchte. Er kam immer einen Tag zu spät und hatte immer einen Dollar zu wenig in der Tasche. Auch jetzt brach er erst Wochen nach den anderen Freiwilligen auf, die schon längst ihre Sachen gepackt hatten und auf der Suche nach Gold der Sonne entgegenzogen.

Der Esel legte sich ins Geschirr, der kleine Karren knirschte, bebte und bog sich, bevor er sich schließlich laut klappernd in Bewegung setzte. Newt und Bertha gingen nebenher.

Sarah beugte sich aus dem Sattel und umarmte die Mädchen auf der tänzelnden Stute. Nancy streckte die Arme aus und schlang sie so fest um Jakes Hals, wie es nur ging. Jake drehte den Kopf und rieb seine Ganaschen an Nancys Schulter. Dann setzte sie sich wieder auf, schlug mit den Zügeln, und die Stute folgte dem Karren. Nancy sah nicht zurück, nur ihre Schwestern drehten sich um und winkten. Jake schickte dem Treck einen langgezogenen, klagenden Schrei hinterher.

»Witwe Borginnis, ich habe Sie schon gesucht.«

Das verheißt bestimmt nichts Gutes, dachte Sarah, die Colonel Washingtons Stimme und den Tonfall erkannt hatte, den er immer annahm, wenn er das Vergnügen hatte, anderen Leuten schlechte Nachrichten zu überbringen. Hätte er gute Nachrichten für Sarah gehabt, so hätte er einen Untergebenen geschickt und ganz bestimmt nicht seine eigenen Stiefel schmutzig gemacht.

»Womit kann ich Ihnen dienen, Colonel?«

»Mit gar nichts. Jedenfalls nicht in offiziellem Dienst.« Sein rundes Gesicht, die Boxernase und die buschigen Spitzen des Schnurrbarts über dem hohen Kragen erinnerten Sarah an eine verdrießliche Bulldogge, die aus einem überwucherten Zwinger herausspähte.

»Ich verstehe nicht...«

»Es ist neuer Befehl ergangen.« Washington nahm ein zusammengefaltetes Blatt Papier aus seiner Jackentasche und wedelte Sarah damit vor der Nase herum. »Im Gefolge der Armee darf niemand mehr marschieren, der nicht direkt der Regierung der Vereinigten Staaten untersteht oder mit jemandem durch Heirat verbunden ist, auf den diese Kriterien zutreffen.« Er konnte seine Genugtuung kaum verhehlen. »Aber Sie könnten bestimmt wieder als Wäscherin in Dienst genommen werden.«

»Darin besteht meine Arbeit schon lange nicht mehr.«

»Ich weiß, worin Ihre Arbeit besteht, Witwe Borginnis.« Washingtons Wangen röteten sich. »Eine Frau sollte keiner selbständigen Arbeit nachgehen. Das ist wider die Natur.«

Du bist mir so ein Widder der Natur! dachte sie, doch sie sagte: »Old Zach würde niemals einen derartigen Befehl erlassen.«

»General Taylor ist in die Staaten zurückgekehrt und läßt sich von seinen dubiosen Bewunderern auf Händen tragen.

Diese Dummköpfe quasseln nur noch davon, daß sie den alten Trottel zum Präsidenten machen wollen.«

»Gut, Colonel. Ich heirate die ganze Kompanie und Sie noch dazu und mache weiter wie bisher.« Sie drehte den Schecken um und ritt zu den Infanteristen und Dragonern, die sich in einem schrecklichen Durcheinander marschbereit machten.

34

Ein bescheidener Antrag

Das ferne Grollen der Trommeln drang durch den Lärm weinender Kinder, bellender Hunde und kreischender Frauen. Im Damensitz ließ Sarah ihren großen Schecken durch das Armeegefolge traben, das um die bunte Ansammlung der Wagen im Fuhrpark der Zivilisten herumwuselte. Zur Hochzeit hatte sie ihr dunkelrotes Reitkostüm aus Samt angelegt, doch sie hatte noch keine Ahnung, wer der Bräutigam sein würde.

Normalerweise hätte sie einen anderen Weg gewählt, um bei der Armee zu bleiben, doch Colonel Washington hatte ihr keine andere Wahl gelassen. Die Alternative war ein Leben unter Zivilisten, und das war für Sarah undenkbar. Sie gehörte nicht zu den Leuten, die sich den Kopf über Probleme zerbrachen, wenn sie sie lösen konnten, und wenn sie einen Plan gefaßt hatte, verschwendete sie bei seiner Umsetzung keine Zeit. Außerdem bestand der besondere Reiz ihres Vorhabens darin, daß sie Colonel Washington in Verlegenheit bringen und ihm einen Strich durch die Rechnung machen würde.

Die Truppen sahen richtig schneidig aus mit ihren breitkrempigen schwarzen Filzhüten, den hellroten Flanellhemden und den braunen Segeltuchhosen, die so neu waren, daß sie noch nach dem Fichtenholz der Transportkisten rochen. Die Männer hatten die Gürtel mit Pfeifenton geweißt und ihre Waffen poliert. Die neuen Seidenbanner flatterten im Wind.

Die Sergeants schrien Befehle, und die langen Reihen der Soldaten begannen sich zu formieren. Bald würde das Horn zum Aufsitzen blasen. Sarah drückte ihrem Pferd die Knie in die Flanken und kanterte am ersten Glied der Truppe vorbei. Ihre Röcke hatte sie bis zu den Strumpfhaltern geschürzt, ihre Beine schienen kein Ende zu nehmen. Sie waren wohlgeformter, als es sich selbst die phantasievollsten Männer hätten träumen lassen, und schließlich hatten sie alle schon einmal von diesen Beinen geträumt. Sie zügelte ihr Pferd und ritt im Schritt weiter.

»Wer will eine Frau mit fünfzehntausend Dollar und den längsten Beinen in ganz Mexiko heiraten?« Sie schenkte allen ein strahlendes Lächeln.

Doch sich zu brüsten, was man mit einer Frau wie Sarah tun würde, war eine Sache – diese Vorstellung Wirklichkeit werden zu lassen, war etwas ganz anderes.

»Kommt schon, ihr Schönlinge, redet doch nicht alle auf einmal! Wer will nun der Glückliche sein?«

Das Schweigen zog sich in die Länge. Hätte nicht Sarahs Zukunft bei der Armee auf dem Spiel gestanden, hätte sie sich über die Verlegenheit der Soldaten amüsiert.

Schließlich machte ein Mann in der Mitte der Reihe den Mund auf. »Ich habe nichts dagegen, dich zu meiner Frau zu nehmen, wenn es hier einen Geistlichen gibt, der das Band zwischen uns knüpfen kann.«

Sarah erkannte Davis' Stimme. Natürlich. Der ewige Freiwillige. Er ist seinen Vorgesetzten mit seiner Sturheit bestimmt so auf die Nerven gefallen, daß sie ihn zum Corporal befördert haben.

»Also, bring heute abend deine Decken in mein Zelt«, rief

sie ihm zu, »dann zeig ich dir, wie man ein Band knüpft, das dich zufriedenstellt.«

Gelächter ging durch die Reihen der Soldaten, und Sarah nickte Colonel Washington erhaben zu. Sein Gesicht war so rot wie Klatschmohn, aber da es keine Vorschriften gab, kraft derer er Sarahs Manöver unterbinden konnte, blieb ihm nichts anderes übrig, als sie mit offenem Mund anzustarren. Sie schlug mit den Zügeln und kanterte an der schnurgeraden Linie der Männer vorbei, die sie hochleben ließen.

Als sie das letzte Glied, eine Mauer aus rotgekleideten Rükken, hinter sich gelassen hatte, ritt sie weiter in den Lärm aus Flüchen und ohrenbetäubendem Peitschenknallen. Die Mauleseltreiber und Fuhrleute bugsierten ihre Tiere in eine Reihe, doch die Mulis hatten ihren eigenen Kopf. Sie waren erst kürzlich beschafft und neu zugeritten worden, doch offensichtlich ohne großen Erfolg. Die Rinder stapften durcheinander und brüllten, ihre langen Hörner krachten wie Silbersäbel aufeinander, die Viehtreiber pfiffen und schrien und kreisten sie ein, damit sie nicht auseinanderliefen.

Doch bei Tieren und Treibern herrschten wenigstens noch Überreste von Ordnung, verglichen mit dem Chaos, das Sarah dahinter antraf. Hunderte von Frauen und Kindern machten sich in jedem nur erdenklichen fahrbaren Untersatz auf den Marsch, angefangen bei ledergepolsterten Zweispännern mit fransenbesetzter Plane bis hin zu den sperrigen, quietschenden mexikanischen Ochsenkarren. Einige Familien hatten offenbar vor, zu Fuß nach Kalifornien zu wandern, und schoben Handkarren vor sich her. Die höhergeborenen Mexikanerinnen hielten ihre Pferde fest an den Zügeln und ließen sie nur in einem engen Kreis tänzeln, damit sie nicht bockten. Colonel Washingtons Erlaß interessierte sie einen feuchten Kehricht – sie würden ihren *gringos* folgen. Die allgemeine Hetze und die pulsierende Spannung ließen Sarahs Mark vibrieren.

Ihre Anspannung wurde noch größer, als sie zu den ärmsten der einheimischen Frauen kam. Ihr waren Gerüchte zu Ohren gekommen, welche Vergeltungsmaßnahmen jenen bevorstanden, die mit den Amerikanern kollaboriert hatten. Und wie sie erwartet hatte, hing ihr auch gleich eine ganze Traube am Rockzipfel. Einige stellten sich ihr in den Weg, knieten nieder und hoben flehentlich die Hände. Ihre dunklen, verzweifelten Augen baten Sarah inständig, sie mitzunehmen. Manche hielten ihr die Säuglinge hin und riefen ihr zu, wenigstens die Kinder im Namen Gottes und der heiligen Jungfrau mitzunehmen, wenn sie schon in ihrem Haushalt für die Mütter keine Verwendung mehr hatte. Am Rand des Geschehens wartete die schweigende Masse derer, die wußten, wie sinnlos es war, um Gnade zu betteln. Die meisten waren Indianerinnen jeden Alters, und sie warteten nur darauf, das verlassene Lager zu stürmen und die zurückgelassenen Gegenstände aufzusammeln, egal wie kaputt oder zerschlissen sie waren. Diesen Teil des Abmarschs fürchtete Sarah am meisten.

Doch wenigstens konnte sie sich ein bißchen an ihrem neuen, prächtigen Wagen freuen. Sie hatte das abgelagerte Holz selbst ausgewählt; es würde nicht austrocknen und sich zusammenziehen, ihr Wagen würde auf dem Weg nicht auseinanderfallen. Die Radnaben und Achsen, die sie in Auftrag gegeben hatte, waren im Verhältnis zu den Rädern sehr groß, und sie wollte unbedingt eine Ladefläche, die so dicht verzapft war, daß sie auf dem Wasser schwimmen konnte. Die Segeltuchplane war die robusteste, die sie hatten finden können. Doch das Beste waren die blauen Räder und der leuchtende zitronengelbe Anstrich, den Moses dem Wagen verpaßt hatte. An den Seiten hatte er eine Landschaft aufgemalt: ein Dorf aus Lehmziegelhäusern mit einer Kirche, Gärten, Feldern und einem Fluß, der von Bäumen gesäumt war. Sarah bewunderte das Bild, als sie den Schecken neben dem Falben, den sie vor langer Zeit Antonio Águilas Schergen abgeluchst hatte, an die Deichsel band.

Ihre beiden weiteren Gefährte waren die rumpelnden Ochsenkarren aus Chihuahua. Der Kärrner hatte die zehn Zoll dicken Räder aus einem Baumstamm von fünf Fuß Durchmesser gezimmert. Die Achsen waren aus jungem Mahagoniholz, die Ladefläche aus breiten Eichenplanken. Trotzdem schienen sie unter dem Gewicht der Frauen und Kinder nachzugeben, die zwischen den hohen Sparren an den Seiten herauslehnten. Cruz stand auf der Nabe des linken Hinterrads am letzten Wagen und zählte die Köpfe.

»Demasiado«, sagte sie ernst. »Es sind zu viele.«

Inständige Bitten und Anschuldigungen ertönten im Wagen, doch Cruz blieb hart. Nur Sarah wußte, welche Qual ihr diese menschliche Fracht und die sie erwartenden Folgen bereitete. Mit unbewegtem Gesicht deutete Cruz auf die blinden Passagiere, und die Freunde und Verwandten von Sarahs Hausangestellten stiegen ab, stapften ein Stück davon und drehten sich wieder erwartungsvoll um.

Seufzend stieg Cruz auf den Kutschbock, wo schon Sarah und die schweigsame Esperanza mit Paz auf dem Schoß warteten. Cruz trug ihr Haar offen; es war wieder ausreichend lang und dicht, um die Narben ihrer fehlenden Ohren zu verbergen.

»Erlaubt uns der *coronel,* mit der Armee zu ziehen?« fragte sie.

»Corporal Davis wurde von mir kurzfristig zu meinem Ehemann befördert.« Sarah zwinkerte ihr zu. »Wir stehen wieder auf den Listen.«

Cruz zuckte die Achseln. »Wenigstens ist ein bißchen was an ihm dran.«

»Er ist schon in Ordnung«, sagte Sarah seufzend. Mehr, als daß Davis fügsam war, konnte sie nicht von ihm sagen, doch er hatte ihr aus der Patsche geholfen, und sie würde ihr Wort halten.

Der Zweispänner mit der fransenbesetzten Plane blieb neben Sarahs Wagen stehen, und die Frau des Kommandanten lehnte sich heraus. »Mrs. Murphy?«

»Ja, Ma'am?« Cruz beäugte sie unsicher. Offiziersfrauen ließen sich selten dazu herab, mit Sarah oder Cruz zu plaudern.

»Ich wollte Ihnen nur sagen, wie leid es mir tut, daß Sie Ihren Mann verloren haben.« Sie streckte den Arm aus und berührte Cruz' Hand mit den Fingerspitzen. »Er ist nun zu Gott heimgegangen. Und Sie haben ja die Kleine und Ihre Erinnerungen zum Trost.«

»Ich danke Ihnen.« Cruz Stimme war kaum hörbar, doch sie erwiderte die Berührung der Offiziersfrau. Die zarte Verbindung dauerte ein paar Herzschläge an, dann zog die Frau ihre Hand wieder zurück, führte die Fingerspitzen an ihre Lippen und hielt ihre Hand in einer Art Salut vor der Witwe eines tapferen Soldaten in die Höhe, bis der Zweispänner schließlich anfuhr.

Cruz krümmte sich unter ihrer Mantille zusammen, schlang die Zipfel um sich und drückte den Stoff mit fest verschränkten Armen an sich. Sarah sah, wie sie erschauerte. Gegen Boshaftigkeit konnte man sich wehren, aber es gab nur wenige Verteidigungsstrategien gegen einen Hinterhalt, in den man freundlich gelockt wurde.

»Sie meinte es nur gut.« Sarah gab Cruz ihre Bandana.

»Ich weiß.« Cruz wischte sich die Augen mit Sarahs Tuch. »Doch die Erinnerungen sind Messerstiche, die dich mitten ins Herz treffen.«

Sarah hätte ihr gerne gesagt, daß die Zeit ihr wundes Herz genauso heilen würde, wie sie auch die Wunden des Fleisches heilte, doch bevor sie die Worte aussprach, emfand sie sie schon als hohl. Die Zeit hatte ja kaum ihren eigenen Erinnerungen den schmerzenden Stachel genommen.

Eine Träne hinterließ eine schimmernde Spur auf Cruz' Wange. Sie hatte bestimmt tausend Erinnerungen an James, und jede einzelne brachte sie zum Weinen. Nun dachte sie wahrscheinlich daran, wie James und Duke so stolz in den Reihen der Dragoner geritten waren, und sie würde wieder viele Meilen lang leise vor sich hin weinen und sich Augen und Nase mit dem Zipfel ihres Tuches wischen, wie sie es schon früher auf den stundenlangen Märschen getan hatte.

»Um die Ersatzmulis habe ich mich gekümmert, Western.« Moses war mit Concepción gekommen, die sich entschieden hatte, bei ihm zu blieben und ihr Glück mit ihm zu versuchen. Moses hatte erst kürzlich sein künstlerisches Talent entdeckt und war nun ein gefragter Maler von Porträts und Wandbildern in Kirchen. Er genoß einen solchen Respekt, daß Concepción nach Sarahs Meinung bei ihm sicher war, auch wenn sie eine *yanqueda* war, eine Frau, die mit den Amerikanern kollaboriert hatte.

»Seid ihr sicher, daß ihr den Elefanten nicht sehen wollt?«

»Der Elefant, den ich gesehen habe, war groß genug, daß es mir für immer und ewig reicht. Und ich hab ihm sogar einen Fetzen aus dem Ohr gebissen.« Moses grinste. »Nehmen Sie sich in acht vor den Komantschen. Wo Sie hingehen, wimmelt es nur so von denen – schlimmer als Läuse auf einem Rackensacker-Schädel. Und Apachen gibt es auch.«

»Kommt mit uns, niemand hindert euch. Kalifornien ist ein freies Land.«

Moses sah etwas skeptisch aus, doch er sagte nur mit Blick auf die bemalten Planken: »Die Leute machen ein Riesentheater um mein Gekleckse. Ich glaube, ich werde hier ein angesehener Künstler.«

»Gott sei mit dir.«

»Gott sei auch mit Ihnen, Missis Sarah.« Er zog den Hut und verbeugte sich ausdrucksvoll. »Legen Sie Ihre Colts nie aus der Hand, und achten Sie darauf, daß Ihr Schopf auf dem Kopf bleibt.«

»Werde ich!«

Moses sagte nicht auf Wiedersehen, das tat man in der Armee nicht. Vielleicht brachte es Unglück.

Sarah seufzte. Moses und Juan Duran würden ihr fehlen. Juan und Hanibal waren mit einem Packtroß Mulis nach Norden Richtung Santa Fe gezogen. Sarah hatte noch immer in den Ohren, wie sie beim Aufbruch johlend *»mula, mula, mula«* geschrien hatten.

»Western!« Lewis Leonidas Allen eilte heran.
»Na, Schreiberling?«
»Ich wollte mich von Ihnen verabschieden.«
»Was haben Sie vor?«
»Ich werde meinen Roman schreiben. In nächster Zeit werden Sie bestimmt von mir hören.«
»Zweifellos.«
»Ich habe doch Ihren Namen berühmt gemacht, oder?«
»Sie haben einen Packen schmeichelhafter Lügen erzählt. Aber was kann man schon dagegen ausrichten? Ein Schreiberling schreckt schließlich vor nichts zurück. Sein Verstand ist nicht mal so groß wie der eines Flohs.«

Das Horn blies zum Aufsitzen. Die meisten Leute und Tiere, die auf der Ebene verstreut standen, zuckten zusammen und hetzten umher, als hätten sie einen elektrischen Schlag bekommen. Sogar Jake tänzelte auf seinen großen flachen Hufen und legte sich in sein wattiertes Lederkummet, als wollte er in einem Satz nach Kalifornien preschen.

Die Dragoner sangen den ersten von ein paar hundert Versen des »Happy Jack«. Die dunkeläugigen Städterinnen flankierten ihre Geliebten wie bunt uniformierte Vorreiter auf geschmückten Pferden. Weiter hinten folgten auf mageren Ponys, Eseln oder zu Fuß Hunderte von armen Frauen aus den umliegenden Dörfern. Die Wachen würden ihre liebe Not damit haben, sie alle zurückzutreiben, wie Colonel Washington es befohlen hatte.

Sarah schlug mit der Bogenpeitsche, und der Wagen setzte sich in Bewegung. Sie fiel in den Chor der Dragoner ein und winkte Moses zu, der zackig salutierte. Dann fuhr sie schnell davon, damit sie nicht mit ansehen mußte, wie die Ärmsten der Armen durch das verlassene Lager streunten, nach kaputten Schuhen, zerbrochenen Töpfen und Kleiderfetzen wühlten. Sie wollte nicht sehen, wie sie die Maiskörner aufsammelten, die aus den Futtersäcken der Tiere gefallen waren.

Sobald der müllübersäte Walnußhain, in dessen Schutz das Lager gestanden hatte, außer Sichtweite verschwand, bekam Sarah bessere Laune. Sie war gerne auf dem Marsch und mochte es, jede Nacht an einem anderen Ort, doch immer unter dem gleichen Sternenzelt zu kampieren. Sie genoß es, mit den Frauen zu plaudern, mit den Männern zu schäkern und ihnen dabei zuzusehen, wie sie ihr Huhn, ihre Klöße und ihren Krug Schnaps verschlangen. Tod und Krieg waren auf dem Weg geblieben, die Freiheit des Marsches lag vor ihr. Es gab unzählige Möglichkeiten, wohin der Weg führen könnte, und die vielen Überraschungen würden das Leben interessant gestalten. Selbst der Gedanke an Corporal Davis, der in der Nacht in ihr Zelt eindringen würde wie ein langsam dahinstapfender Bison konnte ihre Freude nicht dämpfen.

Die Marschkolonne zog sich drei Meilen über eine Straße, die sich durch Weinberge und ordentlich vermessene Mais-, Gerste- und Zuckerrohrfelder schlängelte und von Feigen- und Pfirsichhainen beschattet wurde. Sie führte an weißgetünchten Haziendas und sauberen Dörfern vorbei. Immer wenn die Amerikaner eine Verschnaufpause einlegten oder eine Furt schlugen, kamen die Kinder angelaufen, verkauften Wassermelonen und Krüge voll köstlichem Wein, der aus einheimischen Trauben gekeltert war. Sogar Cruz lebte wieder auf und fiel in den Refrain ein, wenn sie eines von Sarahs zahllosen Liedern kannte. Auf dem Wagen spielte Esperanza mit Paz, wenngleich das Spiel ohne Worte auskommen mußte.

Gegen Abend erreichten sie eine Erhebung. Unten im Tal schimmerte ein weißes Dorf zwischen Obstbäumen. Wie ein Juwel stand die hübsche, kleine Kirche mit ihrem einfachen Glockenturm auf dem Platz. Am Himmel kreisten träge die Bussarde.

Sarah freute sich schon auf eine warme Mahlzeit mit ihren Jungs. Schon sah sie, wie sich die Marschspitze verdichtete und der Stau langsam alle Reihen erfaßte, bis auch Sarah und die anderen am Ende des Zuges stehenbleiben und warten mußten. Doch die Truppen hatten nicht im Dorf angehalten, sie waren nur langsamer geworden und bewegten sich nun im Schrittempo vorwärts, um etwas zu betrachten. Als Sarah am Rand des Dorfes angekommen war, war die Dunkelheit zwar schon hereingebrochen, doch es war immer noch hell genug, um zu erkennen, was es war.

Zuerst hatte sie gedacht, die Männer starrten einen Müllhaufen an, doch dann sah sie, wie die Frau des Kommandanten sich aus dem Zweispänner lehnte und würgte.

»Jesus Maria!« Sarah bekreuzigte sich. Cruz schrie leise auf, zog ihr Tuch vors Gesicht und wandte sich ab. Auch Sarah hielt sich die Bandana vor Nase und Mund.

Die Leichen der Frauen lagen in einem Haufen da. Sie waren nackt und verstümmelt; offenbar waren sie gefoltert worden, bevor man ihnen die Kehle durchgeschnitten hatte. Fliegen umschwirrten die Leichen, Hunde trotteten in sicherer Entfernung vor und zurück und warteten nur darauf, daß die Eindringlinge verschwänden und sie weiterfressen könnten. Als Sarahs Treck an den Leichen vorbeizog, starrten die Frauen in den *carretas* schweigend durch die Sparren.

»*Yanquedas*«, hauchte Cruz.

Sarah drehte es den Magen um. Sie nahm einen Schluck Wasser aus der Feldflasche, spülte den Mund aus und spuckte in den Straßenstaub. »Das ist das Werk von Águila oder seinesgleichen.« Sie gab Cruz die Feldflasche. »An Schweinehunden herrscht wohl niemals Mangel, was?«

Cruz schüttelte den Kopf.

»Manchmal frage ich mich, ob es wohl eine Grenze gibt für das, was die menschliche Seele aushalten kann«, sagte Sarah leise. »Wenn man zuviel Trauer anhäuft, muß die Seele irgendwann zusammenbrechen wie ein überladenes Muli.«

»Man sagt, Gott bürde uns nur auf, was wir auch aushalten können.« Cruz lächelte traurig. »Das muß stimmen, denn mein Leid ist gewiß unerträglich, und doch lebe ich immer noch.«

Sie zogen durch das stille Dorf. Die engen Gassen waren menschenleer, kein Licht fiel durch die Ritzen der Fensterläden. Sarah dämpfte die Stimme wie bei einer Beerdigung: »Ein Himmelfahrtskommando.«

»Was?«

Sarah durchforstete ihren spanischen Wortschatz. *»Esperanza desesperada*, eine aussichtslose Sache.«

Cruz sah sie fragend an.

»Die Männer, die den Hügel von Chapultepec durch das feindliche Feuer gestürmt haben... So eine Offensive endet aller Wahrscheinlichkeit nach tödlich. Deshalb nennt man es Himmelfahrtskommando. Die Soldaten haben sich freiwillig gemeldet.« Sarah hatte Schwierigkeiten auszudrücken, warum ihr dieser Begriff so wichtig war und was er für ihr eigenes Leben bedeutete – daß sie und alle anderen Menschen sich nicht freiwillig für ein Himmelfahrtskommando, genannt Leben, gemeldet hatten. Aber sie konnte es sich selbst nicht richtig erklären, also flüsterte sie nur: »Captain Lincoln hat immer gesagt, wenn alle Menschen sich korrekt verhielten, würde man keine Mutigen brauchen.«

Die Kolonne setzte ihren Marsch durch die Nacht fort und legte viele Meilen zwischen sich und den Ort des Grauens. Als sie schließlich in der Nähe eines Flusses an einem Lagerplatz unter Pfirsichbäumen ankamen, schlugen Sarah und die Frauen ihre vier Zelte auf. Einige Mädchen hatten auf dem Weg Verabredungen getroffen und verschwanden nun in der Nacht, um ihre Soldaten zu treffen. Die anderen legten in den Zelten oder auf den Karren ihre Decken aus und aßen den Proviant, den sie mitgebracht oder unterwegs gekauft hatten. Sarah hatte ihnen feinzahnige Kämme gegeben, und sie konnte sie flüstern hören, während sie gegenseitig ihre Köpfe nach Läusen absuchten. Sarah fragte sich, worüber sie wohl sprachen. Worüber sprach man, wenn man ein Flüchtling im eigenen Land war?

Davis kam nach getaner Arbeit, doch immer noch rechtzeitig für eine Mahlzeit aus geräuchertem Schinken, gebratenen Süßkartoffeln und Maisbrot, die Sarah am Vortag zubereitet und für Notfälle eingepackt hatte. Er war frisch gebadet und hatte eine saubere Uniform angezogen, doch sein Haar sah so aus, als hätte ein kleines zottiges Tier auf seinem Kopf sein Leben gelassen. Heute allerdings machte das Tier den Eindruck, als wäre es in einem Eimer Achsenschmiere ersoffen. Großzügig hatte er das Fett darauf verwendet, sein Haar an seinen großen Schädel zu klatschen. Er verströmte eine Whiskeyfahne, und der glückselige Blick aus seinen glasigen nebelgrauen Augen verriet, daß er mit den Jungs der Fünften Kompanie wohl schon den bevorstehenden Vollzug seiner Ehe ohne Trauschein gefeiert hatte.

Doch auch Sarah freute sich, ihn zu sehen. Eine Nummer mit ihm würde nicht durch Nachdenklichkeiten und Gefühle kompliziert werden, denn Davis schien von beidem völlig unbelastet zu sein. Sarah hatte in den vergangenen Monaten soviel Tod und Elend gesehen, daß der lebensspendende Akt der körperlichen Vereinigung ein Heilmittel gegen die Traurigkeit sein würde. Vielleicht würde Davis ja, ohne es zu wollen, etwas Nützliches tun und ein Kind zeugen. Sarah hoffte es, denn sie wünschte sich immer noch ein eigenes Kind.

Die Offiziere verweilten nicht bei Tisch, um wie sonst über Spinoza, Plutarch und von Clausewitz zu diskutieren. Braxton Bragg salutierte und zwinkerte Sarah im Gehen zu. Sarah beauftragte Maria mit Spülen und Aufräumen und ging zu ihrem Zelt, vor dem Davis schon auf und ab schritt. Sie schubste ihn verspielt durch die Zeltklappe. Er war mindestens so groß wie Sarah und schien das Zelt vollständig auszufüllen. Offenbar hatte er Angst, über seine eigenen riesigen Füße zu stolpern, etwas zu zerdeppern und gescholten zu werden.

Sarah fühlte eine Welle der Zuneigung für Davis in sich aufsteigen. Eine Vereinigung ohne Liebe war zwar ein flüchtiges Vergnügen, doch immerhin war es ein Vergnügen, und davon hatte sie in letzter Zeit viel zuwenig gehabt.

»He, Davis, du alter Schwerenöter, man sagt, du hättest ein Gehänge wie ein Esel. Zieh dich aus und zeig mir, was du hast!«

Sarah stand auf, als es noch stockdunkel war. Sie stieg über Davis, der auf dem schmutzigen Zeltboden schnarchte wie ein Bison, der gerade erdrosselt wurde. In der Nacht hatte er seine Aufgabe schnell erledigt, hatte sich auf die Seite gedreht und war in einen ohrenbetäubenden Schlaf gefallen. Sarah hatte schließlich ihre Füße gegen seine Taille gestemmt und ihn über die Kante des Feldbetts geschoben. Ohne aufzuwachen war er wie ein Sack Bleikugeln auf dem Boden gelandet. Allerdings hatte er nicht aufgehört zu schnarchen. Also hatte sich Sarah Werg in die Ohren gestopft und das Kissen über den Kopf gezogen.

Sie blies die Glut des Kochfeuers an und machte sich leise an die Arbeit. Sie stellte Wasser für den Kaffee auf und setzte getrocknete Pfirsiche für einen Cobbler an. Sie war gerne als erste auf den Beinen, denn sie mochte die Ruhe und die Hoffnung, die ein neuer Morgen mit sich brachte. Sie liebte die Geräusche der Pferde, die im dunklen Korral tänzelten und stampften, und das Morgenlied der Spottdrossel, das nicht durch Hornsignale, Schreie und den allgemeinen Morgentrubel gestört wurde. Und sie sah gerne den fahlen, grauen Rauchfäden nach, die vom Feuer aufstiegen und sich gen Himmel rankten.

Die Frauen kamen nacheinander zurück – vor dem Morgenstreich, vor Sonnenaufgang und vor der sicheren Entdeckung durch Colonel Washington. Doch auch der tauchte mit dem Morgengrauen auf. Sarah sah ihn kommen und gab den Frauen ein Zeichen, sich in ihrem Wagen unter der losen Plane zu verstecken, die später über der Ladung verzurrt werden würde.

»Guten Tag, Witwe Borginnis.«

»Ich bin jetzt Mrs. Davis, Colonel.«

Washington grummelte. Er hatte offenbar vor, keine Nettigkeit auszulassen. »Wie ich sehe, haben Sie Ihre Torten mitgebracht.«

»Es gibt Pfirsich-Cobbler zum Frühstück, Sir, keine Törtchen.«

»Ich bin nicht in der Stimmung für Ihre Unverschämtheiten!« Er stapfte zu den Ochsenkarren und spähte hinein. Dann ging er zu Sarahs Wagen, schlug die Plane zurück und entdeckte die zusammengekauerten Frauen. Er winkte sie vom Wagen, und die Frauen stiegen ab.

»Das sind meine Angestellten, Colonel. Meine Bettys.«

»Sie dürfen nur drei Dienstmädchen haben.«

Sarah hätte ihn gerne daran erinnert, daß er selbst fünf persönliche Angestellte hatte, doch sie konnte sich gerade noch beherrschen. »Und wohin sollen die anderen gehen?«

»Das ist nicht mein Problem. Und Ihres soll es auch nicht sein.«

»Wo sind denn Ihre Frau und Ihr Kind, Colonel?« fragte sie freundlich.

»Ich weiß nicht, was Sie meinen.« Er drehte auf dem Absatz um und stapfte davon. »Heute abend, wenn wir wieder das Lager aufschlagen, will ich diese Mädchen nicht mehr bei Ihnen sehen!« rief er noch über seine Schulter.

»Sie werden sie auch nicht sehen«, zischte Sarah, als er außer Hörweite war.

Sarah wandte sich an die Frauen: »Maria, Cruz, Zenaida und die Kinder können bei mir bleiben. Die anderen müssen sich hinter der Böschung verstecken. Ich hole euch, sobald die Soldaten weg sind.«

Auf dem Marsch war der Colonel wahrscheinlich zu beschäftigt, um Sarah zu kontrollieren, doch für die Nacht müßte sie entweder eine Möglichkeit finden, wie die Frauen unentdeckt blieben, oder sie mußte ihn mürbe machen. Sie war entschlossen, dieses Spiel mit ihm zu spielen, bis er es leid würde. Jeder Offizier ihrer Messe wußte, daß seine Geheimnisse bei Sarah sicher waren, und sie war die Vertraute vieler Hauptleute. Aber, verdammt! – wenn nötig würde sie Washingtons Kavaliersdelikte ausplaudern, auch wenn sie nicht davon ausging, daß es soweit kommen würde. Ein Leuteschinder konnte auch selbst geschunden werden – das war die Sprache, die er verstand.

35

Alte Taubenkralle

In der trockenen Oktoberluft Nordmexikos zogen sich die Planken der Wagen zusammen und fielen ab. Die gebogenen Teile der Räder lösten sich voneinander, die Eisenreifen scheuerten durch oder rutschten ab, die Speichen fielen vom Rad. Die Soldaten mußten anhalten und ihre Gefährte wieder zusammenbauen. Währenddessen ritt Colonel Washington neben der Kolonne auf und ab, verfluchte die Männer und das Schicksal, das ihn hierhergeführt hatte, und polterte, daß sie bestimmt alle in Chihuahua zwischen vermilbten Hühnern und räudigen Hunden verrecken würden.

Die Männer stapften vorbei an den geriffelten Säulen der Petaya-Kakteen, die fünfzig Fuß hoch vor ihnen aufragten, und vorbei an den Saguaros, die zuhauf die Landschaft überzogen und aussahen wie Kandelaber, die eine kraftlose Horde von Giganten nach einem besonders ausschweifenden Fest zurückgelassen hatte. Kleine Eulen, die hoch oben in den Saguaros ihre Nistlöcher hatten, spähten herunter auf die Männer.

Ende September war Washingtons Kolonne in den Bundesstaat Chihuahua vorgerückt. Sie war inzwischen zehn Pferde breit, denn immer mehr Männer waren an die Seiten geflüchtet, um dem Staub auszuweichen, den ihre Vordermänner aufwirbelten. So schlängelte sich der Zug über das flache, windgepeitschte Hochland wie eine Sandskulptur, die langsam zum Leben erwachte.

Da keiner Lust hatte, zu sprechen und dabei den umherwehenden Staub einzuatmen, war außer dem Klirren der Säbel und Geschirre, dem lauten Quietschen und Knirschen von Sand, der in jede Ritze drang, und dem gleichmäßigen Schnaufen der erschöpften Tiere nichts zu hören. Die tabakbraune Erde Chihuahuas überzog Männer, Frauen, Kinder, Pferde, Rinder, Planwagen und Mauleseltrecks und drang in das Gewebe der ehemals roten Hemden der Soldaten, der buntgemusterten Kleider der Frauen und der Seidenschirme, die sie teilweise trugen. Der Staub klebte an Augenbrauen und Nasenlöchern, er brannte in den Augen, rieb in Kniekehlen und Armbeugen, drang in die Schuhe und in jeden Spalt von Sarahs Ladung. Sie dachte schon, der Sand würde sie alle verschlingen, bevor sie noch den Abend erlebten.

Sarah verlagerte ihr Gewicht, um den Schmerz in ihrem Steißbein zu lindern. Das Kissen, das sie vor den harten Brettern des Kutschbocks geschützt hatte, war schon lange plattgedrückt und so dünn wie eine Ausgabe von *The Register*, Captain Lincolns Zeitung aus Baltimore. Sie fuhr mit der trokkenen Zunge über ihre Lippen, obwohl sie wußte, daß sie damit nur noch mehr Staub in Mund und Rachen bekam. Der Hut saß ihr zwar schon auf den Brauen, doch sie zog ihn noch tiefer ins Gesicht und lugte durch den engen Schlitz zwischen Krempe und Bandana, die sie um Nase und Augen gebunden hatte.

Nicht, daß sich die Aussicht gelohnt hätte. Der Anblick von Jakes und Bucks Hinterteilen hatte sich in den letzten zwei Monaten keineswegs verändert, und seit vergangener Woche war auch die Landschaft die gleiche geblieben. Jede neue weißgetünchte Hazienda lag genauso fern und abgelegen zwischen Sumach, Akazien und Säulenkakteen wie die vorige; jedes neue Dorf wies die gleiche bröckelnde Fassade an Kirche und Rathaus, den gleichen zertrampelten Hahnenkampfring und die gleiche schäbige Festhalle um den gleichen staubigen, unkrautüberwucherten Platz auf. Und jedes der niedrigen Häuser schien langsam wie geschmolzenes Glas zurückzufließen in die harte Erde, aus der es gebaut war.

Die Dragoner an der Spitze hielten an, die Pferde dahinter blieben abrupt stehen. Die Infanteristen sprangen ins Dornengestrüpp am Wegesrand und klopften sich mit ihren breitkrempigen Filzhüten den gröbsten Staub von den Kleidern, doch sobald sie aufhörten zu wedeln, legte sich der Staub wieder auf sie. Sarah stand auf dem Kutschbock und hielt Ausschau nach Cruz auf dem Schecken. Schließlich tauchte sie aus dem ewigen Dunst der Erde von Chihuahua auf. Paz schlief in ihrem Sitz, einem zweckentfremdeten alten Packkorb, der hinter Cruz' rechtem Schenkel festgebunden war.

Cruz hielt neben Sarah an. »Sacramento.«

»Wirklich?« Sarah gab Cruz die Zügel und stand auf. Sie reckte sich und dehnte ihre verkrampften Muskeln. Cruz gab ihr das schlafende Kind, und Sarah legte es in das Bettchen hinter dem Spritzbrett auf dem Kutschbock. Cruz glitt aus dem Sattel und auf den Kutschbock, Sarah wechselte vom Kutschbock auf den Sattel, dessen abgewetztes Leder immer noch warm war von Cruz' Körper.

»Zeit, meinem Corporal einen schönen Abschied zu bereiten«, sagte Sarah.

»Dele un besito y una bota. Gib ihm ein Küßchen und einen Tritt.« Cruz grinste. Sie war so fröhlich wie seit vielen Monaten, seit der Zeit vor James' Tod, nicht mehr. Cruz hielt nicht viel von Davis und freute sich, daß sich in der mexikanischen Stadt Sacramento die Armee spalten und Davis' Regiment unter Colonel Washingtons Kommando nach Norden Richtung Santa Fe weitermarschieren würde, während die andere Hälfte unter Major Graham, der auch »Alte Taubenkralle« genannt wurde, nach Kalifornien zog.

Davis stand gleichmütig im scharfen Wind von Grahams Zorn neben dem linken Vorderrad des zusammengebrochenen Wasserwagens. Er hatte die Zügel von einem Fuhrmann übernommen, der vom vielen Whiskey außer Gefecht gesetzt war. Die Speichen waren aus dem gebrochenen Eisenreifen gesprungen und standen nun ab wie die Stangen eines kaputten Regenschirms. Der Wagen war auf der linken Seite eingeknickt, als wollte er sich vor dem ansteigenden Land verneigen.

»Zum Donnerwetter noch mal, Davis!« brüllte Graham. »Wenn Sie rechtzeitig zu den Mexikanern übergelaufen wären, hätten wir den Krieg bestimmt ein Jahr früher gewonnen!«

»Ich hab das Loch nicht gesehen, Sir.«

»Weil Sie geschlafen haben, verdammt!«

»Nicht ganz, Sir.«

»Nicht ganz! Wie kann man denn ›nicht ganz‹ schlafen?«

Das verwirrte Davis. Er scharrte mit dem Fuß, fuhr mit einem langen schwarzgeränderten Fingernagel unter sein drahtiges Haar und zog an dem goldenen Ring in seinem Ohr. Sarah hatte den Ohrring am Morgen vor der Hinrichtung beim Kartenspiel vor James Murphys Zelle gewonnen, doch sie hatte ihn als eine Art Hochzeitsgeschenk wieder zurückgegeben. Nun schielte er Sarah von der Seite an und bat sie mit seinen triefigen Hundeaugen, ihm mal wieder aus der Klemme zu helfen, wie sie es schon den ganzen Marsch über getan hatte.

»Guten Morgen, Major.« Sarah legte ihre schlanken Finger an die Hutkrempe und bezauberte die Alte Taubenkralle mit einem hinreißenden Zusammenspiel ihrer regelmäßigen weißen Zähne und ihrer leuchtendgrünen Augen. »Ich hab im Wagen einen Ersatzreifen. Pliny kann das machen. Noch bevor die Truppen über den Fluß sind, ist alles erledigt.«

»Kümmern Sie sich drum!« Graham stapfte in einer Wolke aus Staub und Zigarrenrauch davon. Die Spitzen seiner Stiefel zeigten nach innen, als wollte die eine die andere abdrängen wie ein *vaquero* – ein Cowboy –, der ein Pferd von der Herde trennen will. »Sie werden mir fehlen, Western«, rief er ihr noch über die Schulter nach, »aber ich werde verdammt froh sein, wenn Ihr Gatte nach Norden zieht und ich ihn nur noch von hinten sehen muß!«

Als sich Sarah und Pliny, der Stellmacher, an die Arbeit machten, erinnerte sich Davis, daß er dringend etwas erledigen mußte, und zwar in der Nähe des Whiskeyhändlerwagens und der Kartentische, die schon unter den Segeltuchplanen aufgestellt worden waren. Unter der sengenden Sonne zogen Sarah und Pliny den Eisenreifen aufs Rad, Davis kam zurück, als die Arbeit getan war, und hockte sich in den tanzenden Schatten, den sein Pferd warf.

»Das Rad auf der Fahrerseite sieht lose aus«, sagte er hilfsbereit, »seid ihr sicher, daß ihr den Reifen auch gut genug erhitzt habt?«

Pliny war ein kleiner, stämmiger Mann mit einer Haut so dunkel wie Kohlenstaub und einem dazu passenden finsteren Naturell. Er nahm einfach einen Klumpen Dreck und warf ihn nach Davis. Der wehrte den Wurf mit einem aufrichtig gekränkten Ausdruck auf seinem runden Gesicht ab. Sarah würdigte ihn keines Blickes. Davis gehörte zu den Männern, die ihren Rat für genauso nützlich hielten, als würden sie selbst mit anpacken. Und wenn man versuchte, ihnen ihren Irrtum klarzumachen, wurde alles nur noch schlimmer.

Sarah hatte in den letzten zehn Jahren schon oft gesehen, wie Soldaten eine Furt schlugen, und sie hatte auch selbst schon eine Menge Wagenräder repariert, daher wußte sie, wie lange so etwas dauerte. Pliny und Sarah waren gerade zu dem Zeitpunkt fertig geworden, als das letzte Pferd und der letzte Reiter das gegenüberliegende Ufer erreicht hatten und das Horn zum Weitermarsch blies. Die Fuhrleute von Washingtons Gepäcktroß lenkten ihre Gespanne weiter zur Wegkreuzung.

Davis stieg auf den Kutschbock, nahm die Zügel und tippte wie aus einem Reflex heraus grüßend an den Hut, als würde er eine juckende Stelle kratzen. Daß man sich Damen gegenüber ritterlich verhielt, hatte ihm sein Vater eingebleut; und schon viele Frauen hatten fälschlicherweise angenommen, Davis sei ein Gentleman, doch Sarah wußte seit Jahren, daß das ein Irrtum war.

»Rindereintopf und eine Pfanne voll von diesem gelben Brot rutschen heute abend bestimmt locker runter, Western.«

»Dann mußt du wohl selber kochen, Davis.« Sie langte hinauf, packte den speckigen Schultergurt über seiner Brust, zog ihn zu sich herunter und schmatzte ihm einen schwesterlichen Kuß auf die Backe. »Hier trennen sich unsere Wege. Gott sei mit dir, denn du bist dem allem hier nicht gewachsen.«

Er starrte sie wie üblich mit leicht geöffnetem Mund an. »Aber Colonel Washingtons Erlaß ...«

»Der Colonel wird mich kaum vermissen. Und Graham hat nichts dagegen, wenn ich ihm hinterherziehe.« Sarah hatte sich die Freundschaft des Majors schon vorzeitig mit Brandy gesichert, und wenn sie nun auch noch Corporal Davis los wurde, hatte sich die Ausgabe gelohnt. Grahams Kommando war sehr viel angenehmer als das des Colonels. »Und ich will gern mal meine Waden im Pazifik baden.«

»Wir haben Oktober«, gab er zu bedenken. »Der Winter kann euch in diesen kalifornischen Bergen überraschen wie damals die Leute vom Donner-Treck in Oregon. – Und wer macht jetzt für mich so guten Eintopf?« Er hielt inne und überlegte. »Major Graham hat ganz schön zugelegt, vor allem an den Arschbacken.«

Sarah lachte. Daß Davis doch immer wieder einen Funken Humor in der kalten Asche seines Verstandes fand, erstaunte sie. »Ich laß den Winter auf mich zukommen.«

Davis dachte über diese Antwort nach, doch ihm fiel nichts ein, womit er gegen die Lockungen des Goldes und des Pazifiks angehen konnte. Sarah winkte fröhlich, und er konnte nur grübeln, ob es ein Abschiedsgruß war, oder ob sie ihn verscheuchen wollte.

Sie führte den Schecken zurück zu Cruz, die gerade damit beschäftigt war, einer schwarz-weiß gefleckten Milchkuh eine

Flasche Essig einzuflößen, um ihr wenigstens den gröbsten Alkalistaub aus dem Rachen zu schwemmen, was der Kuh gar nicht gefiel. Cruz lugte hinter dem Kuhmaul hervor, bis Davis aufbrach, als wollte sie sich vergewissern, daß er auch wirklich von dannen zog.

Sie schüttelte den Kopf. »Ich verstehe nicht, wie du diesen Faulenzer dulden konntest.«

»Einen Mann zu ändern ist schwieriger, als das mögliche Ergebnis wert ist. Ein fruchtloses Unterfangen. Man verliert nur die Nerven, und am Schluß schüttet man das Kind mit dem Bade aus.«

Sarah stieg auf einen flachen Felsen. Sie legte ihre sonnengebräunte Hand an die Hutkrempe, um den Schatten vor dem Gleißen der Sonne zu verlängern. Die Gluthitze des Granits drang durch ihre abgelaufenen Stiefelsohlen und die abgetragenen Wollstrümpfe, als sie der Kolonne bis zum letzten Wagen nachblickte, der auf dem steil ansteigenden Weg über dem jähen Abhang davonholperte.

»Du lieber Himmel!« rief sie Cruz zu, die Sarahs Wagen lenkte. »Jeremy macht ja Kleinholz aus dem Karren.«

Sie wußte, daß der junge Kutscher, der das letzte Gespann lenkte, müde war. Sie selbst war auch müde. Alle waren müde. Und wenn die Leute müde waren, machten sie Fehler. Sie rief ihm zu, das Gespann von der Kante wegzulenken, doch sie bezweifelte, daß er sie überhaupt hören konnte in dem Rattern der Eisenreifen auf den Steinen und dem Rumpeln der Fässer voller Pökelfleisch, die auf der Ladefläche gegeneinanderschlugen.

Das Rad auf der Fahrerseite rollte über einen schrägen Stein, und der Wagen neigte sich in die blaue Leere, die sich jenseits des Weges auftat. Die Fässer wurden von der Schwerkraft angezogen und rutschten auf die Seite, der Wagen kippte gefährlich. Sarah sprang vom Felsen und rannte, so schnell sie konnte, doch sie wußte, sie würde zu spät kommen.

Der Wagen hing in der Schwebe, als wollte er dem Kutscher eine Möglichkeit geben, seinen Fehler zu korrigieren. Doch dann brach die Kante des Pfads unter den Rädern weg wie ein trockener Keks, und das ganze Gespann glitt langsam in den Abgrund. Jeremy versuchte noch, auf den Kutschbock zu klettern und sich mit einem Sprung in Sicherheit zu bringen, doch seine Beine hatten sich in den Zügeln verheddert. Als der Wagen sich schließlich überschlug, nestelte er immer noch an den Riemen. Sarah mußte mit ansehen, wie Wagen und Gespann kreisend und anmutig wie ein fliegender Schwan in die Tiefe segelten, nur hatte der Schwan in diesem Fall sechzehn Maultierbeine, die durch die Luft wirbelten.

Sarah schloß die Augen, doch ihre Ohren konnte sie nicht vor dem Schrei des Kutschers verschließen, der immer schriller wurde, je mehr er und der Wagen auf Spielzeuggröße schrumpften. Schließlich schlugen sie auf den Felsen auf. Sie bekreuzigte sich und sprach ein Gebet für seine Seele. Auch für seine Mutter betete sie, die, wie sie wußte, in Indiana in einem Bauernhaus aus Holzlatten mit Sonnenblumen und Stockrosen vor der Tür auf ihn wartete. Das wußte sie, weil Jeremy ihr einen Brief seiner Mutter vorgelesen hatte, der angekommen war, kurz bevor sie Monterrey verlassen hatten.

Wie gerne hätte Sarah der Frau geschrieben, sie getröstet und ihr erzählt, daß ihr Sohn oft von zu Hause gesprochen habe und ein guter, tapferer Soldat gewesen sei. Sarah sah sie im Geiste in der Tür zwischen Stockrosen stehen, die ihr bis zum Scheitel reichten, und die Straße hinunterblicken, in der Hoffnung, daß die Silhouette ihres Sohnes sich endlich wieder gegen die untergehende Sonne abzeichnen würde.

Da hörte sie, wie ihr eigener Wagen angerumpelt kam. Sie stieg auf den Kutschbock und nahm Cruz die Zügel ab. Die Mexikanerin bekreuzigte sich und betete für den unglückseligen Jeremy. Dann sah sie Sarah aufmerksam an.

»Du siehst so blaß aus, Western.«

»Meinst du?« Zum erstenmal in ihrem Leben hatte Sarah stechende Kopfschmerzen, die sich hinter ihren Augen eingenistet hatten. Die Welt drehte sich und verschwamm ihr vor den Augen. Ohnmächtig sackte sie nach vorn. Cruz konnte sie gerade noch an der Bluse packen und verhindern, daß Sarah mit der Nase auf die Deichsel fiel.

»Ay, Dios!« Cruz sah sich hilfesuchend nach den Frauen hinten im Karren um, doch da schlug Sarah schon wieder die Augen auf und schwankte im Sitzen keuchend auf dem Kutschbock hin und her. »Ist dir übel, Western?«

»Ach was! Ich fühl mich pudelwohl.« Sie setzte sich wieder aufrecht hin, stützte sich aber an der Bremse ab und zwinkerte Cruz zu. »Ich glaube, der Rückenspeck von heute morgen hatte sein Pensionsalter schon überschritten und war nicht mehr ganz diensttauglich.«

Die Abfahrt auf der anderen Seite des Passes war steiler als alles, was Sarah je gesehen hatte. Der Weg war so abschüssig – es ging fast senkrecht bergab –, daß Sarah am liebsten alle Regierungsinspektoren, die sie jemals kennengelernt hatte, dort hinuntergeschickt hätte. Von oben konnte sie eine beunruhigende Anzahl scharfer Kurven, jäher Steilabbrüche, Felsvorsprünge und Spalten ausmachen. Die Soldaten hatten das Geröll von den Lawinen weggeräumt, doch immer noch lagen Steine im Weg, außerdem Fässer, Kisten und Säcke, die von den vorderen Wagen heruntergefallen waren.

Wenn es eine Rutsche gibt, die in die Hölle führt, so haben wir sie jetzt gefunden, dachte Sarah.

»Lieber Gott«, betete sie laut, »wenn du uns da heil runterbringst, bitte ich dich nie wieder um einen Gefallen!« Sie sah sich nach den Soldaten um, die dazu abkommandiert worden waren, die Seile zu halten, die an den Seitenstreben des Wagens verzurrt waren. Dann bekreuzigte sie sich schnell, schlug den Mulis auf die Kruppen und steckte die Peitsche in die Halterung zurück. »Los, Jake! Beweg dich, Buck!« Die Zügel schlang sie fest um ihren Unterarm und zog mit beiden Händen an der Bremse.

Der Wagen rumpelte so ruckartig bergab, daß sie sich mit den Beinen gegen das Spritzbrett stemmen mußte, um nicht vom Kutschbock zu rutschen. Der Wagen wurde immer schneller, und sie konnte sich nur unter größter Anstrengung auf dem Sitz halten. Bei jedem jähen Ruck stach ihr wieder der Schmerz in die Augen, und der Speck rumorte in ihrem Magen. Ihre Haut brannte, als würden Kohlen auf ihrem Fleisch glimmen.

Die irrwitzige Abfahrt zwang die Soldaten hinter dem Wagen zu einem Hals-über-Kopf-Rennen, und die Hacken ihrer Stiefel zogen tiefe Furchen in die Erde. Die Ladung polterte in ihren Haltegurten hin und her, wenn der Wagen schlingerte und über die Steine holperte. Die Seile hielten, nur ein Kessel befreite sich aus seinem Gurt und fiel von der Ladefläche. Klirrend schlug er auf und prallte noch ein paarmal ab. Sarah riskierte einen Blick zurück, um festzustellen, wo er in diesem ganzen Durcheinander gelandet war, und ihn später zu holen. Ihren eigenen in der ganzen Sammlung von Kesseln, die den Wegrand säumten, wiederzufinden, würde allerdings schwierig werden.

Zwei Soldaten mußten dem Gespann vorausrennen und alle Hindernisse vor den Hufen der Mulis beseitigen. Das war nicht gerade eine Aufgabe, zu der sich die Männer freiwillig gemeldet hatten.

Als der Wagen auf zwei Rädern um die letzte Kurve wankte, sah Sarah Zenaida und die anderen Frauen, die die Rocksäume in den Bund gestopft hatten und bergab flitzten. Maria hatte sich hingesetzt und war auf ihrem dicken Hintern hinuntergerutscht. Die Frauen müßten inzwischen unten angekommen sein.

Sarah stellte sich ein Stückweit auf und wedelte mit den Armen zu den steilen Felswänden hin, die sich zu beiden Seiten des Wegs erhoben. »Maria! *Al lado!* Zur Seite!«

Die Frauen kreischten, als sie den Wagen kommen sahen, kraxelten die Böschung hinauf oder zogen sich an den robusten Stämmen der Kreosotbüsche hinauf. Der Wagen fuhr so dicht an Zenaida vorbei, daß sich eine ausgezackte Ecke des eisernen Radreifens in ihrem Saum verhakte. Glücklicherweise war der Stoff schon so dünn, daß er leicht ausriß.

Unten sah Sarah einen umgestürzten Wagen und Soldaten, die hin und her eilten und versuchten, die Ochsen zu befreien, die in ihren Geschirren festhingen. Sarah lenkte das Gespann nach links, wo sie ein paar Zoll mehr Spielraum vermutete. Jake und Buck wichen aus, doch die Räder verhakten sich in den Rädern des anderen Wagens. Trockenes Holz schrammte knirschend gegen trockenes Holz, und Sarahs Wagen zog den anderen Wagen um eine Gespannlänge mit. Als sie nach einer Vollbremsung zum Stehen kamen, wollte Jake über die Deichsel des anderen Wagens springen und verfing sich mit gespreizten Beinen im Gewirr der Riemen. Sarah sprang vom Kutschbock und befreite die Tiere.

Dabei fuhr ihr der Schmerz mit solcher Wucht in den Kopf, daß sie fast nichts mehr sah. Ihre Knie gaben nach, sie mußte schnell die Hand ausstrecken und sich festhalten. Buck drehte sich ruckartig um und stieß sie gegen den Wagenschwengel, der hinter den Mulis auf Wadenhöhe an der Kette hing. Sarah fiel nach vorn und hörte unterhalb ihres Knies ein Knacksen. Betrübt dachte sie noch, daß hoffentlich nicht der Schwengel gebrochen war, dann fiel sie gegen Jakes schweißnasse Keule und glitt auf den Boden. Das letzte, was sie wahrnahm, waren sein vertrauter Geruch und sein zottiges, feuchtes Fell, das an ihrer Wange rieb.

36

Bette ich mich in der Unterwelt

Der Corporal hatte den Hut abgenommen, doch sein blondes Haar lag immer noch in einer kreisrunden Platte am Kopf. Als er mit Cruz sprach, rollte er die Filzkrempe an den Seiten eng auf, bog den hinteren Teil steil nach oben und den vorderen Teil nach unten.

»Ich kann die Kutscher von Westerns Karren nirgends finden, Ma'am. Sieht so aus, als wären sie mit dem Proviant und der Ausrüstung abgehauen.« Er betrachtete eine fette Eidechse, die über die bröckelnde Mauer der verlassenen Hazienda kroch. »Tut mir leid, daß wir nicht mehr für Sie tun konnten, Ma'am.«

»Gracias.« Cruz wandte ihre Aufmerksamkeit den beiden Soldaten zu, die auf Fässern standen und den letzten Packen Buschwerk in die Laube über Sarahs Steilwandzelt stopften. Vier weitere Männer trugen das Feldbett mit der bewußtlosen Sarah hinein und stellten es behutsam auf den Boden. Ihr Bein war geschient und verbunden. »Wir sind schon ho-kay, Corporal.« »Okay« war gerade Cruz' Lieblingswort. Es kam wie eine Blase aus ihrem gerundeten Mund, platzte mit einem kleinen Hauch und endete in einem Lächeln, auch wenn sie nicht gerade viel zu lachen hatte.

»Major Graham will zwar keine Vertreterinnen des schönen Geschlechts so weit draußen in der Wildnis zurücklassen, aber wir haben unsere Befehle. Und da Great Western nicht mehr in Begleitung von Corporal Davis ist, gehört sie offiziell auch nicht mehr zur Armee.«

Der Corporal ging zur Seite und machte einem Soldaten Platz, der ein Wasserfaß von seiner Schulter lud und es zwischen den Kisten mit Hufeisennägeln, Schießpulver und anderen Geschenken der Männer abstellte, die vorbeigekommen waren und Sarah besucht hatten. Cruz nickte zum Dank, er salutierte und eilte davon.

Dann wandte sie sich wieder dem Corporal zu. »Sagen Sie dem Major, wir kommen nach, sobald Western wieder marschieren kann.«

Doch als sie zu den Bergen im Westen blickte, die wie ein Haifischgebiß in den goldenen Himmel ragten, schlich sich die Angst in die dunklen Tiefen ihres Herzens. Die Kundschafter hatten behauptet, auf der anderen Seite erstreckten sich über Hunderte von Meilen tiefe Schluchten und schroffe, senkrecht aufragende Felswände. Die Marschroute der Armee führte über die Berge, doch sie hatte ihre Korps von Landvermessern, Ingenieuren und Pionieren, die Straßen anlegen oder räumen, Trinkwasser ausfindig machen und Flüsse überbrükken konnten. Selbst wenn Sarahs Fieber fallen sollte, würde ihr Bein Zeit brauchen, um zu heilen. Und wie sollte Cruz ohne Sarahs Kraft und Geschicklichkeit den ganzen Hausstand über eine solche Hürde schaffen?

»Wegen dieser Höllenhitze marschieren wir bei Nacht.« Der Corporal zog sich den Hut bis über die Ohren, der nun aussah wie eine angriffslustige Katze, die jeden Moment einen Satz auf seine vorspringende Nase machen könnte. »Meine Kompanie marschiert als letzte ab. Wenn Ihnen noch etwas einfällt, das wir für Sie tun können, geben Sie mir Nachricht.«

»Ja, ist gut.«

Er wandte sich zum Gehen, drehte sich aber noch einmal um und hielt ihr eine Holzkassette hin. »Für Sie oder für Western – wer eben in der Sonne fährt.«

Cruz packte ein klappriges Ding aus Köperbändern und zwei flaschengrünen Glasscheiben aus, die in zwei Löchern in einem Lederband steckten. »Was ist das?«

»Eine Sonnenbrille.« Er schien sich nur ungern von der Brille zu trennen. »Western weiß, wie man damit umgeht.«

»Danke.«

Die Hörner in der Ferne bliesen zum Aufsitzen, er ließ seinen Braunen antraben, und Cruz stellte sich das aufgeregte Formieren, das Knarzen der Sättel und das Klirren des Eisens vor, das durch die langen Reihen lief, während sich die Kolonne in Bewegung setzte. Die Sehnsucht nach James wallte so stark in ihr auf, und sie wurde so stark von der Trauer über seinen Verlust ergriffen, daß sie zitterte,

»Paß auf!« schrie Sarah im Zelt. »Laß das nicht fallen!« In ihrem Fieberwahn brüllte sie noch lauter als gewöhnlich. Cruz ging ins Zelt und sah nach ihr. Obwohl es schon spät am Nachmittag war und die Seitenwände aufgerollt waren, hatte man im Zelt das Gefühl, jemand hätte eine Backofentür offengelassen.

Sarahs Augen waren weit aufgerissen, doch ihr Blick war auf etwas gerichtet, das Cruz nicht erkennen konnte. Sie stöhnte und ruderte mit den Armen und wälzte sich von einer Seite auf die andere, daß die Pritsche nur so schaukelte. Cruz legte sich über sie und bemühte sich, sie zu beruhigen, doch es war, als versuchte sie, sich auf dem Rücken eines bockenden Pferdes zu halten. Durch Sarahs Unterrock und ihre eigene dünne Bluse hindurch spürte sie die trockene Hitze des Fiebers. Als Sarah schließlich ruhiger wurde, kippte Cruz den Wasserkrug, der in seinem Netz an der Firststange baumelte, und machte einen Lappen naß, den sie faltete und auf Sarahs Stirn legte.

»Sinvergüenzas!« – Unverschämte Weiber! Auf Marias Schrei folgte ein Schlag, dann schrilles Gelächter, zänkische Stimmen und Jubelgeschrei.

Cruz rannte aus dem Zelt. Maria stand im Schatten eines verkrüppelten Mesquitbaums, die anderen Frauen stürmten den Wagen. Sie hatten die Haltegurte mit Sarahs Fleischermesser durchtrennt und stopften die Sachen in Säcke. Drei Frauen hoben Sarahs große Truhe von der Ladefläche und wühlten darin herum. Als sie ein Kleid gefunden hatten, das alle drei haben wollten, zerrten sie daran herum. Esperanza bewarf sie mit Steinen, doch das störte sie nicht im geringsten. Das Geräusch reißender Seide begleitete Cruz zurück ins Zelt.

Sie schnappte Sarahs Pistole, lud und spannte den Hahn. Maria duckte sich hinter den Baum, als sie Cruz mit der Waffe in der Hand aus dem Zelt kommen sah, auch wenn der Baum ihr nur wenig Schutz bot. Marias Schrei warnte die Frauen. Sie kletterten über die Deichsel und gingen hinter dem Wagen in Deckung, ihre Beute zogen sie hinter sich her. Cruz feuerte, der Schuß krachte gegen die Seitenbretter. Während sie nachlud, warfen die dreisteren Frauen ihre Säcke auf Sarahs Mulis und die beiden Pferde und sprangen auf. Die übrigen Frauen schwärmten wie die Wachteln in das dichte Unterholz aus Fettkraut und wildem Salbei. Eine wollte sogar Jake besteigen, doch er schlug aus und beförderte sie in die Astgabel eines verkümmerten Mesquitbaums. Während sie schreiend versuchte, sich aus den dornigen Ästen zu befreien, schnappte Jake genüßlich nach den Beeren.

»*Maldito!* Verflucht!« Cruz wußte, daß sie die Frauen wohl kaum treffen würde, doch sie schoß trotzdem. Die Salve krachte in die Mehlbüsche und in die Besenhirse, die Kugeln spritzen wie Kieselsteine durchs trockene Geäst. »*Hijas del diablo!* Teufelsweiber!«

Die Frauen wurden immer kleiner, während sie an die Flanken der Marschkolonne eilten. Sarah hatte ihre eigene Stellung riskiert, als sie ihnen Schutz und ein Dach über dem Kopf geboten hatte, und das war nun der Dank! Buck kam bald wieder ohne Reiterin zurück. Im Zelt sang Sarah:

Mit Hirschledermokassins ging der flachsblonde Bill,
Einem Mädchen den Hof zu machen
auf Jingleberry Hill…

Maria kam angeschlendert und stellte sich neben Cruz. Die beiden Frauen sahen wie Schwestern aus, nur daß der Schöpfer sich im einen Fall an einer schlankeren und im anderen Fall an einer dickeren Version versucht hatte. Mit ihrer rundlichen Hand beschattete Maria ihre Augen.

»Pues«, seufzte sie resigniert, *»qué hacemos?«* – Was machen wir jetzt?

»No sé«, erwiderte Cruz. Ich weiß es nicht.

Hinter den Bergen im Westen glühte der Himmel wie ein Feueropal. Cruz saß nackt im seichten Wasser nahe am Ufer und bespritzte Paz mit Wasser, um den Staub des Tages von ihr abzuwaschen. Sie fühlte sich fiebrig und machte sich Sorgen, daß Sarah sie angesteckt haben könnte. Ein kurzer Schwindel – die Welt drehte sich, und sie mußte ihre Finger in den sandigen Grund krallen.

Cruz sah auf. Da stand eine Frau im Fluß. Das Wasser drückte ihr weißes Kleid an die Schenkel, das Haar fiel ihr in nassen Strähnen über den Rücken. Als die Frau sich umdrehte, sah Cruz, daß ihr Gesicht nur eine Scheibe war. Cruz bekreuzigte sich, doch sie saß da wie angewurzelt; ihre Beine weigerten sich, sie und Paz zu tragen.

Die Frau weinte, obwohl sie keinen Mund hatte. Mit gekrümmten Fingern strich sie durchs Wasser wie mit einem Kamm, ihre langen Fingernägel glänzten metallen in der Sonne. War das *La Llorona*, die Weinende Frau? Oder eine Ausgeburt des Fiebers, das sie befallen hatte?

La Llorona war von einem reichen Mann verführt und dann verlassen worden. Sie hatte ihre Kinder ertränkt, damit sie sie dem Vater, der sie verlangte, nicht geben mußte. Gott ließ sie nicht in den Himmel, solange sie nicht die Seelen der Kinder wiederfand. Und nun suchte sie die Flüsse nach ihnen ab. Da sie ihre eigenen aber nicht finden konnte, stahl sie statt dessen andere Kinder. Aus Angst vor der Weinenden Frau ließen die Mütter ihre Kinder nicht an Flüssen spielen.

Cruz' Gesichtsausdruck schien Paz angst zu machen, sie fing an zu weinen. Paz' Stimmchen brachte Cruz wieder in die Wirklichkeit zurück. Sie nahm das Kind auf den Arm, watete aus dem Wasser und schnappte im Laufen ihre Kleider und die Pistole. Erst oben auf der Böschung blieb sie mit klopfendem Herzen stehen und drehte sich um. Der Fluß floß grün und träge dahin, von Gespenstern keine Spur. Mit zitternden Händen zog Cruz Bluse, Rock und ihre Strohsandalen an.

Auf halbem Weg zu der eingestürzten Hazienda und dem Zelt kamen ihr vier Männer entgegen und versperrten ihr den Weg. Die Sonne und der viele Jahre alte Schmutz hatten ihre Haut so dunkel werden lassen wie die Gesichter der Apachen. Die hohen Stiefel, die *calzoneras,* Wollhosen, Flanellhemden und Ponchos hatten alle dieselbe dreckigbraune Farbe. Die Krempen ihrer Sombreros verbargen zwar ihre Augen, doch Cruz wußte, daß darin kein Mitleid lag.

Sie erkannte den Anführer der Bande. Das Bündel aus Skalps an seinem Sattelhorn sah aus wie ein dicker, langer schwarzer Pferdeschwanz und verdeckte sein Knie. Als John Glanton die Armee verlassen hatte, war er Kopfjäger im Auftrag der mexikanischen Regierung geworden, die für jeden abgelieferten Apachen- oder Komantschen-Skalp fünfzig Pesos zahlte. Cruz ging davon aus, daß es der Regierung und vor allem John Glanton egal war, ob es sich dabei um Männer, Frauen oder Kinder handelte.

Die Skalps an seinem Sattelhorn konnten Apachen oder Komantschen, aber genausogut Einheimischen gehört haben, den Unterschied konnte keiner feststellen.

»'n Abend, Ma'am.« Glanton berührte seine Krempe mit zwei Fingerspitzen und lächelte sie fies an.

Cruz stellte Paz auf den Boden und schob sie hinter sich. Sie spürte, wie das Kind ihre Knie umschlang und ihr Rock sich hinten spannte, während sie schweigend zu Glanton hinaufblickte.

»Tut mir leid, daß es Western so beschissen geht.«

»Wir haben nichts mehr, was man stehlen könnte.«

Glanton schob den Hut zurück und betrachtete sie aus seinen schmalen, kalten Augen. Sein Mund verzog sich zu einem

Lächeln, doch es erreichte nicht die Augen. Cruz war sich fast sicher, daß er nicht zögern würde, sie vor den Augen des Kindes zu vergewaltigen und sie dann an seine Männer weiterzureichen, und sie überlegte krampfhaft, wie sie ihm das ausreden könnte.

»Ich hab da was für Sie.« Sein Lächeln wurde noch gemeiner, auch wenn das kaum noch möglich schien. Cruz fürchtete schon, sie würde in Ohnmacht fallen. Er nahm einen Skalp von dem Bündel und hielt ihn hoch. »Diesen Herrn kennen Sie wohl. Sein Name ist Águila. Er war zwar kein richtiger Apache, aber mindestens genauso mies.«

Er warf ihr den Skalp zu, und sie wich zurück, der Skalp fiel auf den Boden. Cruz starrte das Ding an. Sie war sich darüber im klaren, daß das ein großzügiges Geschenk von Glanton war, schließlich hätte er den Skalp zusammen mit den anderen abliefern und die Prämie kassieren können.

»Hier in dieser Gegend wimmelt es nur so von wilden Apachen«, sagte er. »Sie sollten gut auf sich aufpassen.« Er grüßte und ließ sein Pferd antraben. Die anderen Männer drehten und folgten ihm. »Grüße an Western!« rief er über seine Schulter.

Cruz' Knie schlotterten so, daß sie fast umfiel. Erstaunt über die Launen des Schicksals nahm sie Paz auf den Arm und ging auf zitternden Beinen zurück zum Zelt. Esperanza stand wie üblich draußen Wache, Maria ging auf und ab.

Ihre ramponierte und geklebte Holzfigur des heiligen Antonius sah aus, als hätte sie schon oft derlei mißbräuchliche Situationen erlebt wie diese. Maria hielt sie in beiden Händen und schüttelte sie so heftig, daß ihre Brüste, Hüften und Gesäßbacken bebten wie bei einem Anfall. Haarsträhnen lösten sich aus ihrem dicken Zopf, der ihren Rücken teilte bis hinunter zu der Stelle, an der eigentlich ihre Taille hätte sein müssen.

Sie hielt die Statuette hoch, bis die abgebrochene Spitze von Antonius' Nase fast die ihre berührte. »He, du Kahlkopf!« schimpfte sie auf spanisch. »Wenn du *La Grande* nicht gesund machst, kannst du was erleben!«

Cruz setzte sich auf den Kutschbock des Wagens, der im Schatten eines vom Blitz traktierten Quittenbaums stand – ein Überbleibsel eines alten Obstgartens. »Maria«, rief sie, *»déjalo!«* – Laß ihn!

Unter Cruz' aufmerksamem Blick trug Maria die baumelnde Holzfigur an einem Seil, das sie um Antonius' Beine geschlungen hatte, zu dem versiegten Brunnen der verlassenen Hazienda, wo sie für die Nacht ihr Lager aufgeschlagen hatten. Sie hatten das Zelt innerhalb der Mauern aufgestellt, auch wenn diese nicht mehr in einem Zustand waren, der die Apachen von einem Überfall abhalten konnte.

»Er findet alles Verlorene«, rief Maria Cruz zu. »Er hilft den Liebenden.«

»Western ist keine verlorene Liebende.«

»Er erfüllt Bitten.« Wieder ließ sie ihn an dem Seil hinunter, wie um Maß zu nehmen. »Und ich hab eine Bitte.«

Cruz sagte nichts mehr. Sie war froh, daß sie im Schatten saß und sich ausruhen konnte. Drei Tage lang hatten sie gewartet, daß Sarahs Fieber sank, dann hatten sie sie gegen Geld mit Hilfe vorbeiziehender *arrieros* auf die Matratze im Wagen gehoben. Cruz hatte die Plane befeuchtet, damit die Luft im Wagen kühl blieb, hatte die Mulis angespannt und war losgefahren, während Sarah delirierte.

Zwei Tage lang hatte sie mit Jake um die Herrschaft über die Zügel gerungen, und nun hatte sie kaum mehr die Kraft, ihren Arm von den Knien zu heben. Sie konnte nur noch hoffen, daß Marias alte Masche, den heiligen Antonius durch Prügel zur Zusammenarbeit zu bewegen, etwas nützen würde.

Ihnen half nur noch ein Wunder. Zwei *curanderos,* Quacksalber aus der Stadt nahe dem ehemaligen Armeelager, hatten über Sarahs Lager geschwitzt und gestritten. Cruz vermutete, daß beide für sich die Ehre beanspruchen wollten, eine so große und berühmte Patientin geheilt zu haben. Der eine hatte behauptet, der *mal ojo,* der böse Blick, habe Sarah die Krankheit beschert, der andere war der festen Meinung, daß der *espanto,* das blanke Entsetzen, ihr den Verstand geraubt hätte. Der erste hatte ein Ei über sie gehalten, damit von Kopf bis Fuß ein Kreuz gezogen und das Ei dann unter dem Feldbett eingegraben, der zweite hatte Sarahs Arme zu einem Kreuz ausgebreitet, sie mit einem Büschel aus Sode und Melde abgerieben und dabei das Apostolische Glaubensbekenntnis deklamiert.

Cruz war mißtrauisch gegenüber beiden Diagnosen. Der böse Blick traf normalerweise Säuglinge oder schwache Menschen, und Sarah war nichts dergleichen. Und was den *espanto* anging, so hatte Cruz nie erlebt, daß Sarah etwas erschrecken konnte. Cruz hatte eine schwarze Kerze angezündet, um das Böse zu vertreiben, und hatte zusammen mit Maria Wickel und Kompressen und alle möglichen Heilmittel ausprobiert, die sie kannten, doch nichts konnte Sarahs Fieber senken.

Cruz fürchtete, daß sie und Maria die bewußtlose Sarah einen weiteren Tag lang hochheben und drehen müßten, damit sie sich nicht wundlag. Die Bettwäsche war schmutzig und voller Flecke. Morgen würde sie sie im Fluß waschen.

»Was gibt's zu essen?«

Cruz fuhr zusammen, als sie Sarahs Stimme hörte, die ganz ruhig und klar war. Sarah saß im Bett, der Schweiß glänzte auf ihrem bleichen Gesicht und tränkte ihren Unterrock und die zerknitterte Decke.

»Ich mach dir Hühnerbrühe warm.«

»Brühe! Bei meinem Arsch – ich könnte eine ganze Ochsenkeule vertilgen, samt Hufen und Schwanz und allem!«

»Du mußt jetzt erst einmal Brühe essen.«

»Nur, wenn darin eine Ochsenkeule schwimmt.« Da sah sie die Schiene aus Mesquitholz und den Verband an ihrem Bein. »Was ist denn das?«

»Gebrochen.«

»Gebrochen?«

»*Sí.* Buck hat dich gegen den Wagenschwengel gestoßen.« Cruz gab ihr ein verblichenes Kalikokleid, das sie von einem Ocatillo-Kaktus gerettet hatte, wohin es bei der Flucht der

Frauen gesegelt war. Die Risse von den Stacheln hatte Cruz geflickt.

»Sind wir schon über den Fluß?«

»Nein.« Cruz half ihr auf und stützte sie, während sie den schweißnassen Unterrock auszog.

Sarah wankte und plumpste aufs Bett zurück, wobei sie Cruz fast mit sich gezogen hätte. Sie lag auf dem Rücken und lauschte. Nur Marias Flüche und das Zirpen der Zikaden waren zu hören.

»Ganz schön ruhig, was?«

»Sie sind nach Kalifornien gezogen.«

»Wann?«

»Vor sieben Tagen. Wir sind seit drei Tagen alleine unterwegs.«

»Dann liegen wir nur vier Tage zurück. Wir sollten uns also langsam auf die Socken machen.« Sarah starrte betrübt auf ihr Bein und strich über die sandigen Verbände aus Lappen und Lumpen. Da fuhr ihr ein solcher Schmerz in den Schenkel, daß sie zusammenzuckte. »Das ist doch Doc Turners Handschrift.«

»*Sí.*«

»Die Jungs sollen mich auf die Ladefläche heben. Wir können sie immer noch einholen.«

»Die Fuhrleute, diese Diebe, sind abgehauen. Ich wünsche ihnen, daß sie ganz langsam auf einem Bratspieß in der Hölle schmoren! Sie haben auch deine Truhe mit dem ganzen Geld geklaut. Und diese *sinvergüenzas,* diese unverschämten Weiber, haben zusammengerafft, was sie tragen konnten.« Cruz fühlte sich unweigerlich für alles verantwortlich. »Ich habe auf sie geschossen, aber sie haben nicht von den Sachen abgelassen.«

»Sie haben getan, was sie tun mußten. Das tun wir schließlich alle.« Sarah dachte an die beiden schmerzlichen Monate als Mrs. Davis zurück. »Ohne die Frauen sind wir sowieso besser dran, dann haben wir weniger Mäuler zu stopfen.« Sarah machte eine wegwerfende Handbewegung und vertrieb Cruz' Schuldgefühle. »Grüble nicht, *mi hija.* Ich hab mit nichts angefangen, und das kann ich ohne weiteres noch mal tun.« Sie hielt inne. »Haben sie auch meine Tournüre mitgenommen?«

»No.«

»Na, dann haben wir ja noch was, das wir versetzen können.«

Sarah zog sich hoch, nahm das Kleid und hüpfte nackt auf einem Bein zur Zeltklappe. Sie hielt sich an der Stange fest und sah durch das staubige Tal hinüber zu den Bergen im Westen. »Wenn wir doch diesen Gipfeln schon drei Tage näher wären!«

»Wir folgen der Gebirgskette im Richtung Norden. In El Paso del Norte am Rio Bravo, den die *yanquis* Rio Grande nennen, finden wir vielleicht einen Arzt.« Damit wollte Cruz sagen, daß zwei Frauen, ein dreizehnjähriges Mädchen, ein zweijähriges Kind und eine Kranke unmöglich diese Berge überqueren und sich durch lange Schluchten quälen könnten, die die trockene Erde auf der anderen Seite hundert Meilen weit durchzogen. Doch Cruz war klar, daß Sarah das ebenfalls wußte. Also schwieg sie, während Sarah dastand und ihr geschientes Bein ausstreckte.

Die untergehende Sonne tauchte die Sierra in ein blasses Violett und beleuchtete die Unterseiten der Wolken, die zunächst golden glänzten wie Heiligenscheine und dann dunkler wurden und die Farbe goldener Pfirsiche annahmen. Schließlich sahen sie aus wie violette Bäusche, die von Lichtfäden durchzogen waren. Sarah blickte zu den Bergen hinüber, als könnte sie den langen Schwanz aus Staub sehen, den die tausend marschierenden Männer aufwirbelten.

»Hast du jemals ohne die Armee gelebt?« fragte Cruz leise.

»Nicht, seit ich Jack Borginnis geheiratet habe. Das war vor dreizehn Jahren.«

Maria drehte sich um, als sie Sarahs Stimme hörte. *»Ay,*

Dios!« kreischte sie und zog den heiligen Antonius aus dem Brunnenschacht, wo sie ihn hatte am Knöchel baumeln lassen. Während sie zu Sarah und Cruz hinüberlief, bedeckte sie die Statuette mit Küssen und Liebkosungen. »Ich hab doch gesagt, daß der kleine Heilige sie wieder gesund macht.«

Sarah sah zu den beiden Mulis hinüber, die das spröde Gras mampften, und zu dem staubigen, ramponierten Wagen, der ihr Heim und ihren ganzer Besitz darstellte. Noch drehte sie sich einmal zu den Bergen und der weiten, stillen Leere um, die ihre Jungs, ihr Auskommen und ihre Freude verschluckt hatten.

»Wie weit ist es nach El Paso del Norte?« fragte sie.

»Ungefähr dreihundert Meilen, sagen die *arrieros.«*

»Das wird ein beschwerlicher Weg bergauf.«

»Sí.«

Immer noch mit Blick auf die Berge, rezitierte Sarah leise einen Psalm. Cruz kannte ihn, Sarah sprach ihn jeden Abend, bevor sie zu Bett ging.

Steige ich hinauf in den Himmel, so bist du dort,
Bette ich mich in der Unterwelt, bist du zugegen.
Nehme ich die Flügel des Morgenrots
Und lasse mich nieder am äußersten Meer,
Auch dort wird deine Hand mich ergreifen
Und deine Rechte mich fassen.

Niemand sagte etwas, während sie zusahen, wie die Nacht die Farbe aus den Wolken saugte und das Tageslicht wich. Ohne die wärmende Sonne wurde die Luft schon kühl. Und je weiter sie nach Norden ziehen würden, desto kälter würden die Nächte werden.

»Also, auf nach El Paso del Norte!« sagte Sarah schließlich. »Wir füllen alle Wasserbehälter, wir müssen die Wagenräder befeuchten und Gras für die Tiere sammeln.«

»Sí.«

»Haben wir noch Alaun, Tartarsauce, Zitronen, Hufeisen und Nägel, Pulver und Kugeln?«

»*Sí.* Und Maismehl und Speck. Das konnten diese Huren nicht anziehen, deshalb haben sie es dagelassen.«

»Da sind sie selber schuld.« Sarah ließ ihren Blick durch die in der Hitze flirrende Savanne aus Gras und Eichen gleiten. Dahinter lag die Wüste, die sich bis zum Horizont im Norden und bis zu jenem Fluß zog, den die Mexikaner *Rio Bravo,* den Wilden Fluß, und die Amerikaner Rio Grande, den Großen Fluß, nannten.

37

Eine gerissene, alte Eule

Selbst im November brannte die Sonne noch vom Himmel und schickte Hitzewellen aus, die über die karge Ebene rollten wie ein Sturm, der über die ungeschützte Küste brauste. Die Mulis schlurften mit hängenden Köpfen durch den Sand, der ihnen bis an die Fesseln ging und so heiß war, daß man Eier darin braten konnte. Die Fliegen tummelten sich an den salzverkrusteten Wunden an Augen und Maul der Tiere. Cruz ritt den Schecken, Maria spielte mit Paz auf dem Wagen unter der Plane. Sarah saß auf dem Kutschbock und zog ihr Messer in einem schnellen Rhythmus über den Kieferknochen eines verendeten Mulis. Der Weg war übersät mit derlei Schlaginstrumenten und den dazugehörigen Gerippen.

Sarah hatte ihren alten Kalikorock weit über die Knie geschürzt, damit auch die leiseste Brise darunterwehen konnte. Obwohl sie die grüne Sonnenbrille trug, mußte sie die Augen gegen die gleißende Sonnen schließen. Sie erfreute sich an ihrem Schrammellied auf dem Kieferknochen und probierte verschiedene Rhythmen und Schwingungen aus, als Jake plötzlich schreiend stehenblieb. Mit vorgeschobenen Ohren und versteiftem Körper stand er da wie ein Spaniel vor dem Satz auf ein Kaninchen und starrte nach Nordosten auf einen schmalen Grat, der sich wie das Nackenhaar eines Kojoten aus der hellbraunen Ebene erhob.

Sarah stützte die Schrotflinte am Schenkel ab und tastete nach den Colts in den Sattelhalftern zu beiden Seiten des Knaufs. Zwei Reiter auf Mulis erschienen auf dem Grat und zeichneten sich kurz vor dem hellen Morgenhimmel ab, bevor sie in einer Lawine aus Sand den Hang hinunterglitten. Unten angekommen, hielten sie auf den Wagen zu, während acht weitere Gestalten am Grat auftauchten und ihnen folgten.

»Indianer«, sagte Sarah.

»Ay, Dios!« Cruz bekreuzigte sich. »Und was machen wir, wenn sie mir mein Kind wegnehmen?«

»Das tun sie nicht.«

»Qué pasa?« Maria streckte den Kopf aus der runden Öffnung, wo der Saum der Plane mit einer Schnur verzurrt und über den gebogenen Stangen zugezogen werden konnte.

»Indianer.«

»Apachen?« Marias Stimme bebte vor Angst. »Oder Komantschen?«

»Ist das ein Unterschied?«

»Mit den Komantschen kann man unter Umständen reden. Apachen töten nur.« Cruz spähte in die Ferne, um ihre Verfolger zu identifizieren. »Sie reiten wie Komantschen.«

»Du hast wohl schon mit beiden Stämmen Erfahrungen gemacht«, stellte Sarah fest.

»Sí.«

Doch Maria kam zu dem Schluß, daß ein Stamm so schlecht war wie der andere. *»Indios bravos! Ay, Dios! Ay, Dios mio!«* jammerte sie.

Auch Paz begann zu schreien.

»Zieh euch die Decke über den Kopf und halte die Kleine ruhig, Maria«, befahl Sarah.

Maria murmelte ein Gebet und zog sich ins Wageninnere zurück.

Sarah beugte das linke Bein, auch wenn es ihr Schmerzen bereitete, und zog den Rock über die blauen Flecke, die noch Monate nach dem Bruch zu sehen waren. Sie griff nach hinten, betastete ihre Tournüre, die beruhigend schwer war von dem Gewicht der vielen eingenähten Silbermünzen, und fragte sich, ob Geld den Komantschen wohl etwas bedeutete. Es war kaum anzunehmen, daß sie ihre Einkäufe bei einem Marketender tätigten.

Sie nahm den Sombrero ab und schüttelte ihr dichtes rotes Haar, bis es wie ein Flammenkranz um ihren Kopf lag. Wenn sie mich schon skalpieren wollen, dann sollen sie auch sehen, was sie bekommen, dachte sie.

Einer der Männer wedelte mit dem Hut, während er auf sie zu galoppierte. »Western!« schrie er.

»Juan!« Sarah legte die Hand über ihre Sonnenbrille und schaute direkt in die Morgensonne.

»Juan Duran?« fragte Cruz.

»Juan kommt?« Maria streckte wieder die Nase aus dem Wagen. »Dieser unverschämte Taugenichts?«

»Scheint so. Hanibal ist auch dabei.« Sarah beobachtete, wie sie näher kamen. »Die beiden haben offenbar Glück gehabt, daß die Komantschen Packpferde dabeihaben, sonst wären sie längst ein Fressen für die Geier. Die Indianer haben wohl gedacht, sie können sie mürbe machen.«

Bei der Erwähnung von Hanibal streckte auch Esperanza ihren Kopf neben Maria unter der Plane hervor. Juan und Hanibal lenkten ihre schweißnassen Mulis auf einen absteigenden Pfad, der sie am Wagen vorbeiführte. Juan drehte und lud seine Steinschloßpistole, Hanibal glitt vom Muli und kletterte übers Wagenende. Als er auf der anderen Seite wieder auftauchte, hielt er eine Schaufel hoch wie einen Knüppel. Esperanza lächelte ihn schüchtern an, er grinste zurück.

»Schön, Ihre Visage wiederzusehen, Juan.«

»Igualmente, gleichfalls, Señora Western«, keuchte er.

»Und dich auch, Hanibal.«

»Buenos días, Señora.«

Die Indianer kamen unter aufspritzenden Kieseln und in wirbelndem Staub heran, zügelten ihre Pferde zu einem leichten Galopp und umrundeten den Wagen. Während sie die Köpfe zählten und die Maultiere und Pferde taxierten, hielt Juan die Pistole auf die Indianer gerichtet. Zu ihren Lendenschürzen und Leggings trugen sie merkwürdige Garderoben; der eine hatte eine Sonnenhaube aus Kaliko, der andere einen Zylinder. Drei Indianer trugen Westen, ein vierter einen Schwalbenschwanzfrack, der fünfte eine blaue Uniformjacke. Alle machten den Eindruck, als würden sie sich in diesem kargen und erbarmungslosen Land und in ihrer wild zusammengewürfelten Kleidung durchaus wohl fühlen.

Die Packpferde waren mit Beutegut vollgeladen – Kessel und Äxte, ein großer Spiegel, eine Schwimmweste, ein Faß. Kein Wunder, daß sie Juan und Hanibal nicht geschnappt hatten.

Ein stämmiger Mann mit kurzen Beinen und einem dicken Bauch, der über seinen knappen Lendenschurz hing, löste sich aus dem Grüppchen. Außer dem Schurz, seinen Mokassins und einer Kette aus Bärenklauen trug er einen hohen Seidenzylinder, eine Perlenkette und ein Paar dunkelrote Wildledergamaschen, die er um seine dicken Unterarme gewickelt hatte. Er ritt so nahe am Wagen vorbei, daß er nach einer Lokke von Sarahs Schopf greifen konnte. Sie zielte mit dem Colt auf den Punkt, wo sich seine buschigen Augenbrauen über dem Rücken seiner Knollennase trafen. Doch das schien ihn nicht zu stören, denn er ritt einfach weiter. Sarah senkte den Revolver und richtete ihn auf die große Rosette aus Perlen, die auf das Vorderteil seines Lendenschurzes aus grobem Wollstoff gestickt war.

Sie hielt ihn fest im Blick. Mit ihren grünen Augen hinter den grünen Sonnengläsern sah sie aus wie ein übergroßes, hungriges Insekt. Laut klackend brachte sie den Schlaghammer des Revolvers in Vorderraststellung. »Juan, erklären Sie ihm, was ›halber Hahn‹ bedeutet. Und sagen Sie ihm auch, daß dieser Begriff noch eine zweite Bedeutung bekommt, wenn er mich, meine Leute oder meine Sachen anrührt.«

Juan übersetzte ihre Worte in einer Mischung aus Spanisch, Indianisch und Pantomime. Mit finsterer Miene wich der Mann mit dem Zylinder auf seinem Pony zurück. Daraufhin kam der größte der Gruppe nach vorn. Sein Gesicht war tellerrund, und seine Schultern waren so breit wie ein Ochsenjoch. Bogen, Köcher und eine alte »Brown-Bess«-Muskete hingen über seinem Rücken, der massig genug war, sie alle zu tragen.

»Er heißt Gepunkteter Wolf«, berichtete Juan. »Er sagt, er sei ein guter Freund von den Gottverdammern.«

»Den Gottverdammern?«

Juan zuckte die Achseln. »Die *yanquis* würden das andauernd sagen, deshalb nennen die Komantschen sie so.«

Gepunkteter Wolf deutete auf die Colts. »Popp, popp, popp, popp, popp?«

»Popp, popp, popp, popp, popp, popp«, erklärte Sarah. »Das Ding hat sechs Schuß, Junge.«

Gepunkteter Wolf streckte die Hand aus und strahlte in freundschaftlicher Absicht. Sarah nahm die Hand, obwohl sie wußte, was nun kommen würde. Immer noch heiter lächelnd drückte er Sarahs Hand mit der seinen, die sich anfühlte wie ein Ledersattel mit Stahlstreben. Doch sie erwiderte den Druck und fixierte ihn, ohne mit der Wimper zu zucken, mit ihrem smaragdgrünen Glasblick, obwohl sie fürchtete, er würde ihr die Knochen zermalmen, bevor die Prozedur vorbei wäre. Der Schmerz schoß ihr in den Arm und brannte in ihrem Ellbogen, doch sie drückte immer noch zu, als wäre die Hand des Indianers nur eine nasse Wolluniform zum Auswringen.

Sie preßte seinen Ballen zusammen und rieb ihre Fingerknochen an seinen, bis sie krachten.

Fast eine Minute lang saßen sie so da, dann begannen die anderen Indianer zu tuscheln. Gepunkteter Wolf warf ihnen einen schnellen Blick zu, der über dem Viertelmond seines lächelnden Mundes so kalt funkelte wie ein Blitz am Sommerhimmel.

»Sie schließen Wetten ab«, sagte Juan. »Auf Sie. Wegen Ihres Haars glauben sie, daß der Feuergeist Ihnen hilft und daß kein Mann Sie besiegen kann.«

Schließlich ließ Gepunkteter Wolf lachend ihre Hand los.

»Er sagt, Ihre Revolver gefallen ihm.«

»Er kann sie bewundern, solange er will, wenn er es nur aus der Ferne tut.« Sarah hätte am liebsten ihre Hand gerieben, bis der Schmerz verschwunden und sie wieder ein Gefühl in ihren Fingern gehabt hätte, aber sie nahm einfach die Zügel, als wollte sie weiterfahren. »Fragen Sie ihn, wie weit es noch bis nach El Paso del Norte ist.«

»Vier Tage, sagt er. Vielleicht auch fünf.«

Aus den Augenwinkeln sah Sarah, wie ein drahtiger Mann, der einen blauen Seidenschirm mit Fransen über seinen Kopf hielt, hinter den Wagen schlich. Er faßte in die Öffnung und hob die Decke an. Maria schrie. Er packte sie am Handgelenk und hielt die zappelnde Frau fest.

»Er will Ihnen zwei Ponys für diese tolle Frau geben.«

»Ich mache keine Geschäfte mit ihm.«

Ohne den Blick von ihm zu nehmen, griff Sarah unter den Sitz und tastete nach einem kleinen Ballen Kaliko und ein paar Bandanas. Zusammen mit einem Tabakzopf und einem Zuckerhut in Packpapier hielt sie den Stoff hoch und winkte einem alten, runzligen und eingefallenen Mann in einer schmutzigen weißen Weste zu, der hinter den anderen auf seinem Pony saß. Ein Monokel baumelte zwischen Perlen und Bärenklauen an seinem dürren Hals. Er ritt vor, dabei umspielte ein kleines Lächeln seinen Mund. Zum einen gefiel es ihm, daß Sarah ihn als den wirklichen Anführer erkannt hatte, zum anderen amüsierte ihn diese Frau mit dem flammenden Haar, den grünen Glotzern und den üppigen Brüsten, die ihn unter sich begraben hätten, wenn sie beide auf dem Boden gestanden wären. Die Komantschen wußten die Wunder der Natur im allgemeinen zu schätzen, und dieser Mann schien im besonderen Sarah zu schätzen.

»*Jefe,* ich glaube, Sie sind der Richtige, um diese Geschenke an Ihre Krieger zu verteilen.« Sie streckte ihm die Sachen entgegen. »Ich heiße Great Western.«

Noch bevor Juan übersetzen konnte, tippte der alte Mann an seine hagere Brust und sagte auf englisch: »Alte Eule.« Er nickte majestätisch. »Du, ich, verdammte gut Freund. Tausche verdammte gut Pony gegen Pferd.« Er deutete mit seinem Speer auf das ausgemergelte, störrische Tier, das Sarah an einer Wasserstelle gefunden und zum Schlachten mitgenommen hatte, für den Fall, daß das Dörrfleisch ausgehen sollte. Einer der Männer ritt mit einem lebhaften, dicken kleinen Schecken an der Leine vor; das Pferd hatte die Augen eines Weisen und einen verschlagenen Zug ums Maul.

Sarah tat so, als würde sie den Handel überdenken, dabei blickte sie Alte Eule verstohlen von der Seite an, der höflich und so ernst wie seine Namensvetterin auf einen Punkt über Sarahs linker Schulter blickte. Sie wartete so lange, bis er davon ausgehen mußte, daß sie sein Angebot annahm.

»Danke, *jefe,* aber ich mag diese kleine Mähre«, sagte sie schließlich. »Sie hat mir mal das Leben gerettet, verstehen Sie. Hat mich mitten durch einen Wirbelsturm getragen, deshalb sieht die Stute auch so mitgenommen aus. Ich kann mich nicht von ihr trennen, auch wenn Ihr großzügiges Angebot wirklich sehr verlockend ist.«

Alte Eule ließ sich ein weiteres Mal zu einem Zucken in den Mundwinkeln und einem Zwinkern in den Augen herab. Sarah fühlte sich doppelt geehrt. Alte Eule war offenbar kein Mann, der seine Absichten durch eine unbedachte Mimik verriet, doch er ließ sie an seinen Gedanken teilhaben und erkannte es an, daß sie ihm auf die Schliche gekommen war. Sie wußte, daß er in dem Tauschgeschäft ihre Stute genommen und dann gewartet hätte, bis sein durchtriebener Schecke ausgebüchst wäre und er ihn wieder einfangen konnte. Dieser Trick hatte wohl schon früher funktioniert.

Er gab seinen Männern mit der Lanze ein Zeichen, drehte seinen mürrischen Mustang mit der hohen Kruppe und ritt davon. Die anderen folgten ihm, während sie erhitzt stritten und der Mann mit dem blauen Sonnenschirm schmachtende Blicke über seine Schulter in Marias Richtung warf.

»Worüber streiten sie, Juan?« Sarahs Brust zog sich zusammen. Sie fürchtete schon, die Indianer könnten Für und Wider einer Umkehr erwägen und zu Ende bringen, was sie begonnen hatten. Dann würden Sarah und die anderen als Fraß für die Geier enden. Schließlich mußten die Indianer ganze Trecks geplündert haben, damit sie so viele Sachen, so viele Kleider, Schmuck und Flitter anhäufen konnten.

»Sie überlegen, wo sie heute nacht schlafen sollen«, sagte Juan. »Und welches mexikanische Dorf sie morgen überfallen.«

Sarah, Juan und Hanibal wateten nacheinander durch den Sumpf. Sarah ging als erste, bis sie in hüfthohem Wasser stand. Ihre Füße sanken in den Schlick, der sie bei jedem Schritt weiter nach unten zog. Um Nase und Mund hatten sie Bandanas gebunden, doch der salzige Gestank verursachte ihnen trotzdem Würgereiz. Schweigend mähten sie mit den Macheten das zähe Gras, das dort wuchs. Die Garben reichten sie an Esperanza, die sie auf dem trockensten Fleckchen stapelte, das sie hatte finden können.

Als der Grashaufen fast so hoch wie Esperanza groß war, wateten sie ans Ufer zurück und banden die Garben mit Grasbüscheln zusammen, die Juan mit seinen schwieligen braunen Händen an seinem Schenkel zusammendrehte.

»Wie seid ihr eigentlich hierhergekommen?« fragte Sarah, während sie arbeiteten.

»Wir haben auf dem Weg einen Mulitroß getroffen«, sagte Juan. »Die *arrieros* haben gesagt, sie hätten Sie gesehen, Sie hätten zwar Fieber, wollten aber nach Norden ziehen. Die Männer hatten geholfen, Sie auf den Wagen zu laden.«

»Und warum haben Sie Ihren eigenen Troß verlassen, nur um zu mir zu kommen?«

»Das ist eine lange Geschichte«, sagte er mit einem dümmlichen Blick.

»Ich habe Zeit.«

»Hanibal und ich haben uns einer Gauklertruppe angeschlossen.«

»Doch nicht etwa der Schar Monte-Zockern, die schon seit Corpus Christi der Armee hinterherschwänzelt?«

»Doch.«

»Ha, sind das immer noch die beiden tapsigen Jongleure, die bärtige Frau, der Kerl, der Steine und Skorpione schluckt, Harry, die lebende Haarnadel, und der eine, der Windmühle genannt wird, weil er mit seinen Fürzen Kerzen ausbläst und die Artilleriefeuter von Fort Brown nachahmt?«

»*Sí.* Nur Martha, die bärtige Frau, ist nicht mehr dabei. Sie hat einen Soldaten geheiratet.«

Hanibal brachte die beiden Mulis und hielt sie fest, während Sarah und Juan ihnen die Garben auf den Rücken luden, die sie so hoch stapelten, daß die Tiere unter ihrer Fracht beinahe verschwanden.

Sarah holte das Alaun aus ihrem Rucksack. Sie vermengte es mit Wasser zu einer Paste und rieb das Gemisch dann auf die schlimmen Wunden, die der Salzstaub in die Nüstern der Mulis geätzt hatte.

»Und wie haben Sie Ihren Lebensunterhalt verdient?« fragte sie Juan. »Als Feuerschlucker? Oder haben Sie ›*La Cucaracha*‹ gerülpst, und Hanibal hat dazu getanzt?«

»Die Gaukler sind nach Kalifornien gezogen.«

»Windmühle und Haarnadel wollen wohl nach Gold Ausschau halten.«

»Sí.«

»Ha, das ist ja 'n Ding!« Sarah folgte Hanibal, Juan und den Mulis zurück zum Wagen.

Amüsiert beobachtete sie, wie Esperanza ihnen schüchtern entgegenkam und dann neben Hanibal herging. Dieser Junge konnte als einziger ein lebhaftes Funkeln in ihre Augen zaubern.

»Schiffe voller *yanqui*-Goldsucher dampfen den Rio Bravo nach Matamoros hinauf. Dort rüsten sie sich aus und ziehen auf der Suche nach dem kürzesten Weg durch Nordmexiko. *Arrieros,* die aus El Paso del Norte gekommen sind, haben sie zu Hunderten gesehen. Sie sagen, alle *gringos* der Vereinigten Staaten seien nun mit ihren Wagen auf dem Weg nach Kalifornien.«

»Und dann haben Sie auch Fieber bekommen?«

»Fieber?«

»Goldfieber?«

»Vielleicht.«

»Wie sind Sie denn in dieser Bullenhitze der Rotte von Alter Eule in die Arme gelaufen?«

»Hanibal und ich waren auf dem Weg in ein Dorf. Wollten ein paar Packmulis für den Marsch kaufen. Da haben wir von Ihnen gehört. Dann haben die Komantschen uns entdeckt, und wir haben uns gedacht, wenn wir immer auf dem Weg bleiben, finden wir Sie und können nachsehen, wie es Ihnen geht.«

Sarah kannte Juan gut genug, um zu wissen, daß er sie neckte. »Euer ›*Camino Real*‹, der Königsweg, hat mich nicht gerade beeindruckt. Selbst in den Bergen, woher ich komme, wäre das nicht mal ein Ochsenpfad.«

»Das Land nördlich von San Bartolomé heißt *El Despoblado,* das entvölkerte Land.«

»Die Kreuze am Weg kennzeichnen wohl die Gräber der Wanderer?«

»*Sí.*«

»Nett von den Leuten, daß sie der Toten auf diese Weise gedenken. Und nach der Anzahl der Kreuze zu urteilen, gibt es eine Menge Tote, derer sie gedenken können.«

»Die Kreuze sind weniger für die Toten als für die Lebenden«, sagte Cruz. Sie gab einen Löffel voll Tartarsauce in die Feldflasche und schüttelte.

Sarah nahm einen Schluck, doch von dem salzigen Wasser beruhigte sich ihr Magen auch nicht. »Wieso denn das?«

»Ohne den Segen der Kirche bleiben die unglücklichen Seelen der Toten dort, wo sie gestorben sind. Es werden immer mehr, und die vielen bösen Geister lauern nur darauf, die Wanderer zu schnappen.«

»Dann müssen wir uns auf dieser Welt ja lediglich wegen der bösen Geister sorgen.« Sarah grinste.

Juan und Hanibal setzten sich auf den Kutschbock, Sarah bestieg den Schecken und ritt neben Jake her, während ihr immer noch das Wort *despoblado* im Kopf herumschwirrte. Ein Ort, wo die Menschen nicht leben konnten oder wollten, war nicht gerade eine Empfehlung. Doch sie dachte an ihre Großmutter, die immer gesagt hatte: »Ein frohes Herz ist die beste Medizin, eine gebrochene Seele laugt die Knochen aus.«

Und mit dem Messer stimmte sie einen flotten Reel auf dem Kieferknochen an.

38

Elefantenscheiße

Sarah, Cruz und Juan starrten den Bauern an, der bäuchlings auf dem sonnenverbrannten, windgepeitschten Feld lag. Seine Arme waren ausgestreckt, die Finger hatte er in den trockenen Boden gekrallt, als wollte er die Erde umarmen. Ein paar verärgerte Geier kreisten am Himmel. Die Leiche, der man Hemd und Hose geraubt hatte, war in der Hitze aufgedunsen, und die dunkle Haut spannte und glänzte.

Juan trat gegen einen zerbrochenen Pfeil, der zwischen ausgedörrten Maisstoppeln lag. »Apachen.«

Sarah ging näher an die Leiche heran, um durch die braunen Maisstauden und die verschrumpelten Bohnenranken besser sehen zu können. Der schmale Pfad niedergetrampelter Pflanzen verriet, daß der Bauer noch versucht hatte, sich verzweifelt zu der Lehmmauer mit den Kakteen zu flüchten, die sein Anwesen und die Hütte aus Mesquitästen umschloß.

»Der ist noch nicht lange tot«, sagte sie. »Die Krähen haben ihm noch nicht mal die Augen ausgepickt.« Sie drehte sich um ihre eigene Achse und suchte den flachen, teilnahmslosen Horizont nach Spuren der Indianer ab, die den Mann erst mit Pfeilen durchlöchert und sie dann wieder herausgezogen hatten, nachdem sie in diesem kargen Land offenbar sehr mit ihren Mitteln haushalten mußten.

Doch sie hatten nicht nur ihre Pfeile und den Skalp des Mannes geholt.

»Warum haben sie ihn denn so zugerichtet?« Sarah betrachtete die Arme und den Rücken; von den schimmernden Knochen war das Fleisch abgetrennt, auf ihnen saß eine wabernde schwarze Kruste aus Fliegen.

»Mit den Sehnen der Arme binden sie die Eisenspitzen an

ihre Pfeile«, erklärte Juan. »Und aus den Rückensehnen machen sie Bogensehnen.«

»Die haben den armen Kerl ja ganz schön ausgeschlachtet.« Sarah humpelte zum Wagen und holte Schaufeln, die fast so dünn waren wie Papier, nachdem sie damit über zweihundert Meilen immer wieder die Wagenräder aus Schlamm und Sand gegraben hatten. »Wir beerdigen ihn und beten für ihn. Dann decken wir uns im Dorf mit Vorräten ein.«

Sie warfen die letzte Schaufel voll Erde auf den Grabhügel, steckten das Kreuz aus Stöcken in die spröde Erde, beteten und bekreuzigten sich und zogen schließlich weiter ins Dorf. Der Wagen rumpelte durch die stillen Straßen, die Hufschläge hallten von den Mauern, Hunde schlichen um die Ecke, und von den Dächern erhoben sich kreischend die Krähen.

»Wo sind denn all die Leute, Juan?«

Er zuckte die Achseln. »In den Bergen. Sie verstecken sich vor den Apachen.«

Sarah ritt Hanibals Muli unter die Arkaden vor dem länglichen, niedrigen Rathaus und spähte durch die Tür. Abgestandene Luft, Staub und Hitze schlugen ihr aus dem dunklen Innern des Hauses entgegen. Das Muli scheute, der Lärm seiner Hufe hallte in dem kahlen Raum wider. »Ob es hier wohl Läden gibt?«

»Was die Flüchtlinge nicht mitnehmen konnten, haben die *indios* gestohlen.« Juan sagte es in einem Ton, als würde er über eine Heuschreckenplage, Kornbohrerinsekten oder eine große Trockenheit sprechen.

Je weiter sie nach Norden vorstießen, desto trockener und öder wurde das Land. Sie kamen durch weitere vereinzelte Dörfer, doch die wenigen Menschen, die geblieben waren, hatten viel zu große Angst vor Überfällen der Apachen, als daß sie den Rest ihrer Ernte einbrachten. Schließlich wurden auch die kargen Felder und jämmerlichen Hütten immer seltener und lagen so weit voneinander entfernt, daß sie zwei Tage lang durchs Land zogen, ohne ein einziges Haus zu sehen. Offenbar hatten selbst die ärmsten und verzweifeltsten Mexikaner, die den gewaltsamen Wirren der Revolution und der staatlichen Korruption entflohen waren, eingesehen, daß man hier kein Leben fristen konnte.

Am späten Nachmittag holperte der kleine Treck über eine baumlose, lohfarbene Ebene, die in der Hitze flirrte wie Eiercreme auf einem Teller, der von einer zitternden Hand gehalten wurde. Maria saß neben Juan auf dem Kutschbock, Paz und Esperanza schlummerten auf der Ladefläche, Cruz und Sarah ritten nebenher. Eine heiße Bö fuhr Sarah durchs Haar, sie drehte sich um und sah, wie sich ein dunkles Band über den Horizont im Süden zog.

»Juan«, rief sie, »stellen Sie den Wagen in den Wind und schirren Sie ab.«

Er beugte sich vor und spähte an der großen Wagenplane vorbei. »*Carajo!* Verdammt!« Sofort sprang er vom Kutschbock auf den Schwengel und von dort auf Jakes Kruppe. Er glitt auf den Rücken des Tiers und riß das Halfter herum. Der Wagen schwenkte so schnell nach links, daß Maria fast vom Bock gefallen wäre.

»Bist du verrückt?« schrie sie. »Willst du mich umbringen, *pendejo?«*

»Das habe ich mir schon oft überlegt, *mi hija.«* Er schirrte das Gespann ab und führte die Tiere hinter den Wagen.

»Gott im Himmel sei Dank für den Regen.« Maria zog das Holzkreuz aus dem engen Spalt zwischen ihren Brüsten, die von dem tiefen Ausschnitt ihrer Bluse zusammengedrückt wurden, und küßte das Kruzifix.

»Das ist kein Regen.« Sarah scheuchte Maria zur Wagenklappe. Als sie nicht schnell genug aufstieg, stützte Sarah Marias Hintern mit den Armen und gab ihr einen Schubs, daß sie unsanft auf die Ladefläche fiel.

Während Juan Säcke um die Augen der Mulis band, holte Sarah Stricke, Laken und Baumwolldecken aus dem Wagen.

Sie zog die Plane so fest, wie es nur ging, und sicherte die Leinen. Doch die Säume der Plane waren zu dick, um ganz zu schließen, und die Öffnung sah nach Sarahs Meinung aus wie ein klaffendes Loch, durch das man leicht ein Whiskeyfaß von fünf Gallonen der Länge nach hätte schieben können. Hanibal stopfte von innen Futtersäcke in die Öffnung.

Sarah und Juan warfen die Decken über die Rücken der Mulis und banden sie fest. Bevor sie noch ganz fertig waren, färbte sich die helle Sonne schon dämmrig braun, und eine Wand aus Sand und Steinen rollte grollend auf sie zu. Die böigen Winde ließen Sarahs Röcke um ihre Beine flattern. Die ersten Sandkörner trafen sie wie eine Ladung Schrot. Sie krabbelte hinter Juan durch die Planenöffnung und zog sie hinter sich zu. Die beiden stiegen über die anderen hinweg, schoben die Sachen auf die Seite, um Platz zu machen und sie vor dem Sand zu schützen, doch bald drang er durch jede Ritze, und der Wind drückte ihn durch die Plane.

Seite an Seite lagen sie unter der letzten Decke, während draußen der Wind tobte und den Wagen schüttelte wie ein wütender Bär. Durch das Tosen hörten sie Jakes klagende Schreie. Paz fing an zu weinen. Sarah sang, damit sie Jake nicht hören mußte:

Miss Ella ist ein zänkisches Weib
Miss Ella solltet ihr sehen,
Ihre Augen sind gelb wie Safranteig
Und, Gott, was für schreckliche Zehen!

Sie nahm Paz bei den Zehen und schüttelte sie.

Ich hab Miss Ella am Platte gesehn,
Sie war voller Salz und Staub.
Ihr fetter Esel walzte dahin,
Und sie saß rittlings darauf.

Sarah verlor jedes Gefühl für die Zeit. Schließlich verebbte das Grollen, und eine Stille legte sich übers Land, die auf ihre Weise genauso unheimlich war wie der Sturm. Maria, Cruz, Paz, Esperanza und Hanibal waren eingeschlafen. Juan hob die Decke an, die ganz schwer war vom Sand, und kroch vorsichtig ans Wagenende, um die anderen nicht anzurempeln. Sarah nahm den letzten Tonkrug, in dem noch ein wenig Wasser plätscherte, und folgte ihm.

Sie stiegen aus dem Wagen in eine kalte, sternenfunkelnde Nacht und in eine Landschaft, die der zunehmende Mond mit Licht übergoß wie mit geschmolzenem Silber. Es war so ruhig, daß Sarah gedacht hätte, sie hätte den Sturm nur geträumt, wäre da nicht überall der Sand in ihren Kleidern, in Mund, Augen und Nase gewesen. Jake nieste laut.

Zitternd vor Kälte goß sie das Wasser in einen Eimer und hielt ihn den Tieren zum Saufen hin, Jake kam als erster dran.

»Ist das der Rest vom Wasser?« fragte Juan.

»Da ist noch ein Schluck für das Kind.«

»Dann sollten wir bald losziehen. Nicht weit von hier soll eine Quelle sein.« Juan blickte in den Himmel und suchte den Großen Wagen und den Nordstern, der in der Verlängerung der Deichsel stand und nach Norden wies. Traurig schüttelte er den Kopf. »Das hier ist ein gottverlassenes Land.«

»Gott verläßt niemanden«, sagte Sarah, »nur manchmal verlassen die Menschen Ihn.«

Sie zog die Decken von den Mulis. Jakes Decke war heruntergerutscht, oder der Wind hatte sie weggefegt, jedenfalls konnte sie wundes Fleisch und klebriges, warmes Blut fühlen, wo der Sand das Fell und die Haut aufgeschürft hatte. Sie schauderte, als sie ihn berührte. Das Geschirr würde eine Qual für ihn sein.

Jake schob die Nase in ihr Haar und schnaubte ihr ins Ohr, dann ließ er wieder den Kopf hängen. Sie schlang den Arm um seinen Widerrist, legte ihren Kopf auf die unversehrte Seite seines Halses und lehnte sich an ihn. Sie wußte, wenn die Erschöpfung sie übermannte, würde er sie stützen, wenn es sein mußte, sogar die ganze Nacht.

Die Morgensonne vertrieb die Kälte, und die Ebene schimmerte hell bis hin zum Fuß der Berge, die in der Hitze schon flirrten. Als die Tiere sich ausgeruht hatten, entluden Sarah, Juan und Hanibal den Wagen und schaufelten den Sand heraus, der die ganze Ladefläche bedeckte. Sie ließen alles da bis auf die notwendigsten Werkzeuge, Eisenteile und Holz für die Wagenreparatur, die paar Decken, die der Sturm nicht zerfetzt hatte, Wasserfässer, ein Faß mit Maismehl und eine Kiste mit Schiffszwieback.

Der Sturm hatte auch den Weg verwischt, der ohnehin nur ein Pfad war. Außer Paz, die im Wagen mit ihrer Puppe spielen durfte, mußten alle durch den knöcheltiefen Sand stapfen. Juan und Sarah gingen neben dem Gespann.

Die Stunden vergingen, und ihre Zungen schwollen so an, daß sie bald ihren Mund und die aufgeplatzten Lippen nicht mehr schließen konnten. Maria und Cruz stolperten durch die Gegend, als würde jeder Schritt über ihre Kräfte gehen. Sarah blickte sich immer wieder nach ihnen um und rechnete jederzeit damit, daß sie fielen und sie sie auffangen müßte. Doch auch ihre Zunge fühlte sich an wie mit heißer Wolle umwickelt, und die Wüste tanzte schadenfroh um sie herum.

»Was ist der Unterschied zwischen einer toten Ente und einem toten Arzt?« rief sie nach hinten.

»Mir doch egal!« maulte Maria.

»Die eine hört auf zu quaken, der andere hört auf zu quacksalbern.« Und sie erklärte den Frauen die Wörter.

Gleißend schimmerte am Horizont Wasser. Darüber tanzten verschwommen die Gestalten von Pferden und Reitern. Weit in der Ferne kreisten Bussarde wie kleine Punkte in den aufsteigenden Strömen warmer Luft. Sie dachte an die Komantschen, die sich in dieser erbarmungslosen Wildnis so selbstverständlich bewegten wie sie im Schankraum ihres Hotels. Kein

Wunder, daß in den Indianermärchen stets ein Kojote als Sinnbild des Betrügers vorkommt, dachte sie. Sie ziehen durch die Wüste, und die Wüste ist der Betrüger. Nachts erfriert man, und sobald die Sonne aufgeht, wird es sengend heiß. Die Wüste entzieht einem alles Wasser und lockt mit einem See, der immer außer Reichweite bleibt.

Sie mußten immer öfter und immer länger Pause machen. Schließlich gaben die Beine von Juans Muli nach, und das Tier brach zusammen. Es zuckte noch ein paarmal, als wollte es Fliegen von seinem Fell verscheuchen, dann regte es sich nicht mehr. Jake drehte den Kopf und inspizierte seinen Artgenossen.

Als Juan den Kadaver abgeschirrt hatte und Hanibals Mulis anspannte, schnitt Sarah dem toten Tier die Kehle durch und ließ das Blut in einen Eimer laufen. Sie gab ihn Cruz, die erst die Nase kräuselte, schließlich aber doch daran nippte.

Maria wich mit erhobenem kleinem Finger und Zeigefinger zurück, als wollte sie den bösen Blick bannen. »Nein, bei allen Heiligen! Ich trinke doch kein Blut wie diese Teufelsanbeter!«

»Wie du willst.« Sarah nahm Juan den Eimer ab. Das Blut war warm, zähflüssig und salzig und machte sie nur noch durstiger, aber zumindest befeuchtete es ihre Lippen. »Wir brauchen ihn wohl nicht zu schlachten, oder?«

Juan schüttelte den Kopf.

»Dachte ich mir.«

Keiner sagte laut, was beide dachten: Der Durst würde sie noch vor dem Hunger umbringen.

»Meine Großmutter hat immer gesagt: ›Spare in der Zeit, dann hast du in der Not.‹« Also schnitt Sarah ein paar Scheiben Fleisch aus dem Kadaver und legte sie zum Dörren über die Planken an der Seite des Wagens.

Sie zogen immer weiter, und die Bussarde in der Ferne wurden größer. Da wurden Jake und sein neuer Gespannpartner plötzlich ganz lebhaft. Ihre Nüstern bebten und blähten sich. Jake warf den Kopf nach hinten und schrie. Seine Freude war fast menschlich und so echt, daß Sarah Tränen in die Augen stiegen.

»Sie riechen Wasser. Danke, lieber Gott!« Sarah bekreuzigte sich. »Halten Sie die Tiere fest, bis ich aufgestiegen bin, Juan. Wer weiß, was uns da vorn erwartet.«

Juan sprang auf Jakes Rücken, Sarah holte Paz aus dem Wagen und gab sie Cruz. »Wir holen euch später wieder ab.« Sie stieg auf den Kutschbock, setzte sich aber nicht, weil sie ihr Steißbein schonen wollte, sondern blieb stehen und ging leicht in die Knie. Die Mulis preschten vor und galoppierten über das Ödland, der fast leere Wagen hüpfte hinterher.

Mit gebeugten Knien fuhr Sarah, so schnell sie konnte, und suchte mit den Augen nach einem Hain, der eine Wasserstelle ankündigte, oder nach einem Grünstreifen, der dem gewundenen Lauf eines Flusses folgte. Sie malte sich aus, wie sie durchs kalte Wasser planschte, sich der Länge nach hineinfallen ließ und das Naß durch ihre Kleider und in ihre Poren drang. Doch kein einziger Baum war zu sehen, nur Bussarde, gleißende Felsen, Sand, stachelige Kakteen, Kreosotbüsche und die dunkelblauen Schatten der fernen Berge.

Juan und Sarah sahen den Flußlauf tief unten am Fuß eines steilen Hangs erst, als die Mulis über die Böschung rannten und auf der Hinterhand hinunterrutschten, der Wagen holperte hinterher.

Als sie sich dem Fluß näherten, der an dieser Stelle schmal und seicht war und träge dahinfloß, schlug ihnen der Gestank verwesenden Fleisches entgegen. Mit laut schlagenden Flügeln erhoben sich Krähen und Bussarde in einer Wolke von den aufgedunsenen Kadavern der Rinder, Pferde, Hunde und Mulis, die am Ufer und im Wasser lagen. Jake wollte anhalten, doch das andere Muli preschte weiter und zog ihn mit. Die Räder versanken im Sand, der Wagen blieb ruckartig stehen. Sarah wurde zurückgeschleudert, schlug mit der Hüfte an die Planken und verrenkte sich den Rükken.

Mit schmerzenden Knochen stieg sie in die dicke, braune Brühe, die nach Tod stank. Der Schlick drang durch die Löcher in ihren Stiefeln, während sie bis zu den Knien im Wasser stand und Juan dabei half, die Mulis aus dem Fluß zu ziehen, bevor sie zuviel von dem Wasser soffen, doch sie konnten die Tiere nicht bewegen. Würgend standen sie in dem Gestank und schirrten die Mulis ab. Jake ging schließlich mit Sarah, doch das andere Muli scherte sich nicht um sie und soff mit großen Schlucken weiter. Sarah ging in die Knie, zwängte ihren Rücken unter seinen Hals und stemmte seinen Kopf nach oben, während Juan das Tier am Zaum nahm. Schließlich konnten sie das Muli mit vereinten Kräften ans Ufer zerren, wo es zusammenbrach und für immer liegenblieb.

»Verflucht!« Mit dem Tuch vor Nase und Mund besah sich Sarah den Todesacker am Fluß. Was der Goldrausch hier angerichtet hatte, schockierte sie. Wagenwracks und alle möglichen Gegenstände lagen zuhauf an beiden Ufern, soweit das Auge reichte. Der Sand ließ die Augen der toten Tiere gespenstisch glitzern. »Sieht so aus, als hätten wir Elefantenscheiße statt Gold gefunden.«

Juan hockte erschöpft da und drehte dem Fluß den Rücken zu. »Das Wasser ist durch die Kadaver meilenweit verseucht.«

»Besseres Wasser haben wir nicht.« Sie ging ins seichte Wasser und untersuchte die Salzkruste. »Der Fluß ist nicht sehr salzig. Die Tiere haben sich zu Tode gesoffen.«

Sie watete wieder ans Ufer, holte zwei Eimer aus dem Wagen und spannte ihren Rock über einen Eimer, Juan füllte den anderen und goß die braune Brühe über den Stoff, der als Filter diente. Sarah gab die halbe Menge Tartarsauce aus dem letzten Krug hinzu, um das Wasser etwas schmackhafter zu machen. Jake sah nicht sehr überzeugt aus, doch schließlich trank er laut schlürfend aus dem Eimer.

»Das ist wohl der Rio Bravo«, stellte Sarah fest. »Was glauben Sie, wo El Paso del Norte liegt?«

Juan zuckte erst die Achseln, dann deutete er mit dem Kinn nach Westen.

Sarah nickte mit Blick auf einen Wagen neben einem Ochsenkadaver, der aus dem Wasser ragte wie eine große luftgefüllte Blase. »Wir schlachten diesen Karren aus und reparieren unseren Wagen. Buck und Jake sollen sich ausruhen. Wir auch. Und dann müssen wir die Wagenräder hier in diesem Pfuhl wässern.«

Doch noch während sie die Worte aussprach, stellte sie sich vor, wie der Gestank des Todes das Holz des Wagens durchdringen und mit ihnen fahren würde, ohne sie jemals wieder zu verlassen.

39

Amazing Grace

Sarahs kleiner Treck mußte das Ufer verlassen, als der Fluß sich tiefer ins Land schnitt und durch eine Schlucht floß, die zu schmal für den Wagen war. Beinahe senkrecht stieg der Cañon in einer Reihe von Felsplatten an, und sie mußten am Steilufer oberhalb des Flusses entlangziehen. Ab und an kamen sie an Stellen, wo Sarah und Juan hinunterklettern und Wasser holen konnten, doch meistens sahen sie das grüne Band nur aus der Ferne.

Der Wagen knirschte, als wollte sich jedes einzelne Brett und jeder Bolzen selbständig machen und in den Sand fallen. Der Sturm hatte Moses' idyllische Landschaft von den Planken gerieben, die Plane war von Wind, Sonne und Sand ganz verschlissen und flatterte in dünnen Fetzen an den runden

Streben. Die Hügel waren niedrig und sanft, doch Buck und Jake waren so außer Atem, daß sie den Wagen kaum noch ziehen konnten.

Auch hier, am mexikanischen Ufer, lag überall Müll am Weg, den jene Goldsucher zurückgelassen hatten, die laut Juan mit dem Dampfer nach Brownsville gefahren und dann durch Nordmexiko gezogen waren. Maria, die erklärt hatte, sie sei nicht mehr in der Lage, einen einzigen Schritt zu tun, und Sarah gebeten hatte, sie auf dem Wagen fahren zu lassen, war wieder zu Kräften gekommen. Sie sprang vom Trittbrett und stapfte zwischen kaputten Wagen, Bettladen und Kanonenöfen, Holzfällerketten und Mühlsteinen, weggeworfenen Büchern und Truhen, Bettzeug und Kleidern herum, die im Wind flatterten.

»Gott steh uns bei!« Sarah ging mit Cruz neben den Mulis und zog am Strick. Sie mußte die Tiere nicht groß zum Anhalten überreden. Mit zitternden Knien und hängenden Köpfen standen sie da. »Was hat Maria denn jetzt vor?«

Cruz zuckte nur die Schultern. Sie trug einen brandneuen Frack aus blauem Barchent, der ordentlich zusammengelegt mit zwei Dutzend weißen Leinenhemden und gestärkten Kragen in einer verlassenen Truhe gelegen hatte und auf dem noch immer die Falten vom langen Liegen zu sehen waren. Juan trug eines der Hemden und verdeckte mit den Schößen die Löcher in seinem Hosenboden. Nun war er auf der Suche nach einer neuen Hose.

Cruz blickte verstohlen auf Sarahs fadenscheiniges Kleid, das sehr viel mehr von ihrem Körper enthüllt hätte, hätte sie nicht einen genauso fadenscheinigen Uniformrock darüber getragen. »Vielleicht findest du auch neue Kleider.« Cruz deutete mit dem Kinn auf das Warenlager, das sich rund hundert Quadratmeilen weit erstreckte.

»Die Kleider von anderen Frauen passen mir doch nur als *pingajos.*«

Cruz lächelte bei dem Wort, das »Flicken« bedeutete.

Sarah gab Cruz den Strick. »Aber ich schau mich mal nach einem Paar Schuhe um.« Sie deutete auf einen großen Kentucky-Planwagen, dessen robuste Plane noch intakt war und an den vier tote Ochsen gespannt waren. »Die Plane können wir auch brauchen. Der Schleier hat Salome besser bedeckt als dieser alte Fetzen unseren Wagen.«

Sie ging zu dem Wagen hinüber und strich mit der Hand an den Planken entlang, wobei Fetzen von blauer Farbe abblätterten, die selbst nach der langen Reise immer noch an den Brettern haftete. Der Wagen war bisher der einzige, der in besserem Zustand war als ihr eigener, doch Jake und Buck hätten ihn nicht einmal ziehen können, wenn er leer gewesen wäre. Aus den Seitenplanken waren rechteckige Stücke herausgesägt, und sie mußte auch nicht lange suchen, bis sie die drei Gräber mit den Holzkreuzen fand.

Sie stieg aufs Trittbrett und schaute auf eine Anrichte aus Eiche, einen Schaukelstuhl und Truhen und Fässer, die an den Seiten gestapelt waren. Von einem Nagel an der mittleren Strebe hing eine Schürze. Im Wagen war es so still wie in einer Leichenhalle und genauso düster, doch die Atmosphäre war voller Hoffnung, als wären die Besitzer des Wagens nur kurz ausgestiegen und würden bald wiederkommen.

Sarah hob eine Steppdecke an, darunter lag ein Ölgemälde. Das abgebildete Paar trug altmodische Kleider; vielleicht waren es die Eltern oder Großeltern des Besitzers gewesen. Die beiden sahen sehr streng aus, als würde ihnen ihre Situation überhaupt nicht gefallen. Sarah bekam eine Gänsehaut, als sie in diese anklagenden Augen blickte.

Sie deckte das Bild wieder zu, doch sie konnte den Blick noch immer auf sich spüren. Sie kam sich nicht besser vor als diese plündernden Aasgeier, die über die Schlachtfelder schlichen und die Gefallenen und die Sterbenden bestahlen, während der Rauch noch in der Luft hing. Bestenfalls war sie wie die verarmten Mexikaner, die die verlassenen Lager der Armee stürmten, um ein paar spärliche Maiskörner zu erbeuten. Nun, man muß tun, was man tun muß. Das dachte sie nicht zum erstenmal.

Sie hob bestickte Tücher an und durchsuchte die Holzkisten, bis sie brandneue Schuhe fand. Sie hielt einen Stiefel an die Sohle ihrer Schuhe, die sie aus den Häuten des toten Mulis genäht hatte. Auf dem steinigen Weg zwischen diesem Ort und der Stelle, wo das Muli verendet und abgebalgt worden war, hatte sie einige Paare durchgelaufen. Auch diese Schuhe und die Lederstücke, mit denen sie die Sohle ausgelegt hatte, hatten schon wieder Löcher.

Die neuen Schuhe waren Herrenschuhe und würden ihr gut passen. Sie fand außerdem drei Paar Damenschuhe von Marias, Cruz' und Esperanzas Größe und Kinderschuhe für Paz. Einen kleinen Schaukelstuhl nahm sie auch mit, Paz würde bestimmt ihre Freude daran haben.

Mit den Schuhen und dem kleinen Schaukelstuhl im Arm stieg sie wieder aus. Sie pflückte ein paar Goldastern mit schwefelgelben Blüten, die neben dem Wagen wuchsen, und ging zu den Gräbern. Eines trug einen kleinen Erdhügel, unter dem bestimmt die Gebeine des Kindes lagen, dem die Schuhe und der Schaukelstuhl gehört hatten.

»Ich hoffe, Sie haben nichts dagegen, daß ich diese Sachen hier mitnehme«, sagte sie zu den Toten, die dort in ihren Gräbern lagen. »Sie hatten ja selbst eine kleine Tochter und liebten Kinder. Schade, daß Ihre Kleine und Paz nicht mehr miteinander spielen können.«

Selbst wenn Sarah die Inschriften hätte lesen können, die mit Holzkohle auf die Bretter gekritzelt waren, wären ihr die Buchstaben vor ihren tränennassen Augen verschwommen. Sie legte die Blumen auf die nackte Erde und sprach leise ein Gebet, das vom Summen der Fliegen auf den Ochsenkadavern begleitet wurde.

Dann rief sie Juan. Zusammen zogen sie die Plane vom Wagen und entblößten die Gegenstände auf der Ladefläche, als würden sie das Privatleben ihrer Besitzer offenlegen. Irgendwo in dem ganzen Durcheinander klimperte Maria auf einem Klavier und sang dazu.

»Wenigstens kann sie das Ding nicht mitnehmen.«

Juan verdrehte die Augen, um auszudrücken, daß er sich da gar nicht so sicher sei, und hob die dicke Planenrolle an einem Ende an.

Sie kamen gerade noch rechtzeitig, um mit anzusehen, wie Maria einen großen ovalen Spiegel mit einem Nußholzrahmen aus geschnitzten Weinreben und Hirschen anschleppte. Sie verstaute ihn hinten im Wagen, doch sobald sie sich auf die Suche nach weiteren Gegenständen begab, warf ihn Cruz von der Ladefläche, und er landete klirrend auf dem Boden. Das machte sie nun seit zehn Meilen mit all den Schätzen, die Maria von den verlassenen Besitztümern der Goldsucher plünderte, doch Maria schien gar nicht zu merken, daß Cruz alles wieder wegwarf.

Sarah betrachtete sich in den Scherben ihr Gesicht. Von der Hitze hatte sie Bläschen bekommen, und ihre Lippen waren aufgesprungen. Ihre Nasenlöcher waren wund, die roten Lidränder brannten, wenn sie die Augen schloß. Ihre zerzausten Haarsträhnen stopfte sie unter den Hut und legte sich die Hand auf die Wange, als wollte sie ein unglückliches Kind trösten.

»Selbst der Teufel würde vor mir davonlaufen.«

»Das geht uns allen so.« Cruz legte ihr den Arm um die Taille, Sarah schlang ihre Arme um Cruz' Schultern und zog sie an sich. So standen die beiden Frauen Seite an Seite vor dem zerbrochenen Spiegel und betrachteten, was von ihnen übriggeblieben war.

»In El Paso werden wir uns schön machen«, sagte Sarah.

»Sí.«

Mit Paz auf Jakes Rücken machten sie sich wieder auf den Weg. Für Buck war die neue Plane offenbar zu schwer. Er wurde immer langsamer, bis er sich kaum noch bewegte. Er hatte solche Mühe, die Beine zu heben, als wären seine Läufe aus

Blei. Schließlich blieb er ganz stehen, wankte vor und zurück und schwankte nach rechts und links, dann gaben seine Beine unter ihm nach, und er plumpste in den Sand. Dabei sah er so friedlich aus, als wollte er nur ein Nickerchen machen. Aus seinen verkrusteten Nüstern tröpfelte Blut. Jake senkte den Kopf und knuffte Buck in den Hals, damit er wieder aufstand, doch dann hob er zu einem Klagegeschrei an, das von Paz' Geheul begleitet wurde.

»Tragt, soviel ihr könnt«, sagte Sarah. »Wir werden uns jetzt zu einer Abteilung des Fußvolks formieren.« Sie füllte das Pulverhorn und die Patronentasche an ihrem Gürtel, schlang die Pistole um ihre Schulter und schob den Ledergurt zwischen ihre Brüste. Den restlichen Mais leerte sie in ein Säckchen, das sie sich ebenfalls um den Hals hängte und an ihrer linken Hüfte neben dem Colt plazierte.

»Wir können doch den Wagen nicht hierlassen!« Maria klammerte sich an eine Speiche, als wäre der Wagen ein Floß in einem reißenden Fluß.

»Du kannst ja hierbleiben, wenn du willst«, fuhr Sarah sie an. Doch dann sah sie Marias bestürzte und betretene Miene und sagte in freundlicherem Ton: »Es ist bestimmt nicht weit zu den Ortschaften an der Grenze.«

Juan nahm Maria am Arm und führte sie wie ein widerborstiges Kind zu Sarah und den anderen. Als sie alles zusammengepackt hatten, was sie tragen konnten, und ein paar Säcke auf Jakes Rücken geladen hatten, drehte sich Sarah noch einmal zu ihrem Wagen um, bevor sie durch den Sand davonstapfte.

Cruz sah Sarahs Blick. *»Es lástima!«* sagte sie. »Ein Jammer!«

»Gräm dich nicht, *mi hija.*« Sarah verlangsamte ihren Schritt, damit die anderen mithalten konnten. Sie betastete die Verdikkungen ihrer Tournüre an der Taille. »Als ich von zu Hause fortgegangen bin, wäre ich froh gewesen, wenn ich nur das bißchen Geld gehabt hätte, das ich jetzt habe.« Sie verzog ihr dreckverkrustetes, von Sonne und Wind traktiertes Gesicht zu einem schelmischen Grinsen. »Hast du deine Monte-Karten eingepackt?«

Cruz lächelte zurück. *»Sí.«*

»In El Paso können wir bestimmt ein paar Fische ausnehmen, meinst du nicht auch?«

»O doch!«

»Männer sind einfach ein berechenbares Volk.« Sarah hatte zwar noch nie ihre Gunst gegen Geld gegeben, aber wenn es sein mußte, würde sie es tun. »Für die eine Sache zahlen sie immer. Und sind auch noch dankbar.« Sie dachte an die Worte ihrer Mutter: »Man muß tun, was man tun muß«, und sie fragte sich, wie ihrer Mutter diese Auslegung ihres Spruchs gefallen würde.

Je näher sie El Paso del Norte kamen, desto dichter und üppiger wurde die Vegetation. Von ihrem Weg über die Hügel konnten sie in der dunstigen Ferne die Berge sehen, schlanke Pappeln und ausladende Espen zierten das Tal unter ihnen wie Tänzer. Die weite Ebene war gesprenkelt von Feldern, weit verstreuten Höfen und Wassertanks für die Rinder. Das grüne, verschlungene Band des Rio Bravo bildete die neue Grenze zwischen den Vereinigten Staaten und Mexiko und veränderte sie mit jeder neuen launenhaften Windung, die entstand, wenn der Fluß am Ufer knabberte und den Treibsand an einer anderen Stelle wieder anschwemmte.

Weit unterhalb des Steilufers teilte sich der Fluß an einer Insel, die an die zehn Meilen breit und zwanzig Meilen lang war und sich fast bis nach El Paso und zu dem Gebirgspaß auf der anderen Seite erstreckte. Bewässerungsgräben woben ein glitzerndes Netz aus Silberbändern zwischen die grünen Felder, üppigen Gärten und Obstwiesen der Insel. Von Mauern umgeben, duckten sich die kleinen Häuser aus Lehmziegeln im Schatten der Bäume.

Sarahs Trupp mußte ein paar Meilen am Rand der Schlucht entlanggehen, bis sie einen Weg hinunter zum Fluß fanden.

Die neuen Schuhe aus dünnem Leder und mit den feinen Nähten waren für die geteerten Straßen einer Stadt gemacht und zerschlissen auf dem steinigen Pfad hinunter zum Ufer. Barfuß und heiter zogen sie an den Lagern der anderen Reisenden und den Wagen vorbei, die so still unter ihren Planen standen, als würden sie grasen, und eilten über das weiche Gras unter den hohen Pappeln und Espen zum Wasser. Sarah machte nicht einmal halt, um ihre Kleider auszuziehen. Sie watete in den Fluß, bis ihr die Wellen an die Brust schlugen, und schöpfte sich ganze Hände voll Wasser in den Mund.

Als sie bis aufs Mark abgekühlt war und so viel getrunken hatte, daß sie fast platzte, warf sie den Kopf zurück, streckte ihre Arme zu der Kuppel aus dunkelgrünem Laub empor und lachte. *»Gracias a Dios!«*

Sie watete ans Ufer zurück, fuhr mit der Hand durchs Wasser und spritzte die anderen voll; die taten es ihr gleich, und lachend jagten sie sich durchs seichte Wasser. Naß bis auf die Knochen lagen sie schließlich rücklings im Gras und sahen in die Bäume, deren Blätter im Wind raschelten. Selbst Esperanza, die sich neben Hanibal gelegt hatte, lächelte zum erstenmal, seit Sarah sie gefunden hatte.

»Was ist das?« Sarah stützte sich auf die Ellbogen und drehte ihren Kopf in die Richtung, aus der durch das schrille Zirpen der Zikaden leise ein Lied zu hören war.

Auch die anderen lauschten.

»Das ist ja ›Amazing Grace‹.« Sarah summte mit. »Aber sie singen nicht auf englisch.«

Vorbei an den Leuten, die sich um die Lagerfeuer drängten, ging sie in Richtung der Musik. Ein Grüppchen stand abseits der anderen. Als Sarah näher kam, sah sie, daß die Leute um drei frisch ausgehobene Gräber standen. Als sie nahe genug war, um ihre Gesichter erkennen zu können, wußte sie, warum niemand von den anderen Lagernden sich ihnen angeschlossen hatte, um den Toten die letzte Ehre zu erweisen. Wie tief Weiße auf der gesellschaftlichen Leiter auch sinken mochten – immer würden sie jemanden finden, auf den sie herabsehen konnten.

»Was sind das für Leute?« fragte Cruz.

»Cherokee, wie es scheint.«

Sarah erinnerte sich an die Indianer, die sie als Kind in Tennessee gekannt hatte. Und sie erinnerte sich, wie einige ihrer Nachbarn damit geprahlt hatten, daß sie nachts ein Dorf der Cherokee überfallen und die Hütten niedergebrannt hätten. »Die roten Nigger haben wir vertrieben. Gott sei Dank sind wir die los!« hatten sie gesagt. Doch die Cherokee, die sie gekannt hatte, waren immer bessere Nachbarn gewesen als jene, die der Meinung gewesen waren, man müsse die Indianer ausrotten wie Ratten im Maisspeicher. Die Männer hatten hart gearbeitet und waren stetes großzügig gewesen. Sie hatten nur selten und immer nur leise gesprochen, aber dabei hatten sie freundlich gelächelt.

Die Cherokee standen reglos da, und ein großer, leicht gebeugter Mann mit kurzen schwarzen Haaren las auf indianisch aus der Bibel vor, während die Toten ins Grab gesenkt wurden.

Nach der Beerdigung sagte Sarah: »Ich möchte Ihnen mein Beileid aussprechen.«

»Es war Gottes Wille«, sagte der Mann. Sein Englisch war sehr gut und trug den Akzent aus Carolina.

»Woran sind sie gestorben?«

»An der Cholera.«

»Ist die Cholera so schlimm?«

»Ja.« Er nickte höflich und ließ den Blick über Sarah und ihre Gefährten schweifen, die alle sehr mitgenommen aussahen. »Wir haben zwar nicht viel Proviant, aber wir würden uns freuen, wenn Sie mit uns das Brot brächen.«

»Herzlichen Dank! Wir hatten einen schweren Weg.« Sarah wußte, daß die Indianer niemals Geld für die Mahlzeit annehmen würden, und so dachte sie sich beim Essen einen diplomatischen Weg aus, wie sie ihnen doch eine ihrer Münzen zukommen lassen konnte.

Sarah hatte schon immer Schwierigkeiten riechen können, und die drei Männer, die an der Schleuse vor dem Bewässerungsgraben standen, rochen genau so. Sie waren schmutzig und bullig wie Wassertanks, und die Falten in ihrem Gesicht kamen bestimmt nicht vom vielen Lachen. Jeder ist so breit wie ein gehäuteter Esel und fast genauso häßlich, dachte Sarah.

In dem ordentlichen Feld sahen sie so fehl am Platze aus wie eine Küchenschabe in einer Teetasse. Der Bauer sah neben den großen, behaarten, vierschrötigen Männern aus wie ein Knabe. Er drückte seinen Sombrero flehentlich an sich. Die Krempe reichte von seiner hohen, schlanken Nasenwurzel bis hinunter zum Schritt seiner zerrissenen Baumwollhose. Er war so klein, daß er den Männern nur bis zum Kinn reichte.

Der Kirchturm, der aus dem nahen Pappelhain ragte, gehörte zu der Ortschaft Socorro del Sur. Der Mann war wahrscheinlich ein Piro, ein Angehöriger jenes Stammes, der vor zweihundert Jahren den katholischen Glauben angenommen hatte. Als die Pueblo-Indianer im Norden 1680 von den Forderungen der Spanier genug hatten und sie blutig zurückschlugen, waren die Piro nach Süden geflohen. Sie hatten dieses Gebiet besiedelt und hielten dem Gott der spanischen Besatzer hartnäckig die Treue. Der Bauer hatte eine Haut von der Farbe verwitterter Zedern und die charakteristischen hohen Wangenknochen jener Völker, die schon die ersten spanischen Soldaten auf ihren beängstigend großen Tieren durch die Wüste galoppieren sahen. In den traurigen Augen des Bauern lag die Erkenntnis, daß sich die schlimmsten Befürchtungen seiner Vorfahren in bezug auf diese blassen, behaarten Männer bewahrheitet hatten. Auf der anderen Seite des kleinen Felds standen seine Frau und seine Kinder in der Öffnung des Zauns aus Ocatillo-Kakteen, der sein Haus umgab.

Sarah wußte, daß der nächste Posten der Ordnungshüter mit Amtsgewalt acht Meilen entfernt in El Paso del Norte war, und sie hatte schon genügend brutale Übergriffe dieser *gringos* erlebt, um zu wissen, daß es wenig nützte, die Behörden einzuschalten, schon gar nicht auf einer Insel in der Mitte eines Flusses, der die Staatsgrenze zwischen zwei feindlichen Ländern bildete. Doch als Grenze war der Rio Grande den Behörden sowieso nicht von Nutzen, weil er zu oft seinen Lauf änderte und bei jenen für Verwirrung sorgte, die ihn dazu benutzen wollten, ihre Hoheitsgebiete zu umreißen.

»Braucht ihr Burschen was?« Sarah zügelte Jake und stützte sich mit dem Ellbogen auf dem Sattelknauf ab. Juan und die anderen blieben hinter Sarah stehen und beobachteten aufmerksam die Szene.

»Unsere Tiere brauchen Wasser.« Der größte Mann der Bande deutete mit dem Kinn auf eine kleine Herde Kühe, die dem Bauern seine dritte Maisernte wegfraß.

»Diese Wasserrinnen werden vom Staat reguliert,« sagte Sarah in gemäßigtem Tonfall, doch der Zorn trieb ihr schon die Röte ins Gesicht. »Wenn ihr ihm seine Zuteilung wegnehmt, hat er kein Wasser mehr für seine Felder.«

»Das ist ja wohl das Problem von diesem kleinen Achsenschmierer da.« Der Mann wandte sich von ihr ab und winkte mit seiner dreckigen Hand seinem Kumpanen am Schleusentor zu. »Mach diesen verdammten Scheißdreck da auf!«

»En nombre de Dios, Señores!« – In Gottes Namen! Der Bauer wollte ihn davon abhalten, doch der dritte Mann packte ihn am Arm und schleuderte ihn weg wie einen Ast, der ihm den Weg versperrte. Der Mexikaner fiel über seine Hacke und verstauchte sich den Knöchel.

Sarah glitt von Jakes Rücken und stieg leichtfüßig über die kleinen Hügel der von Hand geharkten Erde. Sie war schneller, als die drei vermutet hatten. Sie packte den Anführer an der schlabbrigen Schulter seines weiten Mantels und riß ihn herum. Als seine Nase in Schlagweite war, ballte sie die Faust und schlug so hart zu, daß seine Knorpel nur so knirschten, was ihr eine tiefe Genugtuung schenkte. Er fiel zurück und landete mit dem Hosenboden in einem weichen, runden Andenken, das seine Kühe hinterlassen hatten. Wenn sie ihn mit der flachen Hand auf die Nasenspitze geschlagen hätte, wäre das für ihn zwar schmerzhafter und für sie schmerzloser gewesen, aber ein Fausthieb demütigte einen Mann sehr viel mehr.

»Verdammte Scheiße!« Das Blut rann ihm aus der Nase und dämpfte seine Worte zu einem Blubbern.

Die anderen Burschen wichen zurück, als Sarah auf sie zuging und an ihren schmerzenden Fingerknöcheln saugte. Sie wußte, daß sie nicht auf sie losgehen würden. Sarah hatte schon Männer getroffen, die sie ohne weiteres vergewaltigt hätten, vor allem wenn sie in so einer Bande unterwegs waren, und sie hatte auch welche kennengelernt, die skrupellos Frauen schlugen, wenn diese zu scheu waren, um sich zu wehren. Doch sie hatte noch nie einen Mann getroffen, der sich auf Handgreiflichkeiten mit einer Frau einließ, selbst mit einer, die so groß und kräftig war. Das wäre zu abwegig und würde der Würde des Mannes ziemlich großen Abbruch tun.

In beinahe herzlichem Ton, der Männer für gewöhnlich mehr zermürbte als großes Geschrei, sagte sie: »Wenn ihr ein bißchen Ehre im Leib habt, dann verschwindet ihr jetzt vom Land dieses Mannes.« Sie senkte ihre Stimme, und die Kerle mußten aufmerksam hinhören, um Sarahs Worte zu verstehen: »Nur wenn ihr Dummköpfe seid, laßt ihr den Mann nicht in Ruhe.«

Die Burschen halfen ihrem verletzten Anführer auf die Beine. Sie hoben seinen Hut auf und klopften damit den Dung von seiner Hose, bis er ihnen den Hut wütend aus der Hand riß.

»Wir sehen uns bestimmt mal wieder, irgendwann nachts, dann mach ich dich fertig!« Er sah sie so drohend an, wie es ging, nachdem er gleichzeitig sprechen, durch den Mund atmen und dabei den Kopf zurücklegen mußte, um Sarah in die Augen zu blicken. »Ich schlitz dir im Schlaf die Gurgel von einem Ohr zum anderen auf.«

»Die Klinge der Rache ist zweischneidig.« Sie schielte zu ihrem Hackbeil, dessen Griff aus der großen Scheide am Sattelkranz ragte. Spöttisch hob sie die Augenbrauen und verzog ihren breiten, sinnlichen Mund zu einem Grinsen, bevor sie dem Mann den Rücken zudrehte. Sie wußte, daß Juan die Pistole abfeuern würde, bevor die drei noch ihre Waffen ziehen könnten, doch sie war sich ziemlich sicher, daß sie nicht auf sie schießen würden. Sie waren zweifellos so bissig wie Metzgershunde, doch sie waren nicht hinterhältig. Sarah hatte schon viele solcher Männer erlebt und kannte den Unterschied. Wahrscheinlich würde sie bald noch mehr von dieser Sorte kennenlernen.

»›Jeder Tag hat genug eigene Plage‹«, zitierte sie, als die Männer ihre Kühe zusammentrieben und bei ihrem Rückzug eine größtmögliche Bresche durch das Maisfeld trampelten.

»Gracias, Señora!« Der Bauer verbeugte sich so galant wie ein hoher Herr, setzte seinen Hut wieder auf, und sein Gesicht verschwand in dem dunklen Schatten der Krempe.

»Por nada.« Und sie fügte, ebenfalls auf spanisch, hinzu: »Haben Sie Pferde oder Rinder zum Verkauf?«

Der Bauer schüttelte verwirrt den Kopf. Daß ein *yanqui* Spanisch sprach, hatte er noch nicht erlebt. *»Apaches los robaron todos.«* Und er hob zu einer ausführlichen Entschuldigung für seine Unhöflichkeit an, daß er den Apachen erlaubt hatte, seine Rinder zu stehlen, und er jetzt keine mehr hatte, die er ihr verkaufen konnte. Er lud sie ein, an seinem Tisch zu essen, unter seinem Dach zu schlafen und von seinem Brunnen zu trinken, solange sie, ihre Freunde und Generationen ihrer ungeborenen Kinder es wünschten. Cruz und die anderen kamen näher, und Sarah stellte ihre Freunde vor.

»Ramón hat uns ein Dach über dem Kopf angeboten. Er und seine Familie schlafen offenbar meistens bei Verwandten in dem Dorf da drüben.« Sie deutete auf die Häuser und die Kapelle zwischen den Bäumen. »Weil die Apachen so habgierig sind. Aber er denkt, daß wir sie in Schach halten können.« Sie zwinkerte Cruz zu und fuhr auf englisch fort: »Kein Wunder daß die Schwarzkittel sie so leicht auf ihre Seite ziehen konnten. Das ist wirklich ein einfältiger Haufen! Sie glauben, daß ich die Apachen verjagen kann!«

Cruz zuckte die Achseln. Auch sie glaubte das. Wie alle. Aber das sagte sie nicht. »Einfältig?«

»*Crédulo.* So wie die Männer, die ihre ganze Habe an deinen Monte-Tischen verlieren.«

Die Kirchenglocken läuteten, und die Leute strömten aus ihren abgelegenen Häusern auf den Dorfplatz. Die Frauen trugen Blumen, die Kinder winkten mit Flaggen aus buntem Stoff, der an Stöcke gebunden war. Ramóns Frau kam und warf sich ein schwarzes Tuch um den Kopf. Jedes von Ramóns drei Kindern hatte seinen eigenen Wimpel, sie trugen Blumen und Totenköpfe aus Zuckerguß, schwarze Samenkapseln bildeten die Augenhöhlen. Ein Schädel trug sogar einen kleinen Sombrero, und zwischen seinen zusammengebissenen Zähnen steckte lässig eine unangezündete Zigarette.

»Haben wir heute den ersten November?« fragte Sarah. *»El Día de los Muertos? Den Tag der Verstorbenen?«*

»Sí.«

»Na, dann kommen wir ja gerade richtig zum Fest.« Kein Volk konnte den Tod so feiern wie die Mexikaner. Aber wer wollte das auch schon? dachte sie. »Und wir können Gott Dank sagen, daß er uns heil durch die Wüste geführt hat.«

»Der Priester wird das Tedeum anstimmen und eine Fürbittandacht halten«, erklärte Ramón.

»Gegen die Geißel der Apachen?«

»Gegen die Cholera.« Ramón und Sarah gingen nebeneinander zum Dorf, die anderen folgten ihnen. »Die *gringos* bringen die Cholera. Sie wütet im Land wie ein verhungernder Wolf.«

40

Frau Gans

»Allmächtiger Gott im Himmel!« Sarah trug zwar ihr altes Kalikokleid, doch sie legte trotzdem ein Bein über den Knauf von Jakes Sattel, wie sie es bei Zachary Taylor so oft gesehen hatte.

Ein paar Meilen südöstlich der amerikanischen Siedlung auf der anderen Seite des Flusses, gegenüber der mexikanischen Stadt El Paso del Norte, wimmelte und flimmerte das Lager der Goldsucher unterm Sternenzelt. Es erinnerte Sarah an einen riesigen Ameisenhügel, in den ihr Pferd damals getreten war, als sie Taylors Truppen durch die Savanne Floridas zwischen Sumpfkiefern und Sägepalmettos hindurch gefolgt war.

Die einzelnen Trecks hatten ihre Wagen in einem Kreis aufgestellt, wo die Leute kochten und plauderten, ihre Ausrüstung reparierten, Wäsche aufhängten und die Mehlfässer auslüfteten. Fast alle warfen ihren Müll und ihren Abfall aus ihrer Wagenburg heraus. Im Umkreis von Meilen war jeder Grashalm von Füßen und Hufen niedergetrampelt. Selbst jetzt, in der Nacht, hörte Sarah noch die Melodie der Äxte, die sich an den Pappeln am Fluß zu schaffen machten.

Sarah stützte sich mit dem Ellbogen auf ihrem Schenkel ab und sah hinaus auf das Durcheinander aus Wagen, Zelten, Planen und Gestrüpphütten aus Beifußstauden, die von den Lagerfeuern beleuchtet wurden. Der Feuerschein umriß auch die Profile der Männer, Frauen und Kinder, doch die Nacht verschluckte die Farben ihrer Kleider, Schatten füllten die Vertiefungen in ihren Gesichtern und verliehen allen Menschen eine seltsame Ähnlichkeit.

Über ihre Schulter sagte Sarah zu Cruz, die hinter ihr auf Jakes breitem Rücken saß: »Ich glaube, diese ganzen bauernschlauen Abstauber östlich des Mississippi konnten nicht schnell genug die Hosen zuknöpfen, so sehr waren sie in Eile, mit dem Strom hierherzuschwimmen und leichte Beute zu machen.«

»Leichte Beute.« Cruz ließ sich die Worte auf der Zunge zergehen, sie mochte ihren Klang. Sie stach Sarah oberhalb der Tournüre in die Rippen. »Machen wir hier auch leichte Beute, Western?«

»Darauf kannst du unsere Hazienda wetten, Schwesterchen.«

Vorbei an angepflockten Pferden und Mulis und zusammengeschusterten Korralen voller Rinder und Ochsen ritten sie in den Lärm und den Qualm von Kreosot, Salbei und Fettkraut, das in den Lagerfeuern brannte. Das Tal wimmelte von Menschen, die fast alle in Bewegung waren, als würde der Goldrausch sie selbst am Ende des Tages nicht zur Ruhe kommen lassen. Die wenigen Kinder im Lager fegten herum wie Eidechsen. Geschrei, Gesang, bellende Hunde und fauchende Katzen mischten sich mit dem Klang der Fiedeln und Flöten. Irgendwo in der Menge stritten ein Banjo und ein Akkordeon, das Akkordeon zog den kürzeren.

Auch Gelächter war zu hören, lautes Gelächter der Neuankömmlinge, die hier barfuß und voller Blasen, mit Hunger und Schmerzen eingetroffen waren und die wußten, daß ihnen noch viele Monate in der gefährlichen Wildnis bevorstanden. Diese Menschen hatten mit ansehen müssen, wie ihre Ochsen krank wurden und verendeten, und sie hatten alles, was sie besaßen, auf den windumtosten Ebenen zwischen dem Rio Pecos und dem Rio Grande lassen müssen. Die ausgelassene Fröhlichkeit klang vertraut in Sarahs Ohren und erinnerte sie an die gute Laune der Soldaten am Vorabend einer Schlacht.

Im Lager wurde natürlich Englisch mit allen möglichen Dialektfärbungen gesprochen, auch Deutsch und Spanisch, Französisch und indianische Dialekte von beiden Seiten des Rio

Grande waren zu hören. Einige Sprachen konnte sie überhaupt nicht identifizieren.

»Schlimmer als beim Turmbau zu Babel, was?«

»Turmbau zu Babel?«

»Ich erklär's dir später.«

Da hörte Cruz Gälisch. Sie erstarrte und blickte sich um, bis sie die Männer sah, die um ein kleines Feuer neben ein paar Handkarren saßen. Die meisten trugen flache Wollmützen und geflickte Hemden aus grober Baumwolle, Westen aus handgesponnener Wolle, karierte Wollhosen und Schnürstiefel. Cruz glitt von Jakes Rücken.

»Die sehen nach irischen Nichtsnutzen aus.« Sie lächelte Sarah zu. »Kartoffelbauern, Schnitter und Erntearbeiter. Wie mein James. Vielleicht kennen sie ihn ja noch aus seiner alten Heimat.«

»Ich glaube kaum, daß sie Spanisch verstehen.« Sarah fürchtete, Cruz könnte durch den Kontakt zu den Iren wieder von der Trauer übermannt werden, die ohnehin immer im Hinterhalt lauerte. Eine Liedstrophe, das Knarzen der Sättel, wenn die Männer aufstiegen, das Signal eines Horns – alles konnte Cruz' Erinnerungen wieder heraufbeschwören. Allein beim Klang der Stimmen glitzerten schon Tränen in ihren Augen. »Wahrscheinlich sprechen sie nicht einmal Englisch.«

»James hat mir ein paar Worte seiner Muttersprache beigebracht.«

»Und daran kannst du dich noch erinnern?«

»Ich kann mich an alles erinnern, was mit ihm zu tun hat«, sagte sie leise, »an jedes Wort, das er zu mir gesagt hat.«

»Du findest mich da drüben. Ich fasse mal diese Mischbrut aus halben Haien, halben Alligatoren und halben Wieseln ins Auge.«

»Die Spieler?«

»Genau.«

»Ich komme nach.« Und sie ging zwischen den Karren hindurch zum Lagerfeuer.

Sarah beobachtete, wie Cruz in den Feuerschein trat und die Männer auf gälisch begrüßte. Alle standen auf, rissen sich die Kappen von den Köpfen, drückten sie an ihre zerrissenen Flanellhemden und entboten den Gruß mit einer Höflichkeit, die schon an Ehrerbietung grenzte. Sie machten ein Gesicht, als hätten sie unerwartet einen Engel auf der Straße getroffen und wüßten nun nicht, wie sie sich in solch einer Situation zu verhalten hatten. Cruz holte einen Packen handgedrehter Zigaretten aus der Schnürtasche an ihrer Taille und verteilte sie. Als Sarah sah, daß Cruz von einem Ring glimmender Zigaretten umgeben war, wußte sie, daß ihre Freundin dort sicher war, und machte sich auf die Suche nach den Spielern.

Die Zocker waren leicht zu finden. Das Klatschen und Sirren der Karten hörte sich an wie ein Feld voller Grillen im Herbst. Die Spiele fanden in Zelten oder auf Decken im Freien im Schein von Kerzen, Fackeln, Lampen und Binsenlichtern statt. Manche Männer drängten sich um die Wagen der Whiskeyverkäufer, deren Ware die Gespräche dort lauter und erhitzter, das Gelächter kratziger und grölender werden ließ. Pferde, Mulis, Hunde und gelegentlich auch ein Schwein wanderten durch die Menge. Es lag so viel Müll herum, daß ein Lager der Rackensackers dagegen aussah wie ein Muster an Sauberkeit. Sarah ritt durch die Menge, und eine Welle von Rufen, Pfiffen und Anträgen schwappte hinter ihr her, doch sie beachtete sie gar nicht.

In den Gesichtern der Männer konnten sie alle erdenklichen Mischungen von Rassen und Nationalitäten erkennen; Amerikaner, Deutsche, Mexikaner, Indianer, Afrikaner und Skandinavier mit Augen wie Packeis. Die Tönungen der Haut gingen von hellem Pergament bis hin zu schwarzem Ebenholz mit einem Anflug von Kupfer bei einem indianisch-afrikanischen Halbblut. Hin und wieder fiel ihr Blick auf einen aufgeknöpften Gehrock über einem glänzenden Satinwams, auf dem eine goldene Uhrkette baumelte, doch die meisten Männer trugen Flanellhemden und Segeltuchhosen, viele stellten Federn, Bärenklauen, Falkenglöckchen zur Schau und zeigten Fransen, Flicken, Lumpen und drohende Blicke. Schmutz, Fett und angetrocknetes Blut hatten ihre ledernen Reithosen und ihre Jagdröcke mit einer schwarzen Schicht überzogen. Sie strotzten vor Messern, Beilen, Pistolen, Keulen und sogar Säbeln, die für gewöhnlich aus Militärbeständen stammten. Sarah vermutete, daß selbst die Frackträger Stilette oder Mehrlader in ihren hohen Stiefeln stecken hatten. Hier konnte alles passieren, und wahrscheinlich würde über kurz oder lang auch etwas passieren.

Selbst die Tiere hatten einen zügellosen Blick, als hätten zum Beispiel die Kühe keinerlei Bedenken, sich mit einem Muli oder einem Pferd einzulassen. Jake legte beim Anblick dieser Artgenossen die Ohren an. Sarah beugte sich vor, kraulte ihm die Ohren und zog liebevoll daran.

»So einen wilden Haufen aus Schmarotzern, Desperados und Schreihälsen hätte ich mir niemals träumen lassen«, vertraute sie ihm an. »In dieser Gesellschaft muß der Anstand wirklich auf die Knie gehen und um Gnade flehen.« Jake schüttelte den Kopf und schnaubte zustimmend.

Sie ritt an einem Wagen vorbei, der die blauen Lettern »U. S. Army« trug; das erkannte sie, ohne lesen zu können. Daneben stand eine fahrende Schmiede der Armee. Sarah lächelte. Der Besitzer des Wagens war zwar nicht in der Nähe, aber Sarah hätte wetten können, daß er die blaue Hose seiner ehemaligen Uniform trug und daß die dunkelblauen Streifen an den Schultern seiner abgetragenen Jacke die Stelle markierten, wo er die Rangabzeichen eines Sergeants abgerissen hatte. Sie vermutete sogar, daß noch ein dünner, kurzer Faden deren Umrisse nachzeichnete.

In dem ganzen Durcheinander und dem Gedränge fühlte sie sich unwohl. Wie ein Messerstich durchfuhr sie die Sehnsucht nach der Armee, nach ihrer Ordnung, dem Stolz und dem Pflichtbewußtsein der Männer. Sie hatte keine Lust, unter Menschen zu leben, die keinen übergeordneten Ehrenkodex hatten und deren einziges Lebensziel darin bestand, sich zu bereichern.

Eine junge Frau, die ihr den Rücken zudrehte und durch das Gewirr der Menschen und Tiere schlenderte, riß sie aus ihren Gedanken. Gegen die Kälte der Novembernacht trug sie eine ausrangierte Uniformjacke, die ihr fast bis an die Knie reichte. Ihr helles Haar wiegte sich im Takt ihrer schlanken Hüften und tanzte über ihrer Taille, die Sarah fast mit beiden Händen hätte umspannen können. Auf dem Rücken trug sie ein Bündel, dessen Riemen so lang war, daß es ihr fast bis an die Hüfte reichte. Barfuß glitt sie an einem lodernden Feuer aus Pappelstämmen vorbei, und der Feuerschein ließ die Umrisse ihrer schlanken Beine unter dem fadenscheinigen Rock erkennen. Der dünne Kaliko wirbelte bei jedem Schritt um ihre Hüften, Schenkel, Waden und Knöchel. Köpfe wurden gedreht, und Unterhaltungen verstummten, als sie vorbeiging. Selbst ohne ihr Gesicht zu sehen, konnte Sarah sagen, daß die Frau noch sehr jung war.

Die gehört nicht hierher, dachte sie.

Es erstaunte sie nicht, daß ein zottiger Kerl mit Waschbärmütze, speckiger Reithose und einem dreckfarbenen Flanellhemd die Frau am Arm packte. Sie wollte ihn abschütteln, doch er zog sie nur näher an sich. Um einem stacheligen Kuß auszuweichen, den er ihr auf den Mund drücken wollte, wandte sie den Kopf ab, und das Stoppelkinn schrammte an ihrem Ohrläppchen vorbei. Der Kerl schüttelte sie so heftig, daß der Riemen ihres Bündels brach. Sie klammerte sich mit einer Hand an den Riemen und stemmte ihre Fersen in die Erde, während er sie zum nächsten Wagen schleifte.

»Ich glaube, dem sollten wir mal einen Strich durch die Rechnung machen, was, Jake?«

Doch Jake war schneller. Mit einem Satz sprang er nach vorn, mitten in ein Rudel Hunde hinein, die sich um einen Knochen stritten, schnappte nach dem Hut des Kerls und schleuderte ihn weg. Dann grub er seine Zähne durch das Flanellhemd bis zu den Knochen in seine Schulter. Der Mann schrie auf und griff nach seiner Pistole, die vorn in seinen *chaparreros* steckte, doch Sarah trat schmerzhaft gegen seine Finger und kickte sie ihm aus der Hand. Sie packte die Frau am Oberarm und hob sie mit einer Hand hinter sich auf Jakes Rücken.

»Halten Sie sich fest!« Sarah wußte nicht, warum Jake so tobte, aber sie wußte, daß er noch nicht fertig war.

Das Mädchen schlang die Arme um Sarahs Taille. Jake ließ die Schulter des Schurken los, und Sarah trat dem Maulesel in die Flanken, um ihn zu seinem eigenwilligen leichten Galopp zu bewegen. Doch erst senkte er den Kopf, bockte und schlug mit den Hinterbeinen aus. Er traf sein Opfer im Magen, der Mann klappte zusammen und fiel rücklings ins Feuer. Seine Kumpane zogen ihn heraus und traten seine brennenden Kleider aus, doch Jake war längst außer Hörweite, bevor der Kerl noch Luft holen und ihn verfluchen konnte.

»Danke, Western.«

Das war Nancy Skinners Stimme. Sarah drehte sich um. »Lieber Gott, bist du's wirklich, Mädchen?«

Sie zog die Zügel, und die beiden stiegen ab. Sarah schlang die Arme um Nancy, die sich so dürr und zerbrechlich anfühlte wie ein Haufen Reisig. Sie grub ihr Gesicht in Nancys seidiges Haar und genoß den Druck ihrer dünnen Arme. Dann lehnte sie sich zurück und sah das Mädchen an.

Nancys schmaler Mund umschloß noch immer nicht ganz die regelmäßigen weißen Zähne; wie damals waren ihre Lippen leicht und wie verwundert geöffnet, und ihr Kinn stand vor, als wäre sie neugierig auf die ganze Welt. Ihre Augen schimmerten wie zwei Kerzen, die hinter hellblauer Seide brannten. Die alte Uniformjacke, die noch die Abzeichen des Dritten Artilleriebataillons trug, konnte nicht verbergen, daß Nancys Brüste größer waren, als es Sarah bei einem so dürren Mädchen vermutet hätte. Das Mädchen war eine Frau geworden, sie war mittlerweile bestimmt älter als fünfzehn.

»Ich hätte nicht gedacht, daß ich Sie je wiedersehen würde,

Western. Ich hatte schon Angst, meine Schwestern und ich müßten hier verrecken.«

»Warum ziehst du denn mit diesem Abschaum herum?«

»Die haben wenigstens Geld.« Sie hielt das Bündel hoch. Sarah erkannte die vertrauten Ecken von Monte-Karten und einer Monte-Schachtel unter dem Tuch. »Die haben einem Spieler gehört, der jetzt höchstwahrscheinlich in der Hölle Karten austeilt. Aber ich denke, der Teufel hat ihm ein neues Blatt gegeben, also habe ich die Karten mitgenommen, um damit mein Glück zu versuchen.«

»Hat deine Mutter dich hierhergeschickt?« Bei diesem Gedanken wurde Sarah ganz wütend. Im Schein eines Lagerfeuers sah Sarah die tiefen, violetten Hungerringe um Nancys Augen. Wenn sie Bertha wiedersehen würde, würde sie ihr eine schöne Standpauke halten!

»Sie ist an der Cholera gestorben, ihr Mann auch.«

»Das tut mir so leid, Mädchen.« Sarah drückte sie wieder an sich.

Als sie wieder voneinander abließen und auf Armeslänge voreinander standen, erschrak Nancy bei Sarahs Anblick. Sarah sah krank aus. Nancy hatte schon mehr Cholerakranke gesehen als nur ihre Mutter. Am Morgen waren sie noch kerngesund, am Nachmittag wanden sie sich zuckend und schrien vor Schmerzen, und am Abend waren sie tot.

»Sie sehen selbst ganz krank aus.« Sie legte ihre Hand auf Sarahs Wange, um zu prüfen, ob sie sich heiß anfühlte.

»Ach, nur ein leichtes Fieber. Von Zeit zu Zeit befällt es mich.« Sarah sah sich um. »Wo sind denn die Kleinen?«

Nancy deutete auf einen Treck Conestoga-Planwagen. Doch Sarah führte Jake und Nancy erst zum Lagerfeuer der Iren. Sie selbst blieb im Schatten stehen und freute sich an Cruz' fröhlicher Miene, als sie Nancy wiedersah. Dann gingen die drei Frauen zu dem Ring aus Conestoga-Wagen. Den Iren, der sich im Schatten verbarg und Cruz sehnsüchtig nachblickte, sah Sarah nicht.

Doch sie bemerkte, daß auch eine Frau mit dem Treck gekommen war. Im Kreis der Wagen standen zwei Lehnstühle und ein Schaukelstuhl auf einem Lumpenteppich, der auf der nackten Erde lag. Ein Tisch aus Holzkisten war mit Blechtassen, Tellern und Löffeln gedeckt, eine Plane schützte den Hausstand. Hinten war die Plane am oberen Rand der Ladefläche festgemacht, vorn wurde sie von zwei hohen Stangen gehalten. Jemand hatte einen vergilbten Druck von Leonardo da Vincis »Abendmahl« an die Bretter des Wagens genagelt. Sarah hatte den Eindruck, sie stünde in einem Wohnzimmer, dessen Wände ein Sturm weggerissen, das Mobiliar jedoch verschont hatte.

Die Besitzerin des Schaukelstuhls kam mit einem Wassereimer zurück. Sie war kaum über fünfunddreißig, doch eine schneeweiße Strähne flatterte um ihre Schläfe. Sie hatte ein längliches Gesicht und eine lange Nase, schmale Lippen, einen dünnen Hals und ein fliehendes Kinn. Die Nase, der Hals und der hohe, dralle Busen erinnerten Sarah an eine Gans.

»Nancy, du solltest doch Wasser holen. Außerdem habe ich gesagt, daß du nicht einfach so herumlaufen sollst«, sagte sie. »Hier gibt es viel zu viele dieser Gottlosen, die nur darauf warten, Unschuldige zu verführen. Und die Kleinen haben es dir gleich nachgemacht. Joseph sucht sie schon.«

»Mrs. Bushrod, das hier sind meine alten Freundinnen Mrs. Borginnis und Mrs. Murphy.«

Mrs. Bushrod betrachtete Sarah von Kopf bis Fuß, dann musterte sie Cruz abschätzig. Doch diese verdiente offenbar nicht viel Aufmerksamkeit, denn sie wandte sich gleich wieder an Sarah: »Und wo ist Mr. Borginnis, Madam?«

»Das wissen nur Gott oder der Teufel, Mrs. Bushrod, wobei ich davon ausgehe, daß der Teufel sich öfter mit ihm trifft.« Sarah lächelte die Frau an. »Nett von Ihnen, daß Sie die Mädchen aufgenommen haben.«

»Wir sind selbst erst angekommen, und da haben wir sie gefunden, sahen aus wie richtige Gossenkinder. Wir haben ihnen angeboten, sie mitzunehmen, aber die Älteste will unbedingt ihren eigenen Weg gehen.«

»Cruz und ich kennen die Skinners schon seit vielen Jahren. Sie können mit uns kommen.«

»Sie brauchen eine strenge Hand. Die sind so wild wie eine Bande Indianer. Und beschämend unchristlich erzogen.«

»Mrs. Murphy und ich werden uns darum kümmern.«

»Ich nehme an, Mrs. Murphy ist katholisch.«

»Wir sind beide katholisch.«

Mrs. Bushrod machte ein Gesicht, als hätte sie zum Thema christliche Erziehung und dem Übel des katholischen Glaubens noch wesentlich mehr zu sagen. Und außerdem – wenn Mr. Borginnis tot war, wie wollte seine Witwe dann ihren Lebensunterhalt verdienen?

Doch Sarah kam ihr zuvor: »Ich glaube, wir sollten mal die Kleinen zusammensuchen, solange die Nacht noch jung ist. Wir haben noch einen langen Weg vor uns.«

Nancy nahm eine Pfeife aus Truthahnknochen aus der Tasche und stieß einen lauten, schrillen Pfiff aus. Kurz darauf kamen die drei Mädchen angelaufen. Margaret, die Kleinste, hüpfte auf Carolines Hüfte. Sarah breitete ihre Arme aus.

»Western! Cruz!« Die Kinder stürzten auf die Frauen zu und rannten von einer zur anderen, um sie zu begrüßen.

Sarah hielt sie alle zusammen im Arm. Jetzt, wo ihre Familie wieder komplett war, wollte sie sie nie wieder verlieren. Daß sie nur noch ein kleiner Schritt von der Armut trennte, wäre ihr nie in den Sinn gekommen.

»Schaut, mein Hündchen!« Die siebenjährige Fanny hielt Sarah und Cruz ein stinkendes, zappelndes Geschöpf hin, und die beiden bewunderten es gebührend.

»Wir gehen nach Kalifornien«, erklärte Caroline und stemmte ihre Hände in die Hüften. Sie sah schon fast aus wie ihre Mutter. »Dort dürfen die Kinder den Kehricht aus den Saloons und den Bordellen sieben. Sie verdienen Tausende von Dollars mit dem Goldstaub, der den Männern dort aus den Taschen fällt.«

Mrs. Bushrod hielt sich die Ohren zu und verdrehte die Augen. »Verstehen Sie nun, was ich meine, Mrs. Borginnis? Solche unanständigen Wörter!«

»Kommt jetzt, Mädchen!« Sarah hob Caroline, Fanny und die kleine Diana auf Jakes Rücken. Fanny hielt das Hündchen im Arm, das sofort einschlief.

Cruz nahm ihre Mantille ab, faltete sie zu einem Dreieck und knotete es zu einem Tragetuch zusammen. Sarah warf es sich über die Schulter und schob den Knoten vor ihre Brust. Cruz setzte Margaret in die Schlinge auf Sarahs Rücken, wo auch sie bald einschlief.

»Wo wollen Sie denn schlafen?« Mrs. Bushrod verschränkte die Arme über der Brust, als wollte sie den Inhalt ihrer Bluse vor plündernden Blicken schützen.

»Bei einer Familie in Socorro.«

»Mexikaner?«

»Ja, Ma'am.«

»Passen Sie auf, daß sie Sie nicht bestehlen. Wie ich gehört habe, sind diese Mexikaner alle Diebe.«

Sarah sah auf sie hinab. Daß die Großherzigkeit der Frau die Grenzen der Dummheit erfuhr, stimmte sie traurig. »›Richtet nicht, damit ihr nicht gerichtet werdet‹, Mrs. Bushrod«, sagte sie freundlich. »Mrs. Murphy und ich danken Ihnen sehr, daß Sie sich um die Mädchen gekümmert haben.«

»Gern geschehen.«

Cruz führte Jake am Zügel, Nancy und Sarah folgten ihr. Sarah achtete darauf, daß kein Störenfried ihnen aus dem Lager folgte, doch Nancy schaute nicht zurück.

»Nancy sagt ›Frau Gans‹ zu Mrs. Bushrod«, erklärte Fanny, als der Schein von Mrs. Bushrods Kochfeuer immer schwächer wurde.

»Du hättest ruhig danke sagen können, Nancy!« schalt Sarah.

»Sie wollte uns nur als Dienstmädchen.«

»Trotzdem war es nett von ihr, daß sie euch einen Platz in ihrem Haushalt angeboten hat. Wir alle müssen für unser Auskommen arbeiten.«

»Sie ist froh, daß sie uns los hat. Mich jedenfalls. Herr Gans wollte immer mit mir beten, dann konnte er seine Pranke auf mein Bein legen. Manchmal wurde er so heiß, daß ich ihn mit beiden Händen wegstoßen mußte. Und ihr heiliger Sohn Joseph wollte immer mit mir unter die Decke kriechen und sich an mir reiben.«

»Wie ist denn El Paso?«

»El Paso del Norte liegt auf der mexikanischen Seite des Rio Grande. Ich war noch nie da, aber es sieht gut aus. Hier gibt es nur ein paar Hirtenhütten. Bevor die *gringos* gekommen sind, hat hier kaum jemand gelebt, und nun sind die wenigen Menschen hier alle ihre Vorräte los. Gestohlen, verkauft, kaputt, gefressen.«

»Wir finden, was sie übersehen haben.« Sarah blickte zurück und sah, wie ihnen in der Dunkelheit jemand nachschlich. Sie spannte ihren Colt und zielte. »Komm raus, daß ich dich sehen kann!«

Der Mann hob die Hände und spreizte die Finger, um zu zeigen, daß sie leer waren. Er trat in den Mondschein und sagte etwas auf gälisch. Cruz zügelte Jake und drehte sich um.

»Das ist einer der Iren, mit denen ich heute abend gesprochen habe«, sagte sie.

»Und was will er?« Doch das wußte Sarah auch so. Er hatte denselben Blick in seinen graublauen Augen wie damals James, als er Cruz zum erstenmal getroffen hatte. Er sah James wirklich verblüffend ähnlich.

»Er tut uns nichts, sagt er«, übersetzte Cruz, »er will uns nur beschützen.«

»Soll er uns etwa bis Socorro hinterherlatschen?« fragte Sarah.

Cruz zögerte, doch dann sagte sie leise: »Ich hätte nichts dagegen.«

»Wie heißt er?«

»Rhett.«

So wie Cruz den Name mit ihrem rollenden R aussprach, klang er wie »Nett«. Meine Güte, dachte Sarah, noch ein Ire, der uns zugrunde richtet, auch wenn er uns dabei wahrscheinlich zum Lachen bringt.

»Rhett Murphy«, fügte Cruz hinzu.

»Murphy?« Sarah seufzte. »Das hätte ich mir ja denken können!«

Sarah winkte Rhett zu. Er ging den ganzen Weg bis nach Socorro del Sur neben Cruz.

41

Der Übergang

Innerhalb weniger Monate wimmelte es in der heruntergekommenen Siedlung auf der amerikanischen Seite des Rio Grande nur so von Goldsuchern, die auf dem Weg nach Kalifornien waren. Nachdem sie die vielen hundert Meilen durch die texanische Wüste überlebt hatten, fehlte es den Neuankömmlingen an allem Lebensnotwendigen. Der Ort hatte noch keinen Namen, doch einige Leute nannten ihn einfach den »Übergang«. Es war sozusagen das Sprungbrett, die letzte Gelegenheit, Informationen zu sammeln, sich mit Vorräten und mit einem fürchterlichen Gebräu einzudecken, das *Pass Whiskey* genannt wurde. Im Westen war das Tor zur Wildnis, die zerklüfteten Berge, die sich auf der anderen Seite des Flusses erstreckten. Die Leute hier hatten den fernen Blick von Pilgern, die das Gelobte Land suchten, was auf diesen Ort jedoch bestimmt nicht zutraf.

Sarah hatte schon hier ihre Goldmine gefunden. Den Winter über hatte sie Proviant besorgt und ihn an die Glücksritter verkauft. Doch mittlerweile waren selbst ihre Quellen versiegt, und deshalb sprach sie nun mit diesem speziellen Händler.

Die zerschlissenen Hosenträger des Mannes mit dem massigen Oberkörper klammerten sich an ihre Knöpfe und hatten alle Mühe, die Hose hochzuhalten, die um auffallend dünne Beine schlabberte. Er lehnte sich zurück und schob seinen Bauch vor, als würde er eine Baßtrommel vor sich hertragen. Der Bund hing so knapp unter dem Bauch, daß Sarah sich wunderte, wie er die Wanderung von St. Louis hinter sich gebracht hatte, ohne die Hose zu verlieren. Wenn sie sich hinter ihn stellte, würde sie wahrscheinlich mehr von seinem Körper sehen, als ihr lieb wäre.

Was in anderen Teilen der Welt Frühling hieß, war am Rio Grande nichts als die übliche Gluthitze. In der heißen Aprilluft hatte der Händler seine Jacke und die obere Hälfte seines Hemds aufgeknöpft, beide Kleidungsstücke erfüllten ohnehin nicht den Zweck, seinen Oberkörper zu bedecken. Aus dem offenen Hemd quollen schwarze Haare. Sarah mußte an das straff gepolsterte Sofa einer gewissen Offiziersfrau denken, dem bei den Feierlichkeiten zum Jahrestag von Andrew Jacksons Sieg in New Orleans ein Säbelschnitt beigebracht worden war und aus dem nun das Roßhaar herausschaute. Jackson hatte 1815 als Generalmajor die Briten besiegt und zwei Jahre später in Florida bei der Unterwerfung der Seminolen eine entscheidende Rolle gespielt.

Der Händler räusperte sich und beförderte aus den Tiefen seiner Brust einen fetten Schleimbatzen herauf, den er in einem zielgerichteten Bogen ausspuckte und vor Jakes linkem Huf plazierte. »Ich nehm Ihnen dieses jämmerliche Maultier ab«, sagte er.

»Das werden wir noch sehen«, murmelte Sarah und begutachtete zerstreut die Waren, die hier zum Verkauf standen.

Das Lachen des Mannes klang wie das Bellen eines Präriehunds. Dieser Mann konnte eine ernsthafte Drohung nicht von einem Scherz unterscheiden. Sarah ignorierte ihn und fuhr mit ihrer Betrachtung der rotäugigen, fliegengeplagten Kühe mit den eingefallen Flanken fort, die der Mann als erstklassige Rinder anbot.

»Nun, sehen Sie, weil Sie eine Landsmännin aus Missouri sind, Sarah, Liebling ...«

Sie warf ihm einen Blick zu, bei dem selbst Jeff Davis' Julep – ein vor Alkohl strotzendes Getränk mit Pfefferminzgeschmack – zu Eis erstarrt wäre, und er überdachte seinen Annäherungsversuch noch einmal.

»Sie finden hier kein besseres Rindfleisch, Mrs. Borginnis.«

Daß sie nicht nur hier, sondern auch im Umkreis eines Tagesritts durch sengende Hitze kein besseres Rindfleisch finden würde, sagte sie natürlich nicht; außerdem wußte er das sowieso.

»Sieht fast so aus, als hätten Sie die Tiere auf dem Weg von Santa Fe hierher nur selten weiden lassen«, sagte sie. »Mit ein paar Trommelstöcken könnte ich ›Hail Columbia‹ auf ihren Bäuchen spielen.« Sie ging zwischen den Kühen hindurch, Nancy folgte ihr auf den Fersen. Margaret und Diana beobachteten die Szene mit großen Augen von ihrem luftigen Plätzchen auf Jakes Rücken. »Noch nie habe ich so einen rotäugigen, fußwunden, aufgedunsenen Haufen mit Hängeohren, Blut im Harn und Würmern im Dung gesehen. Von der Schwindelkrankheit und den Parasiten gar nicht zu reden. Von diesen jämmerlichen Kreaturen braucht man ja zwei, um sich dahinter zu verstecken.«

Sie räusperte sich, um selbst ein bißchen Westtexas-Schleim zu produzieren, und beförderte ihn in einem Bogen genau vor die schlampig geflickte Spitze seines Stiefels. Das hätte er von einer so schönen Frau nun nicht gedacht, nicht einmal von einer, die sechs Fuß groß war. Er starrte auf den staubig-feuchten Klecks, als könnte er darin ein paar neue Bakterienarten entdecken, die die Institute im Osten nach ihm benennen würden.

»Zwanzig Pesos das Stück«, sagte er schließlich. »Wer nicht will, der hat schon.«

»Fünfundvierzig für alle drei.« Sie wußte, daß es mehr war, als die Tiere wert waren, aber die Einwanderer würden jeden Preis zahlen. Lebensmittel, Tabak, Whiskey – alles war achtmal so teuer wie drüben im Osten. »Bringen Sie sie mir an die Hintertür meiner Behausung.« Sie mußte fast lächeln bei der Vorstellung, daß das Zelt, das ihr jüngstes Unternehmen beherbergte, eine Klappe besaß.

Nancy nahm Jake an der Trense, wenn er ihr auch ohne weiteres in eine brennende Scheune gefolgt wäre, und führte ihn hinaus in den wogenden Strom aus Packtrossen, Fußgängern, Pferden, Ochsen, Hunden und jeder erdenklichen Form von Gefährten. Der Verkehr drängte sich entlang einer zerfurchten Sandpiste, die sich Straße nannte und durch eine Ansammlung von Zelten und schnell zusammengezimmerten Schuppen führte, die sich als Stadt bezeichnete.

Sarah folgte Jake und den Mädchen. Daß die Leute sie anrempelten und anglotzten, merkte sie gar nicht. Sie starrte nur bedrückt auf die Säcke mit Bohnen und Mais, die kaum die Weidenkörbe an Jakes Flanken füllten. Verführerisch und weit ausladend schwangen die Körbe an Jakes Lenden. Wie eine alte Kupplerin bei der Parade zum Vierten Juli, dachte sie. Wie ich.

Ein leichter Schwindel wuchs sich zu einem kreisenden Strudel hinter ihren Augen aus. Sie schloß die Lider, damit es ihr nicht den Boden unter den Füßen wegzog und die Welt sich nicht von ihr fortdrehte. Sie streckte die Hand nach Jakes heißer, staubiger Kruppe aus und stützte sich ab.

Lieber Gott, mach, daß ich nicht wieder krank werde!

Mit bloßer Willensanstrengung gelang es ihr, den Schwindel

zu einer leichten Benommenheit zurückzudrängen, mit der sie noch fertig werden konnte. Doch das Dröhnen in ihrem Kopf verstummte nicht; das unablässige Geschrei, das Rumpeln der Karren, die Schläge von Hämmern und Äxten und das Knirschen der Sägen machten es nur noch schlimmer. Ein Treck Prairieschoner wirbelte eine Staubwolke auf, daß sie husten mußte.

»Über die Berge kam ich mit dem Treck«, sang sie nach der Melodie von »Old Rosin the Bow«, doch die Goldsucher hatten das Lied umgedichtet:

Über die Berge kam ich mit dem Treck
Nun ziehe ich in die Täler und Wiesen,
Und lebe wie die Made im Speck
Unter einem schneebedeckten Bergriesen.

Die Mädchen fielen in den Refrain ein. Wie immer stimmte ein Lied Sarah fröhlich. Sie blieb am Steilufer über dem Fluß stehen und sah wehmütig auf die mexikanische Seite hinüber, auf die Gärten und Felder von El Paso del Norte, die großen Häuser der reichen, alten Familien und die Adobebehausungen der niederen Klassen. Der weißgetünchte Glockenturm der Kirche Unserer Jungfrau zu Guadalupe erinnerte sie an ein Märchenschloß. Wie gerne wäre sie im Schatten der Quitten-, Pfirsich- und Birnbäume herumspaziert und hätte dem Wind gelauscht, der mit den frühlingsgrünen Blättern spielte. Niemand außer Cruz und Maria hatte versucht, hier einen Garten anzulegen, doch die Rinder und Zugtiere der Goldsucher hatten die Schößlinge abgefressen und jeden Halm zu Staub zermalmt.

El Paso strahlte eine zerbrechliche Ruhe und eine heruntergekommene Eleganz aus, doch die Stadt lag in einem anderen Land, und außerdem wußte Sarah, daß die Händler und Bauern dort kaum noch eine Zwiebel zum Verkauf übrig hatten. Doch hier, in diesem namenlosen Kaff auf der anderen Seite des Rio Grande, blühte und gedieh der Handel in einer Lautstärke und Streitsucht wie eine Wagenladung Kanonenkugeln.

»Nancy?«

»Ja, Ma'am?«

»Sag Cruz, ich sehe nach dem kranken Burschen unten am Fluß.«

»Der mit der Cholera?«

»Ja.«

»Soll ich mitkommen?.«

»Nicht nötig. Ich bin bald wieder zurück.« Sarah nahm die Feldflasche, einen kleinen Eimer Bohnen und eine Portion Tortillas, die in das Futterleinen aus einem der Körbe gewikkelt waren. »Maria und Lara sollen rechtzeitig das Abendessen machen. Und Hanibal soll diese schlappohrige Kuh schlachten, sobald sie gebracht wird. Sie sieht sowieso schon so aus, als stände sie mit einem Huf auf der Schwelle der Hintertür des Sensenmannes.«

»Ja, Ma'am.«

Sarah winkte und lächelte Nancy beruhigend zu, die immer wieder über ihre Schulter blickte. »Mach dir keine Sorgen wegen der Cholera, Mädchen. Dieses Fieber hat schon den ganzen Winter über versucht, mich umzubringen, aber es hat mich noch nicht bezwungen.«

Sarah sah noch, wie sie in der Staubwolke des Verkehrs verschwand, dann ging sie den Pfad zum Fluß hinunter. Der Frühlingsregen hatten den Rio Grande anschwellen lassen, und die Furt lag weiter stromaufwärts. Der steinige Weg war zu steil für die Wagen und daher der Zerstörung durch Räder und Äxte entkommen. Unten wand sich der grüne, dreihundert Fuß breite Fluß träge durchs Land. Die dichten Weidenhaine am Ufer bildeten smaragdene, kühle Tunnels. Die Vögel sangen in den Zweigen. Ein schlaksiger Reiher von der Farbe eines abgefeuerten Gewehrs erhob sich schwerfällig aus der schlammigen Au, seine gelenkigen Flügel schlugen knallend wie ein fernes Musketenfeuer, und die Federn schimmerten irisierend in der Sonne, während er träge flußabwärts flog.

Sarah fand das kleine Floß in seinem Versteck im Röhricht. Sie zog Schuhe, Rock und Bluse aus, rollte sie zusammen, stopfte sie in ihren Beutel aus kautschukähnlichem Guttapercha und legte alles in die Mitte des Floßes. Im Leinenunterrock stieß sie das Floß aus dem Röhricht, stakte es ans andere Ufer, schob es an Land und zog sich wieder an.

Auch die winzige Hirtenhütte aus knorrigen Mesquitstämmen mit dem Dach aus Grassoden fand sie so vor, wie sie sie verlassen hatte, doch ihr Patient saß zusammengesunken an der Wand und streckte die Beine von sich. Er schien tot zu sein. Sarah legte beide Hände an die Colts in ihrem Gürtel, drehte sich einmal um die eigene Achse und suchte die lederbraune Landschaft nach Spuren der Apachen ab.

»Die Rothäute sind gerade abgezogen, Mrs. Borginnis.« Der Mann hob seinen Kopf, damit die Sonne sein Gesicht wärmen konnte, und grinste Sarah matt unter seinem Sombrero hervor an.

»Apachen?«

»Das nehme ich an. Sie haben mir einen Freundschaftsbesuch abgestattet. Weil ich kein Mexikaner bin, haben sie mich auch nicht abgemurkst, sagen sie. Das ist doch richtig nachbarschaftlich.«

»Sie kommen mit mir ins Hotel, Knapp.«

»Ich bin ein milchkannenschleppender, langsamdenkender, flöheknackender Bauersbub aus North Carolina, Ma'am. Lärm und Gedränge kann ich nicht ausstehen.«

»Hier bleiben Sie jedenfalls nicht. Das nächste Mal sind die Apachen vielleicht nicht so gesellig.« Sie schob einen Baumstumpf heran und setzte sich. Die Hintern der Hirten, die ihn jahrelang als Sitzgelegenheit benutzt hatten, hatten das Holz so abgerieben, daß es ganz glatt war und sich ein wenig nach innen bog. »Und außerdem fanden Ihre Kameraden unsere kleine Metropole paradiesisch, als sie sie zum erstenmal sahen.«

»Wir waren länger durch die Wüste gewandert als Moses, Mrs. Borginnis, und wären fast verreckt. Selbst der Hades wäre für uns ein Paradies gewesen, wenn die Frau des Teufels uns kalte Bohnen und warmen Whiskey serviert hätte.«

»Zumindest sehen Sie nun nicht mehr ganz so aus wie der klägliche Rest eines vergeudeten Lebens.«

»Ihre Rehbrühe war das reinste Elixier.«

»Na, dann hab ich hier noch mehr Küchenalchimie für Sie.« Sarah stellte den Eimer neben ihn auf den Boden.

Seine Hände zitterten so sehr, daß Sarah die Bohnen auf die Tortillas geben und die Fladen für ihn zusammenrollen mußte. Während er aß, plauderte sie. Bauersbub hin, Bauersbub her – einem kranken Mann, der eine ganze Woche lang allein gewesen war, tat der Klang einer menschlichen Stimme gut, vor allem, wenn es der Klang einer Frauenstimme war.

»Ihren Colonel da – den sollte man an die Wand stellen und wegen unverbesserlicher Blödheit abknallen. Grün wie Katzenminze hinter den Ohren, führt er hundert Mann tausend Meilen durch die Wüste mit kargem Proviant und ohne die leiseste Ahnung, wie er einen Pfad findet oder eine Furt über einen Fluß schlägt!«

Knapp, der den Mund voll hatte, konnte nichts sagen und verdrehte nur die Augen.

»Sie sagen, der liebe Gott habe Sie geführt. Aber Ihr Colonel da, der hat Sie ganz schön an der Kandare genommen. Drei von Ihnen sind immerhin in der Wildnis geblieben.« Sie überlegte einige Augenblicke, dann fuhr sie fort: »Das wird sich wohl nie ändern, oder? Die Dummköpfe, die Faulpelze und die Prahler, die machen sich auf den Weg über den ganzen Erdteil, als würden sie zu einem Nachbarn im nächsten Tal gehen. Und wenn sie in Schwierigkeiten kommen, erwarten sie von jedem, daß er alles stehen und liegen läßt und ihnen zu Hilfe eilt. Und ich habe gedacht, diese Sorte würde ich nie wiedersehen. Die führen sich auf wie eine Bande Schulbuben in den Ferien.«

Als er aufgegessen hatte, gab sie ihm die Feldflasche. »Ich hole das Muli, Mister Knapp, dann können Sie reiten.«

Sie eilte zurück zum Fluß. Die Kleider stopfte sie wieder in den Beutel und stakte zum anderen Ufer. Sie war schon fast angekommen, da sah sie, wie Soldaten ihre Pferde im Wasser saufen ließen. Mit einem kräftigen Stoß beförderte sie das Floß an eine seichte Stelle, sprang ab und watete ans Ufer. Dabei wurde sie pitschnaß. Die Soldaten erstarrten bei Sarahs Anblick, doch sie packte einen jeden und schenkte ihm eine nasse Umarmung, wobei sie die kleineren Männer vom Boden hob. Dem Lieutenant schüttelte sie die Hand und umarmte ihn noch ein zweites Mal. Sein Gesicht nahm einen bezaubernden Rosaton an. Als Sarah ihn schließlich losließ, und er seine Uniform glattstrich, verdunkelten zwei große feuchte Kreise das Vorderteil an der Stelle, wo Sarah sich an ihn gedrückt hatte.

»Lieutenant Henry Chase Whiting, Corps der Landvermesser«, stellte er sich vor. »Sind auf Erkundung. Suchen den besten Weg durch das Gebiet.«

»Kommt die Armee nach, Lieutenant?«

»Müßten in ein paar Monaten da sein.«

»Der Himmel hat Sie geschickt!« Sarah küßte ihn auf die Wange. »Welche Einheiten? Das Dritte Artilleriebataillon? Die Zweite Schwadron der Dragoner?«

Der Lieutenant zuckte nur die Schultern. »Das haben uns die Schreibstubenkommandanten noch nicht mitgeteilt.«

»Egal. Bei mir können sie auf jeden Fall unterkommen, wenn sie erst mal hier sind.«

Sie sah zu, wie sie aufsaßen und nach Norden zur Furt trabten, und machte schon Pläne. Sie müßte noch am Nachmittag mit Ben Coons sprechen, dem geschäftstüchtigsten Händler in der Stadt. Coons hatte schon angekündigt, daß er eine Schmiede bauen wollte, einen Saloon und einen Laden, und er würde einen Geschäftspartner brauchen, der ein Hotel und ein Restaurant führen konnte, das den Offizieren zusagte. Er würde Sarah brauchen.

Und ihre Jungs würden Gesellschaft brauchen. Sobald sie ihr Zelt gegen ein richtiges Haus eingetauscht hätte, würde sie Frauen anstellen. Sie dachte auch daran, Möbel aus Santa Fe kommen zu lassen.

Als sie die Böschung hinaufstieg, sang sie so laut, daß sich die Vögel vor ihr hoch hinauf in die Bäume flüchteten.

42

Schiffbruch und Scheißerei

Drei Männer schlängelten sich durch den Verkehr in der Siedlung, die inzwischen verschiedene Namen trug, der schmeichelhafteste davon war immer noch »Der Übergang«. Die ersten beiden Männer waren groß, blond und ungefähr Mitte Dreißig; völlig verdreckt hingen sie in ihren mexikanischen Sätteln. Sie trugen Hosen aus braunem Segeltuch und schwarze, schlabbrige Hüte, deren Krempen heruntergebogen waren, um sie vor dem Regen zu schützen, wenngleich es äußerst unwahrscheinlich war, daß überhaupt Regen aufkam. Der eine trug sein rotes Flanellhemd am Kragen offen, eine Bandana hing ihm trotz der Aprilhitze um den Hals, der andere hatte einen weiten weißen Baumwollkittel an wie die mexikanischen Bauern. Doch da er sehr groß war, mußte das Kleidungsstück extra für ihn geschneidert worden sein. Der Mann im roten Hemd lächelte oft, der andere nie, doch sonst sahen sie sich auffallend ähnlich.

An ihren Gürteln trugen sie Bowie-Messer, in ihren Sattelhalftern steckten Colts; was sie in ihren Ärmeln und Hosenbeinen verbargen, wußte niemand. Die Männer waren schlank und gebräunt, in ihren Augen funkelte das tiefe Blau des texanischen Sommerhimmels, wo sie zu Hause zu sein schienen. Sie sahen völlig erschöpft aus, und ihre ausgezehrten, verdreckten Pferde hatten offenbar ihre liebe Mühe, die Männer zu tragen. Hinter ihnen tänzelte ein Cayuse-Mustang von der rotbraunen Farbe des Osttexas-Lehms, als hätte er nur einen kurzen Ausflug über einen schattigen Weg gemacht und nicht fünfhundert harte Meilen zwischen San Antonio und der Siedlung zurückgelegt. Die Haut seines Reiters hatte die gleiche Farbe wie dessen Büffelledermokassins. In seinem dünnen grauen Zopf steckten ein paar jämmerliche Adlerfedern. Er trug einen rehledernen Lendenschurz, der traurig an seinen knochigen Schienbeinen klebte. Eine schmutzige weiße Baumwolljacke, in die er zweimal hineingepaßt hätte, hing an seinen schmalen Schultern. Ohne den Blick von dem Punkt zwischen den ausgefransten Ohren seines Ponys zu nehmen, nahm er alles um sich herum wahr. Die Leute glotzten ihn an, entweder aus Neugier oder mit Feindseligkeit, doch das schien er nicht zu bemerken.

Der Texaner im roten Flanellhemd blickte über seine Schulter zu dem Komantschen, der aufrecht auf dem blanken Rücken des mürrischen, kleinen Cayuse-Mustangs saß. »Was müssen wir deiner Meinung nach tun, um den Häuptling rumzukriegen?« So, wie er die Silben dehnte, stammte der Texaner eindeutig aus Tennessee.

»Das fragt sich der Teufel wahrscheinlich auch, nachdem er zwei Monate lang genau das vergeblich versucht hat.«

»He, Freund!« rief das Rothemd einem Jungen zu, der einen Handkarren mit Feuerholz vor sich herschob. »Wo finde ich einen Futtersack und einen Haufen Stroh?«

»Im Amerikanischen Haus, am Platz. Fragen Sie nach Great Western.«

»Ist das die, die im letzten Krieg so bekannt geworden ist?«

»Kann gut sein. Passen Sie auf sich auf. Sie ist die härteste Kämpferin hier am Fluß.«

»Wir werden versuchen, sie nicht zu reizen.« Rothemd hob die Hand zum Gruß und warf dem Jungen einen Nickel zu. Der Junge schnappte mit einer Hand nach der Münze, als wäre sie eine Fliege, biß hinein und grinste.

Die Texaner fanden den Platz, der sich in dem Staub und dem Gedränge vor ihnen auftat. So, wie eine Eichel unweigerlich zu einer Eiche heranwächst, so wuchsen auch Adobeziegel und Kiefernbretter zu einem Platz heran, wie man ihn in allen Städten zu beiden Seiten des Flusses finden konnte. Neben dem wackligen Gerüst von Ben Coons Taverne und seiner Schmiede stand das größte Holzhaus; das Kiefernholz war noch ganz hell und duftete nach Harz. »Amerikanisches Haus« stand auf einem Schild. Es hatte eine kleine Veranda mit ein paar Stühlen, auf denen Männer saßen, die so aussahen, als hätten sie die ganze Bauzeit über dort gesessen. Sie balancierten auf den Hinterbeinen der Stühle und inspizierten die Stiefel an ihren Füßen auf dem Geländer.

Die Texaner waren gerade abgestiegen und hatten die Zügel einem mexikanischen Jungen gegeben, der auf der Veranda gewartet hatte, da schlug die Tür so heftig auf, daß sie gegen die Wand knallte. Ein paar Männer stürzten heraus und suchten Deckung. John Glanton erschien in der Tür, klein und dünn stand er vor dem schummrigen Innenraum im Türrahmen. Die Texaner lehnten sich an einen Wagen und beobachteten die Szene.

»Du mieser Hühnerdieb!« Glanton zog einen alten Vorderlader und zielte auf einen Kerl, der sich mitsamt seinen Knochen hinter einem viel zu kleinen Stoffballen in Sicherheit bringen wollte.

Da hoben sich Glantons Stiefel plötzlich ein paar Zoll über die Schwelle. An die Stelle der Wut in seinen Frettchenaugen trat Erstaunen.

»John hat schon so viele Gesetze gebrochen«, sagte der eine Texaner zum anderen, »daß es mich nicht wundern würde, wenn er auch noch das Gesetz der Schwerkraft bräche.«

Glanton schwebte in den Sonnenschein hinaus. Da sahen die Texaner, daß eine große Frau in einer dunkelroten Bluse, einem Reitrock und der gelben Mütze des Dritten Artilleriebataillons ihn am Kragen und am Kreuz seiner Hosenträger festhielt, wodurch seine Wollhose zwischen seinen knochigen Schoß geklemmt wurde. Er fluchte wie ein Rohrspatz, als sie den Eingang räumte und ihn auf die Straße warf, als würde sie einen Eimer Spülwasser ausleeren.

Immer noch fluchend segelte er kopfüber durch die Luft, doch er krümmte sich und rollte sich geschickt ab. Mit einem Satz war er wieder auf den Beinen und stand mit erhobenem Gewehr in der Hand da. Er wirbelte herum und zielte auf Sarah. Der Junge, der die Pferde der Texaner gehalten hatte, stürzte vor und gab ihr einen Steigbügel. Sarah schwang den Lederriemen über ihrem Kopf und schleuderte den Steigbügel von sich, der von dem schweren Eichentritt wie von einem Propeller nach vorn gezogen wurde.

»Wie Goliath, der Davids kleine Schleuder in die Hand gekriegt hat«, bemerkte Rothemd zu Weißkittel.

Der Steigbügel traf Glanton an der Hand, das Gewehr flog in hohem Bogen davon. Ein Mann wollte sich auf das Gewehr stürzen, doch Sarah zog ihren Colt und zielte auf den Mann.

»Wenn du das anrührst, mach ich Gänseklein aus dir, du Stinktier.« Der Mann wich zurück, und Sarah steckte den Revolver wieder in ihren Rockbund. »Nehmen Sie Ihr Schießeisen und gehen Sie woanders Ihren Geschäften nach, Mister Glanton.«

Glanton schien nachzudenken. Am liebsten hätte er sie erschossen, soviel war klar, doch da sie ihre Waffe wieder weggesteckt hatte, konnte er nicht auf Notwehr plädieren. Außerdem gab es Zeugen. Das war eine ungewohnte Situation für ihn. Er hob seine Pistole auf, drehte sich auf dem Absatz um und verzog sich. Die Zuschauer wichen in die entgegengesetzte Richtung zurück und hatten ein wachsames Auge auf ihn. Wenn Glanton Lust hatte, jemanden kaltzumachen, war es ihm ziemlich egal, wen es traf. Der Stalljunge holte den Steigbügel und befestigte ihn wieder am Sattel des Texaners, dann führte er die Tiere hinters Haus.

Sarah bemerkte die beiden Männer und legte zwei Finger an ihre Mütze. »Es war an der Zeit, diesem Frischling eine zu verpassen.«

»Daß jemand John Glanton einen Frischling nennt, habe ich noch nie gehört.« Rothemd nahm den Hut ab und fuhr mit der Hand durch sein strohblondes Haar.

»Wenn es Ärger gibt, isoliere ich den Unruhestifter von der Rotte und demütige ihn vor den anderen. Das bringt alle wieder zur Vernunft.«

»Aber, Madam, wenn ich das sagen darf« – Rothemd erinnerte sich an den Rat des Jungen, die Frau mit Respekt zu behandeln, auch wenn er das so oder so getan hätte –, »das hätte Sie Ihr Leben kosten können.«

»Ich habe nicht vor, ewig zu leben. Doch solange ich noch auf dieser Erde bin, will ich meinen Umgang mit Trotteln auf ein Mindestmaß beschränken.«

»Einen Trottel hat John Glanton auch noch niemand genannt«, sagte Weißkittel. »Er ist ein Wilder.«

»Ach, der und ein Wilder! Ein Fleischhauer ist er!« Sie nahm ihre Mütze ab und schüttelte den Kopf; die goldenen Strähnen in ihrem feuerroten Haar fingen die Sonnenstrahlen ein. »Aber mein Skalp hat die falsche Farbe für eine Prämie. Er hat wohl gedacht, es lohnt die Mühe nicht, ihn von meinem Kopf zu säbeln.« Sarah betrachtete die Männer von den staubüberzogenen Stiefelspitzen über ihre geschmeidigen Muskeln, das aufrechte Rückgrat, die braunen Wangen, die blauen Augen und die blonden Haare bis hin zu den Hutkronen. »Sind Sie Brüder?«

»Ja, aber von verschiedenen Eltern.« Weißkittel verbeugte sich höflich. »Und Sie müssen die berühmte Mrs. Borginnis sein, die Heldin von Fort Brown.«

»Glauben Sie nicht alles, was in den Zeitungen steht.« Doch

sie war geschmeichelt. »Sie sehen aus, als wären Sie bei der Armee gewesen.«

»Mein Freund hier ist John Ford, aber alle nennen ihn Rip«, erklärte Weißkittel. »Er war Colonel Jack Hays Adjutant. Ich bin Robert Neighbors aus San Antonio.«

»Sie sehen ziemlich hungerleidend aus.«

»Wir haben zwei Monate lang eine Handelsroute erkundet.« Ford grinste. »Wir sind völlig am Ende. Fertig mit der Welt. Scheißerei und Schiffbruch – was haben wir nicht alles erlitten!«

»Mein Rückgrat ist völlig wund vom Reiten.« Neighbors' teilnahmsloser Blick wurde klagend.

»Reiten Sie auf dem Rücken?«

»Nein, Ma'am, mein Magen hat dagegengescheuert.«

»Na, dann kommen Sie mal rein, und wir stopfen das Loch.« Da sah sie den Indianer, der immer noch auf seinem Pony saß. »Alte Eule! Na, du bist mir so ein Vogel!« Sie ging zu ihm und streckte die Hand aus. Er nahm sie und schüttelte sie so schwungvoll, daß Sarahs Brüste tanzten. Das gefiel ihm, und er schüttelte sie noch heftiger. »Hanibal!« rief Sarah. »Bring Mister Eule in die Küche und stopf den zähen Balg!« Dann wandte sie sich wieder den Texanern zu. »Der Fuchs zieht also mit den Hunden herum.«

»Wir dachten, mit Hilfe von Alter Eule könnten wir verhindern, daß die anderen Roten uns durchlöchern«, sagte Neighbors.

»Aber als Jäger ist er nicht mal sein Gewicht in Alkalisalz wert«, fügte John Ford hinzu. »Wir wären fast verhungert.«

»Das ist nicht seine Schuld«, sagte Sarah. »Die Goldsucher haben alles vertilgt, das sich nicht schnell genug in Sicherheit bringen konnte, und den Rest des Wilds vertrieben.«

Plaudernd führte sie die Männer in den Empfangsraum, der sich leer und hallend vor ihnen öffnete. Die Bodendielen knarrten unter ihren Stiefeln. Es ging so geschäftig zu wie auf der Straße. Bedienstete eilten die Treppen hinauf und hinunter,

Handwerker schrien sich gegenseitig etwas zu. Hinter der Rezeption pinselte ein Mexikaner auf einem Gerüst hellrosa Farbe mit einem ausgefaserten Mesquitast auf die fladengroße Brust seiner Schöpfung, einer großen Frau, die nackt auf einem flachen Felsen lag und nur vom Hauch eines durchsichtigen blauen Tuchs bedeckt wurde. Vom Hals abwärts war sie ausgesprochen üppig ausgestattet, ihr Gesicht war jedoch madonnenhaft.

Ford stieß Neighbors an. »Hast du so was schon mal gesehen?«

»Nicht, seit ich entwöhnt wurde.«

Sarah rief Anweisungen in die Küche und führte die Männer in den Speisesaal, der vom Tageslicht erhellt wurde. Die hintere Wand war nur grob mit Brettern vernagelt, und die Sonne schien durch die Ritzen und warf ein Gittermuster aus Licht und Schatten auf den mit Sägemehl bedeckten Boden. Auf der anderen Seite schlugen Zimmerleute Eckpfosten und Balken einer Reihe von zukünftigen Zimmern und des Korridors fest. Sarah bot den Texanern Platz an einem langen Tisch an, der mit einem Tuch aus Baumwollstoff gedeckt war, wie man ihn auf dem Markt von El Paso del Norte fand.

In der Ecke lud eine hübsche Mexikanerin zum Monte-Spiel ein, während ein halbes Dutzend kleiner Kinder auf dem Boden spielte, zwei waren flachsblond, die anderen schwarzhaarig. Die Männer am Spieltisch sahen aus wie Gläubige, die sich vor dem Altar der Schönheit und des Glücks versammelt hatten. Die Frau konzentrierte sich auf die Karten. Ihr schien nicht bewußt zu sein, wie begehrenswert sie war, und das machte sie nur noch anziehender.

Neighbors und Ford beobachteten einen Zimmermann auf seinem Weg zu einer Wand, die gerade hochgezogen wurde. Er war schlank, hatte dunkles Haar und blaugraue Augen – offenbar ein Ire. Als er an der Monte-Geberin vorbeiging, strich er ihr mit den Fingerspitzen übers Haar. Sie sah auf und tauschte einen Blick mit ihm, der verriet, daß die beiden sehr vertraut miteinander waren.

Ein schwarzhaariges Mädchen stand aus dem Kreis der anderen Kinder auf und rannte hinter dem Mann her. Sie umschlang seine Beine, bis er sie auf den Arm nahm, sie lachend in die Luft warf, auffing und wieder auf den Boden stellte. Er warf ihr eine Kußhand zu, und sie rannte zurück zum Spieltisch ihrer Mutter.

Auch Sarah hatte es gesehen. Sie mußte lächeln. Rhett Murphy hatte sie bis jetzt noch nicht zugrunde gerichtet, und es sah auch nicht danach aus, als würde er das noch tun. Das Leben war doch voller Überraschungen.

»Sie wollen sicher zuerst etwas essen, nicht wahr?«

»Ja, Ma'am.«

Sarah rief etwas auf spanisch in die Küche, jemand antwortete.

»Heute abend gibt es Huhn mit Klößen. Das Essen kostet fünfzig Centavos, ein Bett fünfundsiebzig«, sagte Sarah. » Die Hängematte fünfundzwanzig, ein Platz auf dem Boden zehn. Bier und Whiskey bekommen wir von Ben Coons Saloon, ich selbst habe einen Vorrat an hiesigen Weinen und Brandy – beides von hervorragender Qualität. Und natürlich einen *pulque*, der Ihnen die Zunge pelzig werden läßt!«

»Haben Sie denn Zimmer?« fragte Ford.

Sarah blickte hinüber zu den Umrissen ihres Hotels, das auf der anderen Seite der Balken bereits Gestalt annahm. »Bis Sonnenuntergang sollte alles fertig sein.«

»Hoffentlich müssen wir das Zimmer nicht mit anderen Gästen teilen«, sagte Ford. »In Washington hatte man mir das Zimmer versprochen, das Senator Stephen Douglas gerade geräumt hatte. Es stellte sich heraus, daß sieben Männer in vier Betten schlafen mußten. Ich habe dem Besitzer gesagt, daß ich nicht vorhabe, mit der ganzen Demokratischen Partei die Nacht zu verbringen.«

»Mein Freund braucht auch eine Kerze«, sagte Neighbors. »Er hat seiner Mutter versprochen, jeden Abend in der Bibel zu lesen, und das tut er auch.«

»Wir haben Kerzen.« Sarah blickte zum Spieltisch und zu den Gewinnen hinüber, die sich vor Cruz stapelten. Dann beugte sie sich vor, daß nur die beiden Männer sie hören konnten. »Bald haben wir auch eine aufblasbare Badewanne. Der kleine Reporter da drüben, Lewis Allen – er hat übrigens all die Lügen über mich in den Zeitungen verbreitet –, er und seine Gummischüssel haben zusammen mit mir die Belagerung von Fort Brown überstanden. Er verliert schon den ganzen Nachmittag über, jetzt hat er die Badewanne gesetzt.«

Drei Männer stürmten herein und wedelten mit einem Silberpeso. »Wir brauchen den Dachs, Western.«

»Der ist leer und geschrubbt.«

»Die Jungs können ihn wieder füllen.«

»Dafür muß ich zwei Dollar verlangen. Das letzte Mal habt ihr ihn mir ganz verdellt zurückgebracht.«

Sie angelten in ihren Taschen und brachten eine Handvoll mexikanisches Kleingeld, ein paar Nickel, einen Kragenknopf aus Blech, Lint und eine Zigarre zum Vorschein. Sie nickte, und die Männer stopften die ganze Ausbeute mitsamt dem Silberpeso in den Beutel an ihrer Taille.

»Lupe, bring den Nachttopf!« rief sie.

»Spielen Sie hier das alte Dachsspiel?« fragte Ford. »Nehmen Wetten an, wessen Hund den Dachs im Sack reißt, und stiften irgendeinen harmlosen Burschen an, ihn an einem Seil herauszuziehen?«

»Darauf können Sie einen lassen!« Der Mann grinste und entblößte sein Zahnfleisch, das so rot war wie eine Tapete in einem Bordell. »Die Jungs machen den Typen schon scharf. Ein Trommler, der gerade aus St. Louis gekommen ist und so schäumt wie ein Faß Sprossenbier an den Hundstagen.«

Sarah beugte sich vor, als sie ihnen den Nachttopf gab. »Seht ihr den kleinen Schnösel da drüben am Spieltisch? Den mit dem steifen Schwanz und dem Haufen Wolle an den Backen, der so aussieht, als würde er gerade in ein Opossum beißen?«

Sie schielten den Reporter von der Seite an.

»Der fällt auf alles rein. Wartet aber, bis er seine Badewanne verloren hat!«

Als sie hinausgingen, sahen sie sich noch bewundernd nach der jungen Frau um, die an ihnen vorbeiging. Ihre Bewunderung war so groß, daß sie rückwärts gingen und gegen die Wand stießen. Der Rock des Mädchens war kurz und ließ ihre schlanken Fesseln und die wohlgeformten Waden sehen. Die Kordel an ihrem Ausschnitt war nur locker verschnürt, die weiße Bluse war von ihren Schultern gerutscht und bot nun einen interessanten Anblick. Als sie mit vorgerecktem Kinn und vorgeschobener Brust an ihnen vorbeiging, sah sie gleichzeitig trotzig und einladend aus. Ihr glänzendes schwarzes Haar wippte über ihrem Hintern, der so stramm war wie ein Paar Gummibälle. Wenn sie hinfiel, würde sie sicher darauf hüpfen.

»Wenn die Herren mich entschuldigen wollen, ich muß noch mit einer Bewerberin sprechen.« Sarah winkte die junge Frau in die Küche.

Ford und Neighbors sahen den beiden Frauen nach.

Verwundert schüttelte Ford den Kopf. »Alles in allem sind die Töchter Mexikos auf der ganzen Welt wohl die schönsten Vertreterinnen ihres Geschlechts.«

Neighbors seufzte. »›Schönes ist wahr und Wahres ist schön – dies ist, was ihr auf Erden wißt, mehr hilft euch nicht.‹«

»Keats«, sagte Ford. »›Ode auf eine griechische Urne‹.« Dieses Spiel hatten sie auf ihrem Weg oft gespielt. Nun war er an der Reihe: »›Schönheit ist die Münze der Natur.‹«

»Das ist leicht. ›Comus‹ von John Milton.« Auch Neighbors fand in diesem Werk seine Lieblingszeilen: »›Braucht's einen purpurfarbenen Mund, liebglühende Augen, Locken gleich dem Mor-‹«

»Meine Güte! Gebildete Menschen?« Lewis Allen machte Cruz ein Zeichen, daß er keine weiteren Karten mehr wollte, und ging zum Tisch der Texaner.

»Wollen Sie uns Gesellschaft leisten?« lud Neighbors ihn ein. »Western sagt, Sie seien Reporter.«

Allen zog einen Stuhl heran und staubte den Sitz ab, bevor er sich mit seinen weißen Leinenhosen setzte. Seine Füße mit den handgenähten Lederschuhen stellte er unter dem Tisch ordentlich nebeneinander und streckte die Hand aus. »Lewis Leonidas Allen, vormals vom *Geist der Zeit*.«

»Robert Neighbors.« Er schüttelte die weiche, feuchte Hand.

»John Ford.« Er wollte Allen schon fragen, ob er nun seine Badewanne verloren hatte, hielt sich aber zurück. »Was heißt ›vormals‹?«

»Jetzt bin ich Schriftsteller.«

»Ach, wirklich?«

»Ja. Ich schreibe einen Roman über den Wilden Westen. Der Titel ist ›Ein reisemüder Wanderer im Wilden Westen‹.«

»Nein, was Sie nicht sagen!« Ford hatte das Funkeln in den Augen, das Neighbors nur zu gut kannte.

»O doch!«

»Dann kenne ich einen Mann, den Sie unbedingt treffen sollten.«

Allen nahm Notizblock und Feder aus dem Beutel an seinem Gürtel, zog den Stöpsel aus dem Tintenfaß, tauchte die Feder ein und hielt sie schreibbereit.

»Er heißt William Wallace und ist der größte Indianerbezwinger, der je gelebt hat. Er hat eine Ranch am Medina River außerhalb von San Antonio. Er kann Ihnen alles erzählen, was Sie wissen müssen.«

»Und noch mehr«, fügte Neighbors hinzu.

»Ich werde ihn bestimmt aufsuchen.«

Sarah kam mit den Tabletts, auf jedem lag ein halbes Huhn unter einer Lawine aus Klößen und Bratensaft.

»Western, diese freundlichen Herren haben mir geraten, William Wallace für meine Recherchen aufzusuchen.« Allen stand auf und nahm seinen Zylinder vom Modell »Ofenrohr«

vom Haken an der Wand. »So. Dann mache ich mich mal auf den Weg nach San Antonio. Ich bin sicher, Sie werden ihre Freude an meinem aufblasbaren Badeapparat haben.«

»Passen Sie auf Ihren Skalp auf, Lewis!«

»Ganz bestimmt!«

Als er weg war, wandte sich Sarah an Ford und Neighbors: »Ist das etwa Bigfoot Wallace, der eine Kompanie der Texas Rangers anführt?«

»Genau der!« bestätigte Ford.

»Du lieber Gott, Sam Walker hat mir von ihm erzählt.« Sarah warf den Kopf zurück und lachte. »Nach all dem, was ich von Wallace gehört habe, zieht er dem Schreiberling das Hammelbein lang, bis es zwei Zoll länger ist als das andere, und jagt ihn durch den Chaparall, bis er nicht mal mehr einen Fetzen am Leib hat, mit dem er eine Musketenkugel verdämmen könnte!«

»Das könnte gut sein.« Rip Ford sah aus, als wäre ihm das jetzt erst aufgegangen, und Sarah brach erneut in Gelächter aus.

43

Träumt süß

Sarah schloß die schwere Tür der Herberge hinter sich und zog den alten Armeemantel gegen den kalten Dezemberwind enger um sich. Hier, ungefähr hundertfünfundsiebzig Meilen nördlich von El Paso, war es sehr viel kälter. Sie hielt kurz inne, bevor sie auf die ruhige Straße hinter dem Hauptplatz von Socorro hinaustrat. Sie war noch nicht in der Stimmung für die Fröhlichkeit auf dem Platz, wo die Leute im weichen Licht der Dämmerung promenierten, und hatte keine Lust, sich dem heiteren Trubel anzuschließen, der dem Weihnachtsfest vorausging. Statt dessen beobachtete sie, wie die dunkelblauen Schatten über die nackten Mauern der Häuser fielen, die die östliche Straßenseite säumten.

Es war zu kalt, um wie gewöhnlich in einem Bewässerungsgraben zu baden, und die Bediensteten hatten den großen Holzzuber feierlich in ihr Zimmer getragen. Das heiße Wasser hatte den Staub weggewaschen und mit ihm die Erinnerung an den langen Weg, den sie und Juan durch das Ödland, *Jornada del Muerto* genannt, zurückgelegt hatten. Sie hatte sich so geschrubbt, daß ihre Haut immer noch kribbelte.

Das war typisch für die Mexikaner, dachte sie, dem Tod ohne mit der Wimper zu zucken ins Gesicht zu lachen und das Ding beim passendsten Namen zu nennen: *Jornada del Muerto* – Tagesmarsch des toten Mannes. *Jornada* bedeutete auch »Lebensweg« – der Lebensweg eines toten Mannes.

Sie malte das Bild weiter aus. Wir alle sind auf dem Lebensweg der Toten. Wir wissen es nur nicht.

Es war nicht gerade ihre Art, dem nachzuhängen, was sie »düstere Gedanken« nannte. Aber der Abend machte sie melancholisch. Es war die Stunde der täglichen Beurteilung, was sie seit Sonnenaufgang erreicht und was sie nicht erreicht hatte, die Stunde, sich darüber klarzuwerden, daß die Ewigkeit wieder einen Tag näher gerückt war, die Stunde, wo das Tageslicht sich verlor, das die Ausgeburten der Dunkelheit und der Phantasie in Schach gehalten hatte. Die Dinge, die sie tagsüber ablenkten, hatten sich zur Ruhe begeben und nur bedrückende Erinnerungen zurückgelassen. Sie war eine Wochenreise von Cruz und den Skinner-Mädchen entfernt und befand sich kurz vor Weihnachten allein an einer schlammigen Zwischenstation auf dem Weg nach Santa Fe. Das deprimierte sie.

Ihr Leben war voll bis zum Rand und doch so leer, befand sie. Sie war nun dreiunddreißig Jahre alt, und seit Jack Borginnis vor fast fünf Jahren ums Leben gekommen war, hatte sie kein Mann mehr mit Zärtlichkeit im Blick angeschaut. Mit Verlangen, ja. Mit Leidenschaft vielleicht auch. Aber sicherlich nicht mit Zärtlichkeit. Das Wort »Liebe« war viel zu kümmerlich, um diesen göttlichen Wahnsinn zu beschreiben, nach dem sie sich so sehnte. Sie wünschte sich einen Mann, für den sie liebend gerne alles tun würde, ja selbst in den Tod gehen. Und wenn sie ihn bis jetzt nicht gefunden hatte, würde sie ihn bestimmt nie mehr finden.

Sie beschloß, in die *cantina* zu gehen, die Juan erspäht hatte, als sie durch die engen Gassen von Socorro gefahren waren. Dort würde sie Juan bestimmt finden, und seine Gesellschaft, so wortkarg der Mann auch war, würde ihr wohltun. An einem wackligen Tisch würde sie mit einer Flasche einheimischen Weins Trost finden, während der langsame Fluß der spanischen Sprache an ihr vorbeifloß und kräuselnd an die Felsen vereinzelten Gelächters schlug.

Das Lokal war ein paar Häuser entfernt in einer engen Gasse. Wäre nicht die verblichene Aufschrift gewesen, hätte sie es nicht von den anderen Lehmziegelhäusern in der Straße unterscheiden können. Sie stieß die Tür auf. Wie in allen Pinten hatte auch hier der Ruß der schlecht gestutzten Lampendochte die weißgetünchten Wände und die Decke grau gefärbt. Ein Kruzifix und Heiligenbilder zierten die Wände. Eine Theke aus Mahagoni, die von den Unterarmen ganzer Generationen von Schanktischphilosophen blank poliert war, stand auf der linken Seite des Raums parallel zur Wand. Beißende Rauchschwaden schwebten an die Decke, stießen aneinander und vermischten sich.

Wie immer verstummten die Gespräche in einem allgemeinen erstaunten Luftholen, als Sarah den Raum betrat. Doch an diesem Abend kehrte das Stimmengewirr schnell zurück, und die Leute wandten ihre Aufmerksamkeit wieder dem Soldaten zu, der mitten im Raum vor einem Hackblock stand. Offenbar sollte eine Partie *peloncillo* beginnen. Die Tische waren an die Wände gerückt worden, um Platz zu schaffen. Sarah hängte ihren Mantel an einen Haken und stellte sich an die Seite, wo sie den Soldaten über die Menge hinweg und zwischen den Leuten hindurch beobachten konnte.

Juan warf ihr von der andern Seite des Raums einen Blick zu. Er zuckte die Schultern unter seiner gestreiften Wolldekke, hob eine buschige Augenbraue, schürzte leicht die Lippen und deutete mit seinem kantigen Kinn auf den *yanqui* – für Juans Verhältnisse ein beredter Ausdruck der Bewunderung.

Der Soldat überragte alle außer Sarah. Sein Haar schimmerte wie Maisgrannen im Lampenschein, der krause, gestutzte Bart hatte die Farbe von hellem Honig. Die blaue Uniformhose steckte in den Schäften seiner hohen schwarzen Dragonerstiefel, die Jacke hing über der Lehne eines schweren Stuhls, der mit Schnitzereien verziert war und schon bessere Zeiten gesehen hatte. Das graue Wollunterhemd des Soldaten war halb aufgeknöpft und entblößte ein goldenes Vlies, die Ärmel waren hochgekrempelt und spannten sich um die harten Oberarmmuskeln.

Der Spielleiter stellte einen braunen Zuckerhut mit dem spitzen Ende nach oben auf den Hackblock. Er war konisch und hatte die gleiche Struktur und Härte wie Kalk, was die Partie äußerst schwierig machte. Der Spieler mußte den Zukkerhut mit einem Schlag zerteilen, wobei auf einer Seite mindestens zwei Unzen übrigbleiben mußten. Der Spielleiter trug eine kleine Waage mit sich, um das Ergebnis abzuwiegen.

»Dos tlakos.« Der Spielleiter hielt zwei Finger hoch. *»Dos.«*

Der Soldat kramte in seiner Hosentasche, öffnete die Hand und suchte nach den *tlakos,* kleinen Silberstücken, von denen jedes anderthalb Cent wert war. Die Zuschauer, die ihm am nächsten standen, drängten sich um ihn und gaben ihm Ratschläge. Sie schoben die Münzen mit den Fingerspitzen auf seiner schwieligen Handfläche herum und fischten triumphierend die passenden heraus, während sie ihm mit großem Ernst das mexikanische Geldsystem erklärten, auch wenn jeder merkte, daß er kein Spanisch verstand.

Sarah wäre gerne durch die Menge zu ihm gegangen und hätte mit der Fingerspitze die Linien seines Herzens auf seiner Handfläche nachgezogen. Ihr Bedürfnis, ihn anzufassen, war so heftig, daß sie schon dachte, ihr würde das Herz stehenbleiben. Doch sie stand völlig reglos da und beobachtete ihn. In einem einzigen Augenblick hatte sich die Welt um sie herum unumkehrbar verändert.

Der Spielleiter bot dem Soldaten eine alte Machete an, die gewöhnlich von den Kandidaten benutzt wurde. Doch er winkte ab und zog den Säbel aus der Scheide an seinem Gürtel. Beim Klirren des Eisens durchfuhr Sarah eine Welle der Sentimentalität. Sie sehnte sich nach dem Sturm der Kavallerie, dem Wiehern der Pferde, dem Rumpeln der Lafetten, dem Donner der Geschütze, nach der Tapferkeit und dem Tumult des Krieges.

Daß man jederzeit mit einem plötzlichen Tod rechnen muß, gibt dem Leben erst die Würze, dachte sie. Sie musterte den knackigen Hintern und die langen, muskulösen Beine des Soldaten, die die grobe Wollhose so schön ausfüllten. Der plötzliche Tod – und noch etwas anderes, befand sie.

Mit dem Heft in beiden Händen hob der Dragoner den Säbel bis kurz unter den Mesquitbalken über seinem Kopf. Seine Muskeln spannten sich, und er war bereit zuzuschlagen; plötzliche Stille senkte sich über den Raum, aber das merkte er gar nicht. Auch Sarah hielt zusammen mit den anderen den Atem an.

Als sie schon dachte, der Soldat würde vor sich hin träumen, schlug er so schnell zu, daß Sarah kaum die Klinge abwärtssausen sah, die durch den Zuckerhut schnitt und ihn genau in der Mitte teilte. Die Menge jubelte. Er sammelte seinen Gewinn ein – den Zucker, der an die sechs Cent wert war, und steckte ihn in einen Proviantsack. Der Spielleiter stellte einen neuen

Zuckerhut auf, und der Soldat spaltete ihn wieder genauso exakt wie den ersten.

Fünfzehn Zuckerhüte durchschlug er, der Jubel um ihn herum wurde immer stürmischer. Schließlich hatte der Spielleiter keinen Einsatz mehr und hob kapitulierend die Hände. Der Soldat nahm seine Jacke von der Stuhllehne, schlüpfte mit seinen breiten Schultern hinein und knöpfte sie zu. Sarah beobachtete ihn, ihre Gedanken rasten. Er hatte sie gar nicht bemerkt. Wie konnte sie seine Aufmerksamkeit auf sich lenken? Was sollte sie sagen? Das übliche Geschäker würde in seinem Fall bestimmt nicht ausreichen.

Er nahm den Sack und eine Flasche mexikanischen Brandy in die eine Hand, den Stuhl in die andere. Mühelos trug er ihn an den Zuschauern vorbei, die ihm alle auf die Schulter schlagen wollten. Sarah wäre schon glücklich gewesen, wenn sie ihn nur den Rest der Nacht hätte betrachten dürfen. Sie hatte schon viele Männer gesehen, die so groß waren, aber keiner war so anmutig wie er. Er bewegte sich, als ob Musik spielte, wie zu einem langsamen Walzer.

Ein Gitarrist stimmte eine flotte Melodie im Zweivierteltakt an. Die Gäste, die gar nicht merkten, welcher Zauber in dem Raum schwang, wandten sich wieder ihrem *pulque,* den Monte-Partien oder den Diskussionen der Weltverbesserer zu. Juan war zwar in eine Unterhaltung mit einem Trio *arrieros* versunken, doch Sarah wußte, daß er sie nicht aus den Augen ließ.

Lieber Gott, wie jung er ist! dachte Sarah, als der Soldat näher kam.

Er war bestimmt nicht älter als fünfundzwanzig. Westlich des Mississippi galt das als stolzes Alter, was natürlich gleichzeitig bedeutete, daß sie mit ihren dreiunddreißig eine alte Frau war. Sie hätte sich gerne in eine dunkle Ecke verzogen, weil sie Angst hatte, daß er sie ansprechen könnte, und weil sie gleichzeitig Angst hatte, daß er es nicht tun würde.

Ihre Panik und ihre Unpäßlichkeit blendeten sie und machten es ihr unmöglich, sich so zu sehen, wie sie war. Das Fieber, das sie den ganzen Winter und das ganze Frühjahr über wiederholt befallen hatte, hatte sie das Gewicht gekostet, das sie in Saltillo zugelegt hatte. Mit ihren breiten Schultern und den breiten Hüften, die sich unter ihrem lindgrünen Samtkleid abzeichneten, wirkte ihre Taille ganz schmal. Ihr Haar glänzte wie ein Heiligenschein aus glimmendem Feuer vor der dunklen Wand. Nach dem Winter, den sie vor allem im Haus verbracht hatte, war ihre Haut wieder hell geworden, und die Sommersprossen sprenkelten ihre schmale Nase. Jeder Mann mit Kennerblick konnte sehen, daß ihr energisches Kinn, die grünen Augen und ihre vollen Lippen Humor, Kraft und Zärtlichkeit ausstrahlten.

Vor Sarah blieb der Mann stehen, stellte Stuhl und Sack ab und beehrte sie mit einem Lächeln. Sein Lächeln verriet, daß sich hinter seinen Augen, die den dunklen Bernsteinglanz alten Whiskeys hatten, gleichzeitig ein Schurke und ein Ritter versteckten. Er streckte seine linke Hand mit der Handfläche nach oben aus, sie legte ihre mit klopfendem Herzen darauf, und mit der rechten Hand faßte er sie an der Taille und wirbelte sie zum Takt einer Polka herum. Die Leute drängten sich an die Wände, damit die beiden sich frei bewegen konnten. Sie tanzten auf und ab und drehten sich, bis der ganze Raum sich um sie herum mitzudrehen schien.

Am Ende des Lieds führte er sie lachend zu einem Tisch, stieß mit der Stiefelspitze den Schemel weg und zog seinen Stuhl heran. Er verbeugte sich und lud sie mit einer galanten Geste zum Sitzen ein. Mit einem Nicken, das, so hoffte sie, erhaben und aufgeräumt wirkte, ging sie zum Stuhl und mußte entsetzt feststellen, daß er den Stuhl näher an den Tisch heranschob, obwohl sie noch gar nicht saß. Sie hatte schon öfter gesehen, wie Offiziere ihren Frauen den Stuhl zurechtrückten, doch selber hatte sie diese Erfahrung bislang nicht gemacht.

Er setzte sich ihr gegenüber, legte die Unterarme und die flachen Hände auf die rauhen Bretter des Tischs und blickte direkt in ihre Seele hinein. Sarah legte ihre linke Hand auf seine rechte und fühlte die Wärme seiner Haut und seines Fleisches und die Härte seiner Knochen. Als er die linke Hand auf ihre legte, spürte sie, wie sein Geist in sie floß wie ein warmer Strom. Sie sahen sich in die Augen, während der Gitarrist in einem wirbelnden Tremolo und einem Arpeggio eine langatmige Ballade verklingen ließ.

Einige Männer hatten sich genug Mut angetrunken und schlugen vor, mit dem Stier eines Nachbarn eine *corrida* zu veranstalten, doch da stand der Soldat auf und zog Sarah sanft hoch. Er setzte die Feldmütze auf, half ihr in den Mantel, nahm die Flasche und den Sack mit dem Zucker, und so gingen sie Seite an Seite hinaus in die Stadt, die unter einem Himmel schlief, an dem ein Feuerwerk der Sterne barst.

Sarah versuchte, klar zu denken. Sie wollte die Bediensteten der Herberge nicht aufwecken, und sie wollte schon gar nicht deren Neugier anfachen. Doch da sie wußte, daß der Soldat höchstwahrscheinlich ein Zelt mit zwei oder drei anderen Männern teilte, nahm sie seine Hand und führte ihn zum Wagenpark hinter der Herberge. Dort schlief normalerweise Juan, aber der könnte bestimmt eine andere Unterkunft finden.

Jake schnaubte zur Begrüßung. Als hätte er hinten in der zertrampelten Erde einen Büschel saftigen Grases erspäht, tänzelte er ans Ende des Stricks, der an ein Rad von Sarahs Studebaker gebunden war. Er schnappte nach der Mütze des Soldaten, doch das Opfer machte einen Schritt zur Seite und knuffte ihn mit der Brandy-Flasche an der weichen Nase. Jake zog die Lippen über seine Zähne, hob den Kopf zu dem belustigten Mond und stieß einen traurigen Schrei aus.

Sarah lachte. »Ich kann mich wirklich nicht erinnern, daß einer diesem alten Sünder je zuvorgekommen wäre.« Sie hielt Jake mit einer Hand am Zaum, damit er sich nicht rächen konnte, und küßte den Soldaten zum Glückwunsch zärtlich auf den Mund.

Dazu mußte sie sich leicht auf die Zehenspitzen stellen. Er stellte den Sack und die Flasche auf die Werkzeugkiste des Wagens und schlang seinen Arm um Sarahs Taille. Bei dieser Berührung wußte Sarah plötzlich, was es hieß, der Ohnmacht nahe zu sein. Die Freude und die Begierde waren so groß, daß sie bebte. Sie schob es auf die Kälte, knöpfte seine Jacke auf und schob sich in seine Wärme und den Duft von Rauch und Pferden. Dann ließ sie Jake los und schlang genießerisch die Arme um den großen, kräftigen Körper des Soldaten.

Mit gespreizten Fingern, um möglichst viel von seinem Rükken zu berühren, streichelte sie ihn und legte ihre Wange an seinen Hals. Sein Atmen an ihrer Schläfe betörte sie. Unter dem grobem Leinenstoff seines Hemds spürte sie die geschmeidigen, harten Muskeln an den Schultern. Sie lehnte sich an ihn, weil sie fürchtete, ihre Beine würden sie bald nicht mehr tragen. Sie wußte, daß er sie mühelos würde halten können.

Er strich über ihren Nacken, schob ihr die Hand unters Haar, bog ihren Kopf nach hinten und küßte sie zärtlich und sanft, als hätten sie eine Ewigkeit Zeit, zu Ende zu bringen, was sie begonnen hatten. Sie schloß die Augen und spürte nur noch die Berührung seiner Lippen und seinen Atem, der sich mit dem ihren vermischte.

Während er sie küßte, knöpfte er ihren Mantel auf, fuhr unter den Kragen und ließ ihn über Schultern und Arme gleiten, dann warf er ihn in den Wagen.

Er ließ den Wagenschlag herunter und lockerte das Zugband, das die Plane geschlossen hielt. Mit einem Arm stützte er ihren Rücken, den anderen schlang er unter ihre Kniekehlen und hob sie in den Wagen, ihre Einwände erstickte er mit einem weiteren Kuß. Er stand auf der Kiste, die als Trittbrett diente, und sie kniete auf den zerwühlten Decken und dem großen Bisonfell und sah hinaus. Durch die Dunkelheit im Wagen schien der Kreis aus Sternen, der von der Planenöffnung eingerahmt wurde, nur noch heller. Sarah sah auch Jake, der mit gebleckten Zähnen schon wieder nach seinem Rivalen schnappen wollte, doch der Soldat packte sein Maul, schloß seinen Kiefer und drückte ihn auf die Hinterhand. Sarah mußte kichern, als sie den entsetzten Blick des Maulesels sah.

Der Soldat kletterte auf den Wagen und schloß den Schlag. Dann kniete er neben Sarah und bedeckte ihre Schläfen, Augen, Mund, Kinn, Wangen, Hals und Schultern mit Küssen, dann zogen sie sich gegenseitig aus.

Jake startete einen letzten Angriff und trat gegen den Wagen, daß die Eisenteile nur so schepperten. Als die Reaktion ausblieb, machte er sich mit der Geziertheit eines ehrwürdigen Bewohners von Beacon Hill über die verlassene Brandy-Flasche her. Er hielt sie mit den Lippen fest und zog mit den Zähnen den Stöpsel heraus, kippte die Flasche und ließ den Inhalt seine Kehle hinunterrinnen. Dann packte er den Sack an einem Zipfel und leerte den Zucker auf den Boden. Nachdem er auch noch das letzte Körnchen aufgeleckt hatte, zog er sich ans Ende seines Stricks zurück, wankte, rülpste, furzte und richtete schreiend schreckliche Drohungen an die Adresse seines Nebenbuhlers im Wagen.

Der Morgen war noch Stunden entfernt, doch der Hahn begrüßte den neuen Tag schon lautstark, als Juan und seine neuen Freunde, die Mauleseltreiber, die *cantina* verließen. Auch der Musikant ging mit ihnen, seine Gitarre hing an seinem Rücken. So torkelten sie die dunkle Straße hinunter, während die Hunde ihre Schritte mit lautem Gebell verfolgten. Sie gingen zum Wagenpark und stolperten über den unebenen Boden.

»Ay, Dios!« Einer der Mauleseltreiber erstarrte mit weit aufgerissenen Augen in seiner Bewegung und bekreuzigte sich gleich zweimal. *»Un fantasma!«*

»Dónde, amigo?« Juan suchte das Gespenst zwischen den Wagen, die in der Dunkelheit vor ihm auftauchten wie gestrandete Schiffe.

Der Mauleseltreiber zeigte mit bebendem Finger auf Sarahs Studebaker. Im unheimlichen Licht des Mondes und der Sterne flatterte eine Erscheinung fahl und durchsichtig am Wagenschlag, bauschte sich im böigen Wind, fiel wieder zusammen und schwoll erneut an, als würde der Geist an einem Nagel festhängen und verzweifelt versuchen freizukommen.

Juan ging näher und kniff die Augen zusammen. Als er schließlich sah, daß es sich bei der Erscheinung um Sarahs langen Leinenunterrock handelte, hatte er längst begriffen, daß er sich eine andere Unterkunft suchen mußte. Er hatte auch schon bemerkt, daß Jake die Ohren angelegt hatte und den Wagen anstarrte, der in immer schneller werdendem Rhythmus auf seinen Eisenfedern schaukelte. Tatsächlich hüpfte der Wagen viel heftiger auf und ab, als Juan es jemals für möglich gehalten hätte, und er bekreuzigte sich.

»*El amor*«, grinste er.

Die anderen starrten ehrfürchtig auf den schaukelnden Wagen.

»*Dios mio!*« Der Gitarrist sog die Luft ein, als die Federn immer lauter und in immer schnellerem Takt quietschten. »*Qué barbaridad!*«

Juan winkte ihn heran und flüsterte ihm etwas zu. Der Musikant nickte, schob die Gitarre vor seinen Bauch und zupfte die ersten Akkorde von »Beautiful Golden-Brown Girl«, die anderen sogen tief die nach Dung riechende Luft des Wagenparks ein, damit ihre Lungen mithalten konnten, und fielen laut und hoch und fast im richtigen Ton ein. Nah und fern hörten die Hunde auf zu bellen und fingen an zu jaulen. Auch Jake gab seine eifersüchtige Bewachung auf, richtete den Blick auf die Männer und hob schließlich schreiend den Kopf zum Mond.

Sarah und der Soldat hörten das Ständchen gar nicht. Zum drittenmal wälzten, wiegten und pumpten sie sich mit glitschigen Körpern dem Höhepunkt ihrer Leidenschaft entgegen. Das Gefühl, das in ihrem Schoß explodierte, sich kribbelnd ausbreitete und ihr bis ins Knochenmark drang, war mehr als nur körperlich. Sarah warf ihren Kopf zurück und stieß einen langen Seufzer aus, dann jubilierte sie lachend und weinend zugleich.

Der Soldat erbebte und fiel auf sie, sein Haar lag an ihrer Wange, sein Herz schlug zum Takt ihres Herzens. So lagen sie da, während die Sänger jeden Ton in die Länge zogen, als würde es ihnen das Herz brechen, wenn das Lied zu Ende ginge. Als schließlich der letzte Ton verklang, lüfteten sie ihre Hüte und verbeugten sich vor dem stillen, reglosen Wagen.

»*Buenas noches, enamorados*«, rief Juan. »Träumt süß!« fügte er auf englisch hinzu.

Sarah hörte, wie sie singend vom Hof stapften und über Pflockleinen und Wagendeichseln stolperten. Als auch Jake still war und in der Ferne nur noch die Hunde heulten, stützte sich der Soldat auf den Ellbogen und drückte Sarah einen Kuß auf die Lippen.

»Sergeant Albert Bowman.« Er hatte einen leichten deutschen Akzent.

»Sarah Borginnis.«

»Freut mich, deine Bekanntschaft zu machen.«

Nachwort der Autorin

Nach einem Zensus, durchgeführt 1850 in Socorro, New Mexico, lebten in Sarah Borginnis' Haushalt Juan Duran, die fünf Skinner-Kinder, zwei Bedienstete und ein Junge. Aus dem Zensus geht auch hervor, daß Albert Bowman in Dänemark gebürtig und Sergeant war, später gab er allerdings Braunschweig als seinen Geburtsort an. Sarah nahm Alberts Namen an und lebte bis 1865 mit ihm zusammen.

Nach Alberts Entlassung aus der Armee im Jahr 1852 zogen er und Sarah nach Yuma in Arizona, das erst 1863 US-Territorium wurde. Über die Jahrhunderte war das Gebiet um das spätere Fort am Zusammenfluß der Flüsse Gila und Colorado besiedelt von Indianern, Banditen, Konquistadoren, Missionaren, Kopfgeldjägern, Trappern, Soldaten, Händlern und Siedlern. John Glanton und seine Bande nahmen dort die Skalps von Indianern (und Mexikanern) und raubten Siedler aus, bis er und seine Männer 1850 von Indianern beim heutigen Yuma Crossing getötet wurden. Das veranlaßte die Regierung, dort einen Militärposten einzurichten, Camp Yuma.

Major Samuel Heintzelman, Kommandant des Forts, erwähnt Sarah oft in seinen Journalen. Er zog in die Pension, die sie auch dort für die Offiziere eingerichtet hatte; Köche und Wäscherinnen halfen ihr bei der Arbeit. Albert erwarb sich Schürfrechte.

Im Jahr 1854 wollten ein Offizier und seine Frau Nancy Skinner als Hausmädchen mit nach San Diego nehmen. Um das zu verhindern, verlegte Sarah ihr Unternehmen ans andere Ufer des Flusses nach Sonora in Mexiko. Heintzelman lieh ihr ein

Zelt, bis Albert ein neues Gebäude errichtet hatte. Das Haus aus Tamariskenholz war kein besonders einladender Ort – es wimmelte von Moskitos, Schlangen und Eidechsen –, aber Sarah machte daraus ein blühendes Unternehmen, und zu Heintzelmans größtem Erstaunen überquerten täglich ganze Boote voller Soldaten den Fluß und waren Gäste in Sarahs Saloon.

Zusätzlich bot Sarah Dienste an, die Heintzelman in seinem Journal verärgert »Hurerei« nannte. Er fühlte sich provoziert, weil »sie eine Tagelöhnerin angestellt hatte, die durch den Fluß schwamm, das heißt, sie zog sich vorher bis auf die Unterröcke aus, setzte sich rittlings auf den Stamm eines Balsabaums und umfaßte ihn mit den Armen, während ein Indianer sie über den Fluß zog.« Das war eine gute Werbung für die neusten Annehmlichkeiten in Sarahs Haus, und außerdem tat es sicher gut, im Unterrock im Wasser zu planschen.

Ein Lieutenant hatte nämlich behauptet, es sei an diesem Ort so heiß, daß die Hennen hartgekochte Eier legten. Kit Carson, der berühmte Westmann, meinte, die Gegend sei so »gottverlassen und öde, daß nicht einmal ein Wolf dort leben könnte«. In einer Zeitung von der Ostküste stand, daß es in Yuma, damals Arizona City genannt, »im Sommer so heiß ist, daß die Flügel der Moskitos schmelzen und die Fliegen in der sengenden Sonne verbrennen. Die Indianer reiben sich mit Schlamm ein, die Mexikaner verkriechen sich in ihren mickrigen Hütten, und die Amerikaner stehen den halben Tag lang im Colorado River, die andere Hälfte des Tages trinken sie, damit sie in dieser Hitze nicht vertrocknen.«

Nancy Skinner hatte unter den Soldaten inzwischen mehr als einen Bewerber oder, wie Heintzelman es ausdrückte: »Sie hatte drei Sehnen mehr an ihrem Bogen« – neben Sergeant Burke, der nach Heintzelmans Meinung »der Beste von allen« war und den sie an ihrem siebzehnten Geburtstag auch heiratete. Sarah richtete ihr gleich zwei große Feiern aus, eine im Militärlager, die andere in ihrem Saloon am Fluß. Eine »äthiopische Band« spielte auf, es wurden Lieder gesungen und Gedichte rezitiert. Einige von Sarahs Angestellten bildeten eine Tänzergruppe. Der Alkohol floß in Strömen, und, so Heintzelman, »einige benahmen sich schwer daneben«.

1855 kam Lieutenant Sylvester Mowbry nach Yuma. Nachdem er versucht hatte, die Schwiegertochter des Mormonenvorstehers Brigham Young zu verführen, mußte er Utah überstürzt verlassen. In Yuma nahm er sich eine siebzehnjährige Mexikanerin, die bei Sarah lebte. Mowbry über Sarah: »Sie hat viele gute Seiten, unter anderem ist sie eine bewundernswerte ›Kupplerin‹. Früher war sie eine gutaussehende Frau und hat ›gute Dienste‹ geleistet, doch dafür ist sie nun zu alt.«

Nach fünf Jahren Gefangenschaft bei den Mojave kam Olive Oatman mit tätowiertem Kinn zu Sarah nach Yuma. Auf dem Weg nach Tucson begleitete Sarah sie an die Stätte, wo Olives Familie massakriert worden war, und half ihr, die sterblichen Überreste zu begraben, die immer noch verstreut in der Gegend herumlagen. Von Tucson zogen Sarah und Albert nach Patagonia in die Nähe von Fort Buchanan im Quellgebiet des Sonoita Creek. Ein Junge, der zu dieser Zeit bei Sarah gelebt hatte, beschrieb sie folgendermaßen: »Sie packte zwei Revolver mit sechs Schuß ein. Alle sagten, sie könne auch damit umgehen und daß sie früher eine ganze Reihe von Männern umgebracht habe.« Er erinnerte sich auch an Sarahs Worte: »Zwischen Yuma und der Hölle liegt nur ein dünner Streifen Sandpapier.«

Beim Zensus von 1860 wurden drei Personen aufgelistet, die bei Sarah und Albert lebten – ein fünfzehnjähriger indianischer Junge aus New Mexico, ein fünfzehnjähriges mexikanisches Mädchen namens Lucia und deren zweijährige Tochter. Ein Lieutenant behauptete 1863, Sarah habe die Kinder adoptiert und aufgezogen.

Im Jahr 1861, zu Beginn des Bürgerkriegs, mußten sich die amerikanischen Truppen aus dem Westen zurückziehen. Die Zivilbevölkerung war den plündernden Banden und den Apachen ausgeliefert. Die Armee unterhielt weiterhin einen Posten in Yuma; Sarah blieb, doch ihre Angestellten schickte sie ins sichere Mexiko zurück. Zwei Reisende berichteten, das Haus der »Great Western« besucht und sie als einzige Einwohnerin der Stadt vorgefunden zu haben. Augustus Knapp, den Sarah damals in El Paso gesund gepflegt hatte, schrieb, daß sie sich »in allen Situationen behaupten konnte. Die Mexikaner versuchten zwar, ihr das Leben schwerzumachen, doch da sie für gewöhnlich bewaffnet war… machte ihr niemand ernsthafte Schwierigkeiten.« Auch die Indianer »hatten größte Ehrfurcht vor ihr und glaubten, sie wäre ein übernatürliches Wesen.«

Sarah betrieb ihr Geschäft während des Bürgerkriegs weiter. Albert war inzwischen Teilhaber mehrerer Dutzend Minen in der Gegend um Yuma. In einem Zensus von 1864 wird er als alleinstehend aufgeführt. Offenbar hatten Sarah und Albert sich getrennt. Im Jahr 1866 lernte er Mary Jane Bailey kennen, die er 1868 heiratete.

Sarah starb am 23. Dezember 1866 im Alter von dreiundfünfzig Jahren in Fort Yuma, einer Quelle zufolge am Biß einer Tarantel. Das ist allerdings sehr unwahrscheinlich, es sei denn, sie wäre allergisch gegen ein spezifisches Antigen gewesen.

Sarah Borginnis Bowman wurde nach katholischem Ritus und mit allen militärischen Ehren auf dem Friedhof von Fort Yuma beigesetzt.

1890 wurden der Friedhof aufgelöst und die Gebeine exhumiert. Anscheinend waren Sarahs Überreste die größten. Sie wurden in der Garnison von San Francisco zur letzten Ruhe gebettet.

Die *Arizona Gazette* veröffentlichte im Juli 1867 einen Nachruf auf Sarah Bowman. Auszugsweise heißt es darin:

> *Alle kannten sie als »die Heldin von Fort Brown«. Während des Krieges nahm sie an mehreren Kämpfen teil und kümmerte sich um die Verwundeten. Sie hatte eine lose Zunge und nahm kein Blatt vor den Mund,*

doch sie hatte ein gutes Herz. Und welche Frivolitäten ihr wilde Phantasiegespinste auch zuschreiben – jene, die ihre Nächstenliebe in diesem unwirtlichen Teil des Landes an sich selbst und ihren Angehörigen erleben durften, werden mit großer Dankbarkeit an sie zurückdenken …
Sie war beispiellos tapfer und zielstrebig, und sie ergriff jede Gelegenheit, die sich ihr bot, Gutes zu tun.

Sarah Borginnis Bowman war mit Leib und Seele »The Great Western«.

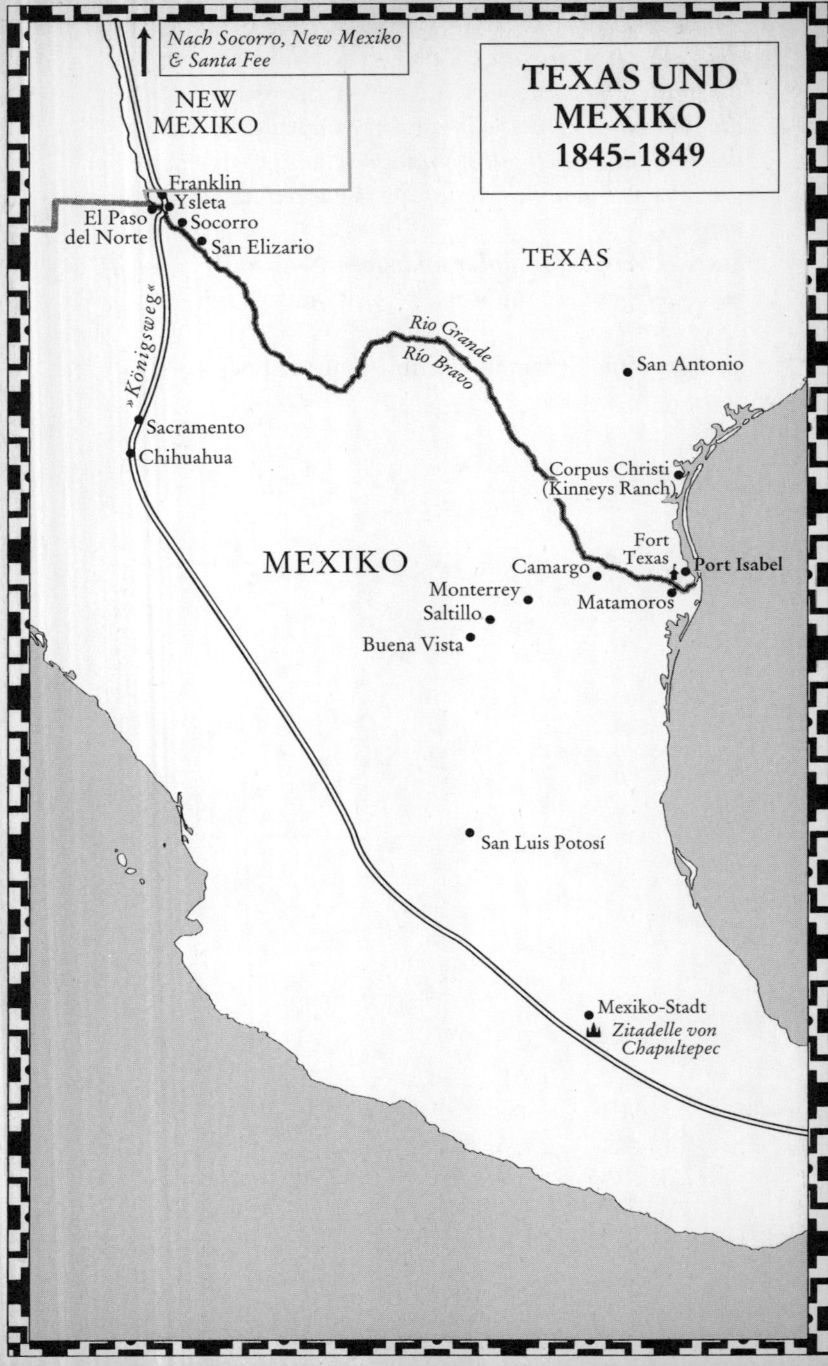

TEXAS UND MEXIKO 1845-1849
Nach Socorro, New Mexiko & Santa Fee
NEW MEXIKO
Franklin
Ysleta
El Paso del Norte
Socorro
San Elizario
TEXAS
»Königsweg«
Rio Grande
Río Bravo
San Antonio
Sacramento
Chihuahua
Corpus Christi (Kinneys Ranch)
Fort Texas
MEXIKO
Camargo
Port Isabel
Monterrey
Matamoros
Saltillo
Buena Vista
San Luis Potosí
Mexiko-Stadt
Zitadelle von Chapultepec

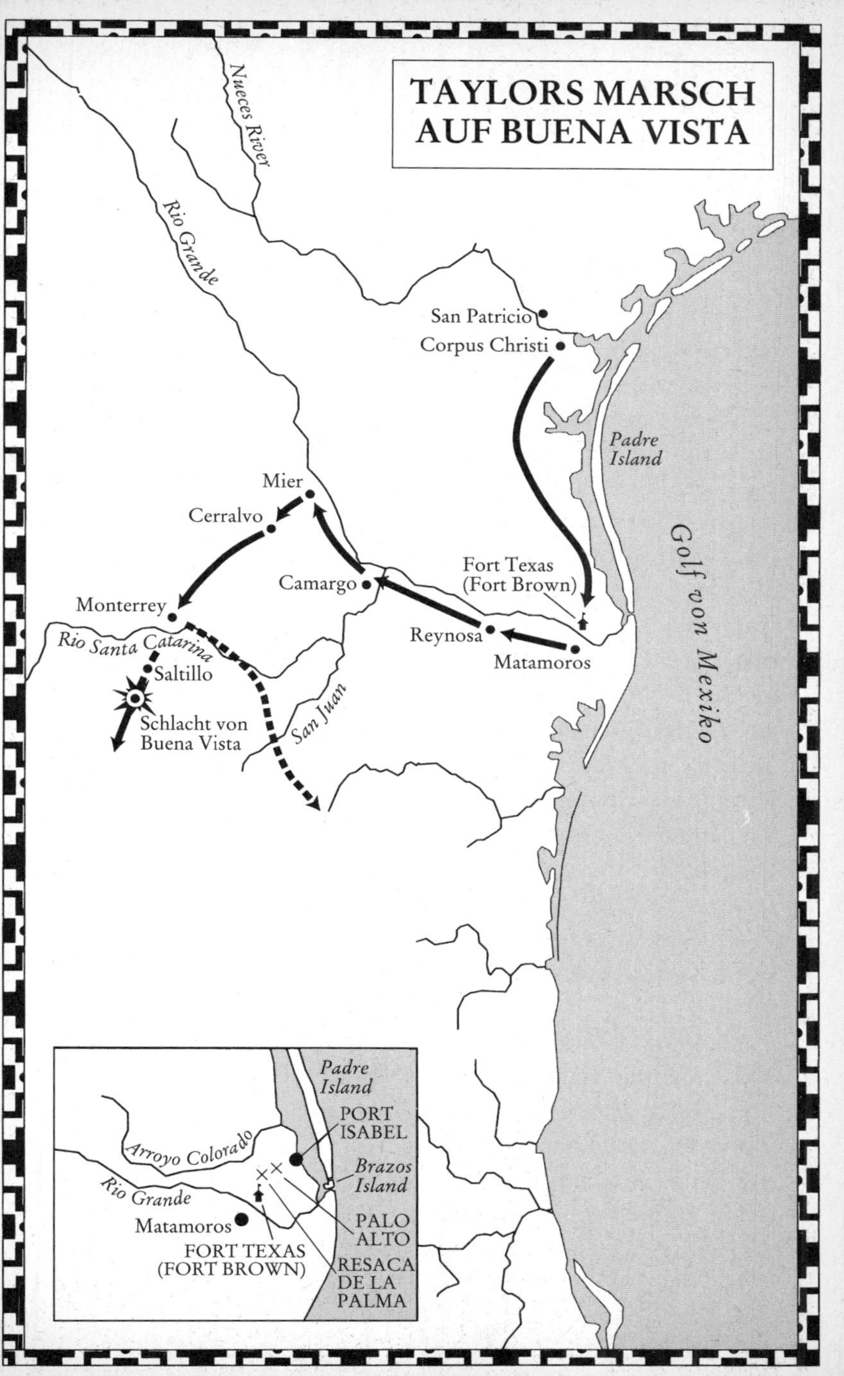
TAYLORS MARSCH AUF BUENA VISTA
Nueces River
Rio Grande
San Patricio
Corpus Christi
Padre Island
Golf von Mexiko
Mier
Cerralvo
Camargo
Fort Texas (Fort Brown)
Monterrey
Reynosa
Matamoros
Rio Santa Catarina
Saltillo
Schlacht von Buena Vista
San Juan
Padre Island
PORT ISABEL
Arroyo Colorado
Brazos Island
Rio Grande
Matamoros
PALO ALTO
FORT TEXAS (FORT BROWN)
RESACA DE LA PALMA

Danksagung

Vielen Menschen, die mir dabei geholfen haben, über den Mexikanischen Krieg und Sarahs Leben zu recherchieren, bin ich zu Dank verpflichtet.

Karen Snyder Roberts von der Arizona Historical Society weiß am besten über Sarah Borginnis Bowman Bescheid und hat ihr Wissen großzügig mit mir geteilt. Don Zuris, Direktor des Museum of Science and History in Corpus Christi, und Martha Lynn Hill, die Archivarin des Museums, ließen mir wertvolle Informationen über Zachary Taylors Armee in Corpus Christi zukommen. Aaron Mahr vom National Park Service in Brownsville nahm mich mit auf eine Besichtigungstour nach Fort Texas und führte mir dort die Belagerung lebhaft vor Augen. Auch Sr. Keno vom Stillman House in Brownsville hält die Geschichte lebendig.

Danken möchte ich Ronda Bazemore und ihren Mitarbeitern, die mich durchs Quartermaster Museum in Yuma Crossing, Yuma, Arizona, geführt haben. Sie vermittelten mir eine Vorstellung davon, wie das Leben an jenem Ort ausgesehen haben mußte, wo Sarah ihre letzten Lebensjahre verbrachte.

Auch Jose Guzman, Denkmalspfleger vom Fort Selden State Monument in Radium Springs, New Mexico, und Elva Melendrez, Ranger, haben mir wertvolle Informationen übermittelt, wofür ich ihnen danke.

Charley Eckhardt, Schriftsteller, Historiker und Texaner (nicht unbedingt in angeführter Reihenfolge) hat mich mit der Monographie *The Great Western* von Brian Sandwich

(University of Texas Press, El Paso) auf eine hervorragende Fährte von Sarah gesetzt. Ich danke dir, Charley, daß du mir den Anfang erleichtert und mich zum Weitermachen ermuntert hast. Meine Freundin Jeanne Williams, Verfasserin historischer Romane, hat mich ebenfalls zu meiner Arbeit ermutigt und mir ihre Kenntnisse zur Verfügung gestellt. Dank auch an Darlyne Morales, meine Freundin und Führerin in San Antonio und Texas-Kennerin. Bill Morales, der mir bereits bei meinem Buch *Die mit dem Wind reitet* sehr geholfen hat, lieh mir ein Auto, mit dem ich am Ufer des mäandernden Rio Grande entlangfuhr, und teilte mit mir sein Wissen über Militärgeschichte, -taktik und -tradition. Carl Regan stellte mir seine Bibliothek über Mexiko und den Mexikanischen Krieg zur Verfügung, der Richter Steve M. King aus Fort Worth und Mike Tabor aus Dallas gaben mir sachkundige Informationen.

Tracey Voorhees aus Annapolis hat mich mit ihrer Begeisterung für Pferde angesteckt, Linda Stanier vom Rose Farm Horse Center hat mir Einblick in die bemerkenswerten Fähigkeiten und Persönlichkeiten dieser Tiere verschafft. Joe Bohr, Michael Gear und Eric Smith haben versucht, mir das Thema Waffen näherzubringen; sollten diesbezüglich Fehler aufgetreten sein, so sind sie allein mir zuzuschreiben. Jerry Arp war mir mit seinem umfassenden Wissen über Geologie, Flora und Fauna des südlichen Texas und Nordmexikos eine große Hilfe.

Vivian Waters ging mit mir auf die Suche nach Sarahs Ruhestätte in der Garnison von San Francisco, die ich ohne sie wahrscheinlich nie gefunden hätte.

Danken möchte ich auch Pamela Dean Strickler. Die ehemalige Lektorin beim Verlag *Ballantine Books* hat an die Idee, einen Roman über Sarahs Leben zu schreiben, geglaubt und mich bei meiner Arbeit unterstützt.

Besonderen Dank schulde ich Jim Luceno, der kürzlich eine Aufgabe erfüllt hat, die nichts, gleichzeitig aber auch alles mit diesem Buch zu tun hat, und Myra DiBlasio, die immer zur Stelle war, wenn wir sie brauchten. Herzlichen Dank auch an die vielen Freunde, besonders an Keith Murphy und Tom Harner, die mir geholfen haben, dieses Buch zu vollenden.

Lucia St. Clair Robson

Mutiges Herz, wildes Land

Roman. 480 Seiten. Geb. Aus dem Amerikanischen von Michael Windgassen.

Bristol 1638: An Bord der »Charity« verlassen zwei völlig verschiedene, aber gleichermaßen mutige Frauen ihre englische Heimat und machen sich auf die lange und gefahrvolle Reise über den Atlantik. Die willensstarke Adelige Margaret Brent hat nicht vor, ihre Aussteuer einem vertrottelten Junkergemahl zu überlassen, sondern hat in die von Lord Baltimore gegründete Kolonie Maryland investiert. Dies sieht sie als ihre einzige Chance an, eine eigenes Haus zu führen und ihren katholischen Glauben frei auszuüben. Anicah wiederum ist eine verwaiste, obdachlose Straßengöre, ausgestattet mit viel Witz und Schönheit. Sie wurde von einer Schlepperbande aufgegriffen und wird – u.a. mit dem Bauernjungen Martin, ihrer späteren großen Liebe – in die neue Welt deportiert. Sowohl für Margaret als auch für Anicah ist die Zukunft gänzlich anders als erwartet. Auf sehr unterschiedliche Weise verwirklichen beide ihren persönlichen Traum von einem Leben in Freiheit.

Thomas Flanagan

Ein Traum von Freiheit

Der große Irland-Roman. Aus dem Amerikanischen von Gabriele Haefs. 728 Seiten. SP 2719

Mayo, die karge, ärmliche Grafschaft im Westen Nordirlands im Sommer 1798: Wieder einmal braut sich ein Aufstand gegen die Engländer zusammen. Die Bauern leben in bedrückender Armut unter ihren Grundherren, denen die englische Krone hohe Abgaben abpreßt. Die Katholiken wüten seit ihrer Diskriminierung durch Elisabeth I. gegen ihren Ausschluß aus dem öffentlichen Leben. Franzosen eilen den irischen Rebellen zu Hilfe, wenn auch nicht ganz uneigennützig, nachdem ihnen eben im eigenen Land die Revolution gelungen ist. Aber nur drei Schiffe erreichen die Küste Irlands. Und so ziehen die Franzosen mit einem bunt zusammengewürfelten Haufen von Idealisten und Verzweifelten durch Moore und Sümpfe, in einem Kampf gegen die überwältigende Streitmacht Englands, der von vornherein zum Scheitern verurteilt scheint.

Lucia St. Clair Robson

Die mit dem Wind reitet

Roman. Aus dem Amerikanischen von Hans-Joachim Maass. 862 Seiten. SP 2839

Texas 1836: Eine Horde Comanchen überfällt die kleine Siedlung Parker Fort und raubt unter anderem die neunjährige Cynthia Ann. Zuerst fühlt sie nur Haß, Angst und grenzenlose Verlorenheit, aber bald erkennt sie, daß ihr neues Volk bei aller kriegerischer Härte auch von großer Sanftmut und Güte ist. Immer mehr fügt sie sich in die Welt der Comanchen ein, lernt ihre bilderreiche Sprache, ihre Riten und Bräuche zwischen Tipi und Totenkult kennen, entdeckt die Liebe der Indianer zur Freiheit und ihren tiefen Respekt vor der Natur. Ein unverschleierter und großartiger Einblick in den kulturellen Reichtum eines Volkes, das gegen seinen Untergang kämpft.

Anita Shreve

Die Frau des Piloten

Roman. Aus dem Amerikanischen von Christine Frick-Gerke. 277 Seiten. SP 3049

Für Kathryn war klar, daß sie zu niemandem auf der Welt ein so inniges, so vertrautes Verhältnis hatte wie zu ihrem Ehemann Jack. Bis zu seinem plötzlichen Unfalltod: denn nun tut sich für sie ein Abgrund an schrecklichen Vermutungen und Gewißheiten auf.
Eigentlich war ihre Ehe glücklich, ja sogar leidenschaftlich gewesen. Ihre Geschichte hatte begonnen in jenem Haus am Meer, mit seinen hohen Fenstern, durch die man den blaugrünen Atlantik sehen kann. Eines Tages hatte Jack ihr dieses Haus tatsächlich geschenkt – als Besiegelung ihrer großen Liebe.
Unfaßbar ist für Kathryn daher die Nachricht seines plötzlichen Todes – Jack, Pilot bei einer großen amerikanischen Fluggesellschaft, ist mit einer vollbesetzten Passagiermaschine vor der irischen Küste abgestürzt. Die Medien munkeln von Selbstmord – aber Kathryn will es einfach nicht glauben. Was könnte ihr Mann vor ihr verborgen haben? Eine rätselhafte Londoner Telefonnummer, die sie in einem seiner Kleidungsstücke findet, weckt einen furchtbaren Verdacht in ihr …

Verschlossenes Paradies

Roman. Aus dem Amerikanischen von Heinz Nagel. 348 Seiten. SP 2897

Die Nachbarskinder Andrew und das Adoptivkind Eden verband zuerst eine tiefe Freundschaft und dann innige, fast mystische Liebe. Doch ein entsetzliches Verbrechen, das Eden für immer zeichnete, setzte ihrer unbeschwerten Jugendzeit ein jähes Ende. Siebzehn Jahre später, die beiden haben sich inzwischen aus den Augen verloren, kehrt Andrew an den Ort des Geschehens zurück, eine ländliche Kleinstadt unweit von New York. Und erst jetzt beginnt er, diese unheilvolle, seltsam magische Liebesbeziehung zu entschlüsseln. Als die gespenstische Wahrheit über Edens Vergangenheit zur Gewißheit wird, erkennt Andrew die Gründe seiner Beziehung zu diesem Mädchen aus verlorener Zeit. Ein meisterhaft komponierter, poetischer Roman voll tiefgründiger Spannung.

Anita Shreve

Das Gewicht des Wassers

Roman. Aus dem Amerikanischen von Mechtild Sandberg.
292 Seiten. SP 2840

»Anita Shreve ist eine clevere Mischung aus schaurigem Kriminalfall und psychologisch ausgefeiltem Beziehungsdrama gelungen.«
Der Spiegel

Gefesselt in Seide

Roman. Aus dem Amerikanischen von Mechtild Sandberg.
344 Seiten. SP 2855

Maureen, die junge Journalistin, lebt mit ihrem Mann Harrold und ihrem kleinen Töchterchen Caroline in einer trügerischen Idylle. Denn niemand ahnt, wieviel Gewalt und Mißhandlung Maureen von ihrem Mann ertragen muß. Und sie schweigt, vertraut sich niemandem an, entschuldigt seine Handlungen vor sich selbst. Erst nach Jahren flieht sie vor ihm. Für eine kurze Zeit findet sie in einem kleinen Fischerdorf Unterstützung, Zuneigung und Liebe. Aber Harrold spürt sie auf, und die Tragödie nimmt ihren Lauf.

Eine gefangene Liebe

Roman. Aus dem Amerikanischen von Mechtild Sandberg.
253 Seiten. SP 2854

Durch Zufall stößt Charles Callahan in der Zeitung auf das Foto einer Frau, die ihm seltsam bekannt vorkommt. Es ist Siân Richards, die er vor einunddreißig Jahren als Vierzehnjähriger bei einem Sommercamp kennengelernt hatte und die seine große Sehnsucht blieb. Überwältigt von den Erinnerungen schreibt er ihr und bittet um ein Treffen. Auch für Siân war die Geschichte mit Charles nie beendet, sehr zart sind die Bilder der Vergangenheit, sehr heftig das Verlangen. Und aus der unerfüllten Liebe von einst wird eine leidenschaftliche Affäre. Aber beide sind inzwischen verheiratet, haben Kinder und leben in verschiedenen Welten. Sie geraten in einen Strudel von Ereignissen, die unaufhaltsam auf einen dramatischen Höhepunkt zusteuern. Am Weihnachtsabend entschließt sich Charles zur Wahrheit – und zwingt damit Siân zu einer lebenswichtigen Entscheidung, die tragische Folgen hat.

Ann-Marie MacDonald
Vernimm mein Flehen
Roman. Aus dem Englischen von Astrid Arz. 684 Seiten. SP 2728

Die preisgekrönte kanadische Dramatikerin und Schauspielerin hat mit ihrem ersten Roman ein mitreißendes, opulentes Familienepos geschaffen. Darin spielt die herbschöne mystische Landschaft der Nordostküste Kanadas eine ebenso bestimmende Rolle wie das ungewöhnliche Schicksal von vier Schwestern.
Anfang des Jahrhunderts in Low Point, einem gottverlassenen Bergwerksflecken an der Nordostküste Kanadas: Nicht gerade der ideale Ort, um als junger, ehrgeiziger Klavierstimmer zu Geld und Ansehen zu komen. Doch James Piper ist entschlossen, hier seine Träume Wirklichkeit werden zu lassen: ein großes Haus voller Musik und Literatur, elegante Möbel, eine Frau mit weichen Händen. Mit seiner Kindfrau Materia, einer dreizehnjährigen Libanesin, bekommt James vier außergewöhnliche Töchter, die seine Träume wahrmachen sollen: Kathleen, die grünäugige Schönheit mit der begnadeten Stimme, die wilde, unberechenbare Frances, Mercedes, die besessene Katholikin, und die behinderte Lily, die von allen vergöttert wird und die einem tödlichen Geheimnis auf die Spur kommt.

»Mit diesem Roman rückt Ann-Marie MacDonald in den ersten Rang literarischer Autoren. Die Handlung ist mitreißend, die Figuren tief berührend und der Stil atemberaubend.«
The Toronto Star

SERIE PIPER

Jane Campion, Kate Pullinger

Das Piano

Der Roman. Aus dem Englischen von Carina von Enzenberg. 240 Seiten. SP 2606

Die junge Schottin Ada McGrath, streng viktorianisch erzogen, ist seit ihrem sechsten Lebensjahr stumm – nur ihr Klavier gibt ihr die Möglichkeit, sich auszudrücken und dem Gefängnis ihrer Sprachlosigkeit zu entkommen. Zusammen mit ihrer kleinen Tochter Flora schifft sie sich nach Neuseeland ein, wo sie Alisdair Stewart erwartet, ihr neuer Ehemann. Er weigert sich, ihr Klavier durch die sumpfige Wildnis des Dschungels nach Hause zu schleppen. Es bleibt am Strand. Ada ist verzweifelt und sieht erst einen Lichtblick, als sie erfährt, daß Stewart das Instrument an George Baines gegen Land veräußert hat. Baines, ebenfalls Einwanderer, der mit den Maori lebt und ihre Sprache spricht, ist fasziniert von der schönen jungen Frau: Eine dramatische Liebesgeschichte beginnt. – Mit ihrem preisgekrönten Film »Das Piano« schuf die neuseeländische Regisseurin Jane Campion eines der ungewöhnlichsten Kinoereignisse und ein weltweit gefeiertes Meisterwerk. Mit dem Roman hat Jane Campion den Stoff vollendet und um die Vorgeschichte ihrer beiden Helden – die Stummheit Adas und die Herkunft von Baines – erweitert.

»Jane Campion bewundert Menschen, die das Risiko suchen, die Grenzerfahrung, die ihr Leben in Gefahr bringt.«
Die Zeit

SERIE PIPER

Edith Wharton

Der flüchtige Schimmer des Mondes

Roman. Aus dem Amerikanischen von Inge Leipold. 320 Seiten. SP 2271

»Die Menschen sind oberflächlich, je reicher desto mehr und nur ganz selten entstehen Augenblicke der wahren Empfindung. Wenn Edith Wharton diese raren Momente der Ungeschütztheit beschreibt, plötzlich inmitten der verlogenen und verschwätzten Sozialität, wird die ironische Gesellschaftskritikerin ganz ernst und melancholisch. Das sind – neben dem Vergnügen am (heute so sehr vermißten) Esprit – die großen Momente dieses heiteren Romans.«
Süddeutsche Zeitung

Die kühle Woge des Glücks

Roman. Aus dem Amerikanischen von Karen Lauer. Mit einem Nachwort von Elaine Showalter. 506 Seiten. SP 2763

Die selbstbewußte junge Undine Spragg hat sich ein einziges Ziel gesetzt: die schicke New Yorker Society zu erobern. Und schon bald hat sie sich Ralph Marvell geangelt aus einer der ältesten und vornehmsten Familien. Aber statt mit ihr die Flitterwochen in den Pariser Salons zu verbringen, schleppt sie der frischgebakkene Ehemann in verschlafene kleine Hotels in italienischen Fischerorten. Spätestens hier dämmert Undine ihr kapitales Mißverständnis…

Zeit der Unschuld

Roman. Aus dem Amerikanischen von Richard Kraushaar und Benjamin Schwarz. 480 Seiten. SP 1264

Dies ist die Geschichte des jungen New Yorker Anwalts Newland Archer, der aus gesellschaftlichen Gründen das Glück seines Lebens verspielt.

Sommer

Roman. Aus dem Amerikanischen von Michaela Nissen. 260 Seiten. SP 1263

Eine beklemmend schöne Liebesgeschichte.

Winter

Novelle. Aus dem Amerikanischen von Michaela Nissen. 160 Seiten. SP 1262